ハヤカワ・ミステリ文庫
〈HM⑩-27〉

フォールアウト

サラ・パレツキー
山本やよい訳

早川書房
8113

FALLOUT

by

Sara Paretsky

Translated by
Yayoi Yamamoto
First published 2017 in Japan by
HAYAKAWA PUBLISHING, INC.
This book is published in Japan by
arrangement with
SARA AND TWO C-DOGS, INC.
c/o DOMINICK ABEL LITERARY AGENCY, INC.
through THE ENGLISH AGENCY (JAPAN) LTD.

スー・バウカーへ
本書執筆中のサポートも含め
多くのことに感謝をこめて

謝辞

V・Iが住み慣れたシカゴを離れ、カンザス州を舞台に活躍するこの長篇は、ある意味ではわたしのルーツを語る作品と言えよう。ストーリーのヒントになったのは、わたしの父が研究人生で遭遇した出来事である。細胞学が専門だった父は一九五一年から、二〇〇〇年に亡くなるまで、カンザス大学で教えていた。一九六四年にブラチスラバで開催されたリケッチア（ウィルスと細菌の中間的な微生物）をテーマとする学会での父の体験が、本書の土台となっている。

物語の舞台はわたしが生まれ育ったカンザス州ローレンス。作中ではこの街の様子を地形と施設の両方の面であれこれ変えさせてもらった。例えば、ローレンス記念病院をV・Iの要求に合わせて改装した。リバーサイド教会を建てる場所がほしかったので、コー川の南側の峡谷を勝手に埋め立てた。さらに、司法執行センターと、郡保安官事務所および市警察の機構に変更を加えた。ダグラス郡にミサイルサイロを造らせてもらった。その場所はペンドルトン農場とわたしが子供時代を送った家のあいだのどこかにある。迷惑をおかけしたかもしれない地元の方々に心からお詫びしたい。

シカゴ市内においては、警察機構に第六管区を加えた。こうしておけば、作中の警官たちが現実の警察活動とは無関係に動くことができる。

ローレンスにおける人種問題の歴史に関しては、一部をわたし自身の記憶に頼り、一部をラスティ・L・モンホロン著 *This is America? The Sixties in Lawrence, Kansas*（これがアメリカ？ カンザス州ローレンスの六〇年代）とウィリアム・タトル著 *Separate But Not Equal*（分離すれども平等にあらず）に頼った。黒人詩人のラングストン・ヒューズが育ったのはローレンスの東側にある古い地区だが、本書では作品のテーマに合わせて、川の北側を中心にアフリカ系アメリカ人の暮らしを描きだした。

いつものように、本書が無事刊行に漕ぎつけたのは、多くの方々にご協力いただいたおかげである。リストのトップに来るのはピッキング教授夫妻（ビルとウェンディ）で、大切な研究の合間に時間を作り、生物学関係の事柄についてアドバイスをくださった。生物兵器の権威であるレイモンド・ジリンスカス博士には、執筆にとりかかったばかりのころ、大いに助けていただいた。

ダグラス郡の元地方検事、アンジェラ・ウィルスンは、V・I・ウォーショースキーが例によって警察と衝突したときのために、カンザス州の裁判手続きについて説明してくれた。ジョナサン・パレツキーはアンジェラを紹介してくれただけでなく、わたしを車に乗せてローレンスの町とダグラス郡をまわり、作中に登場する場所をチェックしてくれた。

かつてローレンスで警官をしていたジョン・ルイスからは、このうえなく親切なアドバイスをいただいた。ただし、せっかくのアドバイスに対し、わたしは例によって勝手な変更を加えてしまった。一部は意識的に、そして、一部は不注意から。わたしが本書の執筆に追われていたあいだ、シカゴの家のことはマジェナ・マデイがすべてやってくれた。本当にありがたいと思っている。

最後になったが、担当編集者ダン・マロリーの頼もしいサポートと洞察力に感謝している。ダンのおかげで、わたしは作家としての自信をとりもどし、V・Iへの信頼を新たにすることができた。

各章のタイトルはわたしの夫に、そして、ドン・サンドストロムの思い出に捧げたものである。どれも二人のお気に入りの言葉だ。

いくつものミスについては、どうかお許し願いたい。本書はフィクションであって、政治的、個人的、社会的、経済的データに基づくものではない。ミスはすべて、わたし自身が読んだものや聞いたものを誤解したことから生じている。わたしにそれを伝えた人々を責めないでいただきたい。

登場人物はすべて架空の存在だが、V・Iが訪ねる細胞生物学研究センターのロビーに写真が飾られている三人の教授だけは実在の人物である。

フォールアウト

登場人物

V・I・ウォーショースキー…………………私立探偵
ベルナディンヌ(バーニー)・
　　　　　　　　　　フシャール………ホッケー選手
アンジェラ・クリーディ……………………バーニーの友人
オーガスト・ヴェリダン……………………アンジェラのいとこ
エメラルド・フェリング……………………女優
ルシンダ・フェリング………………………エメラルドの母
トロイ・ヘンペル……………………………エメラルドの知人
ケイディ・ペレック…………………………教師。ローレンス歴史協会調査担当者
ジェニファー(ジェニー)・ペレック………ケイディの母
ガートルード・ペレック……………………ケイディの祖母
ネイサン・キール……………………………細菌学の権威
シャーリー・キール…………………………ネイサンの妻
ソニア・キール………………………………ネイサンの娘
マット・チャスティン………………………ネイサンの教え子
ドリス・マッキノン…………………………ローレンスの農家
ディーク・エヴァラード……………………ローレンス警察の部長刑事
ケン・ギズボーン……………………………ダグラス郡保安官
ランディ・マークス…………………………〈聖ラファエル〉の施設長
ベイヤード・クレメンツ……………………聖シラス教会牧師
ネル・オルブリテン…………………………エメラルドのかつての隣人
バーバラ・ラトリッジ………………………リバーサイド教会の信者
ダンテ・バゲット……………………………陸軍大佐
マーロン・ピンセン…………………………士官候補生
ブラム・ロズウェル…………………………〈シー・2・シー〉研究開発部長
フランシス・ローク…………………………法病理学者
ジェイク・ティボー…………………………V・Iの恋人

1　カモにされる――またしても

「ドラッグがらみの事件だって警察は言うんです。オーガストがドラッグを盗んで売りさばいてたんだろうって」アンジェラ・クリーディの声はたいそう低く、身を乗りださなくては聞きとれないほどだった。

「そんなの、ベティーズ――えっと……嘘よ、でたらめよ」ベルナディンヌ・フシャールが強調のために足を踏み鳴らした。

「バーニー、小さな火山ちゃん、そうかもしれないけど、いったいなんの話なのか、あなたたちが誰のことを言ってるのか、わたしにはさっぱりわからない。最初から話してくれない？」

心痛のあまり表情をこわばらせ、握りあわせた自分の手を見つめていたアンジェラだが、わたしの言葉を聞いてかすかに微笑した。「たしかに小さな火山だわ、バーニー。合宿所の食卓で、みんなでそう呼ぶことにしようかな。じつはですね、オーガストが姿を消してしまって、この泥棒騒ぎが起きたとき――」

「警察は誰かを犯人にしなきゃいけなかった」バーニーが横から言った。「そこで、オーガストが黒人だから――」

アンジェラはバーニーの口を手でふさいだ。「オーガストっていうのはわたしのいとこなんです。そんなに親しいわけじゃないけど――わたしはルイジアナ州のシュリーヴポート出身だし、オーガストはシカゴで育ったから。親戚一同が大々的に集まるような一族ではないんです。オーガストと最後に会ったのは、彼が八歳か九歳でお母さんに連れられて遊びにきたときでした。それで、わたしがこっちに移ってきて再会したときは、彼、映画監督をめざしてました。でも、生活費を稼ぐためにパーソナル・トレーナーをやってて、それからイベントのビデオ撮影もしてます。結婚披露宴とか、子供の誕生会とか、そういうのを。完璧な組み合わせだと思ったのに……」

アンジェラが柔らかな声で南部独特のおっとりした話し方をするため、わたしは意味をつかむのに苦労した。

バーニーが両手を上げた。「完璧って？」「だって、あたしたちのトレーニングに協力してもらえるし、試合のときはビデオを撮ってもらえる。当然でしょ（ナチュレルマン）。どこを改善しなきゃいけないかわかるわけよ！」

ベルナディンヌ・フシャールは将来有望なホッケー選手。かつてブラックホークスでプレイしていた彼女の父親はわたしのいとこブーム＝ブームの大親友で、バーニーが生まれたとき、名付け親になってほしいとブーム＝ブームに頼みこんだ。バーニーがノースウェスタン大学に入学し、ホッケー界のスターになった現在、亡くなったブーム＝ブームにかわって、わたしがバーニーの面倒をみることになってしまった。

「アンジェラもアスリートなの？」わたしは訊いた。

「見ればわかるでしょ？　まるで……キリン。バスケやってて、すごいんだから」

アンジェラはやめてよと言いたげにバーニーを見たが、話に戻った。「とにかく、バーニーもわたしも新入生で、レギュラーの座を獲得するにはものすごく努力しなきゃいけないから、〈シックス・ポインツ・ジム〉へ通うことにしたんです。オーガストの職場だし、キャンパスからそんなに遠くないし」

「二日前の晩にジムに泥棒が入ったとき、警察は最初、悪ふざけだと思ったのよね。だってハロウィンの前夜だったから。ところが、今日になったら、ぜったいオーガストが犯人だって言いだしたの。それってスキャンダル（スカンダル）だわ」バーニーが話に割りこんだ。「でね、あたしがヴィクのことをアンジェラに話して、ヴィクならきっとオーガストが犯人じゃないことを証明してくれるってことで二人の意見が一致したの」

　バーニーはわたしにまばゆい笑顔を見せた。栄誉ある勲章を授与する女王のように。わたしはむしろ、女王の愛馬にみぞおちを蹴られた気分だった。

「オーガストはどう言ってるの？」

「それが行方不明なのよ」バーニーは言った。「きっとどこかに身を隠して――」

「バーニー、これからはあなたのこと、火山性カンガルーって呼ぶことにするわ。飛び跳ねてばっかり」苛立ちでアンジェラの声が高くなった。「ジムの店長の話だと、オーガストは一週間ほど出かけてくるって言ったんですって。ただ、どこへ行くかは言おうとせず、個人的に仕事を頼まれたと言っただけ。契約社員で有給がとれないから、休むときは無給になってしまうんです」

「あなたにも言わなかったの？」わたしは訊いた。

アンジェラは首をふった。「そこまで親しくないから。いい人だとは思いますよ。でも、大学で球技をやるのって、どんな感じかわかるでしょ？　バーニーの話では、あなたもシカゴ大でバスケをやってらしたとか。基礎トレーニングをやって、練習に出て、講義にも出る。女子の場合、男子とは違うんです。卒業しなきゃいけない、まじめに授業を受けなきゃいけない。いえ、それがいやだと言ってるんじゃないんです。どの授業もすごくおもしろいから。ただ、身内のために割く時間がなくて。それに、オーガストは人づきあいが悪くて、家に呼んでくれたこともないし」

「電話番号は知ってる？」

アンジェラはうなずいた。「でも、電話にもメールにも返事なし。フェイスブックもツイッターも更新されてません」

「警察のほうで、きっと何かつかんでるわ」わたしはアンジェラに反論した。「あなたのいとこの居場所を誰も知らないということ以外に」

アンジェラは爪の甘皮をひっぱった。「正確に言うと、泥棒が押し入ったわけじゃなくて、鍵を持ってる誰かがドアをあけたんです。で、鍵を持ってるスタッフのなかで行方がわからないのがオーガスト一人だけなので……」

「いつから連絡がとれなくなったの？」バーニーがふたたび熱弁をふるうのを阻止するため

に、わたしは尋ねた。

アンジェラは肩をすくめた。「それもわからないんです。わたしがオーガストの失踪を知ったのは今日になってからで、それも警察が話を聞きにきたからなの。どこへ行ったか知らないかって」

わたしは立ちあがって、さらにいくつか照明をつけた。事務所用に借りている倉庫は、高さ十四フィートの壁の上のほうにしか窓がない。そのため、フロアランプをいくつも置き、天井にも照明がたくさんとりつけてある。十一月の午後五時ともなると、薄闇を追い払うためにすべての照明をつけなくてはならない。

バーニーも、アンジェラも、簡潔に話をする能力に欠けているようだが、要するに、〈シックス・ポインツ・ジム〉に何者かが忍びこみ、医薬品戸棚を荒らしていったということらしい。ジムには多くのアスリートがやってくる。週末だけワークアウトに精を出す者、市内のプロチームの選手、大学の運動選手多数。専属の医師がいて、麻薬のたぐいも処方してくれる。荒らされた戸棚にどんな薬が入っていたのか、アンジェラもバーニーも知らなかった。

「ドラッグなんてやってないもん」わたしが薬のことを尋ねると、バーニーが言い返した。

「あたしにわかるわけないでしょ」

わたしは大きくため息をついた。「警察が話を聞きにきたとき、あなたがそういう質問をしたんじゃないかと思ったの。あるいは、警察があなたに質問したかもしれない。〈シックス・ポインツ・ジム〉には規制薬物が置いてあったに違いない。でなきゃ、警察だって気にするはずがないわ」

「警察からそんな質問は出ませんでした」アンジェラがふたたび自分の手に向かって言った。「オーガストとはどれぐらい親しいつきあいだったのか、彼がドラッグをやってたかどうか、売ってたかどうかを知らないか――そういうことを訊いてきただけ。わたしはもちろん、ありえないと答えました」

「オーガストとそんなに親しくなかったのに？」わたしはわざと意地悪く訊いた。

アンジェラは顔を上げた。目に怒りが燃えていた。「ドラッグをやってる人間って、見ただけでわかります。それほど親しくなかったのは事実ですよ。オーガストが一度だけ遊びにきたとき、わたしはまだ二歳だったんだから。でも、母が言ってました。オーガストがおもちゃの農場セットを持ってきて、わたしがそれで遊びたがって大変だったって。オーガストはとっても優しい子で、夜になると動物たちを寝かせてやるんですって。子羊をみんなまとめて寝かせて、牛も全部寝かしつけるの。犬は農夫のベッドで寝るのよ。そんな男の子がドラッグを盗んだりするわけないわ」

ドラッグの密売人もかつてはみんな、おもちゃで遊ぶ幼い子供だったのだが、そう指摘するのはやめておいた。

バーニーが熱っぽくうなずいた。「そうよ(エグザクトマン)！　だから、ヴィクにオーガストを見つけてもらいたいの。警察より先に見つけて。でないと、警察はオーガストを逮捕したきり、真実には耳を貸そうとしないもの」

「真実って？」

「ほかの誰かがジムに押し入って、荒らしていったんだわ」バーニーは両腕を上げた。わたしの鈍さにいらいらしている。

「こういう事件には大々的な捜査が必要なのよ。現場の指紋を採取し、ジムのスタッフと会員すべてから話を聞かなきゃいけない。警察にはそういう捜査に必要な人員と専門技術がそろっている。でも、わたしには犯行現場を調べるためのツールも人材もないのよ。たとえエヴァンストンの警官が現場を見る許可をくれたとしても」

「でも、ヴィク！　みんなから話を聞くぐらいはできるでしょ。ヴィクが質問を始めたら、みんなビビっちゃって、秘密にしておくつもりだったことまでしゃべりだすわ。ヴィクならぜったいできる。前にもそんな場面を見たことあるもん。ジムの店長だってしゃべるわよ。もしかしたら、店長が犯人で、オーガストに罪を着せようとしてるのかも」

わたしは口を二、三度開いたり閉じたりした。若い二人の顔に浮かんでいたのがへつらいなのか、嘆願なのかわからないが、とにかく〈シックス・ポインツ・ジム〉の住所と、店長の氏名と、オーガストの自宅住所をメモした。だが、オーガストの母親の名前をアンジェラに尋ねたところ、〝ジャクリーンおばちゃん〟は六年前に亡くなったとのことだった。

「オーガストの身内は、シカゴには誰もいないと思います。とにかく、母方の身内はいないはずです。お父さんは何年も前にイラクで戦死したし。お父さんの親戚がこっちにいるとしても、わたしはまったく知らないんです」

オーガストの友人関係についても、交際相手についても、借金があって返済を迫られているかどうかについても、当然ながらアンジェラはまったく知らなかった。とりあえず知っているのはオーガストの名字だけだった。ヴェリダン。アンジェラにもバーニーにも探偵料金を払える余裕がないのはわかっていたが、わたしはついうっかり、明日ジムに電話をかけていくつか質問をしてみると答えてしまった。

バーニーが飛びあがって抱きついてきた。「ヴィク、ぜったいひきうけてくれると思ってた！　頼れる人だってわかってたわ」

「カモにされるのはごめんだ」とブリジッド・オショーネシーに告げるサム・スペードの姿が頭に浮かんだ。わたしはなぜサムみたいに冷酷非情になれないの？

2　人生にフィットネスを

翌日はループで早めのミーティングがあった。相手はわたしの好きなタイプの依頼人。つまり、料金をきちんと支払い、目的のはっきりした調査を依頼してくる人だ。そのため、〈シックス・ポインツ・ジム〉にようやく連絡を入れたのは午後も遅くなってからだった。わたしが北へ向かいもしないうちに、何がわかったのかを問いただすバーニーからのメールが十件以上届いていた。

日勤の店長デニーズ・ラポートにアポイントをとったわたしは、エヴァンストン警察にも電話を入れ、事件を調査することを断わっておいた。担当刑事の口調からすると、この窃盗事件を最優先で捜査という雰囲気ではなさそうだった。誰も殺されていないし、負傷者すら出ていない。建物の損傷も微々たるものだ。

「その男を捜すつもりかい？　なんて名前だっけ？　オーガスト・ヴェリダン？　ま、がんばってくれ。見つかったら知らせてほしい」

「彼を犯人にしたいわけ？」

刑事は言った。「そいつから話を聞きたいんだ。鍵を持ってるスタッフのうち、見つからないのはやつだけだから、行方を捜してるところなんだ」

わたしはどんな医薬品が消えているのかを尋ねた。ひそかに口笛を吹いた。ジムの医薬品戸棚には豊富な種類がそろっていたようだ。オキシコンチン、トラドール、バイコディン、ほかにも聞いたことすらない薬の数々。

「盗む価値があるぐらい大量に保管されてたの？」

刑事は嘲るように鼻を鳴らした。「ジャンキーとつきあったことはないのかい、探偵さん。いくらで売れるかなんて関係ない。大事なのは簡単に盗みだせるかどうかだ。あんたも現場のジムへ行けばわかるだろう。金塊貯蔵所のフォート・ノックスとは大違いさ」

わたしはなるほどと納得し、何か参考になりそうなことがわかったら連絡すると約束した。おたがい楽観的な気分になれないまま、電話を切った。

〝人生にフィットネスを〟が謳い文句の〈シックス・ポインツ・ジム〉に着いたのは、五時を少しまわったころだった。建物は特大の倉庫という感じだった。入口の案内板によると、オリンピックサイズのプール、バスケットのコート十二面、ヨガスタジオ、ウェイトルーム、五つのレストランがあり、別棟はスパになっているらしい。入会して生涯健康に過ごすよう、案内板がわたしに勧めていた。大学生と高校生は特別学割、今日入会すれば誰でも三十パーセントオフ。泥棒事件のせいで退会するメンバーがずいぶん出ているに違いない。

案内板には〝シックス・ポインツ〟の意味の説明も出ていた。頭と心を使って四肢を鍛えるということらしい。

正面入口の映像を撮るために防犯カメラが設置されていたが、レンズがチューインガムでふさがれていた。なかに入ると、アメフト選手並みの体格の警備員が、「いますぐロッカールームに入らせて！」と要求する女性の応対をしていた。不愛想な顔でこちらを見て、会員カードと写真つき身分証の提示を求めてきた。

「事件が起きたとき、あなた、このジムにいました？」自分のほうが先にきたんだから勝手に割りこむのはやめてほしい、と女性がわめきちらすあいだに、わたしは警備員に尋ねた。

「なんでそんな質問を……？」警備員が言った。

「事件の調査を依頼された探偵なの。デニーズ・ラポートと会う約束になってます」

警備員はストレス発散のためにこの女をつまみあげて二つにへし折ってやりたい、という顔をしたが、かわりにデスクの電話をとり、わたしをなかに入れる許可を求めた。

「廊下の奥に裏階段があるから、二階へ上がってくれ。デニーズはすぐ見つかる。騒音のするほうへ行けばいい」

「で、あなたは事件が起きたとき、ここにいたの？」

「なんだ、そのくだらん質問は？　いるわけないだろ。午前零時から五時まで閉館で、泥棒が入ったのはその時間帯だった」

わたしがその場を離れたときには、怒れる女性にさらに二人の男性が加わって警備員を問い詰めていた。

ロッカールームの前まできた。警察のテープが入口を縦横にふさいでいたようだが、誰かがすでに破り捨てていた。

竜巻や地震のあとでテレビがどういう映像を流したがるかは、あなたもご存じのことと思う。住宅や家具が散乱した風景。テープをまたいだ瞬間、目に飛びこんできたのがまさにそれだった。女子ロッカールームのロッカーがすべてこじあけられていた。ジムバッグもリュックも投げ捨てられていた。ブラジャー、タンポン、水のペットボトル、水着、キャンディの包み紙、化粧品——そういったものがベンチと床に散らばっている。指紋採取用の粉が衣類に付着し、砂嵐が過ぎたあとの残骸みたいに見える。

そこから退却して男子ロッカールームものぞいてみた。化粧品がないだけで、同じく惨憺たる有様だった。犯人がドラッグ目当てだったのなら、ロッカールームを荒らすとは思えない。もっとも、重症のジャンキーなら、ジュエリーや電子機器を狙ったと考えられなくもない。だが、一人の人間がわずか五時間のうちにここまでできるだろうか。投げ捨てるだけならできるかもしれないが、何百ものロッカーがすべてこじあけられている。チーム作業のように思われる。

写真を何枚か撮ってから裏階段まで行った。階段をのぼりはじめたとき、騒音のするほうへ行けばいいという警備員の言葉の意味が理解できた。店長のオフィスは狭苦しいところで、金切り声を上げる会員であふれていた。ノースウェスタン大学のアスリートのマスコット〈ワイルドキャッツ〉がついた紫のスウェットシャツを着た男性が会費の払い戻しを求めてデスクを叩き、女性二人が何やら盗まれたと言ってわめき、もう一人の女性が悔し涙に暮れながら、裏地が破れてはみだした銀色のジムバッグをふりまわしていた。

「二百二十五ドルもしたのよ！　〈ステラ・マッカートニー〉のオリジナルなんだから。弁償してくれるの？　くれないの？」

「番号札をとってください」人混みをかきわけてデスクに近づいたわたしにラポートがどな

った。「一度に一人ずつしかお相手できません」

「V・I・ウォーショースキー、探偵です。さきほど電話させてもらった者です。出直してくるから、いつがいいか言ってちょうだい」

ラポートは両方のてのひらを目に押し当てた。「いつがいいかなんてわからないわ。いくら待っても無駄よ。この状態が夜通し続きそう」

「そうとも」男性が言った。「いつ被害の弁償をしてくれるのか、それがわかるまで帰らないぞ」

わたしがデスクによじのぼると、室内が静まりかえった。わたしはみんなを見下ろした。

「犯行現場の保存テープを破り捨てたのは警察？　それとも、勇敢なみなさん？」

何人かが低くつぶやき、〈ステラ・マッカートニー〉のジムバッグの女性がまたしてもわめきだした。「それがなんだって言うのよ！　弁償の責任を逃れようったって、そうはいかないわ」

わたしは困惑と苛立ちを顔に出すかわりに、悲しみと同情に満ちた表情を作ろうとした。

「みなさんがテープを破り捨てたのなら、所持品の被害がロッカールームに押し入った犯人たちのしわざかどうかを証明する手立てがありません。〈シックス・ポインツ〉は会員のみなさんを大切にしていて、法的に争うつもりはないのですが、保険会社の対応が問題でしょうね。みなさんがどさくさに紛れて現金をせしめようと企んで、破損した品を外部から持ちこんだのではないことを証明する方法がないからです。ジムに弁償を求めるには、警察に被害届を出す必要がありますが、みなさんが犯行現場を荒らしてしまった場合はそれができません。指紋採取用の粉の上に新たな指紋がついていれば、誰の指紋かは簡単に突き止められます」

店長のオフィスに押しかけていた人々は、凍える風に吹かれて縮こまってしまったかに見えた。ただし〈ステラ・マッカートニー〉のジムバッグの女性だけはべつで、怒り狂っていて理屈が通用しなかったが、それまでひっそりと黙っていて目立たなかった男性が彼女の腕をとり、廊下へ連れだしてくれた。残りの不運なアスリートたちもあとに続いた。

デニーズ・ラポートは椅子にぐったりすわりこんだ。まだ若く、たぶん三十代の初めで、ふつうの日なら魅力的に見えるだろう。その鍛え抜かれた腕はジムのフィットネス・トレーナーとしていい宣伝になるし、ハチミツ色の髪は自分で染めて艶を保っておくのに何時間もかけているのだろう。だが、今日は肌がくすみ、目の下にどす黒いくまができていた。

「正午にわたしがシフトに入ってから初めて、部屋が静かになったわ。保険会社がどうのって話は事実なの？」

わたしはデスクから飛びおりて部屋のドアを閉めた。

「おたくの経営陣と保険会社がジムの会員にどこまで気前よく対応するつもりかによるけど、保険会社にとって、列車事故が起きたときの追加請求はよくあることなの」

ラポートはぽかんとした表情でわたしを見た。

「列車が脱線すると、たいてい、事故保険の請求件数が乗客総数をうわまわるのよ。ジムとしては会員に誠意ある対応をしたいでしょうけど、会員がふりまわす品物の代金を保険会社が支払ってくれることはまずないと思う。保険金請求は悪夢になりかねないから、ジムを守るために、この件は本社の法務部に一任したほうがいいわ」

ラポートは弱々しく微笑した。「ありがとう。三日ぶりに耳にしたまともなアドバイスだわ」

「ほんとに災難だったわね」わたしは言った。「でも、オーガスト・ヴェリダンのことでいくつか質問させてもらいたいの」

ラポートは首をふった。「わたしから話せることはたいしてないわ。物静かなタイプで、トレーナーの免許を持っている。免許をとったのはロヨラ大学のとき。あそこの免許取得コースってすごいのよ。オーガストはつねにこちらの要求水準以上の仕事をしてくれたわ」

わたしはまばたきをした。「ネットのアンケート調査に回答するときのようなご意見ね」

ラポートは赤面した。「今日の午前中、警察と社の上層部に説明したときに、従業員ファイルに出ているオーガストのデータを覚えてしまったの。トレーナーのなかには話好きなタイプもいるから、わたしはその人たちが誰と交際してるか、歯医者にいくら払ったかまで知ってるけど、オーガストは無口なほうなの。みんな、彼のことが好きで――いえ、〝尊敬してる〟って言うほうがぴったりね。わたしたち全員が知ってるように、映画監督になるのが彼の夢で、ここのスタッフから頼まれて個人的に仕事をすることもあるのよ。結婚披露宴や卒業式のビデオ撮影。わたしはそういう仕事を頼んだことがないから、オーガストのビデオがどの程度のレベルなのかは知らないけど」

「ファイルに個人的な事柄は出てなかった？　パートナーとか。近親者とか」

ラポートはふたたび首を横にふった。「オーガストと話がしたいって警察に言われて、彼に電話したけど出なかったので、ファイルを調べてみたけど、連絡先の欄に書いてあったのはいとこが一人だけだった。ノースウェスタン大学の一年生の子」

わたしは渋い顔になった。「オーガストを見つけてほしいって頼んできたのがその子なの。ほかにどんな親戚がいるのか、その子も知らないそうよ」

ラポートはデスクの上で手を組み、真剣な目でこちらを見た。「その子と、その友達だという小柄なホッケー選手だったら、すでに会ったわ」

「ベルナディンヌ・フシャールね」

「オーガストが黒人だからわたしが警察に彼の名前を教えたんだって、その二人が思ってることは知ってるけど、正直なところ、黒人のトレーナーはほかにも三人いるのよ。一人はケニヤからきてるわ。ここに勤務してるのは、雑用係から、トレーナー、パーソナル・トレーナー、マッサージ・セラピストまで合わせて、全部で七十八名、マネージメント・チームはわたしを含めて七名。そのなかで居所がわからないのはオーガストだけなの。彼が犯人だとは思いたくないけど、どう考えても怪しいでしょ」

「最後に姿を見たのはいつ？」わたしは訊いた。

ラポートは渋い顔になった。「今日の午前中、パソコンでその点を確認しなきゃいけなかったけど、警察と社の上層部に話をするうちに、そらで言えるようになってしまったわ。十日前から出勤してないの。個人的に仕事を頼まれたので休ませてほしいと言っていた。わたしたちが知ってるのはそれだけよ」

その意味をじっくり考えてみた。オーガストがジムに押し入ってドラッグを盗む気でいたのなら、ずいぶん長く待ったことになる。「スタッフにはお医者さんも含まれてるの？」

「ああ、医薬品戸棚のことを考えてるのね。パーソナル・トレーナーやエクササイズ・トレーナーがおこなう怪我の処置を監督するドクターが一人いるけど、うちの従業員ではないわ」

　わたしは医薬品戸棚を見せてほしいと頼んだ。ラポートはすぐに立ちあがった。メンバーの攻撃から救ってもらったお礼に協力したいというわけだ。オフィスのドアをあけながら、変装できればいいのにという冗談まで口にした。

　廊下を歩くわたしたちを二、三人の会員が呼び止めようとしたが、ラポートは、この人は探偵で、犯行現場の一部を見てもらう必要があるのだと説明した。

　医務室のドアはあいていたが、立入禁止のテープが縦横に張りめぐらしてあり、こちらは無事だった。わたしは医薬品戸棚を調べるためにテープの下をくぐった。

「そこまでしなきゃいけないの？」ラポートが廊下を見渡した。

「手を触れるつもりはないから」わたしは彼女に約束した。

　室内にはデスクが一つと診察台が二つ。引出しが残らずあけられていた。デスクの引出しも、診察台の下の引出しも、壁に並んだキャビネットの引出しも。いくつかは床に乱暴に投げ捨てられ、ラテックスの手袋や綿棒や試験管が散乱していた。散らかった床の上を爪先立ちで歩いて奥の医薬品戸棚まで行くと、こちらも扉があいていた。しゃがみこんで錠のところを懐中電灯で照らした。こじあけられた跡はなかった。だが、犯人が鍵を持っていたのか、ピッキングが得意だったのかはわからない。

床から天井までの戸棚には、サポートテープからプラスチック容器に入った医薬品まで、ありとあらゆるものがそろっていた。容器のラベルに懐中電灯を向けてみた。一般の薬局で買える鎮痛剤のほかに、目玉が飛びだすほどすごい規制薬物がずらりと並んでいる。サポートテープのロールがほどかれ、伸縮性のあるテープが棚の縁から床まで垂れ落ちていて、肌色をした毒蛇の巣のように見えた。

廊下で待っていたラポートのところに戻った。

「トレーナーは医薬品戸棚の鍵も持ってるの？」

「持ってるのはドクターとナースだけよ。何か気になることでも？」ラポートは艶のない髪を神経質そうにひっぱった。

「おたくのお医者さんたち、ここの会員に薬を出しすぎてるんじゃない？」

ラポートが呆然と口をあけた。「泥棒事件になんの関係があるの？」

「わたしにはわからない。警察に調べてもらう必要があるわ。警察だったら、医者の治療を受けた全員に、あるいは恨みを持ったアスリートに、あるいは、子供の健康が損なわれたと思っている親に質問することができる。いえ、医者はこの件には無関係かもしれない。ジャンキー連中が手に入れやすい薬を狙っただけかもしれない。鍵を持ってる従業員が七十八人いるわけでしょ。つまり――」

「いいえ、持ってるのは十八人ぐらいよ。オーガストの場合は、週に一度、自分で正面入口のドアをあけて入らなきゃいけないから。トレーナーは全員そうなの。午前五時のシフトを交代でこなしてるので。あとは、わたしと、そのほか――」

「鍵が十八個か……かなりの数ね」わたしは口をはさんだ。「合鍵を作るのは面倒かもしれないけど、貸し借りは簡単にできる。でも、正面入口の鍵で医薬品戸棚もあけられるのではないとしたら、ジャンキー説には無理があるわね。ハイ状態だろうと、鬱状態だろうと、クスリがほしくて必死になってる人間なら、高度なピッキングの技を使うより錠をこわすほうが普通だわ」

「どうすればいいの？」ラポートの声は絶望に打ちひしがれていた。

「警察に頼んでロッカールームに入る許可をもらう。保険会社に提出する証拠品として写真を撮り、それから清掃業者を雇ってきれいに掃除してもらう。警察はこの事件に熱を上げてないみたいよ。怪我人が出てないし、内部を荒らされただけで、施設そのものが深刻な被害を受けたわけじゃないから。文句は言わないと思う。オーガストの居所がわからないのが残念ね。すべてをビデオに収めてくれたでしょうに」

3 解体された映画監督

〈シックス・ポインツ・ジム〉でデニーズ・ラポートとの話を終えたわたしは、くたくたに疲れはて、家に帰って風呂に倒れこむことしかできなかった。携帯メールの着信を知らせる音が何度か響いたが、昏睡状態で三十分ほど浴槽に浸かっていた。身体を動かすのは風呂が冷めたときに熱いお湯を足すときだけだった。

ついにわたしを風呂から強引にひきずりだしたのは、階下の隣人と共同で飼っている二匹の犬だった。浴室の外でドアをひっかいたり、キュンキュン鳴いたりしはじめた。ミスタ・コントレーラスは九十歳を超えていて、ミッチとペピーを散歩に連れていくのがもう無理なことを認めるぐらいなら、ホワイトソックスを裏切ってカブスを応援するだろうが、二匹に運動が必要なことをほのめかすため、わたしのところに連れてきたに違いない。

「はいはい、きみたち、わかりましたよ」タオルで身体を拭きながら、わたしはつぶやいた。

ジーンズと分厚いスウェットシャツに着替え、ランニングシューズをはいて、二匹にリードをつけてから、近くの公園へ軽く走りに出かけた。テニスコートは無人だったが、寒い秋の夜に試合をしたがる熱狂者がいる場合に備えて、煌々(こうこう)と照明されていた。二匹がコートでボールを追いかけるのに熱中しているあいだ、わたしはメールをチェックした。バーニーから五件。オーガストのことを聞きたがっている。ミッチと同じぐらい騒々しくしつこい子で、わたしのメール受信箱をひっかき、キュンキュン鳴いている。

オーガストの電話にかけてみた。スピードダイヤルに番号を登録して、朝から何度もかけつづけている。今回も前と同じく、金属的な声で〝ただいま電話に出られません。メール受信箱は満杯です〟という応答があった。

バーニーとアンジェラにメールを送った。〝警察はあまり関心がないみたい。泥棒事件はおそらくオーガストと無関係ね。でも、やっぱり彼が姿を見せたほうがいいと思う〟。

当然ながら、バーニーがすぐ電話をよこし、アンジェラからは三十分ほどあとにかかってきたが、わたしはどちらの子にも、明日オーガストのアパートメントへ行ってくるから詳しい話はそのあとで、と答えた。「オーガストが話をしていそうな友達か隣人が見つからないかと思って」

シルクのシャツとウールのスカートに着替えて〈ゴールデン・グロー〉へ出かけた。このところ、わたしはこのバーに入り浸っている。オーナーのサル・バーテルご自慢のティファニー・ランプの温もりと、ウィスキーのなめらかさがほしいから。でも、いちばんほしいのはサルの手厳しい友情だ。

翌朝、オーガストのアパートメントへ出かけたが、行くのが遅すぎた。唯一の救いは、ゆうべ出かけたとしても手遅れだったのがわかったことだった。

オーガストは中庭つきのビルに1DKタイプの住まいを借りていた。出入口が六カ所もある三階建てのビルで、ドアマンはいない。呼鈴を鳴らして一分待ち、つぎはたっぷり三十秒押してふたたび待った。しかし、さらにもう一回やっても応答はなかった。

住込みの管理人がいて、オーガストの住まいと向かいあった棟の一階に住んでいるが、ほかにもう一カ所、ホールステッド通りの角にあるビルの管理人もやっている。わたしがなぜここまで知っているかというと、優秀な探偵能力を発揮して、出入口の外に貼り紙がしてあるのを見つけたからだ。管理人のホルヘ・バロスがバッキンガム・プレースの建物内にいないときはどこを捜せばいいかが、そこに書いてあった。

貼り紙に出ている番号に電話をして、探偵だと名乗り、オーガスト・ヴェリダンのことでいくつか質問させてほしいと頼んだ。バロスは水道管を修理している最中だった。

「ミスタ・ヴェリダンのことはわたしも心配でたまらんのですが」バロスは言った。「目下、水洩れがあって、二つ下の階まで被害が広がってましてね。しばらく待ってもらえますか。なるべく早くそっちへ行きますから」

わたしは玄関の外のコンクリート段に腰を下ろした。パソコンメールと携帯メールに返信していると、オーガストの住むビルから若い男性が出てきたので立ちあがった。二十代ぐらい、黒っぽい髪が額にだらしなく垂れ、ロイヤルブルーのシャツの襟もとでネクタイをゆるく結んでいる。片手でベーグルを食べ、反対の手にコーヒーのカップを握りしめ、そちらの小脇にブリーフケースをはさみこんで、ベーグルを持った手でドアを閉めようとしていた。

わたしは彼のためにドアを支えた。「わたし、探偵でオーガスト・ヴェリダンを捜してるんですけど。オーガストのお知りあい？」

男はベーグルを呑みこんで返事をしようとしたが、コーヒーで流しこまなくてはならず、

「いや、知りあいってわけでは……」と、もごもごした声で言った。

「最後に会ったのはいつ？」

「あとにしてくれないかな。仕事に遅れそうなんだ」

「あら、そう。オーガストもそうなのよ。一週間以上、職場に出てないの。みんなで捜してるところなの」

「きみとあと二十人ほどで？」

「どういう意味？」

男はベーグルを食べおえ、指についたクリームチーズをなめてから、ベーグルを持っていた手にブリーフケースを移した。「オーガストはぼくの真上に住んでるから、人が訪ねてくればわかるんだ。すごくいいやつだけど、孤独なタイプだ。ところが、ここ何日か、ずいぶん多くの連中がオーガストのところに押しかけてきてて、その数は建物のほかの連中の客をすべて合わせたよりも多いぐらいだった。あっ、急がないと」

男性はネクタイを肩になびかせて通りを駆けだした。

わたしはあわてて追いかけた。「電車か車か知らないけど、とにかくそこまで一緒に行くわ。この件は重大なの。具体的には何日ぐらい？　ゆうべは？　その前の晩は？」

男性はブロードウェイの角で足を止め、片手を伸ばしてタクシーを止めようとした。魔法のように一台のタクシーが現われたので、彼も冷静さをとりもどし、開いたドアに片手をかけて動きを止めた。

「ふつうじゃないような気がした。警察に電話したほうがいいだろうかと相談したほどなんだ――ええと、そのう、アパートメントの同居人に。ただ、他人がパーティで騒いでも文句を言うわけにはいかない。つぎにこっちが通報されてしまう。それに、ふだんのオーガストは世界でいちばん物静かなやつだし」

「いつのこと？」わたしは金切り声にならないよう気をつけた。「ゆうべ？　その前の晩？」

男はしばらく考えこんだ。「三日前の晩だ。きのうは会社で残業だったけど、同じ建物に住むべつの男が、警官が何人か来たと言っていた」

男はタクシーに乗りこみ、警官のことを話したその男性の名前を尋ねるわたしの鼻先でドアを閉めた。

わたしはバッキンガム・プレースに駆け戻った。ホルヘ・バロスはまだ戻ってきていない。もう一度彼に電話すると、修理に追われているができるだけ早く戻るとの返事だった。

肝心なツールを忘れて悔しい思いをするより必要以上の品を持ち歩くほうがいいという主義に従って、わたしはピッキングツールを持ってきていた。通りに面したドアをピッキングする必要はなかった。ベーグルを食べていた男の背後でさっきわたしがドアを閉めたとき、掛け金がかからないようにしておいたから。そのうえ、オーガストの住まいの玄関も拍子抜けするほど簡単にあいた。ロックされていなかったのだ。

三日前なら、オーガストのアパートメントはたぶん、上質の家具が少しだけ置いてある魅力的な場所だっただろう。ひっくりかえった鉢植え、ＣＤとＤＶＤのケース、木製の食器棚から床に放りだされた皿を見て、そう推測できた。

破壊の跡は衝撃波にやられたかのようだった。いとこのことを語るアンジェラの言葉が思いだされた。夜になると農場セットの動物たちを優しくベッドに入れてやっていた幼い少年。ひどい。ひどすぎる。

惨状のへりを爪先立ちで歩き、奥のキッチンをのぞいてみた。リビングを荒らしたのと同じ犯人の乱暴な手で、米やパスタの容器が調理台に放りだされていた。床にこぼれた食料を蟻の群れがあさっていた。

狭い寝室では、ベッドのマットレスがはがされ、シーツがくしゃくしゃに丸まってドアのそばに投げ捨てられていた。寝室のフレンチドアから小さなバルコニーに出られるようになっていて、プランターに植えたミニサイズのヒマワリと晩生のトマトがひきずりだされていた。ヒマワリは周囲にこぼれた土のおかげでまだ枯れずにすんでいるが、トマトはかなり弱っているようだ。

オーガストの行き先や出ていった時期を知る手がかりになりそうなものを捜してみた。スマホで写真を撮った。荒らされた場所の個々のクローズアップ、惨状全体をとらえた広範囲のショット。寝室からスタートして、つぎはバルコニーを撮影し、それからリビングに戻った。

二、三百枚撮ったところで、ふたたび寝室へ行き、シーツのしわを伸ばして、切り裂かれたマットレスの上に広げてみた。シーツにも、床にも、家具にも、血痕は見当たらなかった。ルミノール試薬やUVライトで確認したわけではないが、ここでも、エヴァンストンでも、犯人のやり方は手荒だから、血痕が残っていればすぐわかるはずだ。

バーニーとアンジェラの話だと、オーガストは映画を作るのが夢だったという。カメラやノートパソコンのたぐいは見当たらなかったが、それにはなんの意味もない。部屋を荒らした連中が持ち去ったのかもしれない。オーガストが持って出たのかもしれない。さらには、警官が盗んだとも考えられる。ベーグルを食べていた男が、警官がきのうここにきたと言っていた。

室内に目を走らせたわたしは、警察が本当にきたのかどうか疑問に思った。犯行現場に張られるはずの警察のテープはどこにもないし、指紋が採取されたことを示す銀色の粉末もない。

床にしゃがんだ。出発点を示してくれるものがここに何かあるはずだ。オーガストはCDやDVDのほかに本も持っている。証拠をめちゃめちゃにするのを気にしている場合ではない。ただ、わたしの指紋をここに残すことだけは避けたかった。コートの袖を使って本を次々と抜きだし、参考にできそうなメモが出てくるのを期待してふってみてから、ふたたび棚に戻した。黒人作家のものがそろっていた。ジェイムズ・ボールドウィン、ロレイン・ハンズベリー、マルコムX、タネヒシ・コーツ、アンジェラ・デイヴィス。

わたしの電話が鳴った。ビルの管理人かと思ってあわてて立ちあがったが、バーニーからだった。留守電に切り替わるまで放っておいたが、電話のおかげで、オーガストが固定電話と留守電メッセージを使うような古くさい人間だったかどうかを確認することを思いついた。

電話のプラグの差込口も、破壊された電話機も見つからなかった。同世代の人々と同じく、オーガストも連絡はすべて携帯でやっていたようだ。スケッチブックが見つかった。手を触れるのは避けて、キッチンナイフでページを何枚かめくってみた。オーガストがストーリーをメモし、セットのラフスケッチを添えていた。

あけっぱなしにされたキッチンの引出しにゴミ袋が入っていたので、スケッチブックをその袋に入れた。ラベルのないいくつかのDVDも、オーガストの撮った映像が入っているかもしれないと思い、持ち帰ることにした。もしかしたら、何か危険な撮影をしていたため、犯人たちがオーガストを襲おうとしてまずジムへ行き、次にこの自宅にきたのかもしれない。あるいは、結婚披露宴やユダヤ教の成人式（バル・ミツバー）の楽しい映像かもしれない。バーニーとアンジェラに渡して内容を調べるように言おうか。二人ともその作業に没頭して、わたしの調査の進みぐあいをうるさく尋ねるのをやめるかもしれない。

アパートメントのなかを最後にもうひとまわりしたとき、壁にかかった何枚もの特大の映画ポスターの前で足を止めてじっくり眺めた。オスカー・ミショーの監督作品『我らが門の内にて』のポスターが最高の場所を占めていた。それと向かいあっているのが、ウスマン・センベーヌが監督した『黒人女』だった。

光を反射するガラスケースに収められたポスターを、目を細めて観察した。どのポスターもオリジナルのように見えるが、わたしはルミノール試薬だけでなく、紙の鑑定をするツールも持っていない。専門技術もない。

リビングにはケイシー・レモンズとゴードン・パークスのポスターがかかっていた。エメラルド・フェリング主演の『プライド・オブ・プレース』のポスターがドアと向かいあっていた。超然たる表情の彼女の写真がポスターの大部分を占め、囚人服姿の写真が小さくはめこまれている。たぶん映画のワンシーンだろう。ほかのポスターと違って、これにはサインが入っていた。

〝オーガスト、わたしはあなたを信じます。あなたは自分自身を信じてください〟。右側に小さいきれいな字でそう書かれ、華やかな署名がポスターの下の部分を占めていた。エメラルド・フェリングも『プライド・オブ・プレース』もわたしには初耳だが、べつになんの意味もないことだ。わたしはミステリに登場するアラン・バンクス主任警部やリーバス警部のようなポップカルチャー通ではないのだから。

荒らされたアパートメントがわたしからどんどん自信を奪っていくように思われた。ルミノール試薬もなく、紙の鑑定技術もなく、ポップカルチャーには無知。でも、わたしの得意なことが何かあるはずだ。

ビルを出ようとしたとき、管理人のホルヘ・バロスがやってきた。長身痩せ型、アフガンハウンドのようにノーブルな顔立ちの男だ。小さな白いテリアがうしろにいるのが不似合いで、犬はわたしのジーンズの裾をくんくん嗅いだが、バロスの手の合図でおすわりをした。

オーガストの部屋が荒らされたことは管理人も知っていた。彼が警察に電話したのだ。

「きのうだったんですがね。やっと今日になって刑事（ディテクティブ）さんがくるなんて、どういうことです?」

「わたし、警察の人間じゃなくて、個人的（プライベート）に調べてるの」

「ああ、私立探偵ね。誰かに雇われて事件の調査を?」

「ミスタ・ヴェリダンを見つけてほしいと頼まれたので。けさ、ここにきて初めて、部屋が荒らされたことを知ったの。きのうの警察はたいした捜査もしなかったようね」

バロスは吐きだすように言った。「まるっきり何もしてません。ミスタ・ヴェリダンが交際相手とよく喧嘩してたんじゃないかって訊くもんだから、いつも物静かで、喧嘩するようなタイプじゃないって言ってやりました。それに、きれい好きだった。いつ部屋に行っても――あ、行くのは何か問題が起きたときだけですよ。わたしはスパイじゃないんだから。ときどきラジエーターや冷蔵庫を修理しなきゃいけなくて――でね、いつ行ってもきちんと片づいてるんです。あの花を見たときは――胸が張り裂けそうでしたよ。花の好きな人でね、おかげで部屋が華やかになる。うちの女房の具合がよくないのを知ってて、よく花をくれるんです。あの人に何があったんです？　まさか、危害を加えられたわけでは……？」

わたしは両手を広げた。困惑を示す万国共通のサイン。「ハロウィンの前夜、彼が勤務してるエヴァンストンの大型ジムがひどく荒らされたの。警察はジムに置いてあるドラッグを彼が盗んだんだと思ってるけど、このアパートメントの様子からすると、どうやら誰かが何かを捜してたようね」

「オーガストはドラッグなんか盗みませんよ。根っからの正直者だ」バロスは正直を〝ホネスト〟と発音した。わたしの母もそうだった。ラテン系の人々には、hを発音するかしないかの区別がつきにくいようだ。

「オーガストは十日前、どこへ行くとも言わずに姿を消してしまったの。ここの居住者か近所の人のなかに、オーガストから何か聞いていそうな恋人か友達はいない？」

バロスは首をふった。「わたしも入居者のことを何もかも知ってるわけじゃないです。なにしろ、三十六戸もあるんでね。けど、うちは——女房とわたしの二人暮らしですが——こと向かいあってるから、ここの玄関をよそよりもひんぱんに見てて、女房がオーガストのことを、人づきあいがなさすぎると言って心配してます。けど、ほんとに礼儀正しくて優しい人で、女房が放射線治療を受けてることまで知ってる数少ない一人なんです。ときどき、ロスキーヤを預かったりもしてくれます」

バロスが小型のテリアを指さすと、自分の名前を聞いて犬がワンと吠えた。

「奥さんと話ができないかしら。オーガストが何か打ち明けてるかもしれない」

バロスの妻は癌治療にも負けずに仕事に出ていたが、女房と相談してから電話します、とバロスが言ってくれた。

「忍びこんだ人間の姿なんて、まさか見てないわよね？」わたしは訊いた。

「うちは十時にベッドに入るから、忍びこんだのはそのあとでしょう。わたしは部屋が荒らされてるのを見たあとで、セキュリティを強化してカメラやアラームをつけてほしいとオーナーに頼んだんだが、オーガストの身を守るにはもう遅すぎる」

わたしはバロスと握手してから、沈みこんだ彼をそこに残して立ち去った。歩道を歩きはじめたとき、バロスの電話が鳴りだし、彼がわたしを大声で呼び止めた。彼の妻が休憩時間に電話してきたのだった。

バロスはスペイン語で話していて、探偵がきてセニョール・ヴェリダンのことを尋ねている、と説明した。そのあとは、バロスがときおり口にする「うん、うん、うん」以外、わたしは会話についていけなくなった。

電話を切ったバロスが残念そうに首をふった。「オーガストが出ていったことも、女房は知りませんでした。いい青年です。危険な目にあってるとは思いたくないです」

4　いちかばちか

オーガストと会ったことのないわたしですら、彼が危険に陥っているとは思いたくなかった。彼のアパートメントへ出かけたのは、一つにはバーニーをおとなしくさせるため、もう一つにはジムできのう目にした光景に当惑したからだった。

いまでは当惑するだけでなく、不安になっていた。小説の世界では、連続殺人犯やドラッグ密売人は物静かで人づきあいをしないタイプというのが定番だ。〝いい青年ですよ。うちの女房のことも気遣ってくれて。十人以上もバラバラ死体にして埋めたなんて誰も思いもしませんよ。大学のロッカールームからクスリを盗みだす組織の親玉だったとは、どうにも信じられません〟

小説の世界では、オーガストがまさにその人物と言えるだろう。物静かで、思慮深くて、外面はきちんとしているが、内面は荒れ狂うサイコパス。だが、ここは現実の世界だ。というか、少なくともわたしが現実と考えているものにいちばん近い世界だから、そんなことはありそうにない。ありえないと言っていいだろう。

冷たい霧雨になったため、家に戻る途中、最後の四分の一マイルを全力疾走するしかなかった。オーガストのアパートメントの近くに駐車すると高くつくので、わたしの自宅から二マイルほどの距離を歩いてきたのだ。肉体の不快感ぐらい頭脳を明晰にしてくれるものはない。乾いた服に着替え、エスプレッソを淹れてから、第六管区の知り合いの刑事に電話した。テリー・フィンチレーというその刑事とはずいぶん昔からのつきあいだ。おたがいに尊敬しているが、相手をあまり信用していない。警官は一般的に私立探偵が嫌いなのに加えて、わたしが以前つきあっていた刑事とテリーが親しいため、なおさらややこしい。テリーはわたしのことをその刑事コンラッド・ローリングにとって疫病神だと思っている。わたしが調査していた事件に関わりあったせいで、コンラッドが撃たれたからだ。しかし、信頼できる顔見知りの刑事のなかで高い地位にいる人物といえば、やはりテリーしかいない。また、アフリカ系アメリカ人だから、ほかの刑事よりはオーガストの立場に共感してくれるかもしれない。

テリーの留守電に、現在の状況をざっととまとめたメッセージを残しておいた。「目下、エヴァンストンのお仲間はたいした事件じゃないと思ってるようだけど、急に重大事件扱いになったとき、オーガストが犯人にされるような事態は招きたくないの。荒らされたオーガストの住まいの指紋をそちらの鑑識で採取して、ジムの侵入事件を捜査したエヴァンストン警察の記録と突き合わせてもらえるとありがたいんだけど」

電話の最中に二匹の犬が階段を上がってきた。昼間にわたしが帰宅したので大はしゃぎだ。わたしはうわの空で二匹をなでてやった。

オーガストのことをバーニーとアンジェラ以上に詳しく知っている人物と話をする必要がある。登録している複数のデータベースで彼のことを検索してみた。これらを使えば、わたしのような立場の人間には入手できないはずの法執行機関や金融機関の多数のデータを得ることができる。

だが、〈ライフストーリー〉と〈データモニター〉を調べても、アンジェラから聞いた程度のことしかわからなかった。ロヨラ大学でエクササイズ・セラピーと映画を専攻、契約社員として〈シックス・ポインツ〉に勤務、両親ともすでに死亡（父親は第一次湾岸戦争で戦死）。血縁者はルイジアナ州に住むアンジェラの一家のみ。銀行の預金額はほどほどだが、十二日前に四千ドルの小切手を現金化している。

わたしは低く口笛を吹いた。いまの時代、昔ほど使い出はないものの、持ち歩く額としてはかなりのものだ。また、小切手の出所がはっきりしない。中継ぎ投手の僧帽筋の動きを撮影するというような臨時の仕事を受けたのかもしれない。

両方のデータベースに、オーガストの映画の仕事とウェブサイトのことが出ていた。サイトの名前は〈亡霊の幻影〉、〝アイディアの亡霊たちをフィルムから現実へ〟というキャッチコピーつき。リンク先をクリックすると、オーガストが制作した映像の一部が出てきた。結婚披露宴（大部分がゲイかレズビアンのカップル）、初聖体とバル・ミツバー、現代の流行りとも言える芸術性の高いショートフィルム。そのフィルムの中心になっているのは目に見えない不気味な何かで、おぞましすぎて正体を見極めることもできない恐怖から人々が逃げまわっている。どれをとっても、四千ドルの小切手にはなりそうもない。

サイトに出ている彼自身の宣伝フォトは、いくつもの鏡に映った姿を自分で眺めているという芸術的な構図だった。そこには若手映画監督の標準的な装いに身を包んだオーガストがいた。黒のタートルネック、黒の革ジャケット、ブルージーンズ。丸顔、ふっくらした頬、生真面目そうなくぼんだ目。その写真をわたしのフォトアルバムにコピーした。

〝オーガスト、わたしはあなたを信じます〟。彼のポスターにエメラルド・フェリングがそう書いている。スマホで音声検索をすることにし、フェリングか『プライド・オブ・プレース』について何か知らないかと質問した。映画が制作されたのは一九六七年、監督はジャーヴィス・ニルソン。黒人男性だが、わたしは初めて聞く名前だった。『プライド・オブ・プレース』はハーレム、ブロンズヴィル、その他黒人が多く住む地域のわずかな劇場で公開されただけで、やがて跡形もなく消えてしまった。

画面をスクロールしながらあらすじを読んだ。フェリングが演じたのは、マサチューセッツ州ケープコッドの一角にある裕福な黒人の住宅地で生まれ育った若い女性。時代は一九六四年、公民権運動の一環である〝フリーダム・サマー〟と呼ばれる活動が燃えあがった年で、ヴァッサーカレッジの一年生だった彼女は両親が止めるのも聞かずにボランティアとしてミシシッピー州へ赴く。有権者登録運動の最中に逮捕される。両親が保釈金を出し、娘を家に連れ戻そうとするが、彼女は逮捕された仲間と一緒に監獄に残ると言い張る。釈放後、小作人の男と深い仲になるが、クー・クラックス・クランのメンバーに男が殺害されるところを目撃してしまう。映画の最後のシーンで、カレッジの学長や両親と激論を戦わせた末にヴァッサーカレッジを退学し、ミシシッピー州に戻って、フリーダム・スクールの運営を手伝うことにする。

ウィキペディアにはフェリングの情報はあまり出ていなかった。わがデータベースのほうも似たり寄ったりだったが、一九四四年にカンザス州フォート・ライリーで生まれたことだけはわかった。ニルソン監督と出会った経緯についての説明はおおざっぱだが、『プライド・オブ・プレース』に続いてさらに二回、ニルソンの作品に主演している。両方とも少数の映画館で封切られたのちに消えてしまった。

フェリングの現住所はシカゴ。『レイクビュー』の撮影中、この街に永住しようと決めた。『レイクビュー』というのは『ジェファーソン一家』のパクリであることが歴然としているTVドラマシリーズだ。テーマ曲は〈ムーヴィング・オン・アップ・トゥ・ノース・サイド〉。これも『ジェファーソン一家』のテーマ曲〈ムーヴィング・オン・アップ〉に酷似している。いったいどれだけ訴訟騒ぎが起きたことやら。

フェリングはオーガストのポスターにサインして、個人的な言葉まで贈っている。もしかしたら、彼の夢と計画も聞きだしたかもしれない。オーガストが彼女に行き先を打ち明けているかもしれない。いちかばちかの賭けだが、もうそこに頼るしかない。

フェリングの自宅があるのは九十六丁目、ワシントン・ハイツ地区で、数ブロック先には上院議員時代のバラク・オバマが礼拝に通っていた教会がある。

今日は午後の半ばに予定が一つ入っているだけだ。倉庫の備品をめぐる詐欺事件の解決に手を貸したので、法廷で証言することになっている。大急ぎで事務所に寄ってその事件のファイルをとってくれば、九十六丁目まで出かけても法廷には充分間に合う。高級ウールで仕立てたかっちりしたデザインのスーツという法廷用の装いに急いで着替えたが、鍵束とノートパソコンをブリーフケースに押しこんでいたとき、オーガストのポスターに写っていたフェリングの王侯貴族のごとき超然たる表情が心に浮かんだ。五十年近く前の写真だが、卑しき探偵がいきなり押しかけてもいいような人物とは思えない。

データベースを検索すると、フェリングが非公開にしている電話番号が出ていた。呼出音が五回鳴ったとき、深みのある柔らかな男性の声で応答があった。

こちらの名前を告げ、ミズ・フェリングにかわってもらえないかと尋ねると、深みのある声が冷淡になった。「何を売りつける気だ？」

「違います。わたしは私立探偵で――」

電話を切られてしまった。息子か、もしくは執事で、フェリングのプライバシーを守るのが役目なのだろうか。

もう一度電話してみた。今度はいきなり留守電になった。応答メッセージが流れるだけ。こちらからメッセージを残すことはできない。

歯をギリッと嚙みしめた。交通の女神に少しでも思いやりの心があるなら、九十六丁目とホールステッド通りの角まで出かけて、ミズ・フェリングもしくは護衛のブルドッグと一時間ほど話をしても、時間までに法廷に着けるだろう。化粧ポーチがブリーフケースに入っているのを確認してから、事務所に寄ってファイルをとり、フェリングの家までの十五マイルを、なんとわずか四十七分で完走した。この時間帯のライアン高速としてはスピード記録だ。

フェリングが住んでいるのは、こぢんまりした平屋と手入れの行き届いた庭が並ぶ通りだった。木々はすでに葉を落としているが、どの家の庭を見ても、芝生に散った枯葉はすでに片づいている。ハロウィンの飾りつけに使われた幽霊の指がいまも茂みから垂れ下がったりしているが、フェリング家の玄関に続く歩道には、近所の家と同じく鉢植えの菊が並んでいた。同じブロックのほかの家々に比べるとやや大きめだが、富をひけらかすような大きさではない。

呼鈴を鳴らしても応答はなく、いずれにしても、カーテンを閉ざした窓の奥には誰もいない様子だった。空っぽの建物はなぜかよそよそしさが感じられるものだ。建物自体が世間から身を隠そうとしているかのように。

通りの向かいを見ると、初老の女性がダックスフントを散歩させていた。犬は近くの木の枝から自分をからかうリスに向かって吠え立てているが、女性は好奇心をむきだしにしてわたしを凝視した。黒人の住宅地に白人女？　いったいなんの用なの？

わたしは女性に近づいて自己紹介をした。「ミズ・フェリングと話がしたいんですけど。すぐ戻ってらっしゃるかどうか、ご存じありません？」

女性は唇をゆがめた。「あの人に何か売りつけるつもり？　例えば、車寄せに使うモルタルとか？」

「この界隈に詐欺師が横行してるんですか」わたしは訊いた。インチキ建設業者が老人を食いものにしようとするのは、現代生活の腹立たしい一面だ。フェリングの電話に出た男性が冷淡な声になったのも、それで説明がつくかもしれない。

「あんたもその一人じゃないの？」女性の唇がわたしを嘲るようにさらにゆがんだ。

「私立探偵です」わたしは彼女に名刺を渡した。「映画監督志望の青年が姿を消してしまったんです。一人暮らしで、血縁者もあまりいないみたい。居所を知っていそうな人も見つからない。ミズ・フェリングがその青年にいい印象を持ってらしたことを知って、ひょっとしたら、行き先をご存じじゃないかと思いまして」

「その若い映画監督の名前は？」

わたしは携帯をとりだしてオーガストの写真を見せた。「オーガスト・ヴェリダン」

「で、あんた、その男がミズ・エメラルドに何をしてると思ってるわけ？　金を巻きあげてるとか？」軽蔑に満ちた唇のゆがみがさらにひどくなった。

さっきは深みのある声の男に電話を切られたし、今度はこれだ。オーガストがじつはフェリングの家に隠れていて、近所の人々が捜査当局から彼を守ろうとしているのではないかという気がしてきた。あるいは、詮索好きな白人女から守ろうとしているのか。でも、それなら、ジムとアパートメントが荒らされる以前に、オーガストが何かに巻きこまれていたことになる。

うなり声をあげ、リードをひっぱる犬に向かって、リスが〝クックックッ〟と鳴いていた。〝あたしは木の上、あんたはつながれたまんま〟。わたしの同情はすべて犬に向けられた。

わたしは首をふった。「これ以上詳しい話はできません。わたしはオーガストを見つけるために雇われたけど、彼を知ってる人が一人も見つからないの。ミズ・フェリングに話を聞くのが最後の希望なんです。ご本人が電話に出られないのは病気だから？　それとも、街を留守にしてるから？」

「誰にでもプライバシーを守る権利があるんじゃないの？　詮索好きな人間の質問から逃れるために」女性がわめいた。

「そんなふうに思ってらしたの？　ミズ・フェリングの人生と仕事を詮索する気なんて、わたしにはありません。ただ、オーガスト・ヴェリダンという青年が、やってもいない犯罪の濡れ衣を着せられそうになってるんです。オーガストを見かけたら通報するようにという要請が、警察からすでに出ています。その前にわたしが彼を見つけたいの。協力してもらえないなら、通りに並んだ家の呼鈴を残らず押してまわることにするわ。たぶん、誰かが何か話してくれるでしょう」

女性は犬に視線を落とし、リードをひっぱって、「静かにしなさい」と〝ポピー〟にどなった。ポピーは笑顔で女性を見上げて、ふたたび吠えはじめた。

「トロイに話を聞いてみたら？」わたしに譲歩するのが悔しいらしく、唇をこわばらせて、女性は言った。「トロイ・ヘンペル」

フェリング家の南側にある家を指さした。「トロイは子供のころからミズ・エメラルドの使い走りをやってて、いまでは委任状だのなんだのを預かるようになってるわ。この時間、トロイは仕事に出てて、家には母親しかいない。ダウンタウンの銀行がトロイの勤務先だから。テクノロジー部の部長をしてるの」

5　クラフトビール

　トロイ・ヘンペルは〈ゴールデン・グロー〉に約束の時刻より三十分遅れてやってきたが、わたしは気にならなかった。今日は長い一日だった。緊張をほぐし、ウィスキーを軽く飲みながらサルとおしゃべりする時間ができて、かえってうれしいぐらいだった。ヘンペルがバーに入ってきた瞬間、サルがわたしを小突いた。有能なバーのオーナーなので、百三歳になった祖母の誕生パーティの話で盛り上がっている最中であろうと、店内の様子はすべて把握している。

　わたしがパソコンのサポートを頼んでいる業者は、顔も身体も幼い天使みたいにぽっちゃりと柔らかだ。運動といえばデスクからコーヒーマシンまで行って戻ってくるだけ。ところが、トロイ・ヘンペルはウクライナ人ハッカーをクラッカーみたいに砕いてスープに入れることもできそうな体格だった。濃紺の極上のプルオーバーが僧帽筋の上でぴんと張りつめているのを見て、サルがわたしにいたずらっぽい視線をよこした。

「ジェイクのライバル？　コントラバスの演奏だけじゃ、あんな筋肉はつかないよね」

　ジェイク・ティボー、わたしの恋人。たぶんね。いずれにしろ、コントラバス奏者のジェイクは、目下、古楽の仲間と一緒にスイスに滞在中だ。

わたしはサルを殴るまねをしてから、ヘンペルを迎えるために立ちあがった。デイリー・センターの廊下で証言の順番がくるのを待っていたとき、彼に連絡をとったのだ。

法廷の審理があらかじめ定められたスケジュールどおりに進むことはけっしてない。法廷にいるだけで報酬がもらえる弁護士や判事にとっては喜ばしいことだが、わたしのような証人にはありがたくない。とりあえず、だらだら待つあいだにヘンペルの電話番号を調べることができた。携帯番号とフォート・ディアボーン信託銀行のオフィスの番号を。

電話でこちらの事情を説明するかわりに、彼にメールを送った。慎重に文面を作るためにまず下書きをした。フェリングの隣人がなぜあんなに警戒していたのか、ヘンペルがなぜわたしの電話を切ってしまったのか(けさフェリングに電話したときに出たのがヘンペルだとすれば)を推測しようとするのはやめて、こちらから充分な情報を提供し、わたしに会ってみようという気にさせたかった。フォーマルな堅苦しい文面が効果をあげた。ヘンペルの返信に熱意は感じられなかったが、六時に〈ゴールデン・グロー〉で会うことを承知してくれた。

わたしがそこまで用件を片づけたあとも、法廷では依然として、わたしの提出した証拠を容認していいかどうかをめぐって議論が続いていた。また、バーニーから新たなメールが三件届いていた。返事をした。〝ニュースなし。何かわかったら知らせるから、わたしの膝にホッケースティックを叩きつけるのはやめなさい〟

〈ネットフリックス〉を調べてみると、監督ジャーヴィス・ニルソン、主演エメラルド・フェリングの映画が三つとも入っていた。『プライド・オブ・プレース』をストリーム再生した。フェリングは熱意に燃える活動家をみごとに演じているが、セリフが重苦しい。

四時にようやく廷吏に名前を呼ばれた。映画はちょうど、フェリングが自分の産んだ男の子と一緒に小作人の墓の前にすわっているシーンだった。両親に向かって感動的なセリフを述べていた。「こういう子がいつか大統領になるでしょう。でも、そのときがくるまで、わたしたちにはここでやらなきゃいけないことがあるのよ、お母さん。エルトンが死んだいまも、生きているときと同じように、わたしは彼のそばを離れるわけにいかないの」

そう！　〈星条旗よ永遠なれ〉が流れる。

わたしの証言が完了しないうちに、法廷は三十分後に休廷となった。車で北へ帰り、法廷用のスーツを脱いでから犬を軽く走らせ、そのあと清潔なジーンズとブロンズ色のウールのジャケットに着替えて〈ゴールデン・グロー〉へ出かけた。ピーター・セラーズになったような気分だ。彼は同じ映画のなかで一人六役を演じ、次々と衣装を替えている。〈グロー〉に着いたときは約束の時刻を過ぎていたが、それでも、ヘンペルより二十分早かった。

誰とどんな理由で待ち合わせているのかをサルに説明すると、サルは鉄のような手でわたしの肩をつかみ、カウンターのスツールに強引にすわらせた。

「エメラルド・フェリング？　エメラルド・フェリングと会う約束なの？」

「フェリングを知ってるの？」サルの指を肩からはがしながら、わたしは訊いた。

「若いころ、フェリングの出てる映画は残らず見た。『ジェファーソン一家』のあのくだらないパクリ作品まで。あたしのロールモデルだった。フェリングに会うんだったら、ぜったいここにして」

「フェリングの用心棒しだいね。その男が約束どおりに姿を見せてくれれば。近所の住人がCIA長官みたいにフェリングのプライバシーを守ってることを知ったら、あなたも安心できるんじゃないかしら」

サルが雨あられと質問を浴びせてきた。近所の住人について、フェリングの住宅について、オーガスト・ヴェリダンがフェリングの信頼を得るに至った経緯について。

「恋に夢中の十代の女の子みたい」わたしはぼやいた。

サルはうなずいた。「エメラルド・フェリングのこととなったら、あたしはたしかに恋に夢中の十代の女の子だ」

わたしが今日の午前中までフェリングの名前を聞いたこともなかったことは、黙っておこうと決めた。修復困難な亀裂を生む恐れがある。かわりに、〈リンクトイン〉に出ているトロイ・ヘンペルの書き込みをサルに見せ、彼が飲むのは何かという賭けをした。

「バーボンだわ」わたしは言った。「まだ若い。トレンドを追うのが好き。おしゃれに決めたがる」

「いますぐ払ったほうがいいよ。若くてトレンド好きならビールだね。地ビール」

十分後ぐらいにヘンペルが入ってきた。分別ある執事にふさわしい無表情な顔だったが、サルが自慢にしているマホガニー製の馬蹄形カウンターとティファニー・ランプを見たとたん、目が丸くなった。このランプがあるため、サルの店にかけられた保険金は莫大で、わたしなど、手の指に加えて足の指まで使っても、その額を数えることができない。

「ぼくの職場は五ブロック先だけど、こんな店があるなんて知らなかった。いつからここに？」ヘンペルが言った。

「おたくの歯が生えたころから」サルは千ワットの笑みを浮かべて、言葉の辛辣さを和らげた。「ご注文は？」

彼がビールと答えたので、サルは薄笑いを浮かべた。ヘンペルが指定したのはホップハザードドリーとかいう銘柄だった。たぶん、彼の若さをからかったサルに、〃そんなものは置いてないよね〃と挑戦したのだろう。ところが、サルがチーフバーテンダーのエリカに声をかけたとたん、エリカは階段を下り、ケースを抱えて戻ってくると、カウンターの下に置いた。

サルはわたしのために、二台のテレビから離れた奥の隅のテーブルを用意してくれていた。片方のテレビはニュースを、もう一台はブルズの試合をやっていた。

「さて」ヘンペルは言った。「ミズ・エメラルドになんの用なのか、話してほしい」

「オーガスト・ヴェリダンの件なの」わたしは携帯をとりだして、午前中にオーガストのアパートメントで撮った写真を見せた。「何がどうなってるのかわからないけど、オーガストの職場のジムも同じような被害にあってるわ」

一部始終を語った。警察より先に彼を見つけてほしいとオーガストのいとこに頼まれたこと、荒らされた理由についてわたしが立てたさまざまな仮説、そして、オーガストはエメラルド・フェリングとどの程度親しかったのかという疑問。「ミズ・フェリングになら、オーガストも打ち明け話をしたかしら」

ヘンペルはホップハザードドリーをふた口で飲みほし、ボトルを両手にはさんでころがしていた。サルに劣らず巧みに店内の様子に目を光らせているエリカが新しいボトルを持って現われ、眉を上げてみせた。ヘンペルはうなずいたが、サルと話がしたいと頼んだ。二人きりで。

わたしが渋い顔をしているあいだに、エリカはヘンペルをカウンターへ連れていき、常連客の一人と話しこんでいたサルに声をかけた。その客はトレーダーで、相場の上下に関係なく毎晩カウンターの端にすわって、バーボンのダブルを四杯飲んでいく。サルはアフリカ系アメリカ人だ。ヘンペルはたぶん、わたしのような白人女を信用してもいいものかどうか、サルの意見が聞きたいのだろう。

数分後に彼がテーブルに戻ってきた。背後でサルがわたしに笑顔を見せていた。「ミズ・エメラルドは十日前、オーガストと一緒に街を出ていった」前置きもなしにヘンペルは言った。「ぼくがその場にいれば、何があったのか話してくれたと思うが、ぼくはテルアビブで上級コースの研修に出ている最中だった。帰国したのはミズ・エメラルドが街を出た五日後だった。ミズ・エメラルドはうちの母親に、かかってきた電話はぼくのほうへ転送されるようにしておく、留守のあいだの雑用を頼みたい、と言い残していった」

ヘンペルは中途半端な笑みを浮かべた。「二十五年前にミズ・エメラルドがぼくたちの住む通りに越してきて以来、ぼくが雑用をひきうけてきた。たぶん、ぼくのことをいまでも七歳の子供だと思ってるんだろうな。〝トロイ、今日は芝生を刈ってね〟とか、〝トロイ、美容院まで車で送ってほしいの〟とか、そんな感じなんだ」

「どこへ行くつもりか、あなたのお母さんに言っていかなかった？」

「うん、言ったよ。オーガストは才能あふれる若い映画監督で、ミズ・エメラルドの人生をドキュメンタリーにしようとしてるって。車でカンザスへ出かけると言ってた。彼女のルーツをフィルムに収めるために」

わたしはその意味をじっくり考えた。「それが大きな秘密なの？　オーガストがなぜ電話に出ないのか、わたしにはどうしてもわからないんだけど」

ヘンペルは首を横にふった。「ぼくもそれが気になってた。うちの母なんか、オーガストがミズ・エメラルドを食いものにする気じゃないかと心配してた。超人気女優ではなかったが、テレビドラマにも出てて、その印税がいまも入ってくる。一般の黒人の老女よりいい暮らしをしてるから、ぼくたち全員が——あの通りに住む全員が——強欲な営業マンに目を光らせてるんだ」

「自分のことを自分で処理する能力はあるの？」わたしは尋ねた。

「ああ、頭はしっかりしてる。ただ、若いときから実務能力に欠けてる人だった。ぼくが委任状を渡されて、ミズ・エメラルドのいろんな用件を処理することになっている。それはともかく、うちの母の話だと、ミズ・エメラルドは出発前にオーガストと長時間話しこんでたそうだ。だから、信用できる男だと母も思ったらしい」

「姿を消す前に、ヴェリダンは高額の小切手を現金にしてるの。その小切手、ミズ・フェリングが渡したものかしら。だとすると、オーガストがだまして巻きあげたのか、それとも、エメラルドが自分の意思で渡したのか」

「あの金、オーガストに渡っていたのか。ミズ・エメラルド関係の書類にはぼくがサインすることになっている。四千ドルひきだしたのはぼくも目にしたが、銀行小切手になってたんだ。くそっ」

ヘンペルは大きなてのひらをテーブルに叩きつけた。「すべてぼくが海外にいるあいだに起きたことだが、母はミズ・エメラルドの思いつきだと言っている。映画を作りたいので一緒に行ってほしい、とオーガストを説得したそうだ。いまの時代の言い方だと〝オリジン・ストーリー〟を作るために。映画界に返り咲く方法を見つけたかったのかな。もしくは、少なくともニルソン監督の作品に対する関心を呼び起こしたかったのか。だから、ぼくはミズ・エメラルドがいわば列車の運転役なんだと信じた」

「オーガストのほうから売りこんだとも考えられるわ。ミズ・エメラルドに自分の案だと思いこませるような方法で」

「うん、ぼくもそんな気がしはじめてた。二人とも電話に出ないからなおさらだ。母と相談して、どうすればいいか決めようとしてたんだ。警察に頼むのは気が進まない。とくに、ミズ・エメラルドがどこにいるかわからないからね。四つの異なる州を車で走ってるのかもしれないし、カンザス州のちっぽけな町にいるのかもしれない」

「車で出かけたの？」

「そう。オーガストの車で。プリウスだ。ミズ・エメラルドはいまじゃほとんど運転しないから、ずっとオーガストが一人で運転だろうな。イスラエルから帰国して以来気になってたんだが、本気で心配になってきた。あのう、うちの母とあと一人か二人に相談しなきゃいけないけど、そちらの了解がとれたら、二人を捜してもらえないだろうか」

6　川を渡る

「ある日、日照りでカンザス川が三フィートの浅さになったとき、うちのじいさんが歩いて川を渡った」ガートルード・ペレックは言った。「自分の女房と十一人の子供を置き去りにし、イボから癌までのあらゆる病気の治療法を書いた紙をあとに残して」

「そんな話、一度もしてくれなかったじゃない、おばあちゃん。あ、癌の治療法のことだよ」ケイディ・ペレックが言った。「試してみたことある？　その紙を博士に見せたことは？」

ガートルードは笑った。「覚えてるのは一つだけだ。胃癌の治療法。ポートワインにバラの花びらを漬けて七十二時間置いておく。癌は治らなくても、たぶん、禁酒の誓いを立てた教会の善良なレディたちをいい気分にしてくれたことだろう。いや、博士に話そうと思ったことはなかった」

「博士って誰なの？」わたしは訊いた。

「病気に関するすごい権威。少なくとも昔はそうだった」ケイディが言った。「もうリタイアしたけど、みんな、いまでもときどき相談に行くのよ。例えば、去年、ユードラでサルモネラ菌の食中毒が起きたときもそうだった。ユードラっていうのは東のほうにある町なんだけど、バーガー屋の調理係が原因だってことを博士が突き止めてくれたの」

ケイディはガートルードに視線を戻した。「おばあちゃんのおじいちゃん、とうとう帰ってこなかったのよね。誰もが知ってる。けど、おばあちゃんや、そのまたおばあちゃんや、そのほかの人に、手紙ぐらい届かなかったの？」

「もし届いてれば、うちのばあさんのことだから、黙ってなかっただろう」ガートルードは言った。「ずっと思ってたんだが、じいさんは川向こうで新しい家族を作ったのかもしれない。あるいは、北へ向かって歩きつづけてカナダまで行ったのかもしれない。ばあさんはおっかない人だったからね。一度だけ、じいさんのことを訊いてみた。そしたら、ばあさん、あの茂みから小枝を折りとって、血が出るまでわたしの脚をひっぱたいた」

ガートルードはポーチの石段のほうへ片手をふった。秋の嵐にほとんどの葉を散らされた茂みが手すりに覆いかぶさっている。小枝は直径一インチほど。あんな枝でひっぱたかれたらさぞかし痛いだろう。

ケイディ・ペレックがわたしのほうを向いた。「おじいちゃんが失踪するのって、わが家の伝統みたい。いずれわたしが子供を持つとしても、その子たちが自分のおじいちゃんに何があったかを知ることはぜったいないでしょうね。だって、わたし自身、そのおじいちゃんに、つまり自分の父親に何があったのか知らないから。おばあちゃんはわたしをひっぱたきはしないけど、父さんの話をするのはいやみたい」

ガートルードが片手を伸ばしてケイディの肩を押さえつけた。「わたしが知ってることはおまえに残らず話してやっただろ」

「中身はゼロ」ケイディは言った。

「わたしの知ってることがもっとあるとしても、よそからきた人が興味を持って聞いてくれるような話じゃないよ」

それは警告の合図、脚を小枝でひっぱたくのに劣らずきびしい警告だ。わたしは気づかないふりをした。

「いろいろ聞かせてもらいたいわ。わたしはそうやって人の話を聞きながら、小麦と籾殻をより分けるみたいに、必要なものを残していくのよ。それに、不要な籾殻を軽率に使うようなことはしない主義だし」

「おやまあ」ガートルード・ペレックはせせら笑った。「小麦と籾殻をより分ける？　あんたが農場のかわりに大都会で育った人だなんて、誰も想像できないだろうね」

わたしの頬がカッと熱くなったが、無邪気に質問するような口調で続けた。「ここは大学の町だと思いこんでたから、いまも農業をやってる人たちがいるなんて知らなかった。こういう家の周囲に町ができていったの？」

ガートルード・ペレックが住んでいるレンガの家は、わたしが子供時代を送ったサウス・シカゴなら豪邸の部類に入るだろう。わたしは家のなかには通してもらえず、北東に、つまり、ガートルードの祖父が歩いて渡った川のほうに面した網戸つきのポーチにすわっていたのだが、家はヴィクトリア様式の大きなもので、一階と二階を合わせて十以上の部屋がありそうだった。太陽はすでに沈んだが、街灯が小麦畑ではなく枯れたヒマワリを照らしていた。

ケイディが小さく笑った。「おばあちゃんはこの家で育った人よ。でも、わたしたちだって小麦やトウモロコシのことを少しは知ってるわ。すごく身近だから。みんな、穀物倉庫や肥料工場に知りあいがいるしね。うちはとくにそう。ペレックおじいちゃんの一族は町の南のほうに農場を持ってたのよ」

わたしがトロイ・ヘンペルと初めて会ってから五日が過ぎていた。カンザスにきたのは二日前。ヘンペルと母親と近所の人六名の意見がまとまってわたしを雇うことになるまで、しばらくかかったのだ。わたしの能力をめぐって、また、ミズ・フェリングの失踪をわたしが真剣に受け止めているかどうか、料金が高すぎないかどうかをめぐって、猛烈な議論が戦わされた末のことだった。トロイと母親に呼ばれて、わたしも隣人たちの集まりに顔を出すことになった。トロイはわたしの人柄を保証するためにサルも呼んでいた。

わたしはバーニーとアンジェラに沈黙を通すようきびしく命じたうえで、二人を連れていった。「いや、この私立探偵はエメラルドのことを知らないし、気にかけてもいないから、われわれの金を注ぎこんでも無駄なだけだ」という意見にわたしが賛成すると、二人とも激怒した。

わたしは二人を黙らせて、自分の活動範囲はシカゴであることをみんなに説明した。「この街で物事がどう進められるか、誰が進めるのか、どんな試合でいかさまをするのか、わたしは承知しています。この街には友達がたくさんいますから、誰もがときどきやるようにばったり倒れて砕けたとしても、みんなが接着剤でくっつけてくれます。でも、カンザスとなると——ミラノで事件を解決しようとするようなものです。いえ、ミラノのほうがたぶん楽でしょう。少なくとも、ミラノは産業の中心地だし、どんなギャング組織があるのか見当がつきますから。カンザス州にも地元の探偵事務所があって、土地の事情に通じているはずです。そのどこかに依頼するほうが賢明じゃないでしょうか」

「あっちまで出かけてどこの事務所がいいかを検討するなんて、あたしたちにはできっこない。まあ、トロイはべつだけど。それに、そこがきちんと仕事をしてくれるかどうかもわからない」トロイの母親が言った。「じつはね、ミズ・ウォーショースキー、こっちでもいろいろ議論をして、カンザス州警察に電話しようかって意見も出たんだ。ミズーリとアイオワの州警察にも。オーガストとエメラルドがどのルートを通ったかによるけどね。私立探偵を雇うのは大変だけど、少なくともあんたとは顔を合わせたわけだし、みんなに話を聞いてみたら、あんたを高く評価する人がたくさんいた。ここにいるサル・バーテルもあんたのことを正直で信頼できる人だと言っている。一週間分の調査料をこっちで用意させてもらった」

バーニーが横から熱狂的に拍手した。アンジェラは「あれから三日たったけど、オーガストの居所も、ミズ・フェリングの居所もわからない。ぜったいひきうけなきゃだめよ、ヴィク」と言った。

わたしは人からああしろ、こうしろと言われた瞬間に本能的に湧きあがる二歳児みたいな反抗心を抑えこもうとした。サルまでがみんなの側に立ち、「あんたが行かないんなら、あたしが行く」と言いだしたものだから、よけい反抗したくなった。

「ミズ・フェリングはアイオワのどこかのトウモロコシ畑で消えちまったかもしれない。あるいは、その若い映画監督がどこか小さな町の警官に留置場へひきずっていかれたとか、撃たれたとかいうことも考えられる。ジムの侵入騒ぎのあとで警察がその男を手配したとかなんとか、あんた、言わなかった？」

「ＢＯＬＯ、いわゆる緊急手配ってやつね。ええ、そうよ。でも、オーガストとミズ・フェリングが立ち寄った可能性のある四つの州の警察に問い合わせてみたけど、オーガストが勾留された記録はなかったわ」

「けど、ここからカンザス・シティまでのさびれた町の一つ一つから情報をとるつもり？」

わたしもそのことで悩んでいた。オーガストが途中のどこかで逮捕されたとしても、シカゴとカンザスを結ぶ高速道路沿いの小さな町を残らず調べるなんて、わたしにはできっこない。

わたしが南西のカンザス州へ向かうことにしたのは、サルにせっつかれたからではなかった。本当の理由が何なのかは自分でもわからない。大金を払ってくれる依頼人たちからはいまのところ仕事が入っていないし、ひきうけている事件の大半がオンラインで処理できるものだ。シカゴ市内で監視が必要な事案はストリーター兄弟に頼めばいい。三人兄弟で、何が本業なのか、わたしにはどうしてもわからない。木工作業、ピアノの運搬、ボディガード、監視といった仕事を、隅々まで神経を配っておこなっている。

ミスタ・コントレーラスは三週間の予定でカリブ海へ出かけ、姪がセント・クロイ島に持っている別荘に滞在することになっていた。身のまわりのことは自分でできる人だが、九十代に入った彼を一人で残していくのはわたしもためらわれる。ミスタ・コントレーラスがよそへ出かけるのなら、わたしがシカゴにとどまる理由が一つ減るわけだ。

また、わがコントラバス奏者、ジェイク・ティボーのこともあった。コントラバス奏者。

彼がわたしをコントラバスのケースに入れて悪党一味に見つからないよう運びだしてくれて以来、ずっとつきあってきた。というか、わたしの年代の人間がすることをしてきた。

ジェイクは現代音楽と古楽の両方を演奏している。古楽専門の彼のグループ〈ハイ・プレーンソング〉が、ある有名なコンクールで優勝した。優勝賞品はスイスでの一年間の音楽研修。向こうのコンドミニアムを借りたり、すでにひきうけていたコンサートをこなしたり、教え子にほかの教師が見つかるよう力になったりして大忙しの六週間を送ったあと、九月にジェイクは旅立った。

出発するずっと前からジェイクの心はアルプスのほうにあり、音楽と音楽家たちのことばかり考えていた。わたしを説得して一緒に連れていこうとし、それで激しい口論になった。「きみの人生はマンネリに陥っている、ヴィク。同じことのくりかえしだ。ぼくと一緒に未知の世界へ飛びこんで、すべてを危険にさらしたあとの未来に何が待っているのか見てみないか」

「あなたは何一つ危険にさらさなくていい」わたしは困惑して答えた。「助成金をもらって音楽活動に専念できる。わたしは何をすればいいの？　短期間でドイツ語をマスターして、ホロコースト生存者の財産をだましとったスイスの銀行の調査にとりかかるとか？」

「そこだよ、ぼくが言いたいのは」ジェイクのほうも困惑して答えた。「頭がよくて創造力に飛んだきみがなぜ、無意識のうちに銀行や詐欺事件のことばかり考えるんだ？　挑戦しがいのあるもっと大きなことを考えたらどうなんだ？」

「スイスの銀行をやっつける以上に挑戦しがいのあることは思いつけないけど」わたしはそ

う言わずにいられなかった。

「きみは探偵仕事でいつも自分の身体を危険にさらしているが、大きなチャンスに、人生を一変させるチャンスには挑もうとしない」彼が主張した。「ぼくと一緒にバーゼルへ行って、どんな人生に出会えるか見てみようよ。あそこには音楽があふれている！　予想もつかない形できみに刺激を与えてくれるだろう」

「音楽を聴いてそれを愛するのは、もしくは、音楽を演奏するあなたを愛するのは、音楽を作るのと同じではないわ」わたしは反論した。「シカゴで人生を送る自分の姿ははっきり見える。この仕事を愛してる。でも、バーゼルへ行ったら、それと同じ満足をもたらしてくれる仕事が見つかるかどうかわからない」

「チャンスに挑んで、どんな人生に出会えるか見てみるんだ」ジェイクが力説した。「詐欺師や企業犯罪の連中ばかり追いかけて残りの人生を送ったら、最後には魂までこわれてしまうぞ」

この言葉を口にしたとたん、ジェイクは赤面した。

「わたしの仕事をそんなふうに考えてるの？」呆然と黙りこんだあとで、わたしは言った。「魂をこわすものだというの？　選択肢をすべてなくした人が尊厳をとりもどせるよう、その手伝いをしてるつもりだったんだけど」

キスをして、いちおう仲直りをしたものの、ジェイクが去ってから二カ月のあいだに、スカイプで話す時間はどんどん短くなり、よそよそしくなり、バーニーとアンジェラが押しかけてくる数日前には、予定を変更して感謝祭には帰国しないことにしたというメールがジェイクから届いていた。

〝ガリーナ・ヤコヴナがクリスマス・コンサートの前にバーゼルにくるとしたら、その週しかないから、ぼくもそれに合わせるしかないんだ。きみがこっちにきたらどう？〟

ヤコヴナというのはベラルーシ出身のチェロ奏者で、届く数が減るばかりのジェイクのメールにやたらとその名前が登場している。たぶん、そのせいで、わたしの返事が一行だけのそっけないものになってしまったのだろう。

〝そして、魂がこわれないようにするの？〟

行き先がカンザスであろうと、この街を離れることこそ、悩みを忘れるいい方法だと思われた。

トロイ・ヘンペルとエメラルド・フェリングの隣人たちとの話し合いを終えてから、マックス・ラーヴェンタールの家へ車を走らせた。マックスはミシガン湖に面した静かな通りに住んでいて、今夜はロティ・ハーシェルもきていることがあらかじめわかっていた。

ロティは医者で、わたしが探偵仕事で負った骨折や切り傷を治療してくれる。わたしは戦争で殺された家族の過去をたどろうとするロティの苦悩に満ちた旅のなかで、道案内を務めてきた。べつに競争しているわけではないので、誰も点数は記録していない。年齢も背景も異なる二人がおたがいの力になろうとしているだけのことだ。

「カンザスとスイスのどちらかを選べと言われて、カンザスを選んだわけ？」ロティは唇をゆがめて、愛情たっぷりのからかいの表情を見せた。

「山地か平原か、贅沢なチョコレートか小麦か、カッコー時計かいかれた政治家か。誰だってわたしと同じ選択をするはずだわ」わたしは言った。「それに、ジェイクに会えなくて寂しいけど、ベラルーシ出身のチェロ奏者に遠慮して第三の車輪になるしかないなんてお断わり。いえ、第八の車輪かしら。だって、〈ハイ・プレーンソング〉にはメンバーが七人そろってるもの」

ジェイクと音楽仲間が日に十時間も練習するあいだ、一人で何か楽しみを見つけようとする自分の姿が浮かんできた。

「ヴィクトリア、薄々危惧しているのだろう？ エメラルド・フェリングとオーガスト・ヴェリダンの身に何か深刻なことが起きたのではないかと」マックスが静かに言った。「義務についてきみに説教するつもりはない。きみほど義務感の強い人をわたしはほかに知らないからね。会ったこともない部外者に頼ろうとせず、自ら出かけていくのは立派なことだと思う」

わたしが帰ろうとして立ちあがると、マックスが爪先立ちになってわたしの額にキスしてくれた。「いいかね、きみはすばらしい魂を持っている。わたしならその魂に干渉しようとは思わない」

ためらっていたわたしの背中を押して最後の一歩を踏みださせてくれたのが、そのキスと賛辞だったのだと思う。翌日、ストリーター兄弟に協力を頼み、フォート・ライリーまでのルートを調べ、法執行機関のデータベースを再度チェックして、オーガストかエメラルドの外見と一致する身元不明の死亡者もしくは負傷者がいないかをたしかめた。

ペピーを連れていくことにした。知らない土地で犬が一緒だと足手まといになるかもしれないが、いまのわたしはなじみ深い大好きな街と人々から切り離されて火星探検に出かけるような気分だった。犬の温もりが必要だった。ペピーの息子で黒ラブの血が半分混じったミッチは、ウィスコンシン州にある〈ドクター・ダン〉というペットホテルに預けることにした。旅先で充分に世話してやろうと思ったら、一匹で手一杯だ。

旅行に必要な品々をカバンに詰めた。ピッキングツール、スミス&ウェッスン用の予備のクリップ、双眼鏡型の暗視スコープ、証拠品袋。ジョニーウォーカー黒ラベルの七百ミリリットルボトル。ノートパソコン、iPad、充電ケーブル。ペピーのベッド、袋入りドッグフード。わたしの荷物としては、ハイキングブーツ、スーツケース一個。そこに入っているのは、ジーンズ三本、Tシャツ、セーター、雨の予報が出たときのためのレインコート、下着、ドレッシーなブーツ、ブルーノ・マリの赤いパンプス（『オズの魔法使い』のカンザスへ出かけるんだもの）、きちんとした服（何があるかわからない）。

午後の半ばに、セント・クロイ島行きの飛行機に乗るミスタ・コントレーラスをオヘア空港まで車で送った。シカゴ時間で午後五時。バーゼル時間では真夜中。ジェイクに電話すると、コンサート後のディナーを終えて帰宅したところだった。これまでだと、彼が演奏旅行に出たときは遠い彼方からわたしのために演奏してくれた。最近はおたがいに気まずい感じで、ジェイクの音楽に安らぎを見いだすことが二人ともできなくなっているが、今夜は『フィガロの結婚』から〈もう飛ぶまいぞこの蝶々〉をリクエストした。勇ましい曲を聴いて意気揚々と戦場に赴こう。

ジェイクは古楽用のコントラバスをとりだして演奏を始め、やがて何分間か即興演奏に切り替えて、最後は短調で曲を終えた。旋律が消えていったとき、おたがいに無言で電話を切り、わたしは車で出発した。アイオワ州との境にあるミシシッピー川の近くで一泊した。

7　いろいろあったところ

シカゴは平地にできた街だが、高層ビル群とミシガン湖のおかげで、山と海の近くに住んでいるような気分が味わえる。シカゴの南側と西側には大草原が広がっている。いくつもの大草原が。

アイオワ州を車で走るうちに、東からやってきた開拓者たちが広大な風景のなかで発狂しそうになった気持ちを、わたしも理解できるようになった。なんの変化もない平原が延々と続く。雨のなかで腐ってぐたっとしている茶色いトウモロコシの茎。ざっと耕された畑から突きでている麦わら。農家、納屋、木立。トウモロコシの茎、麦わら、農家。ときたま、馬や牛やトラクターに出会う。

自分がぐるぐる円を描いて走っているような気がしてきた。同じ景色、遠くの地平線までの変わることなき距離、地平線に貼りついた灰色の低い空を見ていると、自分が小さな魚になって蓋つきの大きな銀盆にのせられたような気がしてくる。空気を求めてあえぎ、誰かが蓋をはずしてくれるのを待ちわびている魚。眠りこまないようにするのが大変だった。ふと気づくと車線のラインからはみだしていて、追い越していくセミトレーラーに警笛を鳴らされ、はっと目をさましたことが何度もあった。

定期的に車を止め、ペピーを連れて休憩所の周囲の野原をとぼとぼ歩いた。イリノイ州をあとにして以来、冷たい小雨が続いていて、大地を泥沼に変えていた。最初の休憩のあとでソックスとジーンズをはきかえ、二回目の休憩のときもまた同じことをしなくてはならなかった。着るものをもっと詰めてくればよかった。ブーツをもう一足、それをくるむための新聞、エスプレッソマシン、暖炉、母のピアノ、バローロのワイン一ケース、バーゼル行きの航空券も。

ネブラスカ州東部を車で通り抜け、古い国道七七号線で南へ向かった。夕方、カンザス州中央部にあるフリント・ヒルズに到着。あいかわらずの霧雨だが、せめてもの救いは、ゆるやかに起伏する丘のおかげで地平線にあまり圧迫感を覚えずにすむことだった。フォート・ライリーの郊外に犬と泊まれるモーテルを見つけた。エスプレッソマシンも暖炉もなかったが、洗濯機と乾燥機がついていたので、夕食をすませてから、日中に汚した衣類を洗濯することができた。

月曜の朝早く目をさますと、空気が澄みわたっていた。ペピーを連れて近くの国立公園まで車で出かけた。犬が小川で水遊びをするあいだ、わたしは小川の上のほうの岩場で丘の向こうにのぼる太陽を見ていた。都会っ子なので、この風景のなかに人間はわたし一人しかいないのが不思議な感じだった。小鳥がにぎやかにさえずり、鷹が広い空を旋回し、犬がウサギを見つけて猛烈な勢いで追いかけているが、人間はわたし一人だけ。じっと立ちつくし、わたしを包みこむ静寂に身をまかせた。最初は心を癒されたが、しばらくすると不気味な気がしてきた。岩場から飛びおり、犬を呼び戻して、小道を走った。

十時、清潔なジーンズと仕立てのいいジャケットに着替えて、軍事基地の司令官のところへ挨拶に出かけた。司令官は驚くほど協力的だった。というか、少なくとも秘書が力になってくれた。秘書はカーキ色の軍服に身を包んだきびきびした女性で、無知なわたしには階級の識別できない記章をつけていて、こちらの用向きを聞くと驚きの表情になった。

「エメラルド・フェリング？　不思議ねえ——先月本人が姿を見せるまで、わたしは名前を聞いたこともなかったのに、今度はあなたが彼女を捜してここまでくるなんて」

こんな簡単に手がかりが見つかるとは、どうにも信じられなかった。これなら、シカゴから電話で問い合わせるだけですんだのに。わたしは長時間のドライブを省略し、依頼人は何百ドルか節約できただろうに。「彼女がここにきたのは、正確に言うといつでした？」

秘書は彼女のパソコンで調べてくれた。「十三日前です」

「若い男性が一緒でした？」わたしは電話をとりだして、オーガストのウェブサイトに出ている写真を見せた。

「ええ、この人です。ミズ・フェリングはその人に子供時代の家を撮影してもらうって言ってたけど、その界隈の家は何十年も前にみんなとりこわされてしまいました。基地全体がすっかり変わりました。ミズ・フェリングをその場所へ案内するよう、司令官がバゲット大佐に命じたので、大佐は二人を案内してまわり、そのあと、基地の図書館に出入りできるパスを渡しました。ミズ・フェリングが記録に目を通し、彼女のお父さんがここにいた当時の地図を見ることができるように」

「二人はここに何分ぐらいいたのでしょう？　つぎにどこへ行く予定か、何か言っていませんでした?」

秘書は何も聞いていなかったが、バゲット大佐に電話してくれた。「わたしはそれっきり二人に会ってないけど、つぎの予定を大佐が聞いているかもしれません」

バゲット大佐は会議中だったが、一時間後に会えることになった。大佐を待つあいだに、秘書が基地の地図を印刷してくれた。現在の地図と一九四三年当時の地図。フェリングの父親はヨーロッパへ送られるまでここに配属されていたのだ。

「ミズ・フェリングがいらしたとき、昔の地図を調べてあげたんですよ。ずいぶん昔のことだから、どこに誰が住んでいたかの記録は残っていませんでしたが、フェリング二等兵はたぶん、この一般区画に住んでいたと思われます」〝ニグロ兵用住宅〟と記された地図上の場所を指さして、秘書は赤くなった。「当時のことを思うとずいぶん変わりました。ありがたいことに。でも、ミズ・フェリングにこれを見せたときはきまりが悪くて……。ただ、基地の付属病院でミズ・フェリングの出生記録が見つかったことだけは、喜んでもらえました」

バゲット大佐を待つあいだに地図を持って基地内を歩いてみた。行き止まりの道がいくつもあって、道の両側にこぎれいな庭つき住宅が並んでいる。兵舎、ブランコ、学校、商店もある。いかにも重要な用件ありという顔で基地内を動きまわっている兵士がおおぜいいたが、その多くが足を止めてペピーの頭をなでていった(〝あの、ワンちゃんに挨拶してもいいですか〟)。ここに越してくることにしようか――フリント・ヒルズで長時間ランニング、こぎれいな通りに立つわが家に戻ってくると、明るい表情の若い男女が礼儀正しく声をかけてくれる。

黒人兵用の住宅は姿を消して、小さな自然保護区に変わっていた。ペピーを連れてそこを通り抜けた。ペピーが下草をかき分けて謎の臭跡を追うあいだに、わたしは腐りかけた落葉を脇へ蹴飛ばし、ここに住んでいた兵士たちの痕跡が何かないかと捜してみた。礎石すら残っていなかった。

司令官のオフィスに戻る途中、コーヒーショップの前を通りかかったので、試しにエスプレッソを頼んだ。薄くて、こくがなくて、飲めたものではなかったが、カフェインが切れたせいで頭痛がしていたため、その点ではありがたかった。バーゼルへ行っていれば、職人手作りのチョコレートを食べながら、ヨーロッパふうの濃厚なコーヒーを飲み、ライン川の土手を散歩できただろう。一人きりで。犬も連れずに。

バゲット大佐が司令官のオフィスにやってきたのはわたしと同時だった。秘書と同じく彼もカーキ色の軍服で、メダルや記章がついていた。秘書と違うのは、髭が濃くて一日二回は髭剃りが必要な点だった。

「アリエッタ大尉から聞いたが、エメラルド・フェリングの行方がわからなくて、きみが捜しているそうだね」

すると、秘書の襟についている二本棒は大尉のしるしだったのか。司令官ともなれば、ただの一兵卒にディナーの予約をさせるわけにはいかないのだろう。バゲット大佐の記章には、銀色のオークの葉と、『ワンダーウーマン』の漫画に出てくる稲妻のようなものがついていた。

わたしは長い話をくりかえした。「これがフェリングとヴェリダンに関する初めての手がかりなので、二人がここで何をしたのか、そのあとどこへ向かったのか、教えてもらえると助かるんですが」

バゲット大佐の携帯が鳴りだした。大佐は画面を見て電話をとり、暗号めいた言葉をいくつか口にしてから、こちらに注意を戻した。「ミズ・フェリングについては、それまで名前を聞いたこともなかったが、彼女が主演した映画を注文した。来月、基地の映画会で上映しようと思っている。ミズ・フェリングがここにいるあいだに、わたしから図書館に頼んで、父親の軍隊記録を調べてもらった。バルジの戦いで戦死していた」

大佐はわざとらしく咳をした。「本来ならば青銅星章を授与すべきだったが、時代が時代だったのでね……とにかく、ここでミズ・フェリングのためにささやかな儀式をおこない、フェリング二等兵に星章を死後授与という形にさせてもらった」

彼が話しているあいだに、携帯がさらに二回鳴った。大佐は二回とも電話に出て、そのあとでわたしとの話の続きに戻った。野外訓練を積むと、きっと、脳に特別な形の集中力が備わるのだろう。

「その儀式をオーガスト・ヴェリダンが撮影したのね。そのあとは？　ミズ・フェリングが〝ありがとう。じゃ、わたしはシカゴに戻ります〟とか〝ハリウッドへ向かいます〟とか言いませんでした？」

バゲットがアリエッタを見た。「ジャッキー、図書館へ電話して、ミズ・フェリングかその連れが次の目的地について何か言っていなかったか、確認してくれないか」

アリエッタ大尉はスピードダイヤルにタッチして、図書館の司書を出してもらった。こちらの耳に入ってくるのはアリエッタの言葉だけだが、どうやら、ほかの誰かに電話をまわされ、さらにまた誰かにまわされたようだ。

わたしはバゲットに言った。「シカゴとエヴァンストンの警察がオーガスト・ヴェリダンを緊急手配しています。この基地の監獄というか、営倉というか、どう呼んでらっしゃるか知りませんが、とにかくそういうところにオーガストが放りこまれたりしていないでしょうか」

バゲットは目を丸くした。「まさか、たぶんないと思うが――」彼も電話のナンバーにタッチした。「プルートー？……ああ、バゲットだ。民間人の男性を預かってないか。アフリカ系アメリカ人、二十五歳。ここ二週間以内に……緊急手配を見てないかね？……何か知らないか」

「ここにはいないそうだ」プルートーがパソコンで調べるあいだ、いや、水晶玉をのぞいているのかもしれないが、とにかくそのあいだしばらく沈黙が続き、それからバゲットがわたしたちに告げた。「憲兵隊のほうでもその男のことは聞いていない」

図書館との通話を終えたアリエッタがわたしのほうを向いた。

「ミズ・フェリングと連れの人の用がすむと、あちらでボランティアをしている配偶者の一人が二人を食堂へ案内して、夕食をとってもらったそうです。その人の話だと、ミズ・フェリングが〝今夜はマンハッタンのモーテルに泊まって、明日ローレンスへ向かう〟と言っていたとか。ローレンスで生まれ育ち、大学もそこだったそうです。ここから東へ八十五マイル行ったところにあります」アリエッタは参考のためにつけくわえた。「インターステート七〇を使えば一時間か二時間で着けますが、もしマンハッタンに泊まられるなら、いいモーテルをご紹介します。この季節のフリント・ヒルズはとてもきれいです。ワンちゃんもきっと喜びますよ」

わたしの眉が吊りあがった。このオフィスには二回きているが、二回ともペピーは車に置いてきた。

アリエッタとバゲットが笑いだした。「基地の情報網はどんなインターネットのシステムよりはるかに優秀なんです」アリエッタが言った。「あなたがここに入ってらっしゃる前からすでに、ゴールデンを連れた民間人が基地にやってきたことを、わたしは知っていました」

将来のためにメモ。小さな町で透明人間になるのは無理だ。士官たちに礼を言い、こちらの名刺を渡して、エメラルドとオーガストが見つかったら報告することをアリエッタに約束した。

基地のはずれにあるダイナーに寄って昼食をとり、丘陵地で犬を最後にもう一度走らせてから、車で出発した。きのうより交通量が多い。カンザス州東部の都市へ向かっているのだ。トピーカ、ローレンス、ユードラ。

オズの魔法使い博物館への標識を通り過ぎた。カンザス州と聞いて誰もが思い浮かべるのがこれだ。竜巻、〝おうちがいちばん〟。フリント・ヒルズをあとにしても、あたりの田園地帯は予想以上に丘陵が多かった。わたしがきのう車で走ってきた地帯と同じく、カンザスも平坦な土地が延々と続くところだとばかり思っていた。

「あの人たち、ほんとのことを話してくれたと思う？」わたしはペピーに尋ねた。ペピーは車の窓から首を出して馴染みのない匂いの世界をチェックしているところで、こちらの質問には興味がないようだった。

「オーガストがなぜ緊急手配されたかを大佐が知ろうとしないのって、変だと思うわ」ペピーに言った。「わたしなら知りたい。斧殺人鬼が基地に野放しになってたら困るじゃない。でね、じつはオーガストを逮捕したけど、わたしに内緒にしてるんじゃないかって気がしてきたの。ただ、そうだとすると、ミズ・フェリングはどうなったのかしら」

ペピーは一瞬だけ首をひっこめて、わたしの耳のうしろをなめた。〝ちゃんと聞いてるから、そのまま続けて〟という意味かと思ったが、たぶん、おやつをねだっただけだろう。

道路が混んでいたにもかかわらず、日没前にローレンスに到着した。犬も泊まれるB&Bを見つけてから、町のなかを歩きまわり、何がどこにあるかを知っておこうとした。シカゴよりこちらのほうが暖かい。薄手のウィンドブレーカー一枚で充分だ。

カンザス大学がこの町の中心になっているようだ。大学のマスコットのジェイホークをあちこちで見かけた。店舗のウィンドー、レストラン、銀行の前の芝生。大学そのものは大きな丘の上に広がっている。明日の午前中、そちらへ出かけて、エメラルド・フェリングの学生時代の記録が何か残っていないか調べてみよう。

午後の大きな発見は、ローレンスのダウンタウンにコーヒーバーやカフェがあふれていることだった。そのうち四軒に入ってエスプレッソを飲み比べた結果、〈デカダント・ヒッポ〉という店のが気に入った。バリスタたちはバーテンダーも兼ねていて、モスコミュールやブルーズド・エルボウの注文に応じる合間に、わたしのコルタードを淹れてくれた。

「ここなら楽しく過ごせそうね」わたしはペピーに言った。ペピーも同じ意見だった。誰もがペピーの頭をなでたがり、マフィンのかけらを食べさせてくれる。

もう一つの発見はホームレスがずいぶんいることだった。これがシカゴなら、よく見かける光景でわたしも慣れっこになっている。褒められたことではないが。しかし、少なくともうわべは豊かに見えるカレッジタウンでホームレスを目にするのは衝撃だった。シカゴに比べると年齢層が若い。しかも大部分が白人で、深酒と睡眠不足の連中にありがちな不機嫌で不愛想な表情をしている。

翌朝、本日一杯目のコルタードを飲みながら、エメラルド・フェリングのことを検索した。ここには彼女の家族はいないようだ。少なくとも、フェリングという名字の親戚はいない。この苗字を持つ人の経歴はどこにも出ていない。しかし、もちろん、一九九五年以前の公用データはネットには存在しない。町の図書館に電話して尋ねたが、昔の電話帳は保存されていないとのことだった。

何はさておき、まず警察署を訪ねた。警察は司法執行センターのなかにあり、この建物にはほかに郡保安官事務所と郡庁舎と郡裁判所が入っている。私立探偵が尾行や監視をおこなう場合は、原則として、まず地元の警察に断わりを入れなくてはならない。これがシカゴであれば、働きすぎの警官を煩わせる必要がどこにあるかと思うところだが、わたしもここではよそ者だから、警察がやってくる前にこちらから訪ねたほうが賢明だと考えた。

おかしなことに、警察署に入ったとたん、シカゴを出てから初めてくつろげる気がした。

管轄区域は違うかもしれないが、受付の巡査部長も、指名手配のポスターも、息子の消息を求めて苦悩する母親も、三十年間シカゴのパトロール巡査をしていた父に連れられてわたしが初めて警察に足を踏み入れたとき以来、おなじみのものだった。四歳だったわたしを父が高いカウンターにすわらせ、リアードン巡査部長がわたしの上着に星形のバッジをつけてくれた。あんなに得意になったことはそれ以来一度もない。

ローレンス警察の受付の巡査部長にこちらの身分証を見せた。例の話をくりかえした。話すたびにどんどん陳腐になっていくような気がする。巡査部長はエメラルドとオーガストの写真を見て、気の毒そうな笑みを浮かべた。

「ここは大学の町だ。窓の外を眺めるか、または、九丁目とマサチューセッツ通りの角まで行ってみるといい。こんな感じの若いやつが何十人もいる。酔っぱらったり、騒ぎ立てたり、殴りあいを始めたりしないかぎり、警察が連中に注意を向けることはないし、たとえ注意を向けたとしても、救急車が必要でなきゃ、家に帰って眠って酔いをさませと言うだけだ」

なるほどそうだろう、相手が黒人の若者となればとくに。そう思ったが、さらにしつこく尋ねたところで相手の機嫌を損ねるだけだ。初めての土地で調査を始めるのにふさわしい方法ではない。

「この黒人青年と一緒に旅をしている年上の女性はミズ・フェリングといって、自分の人生と仕事をドキュメンタリー映画にするために青年を雇ったらしいの。六〇年代にこちらの学校に通ってた人なので、わたしはその人がかつて住んでいた場所を見つけだし、二人が撮影のために大学の寮やアパートメントなどへ行ってないかどうか、確認したいんです。昔の電話帳は図書館にはないみたい。ほかにどこを当たればいいでしょう?」

巡査部長は肩をすくめたが、足を止めて話を聞いていた年配の巡査が言った。「二ブロック先に歴史協会がある。そこで訊いてみるといい」

小さな町には便利な点がある。図書館、警察署、歴史協会、バー、レストラン、このすべてが、南北に走るメインストリートであるマサチューセッツ通りにあり、六ブロック内に収まっている。歴史協会はマサチューセッツ通りと十丁目の角に大きくそびえるヴィクトリア様式の建物のなかにあった。もとは銀行として建てられたものらしく、十九世紀の金融業者が拝金主義の神殿に供えるのを好んだ豪華絢爛たる飾りに満ちていた。現代の金融界の大物たちの純資産はたぶん、モルガン家やカーネギー家の七十五倍ぐらいになるだろうが、その人々がガラスとスティールの壁に囲まれたミニマリスト好みのビルでビジネスをしているというのも妙なものだ。

入口にいた女性から、三つの展示フロアは自由に見てまわっていいが、文書保管室を利用する場合は予約が必要だと言われた。申込書を渡されたが、わたしは女性を説得して、文書係とじかに話をさせてもらうことにした。彼女に案内されて奥の部屋まで行き、ドアのすぐ内側にかかっているアンティークの花嫁衣裳をよけてなかに入った。

文書係は小妖精のような女性で、目の前のデスクに積み重なった文書からようやく顔がのぞく程度の背丈だった。何を知りたいかというわたしの説明を聞きながらてきぱきうなずき、申込書に記入するように言った。そうすれば、調査担当の一人からできるだけ早く返事をするとのこと。せっかくここまできたのだから昔の電話帳をいますぐ見せてほしいと頼んだが、どうしてもだめだった。

「予約なしにみなさんが何度も押しかけてくるようになったら、わたしの仕事が片づきません。メルヴィンかケイディのほうから連絡させますから。お約束します」

埃だらけの床にころがって顔が紫色になるまで息を止める以外、文書係を譲歩させる方法は思いつけなかった。邪魔になる相手とあらゆる点をいちいち議論していたら、わたしの用事も片づかない。受付の横にあるギフトショップでこの町と周辺の郡の地図を買った。知らない土地にきたときは、地図アプリから得られる断片的な情報ではなく、全体の様子を眺めたほうがうまくいく。

ついでにローレンスの歴史が書かれた本も買った。一八五〇年代の奴隷制反対運動と南北戦争時代のことが中心で、当時は奴隷制賛成派の奇襲攻撃を受けて町の男の多くが殺されたそうだが、本にはほかにもさまざまなことが書かれていた——主な作物（サトウモロコシ、アルファルファ、小麦、トウモロコシ）、町の歴史に残る注目の事件（例えば、バスケットボールというスポーツの誕生と、バスケット選手ウィルト・チェンバレンの一九五〇年代初めの来訪）。なるほど、いろいろあったところなんだ。

8 丘の上で

ダウンタウンでの収穫の乏しさにがっかりしながら、大学まで出かけることにした。警察の人も、コーヒーショップで出会った人も、大学の話をするときは〝丘をのぼる〟とか〝丘の上で〟という表現を使っていた。そのため、車で丘のてっぺんまで行けば、めざすオフィスは簡単に見つかるものと思いこんでいた。ところが、到着した先は町のなかにある町だった。入口の守衛から、車でキャンパスに入ることはできないと言われ、かわりに地図を渡されて、管理棟のある場所を教えてもらった。ほかの学部に用があるなら、管理棟で行き方を説明してくれるとのこと。守衛はまた、学生用のアパートメントが並ぶ近くの通りを指さして、車はそちらに止めておくようにと言った。

フォート・ライリーと同じく、ローレンスのダウンタウンも清潔で手入れが行き届いていたが、丘の上の路地には童話の町のような雰囲気はあまりなくて、どちらかと言えば、わたしの子供時代にあったような荒廃した通りに似ていた。土台が自堕落な角度で傾いている小さな家々、建築基準法をろくに守りもせずにぞんざいに建てられたアパートメント、道のへりに生えた雑草のあいだに散らばるゴミ。

こんな小汚い場所にペピーを置いていくのは気が進まなかった。しかも、今日は十一月とは思えない暑さなので、窓をあけたままにしていかなくてはならない。

「誰かにさらわれそうになったら、噛みついてやるのよ」

守衛詰所を通りすぎてキャンパスに入ると、いたるところにジェイホークの像が見られたが、ゆるやかに起伏する丘と広大なスペース、小高いところに鐘楼、その下には小さな池が広がる、美しいところだった。

学生たちが携帯でメールを打ったり、画面をスクロールしたり、笑ったりしながら、大きな川のようにわたしの周囲を流れていく。わたしの母校は都会の大学で、そこでは誰もが、とてもリッチな学生までも含めて——いや、たぶん、とてもリッチな学生こそが——身だしなみを整えるのはろくでもない連中のすることだと思っていた。だが、カンザス大の学生は清潔で健康そのものという感じで、優生学的実験の場に迷いこんでしまったような気がするほどだった。

管理棟のオフィスを訪ねると、スタッフは親切で礼儀正しかった。映画スターが五十年前にここの学生だったことを知って、誰もがひどく興奮した。エメラルド・フェリングはアフリカ系アメリカ人の映画界でこそスターだったが、そこから一歩出ればさほど有名な存在ではなく、オフィスの若いスタッフは彼女の名前を聞いたこともなかった。エメラルドの経歴に関してわたしが知るかぎりのことを説明すると、たちまちみんなが協力を申しでてくれたが、結局、何もわからなかった。彼女の学生時代の記録が古いマイクロフィルムに埋もれているのが見つかったが、住所までは出ていなかった。わたしが待っているあいだに、スタッフが手分けして管理棟内のすべてのオフィスに問い合わせをしてくれた。だが、この二、三週間のうちに彼女の姿を見た者も、話をした者もいなかった。

芸術学部の校舎は管理棟から半マイルほど離れていた。これが学生の健康の源かもしれない。新鮮な空気を吸いながら、キャンパス内の丘を駆け足で何マイルものぼりおりするのだから。軽く走るあいだ、わたしの心の半分は犬のことを心配していた。ペピーを連れてきたのはわたしのわがままだった。ミッチと一緒に〈ドクター・ダン〉に預けてくるべきだった。

芸術学部の人々も管理棟のスタッフと同じで、熱心に協力してくれたが、結局何もわからなかった。事務担当者があちこちの学部やスタッフに電話をした結果、オーガストとエメラルドの姿を見た者は一人もいないことが判明した。学部長自らがわたしと話をするために出てきた。

「ミズ・フェリングとふたたび連絡がとれるなら大歓迎です。『プライド・オブ・プレース』の撮影でハリウッドへ行くために中途退学してしまったのです。大学側は手紙で連絡をとろうとしてきました。学位を授与し、論文の寄付をお願いしたいので相談したいと思いまして」学部長はわたしに名刺をくれた。「ミズ・フェリングが見つかったら、わたしと会ってもらえないか、あなたのほうから訊いてくれませんか」

ダウンタウンに戻ったわたしはふたたび歴史協会を訪ねたが、調査担当者はまだきていなかった。受付デスクの女性が謝った。

「その担当者はセントラル・ミドルスクールで社会科の教師をしていて、ここではあまり仕事がないため、毎日出勤するわけじゃないんです。メールで連絡をとりたかったら、アドレスをお教えしましょう。Cady_Perec@LawrenceHistoricalSociety.org.」

さっきはどうして教えてくれなかったのかと思いつつ、受付の女性にできるだけ丁寧に礼を言って、ケイディ・ペレックにメールを送った。

車に置いていったペピーは無事だったが、そわそわしていた。車にペピーを乗せたまま、町の北端を流れるカンザス川まで行った。一緒に川沿いの小道を散歩して楽しい一時間を過ごした。ペピーは濁った水に飛びこんだり、出てきたり、カモメとアヒルを追いかけたりして遊び、わたしは歩きながら、シカゴの依頼人から届いていたメールに返事をした。メールの一つに二十メガバイトのファイルが添付されていた。ある詐欺事件の開示文書で、裁判でわたしが検察側の主要な証人になることになっている。

そのファイルを読むのに没頭していたため、開けた土地に出ていたことに気づかなかった。耕作済みの畑でホリネズミを追いかけていたペピーを呼び戻して、町のほうへ戻ることにした。頭はシカゴにあるのに身体は畑のなかというのは、別々の宇宙に同時に生息しているような感じで、どうにも落ち着かないものだ。

Yelp! で調べたら、前に行った最高のコーヒーショップの近くにある脇道にインターネット・オフィス・サービス・カフェが見つかった。無料の駐車場がついている。ダウンタウンの中心部に無料の駐車場を備えた町がアメリカ国内に存在することを知ったら、シカゴ市長と市議会は逆上するだろう。市民から金をしぼりとる絶好の機会をよくもまあ見逃せるものだ、と言って。

ネットカフェに入ったわたしは、フォトショップを使ってオーガストの写真とエメラルド・フェリングの写真を合成した。わたしの携帯番号とメールアドレスを打ちこみ、オーガストかエメラルドを見かけた人は連絡してほしいと書いた。オーガスト一人のものと、エメラルドとの合成のものを、それぞれ数十枚ずつ印刷した。

ダウンタウンの通りをまわって無数のビアバーや小さなレストランに入り、ウィンドーにそのポスターを貼る許可を求める一方で、歩道にうずくまっているホームレスたちにもポスターを見せた。路上生活が続くと、大部分が自分のなかに閉じこもり、無気力になってしまう。肉体的に苛酷なばかりか、うんざりする日々が続くため、心が病みはじめる。とは言え、ダウンタウンの通りを行く人々はみな、路上で暮らす人々のそばを通りすぎる。試してみる価値はある。

「見つけたら何かもらえるのかい？」年配の男性ホームレスが訊いた。

「謝礼金みたいなもの？　ええ、もちろん。そこから何か進展があれば、二十ドル払うつもりよ」

「二十五」

「このどちらかを見たの？」

男性は頭をかいた。「かもな。金くれよ。そしたら教える」

青い目がひどくくぼんでいるため、表情が読めなかったが、たぶん、酒への渇望が優位を占めているのだろう。

「二人を見たとしたら、いつごろのこと？」

「潤滑剤を入れてやれば、記憶がもっと冴えてくるかもしれん」

いいカモにされているのは承知のうえで五ドル札を手渡した。「いつ二人を見たような気がするの？」

「こいつ、アメフトの選手だ。そうだろ？　で、コーチがあんたに頼んでこいつとおふくろを見つけようとしてる」

「路上で暮らすのはあなたの才能の無駄遣いね」わたしは男性に言った。「大学の芸術学部へ行くといいわ。才能ある脚本家をほしがってるから」

その場を立ち去るわたしの耳に高笑いが聞こえてきた。「やったぜ」

勝利の喜びに浸らせておこう。これまでの人生で勝利を手にしたことはあまりなかっただろうから。ポスターを貼らせてくれたコーヒーショップの一軒で、郡の保安官事務所へも問い合わせてみるように言われた。町の東側に保安官事務所の留置場があるという。警察と連携して動いているが、独自の捜査組織も備えているらしい。

保安官事務所はわたしが朝のうちに訪ねた警察と同じ建物にあった。ダウンタウンの商業地区のすぐ南にある広場のなかだ。そこまで歩いて保安官助手の一人に話をした。午前中に会った警官と同じく、保安官助手も丁寧な応対で、喜んで協力を申しでてくれた。留置場に入っている者のリストをチェックし、この一カ月に郡内で見つかった死傷者を調べ、さらには、郡内の病院すべてに電話してくれたが、該当者はゼロだった。

車に戻ったとき、歴史協会でパートタイムの調査を担当しているケイディ・ペレックから電話があった。息を切らしていて、詫びるような口調だった。「記録を見たがってる人がいるとわかれば、すぐ協会のほうへ行ったんですけど」

「いいえ、気にしないで。いまご都合がつくようなら、わたし、近くにいますから」

「ちょうどいいわ。すぐ行きます。学校は協会から四ブロックしか離れてないから。書類をまとめるのに、ほんの少しだけ時間をください」

「気にせずにゆっくり……」わたしは言いかけたが、向こうは電話を切ってしまった。

すぐ行くとのことだったが、ペレックがくるまでに歴史協会のロビーでさらに十分待たされた。ペレックは石段を駆けあがる途中でバックパックに押しこもうとしていた書類を落とし、待たせたことをふたたび詫びた。

「生徒の一人にダギー・マッケルソンという子がいて、その子がきたものだから追い返せなかったの。わたしに助けを求めてきたのは初めてで、ほかの誰よりも助けが必要な子だから。でなきゃ、あなたを待たせたりしなかったでしょう。いま、お時間あります？　それとも、また出直してらっしゃいます？」

ケイディ・ペレックはジーンズにコーデュロイのジャケット姿の小柄な女性で、中学を出たぐらいにしか見えなかった。ましてや、中学教師だなんてとても思えない。話をするあいだ、銅色の髪がたえず眼鏡の上に垂れてきて、それをかきあげようとするたびに、さらに多くの書類を落としてしまった。

わたしも膝を突いて書類を拾い集めるのを手伝った。生徒の答案用紙で、一八五〇年代のカンザスについて述べたもののようだった。〝ジョン・ブラウンはテラリストだったたと思います〟と、誰かが大きな文字で書いていた。〝人々を銃で撃つのが好きだったからです。こーしょーは嫌いでした。ＩＳＩＳと同じで、かげきな考えを持っていました〟

「すわりません？　わたしが何を捜してるかを説明するから、あなたは呼吸を整えて」

「ごめんなさい！」ケイディはふたたび髪を耳にかけた。「名前を教えてもらえます？　あなたのメールを見たとき、名前をメモするのを忘れたの」

「V・I・ウォーショースキーよ」わたしは自分がどういう人間なのか、何をしにきたのかを説明した。

こちらが長々と説明するあいだに、ケイディは首をゆっくり横にふった。「エメラルド・フェリングの名前なら知ってるわ。ジャーヴィス・ニルソンが監督して彼女が主演した映画の古いVHSのテープが協会にあるけど、個人的な書類や記録は残ってないと思います」

「昔の電話帳は？」わたしは訊いた。「エメラルドがどこに住んでたかを知りたいの」

ケイディの表情が明るくなった。それなら残っているという。「ローレンスでは新聞が二種類発行されてるの。《ローレンス・ジャーナル＝ワールド》と《ダグラス郡ヘラルド》。あなたが電話帳に目を通すあいだに、よかったら、わたしは昔の記事を調べてみるわ。一九九〇年以前のものはデジタル化されてないけど、マイクロフィルムに収めてあるから」

ケイディは文書保管室の椅子にわたしをすわらせて、箱を何個か置いた。一九四五年（エメラルドの母親がフォート・ライリーを離れた年）から、一九六八年（エメラルドがニルソン監督の誘いでハリウッドへ行った年）までの電話帳が入っていた。一九四五年から一九五一年までは、六丁目にミセス・スティーヴン・フェリングという人が住んでいたことがわかったが、それ以後の電話帳にフェリングという名字は見つからなかった。もどかしい。不可解だ。

ケイディは新聞のマイクロフィルムを一心に調べていたが、途中でフィルム・リーダーから目を離し、彼女のパソコン画面に地図を呼びだした。エメラルドの少女時代に一家が住んでいたと思われる場所を教えてくれた。

川の北側に町が細長く延びている部分がある。さっきペピーを連れて散歩した場所の少し先だ。川沿いの小道から住宅が何軒か見えたが、生い茂った雑草の陰にほとんど隠れていた。明日の朝もう一度行ってみよう。もっとも、エメラルドとオーガストはローレンスまでこなかったのではないかと、わたしはひそかに思いはじめていた。

ほかに話を聞けそうな相手はいないかと考えこんでいたとき、ケイディが興奮の金切り声を上げた。

「あ、これよ! 少なくとも一九八三年のエメラルドのことが出てる。このデモに参加してたのよ。ほら、見て。もしかしたら、うちの母と顔を合わせたかもしれない!」

わたしはケイディの肩越しにフィルム・リーダーをのぞきこもうとして立ちあがったが、彼女のほうで記事を印刷して渡してくれた。

ダグラス郡ヘラルド

一九八三年七月五日

われわれはみな言論の自由を信奉している。それは民主主義の土台をなすものだ。しかし、アメリカが戦争状態にあるときは、発言する前に考える必要がある。昨日、カンワカ・ミサイル基地でおこなわれたデモには、愛国心より反逆精神のほうが強く感じられた。ミサイルがあの場所に配備されているのは理由があってのことだ。震撼すべき敵の核攻撃からアメリカを守るためである。わが国の大統領はソ連の〝イワンおじさん〟が何をよこそうと少しも怖くないことを、ソ連国民に示そうとしている。当新聞の謙虚な意見を言わせてもらうなら、ミサイル基地に平和のシンボルとしてデイジーの花輪を飾り、しかも建国記念日にそれをおこなうのは、国家への反逆に危険なまでに近い行為と言えよう。

カンザスで生まれ育った人物に外部の扇動者というレッテルを貼るのは、われわれにとって胸の痛むことだが、エメラルド・フェリングはハリウッドを席巻する過激な左翼の一人となってしまった。イギリスでは共産主義のシンパの女性たちが不届きにもソ連の味方をして、グリーナム・コモンの米空軍基地でミサイル配備反対運動をくりひろげている。まさにこれが、エメラルド・フェリングのようなアカがかった連中がローレンスでやろうとしていることだ。ABCテレビがこの地の反核運動をフィルムに収めているのはまことに嘆かわしい。〝イワンおじさん〟にアメリカは核の攻撃に対して無防備だと思わせてしまうだろう。

フェリングがミサイル基地のデモに参加したせいで、セントルイスやオマハといった遠隔の地からも騒々しい連中が押しかけてきた。フェリングとその友人たちの扇動によって起きた暴動は、われわれの国とわれわれの町を不届きにも汚すものである。フェリングはアメリカを憎悪する赤いネズミたちと共に、ハリウッドにとどまっているべきだ。

9　赤い脅威

「おやまあ。きついお言葉」わたしは印刷された紙をたたんでブリーフケースに入れた。「エメラルドは逮捕されたの？　その後どうなったの？」

ケイディはフィルム・リーダーをスクロールした。画面を指で差して、次の日に出た記事を示してくれたが、彼女自身はそちらを見もせずに要点をかいつまんで説明した。これまでに何度も目を通しているのだろう。

「ミサイルサイロは空軍の管理下にあったから、軍法とか何かに従って人々を逮捕することもできたけど、そうはしなかった。強制的に排除しただけ。世間の評判をそれ以上落としたくなかったんでしょうね」

空軍はデモ参加者をバスに乗せてローレンスへ送り、そこで解散させた。米空軍のマルカム・ペイヴァント大佐の要請により、当新聞社ではデモ参加者の写真の掲載を見送ることにした。新聞に写真が出たことを、軍事施設を破壊する連中に自慢されるような事態を招かないためである。

記事の最後にペイヴァント大佐のコメントが出ていた。大佐は地元の法執行機関の協力に感謝を述べ、〝ソ連のような敵を前にしたときにはある程度の犠牲を覚悟せねばならないことを理解してくれている、カンザス州の多くの人々にも感謝したい〟と言っていた。どのような犠牲なのか、具体的なことは書かれていなかったが、わたしが推測するに、核のホロコーストで人々が灰にされることも含まれているのだろう。

ケイディが脇へどいてくれたので、そのあと数日分の記事に目を通したが、彼女の言うとおり、エメラルドのことはそれ以上出ていなかったし、ほかのデモ参加者の名前もいっさいなかった。《ダグラス郡ヘラルド》は言論の自由を保障した憲法修正第一条の勤勉なる守護者としてその義務を立派に果たし、平和な集会をおこなった人々の名前を記事から削除したというわけだ。

「ミサイルサイロはいまも残ってるの？」わたしは訊いた。「どこにあるの？」

「町から東へ五マイルほど行ったところ。冷戦終結後、ミサイルは撤去されたわ。中西部だけで何千基も配備されてたのよ。アメリカとソ連のあいだで協議が重ねられ、協定が結ばれて、そのあと空軍がミサイルの撤去を始めたの。それはともかく、町の東にあるカンワカのサイロはどこかの開発業者が空軍から買いとって、世界が終末を迎えても生き延びようという人々向けのコンドミニアムにする予定だったみたい」

「冗談よね？」

ケイディはむずかしい顔をした。「そう思うでしょうけど、全国的に起きてることよ。いますぐ住むために購入する人もいる。安いし、クールだと思って。でも、規模の大きなものは、開発業者によって、最悪の事態のなかで生き残るための超高額シェルターに改装されてるところなの」

そう言うと、フィルム・リーダーからパソコンのほうへ向き直り、ミサイルサイロを住宅に転用した例が出ているサイトを開いた。テキサス州に住むある男性は、州内の荒涼たる辺鄙な場所に究極の独身男性用アパートメントをこしらえたが、ケイディが見せてくれたなかでいちばん衝撃的なのはモンタナ州の例だった。宣伝文句は〝大脱出。地下十五階の心の安らぎ〟。周囲に稲妻が走っていて、〝幸運の女神は用意周到な者に微笑みかける〟という言葉が添えてある。

わたしはもっとよく見ようとしてケイディの肩越しにのぞきこんだ。サイトにはミサイルサイロの地下部分の断面図が出ていた。十五の階がコンドミニアム、その下の五つの階は機械設備、水泳プール、飲料水用フィルターと空気浄化フィルターなど。価格は一戸あたり百五十万ドルから始まり、フリーズドライの食料五年分がついている。強力な発電機もある。昔の発電機は、ＩＣＢＭのタイタンが北極点上を通過してソ連に到達するまでのエネルギーを生みだすだけでよかったが、それが最新式にパワーアップされている。Ｗｉ－Ｆｉもついている。ハルマゲドン後の世界でインターネットが使えるとすればだが。窓の景色は好きなものが選べる――コンクリートの壁を見つめなくてもいいように、コンピュータが海の景色や、山の景色や、穀物が黄金色に実った畑の景色を見せてくれる。

わたしはクモが腕を這いあがってくるような感触を覚えた。地下に閉じこめられ、脱出用ハッチはなく、二、三十人の人々と一緒に、御影石の調理台、ドイツ製食洗器、調理台の下の冷蔵庫、上流の顧客が別荘用に購入するサラウンド・サウンドの完備された住居で世界の終末を待ちつづけるのだ。〝大脱出〟ではすでに五戸が売約済だった。〝残り十三戸。続々契約中につき、本日中にご予約を〟

画面のスライドショーがイラストレーターの描いた外観を次々と映しだしていた。周囲には木立、バラの茂みに囲まれたヘリポート。ひょっとすると、完成したあかつきには、〝核の冬〟から逃れようとして押しかけてくる九十九パーセントの人類を射殺するために、狙撃手用のシェルターも用意されているのではないだろうか。

「ここのサイロもそうなるわけ？　ええと——なんて名前だったかしら」

「カンワカ。先住民がつけた名前よ」ケイディは言った。「カンザスではその他の地名もみんなそう。もともと先住民の土地だったのをわたしたちが奪いとって、もっと大きくて上等なものに変えてしまったの。つまり、巨大なミサイル基地に。カンワカのサイロがどうなってるのか、あまり興味を持ったことはなかったけど、前に聞いた噂では、土地のことで揉めたみたい。祖母の友達の一人がカンワカをコンドミニアムに改装する事業の仲介をしようとしたけど、その話は立ち消えになったそうよ」

「エメラルドやほかの人たちが抗議活動をしてたころは、警備もきっと厳重だったでしょうね。周囲でキャンプしてたの？　それとも、住宅かトレイラーがあったの？」

「野原にテントを張ってたそうよ。いつもそう聞かされてきたわ。当時のことを覚えてる人を見つけるのはほとんど無理ね——詳細な点まで覚えてる人という意味だけど。町の人たちに訊けば、みんな、デモのことを記憶してる。草の根運動のすばらしい例だと言う人もいれば、暴徒の非道な実力行使だと言う人もいる。もちろん、スマホが登場するはるか以前の時代だから、インスタグラムに写真を投稿するとか、そういうことはなかったわ。でね、抗議活動が始まって二カ月後に、キャンプ地が全焼してしまったの。だから、見るべきものは何も残ってないのよ」

「全焼？」わたしはオウム返しに言った。「どういうこと？」

ケイディは肩をすくめた。「噂だと、ヒッピーの一人がたぶん煙草を吸ってて――マリワナって意味よ――火が燃え広がったんだろうって」

ケイディはマイクロフィルムに視線を戻して、《ダグラス郡ヘラルド》の記事を見つけだした。

当新聞もその他の新聞もカンワカ・サイロの抗議活動のことをとりあげなくなると、ヒッピーたちは雲散霧消した。〝この連中は退屈して世間の注目を集めたがっているだけだ〟という空軍のマルカム・ペイヴァント大佐の主張の正しさが、こうして証明されたわけである。ヒッピーたちは出ていく前に焚火を消していかなかったようだ。ダグラス郡保安官ミルト・ジャルキスの報告によると、十日ほど前に火災が起き、デモ隊が残していったテントと掘っ立て小屋の大部分が焼失したとのこと。火災によるミサイルサイロの被害も放射能漏れもなかったことをペイヴァント大佐のほうで確認できるまで、このニュースは伏せられていた。大佐はまた、死者が出なかったことも確認している。

「まったくひどい話ね」ケイディは言った。「わたしの知り合いでミサイルのことをよく覚えてるのは一人だけ。同じ学校にいる数学教師の一人なの。十歳上の女性で、カンワカの近くで育ったんですって。サイロのそばにある教室が二つだけの学校に通ってたんだけど、毎日スクールバスでサイロの前を通るたびに、国が自分たちを消耗品扱いしてるのをひしひしと感じて、その人も友達も怖くてたまらなかったそうよ。物の数にも入らない連中は核による先制攻撃のターゲットにしてもかまわないってわけね」

わたしはうわの空でうなずいた。エメラルドがどう関わっていたのかをもっと知りたかった。「ここで作られた反核映画ってなんだっけ？　エメラルド・フェリングの主演だった？」

「ううん、フェリングはぜんぜん関係なかったと思う。でも、クレジットを見ておくわね。映画のタイトルは『ザ・デイ・アフター』。テレビ用に制作されて、核戦争のあと、即死を免れた人々が被爆症状に苦しむとか、食料がなくなってしまうとか、そういうことを描いた作品よ。この町でもすごい論争になって、住民のなかには、市長のせいでローレンスが核兵器を恐れてるんだとソ連側に信じこませてしまったと思い、市長に辞職を迫った人たちもいたそうよ。もちろん、軍備縮小を強く支持する意見もあったけど、当時の大統領だったレーガンはABCテレビの放映を禁じようとしたのよ。放映されたのはわたしが生まれたすぐあとだったから、もちろん、そのときの論争を直接知ってるわけじゃないけど、当時を知る人たちから、どんなことを覚えてるか話してもらったわ」ケイディは照れくさそうな笑みを浮かべた。「わたし、あの映画を五十回ぐらい見てる。母に会えるんじゃないかと思って」

「お母さん、エキストラで出てたの？」

「ううん。でも、ミサイルサイロのデモに参加して、そのあと……死んでしまったの」

ケイディは唇を嚙んで、感情を、涙を押し殺した。わたしはじっとすわったまま、ケイディがふたたび話せるようになるまで待った。

「何が起きたのか誰も知らない。というか、どうしてそんなことになったのか。母は車で走ってて道路からそれ、ワカルサ川に転落して溺死したの。サイロの近くにある小さな川よ。わたしは生後六週間で、母はわたしを置き去りにした。わたしのことなんか忘れて──それがいちばん悲しい。近所の農家の人がわたしを見つけて、祖母の家へ連れてってくれたんだって。母はマリワナを吸ってたんじゃないかって噂なの。たぶんそうね。あるいはお酒でべろべろだったか。わたしにはわからないけど」

わたしは十代のときに母を亡くし、いまでも母が恋しくてたまらない。母との思い出が何もなかったら、わたしの心臓の真ん中にもきっと穴があいたことだろう。

「わたしは歴史の勉強を始めた──中学で教えてるのも主に歴史よ。ほかに、社会科全般とか、政治学なんかも担当してるけど──この町で教師になったのは母のことがあったからなの。母の死の謎を解明する手がかりが何かつかめないかと思って。祖母はカンワカ周辺で起きたことすべてを恨んでて、その話題にはぜったい触れようとしない。わたしがようやくサイロのデモのことを知ったのは、高校に入ってからだった。そのときだって、〝母さんの車が道路から川へ転落した〟としか、祖母は言ってくれなかった。最初は祖父が──祖母の夫が――交通事故で亡くなり、今度はわたしの母のジェニー。祖母は何かに呪われてると思いこみ、わたしが車の運転を習うのまで止めようとしたのよ。でも、これぐらいの規模の町では車なしじゃ暮らせないでしょ」

「二人とも大変だったのね」

ケイディは照れくさそうに笑った。「まあね。運転を習いはじめたころのわたしを見てほしかったわ。車をまっすぐ走らせるコツをつかむのに一カ月もかかったの」

わたしはしばらく時間を置いてから話題を変えた。「サイロの抗議活動はその反核映画と関係してたの？」

「それはないと思う。抗議活動はあの時代によくあったことで、国じゅうの人が軍拡競争にうんざりして、もう終わりにしてほしいと思ってた。『ザ・デイ・アフター』は世間の風潮を映しだした作品だったと言っていいわ。わたしが調べたかぎりでは、母は抗議活動をおこなったコミューンのメンバーだったみたい。同じころ、イギリス南部のほうでも女性たちが巡航ミサイルの配備に反対して抗議活動を続けてて、母たちはそれと同じことをめざしたのね。イギリスの運動が最高潮に達したときは、十万人近くの女性が空軍基地でキャンプしたそうだけど、このローレンスでは、たぶん二十人ぐらいだったと思う。だって、カンザスだもの！」

ケイディはフィルム・リーダーのダイヤルをいじって記事をめまぐるしくジャンプさせた。「わたし、地元の新聞すべてに――カンザス・シティとトピーカの新聞まで含めて――二、三十回ぐらい目を通したわ。でも、エメラルド・フェリングがどういう人かは知らなかった。

映画スターだってことも、アフリカ系アメリカ人だってことも。抗議活動の記事を読んでも、その名前に注意を向けたことはなかった。母のことが出てないか、捜してただけ。ジェニー、それが母の名前よ。ジェニファー・ペレック」

ケイディはその名前をつぶやいた。わたしに話すというより、自分に言い聞かせている感じだった。

「コミューンと抗議活動のことを、おばあさんはどう言ってるの？」

「いくらこっちから水を向けても、その話はぜったいしようとしないの。〝唯一の収穫はおまえをひきとったことだ〟って言うだけ」ケイディは頬を赤らめて視線を上げた。「そう言ってもらえるのはうれしいけど、いつも、祖母が母にすごく腹を立ててるような気がしてならなかった。わたしがいくら頼んでも、母の話はしてくれなかった。わたしの父親が誰なのかもわからなかった。その人は母と一緒の車には乗ってなかったし、その人が誰なのか、祖母も知らない。少なくとも、祖母は知らないと言ってる」

その深い傷もわたしは想像できた。十代の恋、恋人を亡くし、赤ん坊を押しつけられては大変だと思った若者。だから、煙のように消えてしまった。「お母さんのジェニーはここで育ったんでしょ？　幼なじみがいるでしょうから、その人たちに話を聞いてみたら？」

ケイディはうなずいた。「聞いたわ、ちゃんと。それに、わたし、母の高校の卒業アルバムも持ってるの。母は理科系に興味があって、次世代のキュリー夫人になりそうな子だってみんなに言われてたみたい。でも、物理の授業をとったのがきっかけで軍縮を叫ぶようになったのかどうかは、祖母に訊いても答えてくれない。わたしが生まれたとき、母はまだ十九歳だったから、母のことを詳しく話してくれる人が見つからないの。数学が得意で、生物学が好きで、サッカーチームのエースだったんだって」

「おばあさんには、ほかに子供はいなかったの？」

「母が三つのときに祖父が死んでしまったの。祖母が働いて祖父をロースクールに行かせてたから、つぎの子を作るのは卒業まで待つことにしたんじゃないかな。祖父の死後、祖母は再婚しなかったし」

するとと、カンワカのデモの話をしてくれるおじさんもおばさんもいないわけだ。わたしはケイディに頼んで、《ダグラス郡ヘラルド》と《ローレンス・ジャーナル＝ワールド》の両方のマイクロフィルムを見せてもらった。

ケイディの注意はつねに母親に関する記事に集中していたが、わたしはエメラルド・フェリングが抗議活動のなかで果たした役割について書いてある記事がほしかった。だが、何も見つからず、目についたのは、ミサイルサイロの周囲を固める重装備の軍隊の写真だけだった。核兵器反対を叫ぶデモ隊の姿は、〝合衆国空軍に神の祝福を〟と書かれた特大バナーの陰に隠れてしまい、〈ダグラス郡の自由を愛する者たち〉という組織のメンバーがそのバナーを高々と掲げていた。ジェット戦闘機とアメリカ国旗のイラストもついていた。

べつの記事には、サイロを覆った半月形のドームの近くでソフトボールとバーベキューに興じる人々のことが出ていた。

わが国家と市民の安全こそが合衆国空軍の最優先事項であることは、アメリカ人なら誰もが知っている。ダグラス郡の人々が安心してピクニックを楽しめるのは、空軍が付近の土壌と水の放射能レベルを定期的にチェックしているからだ。人々はまた、ここに配備されたミサイルがソ連の脅威からわれわれすべてを守ってくれることを知っている。

ここにあった古いミサイルからどれだけの放射能漏れがあったのだろう。サイロを住居にするのは、閉所恐怖症から精神がメルトダウンを起こす心配はないと仮定しても、本当に安全と言えるのだろうか。

とりとめもなく考えつづけていたそのとき、エメラルドの名前が目に飛びこんできた。ゆっくりスクロールしてページをもとに戻し、その記事を見つけだした。ミサイルやグリーナムと同じ活動をめざす女性たちとは関係のない記事だった。エメラルドの母親ルシンダ・フェリングが肺炎にかかり、六十五歳で亡くなったという。抗議活動から二カ月ほどあとのことだった。聖シラス・アフリカメソジスト監督教会でとりおこなわれた葬儀に出るため、エメラルドが帰郷した。写真が出ていた。一九八三年当時、アフリカ系アメリカ人が女優になれば、まさにセレブの扱いだった。ベールつきの帽子をかぶっていて、そのベールが顔の上半分を隠しているため、撮影用のメークをしていないエメラルドがどんな顔なのか、わたしにはわからなかった。

ドアのところで咳払いの声がして、二人とも飛びあがった。受付デスクにいた女性が申しわけなさそうに笑った。「脅かすつもりはなかったけど、もう六時よ、ケイディ。わたし、そろそろ帰らないと。戸締りを頼んでいい？」

「わ、どうしよう。二人で話に夢中になってたの、メラニー。あなたが入ってきたのも気づかなかった。ごめん！　お先にどうぞ。わたしたちもすぐ出るけど」

ケイディはわたしの前に身を乗りだして、リーダーからマイクロフィルムを抜きだした。そのシートをいじりながら、メラニーの足音が廊下を遠ざかるのを待ち、恥ずかしそうに言った。「わたしと一緒にうちにきて、祖母に話を聞いてはどうかしら。あなたになら、もっといろいろ話してくれるかもしれない。もしかしたら、祖母はエメラルド・フェリングと知りあいだったけど、彼女の話をする気になれなかったのかもしれない」

10　あなたの歯はなんて大きいの

そういうわけで、わたしはガートルード・ペレックの家のフロントポーチに腰を下ろして、そこから見える川面に月の光がきらめくのを見つめることになったのだった。自分の車でケイディのあとをついていったので、わたしが訪ねていくことをケイディが祖母にどう伝え、祖母がどう答えたかは知らないが、王族のごとき歓待はしてもらえなかった。

「おばあちゃん、もう暗いし、寒くなってきたよ。なかに入ったほうがいいんじゃない？」ポーチの石段でわたしを迎えた祖母にケイディは言った。

ガートルード・ペレックはかすかな微笑を浮かべて答えた。「もうじき冬がくる。そしたら、セーター三枚にダウンコートを重ねなくてもこうやって外にすわってられる夜が恋しくなる」

祖母はひどく不愛想なわけではなく、ポーチに置かれた籐椅子の一つにすわってくつろぐよう言ってくれたが、飲みものは出してくれなかった。長居はお断わりという意味だ。それに、ペピーを車に置いておくように言われた。この命令が孫娘のケイディにはひどく意外だったようだ。

「おばあちゃん！　メラニーの連れてくるテリアは家に入れてやるじゃない。あの犬、部屋のように。

会話のなかで、ガートルードはこのとき初めて孫娘の肩をきつくつかんだ。警告を送るかの隅でおしっこするのに」

ボウルに水を入れてペピーに持っていってくれたのはケイディだった。また、わたしに白ワインのグラスを運び、ついでに自分の分も持ってきた。

ケイディが家のなかでペピーとわたしに出すものを用意しているあいだに、ガートルードが言った。「ケイディから聞いたけど、あんた、カンワカのサイロの横にあったろくでもないコミューンの話をしたいそうだね」

「いえ、違います」わたしは感情を押し殺した声で答えた。「エメラルド・フェリングを見つけたいんです。エメラルドがあそこで抗議活動に参加していたという新たな事実を知ったので、あなたならエメラルドかその母親をご存じだったんじゃないかと思って。だって、二人はこの町で長く暮らしたわけでしょ。あなたと同じように」

「あのコミューン、わたしはコミューンのせいで娘を亡くした。ケイディはジェニーが何をきっかけにデモ隊に加わったのか、誰と交際してたのかを探りだそうと必死だが、わたしとしては、そういう古傷はえぐりたくない」

「べつに娘さんの交際相手を捜してるわけじゃないんです」わたしは言った。もっとも、ケイディがわたしを雇って調査を頼むつもりでいるのではないか、頼まれたらなんと答えればいいだろう、とひそかに思っていたけれど。「エメラルド・フェリングは二週間前に旅に出ました。戦時中に父親が配属されていたフォート・ライリーを訪ね、そのあとローレンスへ向かう予定だと基地の人々に言っています。これまでのところ、この町でエメラルドを見かけた人はいないようですが、わたしは母親の葬儀がおこなわれた教会へ行ってみようと思っています。また、今日の午後、歴史協会でケイディと一緒に昔の記録を調べていたとき、エメラルドがあなたの娘さんと同じ抗議活動に参加していたことを知りました。それで、あなたがエメラルドか母親をご存じではなかったかと思ったんです」

ポーチに一個だけついている弱い電球の仄暗い光のなかでは、ガートルード・ペレックの表情は読めなかったが、全身をこわばらせたのは見てとれた。「八三年にエメラルドがここにきたときは有名人だった。少なくともカンザス州ローレンスではね。だから、もちろん、わたしも彼女を見たよ。とにかく、黒人だし、ここは町のなかでもとくに狭い地区だから、ものすごく目立ってた。けど、子供時代のエメラルドのことは知らない」

「家はここからそう離れてなかったですよね。わたしが地図を正しく読んでるとすれば、川のすぐ向こう側のはず」

「ああ、あの川ね」ガートルードはそこで、姿を消した彼女の祖父の話を始めたのだった。

わたしはその話が終わるのを、そして、失踪した祖父たちに関する議論が終わるのを辛抱強く待った。

「電話帳を調べてみたら、エメラルドの母親の名前が出ていたのは一九五一年が最後でした。エメラルドが七歳ぐらいのときです。だから、よそへ越したのだろうと思ってました。でも──」

「一九五一年？」ガートルードが口をはさんだ。「ノース・ローレンスに住んでたのなら、たぶん、越すしかなかっただろう」

「ああ。洪水ね」ケイディが言った。「いまでも語り草よ。わたしが八つのときにすごい洪水があったけど、五一年とは比べものにならないって誰もが言ってたわ」

「ああ、そのとおり」ガートルードは言った。「わたしは十二だったが、水が道路のあのカーブのとこに打ち寄せてたのをいまでも覚えてる」彼女が道路のほうを指さしたが、暗すぎて何も見えなかった。「そのあと何カ月も悪夢にうなされたものだった。水が寝室まで入ってきて、父親が助けだしてくれる前にその水にさらわれてしまう夢だった。昼間は兄のクラレンスと二人で水に浸かった通りを歩きまわって、母親を半狂乱にさせたものだった。母親は子供たちがコレラ菌を家に持ち帰るに違いないと思いこんだ」

「ノース・ローレンス」わたしは話を戻そうとした。「フェリング一家が住んでたのは六丁目でした」

「川向こうの通りのことは知らない——とにかく、あんまり詳しくない——けど、多くの家が完全に水没してしまった。川の北側の土地はこっちより平坦だし、どの家もこっちに比べると川にずっと近い。しかも、多くの家が地べたに建っている。昼間、車で出かけてごらん。わたしの言ってる意味がわかるから」

「じゃ、洪水のせいでエメラルドと母親は町を出ていくしかなかったわけですね。二人を覚えていそうな人とか、どこへ行ったかを知っていそうな人に心当たりはありません？」

ガートルード・ペレックはようやくわたしにまともに注意を向けたようだった。「ずいぶん昔のことだからね。あんたに必要なのは、そのころすでに大人になってて、いまも……頭がしっかりしてる人物だ。そして、町のあのあたりをよく知ってる人物」

ガートルードは言葉を切って考えこんだ。「町にはリバーサイド教会っていう会衆派の教会があって、いまはほかの宗派との合同で統一キリスト教会になってるけど、とにかくそこがノース・ローレンスで慈善活動をやっていた。わたしも日曜学校がすむと、援助物資を梱包する母親を手伝ったのを覚えてる。服とか、缶詰とか、そういう品だ。教会の事務員に聞いてごらん。昔のことを覚えてる者を見つけてくれるかもしれない」

ケイディが言った。「ねえ、博士なら――」

「とんでもない」ガートルードの声は帯鋸のようで、孫娘の言葉を真っ二つに切り裂いた。「あの出来事は博士の人生にとって、わたしと同じように辛いものだったんだ。おまえはこの探偵さんを連れてきて、わたしの傷口をつつかせた。ほかの者まで同じ目にあわせるのはわたしが許さない」

ガートルードはわたしのほうを向いた。「さっきも言ったように、エメラルド・フェリングのことは何も知らない。力になってくれそうな教会の人間のことをあんたに教えてあげた。そろそろ帰ってもらおうか」

「おばあちゃん!」ケイディが文句を言った。「母さんの話をするのが嫌いなことは知ってるけど、まじめな話、これは――」

「この人には、わたしのプライバシーに土足で踏みこむようなまねはさせない。おまえがいくら自分のプライバシーをこの人にさらけだそうとしてもね、ミス・ケイディ。オーブンのなかで夕食のキャセロールが待ってるよ。もう干からびてるだろうけど」

「いいのよ、ケイディ」口をあけて祖母を見つめるケイディに、わたしは言った。「おばあさんの言うとおりよ。おばあさんにはプライバシーを守る権利がある。リバーサイド教会の人に話を聞いてみるわ。それからノース・ローレンスまで車を走らせて、ルシンダ・フェリングのお葬式をした教会へ行ってみる。そこでも手がかりがなかったら、インターステートでフォート・ライリーまで戻って、何か方法がないか考えてみるわ」

そうは言ったものの、〝どんなに慎重に立てた計画もうまくいくとはかぎらない〟という古い諺(ことわざ)を立証することになりそうだった。

11　過激なファンたち

　車に戻ったときはふたたび霧雨になっていた。レインコートをはおり、ペピーを連れて川のほうへ歩いた。ガートルード・ペレックの家のポーチにすわっていたときは、川まですぐだろうと思ったが、そんなに近くなく、おまけに川と道路のあいだには峡谷があった。峡谷の向こうから列車の汽笛が聞こえてきた。雨に濡れた薄闇のなかで、その音が物悲しく響いた。

　町の中心部と境を接する公園まで車を走らせ、ペピーを自由に歩かせてやることにした。午後から車に閉じこめられっぱなしだったため、ペピーはご機嫌斜めで、鬱憤晴らしのためにいきなり駆けだしてほかの犬のところへ挨拶に行き、わたしがいくら呼んでも戻ってこなかった。

　わたし自身もすわっている時間が長すぎた。ペピーのリードをつかんで、公園の端から端まで五回か六回走って往復すると、ペピーもついにぜいぜい言いだした。いまも雨が降りつづいていて、強い雨ではなかったものの、ペピーをマスタングに押しこむころには、犬もわたしもじっとり濡れていた。

　入ってみたいレストランが何軒か目についたが、乾いた服に着替えるのが面倒だし、ふたたび犬を車に置いていく気になれなかった。町の西側にある農協経営の食料雑貨店へ行くと、テイクアウトできるオーガニック料理があったので、サーモンのディナーセットを買ってB&Bに戻った。オーナーが電子レンジと小型冷蔵庫のある休憩室——部屋の隅の窪みと言ったほうがいいような場所——を使わせてくれた。

「博士って誰だと思う？　ガートルード・ペレックはわたしにその人の傷口をつつかせまいとしてたわ」部屋に入り、身体を乾かしてから、わたしはペピーに訊いた。「辛い出来事とか言ってたけど、なんのことかしら。エメラルド・フェリングに関係のあることだと思う？」

ペピーはわたしが買ってやったピーナッツバター風味の犬用ガムから顔を上げもしなかった。霊媒に相談するしかなさそうな質問に答える気はないわけだ。ケイディにメールを送り、博士の名前を教えてもらえないかと頼んだが、〝わたしが教えれば、すぐ祖母にばれてしまうわ。家のなかでこれ以上ゴタゴタを起こすのはいや〟という返事がきた。

ケイディは祖母を怖がっているのだろうか。多少はそうかもしれない。でも、祖母を守りたい気持ちもあるのだろう。わたしがそこまで知る必要はない。三十年以上前に消滅したデモ隊のキャンプ地にいたというエメラルド・フェリングに関する手がかりがほしくて、藁にもすがる思いなのだ。いずれにしても、相手が秘密にしたがっていることを打ち明けるよう、メールで説得を試みても無理なことだ。

ガートルード・ペレックはウィキペディアに出るほどの有名人ではなかった。わがデータベースで検索したところ、七十七歳、無職、持家あり、収入はわずかな年金と社会保障手当、ルイジアナ通りにアパートメントの建物を二棟所有、となっていた。ケイディの話だと、夫は交通事故で亡くなったらしい。デジタル時代になるずっと以前のことなので、検索してもその死に関する記録は見つからなかった。祖父の農場を継いだのはガートルードの兄のクラレンスだが、十年前に死亡している。一度も結婚しておらず、彼の死後、農場は売却された。ガートルードの一人娘、つまりケイディの母親についての記録もなかった。ガートルードと博士の関係についても収穫なし。かつての上司？ それとも、愛人？

そろそろメールの受信箱を見てみなくては。予想どおり、バーニーから緊急メールが何件か入っていた。なぜ連絡をくれないの、オーガストはどこなの⁇ 今日はバーニーからすでに四件もメールが届いていたので、不機嫌な返事を打ちこんだが、すぐに削除した。調査が進展しなくても、そのストレスをバーニーにぶつけていいという理由にはならない。バーニーとアンジェラの両方に宛ててメールを書いた。〝調査は遅々として進まないし、知らない町で手がかりをつかむのに苦労しているところ。だから、あと二、三日おとなしく待ってて。いいわね？〟

シカゴにいる誰かに頼みたいことが一つあった。人々が仕事を終えて帰宅している夜のあいだに、オーガストの近所をまわって話を聞いてもらいたいのだが、頼むとすれば、向こう見ずな二人の若いアスリートではなく、ストリーター兄弟がいい。こちらの要望を詳しく書いた長いメールをティム・ストリーターに送り、つぎに、いちばん厄介なメールにとりかかった。今回の依頼人への〝進展なし〟という報告だ。

その助けにと、ジョニーウォーカーをグラスにたっぷり注いでから、トロイ・ヘンペルに宛てて、これまでにどんな調査をしたか、明日の午前中に誰と話すつもりでいるかを述べた。

〝教会でも、エメラルドの子供時代の家でも収穫がなかったら、フォート・ライリーまでひきかえし、その道々、オーガストとエメラルドの身に何か起きていないかを調べてみます。フォート・ライリーまでは距離にして八十五マイル、小さな町がいくつもあるので、すべて調べようとすれば数日かかるでしょう。わたしからの提案です――干草のなかで針を捜すようなものですが、そちらがお望みならやってみます。ご指示ください〟

これを送信してから、受信箱のチェックにとりかかった。朝からこれまでに新着メールが七十三件。もちろん、政治家やナイジェリアの王族からの痛切な訴えも含まれている。二百ドル、いえ、五ドルでもいいので、できる範囲で送ってください、大変な状況になっているのです、という必死の懇願だ。

依頼人二人が問題を抱えていたが、どちらもわたしが遠距離から解決できるものだった。セント・クロイ島滞在中のミスタ・コントレーラスからは、不器用な指で打ったために微笑ましいタイプミスがいっぱいの、善意にあふれた雑談メールが届いていた。わたしはフォート・ライリー訪問のハイライト部分を中心にして返事を書いた。アンツィオで戦った古参兵が喜びそうな内容だ。そして、ウィスコンシン州のペットホテル〈ドクター・ダン〉から送られてきた、シマリスを追いかけるミッチの写真を添付した。

けさ、ローレンスの警察署へ出かける前にジェイクにメールを送っておいた。バーゼルの現地時間で午後三時という時刻に。向こうはいま午前三時。でも、ジェイクには返事を書く暇がなかったようだ。

ノー・エステス・レホス・デ・ミ・ウン・ソロ・ディーア。ピーター・リーバーソンが妻のために曲をつけた、詩人ネルーダのソネットが頭に浮かんできた。〝たとえ一日でもわたしから離れないで〟。以前のジェイクなら、演奏旅行に出たときはわたしのためにスカイプでこの旋律を奏でてくれたものだった。そして、わたしはこの曲を必死に練習し、彼が去年オーストラリアへ六週間出かけたときは、彼のために歌ったものだ。でも、いまはメールさえ届いていない。

立ちあがり、デスクの上の小さな鏡に映った自分の顔にしかめっ面を向けた。濃い茶色の髪に針金のような白髪が増え、目尻のカラスの足跡が深くなっている。〝漆黒の髪は銀色に変わり……雪白の肌にはしみが……〟。いまのわたしには、ギルバート&サリヴァンのオペラに出てくるレディ・ジェーンのほうが、ネルーダの愛のソネットよりふさわしいかもしれない。

幸い、わたしには犬がいて、探偵という仕事がある。女にこれ以上何が必要なの？　依頼人の問い合わせに答えるべく作業にとりかかり、しばらくすると、表計算ソフトと妙に変動のひどい株価の追跡に没頭し、傷ついたハートのことも、オーガスト・ヴェリダンとエメラルド・フェリングを見つけようとする虚しい努力のことも忘れていた。

膝のうしろを伸ばし、ドアのところで軽く背をそらせてから、ペピーを連れて部屋の外の小さなパティオに出た。

雨はすでにやみ、そのあとに冷たい空気が流れこんでいた。北の故郷からの冷たい空気。犬と一緒にしばらく立ち止まり、夜空を、北極星を見つめた。ジェイクのことより故郷のほうが恋しかった。

「空気をくんくん嗅いでごらん」ペピーに言った。「ミッチの匂いがするかもしれないわよ。わたしは〈ゴールデン・グロー〉とロティの匂いかな。運がよければ、もうじき帰れるからね」

大学の鐘楼の鐘が遠くで午前零時を告げていた。ベッドにもぐりこみ、ペピーが横で丸くなり、わたしは深い眠りに落ちた。わずか二時間後に電話が鳴りだしたときは、寝ぼけていたためシカゴの家の寝室にいるのだと思いこみ、慣れないスペースでまごまごしてカウチにぶつかってしまった。カウチの上でわたしの電話がＬＥＤの光を放っていた。

「もしもし？」ずきずきする向こう脛をさすりながら、不機嫌な声で言った。

「あのポスター貼ったの、あんた？」女性の声だった。しゃがれているのはアルコールのせいか、煙草のせいか、はたまた、深夜に電話に向かってわめきたてているせいか。背後の騒音ときたら、大々的な暴動が発生中という感じだ。

「なんのポス――あ、オーガスト・ヴェリダンとエメラルド・フェリングを捜すポスターね。ええ、そうよ」わたしは息を吸いこんだ。

「二人を見た。わたしの愛しい男が埋葬されてる場所で。お墓の上を歩いてた」

すばらしい。施しを求める酔いどれホームレスがまた一人。「何を見たの？」わたしはつっけんどんに訊いた。

「黒人の坊やがお墓の写真を撮ってて、黒人のレディがもっと撮れって言ってた！　神聖な土地なのに、あの二人、アメフトの試合に行ったみたいな調子で写真を撮ってた」

「どこで？」わたしはどなった。

「言ったじゃない。彼が埋葬されてるとこ」

「でも、どこに埋葬されてるの？」

「止めようとしたけど、聞いてくれなかった」

向こうがしゃべっているあいだに、わたしはジーンズをひっぱりあげた。「どこから電話してるの？　謝礼を届けに行くわ」

「〈ライオンズ・プライド〉」

彼女の名前を尋ねたが、電話を切られてしまった。素足にブーツをはき、ペピーを車に押しこんで、〈ライオンズ・プライド〉を見つけてくれるようスマホに頼んだ。ロードアイランド通りと八丁目の角、メインストリートのマサチューセッツ通りから二ブロック東へ行ったところ。そんな遠くまでポスター貼りに出かけた覚えはない。

午前二時半。ほとんどの店は閉まっているが、ひと握りのバーがまだ営業中で、若い子たちが通りにまであふれていた。歩道に鳴り響く音楽、騒々しい笑い声、マサチューセッツ通りのあちこちで鳴る車の警笛。いまにも倒れそうな平屋が建ち並び、がたがたのレンガ敷きの歩道のある通りに駐車スペースが見つかった。

シカゴのリグレー球場で試合がある夜は、近所の人々にとって気の毒なことだと思っていたが、このダウンタウンのバーの近くで暮らす気の毒な人々にとっては、毎晩が試合のある夜のようなものだ。

〈ライオンズ・プライド〉は角のビルの地下にあった。そこに着いたとき、若い女性が手すりに寄りかかって吐いていた。一緒にいた若者三人が笑い声を上げ、そのうち一人が彼女のキャミソールのストラップをひっぱっていた。

わたしは女性に片腕をまわして、若者たちのほうを見た。「坊やたちはおうちに帰りなさい。幼稚園は朝早く始まるんでしょ。その子供っぽさからすると、どう見ても幼稚園児ね」

若者の一人が悪態をつきはじめたが、わたしが身分証の提示を求めるとあとずさった。わたしのことを、大学の警備にあたる警官だと思ったのだろう。女性は焦点の定まらないどんよりした目でわたしを見つめた。この女性をどうすればいいのかわからなかったので、彼女に腕をまわしたまま強引に階段を下りさせ、店の入口まで行った。

入口に立った瞬間、この暴動のような場所で一人の人間を見つけだすのがいかに絶望的なことかを悟った。うしろに下がり、若い女性を階段にすわらせてから、さっきの番号に電話してみた。

呼出音が十回ほど鳴ったあとでようやく応答があった。電話をとったのは〈ライオンズ・プライド〉のバーテンダーだった。すばらしい。匿名の電話の主はバーの電話を使ったわけだ。

若い女性は意識を失っていた。ビルの上階へ続く鉄製の階段の縁に彼女をもたれさせた。肩から小さなバッグが下がっていた。わたしが店に入っているあいだに盗まれては大変なので、預かることにした。

「しばらくここでおとなしくしててね、ハニー。こっちの用事がどれぐらいかかるかわからないから」

シカゴのサウス・サイドで鍛えられた肘を使って入口近くの人混みをかき分け、カウンターまで行ったが、騒音がすさまじく、人混みよりそのほうが耐えがたかった。頭が薄くてかなりのメタボ腹の男性がジョッキを見もせずにビールを注いで、カウンターの端に次々に置き、それをホール係がとって、人混みを縫いながらテーブルに運んでいた。

わたしは手をふってバーテンダーの注意を惹こうとし、大声で叫び、カウンターに沿って人をかき分け、ようやく彼のそばまで行った。

「モスコミュール五杯！」ホール係の一人が叫んだ。

頭の薄い男はうなずき、さらに三個のジョッキにビールを注いでから、向きを変えて、銅製のマグカップを五個カウンターに並べた。わたしはそのマグ越しに腕を伸ばした。

「次のお酒を未成年に出す前に、三十分前に誰があなたの電話を使ったのか教えてもらいたいんだけど」

バーテンダーはわたしに不機嫌な顔を向けた。「マグから腕をどけてくれ。あんたに汚されたら、洗い直さなきゃならん」

「あなたの電話。女性がここからわたしに電話してきたの。わたしは探偵で、その女性が必要な情報を持ってるから、それが誰だったのかを知りたいの」

バーテンダーはわたしをにらみつけた。「どっかの馬鹿なホームレス女だよ。客に酒をねだって口論を始めるもんだから、さっきつまみだしてやった。女は勝手に電話を使いやがった。あんたがマグカップの上に勝手に手を伸ばしてるのと同じでな。さあ、女に続いてあんたもつまみだされる前に、おれのバーから出てってくれ」

「できもしない脅しはやめなさい。その女性が常連客なら、名前や住所を知ってるわよね？」

「ホームレスだっていま言っただろ。住所はない」

騒音と睡眠不足のせいで頭がふらついた。バーテンダーの背後の壁にスイッチが並んでいるのが見えた。いちばん近くの三つのスイッチを切ると、店内が真っ暗になった。客があえぎ、悲鳴を上げたが、騒音は二、三デシベル低くなった。五つまで数えて、ふたたび照明をつけた。

喧噪がよみがえる前に、わたしは叫んだ。「少し前にここで電話してたホームレスの女性を知ってる人がいたら、モスコミュールをおごるわ！」

バーテンダーがホール係の一人に、フレッドを呼んでこい、この女をつまみだして警察を呼ぶんだ、と言った。

「わたしは探偵よ」わたしはバーテンダーに大声で言った。「あなたの電話を使った女性をどうしても見つけなきゃいけないの。もし見つかったら、警察がきたときに、あなたが未成年者にお酒を出したことは黙っててあげる。その子たち、ぐでんぐでんに酔っぱらって、あなたの見てる前で睡眠導入薬なんかものんでたんじゃない？　さあ、教えてくれる？」

バーテンダーは空になったジョッキをカウンターに乱暴に叩きつけ、その勢いでジョッキが割れてしまった。「ソニアって女だ。酒が飲めるだけの小銭がたまるとうちにくる。迷惑な女だが、あんたに比べりゃまだましだ。さあ、出てってくれ」

町の名物ジェイホークのTシャツを着た筋肉男がカウンターの端で待っていた。わたしの腕を必要以上にきつくつかんでドアのほうへ追い立てた。わたしはなぜかドアの段差につまずき、倒れまいとした拍子に男の向こう脛を蹴飛ばした。子供っぽいやり方だが、すかっとした。

さっきの若い女性はいまも階段のところでぐったりしていた。若者三人組も残っていて、酒を注ぎなおしたマグカップを手に、支離滅裂な言葉を交わし、その合間に馬鹿笑いをしておたがいの肩を叩きあっていた。

スマホのライトで若い女性のバッグのなかを照らしてみると、学生証が見つかった。氏名はナオミ・ウィッセンハースト、しかし、住所はなかった。起こそうとして軽く頬を叩いた。

「ナオミ！　家はどこ？」

三人組は歩道のほうへ移動した。ナオミのドラマには関わりたくないようだ。鉄製の階段の下に置かれた衣類の束にわたしが気づいたのはそのときだった。そちらを照らしたが、胃が締めつけられる気がした。衣類は人のような形をしていて、光のなかに、不自然な角度で突きでた片足が見えた。

12　醜いアヒルの子

その女性は死んではいなかったが、脈がひどく弱く、ほとんど感じられなかった。九一一に電話した。〈ライオンズ・プライド〉に薬物過剰摂取の人間が二人。体温が逃げないよう、女性にわたしのコートをかけた。女性とナオミ・ウィッセンハーストの写真をそのままの状態で撮った。勝手に動かしたとか、怪我をさせたとか、所持品を盗んだなどと、あとで文句を言われると困るので。

三人組はこちらをぽかんと見ているだけで、手伝おうともしないので、ついでにそっちの写真も撮ってやった。三人はいやな顔をしてわたしから離れた。

青と赤のライトを明滅させて、最初に警官たちが到着した。今宵の一度きりの短いお楽しみ——それはパトカーが到着した瞬間、三人組が錠剤と粉の詰まった小さな袋をいくつも溝に投げ捨てて、雪がとけるように姿を消したことだった。

警官二人が階段のところまできたので、わたしは立ちあがった。「この女性を起こそうとしてたら、階段の下にもう一人の姿が見えたの」

警官たちは懐中電灯でそちらを照らした。わたしのスマホの光より強力で、女性の顔がはっきり見えた。中年、二重顎、濃い眉、口の端に吐瀉物(おうとぶつ)の雫。

女性警官が署に報告を入れ、救急車二台を大至急よこすよう頼んだ。三台目のパトカーが止まった。運転席の警官は車から降りなかった。部長刑事を乗せてきたのだ。階段の上にいるわたしたちのところに、その部長刑事がやってきた。

明滅するパトカーのライトがバーの奥のほうまで照らしていた。常連客たちが出ていこうとしたり、この場の騒ぎを呆然と眺めたりしていた。全員を足止めしておくために、部長刑事が制服警官の一人を地下まで行かせた。

「これまでに判明したことは、スーズ？」

スーズは懐中電灯をわたしのほうに向けた。「こちらの人から通報があったんですが、あれ、ソニア・キールですよ。ご存じのように——」

「ああ、そうだ、ソニアのことはわれわれ全員が知っている」部長刑事はしゃがみこんで彼女の手首の脈を診た。「ソニア、今夜は何をのんだんだ。ええ？　もう一度、あんたの命を救ってやろう。それとも、もう命を手放すつもりかい？」

部長刑事は立ちあがった。「で、もう一人のほうは？」

わたしはこれ以上よけいな注目を浴びたくないので返事をためらったが、スーズが黙ったままなので、もう一人は学生のようだ、酒を飲みすぎたか、ルーフィーをのんだか、もしくはその両方だろう、と説明した。

「その子を起こして住所を聞きだそうとしてたとき、もう一人の女性がそこに倒れてるのが見えたの」わたしはふたたびためらったが、ソニアとの関わりを伏せておいても意味がない。わたしが彼女の名前を聞きだそうとして芝居じみた騒ぎを起こしたことを、バーにいた全員が警察に告げるだろう。

「ソニアに会ったことはないけど、四十五分ぐらい前に当人から電話があって、話があるからここにきてほしいと言われたの」

救急車が到着した。救急救命士たちが医療器具を持って走ってきたので、警官隊は背後へひっこんだ。

「女性たちを病院へ運んでもらおう。それから、きみ」部長刑事がわたしに向かってうなずいた。「署まで一緒にきて、事情を説明してもらいたい。警察の場所はわかるかな」

わかると答えた。わたしが、自分の車のほうへ行こうとすると、「そっちじゃない」と言われた。

「はいはい、部長刑事さん。でも、わたしの車に犬を置いたままなの。無事かどうか確認しなきゃ」

「では、ピーボディ巡査を一緒に行かせよう。スーズ、きみのパトカーはわたしが運転して署に戻る」

わたしの車まで行く途中で、わたしは言った。「警察の全員がソニア・キールを知ってるって、部長刑事さんが言ってたわね。よくあることなの？　彼女がバーの近くで意識を失うのは」

「わたしではなく、エヴァラード部長刑事のほうから詳しく聞いてください」スーズはこわばった声で言った。

拒まれても、わたしはくじけなかった。「ひんぱんに入院の必要があるのなら、きっと、健康状態がかなり危険ってことなのね」

「健康ではありませんが」スーズは認めた。「いつもならグループホームに送り届けて、それでおしまいなんです。ホームのほうでは、ひきとるのを渋るけど」そこではっと黙りこんだ。詳しいことは部長刑事から聞いてほしいと自分がさっき言ったのを思いだしたのだろう。

マスタングのところに戻った。ペピーがうしろの窓からうれしそうに顔を出してスーズの匂いを嗅ぐと、スーズはお返しにペピーの頭をなで——いい兆候だ——それから車に乗りこんでシートベルトを締めた。

署に着いたので、ペピーが脚を伸ばせるよう、外に出してやった。犬を署に連れて入っても部長刑事はだめとは言わないと思う、とスーズが言った。「もしだめなら、わたしが外に連れて出て、部長刑事があなたから話を聞くあいだ、散歩させてきます」

わたしがペピーと一緒に入っていくと、エヴァラードが眉を上げた。「きみの弁護士？」

「カウンセラーってところかしら。この子には隠しごとをしない主義なの」

「わたしにも隠しごとをしないでもらいたい。まず、きみがどういう人なのかを話してもらえないかな」

わたしが名前を名乗り、私立探偵許可証をとりだそうとすると、部長刑事は言った。「ああ、わかった。行方不明のアフリカ系アメリカ人二名を捜して、きみがこの町にきたという報告が入っている。なぜまた夜の夜中に〈ライオンズ・プライド〉へ？　それとも、大都会の探偵さんにとっては普通のことなのかな。大騒動を起こしたそうだが」

「あら……。あの店に静けさをもたらしたと言ってもらいたいわ」ソニアが電話してきたこと、それがバーの電話だったと判明したことを、部長刑事に話した。「ソニアが店にいたことも、そこの電話を使ったことも、店の連中はなかなか認めようとしなかったわ。大都会の基準からしても、ずいぶん荒っぽい店ね」

「今夜はホークスが勝ったんです、部長刑事」スーズが横から言った。

わたしはきょとんとした。てっきりブラックホークスのことだと思い、なぜカンザス州ローレンスの人々がシカゴのホッケーチームに興味を持つのかと不思議に思った。

「男子バスケットだ」エヴァラード部長刑事が嘲るように言った。「あと十二時間以上この町にとどまる予定なら、ホークスの——ジェイホークスだぞ——試合スケジュールを覚えておくほうがいい。いつなら人にきちんと話を聞いてもらえるか、わかるからな」

わたしがオーガストとエメラルドを捜してローレンスにくることになった経緯を、エヴァラードは事細かに尋ねた。わたしはすべて説明した。ソニアがバーから電話してきた証拠を示すように言われた。スマホの着信履歴を見せた。ソニアがどんなことを言ったかを尋ねられた。ざっとかいつまんで話した。

「彼女、本当に二人を見たんだろうか」エヴァラードは言った。「切れた電球みたいになることが多い女なんだが」

「ソニアの話だと、若い男が写真を撮り、黒人の老女がもっと撮るように言ってたとか。わたしがあちこちに貼ったポスターには、ヴェリダンが撮影を職業にしてるなんてひと言も書いてないのよ」

エヴァラードは考えこんだ。「ソニアは本当に二人を見たのかもしれん。ただ、二人に関する情報がほかの誰からも入ってこないというのが妙だな」

「ソニアが言ってたお墓って、どこにあるの？　ソニアの愛しい男が埋葬されているそうだけど。そこへ行ってみれば、ミズ・フェリングかオーガスト・ヴェリダンを見かけた人が見つかるかもしれない」

エヴァラードは首をふった。「すべてソニアの妄想だ。愛しい男も、埋葬された墓も」

「ソニアというのは何者？　グループホームのこともソニアのことも部長刑事さんから説明してもらうよう、ピーボディ巡査に言われたんだけど。名字はええと……キールだった？」

エヴァラードは渋い顔になった。「ソニア・キール。この町の生まれだ。うちの兄貴が高校で一緒だったが、ソニアはそのころから変わり者だった。年月と共にますます変になっていった」

エヴァラードの年齢を推測するに、たぶん四十歳ぐらいだろう。顔の肌にはまだまだハリがあるし、老化の始まりを告げる顎の肉のたるみもまだ見受けられない。彼の兄がずっと年上だとしても、ソニアはやつれた五十代という感じだった。路上暮らしは人間の肉体に苛酷な影響を及ぼす。アルコールとドラッグが中心の食生活では、治癒効果は望めない。

「変わり者って、どんなふうに？」わたしは尋ねた。

「まあ、古い話だがね。父親は丘の上の大学で教えてる有名な科学者だった。どんな病原菌が人を病気にするかについて、あらゆることを知っていた。それはともかく、ソニアはその家の末っ子だった。二人の兄は勉強ではまさに神童。たまにいるだろ、そういうのが。一人は数学の天才、もう一人はどんな言語もたちまちマスター」

エヴァラードの携帯が鳴りだした。彼は通話を終えると、〈ケーヴ〉のそばで乱闘発生とスーズに告げた。「ポランコが現場へ行っている。発砲騒ぎには至っていないが、きみも騒ぎを収拾する手伝いに行ってくれ。連中を殴りつける大きな棍棒が必要なら電話しろ」

スーズが出ていったあと、今度はパトロール巡査に話を邪魔された。町の西側にあるモールの駐車場でタイヤを切り裂いている子供を何人か発見したという。そして、次は町の南端の公園で起きた強盗事件。わたしに注意を戻すころには、エヴァラードは何を言うつもりだったかすっかり忘れていた。

「ソニア」わたしは助け舟を出した。「神童と言われた二人の兄」

「あ、そうそう。ソニアは醜いアヒルの子だった。結局、白鳥にはなれなかった。ソニアとうちの兄貴のタイロンが高校で一緒だったころ、ソニアはデート中の子たちをひそかに監視してたものだった。孤独だったし、きれいでもなかった。だが、なぜあんな子になってしまったのかねえ。父親の研究室にいる謎の男と恋愛中などという作り話まで始める始末だ。聞かされるこっちもたまったもんじゃない。

詳しいことは知らないが、何度も入院したようだ。若いころは東海岸のほうで成功をめざしたらしい。歌手か芸術家になるつもりで。どっちだったか忘れたが。だが、夢は打ち砕かれ、すごすごと故郷に戻ってきた。両親はついに堪忍袋の緒を切らし、愛の鞭をふるうことにした。ソニアは目下、〈聖ラファエル〉というグループホームで暮らしているが、しょっちゅうそこを抜けだして、最後は酔いつぶれてる。本当ならホームを追いだされても仕方がないが、おそらく、キール博士はいまも町で大きな力を持ってるんだろう」

「キール博士？　その人、博士なの？」

「そうなんだ。あの大学の教授で、ありとあらゆる学位を持ってる」エヴァラードはこちらを凝視した。血相を変えたわたしに困惑している。

ケイディが博士（ドクター）のことを尋ねようとしたとき、ガートルード・ペレックに黙らされた。あのとき、わたしはてっきり医学博士のことだと思った。というのも、わたしが学位をとったシカゴ大学では、博士（ドクター）という称号がへそ曲がりなスノッブ精神を体現するものだからだ。ドクターとるのは医学博士のみ。あとは博士号を持つ者もミスタかミズを名乗る。この戒律を破った者はきびしい叱責を受ける。

「ガートルード・ペレックをご存じ？」

「どこの誰かは知っている」エヴァラードは慎重に答えた。

「キール博士と何か関わりがあるかどうか知らない？」

エヴァラードは首をふった。「ここは小さな町だが、それでも、八万人ぐらいが暮らしている。われわれはKGBではないから、すべての住民の恋愛関係やその他さまざまなことを詳しく知っているわけではない。ついでに言うなら、NSA、つまり国家安全保障局でもない。なぜここでガートルード・ペレックの名前が出てくるんだ？」

わたしは両手を上げた。「わからない。いまのところ、何がどうなってるのかさっぱりわからないの。わかってるのは、くたくたに疲れて頭が働かないってことだけ。もう帰っていい？　ほかに聞きたいことがある？」

「どこに泊まってるのか教えてほしい。それから、ソニアの様子を警察のほうで確認するまで、あと一日か二日この町にいてくれると助かる。墓地を見てまわるチャンスだぞ。町には墓地が二つある」

「五つです」

わたしは飛びあがった。アフリカ系アメリカ人の警官が言った。片隅にひっそりすわっていたため、そんな人がいたなんて思いもしなかった。

「ユードラのそばに小さなユダヤ人墓地、六丁目のほうにカトリックの墓地。それと、メイプル・グローヴを忘れないでください、部長刑事」

エヴァラードはゆっくりうなずいた。「そうだな、レナード。あそこに新たに埋葬される人は、いまはもうあまりいないが」と、わたしのためにつけくわえた。「町の古い地区にある。川の北側だ。人々が初めて住みついた当時の奴隷制廃止論者や逃亡奴隷が数多く葬られている。自分には愛する男がいて、その男は埋葬されたとソニアが思いこんでいるなら、墓があるのはきっとそこだな」

13　しらふの一分間

　翌日は朝寝坊をして十時近くまで寝ていたが、夢にうなされてばかりだった。恋する乙女たちが憂いに沈む表情で古い墓地をさまよい歩く夢。ようやく起きあがったときは、一度も横にならなかったかのように全身がこわばり、ぐったり疲れていた。

　部屋の外の小さなパティオにペピーを出してやった。これが自分の家なら、エスプレッソを淹れ、一日に立ち向かえるだけの気力が湧いてくるまで徹底的にストレッチをするところだ。でも、ここは知らない町なので、車で〈デカダント・ヒッポ〉へ出かける前に、熱いシャワーと短時間のストレッチで我慢するしかなかった。これが三日目の朝、バーテンダー兼バリスタが片方の眉を上げ、「いつもの？」と訊いてきた。小さな町もそれなりにいいものだ。

　曇り空で、冷気が肌を刺した。ペピーと一緒に歩道のテーブルに席をとり、本格的なストレッチとスクワットをした。二杯目のコルタードを飲むころには、〝やることリスト〟を作るだけの元気が出てきた。

　どこから始めるかを決めるのがむずかしかった。キール博士に会うべく努力する。墓地へ行く。〈聖ラファエル〉というグループホームを見つける。川の南側のリバーサイド教会と北側の聖シラス・アフリカメソジスト監督教会を訪ねる。エメラルド・フェリングが昔のミサイルサイロを訪れているかもしれないので、車でそちらへ行ってみる。

とりあえず、コルタードを飲みながら、関係者と関係場所について基本的な調査をおこなうことができた。ネイサン・キール（博士号を持っているが、医学博士ではない）を検索すると、いくつもヒットした。全米細菌学者協会からウィキペディアまでいろいろと。カンザス大学で何十年も教えていて、感染症の権威と言われている。彼が執筆に加わっている記事が百十三も見つかったが、わたしから見ればペルシャ語で書かれているのも同然だった。リン酸化—脱リン、そのあとに化学記号がいくつか。最後に〝Y・エンテロコリチカ菌〟。《ダグラス郡ヘラルド》にキールの記事がいくつか出てた。いちばん新しいのは、ケイディ・ペレックがゆうべ言っていた食中毒に関するものだ。

十八名が中毒症状を起こしたところで、カンザス公衆衛生局がキール博士に協力を要請した。博士は現在八十歳、大学で正式に講義をすることはもうないが、いまも若い世代を教え導くことができる。

ネット検索で博士の画像が百枚以上見つかった。若いころは黒髪だったが、いまは白髪。角ばった生真面目な顔。笑っているのはわずか数枚で、その一つが、一九八〇年に撮られた集合写真だった。下にこんなキャプションがついていた。

カンザス大学の細菌学の権威、ネイサン・キール博士が研究室のチームメンバーと共に
カンザス大学チャリティ・ソフトボール大会の優勝を祝う。

キールはこのころ五十代だったはずだが、もっと若く見える。画像を拡大してみた。チーム全員がジェイホークのイラストと〝K博士、細菌と闘う〟のスローガンつきのTシャツを着ている。女性も四人いるが、残念ながら、《ダグラス郡ヘラルド》には博士以外の氏名は出ていなかった。

キールの二人の息子、ステュアートとラリーは現在五十歳ぐらい。語学の天才だったラリーはオレゴンのシンクタンクに勤務している。数学の神童だったステュアートはメイン州バンゴア近くの私立高校で数学を教えている。ラリーは女性と結婚して子供が二人。ステュアートは男性と結婚して子供なし。息子二人がカンザスから遠く離れてしまったのは、やはりキールに何か問題があるのではないだろうか。それとも、仕事の都合というだけだろうか。

ソニアの人生に関してはまったく情報がなく、わかったのは生年月日だけだった。四十八歳になったばかり。芸術の世界でキャリアを築くために東海岸のほうへ行ったことについてはなんの情報もなし。愛する男についても情報なし。男が実在したのか、架空の存在なのかもわからない。

キールの妻のシャーリーは夫より二歳下。仕事を持ったのは人生後半の五十代に入ってからで、ダウンタウンの銀行に勤めていたが、三年前に退職した。ガートルード・ペレックとほぼ同年代だが、キール一家に関する情報のなかに、ガートルードの名前は、友人としても、

愛人としても、親戚としても出てこなかった。

わたしはペンで前歯を軽く叩き、最後にケイディにメールを送った。〝おばあちゃんはキール博士とどういう関係なの？　わたし、ゆうべ、〈ライオンズ・プライド〉の外で死にそうになってた博士の娘を見つけたんだけど〟

本日の調査に出発する前に、町の病院に電話してソニアの様子を尋ねた。集中治療室に入っているという。交換台の人がＩＣＵの看護師長に電話をまわしてくれたので、わたしはディテクティブと名乗った。

看護師の話だと、ソニアはまだ意識がないが、自発呼吸の時間が増えているとのことだった。

「搬送されてきたとき、ポケットからドラッグは見つかりました？　何をのんだのか、気になってるんです。ヘロインか、ルーフィーか、それとも、わたしの想像外の何かでしょうか」

師長は電話口でわたしを待たせ、一分ほどすると、女医が電話に出た。「刑事さん（ディテクティブ）だそうですね。お名前は？」

わたしは女医の目の前にローレンス警察の名簿が置かれていないよう祈りながら、名前の綴りを言った。「で、先生のお名前は……？」

「コードリーです。目下、毒物分析を進めているところですが、刑事さん、ルーフィーかヘロインを疑う理由を何かお持ちなのでしょうか」

「バーの外で意識不明の女性を見つけたら、ルーフィーのことを考えるのが定石です」わたしはそっけなく言った。「その近くに、同じく意識不明の大学生もいました。やはりそちらの病院に搬送されているかもしれません。名前はナオミ・ウィッセンハースト。ミズ・キールが運ばれてきたとき、ドラッグは所持してませんでした？」「たぶん、なかったでしょうね。コードリーがタブレットをタップする音が聞こえた。「このリストには出ていないけど、着衣をもう一度調べておきます」

「ミズ・キールが供述できる状態になったら、署のほうから誰かをそちらへ行かせます」警察にその気があるだろうかと思いつつ、また、そうなった場合はコードリーがわたしの名前を出さずにいてくれるよう願いつつ、わたしは約束した。

電話を切る前に大学生のことを尋ねてみた。

「はい、ウィッセンハーストなら集中治療室にいます。若くて健康だから回復も速いでしょう」

ペピーが何回か大きく吠えた。すわっておこなう探偵業務が好きではないらしい。「はいはい、わかりました」

ここからダウンタウンの公園までわずか二、三ブロックの距離だった。そこまでジョギングをして、ペピーは三十分ほどテニスボールを追いかけ、途中で何回かそれを中断してリスを木に追いあげたり、ほかの犬と走ったりした。

ソニアが入所している〈聖ラファエル〉というグループホームは町の西側にあった。ウェブサイトによると、麻薬中毒の治療中の人々や、ホームレス暮らしをやめて定住しようとする人々のための施設らしい。ワンルーム形式のアパートメントが二十戸。ほかにシングルルームが六十部屋あり、こちらは共同キッチンと共同バスルーム。写真には地元産の石灰岩を使った三階建てのビルが出ていた。背景に大草原の草むらと数頭の鹿。入所者たちが小さな池のまわりに集まって楽しくおしゃべりに興じている。

〈聖ラファエル〉を見つけるのは大変だった。広大な草原に囲まれているからではなく、ショッピングモールができていたからだ。超大型スーパー〈バイ＝スマート〉の裏側にまわって、ようやく入口を捜しあてることができた。監督教会のしるしのついた小さな標示板に、ここが〈聖ラファエル・ハウス〉であることと、音の出るものはすべてスイッチを切ってほしいということが書かれていた。べつの標示板には、車道をふさがないようにという買物客へのお願いが出ていた。

車道に車を入れると、ホームの西側でブルドーザーが整地作業の最中だった。ホームの駐車場に車が何台かあったが、大半がスタッフ用のスペースに置いてあった。来客用エリアにはわたしの車が一台だけ。髪を丹念に編みこんでプラスチックの蝶々の飾りをつけている幼い子供を連れた女性が一人、ピクニックテーブルのところにすわって、発泡スチロールのカップから何かを飲んでいた。子供のほうはゲーム機の上にかがみこみ、眉間にしわを寄せて命がけで集中している。

玄関を一歩入ったところにデスクがあって、受付の女性がわたしの用件を尋ねた。礼儀正しい微笑を浮かべているが、目は笑っていない。この女性を非難することはできない。一日じゅう誰にでも笑顔を見せなくてはならない仕事をしていたら、わたしだってうんざりだ。シカゴからきた探偵であることと、なぜローレンスにきたかを告げると、受付の女性は、行方不明者を捜すシカゴの探偵なら夏のブタクサみたいにはびこっている、と言いたげな表情になった。

「わたし、ゆうべたまたまソニア・キールを見つけたんです――いえ、正確に言うと、夜中過ぎに――ソニアから電話があって、わたしが捜してる人たちのことで情報があると言われたの。ソニアは現在、病院の集中治療室にいるので、彼女の件でどなたかに話が聞けないかと思って」

無表情だった女性の仮面にひびが入り、本当の感情がのぞいた。困惑。「ええ、朝いちばんに警察がやってきて、施設長のランディ・マークスと話をしていきました」この点からしても、ソニア・キールにはここで暮らす権利はないと言えるだろう。

「ソニアが入所してどれぐらいになるんでしょう？」わたしは訊いた。

「長すぎるぐらい！」受付の女性は吐き捨てるように言った。「出たり入ったりのくりかえしで三年間。ここに入ってる人はみんな事情があるし、自己中心的なタイプが多いけど、施設のルールが入所者全員のためを思って作られていることは、ほとんどの人が理解しています。ルールを破ったら、信頼を回復するチャンスは十に一つもありません」

「まあ、いろいろと大変なのね」わたしは見せかけの同情をこめて言った。「ソニアのことで話が聞けそうなセラピストかソーシャルワーカーはいらっしゃらない？　ソニアが電話で言っていたことに関して、前後の状況を説明してくれる人に会いたいの」

「ランディを呼んできます。日中の施設長ですけど、ソーシャルワーカーでもあるので。とりみだしてしまってすみません」女性はふたたび無理に笑みを浮かべた。「怒り抑制セラピーに出たほうがいいかしら」

女性が奥の壁のホワイトボードを指さしたので、そちらを見ると、本日のスケジュールが青い字で書かれていた。現在、R・マークスがバッファローグラス・ルームで怒り抑制セラピーを担当している。アローフェザー・ルームでは、一時半からL・マカベのグループ・アート・セラピーが予定されている。

受付の女性がマークスに電話してくれた。あと十分で終わるから、スプラングルトップ・ルームで待っていてほしいとのことだった。女性が廊下のほうを指さした。スプラングルトップはいちばん奥の部屋だった。途中の簡易キッチンでコーヒーを自由に注いでいいと言われた。特大のポットのコーヒーを一杯注いだ。沸かしすぎて苦いだけだろうとわかってはいたが。予感は的中した。

スローガンを書いた紙が何枚か、テープで壁に貼ってあった。〝回復はマラソン、短距離走ではない。一日一分ずつ。あらゆる回復がしらふの一分間から始まる〟。スローガンにはさまれて、グループや家族の写真があった。誰もが笑っている。受付の女性までが。一組の写真に〝レイバー・デイにクリントン湖でピクニック〟という説明がついていた。写真のどれかにソニアの姿がないかと、バレーボールやバーベキューを楽しむ人々に目を凝らした。

「きみが探偵さん？」ランディ・マークスがわたしの背後から簡易キッチンに入ってきた。彼がはいているビルケンシュトックのサンダルはリノリウムの床でほとんど音を立てない。

わたしは飛びあがり、薄いコーヒーを床に少しこぼしてしまった。マークスは三十代か四十代初めと思われる長身の男性で、青いTシャツを着ていて、その胸でお決まりのジェイホークが闊歩している。肌がひどく青白くて亡霊のようだし、分厚い唇の色も頬よりわずかに濃い程度だ。わたしと握手をし、申しわけ程度に笑みを浮かべたが、その目には鋭い光があった。

マークスは〝十字架から下りてくれ。材木が必要なんだ！〟と書かれた彼のカップにコーヒーを注ぐと、廊下の奥のスプラングルトップ・ルームへ案内してくれた。一方の窓からブルドーザーが見えるが、反対側の窓は小さな公園に面していた。公園には多くの遊具と、野球場と、庭園があり、庭園では小鳥たちが草原に自生しているような草のあいだを飛びかったり、霜にやられたヒマワリの残骸をつついたりしていた。

「かつて聖ラファエル教会があった敷地のうち、残っているのはあれだけだ」マークスは公園のほうへうなずきを送った。「あそこで土着の草を十種類育てている。会議室の名前はすべてそこからとっている。あれがスプラングルトップだ」

マークスは庭園の一角を指さした。わたしは重々しくうなずいた。彼がどの草のことを言ったのか、正確にわかっているかのように。

「それはともかく、〈聖ラファエル〉は約五十年前に高齢者用のホームとしてスタートした。もちろん、ぼくはまだここにいなかったが、ドラッグ中毒とホームレスがダグラス郡で大きな問題になったとき、当ホームは自分たちの使命について再考した。十年ほど前に、理事会で投票をおこなった結果、建物を改装することになった。シングルルームと治療室の数を増やし、その費用を捻出するために所有地を二十エーカー売却した。おかげで〈聖ラファエル〉はかなりの資金を手にしたが、その代償として、大きな箱みたいな建物や建売住宅に囲まれることになった。まあ、仕方がない。人生は妥協の連続だ。入所者にもつねにそう言いきかせている」

「ソニア・キール」わたしは言った。「わたしの九一一への通報に応えて〈ライオンズ・プライド〉に駆けつけてきた部長刑事が言ってたけど、ソニアは前にも同じことをしてるそうね」

マークスはマグの縁に指を走らせた。わたしのほうを見ようとしない。「酒を飲んだらここにいられないことは本人も承知なんだが、ときどき、酒への渇望に負けてしまう。ここを抜けだして路上暮らしを始め、悪天候のときは教会の地下室にもぐりこむ。ダウンタウンの教会の多くは社会奉仕の精神にあふれているからね。やがて、ふたたび禁酒する気になって、ここに戻ってくる。前にも病院へ運ばれたことがあるが、あのときは悪天候で衰弱したためで、薬物の過剰摂取ではなかった」

「戻ってくるたびにソニアを受け入れているのなら、いつか更生すると信じてるわけね」

マークスはちらっと顔を上げた。「ソニアに関して何を信じているのか、自分でもわからない。あの——きみはこの町の人じゃないよね？」

わたしは首を横にふった。「シカゴよ。わたし、あちらでは、家庭内暴力から逃げだした女性たちのためのシェルターで理事をやってるの。大都会の人間の偏見に満ちた質問をさせてもらうと、シェルターって、限られた財源でおたくのような寛大な運営ができるものなの？」

マークスの分厚い唇がゆがんで苦い笑みを浮かべた。「うちも財源はかぎられてるさ。きみ、キール夫妻を知ってるのかい？」

「いまは町の人々に少しずつ会っているだけ」わたしは自分に課された使命についてふたたび説明した。「ソニアが回復したら、彼女と話がしたいの。夜中過ぎに電話してきて、わたしが捜してる失踪者を見かけたって言ったから。わたし、キール博士にも奥さんにも会ったことはないけど、このあと二人と話をしにいくつもりよ」

マークスは何か言いかけたが、渋い表情に戻り、立ちあがって会議室のドアを閉めに行った。「廊下に誰もいないと思っていても、内緒話を盗み聞きするやつがいるからね。ソニア・キールはどこからどう見ても変人だ。本来なら、ここにいるべきではない。入所する資格がないという意味だ。酔っぱらうことが多い。当ホームのルールに違反している。酔っぱらうたびに出てってもらうんだが、戻ってくれば受け入れるしかない」

マークスはふたたびコーヒーのマグをいじった。覚悟を決めて秘密を打ち明けようとしている。「入所者が世話になっている精神科医に、ドクター・チェスニッツという人がいる。エルンスト・チェスニッツ。長年ソニアの治療に当たっていて、うちの理事会のメンバーであり、ネイサン・キールの親しい友人でもある。うちでソニアを預かることにしたとき、キール夫妻から〈聖ラファエル〉に多額の寄付があった。それがソニアを預かるさいの条件だった。愛の鞭——あの夫妻が娘に与えられるのは、たぶんそれしかないんだろう」

マークスの表情がさらに暗くなった。そこまで暗くなれるなんて想像もしなかった。

「ソニアをここに置いておくのは、本当は気が進まないのね？」わたしは訊いた。

「うちで預かっても意味がない。ソニアがドラッグ中毒という問題を抱えているのは事実だが、〈聖ラファエル〉は、更生をめざして努力する中毒者やホームレスを受け入れるだけで精一杯だ。ソニアに必要な治療というのは、この施設では提供できないものだし、ローレンスで受けられるものでもない。少なくとも、ぼくに言わせればそうだ」

「ソニアはどこが悪いの?」

「十代のころに発症し、チェスニッツはそれを精神異常とみなした。キール夫妻に頼まれてリチウムを処方した。偏執症の気味がある双極性障害という診断を下した。診察は年一回のこともあれば、キール博士が無理やり診察を受けさせることもあるが、チェスニッツは毎回、その診断を変える理由はどこにもないと言っている」

「ソニアは四十をとっくに過ぎてるでしょ。これまでずっとチェスニッツが主治医だったの?」

マークスは肩をすくめた。「チェスニッツはたしか七十歳だ。奇異な感じがするかもしれないが、ありえないことではない」

「ソニアはいまもリチウムを服用してるの?」

「リチウムを服用する者は医師の指示に従う必要があるが、ソニアにはとうてい無理だ。酒を飲んではならない。定期的に血液検査を受けなくてはいけない。急に服用をやめると全身に危険が及ぶ。そもそも、最近はあまり使われなくなっている。うちでは抗精神病薬の第二世代となる非定型抗精神病薬を処方している。具体的な名前が知りたいのなら、デパコテという薬だ。これに関してもアルコールは禁止だが、リチウムと違って体内にとどまるタイプではなく、リチウムの服用を急にやめたときのようなショック症状に見舞われる危険もない」

わたしはソニアを見つけたときの様子を説明した。〈ライオンズ・プライド〉から通りへ続く鉄製の階段の下に倒れていて、呼吸停止に近い状態だった。「デパコテとアルコールの相互作用と考えてもいいかしら」

マークスはふたたび肩をすくめた。「可能性はある。栄養状態が悪いし、三十年も抗精神病薬を服用してきたから、東海岸で暮らしていた五年間は薬をやめていたとしても……副作用に弱い体質になっている。それにもちろん、飲酒の問題もある。今日の午前中に警官がやってきて、ソニアを入院させたと言われたので、病棟の師長と担当医師に電話してみたが、毒物分析の結果が出るまでは何もできず、水分補給と呼吸管理を続けるしかないという返事だった」

「ソニアが戻ってくるたびに受け入れているのは、チェスニッツとキールへの義理立てなの？」わたしは思いきって尋ねてみた。

マークスはうなずいた。「ほかの入所者にとって不公平だけどね。グループ・ミーティングのときに苦情が出ると、ぼくは適当にごまかすのではなく、本当のことを言うようにしている。仕事を持てば誰もが不本意な選択に直面しなきゃいけない。そういう現実を知るのは、入所者にとってかならずしも悪いことではないと思う。いや、自己弁護かもしれないが」

二人ともしばらく黙りこんだ。わたしは草むらを飛びから小鳥の群れを見守ったが、マークスはブルドーザーをじっと見ていた。ブルドーザーの刃（リッパー）と同じリズムで顎が動いている。リッパーが地面を掘り起こすのをまねて、何かを、あるいは誰かを噛み砕いてやりたいと思っているのかもしれない。

やがて、彼が気をとりなおして言った。「あと五分でグループセラピーのセッションが始まる。きみの知りたかったことはわかったかな？」

「ソニアが電話で言ったんだけど、彼女、わたしが追っている行方不明の二人を、愛する男が埋葬されてる墓地で見かけたらしいの。その墓地がどこにあるのか、どうしても知りたい。警官の話だと、この町には墓地が五カ所あるそうね」

マークスはコーヒーを飲みほし、テーブルにカップを乱暴に置いた。「忘れたほうがいい。そいつはソニアがいつも口にする与太話の一つだ。妄想さ。恋人がいたが、父親か、父親の同僚の一人か、軍か、ＦＢＩに殺されたというんだ。恋人のことを日記に書いたり、恋人の話をしたりするが、本気にする者は一人もいない。きみという新たな聞き手が現われたものだから、自分の話に耳を傾けてもらうために、きみが求めているものを餌として差しだしたんだと思う。行方不明の二人を見かけたという話を。嘘っぱちに決まってる」

マークスが立ちあがろうとしたが、わたしはさらに言った。「ソニアが多くを話さないうちにバーテンダーが電話をとりあげてしまったけど、話の内容からすると、彼女がエメラルドとオーガストを見かけたのはおそらく事実だと思う。ソニアがここで親しくしてる人はいない？　セラピストや入所者のなかに、ソニアが打ち明け話をしそうな相手はいない？　彼女の愛する男が葬られてる墓地を見つけなきゃいけないの」

マークスは眉をひそめた。「最初に言っておくと、きみに誰かの名前を教えれば、その人のプライバシーを侵害することになるから、そんなことはできないし、する気もない。それに、とにかくソニアには恋人などいなかったことを、ぼくの口からきみにはっきり伝えたはずだ。少なくとも、十四歳のときはいなかった」

わたしはマークスに視線を据えた。「それでもやはり、ソニアがエメラルド・フェリングを見かけたという墓地を見つけたい。恋人が幻だったとしても、墓地は現実に存在するはずだわ」

14　マッド、マッド、マッド、マッド・サイエンティストだ

キールの自宅は伸び放題の茂みの奥にあって、通りからは見えなかった。小道の茂みをかき分けて玄関まで行くと、セコイア材の板張りの外壁にひびが入っているのが見え、さらに小道そのものも修繕の必要がありそうだった。車寄せにひどく汚れたフォルクスワーゲン・パサートが置いてある。家の奥に明かりがついていたが、呼鈴を鳴らしても誰も出てこなかった。

少なくとも〈ライフストーリー〉のデータによれば、キール夫妻には充分すぎる年金収入があるはずだ。娘を預かってもらうために〈聖ラファエル〉に渡した賄賂のせいで、家の維持修理が困難なのかもしれない。

この自宅があるのはキヴィーラ・ロード。グループホームから三マイルほどの距離で、曲がりくねった短い通りと袋小路からなる大学のキャンパス北側に近い一角だった。途中で道に迷ってしまった。小さな町の暮らしを見下すシカゴっ子にとっては屈辱だが、いくら歩きまわっても、キャンパスの端にある環状交差路の中央に据えられた噴水のところに戻ってしまう。三回目に噴水のへりをまわったとき、ようやく、迷路に通じる正しい入口が見つかった。

「キール夫妻から何か参考になることが聞きだせたら、ぼくにも知らせてほしい」別れぎわにマークスが言った。「これまで誰も成功したことがないけど、〈聖ラファエル〉のモットーは〝希望〟だからね」

わたしの前でマークスが口にした冗談らしき言葉はこれだけだった。しかも、笑える冗談ではなかった。

キール家の玄関先で待つあいだにメールをチェックした。ケイディ・ペレックからの返事はまだきていないが、授業中に教師がスマホをいじったりしたら、生徒に示しがつかないのだろう。

眠りこまないように鼻をつねった。ランディ・マークスの言うとおり、ソニアが新しい聞き手をつかまえようとして、わたしをだましていたのかもしれない。わたしは蜃気楼を追っているだけかもしれない。もう一度呼鈴を押すと、玄関ドアの横の窓に動きが見えた。こちらを見ていた人物がカーテンを放し、玄関の内側のドアをあけた。

「エホバの証人ならお断わりよ」

わたしに向かってどなった女性は、骨ばった顔が七面鳥のように首の前へ突きでていた。垂れたまぶたの下の淡いブルーの目がわたしから離れ、背後の歩道へ移った。わたしが急な動きを見せたら、木のなかへ飛んで戻るつもりだろうか。

「エホバの証人を見たことがないんですか」わたしは言った。「あの人たちは団体で伝道にまわるんですよ。それに、女性はかならずストッキングとロングドレスだし」わたしはジーンズに緑色のウールのブレザー、クリーム色のセーターだ。伝道師の装いではない。

「じゃ、なんの用なの？」

「キール博士か奥さまと話がしたいんです。今日の明け方にご夫妻の娘さんを見つけ、一命をとりとめる手伝いをしたのが、このわたしだってことをお伝えしたくて」

　女性の唇の周囲のしわが深くなった。玄関の外に立つわたしには聞こえないことを何かつぶやいたが、尽きることなき感謝の言葉ではなさそうだった。疑いの目でさらに何秒かこちらを見てから、女性は玄関をあけた。突然のことで、わたしは飛びのく暇もなかった。

「そう、だったら、お入りになって。さっさと話をすませてちょうだい。謝礼を期待なさっても、差しあげるつもりはありませんからね」

　わたしは女性のあとについて、新聞と雑誌の山に埋もれて家具がほとんど見えなくなっている部屋に入った。厚く積もった埃のせいでくしゃみが出た。

「シャーリー・キールさんですか」できればこの人が葬儀屋で、何も話す必要がなければいいのにと思いつつ、わたしは訊いた。

「ええ。ソニアの母親よ」こんな短い言葉にここまで大量の毒を注ぎこむことができようとは想像もしなかった。彼女にとってどちらがより腹立たしいのか、わたしには判断がつかなかった。ソニアのことか、それとも、ソニアの母親であることか。

　シャーリーはわたしを家の奥へ案内した。キッチンのとなりにサンポーチのような部屋がある。わたしはキッチンの床の真ん中に置かれたミックスマスターというスタンド式ミキサーにつまずき、とっさに調理台の端をつかんだおかげで転倒を免れた。手を放すと、ふわふわしたオレンジ色のものがくっついていた。

吐きそうになった。世間の人は家事をさぼってばかりのわたしを非難するが、この家の状態に比べれば、わたしが全米最優秀主婦コンテストに出場して優勝することだってできそうだ。蛇口をひねって、水と汚れた鍋のあいだに指を入れると、シャーリー・キールが苛立ちを強めてこちらを見つめた。

わたしはジーンズでそそくさと指を拭き、サンポーチの入口に立つ彼女のところへ行った。どこか上のほうから軽いバリトンの声が大きく響き、誰かきたのかと尋ねた。

「ソニアがまたおおげさなお芝居を始めたの！」シャーリーはどなり返した。「熱烈なファンがきてるわ。わたしたちにも拍手喝采してほしいんですって」

そう言うと、返事も待たずに荒々しい足どりでサンポーチへ出ていった。南向きのガラス張りなので、冷えこむ日でも暖かすぎるぐらいだ。南側の壁面の棚にならんだ鉢植えはそろそろ枯れかけているが、小さな緑の葉がついたものもわずかにある。

シャーリーはアームチェアに腰を下ろした。そばのテーブルに開いたままのクロスワードの本が何冊か置いてある。その一つをとると、マスを埋めはじめた。わたしは肩をすくめ、籐椅子にのっていた本と雑誌をすべて集めてべつのテーブルに積み重ねてから、籐椅子をひきずってきてシャーリーの向かいに置いた。

「娘さんのことはほったらかしだったと噂に聞いていて、それが事実であったことが確認できたので、あまりお時間をとらないようにします」

シャーリー・キールはわたしにひっぱたかれたかのように呆然たる表情になり、椅子にすわりなおした。クロスワードの本が床に落ちた。「何もわかってないくせに」と、弱々しく言った。

ごもっとも。子供を持つというのがどういうことなのか、わたしにはわからない。しかも、それが成人した子供で、親の力では救済も治療も無理となればなおさらだ。シャーリーはたぶん、苦悩に耐えきれなくてクロスワードに逃避しているのだろう。家のなかの埃にも散らかりようにも無関心になってしまったのだろう。そして、たぶん、おおげさな芝居だと言い立てることで、娘の苦しみを軽視しようとしているのだろう。

「わたしを困らせようとして、うちの娘が今度は何をしでかしたんだ？」軽いバリトンの声がサンポーチに入ってきた。

わたしはそちらを向いた。ネイサン・キールはずんぐりした小柄な男性だったが、周囲に放たれる怒りのオーラのすさまじさに、わたしは椅子の背に押しつけられそうな気がした。経歴を調べたら八十歳を過ぎていたが、角ばった顔のなかの茶色い目は鋭く光り、活力に満ちていた。たとえ人生の活力になっているのが怒りだとしても。

「娘さんがあなたのことを考えてたかどうかは疑わしいわ」わたしはそっけなく言った。「昏睡状態で病院へ運ばれたことをご存じかしら」

キールはうなり声を上げた。たぶん肯定の意味だろう。「きみは誰だ？」

「V・I・ウォーショースキーといいます。探偵です。シカゴからきました。じつは――」

「あなた、知ってたの？ ソニアが病院へ運ばれたことを知りながら、わたしに黙ってたの？」シャーリーの淡いブルーの目が暗く翳った。

「どうする気だったんだ？ おまえもわたしの前で芝居をするつもりだったのか」キールは

嘲笑した。「けさ、シーリア・コードリーが電話をくれて――」

「あら、シーシーが？」シャーリーの口調が皮肉たっぷりになった。「ネイトのグルーピーの一人。偉大なる博士に認めてもらおうと必死なのね。甘えん坊の子犬みたいに博士のあとを生涯ついてまわらなきゃ認めてもらえないってことが、シーシーにはまだわかってないんだわ。昔のことを教えてあげればよかったのに。ほら、マ……」

「口を閉じててくれないか」キールがどなった。「わたしはこの探偵さんがローレンスでどんな騒ぎを起こすつもりかを知りたいんだ。うちの娘は深刻な病状だし、感情的にも倫理的にもきわめて弱い状態にある。きみが娘を食いものにする気なら、大きな訴訟を起こされることになるぞ」

「キール博士、偉大な科学者と言われている方なのに、論理的な思考というものをとっくにお捨てになったようね。わたしは娘さんを食いものにするどころか、命を助けてあげたのよ」

「ソニアに興味を持つ探偵が町にきてることを知りながら、あなた、わたしに黙ってたの？」シャーリーがふたたび食ってかかった。

キールは顔をしかめた。「けさ、ガートルードから電話があったんだ。この探偵がきのうケイディ・ペレックと話をしたせいで、ケイディがひどく興奮したものだから、ガートルードは探偵がここに押しかけてきてわたしに嫌がらせをするのではないかと心配した。その心配が的中したわけだ！」

「ガートルード・ペレックって……」わたしは言った。「こちらの一家と親しいの？　科学者仲間――？」

「ネイトの秘書をしてた女よ」シャーリーが吐き捨てるように言った。「お話に出てくる鏡みたいな女。ほら、男たちを実物の二倍の大きさで映しだす鏡。ネイトなら水の上を歩くこともできると信じているグルーピー女の一人よ。男たちはネイトの本性を見抜いてるのに。でも、ガートルードだってこの人と暮らしたら――」

「おまえと同じ家にいれば、誰だってまともでいられなくなる。おまえの娘がああなったのも、なんの不思議も――」

わたしは指笛が得意なほうではないが、いざとなれば、二オクターブ上のドの音よりさらに高い音を出すことができる。立ちあがって思いきり指笛を鳴らした。キールとシャーリーはどなりあうのをやめ、目を丸くしてこちらを見た。

「いまの醜い騒ぎがわたしの質問の一つに対する答えになったわね。おたがいを楽しませるためなのか、ご自分が楽しむためなのか、わたしにはわからないけど、わたしのほうはヘドが出そうよ」

キールが何か言おうとしたが、黙らせてやった。

「いまはわたしがしゃべる番よ。あなたはそのあと。それが会話というものでしょ。わたしはシカゴからきた探偵で、行方不明の女性を捜してるの。一九五〇年代にローレンスで成長し、カンザス大学に入った女性。彼女は自分のルーツを映画にするため、ビデオ撮影を担当する若い男性を連れてこの地を再訪した。わたしはエメラルド・フェリングというその女性が子供時代から思春期までを過ごした家を見つけようとして、歴史協会でケイディ・ペレックに出会い、ケイディがわたしを自宅に呼んで祖母に会わせてくれた。わたしはまた、エメラルド・フェリングとビデオ撮影者を見かけた人はいないかと尋ねるポスターをあちこちに貼らせてもらった。

けさの二時にソニアから電話があって、死んだ恋人のお墓のところで二人が写真を撮っているのを見たと言ってきた。八丁目とロード・アイランド通りの角にあるバーから電話しているというので、わたしがそちらへ出向くと、娘さんはすでに昏睡状態で死に瀕していた。わたしは九一一に電話をした。

さて、いまから二つの質問に答えてちょうだい。いえ、三つね。娘さんが愛した人というのは誰なの？　どこに埋葬されてるの？　あなたたち、娘さんの病院へいらした？」

シャーリーがソニアの愛した男のことで何かわめこうとしたが、最後の質問を聞いて黙りこんだ。

「きみは知らない土地に入りこんだよそ者だ」キールが言った。「わたしのことも、妻のことも、娘のことも知らない。だから、われわれを批判するのはやめてもらいたい」

キールの右目の上のほうで血管が脈打っていた。わたしと話しているあいだに脳卒中なんか起こさなきゃいいけど。

「娘さんの死んだ恋人が埋葬されてる場所を教えてくれたら、あとは――つきまとったりしないわ。約束します」本当は〝あとは平和に暮らしてちょうだい〟と言うつもりだったが、そう言いかけて、二人とも平和に暮らせるはずがないと気がついた。

シャーリーが夫に視線を向けた。夫はこれまで以上に険悪な形相で妻を見ていた。

「恋人ができたとソニアが信じこんだことが、われわれの苦労の始まりだった。あの子は十四歳のとき、わたしが指導していた大学院生の一人に夢中になった。相手も同じ気持ちだとソニアは勝手に思いこんでいたが、もちろん、そんなことはない。まったく、恥ずかしいことをしてくれたものだ」

「あの子ったら、相手の男につきまとうようになったの」シャーリーが言った。「相手がネイトに苦情を言いたくても、できるわけがない。ネイトの研究室は中世の領主館みたいなものだから。学生はネイトの所有物で、学生が伴侶やスポーツに忠誠心を向けようものなら、ただではすまなかったわ。それに、マットは――マット・チャスティンっていうのが相手の名前なんだけど――ネイトの娘のことで苦情を言ったりしたら、逆に八つ当たりされるだろうと怯えていた。ネイトは反逆を許さない人なの」最後の言葉は嘲るような子供っぽい口調だった。

キールは何かを叩きつぶすようなしぐさを見せた。「学生たちの十分の一でいいから、家族がわたしに敬意を示してくれれば――」

「ソニアはマット・チャスティンにつきまとっていた」わたしは話に割りこんだ。「〝シーシーにはまだわかってないんだわ〟とミズ・キールがさっきおっしゃったのは、マットの件を指してたの？」

シャーリーは騒々しく声を張りあげた。「マットの件なら誰だって知ってるわ」

「娘さんがマットを殺したの？」

サンポーチに完全な静寂が広がった。廊下の向こうの蛇口から水の垂れる音まで聞こえそうだった。

「きみは誰と話をしたんだ?」やがて、キールが尋ねた。その声はつぶやきとほとんど変わらなかった。

「誰ともしてないわ。少なくとも、娘さんがマット・チャスティンを殺したかどうかについては。どうだったの?」

ふたたび静寂が広がった。ようやくキールが言った。「違う。ソニアが殺したのではない。あの男は……わたしが進めていた、いや、手を貸していた実験をめぐって、愚かな判断をおこなった。その結果を受け入れることができなくて逃げだした。以来、やつの噂を聞いた者はいない」

「マットが姿を消したことを、ソニアはどうしても信じようとしなかった」シャーリーが補足した。「妄想の世界を作りだし、マットも本当は自分を愛してくれていたのに、ネイトが――もしくは政府が、もしくはソ連が――二人の愛をこわすために彼を殺してしまった、と思いこむようになったの」

「誰の責任だ?」キールがどなった。「ゴミみたいなロマンス小説に読みふけり、それを娘の頭に詰めこんだのは誰なんだ――」

「口論はわたしが帰ってからにしてちょうだい」わたしはぴしっと言った。「なんて醜悪な口論なのか、それに耳を貸すのがどんなに不愉快か、口では言えないぐらいよ。マット・チャスティンは殺されたと娘さんが思いこんでるのなら、その現場はどこだと思ってるのかしら」

「当時、あの子がチャスティンをつけまわしていた場所のどこかだろう。チャスティンも気の毒に。わたしが指導した学生のなかでいちばん弱いやつだった。科学の面でも、倫理的な面でも。だが、それでも、ソニアにはもったいないほどだった」

15　しかも、偉人は死んだ

キールはそれを捨てぜりふにして退場した。階段をのぼる荒々しい足音、ドアが乱暴に閉まる音が聞こえた。たぶん、彼専用の洞窟に閉じこもり、ワニの生肉をかじりながら、妻と双極性障害の娘からどれだけないがしろにされてきたかということに、思いをめぐらしているのだろう。

シャーリーは夫を目で追った。悪意に満ちた表情だった。キールがドアを閉めたあとで椅子から立ち、無言でわたしを玄関へ案内した。

わたしは名刺を一枚差しだして、ソニアがマット・チャスティンを最後に目にした可能性のある場所についてほかに何か情報があれば、電話してほしいと頼んだ。ソニアの頭のなかを占めている墓地というのは、葬り去られた彼女自身の希望を象徴する場所とも考えられる。おそらく、そこでマットがソニアに語りかけ、キスをし、この特別な場所は神聖なのだと彼女に思わせるようなことを何かしたのだろう。

「三十年以上も前のことだから、わたしは何も覚えてないわ」シャーリーは玄関ドアをあけた。「とにかく、誰もが混乱してたの。何が現実で、何が妄想だったのか、わたしにはわからない。その場にいなかったんだし」

「何があったの？」わたしは訊いた。「実験にどんな不都合なことが起きて、マットは逃げださずにいられなくなったの？」

「ネイトは何も話してくれなかったわ」

シャーリーが答える前に狡猾な笑みをひっこめていなかったら、わたしも彼女の返事をすなおに信じていただろう。

「この方面のこととなると、わたしはまったくの門外漢だけど、実験で何か不都合なことが起きたというと――爆発とか？　怪我人が出たの？　それとも、ご主人が進めていた何かのせいで人々が病気になったとか？」

シャーリーはぎくっとした表情になった。警戒すら浮かべている。「知らないわ。とにかく、いまも言ったように、遠い昔のことだし」

「でも、娘さんは何かを見たに違いない。そのときの恐怖が大きすぎて、チャスティンが死んだとか殺されたなどという作り話で記憶に蓋をして、身を守るしかなかったんじゃないかしら」

「うちの娘は」シャーリーはまたしても、こちらが唖然とするほどの量の毒をこの二つの言葉にこめた。「家をこっそり抜けだしては、気の毒なマットをつけまわしていたの。チェスニッツ先生がおっしゃるには、おそらく、マットに自分の気持ちを打ち明けたけど拒絶されたんだろうって。当時、ソニアは十四歳で、肥満児で、人に好かれるタイプではなかった。相手が二十代の若者となればよけい無理だわ。自分を拒絶した罰としてマットは死ななきゃいけない――ソニアはそういう理屈をつけたんじゃないかというのが、チェスニッツ先生の意見よ。マットは殺されたと思いこむことで、自分が拒絶された記憶を消し去り、自分に恋をした男という理想の形に変えたんだわ」

「都合のいい説に聞こえるけど」

「どういう意味？」シャーリーは首を突きだし、例の七面鳥みたいな動きを見せた。

「そう言っておけば、本当は何が起きたのか、あるいは、どこでどんなふうに起きたのかを、うるさく質問されずにすむから」

シャーリーの怒りが爆発しかけたが、わたしはそれを押しとどめ、「息子さんたちはソニアと連絡をとってるの？」と訊いた。

彼女の表情が暗くなった。「知らないわ。父親の横暴と不機嫌が息子たちには我慢がならなかったの。ステュアートはメイン州にあるボードン・カレッジに入学し、二年生になってからは一度も帰省しなかったし、ラリーはオレゴン州の大学へ行き、以後ずっと西海岸で暮らしている。あの子たちがソニアと連絡をとってるかどうかは、あなたから直接二人に訊いてちょうだい」

「わが子が遠くへ行ってしまうなんて寂しいわね」わたしは自分の声に多少なりとも真摯(しんし)な響きを持たせようとした。

「よけいなお世話よ」シャーリーはつっけんどんに言った。「あなた、ほかに行かなきゃいけないところはないの？」

ありますとも。外に出たが、そこで足を止めて言った。「〝シーシーにはまだわかってないんだわ〟とおっしゃったとき、あなたの頭にあったのがマット・チャスティンのことではなかったとすると、いったい誰のことだったの？」

シャーリーは狼みたいに歯をむきだして微笑した。歯の汚れはたぶん、コーヒーか、煙草か、キッチンの調理台についていたふわふわしたオレンジ色のもののせいだろう。この微笑に比べれば、たとえ妄想の世界の恋人であっても、娘を癒してくれたことだろう。シャーリーは無言のまま、わたしの鼻先で玄関を閉めた。

「あなたが母犬からあんな目で見られたことのなかったよう願いたいわ」車に乗りこんでから、わたしはペピーに言った。

ペピーは同情をこめて耳をなめてくれた。キール夫妻のところに一時間いたせいで、燻蒸消毒用シンクに浸かってスチームジェットを全身に浴びたい気分だった。かわりに、戸外で犬と一時間過ごした。

ガートルード・ペレックの家から一ブロックのところに車を置き、近くの公園までランニングをした。この公園には湾曲した小道がいくつもあって、それが川の南岸まで続いている。ペピーはウサギを追いかけたり、川に飛びこんだり出てきたりしていた。わたしは川岸を走り、冷たい空気と運動で頭を空っぽにした。車に戻るころには気分が軽くなっていた。四時間ではなく五時間たっぷり眠り、ソニア・キールの母親ではなくわたしの母と話をしたような気分になれた。

「いやだ、くさいわね」とペピーに言うと、犬はわたしに楽しげな笑みを見せた。「でも、少なくとも正直者の臭いだわ」

助手席に乗りこみ、腐りかけたような犬の臭いを嗅がずにすむよう、車のドアをあけたままにしておいて、キールの指導を受けていた道を誤った大学院生、マット・チャスティンについて調べることにした。ソニアが十四歳のときにチャスティンが姿を消したとすると、それは一九八〇年代の初めごろ、人々の履歴がデジタル化される以前のことだ。ニュース記事と法執行機関のデータベースを見てみたが、公衆衛生の分野でキールもしくはチャスティンに関わりのある惨事の記録は見つからなかった。何が起きたにせよ、おそらく、それがほかの何にも増してキールの過敏な自尊心を傷つけたのだろう。

また、マット・チャスティン、マティアス・チャスティン、マシュー・チャスティンという名で細胞生物学者を捜してみたが、一人も見つからなかった。もっとも、この名前を持つ男は全国に何十人もいる。ソニアがどこでエメラルド・フェリングを見かけたのかを教えてくれる相手を見つけるために、その人々に片っ端から電話をかけたところで、わたしの時間と依頼人のお金の無駄遣いに終わるだけだろう。〝あなたは一九八〇年代にカンザス大学の院生でしたか。あなたが町を離れる前の晩、ソニア・キールとどこで会ったか覚えていますか〟

ペピーと一緒にランニングをするあいだ、カシミアのブレザーは車のシートに置いておいた。それをはおり、髪を櫛でといてから、通りの先にあるガートルード・ペレックの家まで行った。市場か美容院へ出かけているかもしれないし、リバーサイド教会の無料食堂で手伝いをしているかもしれないと思ったが、今日のわたしは幸運に恵まれていた。家の奥に明かりがついていて、わたしが呼鈴を鳴らして一分もしないうちにガートルードが出てきた。

「お邪魔します」向こうが何を言う暇もないうちに、わたしは言った。「いま、キール博士のところへ行ってきました。ソニアが病院に入ってることはご存じね。だって、あなたは博士と電話で話してるんだから。たぶん、わたしがゆうべソニアを見つけたおかげで、救急処置が間に合ったこともご存じなんでしょうね」

「ああ」ガートルードの口から曖昧なつぶやきが漏れた。咳払いをして、もっときっぱり返事をしようとした。「キール博士から聞いた」

「博士に電話して、わたしがこの家に押しかけたことを知らせて――いえ、警告して――おきながら、わたしには博士のことを隠し通した。だから、博士はそのお礼についさっき電話をくれて、わたしが博士に会いに行ったことを知らせてきたわけね？」

ガートルードはうなずいた。「ソニアの件があったから」

「ソニアってずいぶん便利な人身御供だこと」

「どういう意味？」ガートルードの口調が険悪になった。

「マット・チャスティンの死、もしくは失踪、もしくは彼がやっていたことに始まって、キール夫妻の醜悪な夫婦関係に至るまで、不都合なことはすべてソニアのせいにしておけばいい。反撃もできないんだから」

「反撃？　ソニアがこれまでやってきたのは、そればっかりだ。あの子がもっと常識をわきまえてれば――」

「十四歳のときに誰かから精神障害と診断されたソニアは、薬を大量に投与され、晴天の日でも煌々と照明された部屋に入れられて、たぶん、自分の名前を思いだすこともできなかったんでしょうね。あれから三十年以上たって、ソニアが当時のことをどれぐらい覚えているか、あるいは、理解しているか、わたしにはわからない。だから、あなたに協力してもらいたいの」

最初からこんな対決姿勢でいくつもりはなかった。もちろん、ガートルード・ペレックには協力する気などないに決まっている。キール博士を守りたいのだから。わたしは敵。邪悪なソニアの命を救った人間。

ガートルードに鼻先でドアを閉められそうになったので、わたしは急いで言った。「ソニアが言ってたわ。エメラルド・フェリングとオーガスト・ヴェリダンを見かけたって。ほら、わたしが捜してる二人。マット・チャスティンのお墓の上を歩いてたそうよ」

「ソニアと話したの？」ガートルードはドアを中途半端に閉めたまま手を止めていた。

「短時間だけ。わたし、マット・チャスティンが埋葬された場所を知りたいの。というか、埋葬されたとソニアが思いこんでる場所を」

「ネイトは――キール博士は――な……なんて言ってた？」

「さんざんな結果のせいでチャスティンが逃げだすきっかけとなった実験のことを話してくれる？チャスティンがどこへ逃げたかご存じ？」

「わたしは……あの、キール博士の秘書をやってただけで、実験チームのメンバーではなかったから」

「ええ、そりゃそうね。でも、博士があなたを頼りにしてるのはたしかだわ。どんな実験がおこなわれたのか、おおよそのことはあなたもご存じのはずよ」わたしは優しく暖かな人柄に見せようとする努力のせいで、作り笑いまで浮かべていた。おかげでドアを閉められずにすんだが、ガートルードから率直な返事をひきだすことはできなかった。

「ずいぶん昔のことだからね。あれから三十年以上もたってる。細かいことはもう覚えてないよ」

シャーリー・キールが言ったこととあまりに似ていたので、皮肉な言葉を返してやろうと口を開きかけたが、その瞬間、わたしの脳のなかで万華鏡が回転して、ガラスの破片が重なりあった。一九八三年、この年に多くのことが起きている――ミサイルサイロでの抗議活動、ケイディ・ペレックの誕生、ジェニファー・ペレックの死、マット・チャスティンの失踪。

「娘さんのジェニファーのことだけど……マット・チャスティンがケイディの父親なの？　だとしたら、どうしてケイディに隠してるの？　まさか、ずっと昔に忘れてしまった実験のせいじゃないでしょう？」

「何もわかってないんだね」ガートルードの顔がゆがみ、蒼白に、透明になった。枯れかけた水仙の花びらみたいに。「あんた、北のほうからやってきて、わたしら田舎者より利口だと思ってるだろうが、何もわかっちゃいない」

ガートルードはわたしの目の前で玄関ドアを閉めてしまった。わたしはその場にしばらくとどまり、なかに入ってガートルードが倒れていないかどうか確認すべきだろうかと迷っていた。だが、しばらくすると、わたしがきのう腰を下ろしていたポーチの奥の部屋に明かりがついた。頑丈な造りの家なので、室内の物音は何も聞こえないが――おそらくネイサン・キールに電話をしているはずだが――ガートルード自身はたぶん無事だろう。

ゆっくりと車に戻りながら、納得のいく筋書きを考えてみた。シャーリー・キールはソニアがマットにつきまとっていたと言った。たとえば、彼がジェニファー・ペレックと会っているところをソニアが見て、ロマンティックな夢が砕かれてしまったことを知ったとしたら？　どんな行動に出ただろう？　両親が主張していたように精神不安定な状態に陥った？　そしてマットに襲いかかった？　いや、ジェニファーに襲いかかった可能性のほうが高い。胃のなかに大きな氷河のような冷たさを感じた。ソニアがジェニファーを殺したの？　車がワカルサ川に転落したというのは、それを隠すための作り話？

ジェニファーが死んだとき、マットはどこにいたのだろう？　赤ん坊を押しつけられずにすんでホッとしただろうか。彼がケイディの父親であることは誰も知らないので、こっそり町を出て、ネイサン・キールの怒りからも、父親の役目からも逃げることにした。いまごろは名前を変えて、製薬会社のCEOになっているかもしれない。あるいは、人生の落伍者になり、寒さよけのためにマッド・ドッグ20／20という安ワインのボトルを抱えて陸橋の下で暮らしているかもしれない。

いかなる筋書きを考えても、すっきりしなかった。それに、これはそもそもわたしの仕事ではない。わたしの仕事はエメラルド・フェリングとオーガスト・ヴェリダンを見つけだすことだ。滋養になるコルタードをふたたび飲むために〈デカダント・ヒッポ〉へ車で向かいながら、この言葉を自分に向かって十回以上くりかえした。

16　川のほとりで

前にペピーとランニングをしていたとき、リバーサイド教会の前を通ったことがある。公園の北東の端にひっそりと建っていた。道路からは見えないため、六丁目に案内板が出ている。〝右折して半マイル先。誰でも歓迎〟。教会の私道の入口まで行くと、もっと大きな明るい案内板があり、そこから教会の建物を見ることができる。地元産の石灰岩が使われ、歳月を経て金色がかったグレイに変わっている。駐車場に車が半ダースほど止まっているが、百台は楽に入りそうな広さだ。かなり大きな教会に違いない。

足を止めて、正面の芝生の石碑に記された教会の歴史に目を通した。一八五五年にボストン地区から移住してきた奴隷制反対派の人々によって設立、一八九三年に大洪水で倒壊、一八九六年に川から離れた場所で再建。南北戦争が終わるまで、リバーサイド教会は祭壇の下の地下室に逃亡奴隷を匿（かくま）ってきた。現在、この地区は核兵器の貯蔵や配備が禁止されている非核地帯であり、〝人生という旅のどの段階にある人々であれ、すべての人を歓迎する包括的でリベラルな教会〟となっている。

教会の扉に出ている案内に従って事務室の入口まで行った。笑い声と雑談の声のするほうへ行くと広い集会室があり、六十代と七十代を中心とする十人ぐらいの女性が黒い袋にぎっしり詰められた衣類をひっぱりだしていた。

なかの一人が入口に立つわたしに気づいてせかせかとやってくると、握手の手を差しだした。「手伝いにきてくださったの？　助かるわ。わたしはジョイ・ヘルムズリー」

わたしは機械的に握手をした。「V・I・ウォーショースキーです。ただ、残念ながら、手伝うためではなく、助けがほしくて伺いました」

「あら」彼女は小鳥のように首をかしげた。「ウェルド牧師さまに会いにいらしたのなら、いまは外出中だけど、リーザ・カーモディがいるわ。副牧師なの」

自分の名前を耳にして、もう一人の女性がやってきた。ほかのメンバーより若くて、ジーンズをはき、洗濯のしすぎで型崩れしたセーターを着ていた。

「リーザ・カーモディです。事務室のほうへ行きましょうか。多少はプライバシーが守れますから」

わたしは少々きまりが悪くなった。「そういう助けじゃなくて――わたしがほしいのは情報なんです。それをご存じの方が誰かいらっしゃらないかと思ったので。もしくは、その誰かをご存じの方でもいいんです」

女性たちは衣類整理のふりをするのをやめて、もっと興味深い展開になりそうなことに注意を向けた。

「ずいぶん昔のことなんです。噂にお聞きかもしれませんが、わたしはシカゴからきた探偵で、エメラルド・フェリングを捜しています」

「ああ、なるほど」リーザ・カーモディはうなずいた。「ダウンタウンに貼ってあったポスターを見ました。エメラルドと若い男性。そうね？　エメラルドはこの町が生んだスターの一人よ。彼女がここに住んでた当時はまだスターじゃなかったけど、エメラルドのことなら誰もが知ってるわ」

あとの女性たちからつぶやきが上がった。よく聞きとれなかったが、全員がカーモディに賛成のわけではなさそうだった。

「これまでのところ、まったく手がかりがありません。わたしは今日シカゴに戻る予定でしたが、夜中過ぎに誰かが電話してきて、三十年ほど前にべつの人物が姿を消したのと同じ場所で二人を見かけたと言ったんです」

「ソニア・キールね」かっちりした仕立ての濃紺のブレザーを着た女性が言った。「〈ライオンズ・プライド〉の前でよく警官に連れていかれてたわ。八丁目とロードアイランド通りの角にあるバーで、営業をやめるか、せめて十一時には閉店してくれるよう、頼みこんでるんだけど。近所に住む不運な人たちがぐっすり眠れるように」

「ええ」わたしは言った。「そのバーから彼女が電話してきたんです。でも、わたしが駆けつけたときはすでに昏睡状態でした。何者かにルーフィーをのまされたみたい」

「シャーリーも気の毒に」ブレザーの女性が言った。「いつもソニアの心配ばかりして。あの子がローレンスに戻ってくるかわりに、ボストンで成功すればよかったんだけど」

「けさのシャーリーは心配するというより、苦々しく思っている様子でした」わたしは言った。

「あなた、よそからきた人でしょ。シャーリーはよそ者の前だと緊張するのよね」ブレザーの女性が言った。「わたし、エミグラント貯蓄銀行でシャーリーと二十年間働いたのよ。勤勉で、銀行の顧客と同僚のことを第一に考える人だったわ」

ジョイ・ヘルムズリーが同意のしるしに強くうなずいた。「ソニアみたいな問題を抱えた子供を持つと大変。グループホームに入れたことが、あなたには冷酷に思えるかもしれないけど、あの子ももう四十を超えてるのよ。シャーリーとネイトは八十ぐらいだし。一人前になった子供の面倒をどうやってみろというの！」

わたしは両手を上げた。やめましょうという合図。「ええ、たしかにそうね。ミズ・キールがわたしに見せたのは怒りという一面だけだったけど、みなさんは彼女のことをよくご存じで、わたしは知らない。ソニアとは午前二時に三十秒ほど電話で話しただけで、そのあと、バーテンダーが彼女から電話をとりあげてしまった。ソニアはエメラルドとオーガストを見かけたと言ってたわ。そこはどうやら墓地のようで、マット・チャスティンが埋葬されてるらしいの」

「いやだ、ソニアの作り話よ！」ジョイが叫んだ。「あの子が妄想のなかで生きてることは、わたしたちみんなが知ってて――」

「ソニアはわたしがポスターに書かなかったことまで知っていました」わたしは言った。「だから信じる気になったんです。感情面でいろいろ問題を抱えた人かもしれないけど」

「どんな情報をお求めなの？」リーザ・カーモディが話を本筋にひきもどした。「みなさん、マット・チャスティンが何者なのかご存じ？」

ほとんどの女性が首を横にふったので、わたしは自分の知っていることを、というか、少なくとも人々から聞かされたことをざっと話した。ただ、チャスティンがケイディ・ペレックの父親だったのではないかという、わたし自身の推測は伏せておいた。

「ああ、なるほど。ミサイルサイロのそばで大規模なデモがあったころね」これまで無言だった一人の女性が言った。「ジェニー・ペレックは反核運動の人たちと一緒にデモをしていた。ガートルードも反核という主張には賛成だったけど、ジェニーがミサイル基地でテント生活を始めたときはいやがってたわ」

「そうよ、バーバラ」ジョイが言った。「あなたに誘われてジェニーが抗議活動を始めたんだとガートルードが思ってたのを、わたし、覚えてるわ」

「わたしはキャンプには加わらなかった」バーバラは言った。「勇気がなかったの。でも、コミューンのことでガートルードに叱られたジェニーが、わたしに会いにきたことはあったわよ」

「キール博士の実験って、ミサイルと何か関係があったの？」わたしは訊いた。

「いえ、それはないわ」バーバラが言った。「ただ、わたしがジェニーと話したのはそのときが最後だった。ジェニーが生きてたころは、わたし……お母さんのガートルードと……すごく親しかったの。でも、そのあとは……教会でコーヒータイムのときに挨拶する程度になってしまった」

「ジェニーには赤ちゃんがいた。小さなケイディが」ジョイが言った。「ガートルードの家の玄関先に誰かがケイディを置いていったの。まるで映画みたいね。〝この子はジェニーの赤ちゃんです。面倒をみてください〟ってメモをつけて」

「それは違うわ」バーバラが言った。「ジェニーは赤ちゃんを残して車で出ていった。近所の農家の人が赤ちゃんに気づいて、ガートルードに預けたのよ」

全員がその場面を想像したため、室内が静まりかえった。ジェニーはなぜ赤ちゃんを置き去りにして出ていったんだろう？　当時、ジェニーは十九歳だった。赤ちゃんの父親を追いかけていったのだろうか。わたしが捜しているのがエメラルド・フェリングではなく、マット・チャスティンだったなら、こうした質問をしただろう。

「自分でミサイルサイロまで出かけて、コミューンの跡地を見てくる必要がありそうね」わたしは言った。

「行ったところで何もないわよ」ブレザーの女性が言った。「ほんとに何もないの。農地の真ん中なの。空軍が農家から強制的に土地を買いあげたのよ。それも、カンワカだけじゃなくて、中西部全体で。やがて、コミューンが全焼したあとで空軍が土壌汚染を発見して、放射能の危険のある区域で農家が耕作するのを防ぐために、追加で十五エーカーを購入した。農家にとっては打撃だったわね。誰の土地が買いあげられたのか、わたしは覚えてないけど――」

「ドリス・マッキノンよ」バーバラが補足した。

「それはともかく、軍縮協定が結ばれたあと、空軍はミサイルを撤去した」ブレザーの女性が続けた。「誰かが跡地をコンドミニアムに改装したいと言って銀行に融資を頼みにきたけど、あの土地には問題がありすぎて、結局実現しなかったみたい」

「残念だわ」バーバラが言った。「うちの姪がトピーカの連邦判事のところで事務官をやってて、その姪の話だと、打ち捨てられたミサイルサイロの多くが覚醒剤の密造所にされてるんですって。この郡でもどれだけ大量の覚醒剤が作られてることやら」

「覚醒剤がサイロ周辺の土壌を汚染したってこと？」わたしは尋ねた。

「バーバラはいつも最悪のことを想像する人なの」ブレザーの女性が言った。

「それはたぶん、最悪のことがしょっちゅう起きるからよ」バーバラは冷たく言った。

口論の収拾がつかなくなる前に、リーザ・カーモディが話題を変えようとした。わたしもそれに協力して、エメラルド・フェリングのことへ話を持っていった。

「エメラルドの父親は軍人だったんですって」わたしは言った。「第二次大戦中にバルジの戦いで戦死し、その後、母親がエメラルドを連れてこの町に越してきた。川の向こう側に住んでたけど、やがて大洪水でよそへ移るしかなくなった。ただし、移ったといっても、たぶん近くだったと思うの。エメラルドはカンザス大学の学生だったけど、キャンパスのそばの学生用アパートメントにはいなかったし、昔の電話帳を調べてもフェリングという名字は出てこない。一家がどこへ移ったか、誰かご存じないかしら」

副牧師のリーザ・カーモディが言った。「あの一家はうちの教会の信者じゃなかったから、ここにいるみなさんでは力になれないと思うわ」

わたしは驚いて彼女を見た。「信者じゃなかったって、どうしてわかるの？」

副牧師は顔を赤らめた。「調べてみたの。誰かがその話をしてたから。その人、たぶん、あなたのポスターを見たんでしょうね。誰かがウェルド牧師に質問し、うちの事務員がチェックしたのよ」

この副牧師はまるで未熟なギャンブラーだ。最初の悪いカードの上に次々とカードを重ねて、ミスを挽回しようとしている。

「うちの教会は川向こうの人たちをあまり歓迎しなかったわ」バーバラがそっけなく言った。

「少なくとも、あの当時は」

「あなたのおじいさんやおばあさんが過去にとった行動をあなたが弁明する必要はないのよ」ジョイ・ヘルムズリーが言った。「まだ子供だったんですもの」

「十歳だったわ。悪態が飛びかったことを覚えてる」バーバラは言った。「洪水のあとでフェリング一家がどこへ越したかは知らないけど、もとの家には現在、若い母子が住んでるわ。二、三年前に聖シラス教会との合同ミサがあったとき、わたし、そのすぐ近くに住むおばあさんと知りあいになったの。聖シラスの信者なんですって。正式には、聖シラス・アフリカメソジスト監督教会」

わたしは聖シラス教会のことを忘れていた。ルシンダ・フェリングの葬儀がとりおこなわれた教会だ。つぎはそこへ行ってみるとバーバラに言った。

「小さな教会よ。平日だと教会の事務室には誰もいないかもしれない」バーバラは言った。「でも、わたしが知りあったおばあさんはネル・オルブリテンといって、アフリカ系アメリカ人だから、ノース・ローレンスや昔のイースト・サイドに住んでた黒人家族のことならたいてい知ってるわ。あのころの人たちって、屋内トイレのような贅沢品を黒人が持つ必要はない、たとえ学校の教師であろうと、という考え方だった。たしか、エミグラント貯蓄銀行なんかも、住宅ローンの融資のときにその点を強調してたわね」

「バーバラ、教会の活動にもさまざまな形があって、全部が全部、人種問題に対する罪悪感を大げさに示すとは限らないのよ」ブレザーの女性が言った。「わたしのほうがあなたよりわずかに若いだけなのに、この教会と活動についての記憶はずいぶん違うわね」「ええ、そうでしょうとも」バーバラが言った。あたりさわりのない言い方だが、その口調は危険なほど軽蔑に近かった。「教会の活動というのはつねにバランスを要求されるものだわ」副牧師があわてて口論を止めようとした。「自分たちが唯一の正しい答えを知っているとか、神の声を正しく理解しているなどとは思わないよう、いつも気をつけていなくてはならないのよ」

バーバラは唇をすぼめて皮肉っぽい笑みを浮かべた。「まさにそのとおりね、リーザ。もうじき十代の読書グループの子たちがやってくるわ。わたし、図書室の準備を頼まれてるの」

副牧師がわたしの袖に手をかけた。わたしがバーバラを追って出ていくのを止めようとしたのだろうか。「ネル・オルブリテンに会いに行くのはやめたほうがいいと思うわ。探偵だなんて言ったら、みんな、警戒するから。アフリカ系アメリカ人はとくに。ミセス・オルブリテンは高齢で身体が衰弱している。そっとしておくほうが親切というものよ」「そうですとも」ブレザーの女性が言った。「バーバラは思いやりがあるし、善意の人なんだけど、人種問題についてゆがんだ考えを持ってるの。いろいろと摩擦を起こしてるわ。この教会でも、それから、合同ミサのときには聖シラス教会でも」

「その言い方は卑怯だわ！」これまで一度も発言しなかった女性が叫んだ。「バーバラはリバーサイドとアフリカ系アメリカ社会のあいだの、何十年にも、いえ、何世紀にもわたる悪感情を和らげようとして、ずいぶん努力してきたのよ」

ブレザーの女性は石のように無表情になった。「わたしたちは何世紀も前からここで生きてるわけじゃないわ、アリスン。さてと、わたしはあと三十分したら職場へ戻らなきゃいけないから、こっちの用事を片づけることにするわ」そう言うと、テーブルが並んでいるほうへ大股で戻り、新たなビニール袋から衣類をとりだしはじめた。

わたしは出口へ向かったが、ドアのところでふたたびカーモディ副牧師に呼び止められた。「ローレンスの歴史についても、人種問題についても、多数の異なる意見があることはわかってもらえるわね。ネル・オルブリテンには近づかないで。あなたはよそからきた人。あなたがネルと話をしたら、何年もかけて作ってきた橋がこわれてしまうかもしれない」

「心に留めておきます」わたしは礼儀正しく答えた。

部屋を出た瞬間、背後でミツバチの群れのようなざわめきが起きた。バーバラって、信心家ぶった女で、いつも周囲より自分のほうが正しいと思ってるわけ？　八〇年代の暴力騒ぎについてはリバーサイド教会にも責任があるの？　興味をそそられる議論だが、それに参加できるだけの歴史と神学の知識がわたしには欠けている。ただ、争いごとにはいつも興味津々のわたし、できればもっと話を聞きたいものだ。

17　行儀の悪い犬

　聖シラス教会は三丁目とリンカーン通りの角にある木造の小さな教会で、リバーサイド教会と同じく古びていたが、ああいう趣のある古び方ではなかった。ペンキがはがれ、高いところにある細長い窓のうち二つのガラスにひびが入っている。リバーサイド教会の女性から警告されたように、扉はしっかり施錠されていた。

　色褪せた掲示板に、日曜学校と礼拝の時間が書いてあった。正面の案内板には、教会の建物が国定史跡であり、南北戦争中は逃亡奴隷の隠れ場所として使われていたという説明が出ていた。もしかしたら、エメラルドとオーガストは秘密の地下室に隠れているのかもしれないが、この教会には、使われていない建物に特有の荒涼たる雰囲気が漂っていた。

　教会には駐車場がなかったが、リンカーン通りの縁に幅の広い芝地が続き、タイヤ跡がついていたので、そこに止めればいいのだとわかった。芝地に車を置いて、ネル・オルブリテンが住んでいる六丁目までの数ブロックを歩いた。ネルの家の二軒先に、エメラルドが子供時代の一時期を過ごした家がある。

　ペピーも一緒に連れていった。肌寒かった一日が暮れはじめていた。憂鬱と孤独が力を強める時間帯。サーバーにログインするたびに、ジェイクから連絡が入っていないかをたしかめた。メール、スカイプ、フェイスブック。スイスからは音沙汰なし。こちらから連絡するのもやめた。電話のそばでじっと待つ一九五〇年代のロマンス小説の悲しきヒロインみたいな気分になってしまう。

鉄道の駅舎を通りすぎた。こぢんまりした石灰岩の建物だった。駅舎の壁にはウェストぐらいの高さのところに銘板がとりつけられ、一九五一年の大洪水のさいにそこまで水がきたことを示していた。その歴史を読もうとして足を止めたとき、ダークな色合いのSUV車が背後からやってきて、ほとんどスピードを落とすことなく思いきりエンジンをふかして走り去った。わたしはペピーのリードをひきよせた。全米自動車レース協会に所属するレーサー気どりの人間のせいで、ペピーを失ったりしたら大変だ。

線路の先にそびえる巨大な穀物倉庫がわたしの視界をさえぎっていた。線路を渡ろうとしたとき、貨物列車が悲しげな警笛を鳴らし、カーブを曲がってやってきた。間一髪で飛びのいたが、心臓が不快に動悸を打っていた。カーレーサー、猛スピードの列車、シカゴでは経験したことのない刺激だ。

このあたりは川の土手から半マイルほど離れている。泥水がすさまじい勢いで流れこみ、車と住宅を押し流し、穀物倉庫に貯蔵されていた穀物を腐らせる様子を想像した。寒さを超える何かに襲われて思わず身を震わせた。

廃品置場と解体工場の脇を通った。そこの看板が〝ルー&エド　古い金属に新たな命を〟と叫んでいた。シカゴのサウス・サイドで送った子供時代の縮図を見ているような気がしてきた。製鋼所とゴミ埋立地のかわりに、ノース・ローレンスには穀物倉庫と解体工場がある。

六丁目の住宅地まで行くと、崩れそうな古い家が並んでいた。強風には耐えられそうもない。ましてや、屋根まで水没したであろう洪水のときは、ひとたまりもなかっただろう。産業活動、廃品回収、投棄、貧者を対象とする住宅供給。これらはいつの時代も親密な関係にある。

六丁目をとぼとぼと歩くうちに、ガートルード・ペレックが言っていた〝家が地べたに建っている〟という言葉の意味がわかってきた。住宅の基礎となる土台がない。玄関をあけるときは、ドアの下端が歩道すれすれだ。カンザスでは竜巻の襲来に備えて住宅にはかならず地下室がついているものと思っていたが、こうした小さな平屋には、床下にもぐりこむわずかなスペースもない。泥、クモ、蛇。わたしだったら、竜巻にさらわれるほうがまだましだ。

フェリング一家の住まいはいまも残っていた。というか、少なくとも、その住所にはいまも家が建っていた。ペンキははがれ、庇(ひさし)はたわんでいて、南北戦争当時の家ではないかと思いたくなるほどだった。

車寄せにゴミが散乱していた。家電製品の破片、発泡スチロールのかけら、古いポリ袋。足を止めて家を見つめ、六十五年前はどんなふうだったかを想像しようとしたとき、家の裏から犬が飛びだしてきた。ずっしりした鎖を思いきりひっぱって太い声で吠えた。ペピーが低くうなり、背中の毛を逆立てた。戦闘準備オーケイ。この子にしては珍しいことだ。

なんの騒ぎかと、若い女性が玄関に出てきた。わたしは手をふって歩き去ろうとしたが、そのとき、エメラルドのことを何か知らないか、何か噂を聞いていないか、尋ねてみてはどうだろうと思いついた。もしかしたら、昔の成績表や住所変更用紙などが洪水に流されずに残っているかもしれない。

ペピーを街灯の柱につなぐと、この家の犬と派手な吠えあいを始めた。濃紺のビュイック・アンクレイブがスピードを落としてこちらを見た。わたしは眉をひそめた。駅舎のところで背後から近づいてきたあのSUV車？ わたしに見られているのに気づいたとたん、ドライバーはエンジンをふかして走り去った。運転テクニックが同じだ。わたしはペピーを静かにさせて、喉の奥でうなり声を上げる程度にしてから、玄関まで歩いた。

若い女性はいまも玄関先に立ち、敵意を隠そうともせずにこちらを見ていた。「この家に一歩でも入ろうとしたら、ピータがあんたの喉笛を食いちぎるからね」

ぐずる声が聞こえたので、見ると、女性が腰のところに赤ちゃんを抱いていた。まだティーンエイジャーの女の子みたいな感じなのに。汚れた金髪をほっそりした顔のうしろでまとめ、ふわふわの羽毛がついたクリップで留めている。

「わたしは借金の取立屋じゃないし、あなたの犬に挑戦する気もないわ。ちょっと変わった用があってここまできたの。あなたじゃ若すぎてだめかもしれない。じつはね、六十年ほど前にここに住んでた家族を覚えていそうな年代の人を捜してるの」

バラの蕾（つぼみ）みたいに小さな女性の唇が驚きに開いた。「あの黒人のレディのこと？」

わたしは息を止めた。「ええ、黒人のレディよ。ここにきたの？」

「男の人と一緒にきて、男の人は写真を撮ってた。あたし、二人を追い払おうと思って、ピータを連れて玄関に出たの。二人がこの家をどうにかする気じゃないかと思ったから。ピータが二人を車まで追っかけてくと、男の人が〝この人は有名な女優さんで、この家で育ったんだ〟って言った。ボーイフレンドにその話をしたら、彼、そいつら脱獄犯じゃないかって言うのよ」

きのう会ったホームレスの男は、オーガストのことを失踪したアメフト選手だと推理した。ローレンスには想像力豊かな市民があふれているようだ。わたしは若い女性にエメラルドとオーガストの写真を見せた。

「この人、ほんとに有名な女優さんなのよ。エメラルド・フェリングっていうの。ウィキペディアで調べてみて」

「で、ほんとにここに住んでたの？」若い女性は信じられないと言いたげに、ゴミだらけの車寄せとはがれたペンキに視線を走らせ、それから、赤ちゃんの鼻を指でなでた。「いまの聞いた、カトニス？　ここのカビ臭い空気を吸うだけで、大きくなったら有名人になれるかもよ」

赤ちゃんが首をまわした。母親にそっくりのバラのような唇とつぶらな青い瞳が見えた。唇の端からよだれが細く垂れている。

「二人がここにきたのはいつだった？」わたしは訊いた。

「よく覚えてない。たぶん先週かな。それとも先々週？」

「女の人が何か言ってなかった？　例えば、次にどこへ行くとか」

若い女性は残念そうに首をふった。「泥棒だと思ったから、話なんかしようと思わなかった。でも、もう一度ここにきたら、サインをもらって、あなたに電話するよう伝えておく」

わたしは網戸の破れ目から名刺を押しこんだ。「ネル・オルブリテンについてはどう？

知りあい？」

　女性はうなずいた。警戒の表情だった。

「エメラルドはここを出たあと、ネルに会いに行ったんじゃない？」

　若い女性は肩をすくめた。「ここからじゃ、あの家は見えないの。どっちにしても、あたしがネルと話をするのをカイルがいやがるし。近所の連中とはつきあうなって言うの」

　赤ちゃんが泣きだし、ピータがふたたび激しく吠えはじめた。そろそろ退散したほうがよさそうだ。しかし、歩道を途中まで行ったところで足を止め、わたしがペピーを街灯柱につないでいたときにカイルがビュイックで通りかからなかったかと尋ねた。ひょっとすると、カイルはドラッグの密売人で、自分の巣に押しかけてきたのは何者かと探っていたのかもしれない。

「ビュイック？」彼女の唇が軽蔑にゆがんだ。「カイルはダッジの古い小型トラックを乗りまわすのが精一杯よ」

　わたしは歩道のコンクリートのひびを慎重によけて通り、膝を突いてペピーのリードを街灯柱からはずした。そのあいだも首輪をしっかりつかんでおかなくてはならなかった。ペピーときたら、〝わたしはチョコレートの箱のイラストみたいに見えるかもしれないけど、四本の肢のうち三本を背中で縛られてたって、あんたなんかやっつけてやれるんだから〟とピータに教えたくてうずうずしていたのだ。

「ようやく手がかりがつかめたようだわ、ねっ？　最初はソニア、今度は頭に羽毛をつけた痩せっぽちの女の子。二人とも、わたしたちの追ってる逃亡者を目撃したのよ。あなたがはりきるのはわかるけど、ミズ・オルブリテンに攻撃的な態度をとるのは慎んでね」

ピータの飼い主の家の車寄せに散乱しているゴミの山を通りすぎ、オルブリテンの家を目にした瞬間、わたしは完全に面食らった。まったくの別世界で、わたしの母や近所の人たちが工場から飛んでくる煤(すす)を撃退しようとがんばっていた子供時代に戻ったような気がした。ガブリエラとわたしは毎朝、玄関先のステップについた煤と硫黄の汚れをこすり落とし、同じようにせっせと掃除をしているルイーザ・ジャイアックやほかの人たちと挨拶を交わしたものだった。窓拭きとカーテンの洗濯は月に一度ずつ、そして、子供時代を過ごしたイタリアのウンブリア州を恋しがる母のために猫の額ほどの庭に植えたオリーブの木を、母が大切に世話していた。

ミズ・オルブリテンのところの前庭も同じように手入れが行き届いていて、わたしには名前のわからない灌木が十一月の灰色の空を背景にみごとに紅葉していた。小さな家は藤色に塗装され、窓枠は濃い紫色だ。馬をつなぐのに使われていた古い杭が歩道の縁についていた。ペピーのリードをそこに結んだ。

呼鈴を鳴らすあいだ、膀胱の調節を助けてくれる薬の効き目についてテレビが大声でわめいているのが聞こえてきた。わたしはコマーシャルが終わって番組が再開するまでの一瞬を狙って、もう一度呼鈴を鳴らした。

ふたたび長く待たされたあとで、テレビの音が消え、玄関にやってくるミズ・オルブリテンのゆっくりした足音が聞こえた。年のころは九十ぐらい、老齢でわずかに腰が曲がり、水兵服のようなデザインのワンピースに分厚いセーターを重ねている。眉をひそめてこちらを見たものの、沈黙したままだった。

「V・I・ウォーショースキーという者です」わたしは言った。「シカゴからきました。エメラルド・フェリングを捜しています。リバーサイド教会のバーバラという女性から、あなたならエメラルドを知っているかもしれないと言われたので」

ミズ・オルブリテンは分厚い眼鏡のレンズの奥から長いあいだわたしを見つめた。まるで、わたしの顔を指名手配のポスターと見比べているかのようだ。「お役には立てそうもないね、シカゴからきたミス・V・Iなんとかさん。エメラルド・フェリングなんて聞いたこともない」

わたしはフェリングが誰なのかを説明し、一週間ほど前にオーガスト・ヴェリダンと二人でここにきたはずだと言おうとしたが、ミズ・オルブリテンの顎が頑固そうにこわばっていることに気づいた。この人はすべて知っている。わたしに話す気はないのだ。

わたしは隣家の車寄せに捨ててあるこわれたテレビを見つめて、じっと考えこんだ。リバーサイド教会の副牧師のリーザ・カーモディがこちらに電話して、わたしが訪ねていくことを警告し、何も話さないようにと頼んだのだろうか。カーモディも、オルブリテン自身も、エメラルドとオーガストの居所を知っているのだろうか。それとも、もっと基本的な問題だろうか。つまり、白人のよそ者のお節介を迷惑がっている？

「あのう、エメラルド・フェリングの友人たちがシカゴにいるので、話をしてもらえないでしょうか。わたしはその人たちに頼まれて、ここまでミズ・フェリングを捜しにきたのです」

断わられる前にトロイ・ヘンペルの電話番号を画面に呼びだし、ビデオ電話アプリのフェイスタイムを使って電話した。こうすれば、トロイもアフリカ系アメリカ人であることがミズ・オルブリテンにわかってもらえる。幸い、すぐにトロイが電話に出た。

「V・I・ウォーショースキー！　どうしたんです？　ミズ・エメラルドは見つかった？」

わたしはスピーカーに切り替えて電話をかざし、ミズ・オルブリテンが玄関ドアの隙間から画面を見られるようにした。トロイのほうからも彼女を見ることができる。「わたしはいま、エメラルド・フェリングが七歳まで暮らした場所にきてるの。十日ほど前に、オーガスト・ヴェリダンと二人でここにきて、子供時代の家を見ていったそうよ。当時の隣人がここにいるんだけど、わたしがけっして怪しい者じゃないことをあなたが保証してくれないかぎり、何も話してくれそうにないの。こちらがミズ・ネル・オルブリテンよ」

オルブリテンは電話を受けとったが、話をするために家のなかへひっこんだ。「あんた、誰なの？　なんであんたを信用しなきゃいけないの？」

トロイがエメラルドと親しくなった経緯を説明しはじめたとき、オルブリテンは玄関ドアを閉めてしまった。トロイのかすかな低い声と、オルブリテン自身のゆっくりしたリズミカルな返事が聞こえたが、一つ一つの言葉までは聞きとれなかった。二人は五分近く話しこんだ。やがて、オルブリテンの不安定な足音が家の奥へ遠ざかった。電話を続けているようだが、言葉はやはり聞きとれない。ようやく彼女が玄関に戻ってきた。

「わたしの判断ミスでなきゃいいけど」ためいきをつきながら、わたしに電話を返してよこした。「ま、入ってもらおうか」

ミズ・オルブリテンは歩道のほうへ目をやり、ペピーに気づいた。「あれ、あんたの犬？　い
連れて入ったほうがいい。犬に喧嘩を吹っかける乱暴な男の子が九丁目に二人いるから。い
じめられそうな場所に犬を置いとくなんて、わたしだったらぜったいできない」
さっき見かけたビュイックはドラッグの密売人のもので、知らない人間が縄張りに入りこ
んでいないか確認しているのかと思っていたが、もしかしたら、闘犬を商売にしている連中
で、ペピーを簡単に盗みだせないか、調べていたのかもしれない。
「あの犬、汚れがひどいんです」わたしは遠慮がちに言った。「このまま外で話しません？
そしたら、犬を見守ってやれるから」
「わたしはすわらないとだめなんだ。犬も連れといで。タオルを敷いてやればいい」

18　古き良き日々

ミズ・オルブリテンがわたしと話をするのに使った部屋も庭と同じく手入れが行き届いていた。花柄の布張りのカウチとアームチェアは掃除機をかけたばかりだし、ヘッドレストの汚れ防止に糊のきいた真っ白なカバーがかぶせてある。ペピーのために敷いてくれた鮮やかな黄色いタオルは、たったいま店で買ってきたかのようだ。わたしたちが帰ったあとのタオルの様子を想像すると身の縮む思いだったが、ペピーは部屋のなかを探検したくてうずうずしているにもかかわらず、おとなしくタオルの上にすわった。ミズ・オルブリテンにお手をすると、かすかな笑みで彼女の顔がゆがんだ。

「いい子だね。うちにはドッグビスケットが置いてある。あのピータにやろうと思って。あれは小さなペテン師だ。派手に吠えるけど、犬が自分と赤ん坊を守ってくれると隣の哀れな女の子が思ってるなら、自分をだましてることになる。ろくでなしのボーイフレンドの尻に咬みついて追いだしちまうのがいちばんだが、男関係のことで若い女たちに説教しても無駄だしね。わたしみたいな女には恋の経験もないだろうと、若い子は思いこんでるものだ」

ミズ・オルブリテンはわたしにカウチを指さしてから、慎重な足どりで家の奥へ姿を消した。むくみ防止用の靴下をはいているが、足首がひどく腫れている。グラスに氷がぶつかるチリンという音、液体を注ぐ音、缶の蓋をあける音がして、ペピーが機敏に顔を上げた。音を消したテレビからいまも映像が流れている――『ジュディ判事』かもしれない。

壁には額入りの写真が画廊のようにいくつもかかっていた。人生のさまざまな段階にある生真面目な顔の男性――高校と大学それぞれの卒業式のローブ姿、軍服姿、そして、もっとあとの写真。妻と十代の子供二人も一緒に写っている。子供たちだけの写真もあって、ぽちゃっとした赤ちゃんのころからイーグル・スカウト時代までのものが並んでいる。テレビの上には最近の写真が一枚。聖シラス教会の前でオルブリテンが何人かの女性と一緒に写したものだ。オルブリテンが最年長で、いちばん若い女性はたぶん四十代だろう。誰もが楽しそうに微笑して、聖シラス教会の百五十周年を祝うバナーを掲げている。一八六四～二〇一四。

やがて、銀色のトレイを持ってオルブリテンが戻ってきた。トレイの上にはグラスが二個、クッキーの皿、そして、ドッグビスケットが少し。手伝おうとするのはオルブリテンへの侮辱になるかもしれないと思い、よく磨かれたコーヒーテーブルに彼女がトレイを置くのを黙って見守った。グラスを渡してくれた。アイスティーだ。七月でもわたしが好んで飲むことはない。十一月ともなればなおさらだ。でも、仕事の関係上、もっと不運な目にあったこともある。

「行儀のいい犬だね」オルブリテンが言った。ペピーがビスケットをじっと見ているが、立とうとはしないし、鼻を鳴らしてねだることもない。「ほら、お食べ。いい子だね」

オルブリテンはペピーにビスケットを一個ずつ食べさせてから、アームチェアにどさっと腰を下ろした。「エメラルド・フェリングのことだね。いいよ」

膝の上でスカートの乱れを直した。「母親のルシンダは夫が戦死したあと、この町に越してきた。町に大きな弾薬工場があって、〈サンフラワー〉って工場なんだけど、労働者を募集してたんだ。ルシンダはあんたがさっき寄ったばかりの家を借りた。いまはピータとティファニーと赤ん坊が住んでる。毎日バスに長時間乗って〈サンフラワー〉へ通ってた。うちの亭主も戦争にとられて、わたしは赤ん坊を抱えて残された。ジョーダンっていう息子で、そのころ三歳だった」オルブリテンは壁の写真のほうを見てうなずいた。「わたしは川向こうの白人が住む家々で掃除婦をやり、そのあいだ、同居してた母親がジョーダンの子守りをしてくれた。小さなエメラルドはジョーダンのいい遊び相手だった」

オルブリテンはそこで不意に笑いだした。「ほんとの名前はエメラルドじゃなくてエスメラルダだったけど、ジョーダンはうまく言えなかった。〝エメラルド〟としか言えなくてね、ルシンダも、わたしも、うちの母親もそれが気に入った。宝石みたいにいい子だった。すっかり忘れてたよ。ほんとに頭のいい子でね、三つのときにはもう自分の名前が書けたし、いつもむずかしい質問をしたものだ。神さまのこととか、人生のこととか、父親はどこにいるのかとか。大きくなったらバレリーナかパイロットになりたいと言ってた」

オルブリテンはアイスティーを少し飲み、苦い過去に思いを馳せるうちに微笑が薄れていった。

「一つ言っとくと、ここは黒人にとって住みやすい町ではなかった。白人の連中は、一八六一年にカンザスを自由州にした人々の子孫だってことを自慢にしてる。ただし、ジョン・ブラウンの子孫だとは思ってない。白人だけの町作りをめざして、川の下流のこのあたりに黒人を押しこめた。毎年夏になると、黒人の子供が川で溺れたもんだ。町のプールで泳ぐのを禁止されてたから。

レストランにしても、黒人に料理を出してくれるのは町でたったの五軒だった。映画館では二階席の端っこにすわらされた。大学にはクー・クラックス・クランの支部があって、バスケットのコーチはこの町じゃ聖人かヒーロー扱いだったが、じつはクランの熱狂的な支持者だった。あの伝説的なバスケット選手のウィルト・チェンバレンが訪ねてきたのをきっかけに、バスケット部のやり方も多少変わったけど、差別はその後も長く続いている。黒人の若者が白人警官に射殺されたミズーリ州ファーガソンの事件にしても、いまの時代に黒人の若者がつぎつぎと殺されてることにしても、長い差別の歴史の一部に過ぎない」

オルブリテンはふたたびわたしを見た。玄関でよこしたのと同じ、探るような視線だった。

「ジョーダンが高校に入ると、わたしは心配でたまらなかった。大学進学の準備クラスに入るのを高校が許可してくれなかったんだ。わたしが掃除に通ってた先に、奥さんが高校の理事をやってる家があったから、相談してみた。ジョーダンはあの高校の誰にも負けないぐらい成績優秀だったから。ところが、その場でクビにされちまった。生意気だと言われて。あの子が黒人の生徒仲間と人種差別反対の運動を始めたときは、どうなることかとはらはらしどおしだったよ。高校を出るとすぐ、息子はベトナムへ送られた。大学生なら徴兵猶予なのにね。もっとも、ようやく無事に帰国してから、ワシントンDCのハワード大学に入ることができた」

わたしは恥ずかしさのあまり、身じろぎもできずにすわっていた。アイスティーのグラスを持った指が凍えていた。ペピーがわたしからオルブリテンへ心配そうに視線を移したが、幸い、じっとしていてくれた。

オルブリテンは深いためいきをついた。

「町のこの部分、川沿いの低地。わたしたち黒人はここに住み、汚れ仕事や重労働をやるために町の中心部へ通うのが決まりだった。昔エメラルドとルシンダが住んでて、いまは小さなカトニスが住んでる家は、このあたりのほとんどの家と同じで、本格的な床なんてない。土の上にベニヤ板が敷いてあるだけだ。あの洪水のときは、ベニヤ板なんて大吹雪のときの傘みたいなものだった。水が押し寄せてきた。あっというまのことで、命からがら逃げられただけで幸運だった。みんな、すべてを失った。ルシンダは結婚式の写真も、夫が戦地へ出かけたときの軍服姿の写真もなくしちまった。食器を洗ったあとの水が排水管へ流れてくみたいに、何もかも消えてしまった。わたしは祖母の銀のスプーンと先祖から伝わる聖書を持ちだせたけど、あとはだめだった。

やがて水がひいて、わたしたちに残されたのは泥とカビと伝染病だけになった。けど、白人の地主連中は援助の手を差し伸べようともしなかった。わたしたちが自分で掃除して、燻蒸消毒するしかなかった。ヤワなベニヤ板の床は連中がもとの場所に戻してくれたけど、その前に汚れを落とそうともしなかった」

オルブリテンは復旧のプロセスを延々と語りはじめた。もう使えそうもないブラインドやカーペットをなんとか修理しようという努力。洪水のあとの冬に子供たちがかかった重い胸の病気。白人の教会からの救援物資。「その年の感謝祭に使われなかった缶詰とか、虫食いの穴があいた衣類とかね」

オルブリテンは話を中断した。彼女の思いがどこをさまよっているのか、こちらから何を尋ねればいいのかわからなくて、わたしはしばらく無言ですわっていたが、ようやく言った。

「ルシンダ・フェリングはどうなったの？」

オルブリテンはこちらを見もしなかった。いまの言葉が彼女に聞こえたかどうかも、わたしにはわからなかった。沈黙が命あるもののように長く続いて、わたしのなかに入りこみ、わたしは動くことも話すこともできなくなった。室内で動いているのはテレビの画面にちらつく無言の姿だけだった。

電話が鳴りだし、オルブリテンが飛びあがった。かけてきたのは男性で、深みのある柔らかな声をしていた。オルブリテンは「うんうん」と何回か答え、最後に「神さまのご意志次第だね。簡単にオーケイはできない」と言っただけだった。

電話を切ると、両手を膝に置いて息を吸い、落ち着こうとした。電話の男は全財産を〈スチューボール〉に預けるように言ってきたのだが、どうも胡散臭い気がするという。わたしはカンザス人っぽい表情を浮かべようとした。誠実で共感にあふれた表情。

「ベニヤ板のことでルシンダはついに頭にきた。本物の床がほしいと要求した。土の上にコンクリートの土台を作ってほしいと。そしたら、大家に追いだされちまった！　で、幼いエメラルドを連れて田舎へ越した。町の東のほうだった。

農場を持ってる女がそっちにいて、ルシンダと同じく夫に先立たれていた。白人だけど、黒人の大学生たちに部屋を貸してた。大学が学生用住宅に黒人を入れてくれないからだ。ルシンダはどこか北のほうの農場で育ったらしい。ミネソタか、サウスダコタあたりだろう。ミズ・マッキノンという農場の女のことを耳にして、ルシンダは会いに行き、農場を手伝うから部屋代と食事代をただにしてくれないかと交渉した。住所はローレンスじゃなくて、ユードラという小さな隣町だったから、エメラルドはそっちの学校に入ることになった。ユードラもけっして理想の土地とは言えなかったが、ローレンスみたいな人種差別にはあわずにすんだ」

フェリングの名前が電話帳から消えていたのは、そういうわけだったのだ。探偵の経歴に汚点が一つ。近くにあるほかの町々を調べることを思いつくべきだった。

「マッキノン？」わたしは口をはさんだ。「リバーサイド教会の人たちがその名前を口にしてたわ。ドリス・マッキノンとかいう人で、政府がその土地を買いあげたとか。同じ人？」

オルブリテンの下顎が動いた。年配の人によく見られる動きだが、そのあとに続いた沈黙のなかで、まるで言葉を嚙みながら、どれを残すか、どれを吐きだすかを決めようとしているかに見えた。

「そう。マッキノン農場はミサイルサイロの近くにある。わたしは車を持ってないから、あまり訪ねていかなかったけど。ルシンダが亡くなる前でさえ」

「エメラルドはカンザス大学に入った。そうね？　でも、農場に住みつづけたの？」

「エメラルドが入学したころも、学生用住宅は依然として人種差別だった。だから、町にやってきたジャーヴィス・ニルソン監督に見いだされるまで、エメラルドは農場に住んでいた。ルシンダは大学の理科系研究室で技師として働くようになった。高級な仕事に思えるだろ。

けど、汚れ仕事がどっさりだ。それでも、掃除婦よりは給料がいいし、勤務時間は決まってるし、福利厚生や健康保険もついていた」

「ネイサン・キールの研究室ね」わたしはゆっくり言った。

「だったかもしれない。名前にはべつに興味もなかった。エメラルドがハリウッドへ行ったあとも、ルシンダは働きつづけた。エメラルドはいい暮らしをしてたけど、そのころの白人スターに比べたら、足もとにも及ばなかった。ルシンダは自分の娘がぼろ儲けしてると思いこむほど愚かな女ではなかった」

オルブリテンが過去に思いを向けるあいだ、ふたたび顎が動いた。「女の二人暮らし。片方は黒人でもう一人は白人だから、当時はずいぶん噂になったものだ。このわたしでさえ……。昔わたしが通ってた教会の牧師さまはとても旧弊だったから……いや、あんたはそんなことを聞きにきたんじゃないよね。ただ、ルシンダが亡くなったとき、聖シラス教会で葬式をすることに、牧師さまはしいて反対もしなかった。もちろん、エメラルドが屋根の葺き替え費用にどうぞって金を差しだしたから、牧師さまの神学も多少和らいだんだろう。現在の新しい牧師さまは世代が違うし、考え方も違う」

「ルシンダはどこに埋葬されたの？」わたしはふたたび、ソニアのことと恋人の墓のことを考えていた。ルシンダがキール博士の研究室に勤めていたのなら……キールも、妻も、フェリングという名前は聞いたこともないと言ったが——いや、理由はあれこれ考えられる。例えば、自分たちの娘のことや、昔の反核コミューンのことを考えたくなかったのかもしれない。

「この近くだよ。メイプル・グローヴ」オルブリテンが言った。明日、明るい時刻に墓地を見に行くよう、わたしに勧めているのかもしれない。でも、それで何がわかるだろう？　ソニアのDNAを求めてその一帯をくまなく調べるわけにもいかない。

「ミズ・マッキノンはいまも農場で暮らしてるの？」わたしは訊いた。

「年をとって農業ができなくなったから、土地を貸しだすことにしたそうだ――」オルブリテンはアイスティーを飲もうとしたが、手が震え、グラスに残っていた分がセーターにこぼれてしまった。

わたしは駆け寄ろうとしたが、「すわってて」と不愛想な声で言われた。「あんたが帰ってからちゃんと拭くから。この前聞いた噂だと、ミズ・マッキノンはいまも農場に住んでるそうだ。わたしはもう何年も会ってないけど、何かあれば、誰かから連絡がきただろうし……」

オルブリテンの顔が土気色になり、グラスが手から落ちた。わたしはあわてて電話をとりだし、九一一をタップした。

「だめ」オルブリテンがか細い声で言った。「救急車はいらない。病院もいらない」

わたしを押しのけようとしたが、そのしぐさは弱々しかった。わたしは彼女のワンピースの脇のファスナーを下げて両手を突っこみ、ブラのホックをはずしてから、電話を肩と耳ではさんだまま、胸を押しはじめた。通信指令係が出たので、オルブリテンの住所を告げ、救急車を大至急と頼んだ。

19　行き止まり

ペピーとわたしが車に乗りこみ、ドリス・マッキノンの農場を捜して町の東へ向かったのは、日没の時刻をかなり過ぎてからだった。その前にはらはらしながら病院で二時間ほど過ごし、ようやく、ミズ・オルブリテンに関して安心できる報告をもらった。

病院では彼女に付き添って救急処置室に入り、最優先で診てもらえることを確認してから、受付へ手続きをしに行った。そこに救急車の運転手が立っていた。十二時間前にソニア・キールを搬送したのと同じ人だった。今週はダブルシフトだという。

「おたく、守護天使の組織か何かの人かい？」運転手はきつい冗談を飛ばした。「気絶した女性を探してローレンスの通りをうろついてるとか？」

「わたしがいなかったら、あなたも商売上がったりよね」冗談に合わせようとして、わたしは言った。

じつのところは、神経をぴりぴりさせていた。ひどく怖かった。見知らぬ土地にきて、この土地で苦い過去を生きてきた女性に会っていた。わたしがとったなんらかの行動が発作の原因になったなどと彼女かその息子に言われたら、こちらは孤立無援だ。

オルブリテンは完全に意識を失ってはいなかった。車椅子に乗せられて玄関を出たとき、小さなバッグと電話をわたしに押しつけ、車椅子を止めさせて、わたしが玄関に鍵をかけるのを見届けてから、救急車に運びこまれた。

「あの連中よりあんたのほうがいい。少なくとも、金が消えたときは、誰が犯人かわかるからね」オルブリテンはわたしに言った。

病院で書類の記入をする合間に、オルブリテンの電話を調べてみた。幸い、よく使う七つの番号の一つが息子のものだった。電話に出た息子の「もしもし、母さん？」という声を聞いてうろたえたが、向こうの画面にはもちろん母親の番号が出ているわけだ。

わたしが名前を名乗り、なんのために電話したかを伝えると、息子はローレンスから九十マイルほど東のウォレンズバーグという町に住んでいると言った。

「おたく、どういう人なんです？　うちの母になんの用があったんです？」

「エメラルド・フェリングを覚えてます？」わたしは探偵であることは伏せて、シカゴからエメラルドを捜しにきたことと、教会で会った人からミズ・オルブリテンに会いに行くよう言われたということだけを告げた。

「お母さんはドリス・マッキノンのことを話してくれてる最中だったの。ほら、フェリング一家が一九五一年に越した先の農場の人。で、話の途中で急にお母さんが倒れてしまったの」

「心臓の具合が悪くなったことなんて一度もなかった。健康にはなんの問題もなかった。ほかに何があったんです？　おふくろを興奮させたんじゃないんですか。本人の望まないことを強引にさせようとしたのでは？　例えば、家の権利書にサインして譲渡するよう迫ったとか。家はぼくの名義になってるから、やるだけ無駄ですよ」

「違うわ、ミスタ・オルブリテン」わたしの唇がこわばった。こういう非難が飛んでくるのを恐れていたのだ。「お医者さんと電話をかわるから、お母さんと話ができるかどうか、そちらに訊いてちょうだい」

彼の心配と非難が一段落したところで、医者に電話を渡した。救急救命チームのほうではほかにもわたしに用があるといけないのでしばらく待つことにし、そのあいだに、シカゴのロティ・ハーシェルに電話をした。時刻はすでに夕方近くで、診療所のいちばん忙しい時間帯だが、ロティは看護師がとった電話に出てくれた。旅の途中でこちらから何回かメールしていたが、シカゴを出てからじかに話をするのはこれが初めてだった。

「あなたのその処置で正解よ、ヴィクトリア」ロティは言った。「担当医師の名前を聞いておいて。今夜、わたしから電話しておく。心配しないようにね。それ以上のことはできなかったでしょうから」

わたしは待合室の椅子にすわり、心配しないようにした。シカゴの依頼人たちへの報告書作成に集中しようとしたが、シカゴの街も、そこでのわたしの暮らしも、何年も前に見た映画の場面のような気がしてならなかった。細かい点は思いだせず、なぜそれが自分にとって大切なことなのかもわからない。

トロイ・ヘンペルから何件かメールが入っていた。

〝ミズ・エメラルドは見つかった？　あなたが会いに行った女性からどんなことが聞きだせただろう？〟

〝彼女、話の途中で倒れてしまったの。いま病院。話ができる状態になったら連絡する。あなたがさっき彼女と電話で話したとき、何か参考になることを言ってなかった？〟

〝ローレンスでミズ・エメラルドを見かけたが、いまどこにいるかは知らないと言っていた。身の安全を心配しているそうだ。彼女とヴェリダン青年の〟

わたしはすわり心地の悪い椅子にもたれて、呼吸に神経を集中し、テレビの騒々しい音声は無視しようとした。現代医療の腹立たしい点として、理解不能の請求書と、電話や待合室で延々と続く病院側とのやりとりと、法外な薬代のほかに、各病室に置かれたテレビからつねに流れている大音声がある。

ようやく研修医の一人がやってきて、ミズ・オルブリテンに関してうれしい知らせを伝えてくれた。心臓関係の数値がすべて落ち着いたという。「このまま入院してもらい、二十四時間経過観察を続けますが、もう心配はいりません。ええ、五分だけなら患者さんに面会して、電話とバッグをじかに渡していいですよ」

オルブリテンはうつらうつらしていた。いかに気丈な老女といえども、救急車で運ばれて一時間もつつきまわされたり、レントゲンを撮られたりしたら、体力を消耗するものだ。弱い鎮静剤を投与されていたため、わたしがそっと彼女の腕に触れると、戸惑いの目でこちらを見つめた。

わたしは二人でエメラルド・フェリングの話をしていたことと、わたしがシカゴからフェリングを捜しにきたことを、オルブリテンに思いださせた。

オルブリテンが身体を起こそうともがいた。わたしはベッドのボタンを押したが、その前に早くも、病室の外で待機していた看護師が入ってきた。

「安静にしてなきゃだめですよ、ミズ・オルブリテン」

「一つだけ」オルブリテンは鎮静剤のせいでうまくまわらない舌で言った。「エムラルのことで、わたし、何を話したの？」

「エメラルドとルシンダが町の東にあるドリス・マッキノンの農場へ越したこと」

「わたしが言った？　マッキ……キンの？」

「そこまでにして」看護師がわたしの腕をつかんだ。

「どうしても知りたいんだ」オルブリテンが強く言った。

「あなたはこう言った――ドリスは白人女性で黒人の学生たちに部屋を貸していた。もう何年も会っていない、と。そのあとで倒れてしまったの」

オルブリテンはベッドにもたれて目を閉じた。「そのとおりだ。会っていなかった。長いあいだ」

看護師がドアのほうへ大きなうなずきを送った。わたしは身をかがめて、もうじき息子が駆けつけてくることをオルブリテンに伝えた。彼女の唇の端がゆがんで微笑になった。

病院を出る前に集中治療室に寄った。看護師長に会って、ソニア・キールとナオミ・ウィッセンハーストがERへ搬送されたときに関わりを持った探偵であることを説明した。

ほんとにこの真夜中過ぎの出来事だったの？　カンザスにきてから何カ月もたったような気がする。ソニアを見つけたのはもっと昔のことで、依頼人のために火の輪くぐりをするのではなく、友達と一緒に縄跳びのダブルダッチの輪をくぐっていたころのような気がする。

「ああ、あのときの刑事(ディテクティブ)さんね。ナオミは無事に退院したわ。治療が必要だけど、それは実家のほうで受けるそうよ。学期末まで休学するんですって。ソニアはまだ意識が戻ってないけど、もちろん、ドラッグを摂取する前から健康状態が悪かったわけだし。少なくとも、自発呼吸は続いている。このあと二十四時間は目が離せないわ」

「ソニアの両親はきました？」好奇心に駆られて、わたしは尋ねた。「もしくは、〈聖ラファエル〉から誰かきました？」

「正午ごろ、男性から電話があったわ。たしか、兄だと言ってたような気がする。でも、わざわざきてくれたのはあなたが初めてよ。顔を見ていきます？」

看護師が奥へ案内してくれると、周囲をとりまく電子機器の付属品みたいに見えるソニアがいた。呼吸がゆっくりで苦しそうだ。息を吐きおわるたびに呼吸が止まり、はらはらさせられた。まるで、呼吸を再開すべきかどうか迷っているかに見える。

もちろん、病院のほうでソニアの汚れをきれいに拭きとり、清潔なガウンに着替えさせていた。表情が弛緩しているため、意識があって元気なときの顔は想像しにくかった。角ばった顔と浅黒い肌は父親譲りだ。母親の白い肌は受け継いでいない。カールした固そうな黒髪も父親に似ている。少なくとも、きのうネットで見た若いころの父親の写真はそういう髪だった。

ドラッグと路上暮らしのせいでソニアの肌は荒れていた。腕に古い傷跡がいくつか見受けられるが、注射の跡ではなく、殴打された傷のようだ。〈聖ラファエル〉の誰か？　それとも、路上で出会った誰か？

わたしはソニアのぐったりした手の片方を両手で包み、話しかけるために膝を突いた。

「V・I・ウォーショースキーよ、ソニア。夜中過ぎに電話をくれたでしょ。エメラルド・フェリングを見かけたって。マット・チャスティンのお墓の上にエメラルドが立ってるのを見たって言ったわね。マット・チャスティン」

この名前をくりかえしたとき、ソニアの身体がピクッと動いたように思った。でも、たぶん、こちらの希望的観測だったのだろう。

「もし目がさめたら——ううん、目がさめたときには——わたしに電話して、彼が埋葬されてる場所を教えてちょうだい。マットのお墓が見たいの。いいでしょ？」

ソニアの手をもうしばらく握って、軽くさすりつづけた。指はごつごつしているし、爪は割れている。よくわからない衝動に駆られて、ソニアの額に垂れた髪をそっとどけた。

帰るとき、看護師が満足そうにうなずいてくれた。「警察が患者に質問しなきゃいけないときは、あなたにきてもらいたいわ。患者さんに優しく接してくれるから」

わたしは困惑しながら微笑した。「エヴァラード部長刑事に言っておくわ」

車で町の外へ出ると、空も大地も真っ暗なので、方向感覚を完全に失ってしまった。農家の窓から針で突いた穴のような光が射していたが、高速道路を離れたとたん、一人ぼっちになった。秋の農作業にどういうものがあるのか知らないが、農家の人々はきっと、家のなかで作業をしているのだろう。

高速から一般道に入ると、そこは街灯のない砂利道だった。ヘッドライトをハイビームにして、両脇の溝にはまらないよう、夜は自分たちのものだと主張する狐やその他の動物を轢いたりしないよう注意しながら、道路の中央をゆっくり走った。

途中で背後に車が現われた。濃い色のSUV車。もしかしたら、ビュイック・アンクレイブかも。高速道路に入ったときにも見かけたような気がしたが、交通量が多かったので確信はなかった。だが、この田舎道を走っているのは二台きりだ。うなじの毛がちくちくした。わたしの緊張を感じとったペピーが立ちあがり、低くうなった。

イースト一九〇〇ロードとノース二八〇〇ロードの合流点で、SUV車は南へ曲がった。道路標識によるとカンワカのミサイルサイロがある方向だ。わたしは北へ向かった。肩の筋肉のこわばりが消え、呼吸が徐々に正常に戻っていった。

ノース二八〇〇ロードを四分の一マイルほど行くと脇道が現われ、そこの郵便受けにマッキノンと書かれていた。わが地図アプリは正確だったわけだ。いつもながら感謝。

脇道は道路から百ヤードほど入ったところで円を描いて行き止まりになっていた。年代物のスバルのうしろに車を止めて家を眺めた。四角い二階建てで屋根裏がついている。明かりは見えない。

車を降り、ペピーのリードをはずしてやった。犬は夜の闇のなかへ駆けていった。どんな生き物を追いかけていったことやら。スカンクでなければいいけど。敷地と付属の建物をスマホのライトで照らした——納屋が二つ、小屋がいくつか。

エメラルド・フェリングとオーガスト・ヴェリダンがドリス・マッキノンに会いにきたとしても、方向転換をしてひきかえしたに違いない。ここはまったくの行き止まりだ。

ペピーが狩猟探検から駆けもどってきたが、家の周囲を嗅ぎまわり、土台に鼻をつけてクンクンやりはじめた。ふたたび姿を消した。今度は家の裏へまわったようだ。名前を呼ぶと、吠えはじめ、キューンと鳴きはじめた。

「おいで！」わたしは思いきりきびしい声で言った。

ペピーはスマホのライトに照らされて目を光らせながら途中までやってきたが、ふたたび吠え、キューンと鳴いて、家のほうへひきかえした。わたしはペピーを追いかけた。足がこわばり、首の痛みが背骨のほうまで広がった。

裏口は閉まっていたが、鍵はかかっていなかった。ペピーの嗅覚はわたしより一万倍、いや、たぶん一千万倍ぐらい鋭いが、ドアを押しひらいた瞬間、わたしの鈍い嗅覚ですら、ペピーが遠くから気づいたものを嗅ぎあてていた。胸の悪くなりそうな腐肉の甘ったるい臭い。血液の金属っぽい臭い。

20　短気な法の力

「現場に着いたとき、家が真っ暗だったのなら、なんでなかに入ったんだ？　家の持ち主が殺されたというメッセージでも受けとったのか」

　ここはダグラス郡の保安官事務所。尋問は略式だが、マッキノンの農場をあとにしたときは、パトカーがわたしのマスタングの前後にぴったりついていた。車で走っているあいだに、わたしはシカゴの弁護士に電話をかけ、ローレンスかその近辺の大きな町に知り合いの弁護士がいないか訊いてみた。

「犬よ」いま、わたしは説明していた。「犬が死臭を嗅ぎつけてしつこく鳴くものだから、何を騒いでるのかと思って家に入ってみたの」

　これがクック郡だと、保安官が事件現場に姿を見せるのは新聞に写真の載るチャンスがあるときに限られているので、ダグラス郡の保安官自らが農場にやってきたのを見て、わたしは仰天した。保安官はまた、ローレンスの司法執行センターに戻ってからの尋問まで自ら担当した。

　わたしは先ほど、ドリス・マッキノンの家の裏のポーチから九一一に電話をした。死体を目にした瞬間、裏のポーチへ退却したのだ。たぶんドリスの死体だろうと推測したものの、膨張し、腐敗が進んでいたため、人種も性別も見分けがつかなかった。頭部を強打されているように見えたが、それすら断定はできなかった。

「きみは原因なのか、結果なのか、ウォーショースキー」こう言ったのは、九一一の通信指令係と電話をかわったエヴァラード部長刑事だった。「きみはこの十六時間のうちに、危機に陥った女性を四人も見つけた。この郡では、殺人事件が年に一件起きるか起きないかだというのに」

「凄惨な事件現場なのよ、部長刑事さん。死後かなり時間がたっていて、唇と眼球が小動物にかじられている。脳やその他の部分もたぶん同じ状態だと思う。わたしに皮肉をぶつけたいのなら、遺体を解剖医にひきわたしてからにしてちょうだい」

「ああ……わかった。いまから保安官に連絡する。そこは保安官の管轄区域だからな。そのあとで、きみがローレンスにきた本当の理由と、死体がきみの周囲に群がる状況について、皮肉や何かをすべて含めて二人で話をするとしよう。保安官はケン・ギズボーンというんだが、保安官助手からスタートして長年この世界でやってきたから、犯行現場の捜査の進め方は心得ている」

郡内の道路を一つ残らず知っている人間でも、暗いなかを光速で疾走することはできない。ギズボーンの到着を待つあいだに、わたしはペピーのリードを短く持って農家のなかに戻り、慎重に見てまわることにした。犯行現場の捜査のしきたりを守るなら、ペピーは外に置いてくるべきだった。犬の毛や肉球の跡が証拠を汚染してしまう。死体がころがっている家を調べるのに犬をお供に連れていきたがるのは、徹底的に臆病な探偵だけだ。わたしはけっして臆病者ではない。だから、きっと、ペピーの専門的追跡スキルが必要だと判断したのだろう。

被害者はかなり前に死亡した様子で、少なくとも一週間はたっていると思われたが、わたしはまず、銃をとりに車に戻った。わたしが持ちこむ汚れを最小限にとどめるために、ランニングシューズを裏のドアの横に置いてから、台所のへりを爪先立ちで歩き、銃床を使って天井の照明をつけた。ペピーは厳戒態勢に入っていて、死体を離れて走り去る生きものの気配に耳をぴんと立てた――ゴキブリ、ずるずる這う生きもの。わたしはそちらを見ないようにしたが、それでも胃の中身がせりあがってきた。

膝に手を置いて立ちあがり、大きく呼吸してから、証拠をめちゃめちゃにする危険を承知で台所の蛇口の下に顔を入れて水で洗い、それから、両手で水を受けて飲んだ。

「あなたは大丈夫？」うわずった声でペピーに言った。

ペピーはクンクン鳴いてリードをひっぱり、ネズミとゴキブリを追いかけたがったが、わたしがそばから離さなかった。ほかの部屋に入るたびにフロアスタンドや天井の照明をつけたが、どこにも誰もいなかった。ほかに死体はなく、潜んでいる襲撃者もいなかった。

誰かがすでに家捜しをしていた。引出しがあけられ、書類や本が散乱していたが、シカゴにあるオーガストのアパートメントと違って、破壊された家具は見当たらなかった。侵入者が何を捜していたにせよ、首尾よく見つかったに違いない。地元の覚醒剤常用者がクスリを買うための宝石？　近くのミサイルサイロが覚醒剤の密造所に変えられたかもしれない、と教会の女性たちがほのめかしていたことを、わたしは思いだした。

家のなかを見てまわっても、貴重な品を持っていた女性の住まいとは思えなかったが、もしかしたら、代々伝わる銀器とか、そういうたぐいのものがあったのかもしれない。クスリに飢えた常用者は、現金になりそうなものがあれば片っ端から盗んでいくものだ。

一階の台所の横にパウダールームがあり、玄関脇のひっこんだ場所は、不格好ではあるが浴槽と洗面台とトイレ完備のバスルームになっていた。パウダールームの向こうの部屋がドリス・マッキノンの寝室だったようだ。小型テレビ、老齢の肉体を悩ませる症状に合わせた錠剤の瓶の数々、そして、山と積まれた図書館の本。マッキノンの愛読書は小説ではなかった。第二次大戦に関する本（とくに東部戦線関係のもの）と、現代の大量破壊兵器に関する本ばかりだった。九十歳を超えていたかもしれないが、脳は活発に働いていたようだ。脳。そう思ったとたん、眼窩から這いだしてきた虫のことが思いだされてぞっとした。ペピーの首輪を強くひっぱりすぎたため、犬がキャンと鳴いた。

ダイニングルームの先には客間が二つ。どちらもエメラルド・フェリングに捧げた神殿とも言うべき部屋だった。エメラルドの写真が壁を覆っている。タップダンスをする少女、高校の卒業式のローブ姿、『プライド・オブ・プレース』とその他の主演全作品のスチール写真。主演作の『レイクビュー』（『ジェファーソン一家』をパクったTVシリーズ）でエミー賞を二回受賞している。ホワイトハウスのガラパーティでは、一度はクリントン大統領と、もう一度はミシェル・オバマと一緒に写真に収まっている。

いちばん興味深かったのはマッキノンのベッドの横に貼られた写真だった。一九八三年のカンワカ・ミサイルサイロでデモに参加したエメラルドの写真。ゲートの前に立つ彼女を写したモノクロ写真で、背後の群衆を肩越しに見つめる彼女の横で若い男性がボルトカッターを使って錠を切断しようとしている。暴動鎮圧用の装備に身を固めた兵士たちが二人に近づいてくる。どこのカメラマンが撮影したにせよ、誰もが行動の瀬戸際で静止している理想的な瞬間をとらえたと言える。エメラルドは張りつめた表情を浮かべていて、包囲されたオルレアンを解放しようとするジャンヌ・ダルクさながらだ。人気集めを狙った女優の姿ではない。いや、もしかしたら、ジャンヌ・ダルクの魂が乗り移った天才女優なのかもしれない。

写真にはこんなサインがついていた。〝ドリスおばさん、とても感謝しています。愛をこめてこれを進呈します。義務感からではありません。エメラルド〟

奇妙な献辞だ。しかめっ面でそれを見ていたら、またしてもペピーにひっぱられ、探検を続けるよう催促された。ルシンダ・フェリングと思われる写真を見ていった。エメラルドと一緒に写っているのが何枚か。トラクターの上でカメラに向かってポーズをとっているのが一枚。マッキノンと一緒の写真もあった。二人とも花柄のワンピース姿で、マティーニのグラスを手にしてポーチに立っている。ゴシップが流れていたとネル・オルブリテンが言っていたが、この写真を見ただけでは、二人が恋人関係にあったのか、それとも、単に仲のいい友人だったのかはわからない。

玄関ホールの階段を上がって二階へ行くと、寝室が六つあって、長い廊下の両側に三部屋ずつ並んでいた。いちばん奥に一階と同じようなバスルーム。そこから北側の畑が見渡せる。バスルームが使用されていたことを示すのは、シャワールームに置かれた〈オールウェイズ〉のシャンプーのボトルだけだった。

これらの部屋はたぶん、マッキノンが一九五〇年代から六〇年代にかけてフェリング母子とアフリカ系アメリカ人の学生たちに貸していたものだろう。そのうち四部屋はがらんとしていて、残っているのはシングルベッドのフレームと、むきだしのマットレスの上に広げたシュニール織りのベッドカバーと、食器棚用の紙が引出しに敷いてある空っぽの整理だんすだけだった。

表側の二つの寝室がいちばん広くて、最近まで使われていた形跡があった。ベッドメーキングがきちんとしてあり、ラジエーターのスイッチが入っていて、ドアのそばのラックにタオルがかかっていた。

ウィンドブレーカーを脱いで片手にかぶせ、たんすの引出しをあけた。東側の部屋は壁紙もカーテンもヒマワリの柄で、インテリアにいちばん神経を遣っているようだが、そこの引出しからブラジャー一枚とパンティ二枚が見つかった。〈ラ・ペルラ〉というイタリアの高級ブランドだ。持ち主――エメラルド？――は急いで出ていったに違いない。レースの小さな切れ端一つが数百ドルだ。繊細な布地に指をすべらせ、衝動的にデイパックに押しこんだ。

廊下の向かいの寝室には何も残っていなかったが、ぞんざいに整えられたベッドから、誰かが最近この部屋を使っていたことが見てとれた。ベッドカバーをめくってみた。しわくちゃになったシーツしかなかった。ベッドの下と部屋の隅をスマホのライトで照らしてみたが、収穫ゼロだった。

この部屋からノース二八〇〇ロードを見渡すことができた。明滅するライトが見えた。保安官事務所の連中の到着を告げるものだ。わたしは背後の照明を消しながら、ペピーを連れて小走りで廊下をひきかえした。うっかり手すりに触れることのないよう気をつけて、慎重に階段を下りた。パトカーが車寄せに入ってきた瞬間、ペピーがうなった。屋根裏と地下室を探検する時間がなかったのが残念だが、すべてを手にするのは無理というものだ。

階段の下でスマホのライトが何かを照らしだした。黒い影のようなもの。台所のゴキブリを思いだして一瞬凍りついたが、よく見てみると、ＵＳＢメモリだった。ジーンズのポケットにすべりこませ、保安官を迎えるために外に出た。

「つまり、犬にひっぱられて家に入ったわけだな」町に戻り、保安官事務所に腰を落ち着けたところで、保安官が言った。「そして、照明をつけた。犯行現場を荒らすことになる危険も考えずに」

わたしはペピーのリードを押さえたときに劣らぬ強さで、自分の癇癪を抑えこんだ。「Ｌサイズぐらいのネズミが被害者の鼻をかじってたから、ネズミがこれ以上狼藉を働かないよう照明をつけておくのが、死者への礼儀だと思ったの」

「何か見つけて持ち去ったとか、地面に埋めたとか、そういったことはしなかっただろうな？」

「おたくのスタッフに身体検査をされたわ、保安官。それに、わたしの車を調べることもできたでしょうね。もちろん、令状があればだけど」

身体検査は保安官事務所の連中が現場に到着したあとの混乱のなかでおこなわれた。現場に死体がころがり、そばに生きている人間がいた場合、まず衝動的に考えるのはその二つを結びつけることだ。普通はそれが当然の衝動なので、わたしも連中を非難するつもりはない。

さっき拾ったＵＳＢメモリは、ジーンズのポケットの奥深くに押しこんでおいたおかげで気づかれずにすんだ。〈ラ・ペルラ〉のランジェリーについては、わたしのものだと思ってくれたに違いない。

「令状はある。われわれが車を調べたがるだろうと判事が判断したから」

わたしは怒りを抑えこんでいたことも忘れて立ちあがった。判事に交渉して令状をとったというのだ。「じゃ、車に置いてきた犬が無事かどうか、たしかめたほうがよさそうね」

部屋には制服の保安官助手がいて、わたしが出ていくのを止めたそうな顔をした。脇へどくよう保安官が助手にうなずいてくれて正解だった。こっちは自制心など吹き飛んでいたから、止められそうになったら助手を殴りつけていただろう。

車のドアはこじあけられてはいなかった。ロックを解除するための電子機器が事務所に備えてあるのだろう。ただ、もう一度ロックしてくれてはいなかった。ペピーが不機嫌な顔だった。知らない連中に車に入りこまれてムッとしたのだろう。わたしはペピーを両腕で抱きしめてなでてやり、犬と自分の両方を落ち着かせた。

あいたドアから保安官助手が腕を入れてわたしの肩を軽く叩いた。「ギズボーン保安官からあと二つほど質問があるそうだ」

わたしはペピーにリードをつけて、一緒に連れて入った。保安官の質問というのは些細なことばかりだった。彼に主導権があることを示したいのだろう。ただ、わたしが犬を連れていることは咎めようとしなかった。

わたしがなぜカンザスにいるのか。なぜマッキノンの農場へ出向いたのか。なぜ家に入ったのか。大事なのはこの三点だけのはずなのに、ソニア・キールを見つけたのがなぜわたしだったのか、〈聖ラファエル〉のランディ・マークスにわたしが何を話したのかも、保安官は知りたがった。

「保安官」わたしは彼の質問をさえぎった。「保安官事務所のなかに、ビュイック・アンクレイブに乗ってる人はいます？」

保安官は迷惑そうに唇をキッと結んだ。「わたしはあんたとランディ・マークスがどんな話をしたかを知りたいんだ」

わたしは微笑した。相手にへつらうためではなく、いまはサポートしてくれる人々から遠く離れているため、こちらを留置場に放りこむ権限を持つ相手に嚙みつくのは無謀であることを自分に思いださせるために。「今日、ビュイック・アンクレイブが何度もわたしの近くに現われたの。わたしがミスタ・マークスに会いに行ったことを、なぜあなたが知ってるのか不思議だったから、ひょっとして、その車で尾行してたんじゃないかと思って」

「尾行などしていない。だが、したほうがいいかもしれんな。あんたにこうまでひっかきまわされるとなると」ギズボーンは言った。「じつは、マークスから電話があったんだ。ここは小さな町だ、ウォーショースキー、大都会ではない。誰もが知りあいで、おたがいの動きを見ている。あんたは隠密裏に動きまわってるつもりだろうが、あんたがどこにいるのか、朝は何を食ったのか、誰もが知ってるんだ」

「あら、すてき。わたしを留置場に放りこもうと決めたときは、どんな食事を運べばいいのか、ちゃんとわかるわけね」嚙みつくのはやめようと決めたのをつい忘れてしまった。「下着みたいにわたしにくっついてたのなら、わたしが病院へ行ったことはご存じね。じゃ、ネイサン・キールと奥さんのシャーリーが瀕死の娘に会いに行ってないこともご存じ？ ランディ・マークスも会いに行ってないわよ」

「そこだよ、わたしが言いたいのは、ウォーショースキー」ギズボーンは不機嫌な声で言った。「あんたは町の連中のことを何も知らない。ソニアは親に心配してもらう資格をとっくの昔に失っている」

わたしは保安官の言葉に特別大きな意味があるかのように、ゆっくりとうなずいた。「ソニアは意識を失う前に、マット・チャスティンが埋葬されてる場所でエメラルド・フェリングを見かけたと言ってたわ。それってどこのこと？」

ギズボーンの視線が取調室のあちこちへ飛んだ。まるで、〝室内での唾吐き・喫煙禁止〟という壁の貼り紙の横に正解が出ているかのように。「あんたのその友達連中がドリス・マッキノンの農場に泊まっていたのなら、あんたの手でここに連れてきてもらい、ドリスが殺された件について質問に答えてもらう必要がある」

「保安官」わたしは静かに言った。「意見その一。わたしは二人に会ったことがないし、二人はわたしの友達ではない。わたしがこの郡にやってきたのは二人を見つけるためなの。意見その二。あなたはすでに遺体の身元を確認し、殺人であることを突き止めたわけね。みごとな早業だわ。クック郡の検視官事務所にいるニック・ヴィシュニコフのほうへ、おたくの病理学者に電話するよう言っておくわ。どうすれば三時間でそれだけのことができるのか、ニックも知りたいでしょうから。ツイッターにも投稿しようかな」

「ツイッターなどで披露すべき事柄ではない」ギズボーンが不機嫌に言った。ちょうどそこで電話が鳴りだし、口論がエスカレートするのを止めてくれた。ギズボーンは受話器をとると、送話口に向かって自分の名前をがなりたてたが、そのあとで受話器を胸に押しつけて、この管区から出ないようにとわたしに警告した。

保安官に嚙みついちゃだめ、保安官に嚙みついちゃだめ――わたしは自分に言い聞かせた。

「そんなこと夢にも思ってないわ、保安官。ここって、めちゃめちゃ楽しいとこだし」

21　故郷からの声

今夜はもうわたしと充分な時間を過ごしたと保安官事務所の連中が判断したのは、午後九時近くになってからだった。司法執行センターを脱出する前に、わたしはエヴァラード部長刑事と上司のローダム警部補につかまってしまい、ギズボーンのときと同じ質問を浴びせられた。警官というのは、簡単な事情聴取を勤務時間いっぱいまでひきのばすことができないと、給料分の働きをしていないように感じるのかもしれない。

この刑事たちも保安官と同じく、エメラルドとオーガストにドリス・マッキノン殺しの罪を着せたがっていたが、亡くなったドリスと犯行現場に関するわたしの質問には保安官より積極的に答えてくれた。

警部補の説明によると、ダグラス郡では暴力犯罪が頻発するわけではないため、独自の鑑識はないし、解剖医もいないという。ただし、犯行現場を調べる技師のチームはいるそうだ。救急救命士たちが訓練を受け、証拠集めの方法を習得している。遺体はトピーカにある州の科学捜査研究所へ送られた。そこで解剖がおこなわれる予定だ。

「予算削減で、研究所のほうもぎりぎりの人数でやっているため、解剖の日時はまだ決まっていないし、州のほうから地方の警察に鑑識の技師を派遣する余裕もない。つまり、身元確認に必要なDNAも指紋も、うちではまだ入手できないわけだ。遺体はおそらくドリス・マッキノンだろうと推測してはいるが……まあ、きみもあの現場にいたから、見てるだろ。顔面にも組織にもかなりの損傷があった」

ええ、わたしも見た。目をつぶるたびに、ゴキブリがわたしのまぶたの裏を走っていく。

「いまのところ、きみの友人たちが参考人として浮上している。早く二人を連れてきてくれれば、事件もそれだけ早く解決する」警部補が言った。

わたしは録音機器に向かってゆっくりと明瞭に話した。「警部補さん、偽りが真実として受け入れられてしまったら、反証するのは不可能に近くなるわ。だから、ここではそういう事態に陥らないようにしましょう」ついさっき保安官にしたのと同じ話をくりかえした。わたしはエメラルドともオーガストとも知り合いではないこと、二人がマッキノンの家にいたかどうかは知らないということ。

刑事二人は椅子の上で落ち着かなげにもぞもぞしていたが、どちらも何も言わなかった。

「シカゴ市警のテリー・フィンチレー警部補、ボビー・マロリー警部、コンラッド・ローリングズの電話番号を教えるから、そちらに電話してわたしの評判を聞いてちょうだい」

テーブルに置いてあるメモ用紙を――容疑者が自白の下書きをできるよう置いてあるのだろう――一枚勝手にとって、スマホに入っている電話番号を書き写した。

退場のセリフとしては上出来だと思ったが、部屋を出ようとしたとき、警部補に訊かれた。

「きみは訓練を積んだ大都会の探偵だ。あの犯行現場のことをどう思った？」

わたしは両手を広げた。〝さっぱりわからない〟という意味。「充分な証拠もなしに勝手な推測はできないわ。覚醒剤常用者が侵入して農場の所有者を驚かせたとか？」

「では、あそこに泊まっていた連中に関しては？」

「それも情報不足。わたしが捜している女性じゃないかと思ったけど――そう期待したけど――だったら、彼女はいまどこにいるの？　ここは小さな町で、誰もがおたがいのことをすべて知ってるって、みんながいつも言っている。ミズ・フェリングとミスタ・ヴェリダンがこの町にいるとすれば、あなたもご存じのはずよね」

わたしはペピーのリードをつかみ、ふりむきもせずに部屋を出たが、エヴァラードと警部補が小声で何やら言いあうのが聞こえてきた。

「この町は秘密で膿みただれてるのよ」わたしとペピーだけになったところで、犬に説明した。ゴールデン・レトリヴァーというのはとても正直で人を信じやすいので、こちらが皮肉っぽい言い方をしたときは説明しておく必要がある。「ソニアと、キール博士の研究室の大学院生で死亡もしくは失踪した男性のことがあるでしょ。ガートルード・ペレックの死亡した娘のこともある。それから、ケイディの父親は誰なのか。川のこちら側の人々は向こう側の人々がどんな人生を送っているのかをまったく知らない」

ペピーが小さくワンと吠えた。理解したようだ。

ペピーを連れていなかったら、ドリス・マッキノンを――いや、遺体が誰のものかはまだわからないが――発見できなかっただろうが、それでもやはり、明日になったらペピーを預けるところを見つけなくてはならないと思った。車に長時間閉じこめておくのはかわいそうだ。だが、そう思いつつも、わたしが夕食をとるあいだだけ、ペピーをマスタングに戻すことにした。ダウンタウンにオレゴン・トレイルというホテルがあって、自由州への初期の移住者たちが会合場所にしていたことを売りにしているが、そこのレストランが遅くまでやっていた。

　ボックス席に案内され、クッションがきいた布張りの背に頭をもたせかけたとき、自分がひどく疲れていることに初めて気づいた。ゆうべはほとんど寝られなかった。今日はソニア・キールの怒れる両親に始まってダグラス郡の保安官に至るまで、さまざまな人と会った。老女からあれこれ話を聞きだし、老女は途中で病院へ救急搬送されることになり、わたしはその後、人里離れた辺鄙な場所まで車で出かけて、ネズミが死者をかじっているのを見つけることになった。

　泥だらけのハーフブーツを脱いであぐらをかき、ひりひりする爪先をテーブルクロスの下でこっそりさすった。グラス一杯のジンファンデルで身体が温まり、故郷に戻ったような気分になれた。疲労困憊で頭が働かないときは炭水化物と低カロリーの魚介類のどちらをとればいいのか、どうしても思いだせなかったので、折衷案をとることにした。イカのパスタのウォッカ・トマトソース、マッシュルームをトッピング、ロメインレタスのサラダ。

　死体を見つけて以来、ネル・オルブリテンは何を心配していたのだろうという疑問がわたしを悩ませていた。オルブリテンは意識朦朧(もうろう)たるなかで、ドリス・マッキノンに関して自分が何を話したかを知りたがった。マッキノンが白人女性であること、もう何年も会っていないということ――わたしが聞いたのはそれだけだと答えると、安心した様子だった。

「何かあれば、誰かから連絡がきただろうし……」と言ったところで、オルブリテンは倒れたのだ。〝マッキノンが亡くなれば〟という意味だったのだろうか。わたしの見たところ、オルブリテンは馬鹿正直なタイプの女性だ。言葉を濁すより、倒れるほうを選んだのかもしれない。

洪水のこと、甚大な被害、そのあとに続いた地主連中の冷酷な無関心といった話をオルブリテンから聞かされたとき、わたしはひどく居心地の悪い思いをした。いま、目を閉じて、オルブリテンの言ったことだけでなく、彼女のしぐさから読みとれたことを思いだそうとした。

わたしはあのとき、アイスティーのグラスを手にしていた。ペピーが室内の緊張を感じとってクーンと鳴いた。わたしは恥ずかしくてたまらなかったが、同時に苛立ってもいた。ルシンダとエメラルドが洪水のあとどうなったかを知りたいのに、オルブリテンはこちらの質問をはぐらかし、洪水と町の人々の反応についてさらに詳しく話すだけだった。

やがて、電話がかかってきた。そのことをわたしはすっかり忘れていた。オルブリテンはわたしを家に入れる前にも電話をしていたようだ。わたしの推測だが、助言を求めていたのではないだろうか。わたしがきたことを誰か――リーザ・カーモディ？――に報告したのかも。シカゴのわが依頼人と話をしたあとで、どこまでわたしに情報を洩らしてもかまわないかを知りたかったのだろう。

オルブリテンがドリス・マッキノンのことに触れたのは、あの電話を切ってからだった。かけてきた人物がマッキノンの名前を出すことを許可したのだろう。それはつまり、オルブリテンと少なくとももう一人のローレンスの住人がマッキノンの死を知っていたということだ。どうやって知ったのだろう？　エメラルドとオーガストの口から？　オルブリテンが二人を匿っていたとすると、地下室ではなかったはずだ。あの家には地下室がない。では、屋根裏の狭いスペース？　施錠された小さな教会？

聖シラス教会の見張りを始めたりしたら、警察か保安官の耳に入ってしまうだろうが、いまならネル・オルブリテンが心を開いてくれるかもしれない。わたしが彼女の危機を救ったのだから。命の恩人と言っていいぐらいだ。もっとも、わたしの質問が彼女の命を脅かしたとも考えられるが。

ワインを飲んで、この不快な思いを払いのけた。

オルブリテンの息子のジョーダンとエメラルドは幼馴染みだ。エメラルドを保安官とローレンス警察から守るためなら、オルブリテンはどんなことでもするだろう。当然だ。エメラルドとオーガストが殺人事件の参考人だとエヴァラード部長刑事が言っていた。ローレンス警察がスタテン島やファーガソンの――あるいはシカゴの――警察ほど愚かではないとしても、シカゴからやってきた黒人青年に罪をかぶせることができれば万々歳だろう。

オーガストが犯人という可能性は捨て去ることにした。もちろん、本人に会ったことはないが、アパートメントの管理人の病弱な妻に花を持っていくような物静かで几帳面な若者に、老女の頭を叩きつぶすようなことができるとは思えない。正当防衛で、あるいは、エメラルドの身を守るために、誰かに飛びかかっていくことはあるかもしれないが、エメラルドの〝大切な恩人であるドリスおばさん〟に危害を加えるなんてありえない。

料理とワインの温かな輝きのなかで、気が大きくなった。明日の朝になったら、何か方法を考えてネル・オルブリテンに本当のことを白状させよう。ペレック家の女たち——ケイディと勇猛なる祖母——も同じように説得して、胸の秘密を打ち明けさせよう。

料理が運ばれてきたのはメールを読んでいたときだった。バーニーから疑問符と感嘆符満載のメッセージが届いていた。〝何してるの？？？？　ヴィクのほうになんの進展もないのなら、あたしがホッケーの練習を休んでカンザスへ行く！！！！〟

トロイ宛てにメールを送って、ドリス・マッキノンとエメラルド母子の関係を説明し、農場へ行ったところ死体が見つかったが、エメラルドとオーガストが立ち寄ったかどうかは推測の域を出ないということを詳しく述べた。〝エメラルドとオーガストがここにきたのなら、すでに姿を消したことになる。ひょっとしてシカゴに戻ったのでは？　もし身を隠しているとしたら、二人が頼っていきそうな相手を誰か知らない？〟

バーニーへの返信はもっとそっけないものになった。〝くるのはやめて。あなたが姿を見せたら、お父さんがモントリオール発の最初の飛行機に乗って、連れ戻しにくるわよ。議論の余地なし〟もっとも、脳天にバールを叩きつけでもしないかぎり、バーニーがおとなしくなるはずはないけど。

勘定書きを持ってくるよう合図していたとき、ロティから電話があった。わたしの様子を尋ね、ローレンスの病院の医師たちと話をしたことをわたしに伝えるためだった。ネル・オルブリテンは順調に回復していて、明日の午前中に退院できるという。ソニア・キールのほうは楽観できる状況ではなかった。毒物検査の結果を病院がロティにも教えてくれた。

「フルニトラゼパムじゃないかというあなたの推測は——あ、ルーフィーのことよ——合ってたわ。血液中にまだ成分が残ってるし、血中アルコール濃度は〇・六二と異常に高い。それ以外のドラッグは摂取していないようだけど、アルコールにルーフィーが加わったうえに免疫力が低下してるから、深刻な状態に陥ったわけね。一つだけ希望が持てるのは、脳波検査の結果が良好だったこと」

ロティの口からこう聞かされ、ロティがわたしへの愛情から病院へ電話してくれたことを知って、それがワインと料理以上に心を温めてくれた。一般的な話題に移って、二人でさらにおしゃべりを続けた。ロティは気を利かせてジェイクの名前を出そうとせず、わたしが早くシカゴに戻ることを願っていると言った。

わたしはクレジットカードの領収証にサインをして、痛む足をブーツに戻した。所持品をかき集めていたとき、スマホにウォッカソースが飛んでいるのに気づいた。わたしが食事とメール送信を同時にこなせる有能な探偵でないのなら、警察より先にエメラルド・フェリングを見つけることがどうしてできるだろう？

22 バーの常連

ホテルの正面ドアへ向かう途中、左手にバーがあった。誰もがよくやるように、なにげなくのぞいてみた。バーテンダーがうわの空でグラスを拭きながら、テレビでNBAの試合を見ていた。どこのバーテンダーも店が暇なときにやることだ。客は一組だけ。男性四人が隅の席で話に夢中になっていた。わたしがのぞきこんだときに男たちがふと顔を上げ、そして、彼らの表情が凍りついた。まるでわたしが北極の風をもたらしたかのように。

四人がひどくこそこそした様子を見せなければ、わたしも足を止めてじっと見たりはしなかっただろうが、ほどなく、いちばん年配の男性はネイサン・キールだと気がついた。午前中に会ったときはスウェットの上下とスリッパだったが、いまはシャツとネクタイでめかしこんでいる。一瞬遅れて、その左側の男も見分けがついた。二日前にフォート・ライリーで会ったときのバゲット大佐は勲章と略綬(りゃくじゅ)がどっさりついたカーキ色の軍服を着ていたが、今夜はキールと同じく私服だ。

わたしがそちらのテーブルに向かうと、大佐が立ちあがり、凍っていた表情をゆるめて、長らく行方不明だった妹を迎えるかのように微笑した。「ミズ・ウォーショースキー。どこかで見たような人だと思った。先日会ったばかりだね――」

「フォート・ライリーで」わたしも微笑したが、大佐の笑みの温かさには及ばなかった。

「最初はあなただってわからなかったわ。鷲のついた記章も勲章もないから」

「大佐といえども、たまにはオフの夜が必要だ。つまり、飾りははずす。さあ、一緒に飲もう」


大佐はわたしの背中のくびれに手を当ててテーブルのほうへ押した。軽く押しただけだが、その背後に強靭な筋肉が感じられた。わたしのために椅子をひいてくれたが、わたしは腰を下ろさず、大佐の飲み仲間に会釈をするだけにしておいた。初対面の男のうち一人はたぶん、わたしと同年代かやや年上、戸外で長時間過ごす者にありがちな、なめし革のような肌をしている。もう一人は若くて、キールの孫といってもいい年代だ。一瞬、どこかで見たような気がしたが、どこだったかは思いだせなかった。

「あら、キール博士。あとの方々は……？」


バゲット大佐が紹介をおこなった。なめし革のような顔の男はブラム・ロズウェル。〈シー・2・シー〉という企業で何か重要なことをしているが、重要すぎてわたしにはさっぱり理解できない。それから、この若者はマーロン・ピンセン。ここの大学に通っている。先日、諸君、こちらはミズ・ウォーショースキー。失礼、ファーストネームが思いだせない。先日、フォート・ライリーでわたしと顔を合わせている」


ロズウェルはおざなりな会釈をよこしただけだったが、ピンセンは腰を浮かせ、丁寧な挨拶をした。「初めまして、マダム」

「今週はローレンスを駆けまわってたから、どこで誰に会ったのかも覚えてないのよ」わたしはピンセンに言った。「でも、たしか、どこかでお会いしたわね？」

「いや、会ってないと思います、ミス……い、いえ、マダム」ほんの少し長すぎる沈黙のあとで、ピンセンは答えた。

「会ったとしても、否定するのがいちばんいい」キールが言った。「でないと、その女はどう生きるべきかをきみに説教する権利があると思いこむだろうから。今夜はどこでお節介を焼いてたんだね？」

「いいアドバイスをしても、悪いアドバイスをしても、もう耳を貸してくれない人のところで。台所の床に倒れてたドリス・マッキノンの遺体を発見したの。あなたがマッキノンをご存じだとは思わなかったわ」

「わたしが？　とんでもない誤解だ。誤解するのがきみの癖のようだね」

わたしは片手を顎に当て、ロダンの〈考える人〉を誇張したポーズをとった。「おっしゃるとおりよ。けさ、エメラルド・フェリングを捜してこの町にきたとわたしが説明したとき、あなたはなんの反応も見せなかった。ルシンダ・フェリングがその母親だってことに、きっとお気づきじゃなかったのね。平凡な名字じゃないのに。でも、研究室の技師の名字なんてご存じなかったのかも」

「きみはいきなり押しかけてきて、うちの娘のことで無礼な質問をよこした。何十年も前にわたしの下で働いていた者のことより、その質問のほうを重視したように見えたのなら、どうか許してもらいたい」キールの声から痛烈な皮肉が滴り落ちていた。

わたしはなるほどとうなずいた。いい点を突いている。娘「ここにいらっしゃる途中で、娘さんの様子を見るために病院に寄りました？　病院に顔を出すのはあなたと奥さんにとって辛いことでしょうけど、わたしは夕方、お見舞いに行ってきたのよ」

「どんな様子でした？」ピンセン青年が訊いた。

前にどこかで会っているという思いがふたたびわたしの心をよぎったが、ほんの一瞬だったため、思いだすことはできなかった。

「よくないわ。自発呼吸はしてるけど。ＩＣＵの看護師が伝えてくれたいいニュースはそれだけ」

「農場で死んでいた女性のことだが」ロズウェルが言った。「その女を捜そうとしたのはなぜです？」

わたしはひどく驚いてロズウェルを凝視した。「どうして気にするの？」

なめし革のような彼の肌が黒ずんだ。すぐには返事をせず、言葉を探しているようだった。

「彼女の土地がわが社の実験農場と隣接しているのでね。殺人犯が野放しになっているのなら、農場の連中に警戒するよう言っておかなくてはならない。保安官の話では、シカゴからきた黒人の若者がマッキノンを殺したそうだ」

「ほんとに何も飲まなくていいのかね？」大佐が横から言った。

「すでにかなり飲んでるし、犬が待ってるから」わたしは言った。「〝シカゴからきた黒人の若者〟ってギズボーン保安官が言ったの？　誰か特定の若者をご存じなのかしら」

「とぼけるのはやめたまえ、ウォーショースキー」キールが言った。「きみは町のあちこちと大学で、二人組の逃亡者を追いかけていると言い触らしてきた」

「世間の噂だと、あなたは注意深く聡明な科学者だそうね。だったら、不注意な言葉遣いを避けるのがいかに大切かもご存じのはず。わたしが捜している人たちは姿を消しただけよ。逃亡中ではあるけど、警察から逃げてるわけじゃないわ。友人たちは二人が危険にさらされてると信じている。すぐに発砲したがる法執行者か、ミズ・マッキノンを殺害した犯人がもたらす危険に」

わたしはロズウェルのほうを向いた。「保安官はなぜあなたにミズ・マッキノン殺しの話をしたの？　わたしの知るかぎりでは、まだ地元のニュースにもなってないのに。あなたは何か特別な種類の保安官助手なの？　それとも、ギズボーンの甥御さん？」

ロズウェルはグラスに残った酒をまわし、いっきに飲みほした。「お節介を焼くのが好きな人だと、ついさっき、キール博士が言ったが、その意味がわかったよ。保安官がわたしに電話をよこした理由は、きみとはなんの関係もないが、行方不明のお友達連中の居所を知っているなら、いますぐ二人を差しだしたほうがいい」

わたしは笑った。「あなたって昔の西部劇から抜けだしたような人ね。映画では町の顔役が保安官にこう言うのよ。〝やつらを吊るせ。あいつらは混血で、野蛮人となんの変わりもないから、ロープの先端にぶら下がるのが似合いだ〟」

バゲット大佐が片手を上げた。

「まあまあ、重砲やドローンはしまっておこう。ブラム、われわれフォート・ライリーの者が関心を寄せているのは、このウォーショースキーという女性の捜している相手がわれわれの軍隊仲間の娘だからなんだ。その仲間はバルジの戦いで戦死した。だから、われわれとしては、その女性に危険が降りかかっていないことを確認したい。ミズ・ウォーショースキーの求めに応じてできるかぎり協力するつもりだ。

ミズ・ウォーショースキー、ブラムがマッキノン農場の出来事を気にしているのは、実験中の作物に関する特許の問題があるからだ。あのエリアで起きる犯罪行為をすべて把握しておく必要があるため、保安官事務所のほうから警報を出したわけなんだ」

「そして、正しい相手の耳に届けたのね」

わたしはドアへ向かったが、バゲットも立ちあがり、わたしを通りまで送ってきた。

「ロズウェルの態度がいささか高圧的だったことはお詫びする。〈シー・2・シー〉のエグゼクティブ連中はセキュリティにやたらとうるさくてね。ベトナム戦争の時代にヒッピーからひどい営業妨害を受けたことがあるからだ。遺伝子組み換え食品に反対する人々から爆破予告を受けたこともちろんあるし」

「なるほど。悪徳企業と戦おうとする人々は国家の怒りを買うけど、州政府が都市の飲料水を汚染しても、法と秩序を守るはずの組織は不思議なことに沈黙してしまう」

バゲットは首をふった。「きみと政治談議をする気はない、ウォーショースキー。ただ、これだけは言っておきたい。エメラルド・フェリングの居所を突き止めるに当たって、軍のほうで力になれることがあれば、わたしに電話してほしい」携帯番号が出ている名刺をわたしによこした。

わたしはそれをジーンズのポケットに突っこみ、車のドアをあけた。ペピーが首を出した。

「それが言いたくてローレンスまで車で出かけてきたの？　わたし、司令官の秘書の人に――

―アラタ大尉でしたっけ？」

「アリエッタだ」バゲットはわたしの間違いを正した。

「そうそう、アリエッタ大尉にこちらの連絡先を教えておいたのよ。メールを送ってくれればすむことだったのに」

バゲットは笑った。「こちらにきたのはピンセン青年に力を貸すためでね、あの男は大学にある予備役将校訓練部隊の士官候補生なんだ。明日、わたしがそちらで講演することになっている。通信隊と現代の情報傍受について。よかったら聴きにきてくれたまえ」

「それがあなたの専門分野なの？ 現代の情報？ ぜひ拝聴しなきゃ。現代の探偵はたぶん、現代の士官みたいなものでしょうから。この時代、仕事の大部分は、現場に足を運ぶかわりにパソコンで処理するのよね」

バゲットが身をかがめてペピーの耳をなでた。「きみはかなりの現場に足を運んでいるようだが、ミズ――なんと呼べばいいかな？ わたしの名前はダンテだ」

わたしは自分がこれまでどんな名前で呼ばれてきたかを思いかえした。子供時代にミドルネームのイフィゲネイアをもじって〝危ない天才（イフィ・ジーニアス）〟とからかわれたことから、〝闘犬（ピット・ドッグ）〟、〝女版ドン・キホーテ〟、〝お節介ビッチ〟と呼ばれたことまで。こう答えた。「ヴィクでいいわ……母がダンテの作品をよく引用したものだった。イタリア人だったの」

バゲットはふたたび首をふった。今度は残念そうなしぐさだった。「わたしはイタリア系三世なんだ。パスタを五種類注文できるが、せいぜいそこまでだな」

わたしは車に乗りこんだ。バゲットがドアを閉めてくれた。「おやすみ、ヴィク」軽く敬礼した。

「おやすみ、ダンテ」

わたしは車で走り去りながら、母がわたしに使った愛称をあれこれ思いだした。父はわたしたちを〝胡椒入れ〟と呼んでいた。二人ともすぐカッとなるタイプだったから。母はいつもわたしのためだけにダンテを引用し、わたしに対する愛情を『神曲』の〈天国篇〉の一節をとって、〝太陽と星々を動かす愛(ラモール・ケ・モーヴェ・イル・ソーレ・エ・ラルトレ・ステッレ)〟だと言っていた。

キール夫妻への怒りが噴きだすのを感じた。二人とも高齢になっているのに、いまだに娘を抑えつけている。どんな無駄なことをしているのか、わかっていないのだろうか。

23　絵のように美しい

狭い部屋のアームチェアにジーンズを放り投げたとき、ドリス・マッキノンの家の階段の下で見つけたUSBメモリがポケットから落ちた。長い夜だったため、すっかり忘れていた。USBメモリをスマホの上に置いて――こうしておけば、明日の朝いちばんに目に入る――布団にもぐりこんだ。ペピーはわたしの足もとで丸くなった。さっき、ペピーもバスルームに連れて入って、犬とわたしの今日一日の汚れを洗い流したので、どちらも甘いラベンダーの香りをさせてベッドに入ることができた。

骨の髄まで疲れているのに、どうしても眠れない。とうとうベッドを出て、ノートパソコンの電源を入れた。ペピーが片目をあけ、〝また出かけていくような愚かな人なの？〟と考えている様子だったが、わたしが隅のテーブルの前にすわるのを見て安堵のため息をついた。もしかしたら、わたしも来世ではゴールデン・レトリヴァーに生まれ変わって、心正しき善なる者の眠りをむさぼることができるかもしれない。

幸運なことに、USBメモリにはパスワードが設定されていなかった。ラベルもついていなかったが、画像と動画がいくつも入っているのを見て心臓の鼓動が少し速くなった。オーガストのものに違いない。家から逃げだすときに落としたのだろう。

しかし、画像ファイルを開いてみて落胆した。そこにあるのは空白のフレームばかりだった。どうやら、オーガストのようなプロでもわたしたち素人と同じく、気づかないうちに何度もシャッターを押してしまうことがあるようだ。念のために最後までスクロールしてようやく、いま見ているのがちゃんとした画像であることに気づいた。夜の野原でフラッシュを使わずに撮影されたのだ。半分ほどスクロールしたあたりから、夜明け前の光のなかに枯れた植物と掘り起こされた土が見えはじめた。

動画のほうも見てみた。全部で七つあった。くぐもった音声だが、三人の声であることはたしかだった。男性一人、女性二人。

「どれだけ必要？」片方の女性が豊かなコントラルトの声で言った。本格的なボイストレーニングを受けてきた声だ。たぶん、エメラルド・フェリングだろう。

「そんなに多くなくていい。何カ所かの土がほしいから。さあ、袋を持ってて」もう一人の女性の声は老齢でか細くなっている。ドリスだ。

「ちょっと待って」オーガストだ。緊迫した声。「何か聞こえる」

エメラルドが小声で訊いた。「どこ？」

「畑。あなたのすぐうしろ」

しばしの静寂。やがて、ドリスがくすっと低く笑う声。「アナグマだよ、都会の坊や。このへんに巣穴があるんだ。これ、撮ってくれた？」

オーガストに向けた質問のようだった。なぜなら、彼のカメラが何秒間か静止したからだ。わたしは最初、何もない空間を撮っているのだと思ったが、よく見ると黒いポリ袋があり、手袋をはめた手が袋を持ち、べつの誰かがそこに土を投げこんでいた。

「どこからとったサンプルか、どうやってわかるんです?」オーガストが訊いた。

「船乗りと同じだよ」ドリスが言った。「緯度と経度をもとにする。この一枚目のタグを一枚目の袋につけておくれ。畑に出る前に、どこを掘ればいいか計算しておいた。ここを起点にして、左へ十五歩。わたしの小さなGPSとかいうやつを調べてみよう」

誰かが袋にタグをつけ、ドリスがGPSを調べるあいだに撮影が終わった。つぎの二つの動画も似たような内容だった。会話はほとんどなく、オーガストとドリスのあいだに小声で指示が飛びかうだけだった。だが、四つめの動画のなかで、ドリスが照明を要求した。

「危険だけど、何が見つかったか確認しておきたい」

ドリスのてのひらにのっている砕けやすい土を細い光線が照らしだした。ドリスが土のてっぺんを指でそっと払うと、小枝のように見えるものが現われた。わたしはそこでいったん停止させ、画像を鮮明にしようとしたが、懐中電灯の光が充分ではなかった。

「それは何?」エメラルドが訊いた。

「骨」ドリスが答えた。「たぶん、アライグマか、アナグマか。これだけべつの袋に入れて、ここの土に何が埋まってるかをこの骨から推測できないか、見てみるとしよう」

ドリスが袋を閉じたとき、移植ごてが落ちて何かにガチャンとぶつかった。ドリスは袋をエメラルドに渡してぼやきながら、そこに何があるのかわからないが、とにかくその品を地面から拾おうとして全身に力を入れた。オーガストがカメラを止めた。ドリスを手伝うためだろう。わたしが息を止め、興味津々で待っていると、カメラがふたたびまわりはじめた。

ドリスが懐中電灯で何か大きなものを照らしている——鈍い光沢からすると金属だ。腐食していない品。

もしかしたら、南北戦争の時代に奴隷制支持の軍隊に奪われるのを防ぐため、ロシアからの移民が地面に埋めておいた純金製のサモワールかもしれない。当人がアンティータムの戦いで戦死したため、未亡人はどこを掘ればいいのかわからなかったのかもしれない。

「じゃ、こうしようか」ドリスが言った。「わたしには見覚えのない品だし、地面にずいぶんしっかり埋まってる。場所をメモしといて、昼間にもう一度こられないか考えてみよう。エメラルド、四番目のサンプルをとった場所のすぐ横だよ」

動画はそこで終わっていた。次の動画はドリスが懐中電灯を要求してから十分後にスタートしていた。みんな、まだ畑のなかにいるが、カメラは遠くの一点にピントを合わせていた。夜明け前の光のおかげで遠くまで見通すことができる。そこに誰かの姿があった。青白い肌がかすかに見てとれる。

性別不明。ましてや、年齢、信仰する宗教、国籍などわかるはずもない。その人物が両腕を上下させ、バレリーナの動きを不器用にまねて跳ねまわる姿をカメラが追った。何かを投げ捨てているように見えるが、まだ仄暗い時刻なので確認はできない。オーガストが音声マイクに魔法をかけたに違いない。なぜなら、遠くの声にしわがれた命が宿ったからだ。

「〝これがマンネンロウ、思い出の花。それから三色スミレ、もの思いの花。そしてオダマキとヘンルーダ、追憶の花。わたしはあなたを忘れない、けっして、けっして、あなたは二度と戻ってこない、ええ、ええ、あの人は死んだ〟」

「オフィーリアだわ」エメラルドがつぶやいた。「オフィーリアもどきと言うべきかしら。一部が抜けてる。〝これがマンネンロウ、思い出の花。ね、お願い、私を忘れないで。それから三色スミレ――〟」

ドリスがエメラルドに声をひそめるよう注意した。動画はそこで終わった。

オフィーリア？　わたしはオフィーリアのセリフを検索した。入水自殺する直前にハムレットを思って嘆き悲しむ場面。ハーブをまきちらしている。マンネンロウ（ローズマリー）、ウィキョウ（フェンネル）、ヘンルーダ――ヘンルーダってどんなハーブ？

ソニア・キールに違いない。愛する男が埋葬されたと彼女が信じている場所で踊っている。そこはたぶん古い墓地で、画面が不鮮明なために古びた墓石を見分けることはできないが、その周囲で小麦やトウモロコシが、もしくは雑草が育ってきたのだろう。

カメラが移動した。ソニアが地べたにすわりこみ、身体を前後に揺らしながら小声で歌っている。「ヘイ、ノニー、ノニー、ヘイ、ダディー、ダディー」

わたしの肌がぞわっとした。カメラを向けられていることをソニアは知らない。哀れなソニア。自分をさらけだしている彼女を見守るのは胸の痛むことだった。

突然、ヘッドライトが畑を照らした。カメラのレンズのなかで、ライトが光輪のように見える。小型トラックかＳＵＶ車だ。

ヘッドライトがソニアの顔に当たると、ソニアは泣きだし、光から逃れようとしてカメラのほうにまっすぐ走ってきた。「火事よ、火事よ！」と叫んでいたが、やがて、カメラマンと連れの者たちを目にした。「ここで何してるの？　神聖な土地なのに！　どいて、出てっ

て、出てって、出てって!」

USBメモリに入っていたのはこれだけだった。動画に表示された日付からすると、オーガストがこれを撮影したのはエメラルドと一緒にフォート・ライリーを訪ねた日の二日後だったようだ。

わたしはすべての画像に目を通し、袋のタグの写真を見れば土を掘った場所の緯度と経度がわかるのではないかと期待したが、まったくだめだった。もどかしい。マット・チャスティンが埋葬されているとソニアが信じている場所をこうして目にしているのに、どこの土地なのか依然としてわからない。

考えれば考えるほど、ここは墓地ではないような気がしてきた。少なくとも、現在も使われている墓地ではない。もし墓地だったら、いくら乏しい光のなかでも、黒い土壌を背景にして白い墓石がくっきりと見えるはずだ。SUV車か小型トラックがやってきたことと、暗いなかでの土掘り作業だったことを考えると、ドリスとあとの二人が無断侵入したことは明らかだ。

わたしは立ちあがって、首と膝のこわばりをほぐし、指をまっすぐ伸ばすために左右のてのひらを強く合わせた。パティオのドアまで行った。オーガストとエメラルドがここにきた証拠が見つかっただけで満足だった。ソニアが二人と出会った証拠が出てきただけで満足だった。ソニアが本当にオーガストとエメラルドの姿を見たことを示すために、彼女の両親かランディ・マークスに動画を送ろうかとも考えた。彼らが目を留めるのはソニアの不格好な踊りだけで、それをさらなる嘲笑の材料にするに決まっている。

パティオのドアにかかっているブラインドの紐をひくと、羽根板がからまってしまった。ソニアや、ローレンスに住む挙動不審のその他の人々に注意を奪われるあまり、カンザスにくるそもそもの原因となった事件のことを忘れていた。オーガストの自宅と〈シックス・ポインツ・ジム〉がひどく荒らされていた件を。

犯人連中が捜していたのはこのUSBメモリだったのだろうか。マッキノン農場の荒らされようはシカゴに比べればそうひどくなかった。もちろん、ドリス・マッキノン殺しはべつとして。

犯人連中はおそらく、最初にドリスの農家のなかを捜したが何も見つからなかったのだろう。そこで、オーガストが持っているに違いないと考えた。オーガストとエメラルドが姿を消したので、きっとシカゴに戻ったのだと推測した。怒りが沸騰したため、オーガストの自宅を、そしてつぎにジムを徹底的に荒らした。エメラルド・フェリングの自宅も同じように荒らされなかったのはなぜだろう？　近所の目が光っていたため、自宅に忍びこむことができなかったのかもしれない。不審な連中があの界隈をうろついていたのなら、隣人たちがわたしを異常に警戒していたのも納得できる。

畑に現われたSUV車のことを考えてみた。わたしをつけていたビュイック・アンクレイブ？　保安官は尾行などしていないと主張した。わたしはその言葉を信じた。信じる根拠となったのは、データベースで見つけた彼の情報だけなのだが。保安官が個人的に乗っているSUV車はフォード・エクスプローラー。郡からもらう給料では、アンクレイブに手が出せるはずもない。あの尾行はわたしの勘違いだったのかもしれない。マッキノン農場までつけてきた者は結局いなかったのかもしれない。

ブラインドの紐をいじってみたが、羽根板がよけいからまっただけだった。オレゴン・トレイル・ホテルのバーで今夜出会った四人のことを考えた。軍人、学者、アグリビジネス業界の人間の集まりだった。バゲット大佐は明日の午前中に大学で講演をすると言っていたが、もしかしたら、ドリス・マッキノンの死体のことを知らされて、ローレンスにくる口実として講演予定を入れたのかもしれない。

バゲット大佐の話だと、ロズウェルがヒッピーのことを気にしているという。いまどきヒッピーを話題にする者などどこにもいないが、ロズウェルが〈シー・2・シー〉の所有地への無断侵入を警戒しているのはたしかだ。

土壌サンプルが鍵と言えるだろう。ドリスは土壌に汚染物質が含まれていることを示す証拠を手に入れようとしていた。今夜、ペピーとわたしがドリスの家へ行ったとき、彼女が集めた土の袋はどこにもなかった。彼女を殺した連中が袋を見つけたか、死ぬ前に彼女が処分したかのどちらかだ。

ドリスが見つけた金属容器のことを忘れていた。翌日とりに行くとドリスが言っていた。偶然見つかった品がサモワールか何かは知らないが、それだけのサイズの金属製品はあの家にはなかった。もしかしたら、犯人たちはそれを持ち去ったのかもしれない。

ソニアと話ができないのがもどかしくてならなかった。オーガストが撮影した動画のなかの、車で畑にやってきた連中。ソニアなら知っているだろうに。土壌サンプルのことだって知っているかもしれない。

オーガストの自宅と〈シックス・ポインツ・ジム〉を荒らした連中が捜していたのが土だったとは思えない。USBメモリが狙いだったのだろう。安全な場所に移しておかなくては。わたしがいつも利用するチェヴィオット研究所なら、画像と動画の鮮明さをもっと高める装置と技術を備えている。USBメモリ自体を調べて指紋やDNAを検出することもできるだろう。もしかしたら、車のナンバープレートやメーカー名や型番まで判別できるかもしれない。奇跡を起こしてサモワールの出所を突き止めてくれるかもしれない。

ファイルをコピーしてドロップボックスと神話のごときクラウドに保存した。クラウドというと、空に浮かんだふわふわの白い雲を連想してしまうが、もちろん、じっさいには大容量のデータファームであり、膨大な電力を消費して環境破壊をひきおこすものだ。

朝になったら、ドリス・マッキノンの土地の境界線を正確に調べ、〈シー・2・シー〉の実験農場の境界線も確認しておこう。

ベッドに戻り、ペピーをどけて、犬のおかげで温まっていた場所に横になった。ドリスの見つけたひと握りの小さな骨が、わたしの心に浮かぶクラウドのなかを漂った。あの骨、人は誰もみな、ああいう塵のような存在になっていく。コントラバスに触れ、わたしに触れるジェイクの美しい指も、いつの日か、わずかな土に埋もれた灰色の骨になるのだろう。

24　不法侵入者　W

気分をほぐして眠りにつくのにずいぶん長くかかった。B&Bの部屋にはちゃちな錠しかついていないので、無用心な気がして仕方がない。ようやくとろとろと眠りこんだが、夢にうなされてばかりだった。大地がわたしを呑みこんだ。頭上の地面にジェイクがすわり、金色の髪を腰の下までなびかせた二十歳の女性チェロ奏者のためにコントラバスを弾いている。

疲れをわずかにとる程度の睡眠しかとれなかった。七時少し過ぎに起きて、急いでダウンタウンのフェデックスの取扱店へ出かけ、オリジナルのUSBメモリをチェヴィオット研究所宛てに発送した。荷物に添える手紙は自分のパソコンではなく店のパソコンを借りて打ち、どういう検査を希望するかを説明した。送料もクレジットカードを使わずに現金で支払った。

用心しすぎで少々きまりが悪かったが、どの方向から暴力が飛んでくるかわからないし、自分の電子機器やこれまでに見つかった証拠を安全に保管しておける場所がどこにもない。パソコンを紛失してこちらの行動を誰かに探りだされたりしては困る。バゲット大佐のことが頭に浮かんだ。彼のように訓練を積み、政府のリソースにアクセスできる人間なら、わたしのごとき人間のパソコンぐらい、楽々と侵入できるだろう。

発送を終えたとき、Tシャツが汗に濡れ、肌にじっとり貼りついていた。ウィンドブレーカーのファスナーを上げてペピーと一緒に川まで走ると、朝の川風がウィンドブレーカーを切り裂き、汗に濡れたTシャツを凍らせた。みすぼらしい灌木の陰にしゃがんでTシャツを脱ぎ、ポケットに押しこんだ。寒いことは寒いが、凍えるような冷たさは消えた。

犬と一緒に町までランニングで戻って〈デカダント・ヒッポ〉へ行った。一人ぼっちで寂しいときは、ささやかな習慣が心を癒してくれる。バーテンダー兼バリスタの女性がコーヒーミルのほうへ目をやってみせた。わたしがうなずくと、コルタードを作ってくれた。店で長袖のTシャツを売っていた。ピンクのカバが熱い風呂に入ってカプチーノを飲んでいるイラストつき。二十五ドルで、コルタードと、冷えた背中を温めてくれるものが手に入った。

コルタードを持って窓ぎわのスツールまで行き、ガラス越しにペピーと見つめあうことができるその席で、メールの返信作業にとりかかった。シカゴに住むわが顧問弁護士のフリーマン・カーターが、この町から二十五マイルほど離れたカンザス・シティの郊外に住む優秀な刑事弁護士を見つけてくれていた。ルエラ・バウムガルト＝グラムズというその女性弁護士にわたしのことをメールで連絡したところ、いざという場合は喜んで力になると言ってくれたそうだ。わたしからも挨拶のメールを送り、どういう用件でカンザスにきたのかを少し補足しておいた。それから、弁護士の番号を短縮ダイヤルに加えた。いつ何があるかわからない。シカゴの依頼人たちからの問い合わせに対する返信を終えたところで、今日の計画を立てることにした。

最初の用件。ペピーを預けるところを探す。この町にはペットを預かってくれるところがたくさんあるが、いちばん評判のいいのが〈フリー・ステート・ドッグズ〉のようだ。〝自由州で犬が走りまわれます〟というキャッチコピーつき。かかりつけの獣医から犬のカルテをファクスしてもらい、犬が性格審査に合格したら、預かってくれるという。

「そして、おたくの環境が犬に合えばね」わたしは辛辣に言った。

かかりつけの獣医との電話を終えてから、人間たちの様子を尋ねるためにローレンスの病院へ電話した。ソニアの症状に悪化は見られず、自発呼吸が続いているが、快方に向かってもいなかった。ICUの師長から、希望を捨ててはいけないときびきびした口調で言われた。まるで妹を諭すようなその口調に、ソニアの容体を気にかけて病院に電話したのはわたしだけなのだと思い知らされた。胸が痛んだ。なにしろ、わたしのいちばんの関心はソニアの健康状態ではなく、彼女がバーで誰に出会ったのか、もしくは、オーガストの撮影を目撃した畑がどこにあるのかを思いだしてもらえるかどうかにあるのだから。

病院はまた、ネル・オルブリテンが退院したことも教えてくれた。息子のジョーダンが自宅に連れて帰ったという。今日の午後、〈シー・2・シー〉の実験農場の調査を終えたら、様子を尋ねるために自宅のほうへ顔を出すとしよう。

まず、ドリス・マッキノンと〈シー・2・シー〉の両方の敷地境界線を確認しておかなくてはならない。ローレンス市立図書館までわずか二ブロックの距離なので、ペピーを預ける前にそちらへ行くことにした。

参考図書担当の司書がドリス・マッキノンの農場の資料を見つけるのを手伝ってくれ、敷地境界線の変化がわかる何十年分もの記録を見せてくれた。わたしは昔から、農場というのはなんの変化もなく、何世紀にもわたってそのまま受け継がれていくものだと思いこんでいた。ところが、つねに土地の売買がくりかえされていて、ひと続きの広大な農地というのはあまり見受けられない。

マッキノン家の所有地の大半は、わたしがきのうドリスの遺体を見つけた農家をとりまいていて、かなりの広さだった。一九六七年、合衆国政府はカンワカ・ミサイルサイロ建設のために土地収用権を行使して、ドリスから三エーカーの土地を買いあげた。その後数年間の地図を調べてみると、サイロと既存の郡道をつなぐために、西と南から特別な道路がそれぞれ一本ずつ建設されているのがわかる。

一九六七年というと、エメラルド・フェリングがハリウッドへ移り、ジャーヴィス・ニルソン監督のもとで女優の道を歩みはじめたころだ。母親はたぶん、キール博士の研究室に勤務し、標本をピペットで採取する仕事を続けていたことだろう。母親を養うだけの収入が当時のエメラルドにあったとは思えない。ドリス・マッキノン自身はそのころ三十代、自分で農作業をする体力は充分にあっただろう。

それから十六年のあいだに、ドリスは郡のべつの地区にある小さな土地の売買をくりかえした。やがて、一九八三年九月、合衆国政府がふたたびドリスから十五エーカーを買いあげた。サイロの南側と東側の土地だ。南側の端は現在、東西に延びる道路の一つと接している。

一九八三年――グリーナム・コモンの再現を試みて失敗に終わった年、マット・チャスティンが失踪した（死んだ？）年。ジェニー・ペレックが死んだ年。ケイディ・ペレックが生まれた年。

同じ年に起きたからといって因果関係があるとは限らない。わたしも頭ではわかっている。

でも、胸の奥——探偵の直感が潜んでいるあの有名な場所——では、これらが結びついていいるように思えてならない。

わたしが〈シー・2・シー〉の実験農場の資料を探すあいだに、親切な司書がマッキノン家の所有地を示す最新地図を印刷してくれた。サイロの近くの畑から調査を始めて、ほかの土地を見るためにダグラス郡全土を車で走りまわらずにすむことを祈るとしよう。

〈シー・2・シー〉の農場はこの企業名で登記されているのではなく、マッキノン家の土地の南端にある百六十エーカーの土地についてはエミグラント貯蓄銀行が受託者になっていた。〈シー・2・シー〉の依頼を受けているに違いない。そちらの地図も司書が印刷してくれた。司書がすべてをまとめてフォルダーに入れてくれていたとき、べつの女性がやってきた。アフリカ系アメリカ人で、名前のバッジに〝フィリス・バリア、図書館長〟と書いてあった。

「ここで何をしているの、アグネス？」彼女が司書に尋ねた。

穏やかな口調だったが、わたしに向けた視線には鋭く探るようなものがあった。冷淡とまではいかないが、わたしがいとこと二人で何か悪さをしていることを母が察したときに浮かべた表情に似ていた。

「V・I・ウォーショースキーという者です」わたしは言った。「カンワカのサイロの近くにある土地関係の書類を調べたくて、ミズ・チャーカヴィの力をお借りしてました」

「見せてくれる？」バリアが片手を差しだした。司書は仕方なくフォルダーを渡した。

バリアは親指でページをめくってから、わたしに微笑した。「みなさんにこの図書館を利用してもらえるのはうれしいことだし、利用者のプライバシーは尊重すべきだと思ってますけど、正直に申しあげると、好奇心に駆られただけなの。シカゴからいらしたのね。どうしてこれらの地所の地図に興味をお持ちなの？」

微笑はわたしたちが敵対関係にはないという合図だったが、目は笑っていなかった。

「わたしがシカゴからきたことをご存じなら、きのう、ドリス・マッキノンの遺体を見つけたのがわたしだってこともご存じでしょう？　亡くなる前に、サイロと隣接する土地のことで彼女が頭を悩ませてたようなので、どこまでがマッキノン家の地所なのか、彼女が気にかけていた土地が本当にマッキノン家の所有かどうかを確認したいと思ったんです。かつてマッキノン家が所有していた土地にカンワカのサイロがあるけど、サイロ以外の部分は現在、〈シー・2・シー〉か、もしくは空軍の所有になっているようね」

バリアはふたたびわたしを見つめ、ふたたび親指でページをめくってから、フォルダーをわたしによこし、ローレンス滞在を楽しんでほしいと言った。わたしはその場を去りながら、前にどこかで会っただろうかと首をひねった。顔に見覚えがあるのだが、どこで見たかが思いだせない。きのう、ネル・オルブリテンに会いに病院へ行ったとき、バリアもいたのかもしれない。

ローレンスはわたしにとって幻に満ちた場所になりつつあった。最初はマーロン・ピンセン、そして今度は図書館長。周囲に親しい顔が一つもないため、無意識のうちに幻の友達を作ろうとしているのかも。

ペピーを車で〈フリー・ステート・ドッグズ〉へ連れていく前に、ダウンタウンをひとまわりしてみたが、尾行されている様子はなかった。きのうのビュイック・アンクレイブもどこにも駐車していなかった。それも幻？

〈フリー・ステート・ドッグズ〉は、土地に充分な余裕のある小さな町でしか見られないような施設だった。広大なドッグランがあるので、スタッフは気の合う犬どうしをグループにして遊ばせたり、休ませたりできる。どのスタッフも犬の扱いを心得ているようだが、ようやくペピーをスタッフの一人に預け、ペピーが走り去るのを見送るあいだ、わたしは胸がひきさかれる思いだった。

ペピーはたぶん安全だ。安全でいてほしい。こちらの携帯番号をスタッフにちゃんと伝えたことと、何かあったらすぐメールで連絡してもらえることを、三回もしつこく確認すると、責任者がわたしの肩を軽く叩いた。

「犬を初めて預けるときは、どの飼い主もそういう気持ちになるものです。あのワンちゃんは優しい子ね。しっかりお世話します」

〈フリー・ステート・ドッグズ〉は東西に延びるハイウェイ沿いにあった。ローレンスからマッキノン農場へ、そして、カンワカのサイロへ続く道路だ。地図を広げて、道路地図と、図書館で印刷してもらった書類に出ている土地の境界線を見比べた。地図をたたんでから、〈フリー・ステート・ドッグズ〉を最後にもう一度じっくり見て、車のギアを入れ、歌いながら走りだした。「こんにちは、広い道路と隣の広いキャンプ場にご挨拶」

ハイウェイは混んでいたが、そこを離れて田舎道に入ったとたん、走っているのはわたしの車だけになった。田舎のいい点は、尾行を見破るのが簡単なことだ。上空を旋回する鷹をべつにすれば、わたしは一人きりだった。通りすぎる畑にはトラクターの姿もなかった。不機嫌な顔をした牛の群れがときたま現われるだけだ。

　マッキノン農場近くの十字路で道路脇に車を寄せ、タブレットをとりだして、オーガストが暗闇で撮った写真を画面に出した。それを周囲の土地と比べてみた。道路の両脇の溝には野草が茂っている。冬が近いため、すでに枯れて茶色くなっている。強い風が草原を吹き抜け、嵐のときのミシガン湖みたいに波立たせている。風がマスタングにぶつかり、わたしはよけい心細くなった。人間の声が聞きたくなってラジオをつけた。

「すると、神は言われた。汚れたものを捨てよ、と。わたしは平和ではなく剣をもたらすためにきたのだ、とイエスが言われたとき――」

　わたしはラジオを消した。大草原にいたらおかしくなりそうだ。

　周囲の土地のすべてが写真に似ていた。耕したのか、まぐわで均したのか知らないが、とにかく収穫のあとでおこなう作業がすんで、そのあとに小さな山がいくつもでき、雑草がつんつん伸びている。わたしは干草の束のなかに針を捜しているのではなく、干草用の畑のなかで一束の干草を捜しているのだ。見つけるのは不可能だ。

　見分けのつく唯一の場所、つまり、ミサイルサイロからスタートすることにした。『博士の異常な愛情』のような漠然たるイメージを持っていたため、じっさいに現場を見たときは拍子抜けしてしまった。巨大なアトラス・ロケットが空に向かってそびえていることも、重装備の兵士たちが周辺をパトロールしていることもなかった。それどころか、曲がり角に気づかずに通り過ぎるところだった。案内板がほとんど目に入らなかったのだ。フェンスを支える柱に古い金属製の案内板がかかっているだけで、そこに米空軍のロゴと、カンワカ・ミサイルサイロという色褪せた文字がついていた。

さっきまでの田舎道は未舗装で砂利が敷いてあるだけだったので、ガタガタ走るわたしの車に砂利が飛んできたが、サイロまでの連絡道路は舗装されていた。見た感じからすると、新たに舗装されたようだが、施設そのものは荒廃していた。誰もが核兵器にうんざりし、古いミサイルをとりまく土地にもうんざりしたのだ。高さ十二フィートの金網フェンスが敷地を囲んでいるが、あちこちに破れ目ができていた。

子供たちが毎日学校へ行くとき、それを見るたびに恐怖に襲われたものだ、とケイディ・ペレックが言っていた。わたしの子供のころは、核戦争に漠然と怯えながら大きくなったが、スクールバスの窓のそばにいつでも発射オーケイのミニットマン・ミサイルがあったりしたら――それこそ永遠の悪夢だ。

道路脇に車を止め、フェンスに沿って歩いてみた。金網がところどころ破れているので簡単に侵入できそうだが、正面ゲートにはいまも頑丈な南京錠がかかっていた。

敷地のレイアウトに関して、少なくとも都会っ子のわたしから見て奇妙に思われたのは、土地が分割されていることだった。三角形の土地にミサイルが鎮座し、三角形の頂点がマッキノンの家のほうを向いている。三角形の底辺と平行に有刺鉄線のフェンスが延びて、畑の真ん中を横切っている。わたしが地図を正しく読んだとすれば、フェンスの向こう側の土地は、空軍が一九八三年にマッキノンから買いあげた十五エーカーの土地のはずだ。不動産の譲渡証書を調べたかぎりでは、〈シー・2・シー〉に再譲渡されたという記録はなかった。

有刺鉄線に沿ってマッキノンの畑の側を歩いてみると、〝私有地につき立入禁止〟と書かれた円形の金属板が約二十フィートおきに設置されていた。〈シー・2・シー〉のロゴがついている。様式化された合衆国地図の上を小麦の束が横切っているという図案。

反対側にはドリスの土地の所有権を示すものが何か設置されているのだろうか。身を乗りだして見てみようとしたとき、皮膚にビリッと衝撃が走り、思わず飛びのいた。フェンスに電流が流れている。ますます奇妙だ。

サイロにひきかえし、〈シー・2・シー〉の電気回路がカンワカのフェンスにも及んでいるといけないので、金網に触れないよう気をつけながら、フェンスが杭からはずれている場所を選んで侵入した。

道路の再舗装は南京錠のついたゲートの奥まで続いていた。道路は通常の二倍の幅があり、コンクリート製の搬入口のところで終わっていた。そこからもう少し細い道が枝分かれして、コンクリート製の巨大な円形部分に続いている。

三角形のそれぞれの隅に、こわれたアンテナが立っていた。かつてはたぶんレーダーのアンテナだったのだろう。さまざまな種類の小さめのマンホールの蓋と、燃料タンクか水の容器らしきものが、ミサイル格納庫の周囲に輪を描くように散乱していた。どのタンクにも土と雑草が詰まっている。ミサイルの撤去後にこんなことになったのだろう。

蛇が一匹、するするとすべっていくのを見守った。カンザスの畑には毒蛇が住みついているのだろうか。ネズミを食べてくれるのだから感謝すべき種類の蛇かもしれないが、ランニングシューズのなかでわたしの爪先に力が入り、ぞっとする感覚が走った。蛇は格納庫の部品と思われる長方形の蓋に這いあがった。すでにほかの蛇が二匹、そこでとぐろを巻いている。たぶん、あの蓋は金属製で、晩秋の弱々しい太陽の温もりを増幅してくれるのだろう。

歌って元気を出そうとしたが、風に声をかき消されてしまった。風はウィンドブレーカーとその下に着ている〈ヒッポ〉の薄いTシャツを切り裂いた。わたしは身体を温めるために敷地の周囲をジョギングしながら、空っぽになった何種類ものタンクや、蛇や、搬入口の写真を撮った。ドリスと仲間が土を掘っていたと思われる場所はどこにも見当たらなかった。

敷地の奥まで行くと、ランチハウスのようなものがあった。木造で、玄関前にコンクリートのステップがついている。窓が真っ黒に塗ってある。最初は覚醒剤の密造者が入りこんでいるのかと思ったが、玄関の横に小さなプレートがついていることに気づいた。こんな説明が出ていた。〝カンワカ・サイロが稼働していた当時、ここは発射管制をサポートするための建物で、非番のクルーが睡眠をとるのに使用されていた。窓が黒く塗られているのは、深夜勤務のチームが昼間に熟睡できるようにするためである〟

ドアに新しい錠がついていることに気づいた。精巧な錠だ。本当に密造者が入りこんでいるのかもしれない。だとすると、畑の向こうからソニアを、そして、ドリスたちを追ってきたSUV車は、豊富な資金源を持つ麻薬業界のものだったのだろう。善良なる人々を近づけまいとしたのだろう。空気の匂いを嗅いでみた。化学薬品の刺激臭を感じたような気がしたが、大々的な麻薬製造につきものの硫黄っぽい臭いではなかった。

敷地を出る前に、搬入口についている背の高いドアを見に行った。コンクリートにオイルのしみが点々とついているのは、トラックか乗用車がごく最近ここに駐車したしるしだが、ドア自体は長らくあけられたことがないような感じだった。ひどく重いドアで、特製ウィンチを使わないとあけるのは無理だが、蝶番を見ても、取っ手を見ても、誰かが最近ウィンチを使ったことを示す光沢のある箇所は見当たらなかった。

ここしばらく、このドアから入った者はいなかったわけだ。すると、誰かがここに駐車したのは、人目につかないこの場所を利用したかったから？……なんのために？　わたしの頭に浮かんだ答えはただ一つ、やはりドラッグだった。

サイロのフェンスの破れ目からふたたび外に出て、畑のほうへ移動した。タイヤ痕か、ドリス・マッキノンが土を掘った形跡か、もしくは、考えるだけ無駄かもしれないが、八〇年代のヒッピーのキャンプ地の残骸を見つけたかったのだ。

絶望的だった。先週の雨で畑は泥沼と化していた。ミステリ作家キース・マカフェルティのシリーズに登場するアメリカ先住民の探偵か、ゾーイ・フェラーリスのシリーズで活躍するベドウィン族の探偵なら、ドリスがどこで土を掘っていたかを察知できるかもしれないが、わたしには無理だ。

ランニングシューズに泥がこびりついてひどく重くなり、濃厚な糖蜜のなかを歩いているような気がしてきた。ソックスにまで水がしみこみ、爪先が凍えていた。とぼとぼと車に戻ることにしたが、サイロに通じるゲートのところでもう一度足を止めた。一九八三年にエメラルドが写真に撮られた場所だ。〝ドリスおばさん、とても感謝しています〟

車に乗りこんだそのとき、土煙が近づいてくるのが見えた。法執行機関の車であることを示すライトが土煙のなかで明滅している。急いでドアを閉めてロックし、エンジンをかけ、車を出そうとした。パトカーがすぐ横に止まった。

ギズボーン保安官がパトカーの窓をあけ、わたしにもあけるよう合図をよこした。「今日、ダグラス郡でトラブルがあれば、背後にあんたがいることぐらい、察しておくべきだった」

25　ダグラス郡のトラブル

「今日はダグラス郡でどんなトラブルがあったの、保安官」わたしは感情を声に出さないように努めた。

「あんただ、ウォーショースキー。あんたがやってくるまで、ダグラス郡はじつに静かなところだった」

「わたしがやってくるまで、ミズ・マッキノンの遺体を見つけるような者も、クスリのやりすぎでバーの外に倒れてたソニア・キールと若い学生を助けるような者もいなかったって意味？」

保安官は視線をそらした。「あんたが現われるまで、そういうことは起きなかったという意味だ」

わたしは笑った。「ちょっと待って、保安官。ミズ・マッキノンの死は痛ましいことだけど、わたしがこの町にくるずっと前に起きてるのよ」

「そして、あんたはいまここにいる。私有地に無断侵入している」

「この道路？　これ、私道だったの？　標識には郡道って書いてあったような気がしたけど。でも、たぶんおっしゃるとおりね。わたし、よそ者だから」

保安官の上唇がゆがみ、嘲笑になった。「誰かが〈シー・2・シー〉の土地に入りこんだという通報があったんで、わたしが直接見にくることにしたんだ。女や私立探偵と同じように勘が働いて、犯人はあんたじゃないかって気がしたんでね」

「あなたが男性で、勘に頼る必要のない法執行機関の人間だったのはいいことだわ。だって、そちらの勘違いだもの。わたし、〈シー・2・シー〉の土地には入ってません」

保安官は酷薄な笑みを浮かべた。「この場所に何者かが入りこんだためにアラームが作動した。駆けつけてみたら、あんたのほかには誰もいなかった。そうだろう？」

「保安官、言っておきますけど、わたしが足を踏み入れたのはドリス・マッキノンの土地とわたし自身の所有地だけよ。あのフェンスは越えてません。〈シー・2・シー〉の土地であることを示す印がついてたのは、あそこだけだったわ」わたしはサイロの南側のフェンスを指さした。

「あんたの所有地？　なんだ、そのたわごとは？」

わたしは柔和に微笑した。「わたしはアメリカ市民で納税者だし、あの土地は空軍の所有地でしょ。つまり、合衆国政府の一部。ということは、わたしにも三百億分の一の所有権があるわけよ」

「くだらんことを。ばかばかしい」保安官はパトカーのドアを大きくあけた。

この男がわたしを逮捕するか、もしくはぶちのめすつもりなら、せめて濡れたソックスと泥だらけのシューズを履き替える時間がほしいと思った。足が気持ち悪くてたまらない。こちらの選択肢は限られている。車を出そうとすれば、保安官に阻止される。このままじっとしていれば、向こうの好きにされてしまう。スマホに手を伸ばしてカンザス・シティのルエラ・バウムガルト＝グラムズ弁護士に電話しようとすれば、ギズボーンが大喜びでわたしを射殺するだろう。〝あの女が銃を抜くんだと思った〟という口実をつけて。

わたしは両手をハンドルにかけたまま、不機嫌な顔で前を見つめた。新たな土煙が近づいてきた。応援部隊か。すばらしい。

ギズボーン保安官の背後で車が止まった。土煙が治まった。パトカーではなく、濃い色合いのSUV車だった。サイドミラーに目を凝らしたが、エンブレムが見えないため、ビュイックなのかよそのメーカーの車なのかわからなかったが、ドアがあいた瞬間、運転席の男のことはわかった。バゲット大佐、軍服姿に戻っている。左胸の略綬とメダルだけでも、どこかの優男(やさおとこ)の僧帽筋を痛めつけることができるだろう。

ギズボーンが大佐に顔を向けた瞬間、わたしはハンドルから手を放した。指がこわばっていて——恐怖のあまり、ハンドルを力いっぱい握りしめていたのだ——車のドアをあけるのもひと苦労だった。

「バゲット大佐——今日はたしか、カンザス大学で予備役将校訓練部隊の学生たちに講演なさる日だと思ってましたけど」こういうときも落ち着いた声が出せることを、わたしはいつもありがたく思っている。母から受けたボイストレーニングのおかげだ。

「一時間ほど前に終わった。フォート・ライリーに戻る途中、サイロで騒ぎが起きたという連絡を受けたものだから」大佐は保安官とわたしに愛想よく微笑した。

「ここは米空軍の土地よ。あなたは陸軍の人でしょ」わたしは言った。

「いちばん近い空軍基地まで百八十マイルもある。誰かが誰かに電話したところ、そのまた知りあいの誰かが、わたしがこのエリアに来ていることを知っていて、様子を見に行くよう頼んできたのだ」

「もう片づいた」保安官が言った。「調べてもらうには及ばない」

「何があったんだ？」バゲットが保安官に訊いた。「ウォーショースキーがサイロを破損したなどと言わないでくれよ。ここは何十年も前に閉鎖されたんだ。ウォーショースキーには、古いコンクリートにスプレーで落書きするよりも大事な用事がいくらでもあるはずだ」

「閉鎖されたが、危険性は残っている」ギズボーンは南京錠でロックされたゲートについている標識を指さした。それは黄色の背景に黒でファンブレードを描いたおなじみのハザードシンボルで、放射性物質の危険性を警告するものだ。「それとも、シカゴの探偵さんたちは放射線を遮るものをパンティにくっつけてるのかね？」

わたしはくだらないセクハラを無視した。この男ときたら、セクハラばっかり。「標識は見たけど、ミサイルがここに格納されてた時代のことだと思ったの」

「それはそうだが」ギズボーンはいらだたしげに言った。「当時、ミサイルの格納庫から放射能漏れがあった。だから、よその多くのサイロと違って、空軍から開発業者に売却することはできなかった」

わたしたちが放射能の危険にさらされているのなら、ギズボーンがここに立っているわけがないと思ったが、不安そうに足をもぞもぞさせてみせた。放射性降下物（フォールアウト）が格納庫から地面までの何百フィートもの距離を、降下ではなく上昇してくるかのように。

「だったら、〈シー・2・シー〉が隣接する土地を実験農場として使ってるのはなぜ？」わたしは問いただした。「ストロンチウム90が多量に含まれる土壌だとモロコシの成長が速く豊かになるかどうかを調べてるわけ？」

バゲットは笑ったが、ギズボーンは渋い顔をした。「あそこでモロコシの栽培をしてることをなんで知ってる？」

「あら、そうなの？　わたし、作物の区別なんてつかないわ。ただのまぐれ当たりよ。〝カンザス州東部で一般的に栽培される植物〟というリストに出てたから。ローレンス歴史協会で見つけた本にそのリストがあったの」保安官の渋面がひどくなったのを見て、そうつけくわえた。

「ほう、そうかい」

「本を見せてあげる」わたしは熱心に言った。「歴史協会がどこにあるかご存じでしょ？　おたくの司法執行センターから二ブロックのところにある、かつて銀行だった建物。赤い石造りだと思うけど、ひょっとするとレンガかも……」

「歴史協会の場所ぐらいよく知っている」ギズボーンは言った。「この町で育ったんだからな。田舎で。あんたと違って」

「誰かがミサイルの敷地を使ってたみたいよ」わたしは言った。「搬入口に新しいトランスミッション・オイルのしみがあったわ。落書きの好きな連中か、覚醒剤の常用者が入りこんでるとすると、正面ゲートの錠をあける鍵を持ってるに違いない。ガンマ線だかなんだか知らないけど、そういうものを怖がる様子もなさそうね」遠い昔の学生時代に、ライト教授の物理学の基礎講座をもっとまじめに聴いておけばよかった。

「敷地に徒歩で入りこむのは簡単だけど」わたしはさらに続けた。「車で入るときはゲートをあけなきゃいけない」

バゲットは正面ゲートまで歩き、さっきわたしがもぐりこんだ場所を示した。それから、わたしと同じように南京錠を調べた。わたしはバゲットのそばへ行き、放射能のハザードシンボルにもう一度目を向けた。黄色と黒が色褪せて黄褐色と灰色に変わっている。誰かが射撃の的にしたようだが、中心から二インチほどそれていた。

「敷地がいまも汚染されてることにいつ気がついたの？」わたしは保安官に訊いた。

「なんで気にする？」

保安官のうなじの毛が逆立つのが見えるような気がした。問い詰められるのが不愉快なのだろうが、それだけではないような感じだ。

「ハザードシンボルがずいぶん古びてるから」わたしは噛んで含めるように説明した。「汚染に気づいたのが最近のことなら、注意喚起のために真新しい黄色のシンボルととりかえるはずじゃない？　空き瓶やコンドームがころがってるのが見えるでしょ。地元の人がここを使ってるってことだわ。危険な場所だというなら、郡には住民に警告する義務があるんじゃない？」

「だから、あんたに警告してるんだ」ギズボーンがうなるように言った。「地元の連中は利口だから、ここには近づかないようにしてる」

「すると、サイロにゴミを投げ散らかしてるのは、よそからきた忌まわしき扇動者たちってわけね」わたしは保安官が重要な点を指摘したかのようにうなずいた。「わたしに放射能の危険を警告するため、車ではるばる出向いてくださるなんて、ほんとに親切ね」

「その前からこっちにきてたんだ」保安官は言った。「〈シー・2・シー〉から電話があったんで、わたしがじかに対処すると言っておいた。たぶん、あんただろうと思った。よけいなお節介を焼くのが好きな人だしな。それと、空軍基地があんたの所有地だなんてたわごとはやめてくれ」

ドローンや弾頭などのように、じかに見ることも手を触れることもできないものに税金を払うのは、納税者として納得しがたいことだと文句を言えば、子供じみた意見だと思われることだろう。

「殺人事件の現場へは行ったのか」バゲットがギズボーンに尋ねた。

「ああ。都会の警察のような援軍は望めないがな。このレディの出身地では、警察が容疑者に弾丸を十六発撃ちこんで立ち去ることもできるが、われわれはそんなことはしない。慎重に捜査を進める方法をゆっくり考えることにしている」

保安官はわたしを怒らせようと躍起になっていたが、わたしの関心を惹いたのは、バゲットがこの界隈の地理に詳しいということだった。軍の人間で、百マイルも離れたところに住んでいるのに、マッキノンが殺されたことを知っているし、彼女の農場がサイロと関係していることも知っている。

「どうなんだ？」保安官が言った。

「どうって？」わたしは保安官の質問を聞き逃していた。

「きのう、農場へ行ったとき、納屋に入ったのか」

わたしは首を横にふりつつ、胃が締めつけられるのを感じた。何を見落としたの？　エメラルド・フェリングの遺体？

「何者かがあそこに車を置いていた。マッキノンが乗ってたのは古い小型トラックと、さらに古いスバルだった。スバルは残ってるが、小型トラックが消えている。鑑識が言うことには、タイヤ痕はプリウスのものだそうだ。それについて何か知らないか、ウォーショースキー」

「プリウスはハイブリッド車。でしょ？　わたしが知ってるのはその程度だけど、腕のいい修理工ならメカニズムを説明してくれると思うわ」保安官に噛みつくのはやめようと決心したことを忘れていた。

保安官はアメフトのジャケットのポケットに両手を突っこんだ。少なくともバゲットの見ている前でわたしに殴りかかる気はなさそうだが、その衝動でむずむずしているのだろう。

「あんたの知りあいに、プリウスに乗ってるやつはいないか」

「いないわね」オーガスト・ヴェリダンがプリウスを所有していることは知っているが、直接の知りあいではないし、わたしの周囲でプリウスに乗っている者は誰もいない。

「イリノイ州に問いあわせたところ、あんたが捜してるというあのオーガストって若者だが、そいつの名前で一台登録されていた」

「じゃ、そうなんでしょうね」わたしは礼儀正しく言った。「わたしはオーガストと一度も会ったことがないの。彼に関してはあなたのほうが詳しいようね。イリノイ州のほうでは、それがオーガストの車のタイヤ痕だと言ってるの？」

「ドロシーとトトの帰郷以来、カンザスに現われた者のなかで自分がいちばん賢いとあんたが思ってることぐらい、こっちも承知だ。だが、ここの法執行機関だって、まったくの馬鹿ではない。自分は利口だから警察につかまるわけがないと思ってる殺人犯を、何人も逮捕してきたんだぞ」

わたしはうつむいて神妙な顔をしてみせた。「ミズ・マッキノンの死因に関して、おたくの病理学者から報告はあったの？」

「あんたにそんな質問をする権利はない。たとえ、一回目に死体を見つけたのがあんたでも――」

「一回目？」わたしは口をはさんだ。「二回目があったの？」

「〝最初に〟という意味だ。それから、よけいなお節介はやめるんだな。死因はあんたとなんの関係もない」

「トラックはどうなったの？　ミズ・マッキノンの小型トラック」

保安官がどなり声でわたしを黙らせようとしたとき、バゲットが同じ質問をした。「トラックは見つかったのか」

保安官はわたしに聞こえる場所で答えるのを渋ったが、噛みつくように言った。「それも行方不明だ。緊急手配をした。郡内にあれば見つかるはずだ」

「どんなトラックだ？」バゲットが訊いた。

「ダッジラムの二〇〇二年モデル。購入時の色は赤だが、近所の連中の話だと、塗装がかなりはげてるそうだ。もちろん、ここにいるウォーショースキーが犬の散歩で川岸へ出かけたときに、たまたまトラックを見つける可能性もある」

話の展開がどうにも気に食わなかった。ギズボーンはわたしがペピーを連れて川岸へ散歩に行ったことを知っている。まぐれ当たりかもしれない。当人が言ったように、女性や私立探偵のまねをして勘を働かせたのかも。いや、たぶん、保安官助手に命じて、きのう一日、ビュイックでわたしを尾行させたのだろう。

どうしてプリウスと小型トラックの両方が行方不明に？　わけがわからない。プリウスを捨ててマッキノン家の古いトラックを使えばこの郡からこっそり出ていける、とエメラルドとオーガストが考えたのなら、話はべつだが。でも、エメラルドかオーガストがドリス・マッキノンの命を奪ったなんて、わたしは思いたくない。また、何者かがドリスを殺すのを二人が傍観していたとも思いたくない。たぶん、二人は出かけていて、戻ってきたときにドリスの死体を見つけ、このままだとオーガストが第一容疑者にされてしまうと焦ったのだろう。

ソニア・キールはあの農場へ行ったことがある。もしかしたら、精神錯乱に陥り、愛する男が死んだのはドリスのせいだと思いこんで、襲いかかったのではないだろうか。

自分自身にうんざりして首をふった。オーガストを犯人扱いしていると言ってエヴァラード部長刑事に文句をつけたのに、そのわたしがソニアを犯人扱いしている。ゆうべはソニアがケイディ・ペレックの母親を殺したのではないかと疑い、いまはドリス・マッキノン殺しの犯人にしようとしている。それよりも、あの夜〈ライオンズ・プライド〉でソニアにルーフィーをのませたのは誰なのかを突き止めるのが先だ。誰かがソニアを沈黙させようとした。

マッキノン殺しの犯人はおそらくその人物と考えていいだろう。

26　愛国者の懸念

ギズボーンもバゲットもわたしが車に乗るのを止めようとはしなかった。わたしは砂利道をガタガタ走ってハイウェイに入るまでバックミラーで確認を続けたが、二人とも追ってくる様子はなかった。最初の出口でハイウェイを出て出発点にひきかえし、陸橋の路肩に車を止めて、双眼鏡でサイロの様子を見てみた。

ちょうどバゲットが車で走り去るところだった。車が立てる土煙を追っていくと、車はやがて舗装道路に出て、そのあと西へ曲がってハイウェイに入ったが、そこから先は交通量が多いため、車を見失ってしまった。フォート・ライリーに帰るのか、ローレンスへ向かうのか、はたまた遠まわりをしてわたしのところに戻ってくるつもりなのか。

ギズボーンはパトカーのそばに立って電話をしていたが、やがてミサイルの敷地に入りこんだ。たとえ鍵を持っているとしても使わなかった。わたしと同じく、フェンスの破れ目からもぐりこんだ。なかに入ると、搬入口まで歩いたが、わたしはコンクリートの壁に視界を遮られ、ギズボーンがそこで何をしたかを見届けることはできなかった。数分後、ギズボーンは横のほうへまわって、蛇がとぐろを巻いていた長方形の蓋のところまで行き、ブーツでそこを叩いた。わたしの双眼鏡は高性能ではないので、蛇が這いおりたかどうかはわからなかった。ギズボーンは窓が黒く塗られた付属の建物のほうへ行き、ドアをあけようとした。だが、だめだった。

こちらの視線を感じたかのように、ギズボーンがあたりを見まわし、そのあとでフェンスの破れ目から這いだして車に戻っていった。彼が郡道を走って南へ曲がり、サイロを通り過ぎ、ハイウェイのほうへ向かうのを、わたしはじっと見守った。わたしの車に気づいたかもしれないが、ギズボーンはそのまま南へ走りつづけ、わたしの視野ぎりぎりのところにあるビルが並んだエリアに入っていった。

地図アプリで調べてみると、そこは〈シー・2・シー〉の支社だった。ヒッピー嫌いのブラムの勤務先だ。わたしがわざわざ押しかける必要はない。どんな場面に遭遇するかは目に見えている。わたしがサイロで何をしていたかをめぐって、おそらくギズボーンとブラムが協議の真っ最中で、うしろめたそうな、もしくは攻撃的な、もしくはうしろめたさの漂う攻撃的な顔でこちらを見るのだろう。わたしにわかるのは、わたしがダグラス郡にいるのを二人がこころよく思っていないということだけだ。

わたしはふたたびマスタングに乗りこみ、自分に何ができるか、誰に対して行動を起こせばいいかを考えようとした。町に向かうあいだ、いちばん気になったのは、シューズがどんなに臭いか、足がどんなに痛いかということだった。気持ちの悪さを我慢しながら、わたしがサイロにいることをギズボーンはどうして知ったのだろうと首をひねった。いちばん可能性の高いのが、〈シー・2・シー〉のフェンスに手を触れたとき、電流が流れると同時に会社のコンピュータにメッセージが送られたという線だ。フェンスの杭にカメラが設置されていたかもしれない。あのときは衝撃のあまり、監視カメラの存在をチェックする余裕がなかった。

B&Bに戻ってから、宿泊客用に備えつけてある洗濯機に汚れた衣類をまとめて放りこみ、シューズの泥をこすり落としてから、ゆっくり時間をかけて熱いシャワーを浴びた。シャワーのあとは、カーテンを閉めて横になるのがいい考えだと思われた。うとうとしかけたとき、バゲット大佐のことが頭に浮かんだ。本当はなんの用でローレンスを訪れ、つぎにミサイルサイロまでやってきたのだろう？

暗くした部屋で横になったまま、大学にある軍関係担当のオフィスに電話をかけ、《ダグラス郡ヘラルド》から依頼を受けたフリーライターだと名乗った。

「今日の午前中、フォート・ライリーから大佐が一人いらして、士官候補生に講演をされたそうですね。その方、まだキャンパスのほうにおられるでしょうか。お名前は、ええと……」わたしはメモを調べるふりをした。「バゲット。ダンテ・バゲット。ぜひインタビューしたいんです。考えを聞かせてもらい――」

電話に出た事務員がわたしの言葉をさえぎった。「今日の午前中は、特別な講演はなかったですよ。たぶん、大佐がうちのスタッフと個人的に会われたのでしょう。少々お待ちいただけますか。こちらで調べますので。お名前を伺ってもよろしいですか」

「マーサ・ゲルホーン」とっさにわたしの頭に浮かんだ名前がそれだった。幸い、事務員は女性史を学んだことがないようだ。

わたしがうつらうつらするあいだに、事務員が今日の予定を調べてくれた。「あいにくですが、マーサ、どの事務員のスケジュール表を見ても、今日の来客予定のメモはありません。大佐がこちらにきているというのは、誰からお聞きになりました？」

「士官候補生の一人です」わたしはゆうべホテルでバゲットと一緒にいた若者の名前を思いだそうと、心のなかを深く探った。「マーロン。そう、マーロン・ピンセン」

電話の向こうから、パソコンのキーを打つ音が聞こえてきた。やがて、事務員が尖った声で言った。「マーサ、もう一度確認したほうがいいですよ。当大学の予備役将校訓練部隊に、そのような名前の者は登録されていませんし、学生のデータベースにも見当たりません。いい加減な新聞社のせいで、おたがいに骨折り損でしたね」

「それから、新聞社の名前を出してきた未知の相手に情報を提供するときは、その前にかならず、新聞社へ確認の電話を入れたほうがいいわ」わたしは電話を切った。

眠気が吹き飛んでしまったので身体を起こし、ベッド脇のスタンドをつけた。バゲット大佐はゆうべ、わざわざ店の外までついてきて嘘をついた。笑顔でわたしを送りだせばすむことだったのに。ゆうべのわたしは、大佐が誰と飲もうが、どういう用件でローレンスにきていようが、なんの興味もなかった。

登録している検索エンジンにログインしたが、バゲットに関する情報はあまりなかった。ロードアイランド州プロヴィデンス生まれ。科学と数学分野の専門学校で学び、そこからウェスト・ポイントの陸軍士官学校へ。卒業時の成績はクラスで十九番目、軍情報部の一員としてイラクとアフガニスタンへ三度赴いた。

三度目の戦地勤務のあと、ローレンスからわずか四十マイルの距離にあるフォート・レヴンワースの指揮幕僚大学で上級訓練を受け、ニューヨーク州のコロンビア大学でコンピュータ・エンジニアリングの修士課程を修了。三カ月前、大佐に昇進した直後にフォート・ライリーに着任。わかったのはそれだけだ。結婚は相手の性別を問わず一度もしていないという事実を除いて、個人的な事柄はいっさい出ていない。

軍関係のことに関してはわたしは無知そのものだが、バゲットは幹部候補生として訓練を受けてきたようだ。つまり、今回の件が些細なことであれば、もしくは、彼のキャリアにとってマイナスになるものであれば、彼がローレンスにくることも、わたしと話をすることもなかったはずだ。

〈シー・2・シー〉となんらかの形でつながっているに違いない。ゆうべのホテルで、ブラムなんとかという男と、偽の士官候補生と一緒にいたのだから。ブラムの名字が思いだせない――ブラムとくれば、自然に『吸血鬼ドラキュラ』の〝ストーカー〟と続けたくなるが、ネットがわたしのかわりに名字を見つけてくれた。ブラム・ロズウェル、〈シー・2・シー〉の研究開発部長。ペンシルヴェニア大学ウォートン校でMBA取得。カンザス州立大学農学部卒。この大学はフォート・ライリーにけっこう近い。そこに何か意味があるのだろうか。ロズウェルが母校のアメフト試合の応援に現われ、夜になってから軍情報部の士官たちと会って相談を……なんの相談？

ニュース記事を検索したところ、ローレンス、カンザス・シティ、ダラスで開かれたさまざまなチャリティイベントにロズウェルが顔を出していることがわかった。また、ロズウェルが〈愛国者CARE－NOW〉（〝現代の再軍備を願うアメリカ人の会〟の頭文字をつないだもの）の熱心なメンバーだという記事もあった。毎年恒例の晩餐会で、核兵器防護を管轄する部局のもと次官から勲章を受けとる写真も出ていた。

バゲットとロズウェルがどういう用件で会っていたにせよ、ドリス・マッキノンと彼女が採取した土に関係がありそうだ。ドリスが土を掘ろうと決心したために、エメラルド・フェリングが大急ぎでカンザスに駆けつけたのだろうか。エメラルドはトロイ・ヘンペルが七歳で彼女の家の芝生を刈りはじめたときから彼に頼ってきたが、今回は見ず知らずのオーガスト・ヴェリダンに同行を頼んだ。トロイ・ヘンペルがシカゴに戻ってくるのが五日後だったため、そこまで待っていられなかったのだ。

オーガストはたしかに、エメラルドのルーツを撮影していた。二人でフォート・ライリーに立ち寄って写真を撮った。エメラルドが子供時代を送ったノース・ローレンスの家へも行った。だが、二人がカンザスにきた本当の理由はドリス・マッキノンを手伝うことにあったのだ。わたしはそう確信したが、裏付けがとれればそれに越したことはない。ドリスが何に怯えて旧友の娘に助けを求めたかを解明できるメールか手紙があるといいのだが。

〈フリー・ステート・ドッグズ〉に電話してペピーの様子を尋ねると、わたしより犬のほうがずっと楽しい一日を過ごしていた。ふたたび着替えをした。ジーンズのかわりにウールのパンツ、大好きなローズピンクのカシミアのニット、そして、一枚だけ持参した上質のジャケット。ランチをとり、使い捨て携帯を買えば、行動に移る準備完了だ。

まず、電話の販売店を見つけた。使い捨て携帯を三台、一台の通話時間が六百分だから、順番に使えばいい。車で町に出かけ、ダウンタウンに無数にある学生用カフェの一軒に寄ってサンドイッチを買った。自家製パンにひよこ豆のペーストをはさんだもの。おいしい。コーヒーは期待はずれ。飲み残しを捨てて〈ヒッポ〉まで歩いた。

常連らしき何人かの客がバーテンダーと雑談していた。わたしは自分のコーヒーを隅の席へ持っていき、トロイの母親に電話した。

「ミズ・ヘンペル、わたしがローレンスでどんなことに出会ったかを、息子さんからどこまで聞いてらっしゃるか知りませんが、不穏な状況になってきました」挨拶を終えてから、わたしは言った。

「トロイは仕事に出てるわ」

「知ってます。あなたと話がしたかったんです。ドリス・マッキノンという女性の話をエメラルドからお聞きになったことはないでしょうか」

「トロイが言ってたけど、きのう、あんたが見つけたそうね——彼女の遺体を」

「警察がオーガスト・ヴェリダンを容疑者とみなしてることも、息子さんからお聞きになりました？」

「ああ、聞いた」トロイの母親は声ににじむ苦々しさを隠そうともしなかった。「で、あんたは？　どう思う？」

「何も思ってません。事実を一つもつかんでいないので。銃をぶっぱなすのが好きな地元の法執行機関の連中より先にオーガストを見つけられるといいんですが。エメラルドから連絡はありました？　彼女が相談しようとする相手はまずあなただと思うんです」

「いや、ない。誓ってもいい」ミズ・ヘンペルは重いため息をついた。「エメラルドとは二十年来のつきあいで、向こうも信頼してくれてると思う。だからこそ、連絡がないのが心配でたまらない」

「シカゴの自宅に戻った可能性はないでしょうか」

電話の向こうに沈黙が流れ、やがて、ミズ・ヘンペルは言った。「エメラルドが帰ってきたのなら、極秘にしてるんだろう。家のどこにも明かりはついてない」

ミズ・ヘンペルとじかに顔を合わせられればいいのにと思った。電話だと、相手の返事の真偽を見極めるのがむずかしく、グレイゾーンばかりになってしまう。ミズ・ヘンペルの返事は文字どおりの真実で、エメラルドの家には明かりがついていないのかもしれない。ただし、この隣人を自宅で匿っている可能性もある。

「エメラルドがカンザスへ行こうと決めた本当の理由はなんでしょう?」わたしは尋ねた。

「彼女の半生をドキュメンタリーにするため。エメラルドを捜してもらうならあんたが最適だとトロイが決めたときに、それもあんたに話したはずだよ」ミズ・ヘンペルの声にはいまも苦々しさがにじんでいて、〝あんた、トロイの信頼に応えてどんなことをしてくれたの?〟という言外の問いかけが含まれていた。

「エメラルドとオーガストが先週ローレンスにいたことは間違いありません。ただ、それ以降の足どりがつかめないんです。ミズ・マッキノンが夜中に二人を連れて畑の土を掘りにいったようです。何かがミズ・マッキノンを悩ませていて、それがひどく重大なことだったため、彼女がオーガストにビデオ撮影を頼みました。撮影している最中にSUV車が現われました。エメラルドたちが追い払われたのか、それともつかまったのか、わたしにはわかりません」

前より長い沈黙が続き、やがて、ミズ・ヘンペルが叫んだ。「エメラルドがどうしてあんなに急いで出かけたのか、わたしは不思議でならなかった。トロイがイスラエルから帰国したらすぐ、カンザスへ一緒に行っただろうに。エメラルドにもそう言ったんだよ。トロイがいれば快適に旅行できる。あんたの世話もできないような見ず知らずの他人と出かけなくてもいいじゃないの、ってね。ところが、エメラルドは、いますぐ出かけなくてはならない、トロイに無理を言うつもりはない、大事な仕事を持っているトロイに田舎を車で走りまわらせるわけにはいかない、と言うだけだった」

この長い意見に彼女の本音がのぞいていた。エメラルドが秘密を打ち明けてくれなかったことに傷ついた心、いや、傷ついたプライドと言ってもいいだろう。しかし、わたしはその点には触れずに、ヘンペル家でエメラルドの自宅の鍵を預かっていないかと質問するだけにしておいた。「家に入って、ドリス・マッキノンからきた手紙かメールを見つけてもらえませんか？」

ヘンペルは面食らった。「わたしをどんな人間だと思ってるの？　隣人の家に忍びこんで持ちものを探ってこいと言うの？」

「友達の命が危険だと知れば大きな力になってくれる人だと思います」わたしは静かに答えた。「そして、わたしはエメラルドが無事かどうかを心配してるんです」

そのとたん、ミズ・フェリングの態度が変わった。「エメラルドの命が危険……もうっ、なんでもっと早く言ってくれなかったの？　近所の人たちに電話して、エメラルドから連絡がなかったか、問い合わせることもできたのに」

「そのときは、電話じゃなくて直接訊いてください。いいですね？　どういう人物を、あるいは、どういう事件を相手にしてるのかわからないけど、その連中がシカゴまで行ってオーガスト・ヴェリダンの職場とアパートメントを荒らしたんです。オーガストが持ってるはずの何かを捜して。おそらく、お宅の電話も盗聴されているでしょう。そうでないよう願いたいけど。トロイのオフィスの電話にメッセージを残しておきます。そのメッセージに電話番号も添えておきますから、何かわかったらそちらへファクスをお願いします」

パニックを起こしそうだった。いいことではない。シカゴに戻ってエメラルドの所持品を自分で調べてみたいが、バゲットと〈シー・2・シー〉とギズボーン保安官が何を企んでいるのかがわかるまで、こちらにいなくてはならない。

27　スピリチュアルな助言者

使い捨て携帯をデイパックにしまっていたとき、バゲットがわたしに警戒の目を光らせてこちらのスマホのGPSを使って尾行をおこなっているとしたら、電源を切らなくてはならないと気づいた。考えてみたら、車にもGPS装置がついている。タブレットにも。もしかしたら、ドレッシーなブーツにも。なにしろ、コンピュータ・チップを埋めこんだ機器をアマゾンで販売するご時世だ。

アルミホイルがほしいと言われてバーテンダーが驚いたとしても、表情には出さなかった。わたしはホイルを持ってトイレへ行き、デイパックの内側に四枚重ねて貼りつけ、静電界を遮断するファラデー・ケージのようなものをこしらえた。効果があるよう願った。スマホやパソコンを車に置いておけば、ギズボーンかバゲットが車に侵入し、わが私生活と探偵稼業のあらゆる詳細をそこから入手するのは間違いない。

もし向こうがわたしに警戒の目を光らせているのなら。こちらの被害妄想でないのなら。デイパックにアルミホイルの内張りをしながら、子供のころ通りの向かいに住んでいたスタン・ヴォーリンスキーのことを思いだして、いやな気分になった。スタンは市のゴミ収集車の運転手で、毎朝出勤する前に、外宇宙からの信号をブロックするため頭をアルミホイルで覆っていた。学校の子供たちは息子のスタンリー・ジュニアに対して容赦がなかった。嘲りの言葉のうち、いちばん無難だったのは〝ホイル頭〟だろう。それでも、『キャッチ＝22』に登場するヨサリアンか、黒人投手のサッチェル・ペイジか誰かが言ったように、たとえ相手がノイローゼの人間であろうと、敵に追われているという言葉を妄想として切り捨ててしまっていいわけではない。

〈ヒッポ〉からネル・オルブリテンの家までは一マイルほどの距離だ。十一月の冷たい空気を吸ってもう一度出かければ元気になるからね――わたしは自分のふくらはぎと膝腱にきびしく言って聞かせた。サイロの周囲の泥地をハイキングしたため、脚がふらついている。今度は舗装道路だけだから、宝物にしている〈ラリオ〉のブーツにはなんの危険もないはずだ。図書館の無料駐車場に車を置いてから川のほうへ向かった。橋の真ん中で立ち止まって川面を見下ろし、ひそかに背後の様子をうかがった。橋の上にいるのはわたし一人。向こう岸で誰かが釣りをしている。たぶん、きのうあそこにいたのと同じ人だろう。町側の川岸をうろついている者は誰もいないようだ。

眼下では茶色く濁った水が渦を巻いて流れていた。カモメが飛びかかっている。枯木のてっぺんで何かが動いた。ワシだ。自然界のワシを見るのは初めての経験なので、うっとり見とれていると、ワシは獲物を見つけて川面に急降下し、鉤爪にとらえられた獲物が虚しくもがいた。わたしは身震いして、そのまま橋を渡り六丁目まで行った。古い家具が散乱している車寄せを通りすぎ、ネル・オルブリテンの家へ。家の前にニッサンが止まっていた。古いがよく手入れされている。たぶん、息子の車だろう。ドラッグの密売人や闘犬の連中が乗りまわすような車ではない。

呼鈴を鳴らすと、表に面した居間の窓のカーテンが揺れ、ぼそぼそと話し声が聞こえ、そのあとで五十歳ぐらいの男性が玄関をあけた。赤紫色の聖職者用のシャツの上に聖職者用のカラーがついている。笑みを浮かべたが、目には警戒の色があった。

「わたしはV・I・ウォーショースキー。きのう、ミズ・オルブリテンが倒れたときに一緒にいた者です。お加減が気になって寄ってみました」

「おや、ミズ・V・I・探偵さんだね。入ってちょうだい」居間からオルブリテンの声が聞こえた。震え声だが、毅然とした響きだった。

牧師が玄関ドアを支えてくれたが、わたしはいったん足を止め、わたしがドリス・マッキノンの遺体を発見したことをオルブリテンは知っているだろうかと尋ねた。

「ええ、知っています」牧師は小声で答えた。「ひどい衝撃を受けていますが、たぶん、その件であなたと話がしたいのでしょう」

ネル・オルブリテンはきのうの午後と同じく、アームチェアにすわっていた。やつれた表情で、きっちり結ったまげから半白の髪がはみだして垂れている。きのうの試練がかなりこたえたのだろう。

「あんたの友達はどこ?」

ペピーのことだとわたしが気づくのにしばらくかかった。「預かってもらってるの。郡のなかをひきずりまわして、犬にかわいそうなことをしてしまったから。もっとも、きのうはペピーが大活躍だったけど。ドリス・マッキノンの農場を訪ねたとき、何か変だって気づいてくれたの。家に入るようしきりに催促したのよ」

オルブリテンは頭を垂れ、しばらく目を閉じた。「ドリスはクリスチャンではなかった。ルシンダが農場で暮らすようになった当時、わたしはそのことでドリスとよく口論したものだった。若いころのわたしは自分こそが正義だと思いこんでた！　信仰を持たないドリスのせいで幼いエメラルドが堕落するに違いないと思ってた。いま考えると恥ずかしくなる。骨の髄までまっとうな生き方をしていた女性を相手に、口論でずいぶん時間を無駄にした。信仰心があったにせよ、なかったにせよ、ルシンダと二人で何をしたにせよ、しなかったにせよ、ドリスがいまイエスさまの御許にいるのは間違いない」

「そのとおりです」牧師が身をかがめてオルブリテンの手をとった。「その思いを忘れないように、シスター・オルブリテン。苦難のときもそれで乗り切ることができるでしょう」

わたしは信仰関係の会話に溶けこめなくて、椅子の上でもぞもぞと身じろぎをした。

牧師が身体を起こし、スツールをオルブリテンに近づけた。「さて、この人の元気な姿をご覧になったのだから、あとはゆっくり休ませてあげてください」

「じつは、この人に話があるんです。他人には聞かれたくない話でして。ミズ・オルブリテンは牧師さまのことをよく知っていて、信頼しているでしょうけど、わたしはあなたのお名前も、どういう方なのかも知りません」

「それもそうですね」牧師はオルブリテンの手に片手を重ねたままだった。「わたしはベイヤード・クレメンツ、シスター・オルブリテンが通っておられる聖シラス・アフリカメソジスト監督教会の牧師です。きのう、教会を見に行かれたそうですね。でしたら、場所の説明で時間を無駄にするのはやめておきましょう」

わたしは牧師を正面から見据えた。「エメラルド・フェリングとオーガスト・ヴェリダンが教会に隠れているのではないかと思って行ってみたのですが、厳重に施錠されていました」

クレメンツは楽しそうに笑ったが、笑っているのは口元だけだった。「ご覧になったとおり、あそこは小さな教会です。内陣、狭い事務室、廊下のクロゼット程度の広さしかない聖具室。隠れ場所はほとんどありません。それに、わたしは教区民を愛しているので、そのような秘密を重荷として背負わせたいとは思いません」

「歴史的に重要な教会ですよね」わたしは夢見るような口調で過去に思いを馳せた。「南北戦争の時代には、解放されたアフリカ系アメリカ人の避難所となった。地下の納骨所や部屋は、洪水に襲われたらとても危険でしょうね」

クレメンツの目がすっと細くなった。「鋭いご指摘です、ウォーショースキー探偵。そうした歴史あるスペースを保存するのがわが教会の仕事なのです。湿気がひどくて、人が隠れるのは無理ですが、シスター・オルブリテンとの話がおすみになったら、喜んでご案内しましょう」

わたしは半分皮肉のつもりで頭を下げ、地下室めぐりを楽しみにしていると牧師に答えた。

「いまからミズ・オルブリテンに話すつもりのことは、証拠隠滅に問われる恐れのある内容です。わたしが逮捕されることにもなりかねません。ですから、牧師さまがこれ以上の重荷を背負うのはいやだとお思いなら、外に出ておられたほうがいいでしょう」

「あなたが殺人の罪か、それに類することを白状するのでないかぎり、わたしが《ダグラス郡ヘラルド》に電話をすることはありません」クレメンツは言った。「わが教区民の一人と内密に話をなさるのなら、牧師として、あなたにも罪の赦しを与えることにします」

わたしはオルブリテンのほうを向いた。「きのう、農場まで行ったときに、USBメモリを見つけたの――あ、パソコンの付属品みたいなものね――そこに入ってたのは、オーガストが夜中に撮った写真とビデオだった。そこは畑のなかで、ミズ・マッキノンとエメラルドも一緒だったわ。自分たちのしていることを誰にも見られたくなかったみたいで、オーガストはライトなしで撮影していた。ミズ・マッキノンは畑を掘って土壌サンプルを集めていた。どこの畑なのか、わからないかしら」

「きのうも言ったとおり、ドリス・マッキノンとはもう長いこと会っていなかった」オルブリテンは不機嫌に答えた。

「そうだったわね。しつこく訊いてごめんなさい。でも……わたし、探偵になる前は法曹界で仕事をしてたの。あなたのいまの返事は厳密な法解釈みたいなものだわ。〝ミズ・マッキノンとずっと会っていない〟のは事実だと思う。でも、向こうから電話してこなかった？　あるいは、あなたのほうからかけなかった？　あるいは、三人で何をしていたかをエメラルドから聞かなかった？」

長い沈黙があり、オルブリテンはそのあいだに牧師に握られていた手をひっこめて、膝の上で両手を握りあわせた。

彼女が何も言おうとしないので、わたしのほうからできるだけ穏やかに言った。「きのう、あなたが倒れたのは、ミズ・マッキノンが死ねば誰かから連絡があるはずだ、と言いかけたときだった。あなたはとてもまっすぐな人だから、嘘をつくことに抵抗があり、意識を失ってしまったんじゃないかしら。彼女の死をすでに知ってたんでしょ？」

「探偵さん！　言い過ぎだ」クレメンツがわたしとオルブリテンのあいだに身体を割りこませた。

オルブリテンが牧師の袖をつかんだ。「いいんですよ、牧師さま、いいんです。この人の言うとおりなんだから。そう、すでに聞いていた。エメラルドじゃなくて、若い男のほうから。二人はドリスに言われて家を出た。男はひきかえした。たぶん、パソコンのその付属品をとりに戻ったんだろう。なんとかメモリってやつを。台所の床に倒れてるドリスの死体を見つけて逃げだした。わたしは男に、人目につかないようにしろと言った。エメラルドにも。あの若者が白人の保安官助手に見つかって、マサチューセッツ通りの真ん中で射殺されるなんてことになったら大変だからね。聖シラス教会に二人を匿おうとしたけど、たしかに牧師さまの言うとおりで、古い地下室はカビや何かがびっしりついてる」

「二人はどこへ消えたの？」わたしは哀れな懇願口調をかき集めて声に込めた。

オルブリテンは首をふった。「教えてあげたいけど、できない」

「できない？　それとも、その気がないの？」

「言い過ぎだ」クレメンツがふたたび言ったが、オルブリテンが反論した。「この人は意地悪で言ってるわけじゃないんです、牧師さま。力になろうとしてくれてる。できないんだよ、探偵さん。教えることができない。何も知らないから」

わたしはそれで満足するしかなかった。掘って集めた土のことでオーガストが何か言っていなかったかと尋ねた。

「いや」オルブリテンは下顎を動かした。「話してる暇がなかった。オーガストは怯えきってたし、わたしもオーガストと可愛いエメラルドのことが心配だった。三人とも落ち着いて考えることができなかった。ただ、リバーサイド教会の――あ、橋の向こうにある教会だけど――一カ月ぐらい前に、そこの信者でバーバラ・ラトリッジって女に農産物の直売市場でばったり会ってね、そのとき、ドリスとすれ違いだったわねと言われた。ドリスは誰かが自分の土地に作物を植えてると言って動揺してたそうだ。で、わたしが農場に電話すると、ドリスはこう言った――一人じゃ畑の世話をしきれないから、土地は全部人に貸したが、フェンスやその他いろんなものの手入れが行き届いてるかどうかを確認するため、小型トラックで見に行ってみた。すると、畑にしてはいけない場所に誰かが作物を植えてるようだった、と」

「それだけのことで、ドリスがエメラルドをシカゴから呼び寄せたの？」わたしは疑わしげに言った。「弁護士に一任すればすむことじゃない？」

オルブリテンはかすかな笑みを浮かべた。「あんたにはカンザスの婆さん連中のことが何もわかってないんだね、都会のお嬢さん。葬儀屋に金払って墓穴を掘ってもらうぐらいなら、みんな、自分で掘るほうを選ぶだろうよ」

28　忽然と消える

そろそろ退散するよう、ベイヤード・クレメンツに催促されるまでもなかった。オルブリテンは体力を使い果たしてしまったようだ。クレメンツ牧師が彼女に付き添って寝室へ行っているあいだ、わたしは居間で待つことにした。テレビの上の写真が消えていることにぼんやりと気づいた。きのうは聖シラス教会の創立百五十周年を楽しげに祝う女性たちの写真が置いてあったのに。妙なことだ。

クレメンツが戻ってきた。聖シラス教会まで一緒に行って、教会の地下室を見せてくれるという。逃亡者など潜んでいないことを、わたし自身の目でたしかめられるように。

教会まで歩くあいだ、ありふれた雑談をした――こちらにいらして何年ぐらいになるんですか。この町に関してどんなことをご存じでしょう？　牧師はアトランタで育ったそうだ。母親は公民権運動の指導者であるベイヤード・ラスティンのもとで働いていた人で、その名前をわが子につけた。ローレンスの暮らしに慣れるのが最初は大変だったという。小さな町、アフリカ系アメリカ人の小さなコミュニティ。しかし、ベイヤードはこの町の雰囲気を愛していて、学生たちを聖シラス教会の信者にすることに情熱を注いでいる。

「聖シラスの百五十周年のとき、牧師さまはまだこちらにいらしてなかったですよね」

牧師の表情がこわばった。「百五十周年に関して何をご存じなんです？」

「ほんの雑談のつもりですけど。きのう、ミズ・オルブリテンのところの居間で、そのときの写真を見たんです。でも、今日は消えていました」

「わたしがこちらにきたのはその翌年でした」牧師は言った。「写真はシスター・オルブリテンがベッドの横に置きたいと言ったので、けさ、わたしがそちらへ移したのです」

「玄関前の道を近づいてくるわたしを見たときに？」

牧師はふたたび笑ってみせた。「シカゴの礼儀作法というのは、わたしがなじんできたものに比べるとくだけた感じですね、探偵さん。カンザスにくるのは北部の州へ越すことだとずっと思ってきましたが、こちらの礼儀作法は南部に近いと言えましょう」

わたしはうなずいて非難を受け入れることにしたが、いまも写真の件が気にかかってならなかった。話を続けるうちに、教会の扉の前までやってきた。これをきっかけに話題が変わった。

「神の家は避難所を求めるすべての人に対して開かれるべきものです」クレメンツが言った。「しかし、うちの教会は建物の世話をする人間を雇う余裕がなく、人々が目についたものを手あたり次第に持ち去ってしまうのが悲しい現実なのです。たとえ教会の品であろうと」

教会のなかはカビ臭さが漂っていて、けっして不快な匂いではなかったものの、川の湿気のせいで床板がたわんでいるのが見てとれた。洪水のことを質問すると、牧師は教会の土台を守るために当時の人々が全力を傾けたと答えた。一九五一年の大洪水のあと、陸軍の工兵隊が川の何カ所かにダムを建設し、それも治水に役立ったという。

「最近のカンザスは洪水より旱魃(かんばつ)の被害のほうが深刻なため、みんな、川の氾濫(はんらん)の怖さを忘れがちです」

牧師はわたしを地下室へ案内してくれた。大事なイタリア製ブーツのことが心配だったが、地下室の床はコンクリートで覆われていた。それでも、でこぼこの床に水がたまっていたし、壁に手を這わせるとじっとり湿っていた。クレメンツが照明を――低い天井からぶら下がった裸電球を――つけてから、隅に下がって腕組みをし、誰かが最近ここにいたことを示す痕跡を見つけようとするわたしを、皮肉っぽい微笑を浮かべて見守った。〈ラ・ペルラ〉のブラの紐も、USBメモリもなかった。

おまけに冷え冷えとしていた。絶望に陥った者なら――例えば、逃亡奴隷や、警官に怯える黒人の若者なら――耐えられるかもしれないが、エメラルド・フェリングがそんなことをしたがるとは思えない。苦労してスターダムにのしあがった人かもしれないが、それは五十年も前のことだ。

教会の裏にクレメンツの車が置いてあった。わたしが徒歩できたことを知り、車まで送ろうと言ってくれたが、図書館の駐車場に止めてきたと聞いて驚いた様子だった。

「今日の午前中、図書館で調べものをしてたので」わたしは言った。「車をそのまま駐車場に置いてくるほうが楽だと思ったんです」

尾行されているのではという懸念について説明する気にはなれなかった。保安官や大佐やほかの誰かがわがスマホ経由でわたしを追跡できるのなら、SUV車を使う必要はもうないのかもしれない。急に喉がこわばるのを感じて、思わず片手を喉に当てた。

図書館でわたしを降ろしたクレメンツは、こちらの感謝をぶっきらぼうな言葉で払いのけた。「シスター・オルブリテンの家にひきかえして、またしても彼女を質問攻めにすることのないよう願いたい」

わたしはおざなりに微笑した。「ミズ・オルブリテンが何週間か息子さんのところへ泊まりに行くことはできません？　何が起きているのか、誰の企みなのか、わたしにはわかりませんけど、マッキノン農場とシカゴのオーガストの住まいが荒らされた様子を考えてみると――ミズ・オルブリテンが何か知ってるんじゃないかと悪党どもが思った場合――」

「わかっています」牧師はわたしの言葉をさえぎった。「だから、わたしから近所の人々に頼んで、彼女に付き添ってもらうことにしたのです。ジョーダンのところへ行ってほしかったが、頑固な女性なのでね。それに高齢だ。人間、年をとると、自分の家にいるのがいちばんなんです。明日になればまた、ジョーダンがきてくれるでしょう。不在中誰かに仕事をかわってもらえるよう、段取りをつけなくてはならず、それさえすめば、こちらに泊まりこむことができると言っていました。ジョーダンの長男が泊まってくれることもあるでしょう。完璧とは言えないが、なんとかなると思います」

警備を手伝おうと申しでるのはやめておいた。事件の調査がどこへ向かうのか、いつまで続くのかわからないからだ。だが、オルブリテンの身の安全はやはり気にかかった。

車に戻ったわたしは、アルミホイルで内張りをしたディパックから電子機器をとりだした。メールが山ほど届いていて、緊急のもいくつかあったが、わが最優先事項は犬を迎えに行くことだった。

ペピーはわたしに会えて大喜びだった。もっとも、店長によると、誰もがペピーにめろめろだったそうだ。いつでも預かりますと言われた。どんなワンちゃんもできないぐらい長い時間、投げたボールをとってくる遊びを続けて、ほかの犬と仲良くして……などなど。幼稚園の連絡ノートを読んでいるような気がしてきた。〝ペピーちゃんは理想的なお子さんです。お利口で、ほかの子に親切です〟。わたしもそれに異を唱えるつもりはない。

　車で町に戻りながら、ペピーがたっぷり運動してきたおかげで、今夜の散歩は必要ないことをありがたく思った。ふたたび〈ヒッポ〉へ行った。いま五時半、太陽が桁端（ヤーダーム）にかかる時刻だ。桁端がどういう意味かは知らないが。

　午前中にいつも顔を合わせるバーテンダー兼バリスタが店に出ていたので、わたしはペピーも連れて入った。

　カウンターに二十ドル札を二枚置いて、オーバンのダブルをストレートで頼んだ。いつも飲んでいるジョニーウォーカーの黒ラベルならその半分の値段だが、今夜は贅沢をしたい気分だった。「この子はわたしの感情面のサポートドッグなんだけど、証明するものが必要？　それとも、わたしの言葉を信じてくれる？」

「あなたと犬を見ればちゃんとわかるわ」女性バーテンダーはそう言って、二十ドル札の片方をとり、もう一枚の紙幣に五ドルを添えて返してくれた。「はい、お釣り。この町では誰にだって感情面のサポートが必要よ」

　わたしは五ドルをカウンターに残し、電子機器と犬と一緒に隅のテーブルへ行った。シカゴの依頼人たちから届いたメールのなかに、トロイ・ヘンペルのものもあった。〝母から話を聞きました。時間ができ次第、こちらから連絡します〞。バーニーからは七件、〝明日までにオーガストが見つからなかったら、ヴィクやコーチや両親がなんと言おうと、飛行機でそっちへ行く〞と書いてあった。

いちばん大事な依頼人たちに返事を書き、ストリーター兄弟にメッセージを送って情報収集を頼み、バーニーには〝だめよ〟ときつい調子で返事をした。〝こっちでは人々が殺しあい、死体を放置してネズミの餌にしてるの。ぜったいこないで〞

それをすませてから、バーバラ・ラトリッジの電話番号を調べた。一カ月前に農産物の直売市場でドリス・マッキノンと話をしたという女性だ。携帯番号を調べてくれるサービスもあるが、時間とお金がかかる。だから、バーバラが固定電話を持っている古風なタイプだったことにホッとした。しかも、三回目の呼出音で本人が電話に出てくれたので、時間を無駄にせずにすんだ。

わたしは名前を名乗り、きのうリバーサイド教会で会ったような気がするが、それで合っているかどうかと尋ねた。

「ええ、お会いしたわ。みんなを興奮させた探偵さんね。ネル・オルブリテンに会いに行きました？」

「ええ。わたしと会っていたときに彼女が倒れたことは、あなたの耳にもすでに入ってると思うけど」

バーバラは仰天した。「知らなかった――医者に診てもらった？　あなた、そのときどうしたの？」

「ERへの搬送を手配しました。いまは退院して自宅に戻ってます。かなり衰弱してるけど。あんなふうに倒れたら、誰だってそうなるわね。九十代にもなればとくに。でも、心臓は心配ないそうよ」

「どうしてわたしの耳に入ってると思ったの？」

「ダグラス郡の人々がおたがいに親しいつきあいだってことを、みんながわたしの前で強調するんですもの。それが実証される場面に何度も出会ったから、ここにいるあいだは、町の人々に電話してわたしが何をしてるかを教えてもらうのが、わたしの仕事じゃないかって思いはじめてたの」

「たしかに、誰もが人の噂ばかりしてるわね」バーバラは同意した。「たぶん、大都会も似たようなものだと思うけど、ここではみんなが一緒に大きくなって、長年一緒に仕事をしてるから、他人の人生に首を突っこむことがシカゴより多いかもしれない」

ここでバーバラはためらった。「わたしがネル・オルブリテンの件を知らなかったってことこそ、きのう教会でわたしが言おうとしたことを端的に示すものよ。この町では黒人と白人が分断され、川の北側のノース・ローレンスの住民とそれ以外の地区の住民が分断されている。リバーサイド教会の信者のなかでミズ・オルブリテンのことを知ってるのはほんの一握りだし、病院関係者でなきゃ、彼女が倒れたことなんて聞いていないと思う。ガートルード・ペレックかジョイ・ヘルムズリーが倒れたというなら、いまごろは誰もがキャセロールを用意してるでしょうね」

「キャセロールの話が出たついでに、というか、食べものつながりなんですけど」わたしは言った。「今日の午後、ミズ・オルブリテンから、一カ月ほど前に農産物の直売市場であなたがドリス・マッキノンと立ち話をしたと聞きました。マッキノンは誰かが自分の土地に作物を植えてると言って狼狽してたそうね」

「ええ～っと、そうじゃなくて～」バーバラは言葉をひきのばしながら記憶を探った。「狼狽してたのはたしかだけど、あのとき話に出たのは、空軍へ強引に売却させられた土地のことだったわ。なんでも、ドリスにその土地を買い戻すチャンスも与えずに、軍がよその農家へ転売してしまったらしいの。〝何か栽培してるみたいで、わたしはどうしてもその理由を知りたい〟とか、そんなようなことを言ってたわ」

「ミズ・マッキノンが何か証拠をつかもうとして夜中に地面を掘ってたとすると、現場はそこだったと考えてもいいかしら」もしそうなら、ご機嫌な展開になる。彼女が軍に売るしかなかった十五エーカーの土地をまわり、掘った跡がないかを調べれば、郡のあちこちを駆けずりまわらなくてすむ。

「夜中に地面を掘ってたっていうの？」バーバラは驚愕した。「あの人、昔から……エキセントリックだったとは言いたくないけど――型破りな行動をとる女がいると、人はすぐにそういうレッテルを貼るものでしょ――ただ、あの人は昔から好きなように行動することが多かった。八三年当時は、反核運動の若者たちが彼女の土地でキャンプするのを許可してた。そのため、ヒッピーや共産主義者のせいで風景が台無しだと非難され、郡の住民からずいぶん敵意を持たれたものだったわ」

電話を切り、今日の午前中に使った地図を見て、マッキノン家がかつて所有していた十五エーカーと〈シー・2・シー〉の実験農場がどこで重なりあっているかを確認しようとしていたら、エヴァラード部長刑事が入ってきた。

彼がバリスタとしばらく雑談するあいだに——冗談交じりのようだ——バリスタは彼のためにビールを用意した。部長刑事はそれを持ってわたしのテーブルにやってきた。

「勤務が終わったところだ」ビールのジョッキをふってみせた。「ほう、この子がきみの感情面のサポートをしてくれる犬か」身をかがめてペピーの耳をなでた。「きみの精神分析医かと思っていたが」

「複数の仕事をこなせる優秀な犬なの」

「きみ、毎朝、コーヒーを飲みにここにくるそうだな」

「ローレンスでいちばんおいしいコーヒーが飲めるから。少なくとも、わたしの好みにぴったりよ」

「いま飲んでるのは、コーヒーのようには見えないが。まあ、とにかく、わたしはきみが夜もくるほうに賭けてみた。われわれ警察の人間はそうやって犯人をつかまえるんだ。人は習慣に従うのが好きだからな」

「わたしたち犯人はたしかにそうよ」わたしは同意した。「でも、あなたはわたしのGPSが復活したのを見たのかもしれない」

エヴァラードは眉を上げ、驚きの表情になった。「尾行なんかしてないぞ、ウォーショースキー。きみを捜してただけだ」

「オーケイ。そして、わたしを見つけた」

「州の科学捜査研究所にいる友達が少し前に電話をくれた。ドリス・マッキノンの件で。というか、少なくとも、ドリスのものと思われる女性の遺体の件で」

わたしは話の続きを待った。

「解剖を担当したのはドクター・ロークだが、今日の午前中、モルグで解剖を始めたときに倒れてしまった。解剖室にいたのはドクター一人だった。州にはもうフルタイムの技師を雇う余裕がないんだ。そのため、救急車を呼んだのは、警備員がビデオモニターでドクターの姿に気づいたあとだった。ヘリでカンザス・シティの医療センターへ救急搬送された。急性のインフルエンザか何かからしい」

「それは大変だったわね」わたしは礼儀正しく言った。「解剖は延期ってこと?」

エヴァラードはおもしろくもなさそうに笑った。「《ニューヨーク・タイムズ》にどう書いてあるか知らないが、ここだって、とんでもないド田舎というわけではない、ウォーショースキー。州には複数の病理学者がいる。ただ、困ったことに、遺体が消えてしまった」

29　データスワップ

「消えた？」わたしは呆然とエヴァラードの言葉をくりかえした。

「消失した。なくなった。これ以上、同じ意味の言葉を思いつくことはできない」

困惑のあまり、わたしは言葉を失った。わたしの沈黙をエヴァラードは非難ととった。

「ここはシカゴとは違う。殺人事件が年に何千件も起きるようなことはない。わが州の科学捜査研究所もセキュリティは厳重で、警備員を置き、防犯カメラや最新設備をそろえているが、国家の安全がかかっているような厳戒態勢をとっているわけではない。少なくとも、そういう認識はまったくなかった」

わたしは首をふった。「そんなこと言ってないわ。とにかく、クック郡のモルグだって最近はひどいものよ。遺体が四方八方に積み重ねられて、にじみでた体液がほかの遺体にしみこんでる状態だもの。いえ、じつは、保安官が今日の午前中になんて言ったかを思いだそうとしてたの」

わたしはウィスキーのグラスを透して傷だらけのテーブルを見つめた。グラスの下であらゆるものが琥珀色の輝きを帯びていた。あのとき、死因はもうわかったのかとわたしが保安官に尋ねると、冷たい返事がかえってきた。たとえ〝一回目〟に死体を見つけたのがわたしでも、そんな質問をする権利はないと保安官は言った。そう、そうだった。そのあとでうまくごまかし、〝最初に〟という意味で言ったのだと主張した。

このやりとりをエヴァラードに聞かせたところ、彼は心配そうに眉をひそめた。「きみ、まさか、ギズボーンがすでに死体のことを知っていたなどと思ってるんじゃあるまいな。わたしはつねにやつと意見が一致するわけではないが、生まれたときからのつきあいだ」

「わたしだって、生まれたときからの知りあいのなかに、詐欺や放火で五年から十年ぐらい服役中の者がいるわ。ほんの一例だけど」

「ギズボーンは正直者だ。そうでないなら、わたしにはすぐわかる」エヴァラードに反撃された。

「わざと反論してみただけよ。あなたはギズボーンを知ってるけど、わたしは知らない。ただ、変だと思ったの。あなたがギズボーンのことを正直者だと信じてるのなら、どうしてわたしを捜しだしてマッキノンの遺体が消えたことを知らせてくれたの？」

エヴァラードの口元が嘲笑でゆがんだ。「署でみんながきみの噂をしている。〝落書きや酔っぱらい運転にはもううんざりだ。ときたま強盗事件がスパイスになるが、本物の犯罪に出会いたいなら、ウォーショースキーをこの町に置いとくべきだ。あれは犯罪専門の占い棒みたいな女だ。犯罪を招き寄せるのか、見つけだすのか、どっちだろう？〟と言ってるぞ。クスリ漬けの女たち、殺人事件の被害者、きみの前で気絶する者。そこでふと思ったんだが
……」

「わたしがドクター・ロークを悪質な病気に感染させ、あなたの遺体を盗んでいったんじゃ

ないかって？」エヴァラードが言葉を濁したので、かわりに言ってあげた。

エヴァラードはふたたび笑った。今度は本物の微笑だった。からかわれてもわたしが腹を立てなかったので、ほっとしたのだろう。「噂とはそういうものだ。わたしはローレンス警察を信頼している。もちろん、警部補とその指揮下にある刑事たちのことも。ＦＢＩのカンザス支局はすばらしい業績を残していて、精緻な捜査が必要とされる殺人事件をいくつも解決してきた。だから、きみの専門技術を貸してほしいと言うつもりはない。州の財政危機のせいで人員不足ではあるが、その必要はない。ただ……妙なことが起きているため、それが気になって……どう表現すればいいのかわからないが……。もしわたしが床に寝そべってるきみのその友達だったら、首筋の毛を逆立てているだろう」

エヴァラードはブーツの爪先でペピーの首筋をなでた。

「妙なことというと？」わたしは尋ねた。

「もちろん、死体が消えたことだ。それから、ギズボーンに関するきみの意見――何が原因かわからないが、やつの行動がどうも妙なんだ。つまりだな、郡には郡の、市には市の犯罪があって、それぞれ独自に捜査権を持っているが、協力が必要なことはおたがいにわかっていて、ふつうなら、縄張り争いをするようなことはない。ところが、モルグから連絡が入ったあとで、保安官がローダム警部補のところにきて、これは郡の事件だからローレンス警察は手出しをしないでほしいと言った」

「それで、警部補は？」エヴァラードがまたしても黙りこんだので、わたしは話の先を促した。

「警部補はこう答えた——マッキノン殺しに関係のある犯罪がローレンス市内で起きたときは、われわれの主導で捜査を進めるが、いまのところは静観することにしよう、と」

「ソニア・キールの件があるわ。クスリを盛られて〈ライオンズ・プライド〉の外に放置され、危うく死ぬところだったのよ」

「マッキノン殺しと結びつける気か。どういうことだ？ ドローンがきみの頭上でホバリングして、チビのエイリアンが〝ヴォーショースキー、ドリス・マッキノンが殺されるのをソニア・キールが目撃したぞ〟とでも言ったのか」

「『スター・ウォーズ』の新作公開は間違いだとわかってたわ。ひょっとすると、ソニアは本当に殺人を目撃したのかもしれない。何かを見た。すべてを耳にした。エイリアンが登場しなくても、ずいぶん物騒な話だわ。バゲット大佐って人を知ってる？」

エヴァラードが首を横にふったので、ゆうべ、ホテルでバゲット大佐にばったり出会ったことと、〈シー・2・シー〉のロズウェルとキール博士も一緒だったことを彼に話した。

「ギズボーン保安官は〈シー・2・シー〉に特別の便宜を図ってるみたい。あの保安官にとっては普通のことなのかしら」

「どういう意味だ？ 普通とは」エヴァラードはわたしへの反感と共感のあいだで揺れつづけている。針がふたたび赤の反感のほうへ揺れた。

「批判してるわけじゃないのよ」わたしは声に苛立ちを出さないようにした。多少なりとも善意を示してくれたこの町でただ一人の警官を敵にまわすことはできない。「企業にしろ、個人にしろ、自分の土地で警報が鳴った場合、現場へ急行するよう保安官に頼むことはでき

る の？」

エヴァラードは肩をすくめた。「〈シー・2・シー〉のアラームが保安官事務所でも鳴るようにセットしてあれば、当然、保安官が駆けつけるだろう。違うかい？」

「わたしがフェンスにうっかり触れたら、電流が通ってたわ。ギズボーンが飛んできたのは、たぶんそのせいね。〈シー・2・シー〉は何かの穀物を厳重に守ってるみたい」

「やっぱり都会のギャルだな」針が青のほうに戻った。「その穀物は特別な交配種で、何百万ドルもの利益をもたらすのかもしれん。〈シー・2・シー〉としては、誰にも触れさせたくないだろうが、それは犯罪ではない」

エヴァラードはバーテンダーのほうへジョッキをふってみせた。「シモーン、おかわりを持ってきてくれ。頼む」

「ディーク、さっき見たときは、あなた、脚なんか悪くなかったわよ。自分でこっちにきなさい。お客さんが並んでるのが見えるでしょ。わたし一人で大忙しなんだから」

客がどんどん増えていたが、〈ライオンズ・プライド〉の混雑に比べればたいしたことはない。奥の隅に小さなテレビしかないので、ジェイホークの熱烈なファンたちは大型スクリーンのある店へ行くのだろう。

エヴァラードから酒のおかわりはと尋ねられて、わたしは首を横にふった。長い一日の終わりにウィスキーのダブルを飲んだため、睡魔に襲われていた。これ以上飲んだら運転できなくなってしまう。いや、もっと困るのは、エヴァラードの話に集中できなくなることだ。

カウンターから戻ってきたエヴァラードに、わたしはバゲットがミサイルサイロに現われたことを話した。「バゲットの話では、大学の予備役将校訓練部隊に講演を頼まれてローレンスにきたということだったけど、わたしが大学に電話してみたら、大佐の来訪記録はなかった。ところがその一方で、保安官がわたしを逮捕しようとするのを、あるいは、その場から逃げだそうとするわたしを射殺するのを、大佐が防いでくれたの」

エヴァラードがジョッキをテーブルに乱暴に置いたため、ビールが少しこぼれた。「そこだよ、わたしが言いたいのは。ギズボーンは八〇年代に保安官助手としてスタートを切り、その後長年保安官を務めてきた。そんなふうにカッとなることはめったにない」

「わたしはドラッグを疑ったの。ミサイルサイロの敷地内に、窓が黒く塗ってあって真新しい錠のついてる建物があるでしょ」

「ギズボーンが何をしても、しなくても、麻薬組織を庇うなどということはぜったいにない」エヴァラードはぴしっと言った。「キール博士もだ。この町の公衆衛生のために尽力してきた人だ。覚醒剤の密造所に手を貸すことはありえない」

「あの畑で医療用大麻の栽培なんかしてないことは、わたしにもわかってるわ」険悪な雰囲気を和らげようとして、わたしは言った。「わたしに見分けがつくのは、たぶん大麻だけね。でも、二つのことがあそこで別々に起きてる可能性もあるわ。廃棄されたサイロでの覚醒剤密造、そして、ドリス・マッキノンのかつての畑で栽培されている何かほかのもの」

エヴァラードはしぶしぶうなずいた。

「導火線に火をつけてあなたの足元に置くつもりはないけど、バゲット大佐のことも気になって仕方がないの」

「心配するな。わたしはその男を知らないし。そいつはいったい何を企んでるんだ？」

「わからない。でも、輝かしい過去と未来を持つ軍人のわりには、この郡で起きてることにやけに詳しいの」

わたしはこれまで使っていた地図を、こぼれたビールを避けてエヴァラードの右側に置いた。「この輪郭が見える？　空軍が一九八三年にドリス・マッキノンから買いあげた十五エーカーの土地よ。デモ隊のキャンプ地が全焼したあとのことだった。軍では土壌汚染がひどくて使用に適さないと発表した。エミグラント銀行に勤務する女性が言ってたけど、多くのサイロが民間の開発業者に売却されてるのに、ここがいまだに売れてないのはそれが理由なんですって」

「ほう？」エヴァラードの電話が鳴った。エヴァラードは、自分は目下勤務時間外だからピーボディ巡査にかけてほしいと言った。

「なぜ〈シー・2・シー〉がそこに作物を植えてるの？　わたしの地図の読み方が間違ってなければの話だけど」

エヴァラードは郡の地図と不動産譲渡証書のコピーをわたしから受けとり、十分ものあいだじっと見ていた。わたしは増えるいっぽうのメールに返事を送り、ジェイクから連絡が入っていないかを、これで何回目になるかわからないがチェックした。

「大丈夫、正しく読めている。その疑問はもっともだ。署内でどんな噂が流れてるか調べておこう」エヴァラードは渋い顔になった。「このところ、市警と郡保安官事務所の関係がぎくしゃくしてるから、忍び足で歩かなきゃならん。大きな杖をふりまわすなどもってのほかだ」

わたしはぶつぶつ言いながら了承し、さらにつけくわえた。「ドリス・マッキノンは真夜中にこっそり畑を掘っていた。そこは空軍が買いあげた土地じゃないかと思うの。土壌の放射能レベルを調べたかったのかもしれない。わたしに思いつける説明はそれしかないわ。わたしがゆうべ農家に入ったときには、サンプルはもうなかったと思う。ドリスが畑を掘ったなんてそのときは知らなかったから、捜したわけではないけど、緯度と経度を示すタグがついてる袋がいくつもあれば――」

「なぜそこまで知っている、ウォーショースキー」エヴァラードが叫んだ。「くそ、きみは証拠をつかんでいながら――」

「匿名のたれこみよ」わたしは冷たく言った。「あなたは危険を冒してわたしと話をしている。でも、わたしも同じく危険を冒している。情報を提供してるんだから」

エヴァラードはビールに渋い顔を向けたが、ついに言った。「オーケイ。匿名のたれこみだな。それで？」

「そこにソニア・キールが登場。畑のなかで踊ってて、ドリスに気づき、〝火事よ、出てって。神聖な土地なのよ！〟と叫んだ。わたしが知ってるのはそれだけ。でも、数日後の夜、何者かが致死量に近いルーフィーをソニアにのませた。つまり、これでソニアとドリス殺しが結びつくわけ。少なくとも、わたしの推理では」

「どうかなあ。ずいぶん細い結びつきだが」

わたしは真剣な顔で彼を見た。「そうかもしれないけど、そもそもわたしがマッキノン農場へ出かけたのは、そこがエメラルド・フェリングの育った家だからよ。ドリス・マッキノンが土壌サンプルを採取した夜、ソニア・キールもその場に居合わせた。前にあなたにも話したとおり、ソニアはわたしに電話をかけてきたとき、愛しい男の墓の上でエメラルドとオーガストを見たと言ったわ。ソニアの母親から聞いたけど、彼女、マット・チャスティンのことを愛しい男だと思ってるんですって。反核運動のキャンプ地が全焼したあと、マットが行方不明になったため、ソニアは彼も火事で焼け死んだと思っている。だから、墓地を見つけようというわたしの思いつきは間違いだった。それはマッキノン農場の土地だったのよ」

「で、それがトピーカで売ってるトマトの値段とも関係してくるのかい？」

「マットはキール博士の研究室の学生だった。博士の話だと、マットは何かの実験を担当してて、それが悪い結果になったとか。ひょっとすると、そのせいで土壌が汚染されたんじゃないかしら。リバーサイド教会の人たちが言ってたけど、ミサイルサイロの跡地もコンドミニアムへの改装は無理だったそうよ」

「かもしれん。しかし、何が言いたいんだ？」

「わからない」わたしは正直に答えた。「あの土地に関して、わたしが三つのことしか知らないせいかもしれない――〈シー・2・シー〉がそこで作物を栽培している。かつてそこで抗議活動がくりひろげられた。マットの消えた場所、もしくは死んだ場所だと思っている。でも、この三つによって、ソニアはそこが八三年にそこで起きたことと、現在起きていることが結びつくと思うの。気になることがもう一つ、わたし、ガートルード・ペレックにすごい敵意を持たれてるの。そこでふと思ったんだけど、マット・チャスティンがケイディ・ペレックの父親だという可能性はないかしら。マットは当時、この土地にいたし、ガートルードの娘はそこでテント生活を送っていた。ガートルードがそれをケイディに知られまいとすれば……」わたしの声が途中で消えた。

エヴァラードは言った。「自分の父親が誰なのか、ケイディはずっと知りたがっている。その気持ちはわかる。だが、ガートルードが父親の名前を知っていたのなら、なぜそれを秘密にしようとするのか、わたしには理解できない」

「ガートルードはキール博士の研究室で秘書をしてたの。マットはキールの教えを受ける学生だった。ソニアがマットにのぼせあがり、つきまとうようになった。キールは実験の大失敗を理由にマットを大学から追放した。そして現在、キールはコミューンがあった場所に作られている実験農場の責任者とお酒を飲んでいる。そして、そこに大佐が勲章をひけらかして現われる。助手のような男を連れていて、大学にある予備役将校訓練部隊の幹部候補生だと紹介してくれた。ただ、あとでわたしが大学に問いあわせたら、そんな名前の学生はいないと言われた」

エヴァラードの電話が鳴った。画面を見た彼は沈鬱な表情で顔を上げた。「ドクター・ロークが二十分前に亡くなった。もう若くはなかったが……ああ、誠実で優秀な病理学者だった。このろくでもない州で、おべっかを使うのがうまいからではなく、腕のよさを買われて仕事を続けてきた、ごくわずかな人の一人だった」

わたしはぎこちなく悔やみの言葉を述べた。エヴァラードのことはまだよく知らないし、亡くなったのはわたしが会ったこともない人だから、ぎこちなくなるのも仕方がない。

エヴァラードの目に涙が光っていた。

「あとで連絡する、ウォーショースキー。あとでまた」

30　お偉方の訪問

ペピーが助手席に飛びこんだ。わたしが運転席に乗りこもうとしたとき、通りの向かいに止まっていた車から誰かが降りてこちらにやってきた。わたしはふたたび腰を上げてドアのフレームにもたれた。

「バゲット大佐。フォート・ライリーで必要とされているのでは？」

「欠くことのできない人間など一人もいない。大佐どもが回転草のように増殖し、重労働は大尉連中がやってくれる軍の基地ではとくに」

「回転草に重労働はさせられないものね。わたしをお捜しだったのなら、いまから部屋に戻って休息するつもりでいたんだけど。一人でのんびりと。保安官をお捜しなら、わたしでは役に立てないわ。さっきまで話をしてた相手は警察の人だから」

「きみを食事に誘おうと思ったんだ」バゲットは言った。

「それでわたしの車をつけてきたの？　電話したほうが楽だったんじゃない？」

街灯の光を受けてバゲットの歯が白くきらめいた。「きみの車は知っているが、電話番号は知らない」

「あら、コンピュータ・エンジニアリングの修士号を持ち、軍の情報部にいたことがあるのに？　テレビの『NCIS〜ネイビー犯罪捜査班』を見てると、情報部の人たちはコンピュータのキーを押しさえすれば、わたしが過去十日間にかけた電話番号を残らず目にできるような気がするけど」

「たぶん、できるだろう」笑みを浮かべたまま、バゲットは言った。「だが、それは倫理に反することだ。八丁目の真ん中で話しこむのはやめて、どこか暖かなところへきみを誘ってもいいだろうか」

結局、わたしはバゲットと話がしたかったし、ペピーを車に残してレストランへ行くのではなく、ペピーを連れて屋内に入りたかったので、B&Bにきてもらってもかまわないと彼に言った。食べるものを出すつもりはなかったが、彼のほうから、途中でピザを買ってワインと一緒に持っていくと言いだした。

B&Bに戻ったわたしは洗濯室でよそ行きからジーンズとスウェットシャツに着替え、ペピーに餌をやり、アームチェアに腰を下ろした。バゲットには小さなデスクの前に置かれた背もたれのまっすぐな椅子を勧めた。ワインは断わった。

「スコポラミンは入れてないぞ」バゲットは不機嫌な声で言った。

「スコッチに加えてワインまで飲んだら、探偵は〝考えるゴミ〟になってしまう。探偵学校に通ってたころ、この格言を教わったの」

「きみはそういうところには——」

「はいはい、通ってません」バゲットが途中で黙りこんだので、わたしは言った。「あなたがわたしの経歴を調べても、文句を言うつもりはないわ——わたしも同じようにあなたのことを調べたから。でも、言うまでもなく、あなたの経歴を調べるほうが大変ね。例えば、アフガニスタンで本当は何をしてたのか、とか。そういうことはすべて、火を吹く国防総省のドラゴンたちのうしろに厳重に隠してあるんでしょ」

「十代のハッカー連中がペンタゴンのコンピュータに侵入できる時代だ。だから、あそこには極秘事項など何も隠されていないはずだ」

「わたしも十代の子になれればいいのに。そしたら、あなたがローレンスで本当は何をしてるのかを探りだせるもの。あなたは今日の午前中、予備役将校訓練部隊の学生たちの前で講演なんかしなかったし、マーロン・ピンセンという学生は在籍していない。あるいは、フェイスブックにも出ていない。ピンセンが生身の人間であることはわかってる。だって彼と握手をしたし、軍の人々が使う親愛の情に満ちた口調で〝マダム〟と呼ばれたんですもの。でも、〝マーロン・ピンセン〟というのが、彼のお母さんが呼んでた名前だとは思えない」

「ふむ……」バゲットはデスクに置いてあったコーヒーのマグカップの一つにワインを注ぎ、香りをたしかめた。「いい香りだ。少しどうだね？　いらない？　母親があの男をどんな名前で呼んでたかは知らないが、きみの言うとおり、わたしは大学で講演をしていない。なぜ嘘をついたのか、自分でもわからない」

「ほんとのことを言うのが照れ臭かったのかもね。もしくは、犯罪行為を隠そうとしたとか。探偵をやってると、そういうケースによく出会うのよ」

足、ヒップ、脛——骨盤から爪先までのあらゆる骨に痛みが広がっていた。膝を持ちあげて椅子の上であぐらをかき、親指の付け根を揉みはじめた。それを見たバゲットは無理に視線をそらして、ピザを切り分けるのに専念した。わたしの横で寝そべっていたペピーが身体を起こし、憧れの目でバゲットを見つめた。わたしはペピーをそばに呼んだ。

「おねだりはだめ。忘れたの？　スコポラミンを与えかねないような知らない人が相手のときはとくにね」

バゲットは笑い、ナプキンにピザを一切れのせて、犬の背中越しに差しだした。「照れ臭いせいか、犯罪のせいか——選択肢はその二つだけかね？　何につまずくかわからないまま闇のなかを手探りしていたから、という理由はどうだろう？」

「マーロンという偽名の人物も一緒に手探りしてたの？」

バゲットはピザを食べ、指を拭き、ワインのおかわりを注いで、答えるまでに長い時間をかけた。「あいつはここから四十マイルほど先にあるフォート・レヴンワースの指揮幕僚大学に在籍している。コンピュータ分野における優秀な学生の一人だ。わたしの任務の手伝いを命じられた」

「どんな任務？」

「サイロに関することだ。きみは今日の午前中、あそこへ何しに行ったんだね？」

「嘘をつくか、適当にごまかすか、どっちにしようかな。だって、あなたも今夜はそればっかりだもの。でも、じつは、好奇心から出かけてみただけなの。わたしが何を調査するためにローレンスにきたかというと、三日前にフォート・ライリーでお目にかかったときに話したとおりよ。エメラルド・フェリングは子供時代から大学生になるまで、ドリス・マッキノンの家に住んでいた。で、今回、オーガスト・ヴェリダンを連れてミズ・マッキノンを訪ね、少なくとも一晩は泊まったものと思われる。そこまではきっと、お友達のギズボーン保安官からあなたに報告が入ってるでしょうね。わたしはミズ・マッキノンの土地に関心があるの。空軍が十八エーカーを強制的に買いあげたでしょ。

そこは土壌汚染がひどく、放射能のせいで耕作不能だと、いろんな人に言われたから、土地の境界線がどうなってるのか、〈シー・2・シー〉の実験農場が汚染されたその土地にあるのかどうか、すごく興味があったの。さあ、今度はあなたの番よ」

「ちっとも食べてないね。ベジタリアンなのかい?」

薄いナプキンにピザのチーズとソースがにじんでいた。わたしはあぐらをかくのをやめて、ピザをのせる皿を見つけ、テーブルの上を拭いた。「シカゴで異端視されるのはわかってるけど、わたし、分厚いピザは好みじゃないの。うちの母はイタリアのウンブリア地方の生まれだった。薄いクラスト、最小限のトッピング。さて、保安官が飛んできた直後にあなたが姿を見せた理由を、そちらから説明する番よ。あなたがあのエリアにいることを部隊長のまたいとこの友達が知ってたから、なんて言うのはやめて、もっと説得力のある説明をお願いね」

「それは嘘ではない」バゲットは言った。「〈シー・2・シー〉では空軍から土地を購入する前に検査をおこなった。放射能はいっさい検出されなかった。本来ならそれでケリがつくはずだが、世の中はややこしい。人の噂というものがある。ブラム・ロズウェルは頭を悩ませた。〈シー・2・シー〉が放射能に汚染された穀物を販売していると思われるようになったら、会社はもうおしまいだ。

ロズウェルが空軍に電話すると、空軍ではさらに徹底的な検査をおこない、サイロを一インチ刻みで調べた。使用済み燃料棒の入ったシリンダーが見つかった。廃棄されたミサイル基地になぜそんなものがあったのかと訊くのはやめてほしい。そもそも、基地にあるはずのない品だ。核使用施設というのは原子炉とは違う。じっさいに発電するわけではないから、燃料棒は必要ない。燃料棒をそこに放置したのは、兵器製造施設であれ、発電所であれ、とにかく核施設に出入りできる何者かの悪意ある破壊行為のように思われる。ところが、燃料棒を調べて出所を確認する前に、シリンダーが消えてしまった。じつのところ、われわれも狼狽している」

「どこで消えたの？」わたしは訊いた。「まさか、見つかったその場所に空軍の技術者が放置していくわけはないし」

バゲットは首筋をさすった。時間稼ぎをしている。どこまで真実を語るべきか、どんな嘘をつくべきか。自問自答しているのだろうか。

「シリンダーが見つかったのはサイロの最深部だった。空軍の連中はそこになら残していっても大丈夫だと考えた。クレーンと三種類の鍵がなければ、入りこむのは実質的に不可能だから。きみにもわかるはずだ。午前中にあの場所へ行ったとき、ドアをあけようとしただろう？」

「あなたと違って、ドアをあけるのに鍵が何個必要かも知らなかったわ。さて、燃料棒に話を戻すけど——使用済みなんでしょ？　だったらどこが危険なの？」

「ああ、そのことか」バゲットは苛立たしげな仕草を見せた——〝わたしも核関連の知識はまったくないが、幼稚園の子でも知ってるような初歩レベルのことだぞ〟と言いたげに。

「使用済みの燃料棒にも放射能が含まれている。大型爆弾を作ったり、工場を動かしたりするだけのパワーはないが、それでも、かなりの被害を及ぼすことができる。フクシマの例を見てみるがいい」

「すると、あなたがこちらにきたのは、誰が燃料棒を持ち去ったのかを調べるため？」

「目的は二つある。シリンダーを見つけること、この件を極秘にして世間がパニックになるのを防ぐこと」

「了解、フェイスブックへの投稿はやめておくわ。今度マッキノン農場へ行くとき、ガイガー・カウンターを持っていくだけにする」

「冗談にすることではない」バゲットの不機嫌な表情には迫力があった。さすが、軍で絶大な権力をふるうことのできる大物士官。

「そんなこと思ってないわ、大佐。ただ、真実かどうかを知りたいの。例えば、キール博士はどう関係してるの？　たしか、細胞生物学が専門で、物理学ではなかったはずよ」

「真実かどうかを知りたいだと？　国家の安全に関わる事柄を、こうして極秘できみに話しているというのに」

わたしは自分の指の爪を調べた。戸外で動きまわることが多かったため、爪に甚大な被害が出ている。ダウンタウンでビューティ・スパをいくつか見かけた。明日の朝、二時間ほど休憩をとって、爪の手入れに出かけることにしようか。

「聴いてるのか」バゲットの口調は怒りと苛立ちの中間だった。

「大佐、わたしはよその土地にやってきたよそ者よ。味方は犬だけ。あなたのほうには、保安官、大物科学者、軍人を養成するエリート大学からやってきた情報将校がついていて、いざとなれば、第一歩兵連隊を動かすこともできる。あなたの話はちゃんと聴いてるけど、だからって、あなたが真実を語っているかどうかはわからない。キール博士のことに話を戻しましょう。物理学者ではない人に」

バゲットはわたしに険悪な視線をよこしたが、反論は控えることにしたようだ。「われわれがキールと話をしたのは、八三年の大々的な抗議活動の時代に、彼があの場所と深い関わりを持っていたからだ」

「ああ、そのことなら知ってるわ。博士の関わりじゃなくて、抗議活動について。博士の娘もその場にいたわね」

「われわれは、あれ以来ずっと軍を恨んでいた恐れのある連中から話を聞くために、キール博士からその連中のリストをもらおうと思ったのだ。博士はじつに厳格な男で、彼を見ていると、ウェスト・ポイントの教官をしていた大佐の一人が思いだされる。頭の回転の鈍い者や、どんな場であれ遅刻するような者に対して、その大佐は容赦がなかった。閲兵式、授業、宿題提出、さらには食堂でも」

わたしは頭のなかで検討した。事実かもしれない。でも、事実かどうか、どうすればわかる？

「きみにこんなことまで打ち明けるのは、きみが多くの相手と話をしていて、そのなかには、わたしには思いつけないような相手まで含まれているからだ。例えば、きみがきのう会ったアフリカ系アメリカ人の女性。ほら、病院へ搬送された女性だ」

わたしは皮肉っぽい笑みを浮かべた。「わたしのことを徹底的にお調べになってるようね。ガイガー・カウンターが手に入ったら、彼女の家に燃料棒があるかどうか、あなたに報告してあげる」

バゲットは軽薄なこの意見を無視した――そして、皮肉っぽい笑みも。「マッキノン殺しが燃料棒に関係していると考えざるをえない。空軍があの土地をマッキノン家に返すかわりに〈シー・2・シー〉へ売却したことに、彼女はショックを受けた。弁護士に相談したが、違法性はなかった。倫理的には問題かもしれないが、違法ではない。そこにエメラルド・フェリングがやってきた。あの八三年の抗議活動で先頭に立った彼女が若い男を連れて。マッキノンの腕力ではあのシリンダーを持ちあげるのは無理だろうが、若い男ならできたはずだ」

わたしは椅子にもたれ、目を閉じて、いまの話を頭のなかで整理した。「シカゴにあるオーガストの自宅と勤務先を何者かが家捜ししたけど、その連中は何か小さなものを捜してたみたいよ。シリンダーの大きさってどれぐらい？」

バゲットは彼の電話をとりだし、写真を見せてくれた。「シリンダーというのはこんな感じだ。もし見つけても、蓋をあけたり、動かそうとしたりしないように。すぐわたしに電話をくれ」

わたしは首をふった。「きのうの午後、リバーサイド教会へ行ったとき、カウンターにコーヒーポットが置いてあるのを見たけど、それに似た形ね」

「なぜわたしが言うことをいちいち冗談にするんだ？」バゲットは閲兵場で使うような声に戻って詰問した。ウォーショースキー二等兵、日なたで腕立て伏せ百回。

わたしはノートパソコンをとりだし、検索ワードをいくつか打ちこんだ。検索がすむと、バゲットにページを見せた。「使用済み燃料棒って、コーヒーポットよりはるかに大きなスペースをとるのね。これ、本当は何なの？」彼の電話の画面を軽く叩いた。

バゲットは首を横にふった。唇をキッと閉じている。「まったく無知な人だ。燃料棒の長さはわずか三フィートから四フィート。これは使用済み燃料棒を二本格納する容器だ。これを持ち去るのは、破壊活動もしくは初期のテロ行為に当たり、冗談ですむことではない」

「写真をアップしておくわ。わたしの――」

バゲットが電話を奪いかえした。「だめだ。最高機密扱いの品だ。フェイスブックに出されたりしたらたまったものじゃない」

わたしは目を細めて彼を見た。「こんな写真、ネットにあふれてるわよ。もっとも、何か暗号みたいなものが隠してあって、わたしにそれを見つけられてはまずいとあなたが思ってるのなら、話は違ってくるけど」

バゲットが立ちあがった。「深刻な事態なんだ、ウォーショースキー。シリンダーはいまもダグラス郡にあると信じたいし、きみは国家の安全を最優先させて、われわれの邪魔をするのではなく協力してくれると思いたい」

「もちろんよ、大佐」わたしも立ちあがった。「最善を尽くします」

バゲットは紙箱に入ったピザと半分残ったワインをデスクに残して出ていった。もちろん、フォート・ライリーではアリエッタ大尉に後片づけをさせているのだろう。わたしはワインをシンクに捨て、ピザの残り三切れは外のゴミ捨て場へ持っていった。

ペピーがついてきて、消えゆくピザを残念そうに見ていた。

「いいのよ。オーガニック食品の店まで出かけて、夕食に何かおいしいものを買ってきましょう。例えば、バーベキュー風味の豆腐とか」

ペピーはわたしに向かって歯をむきだしたが、車のうしろに飛び乗った。

31　そもそもの発端

暗い気分で店内をさまよい、蒸したブロッコリーとフィッシュケーキ（魚のすり身とマッシュポテトを混ぜて揚げたもの）への食欲を掻き立てようとしていたとき、ケイディ・ペレックから電話があった。

「話があるんだけど」

オーガニックのケージャン風サーモン料理にクリーム状のオーガニックのスイートポテトを添えたものの前で、わたしは足を止めた。「いいわよ。明日はとくに予定もないから」もちろん、保安官か軍がわたしを勾留しようと決めなければの話だが。

「遅い時間なのはわかってるけど、できれば今夜のうちに」

「こっちは疲れてくたくたなのよ、ケイディ。それに、夕食もまだだし」

「あら、どうしよう。ごめんなさい。おばあちゃんがローストチキンを作ったのよ――残った分を持っていくわ」

いくらフィッシュケーキが干からび、ブロッコリーがくたっとしていても、手料理のチキンに深夜の訪問を承知するだけの価値があるだろうか。そう思ったものの、ケイディにB&Bの住所を教え、ヴァルポリチェッラを一本買った。

ペピーとわたしが車を降りようとするのと同時に、ケイディの車が止まった。ケイディは身をかがめて犬の耳をなで、遅い時間に押しかけてきたことをふたたび謝った。

「おばあちゃんの手作りよ」ケイディはそう言ってアルミ皿を差しだした。チキン、インゲン、サラダ。

わたしはうれしそうな声を上げてワインを注ぎ、食事を始めた。インゲンはさっきの店のブロッコリーに劣らずぐたっとしていたが、チキンはおいしく、サラダは新鮮だった。

「おばあちゃんったら、ゆうべは魔女みたいだった。いつ口を閉じとけばいいかもわからない子だと言って、わたしにガミガミ怒ってばかりだった。で、わたし、今夜とうとう、おばあちゃんがカッとなってる理由を無理やり聞きだしたの。そしたら、おばあちゃん、〝あのウォーショースキーって女が押しかけてきて、ずいぶんひどいことを言っていった。おまえが悪いんだ。わが家の内情をあの女に教えたりするから〟って言うのよ」

ケイディはまばたきして涙をこらえ、ティッシュを出そうとしてブレザーのポケットを探った。わたしはベッド脇のテーブルにのっていたティッシュの箱を差しだした。

「おばあちゃんに何を言ったの？」ケイディが涙声で言った。

「二人でソニア・キールの話をしたのよ」

あのときのやりとりを再現しようとした。ガートルード・ペレックに会いに行ったあと、いろんなことが起きたため、何を言いあったかを思いだすのがひと苦労だった。ソニア、幻の恋人、ええ、そうだった。

「あなたのお母さんのことや、ソニアのことや、キール博士の実験をだめにしたとかいう大学院生のことを質問するたびに、わたし、町の人たちから罵られるのよ。おたくのおばあさんだけじゃないわ」

「でも、おばあちゃんに何を言ったの？」ケイディは食い下がった。

「マット・チャスティンのことをもっと知りたかったの。キールの研究室にいた大学院生。ソニアがのぼせあがった相手というのがマットで、いまのソニアは彼がもう死んだものと思っている。おたくのおばあさんがキール博士の秘書をしてたから、ひょっとしてマットのことを知ってるんじゃないかと思ってね」

「あなたにすごく残酷なことを言われたって、おばあちゃんが言ってたわ。なんだったのか、どうしても知りたい」

わたしは観念して首をふった。「ケイディ、じつを言うと、あなたのお父さんはマットじゃないかって気がしたの。おばあさんになぜそんなことを言ったのか、自分でもわからないけど、とにかく、マットがいて、あなたのお母さんのジェニーがいて、やがて、マットは姿を消した。二人が出会った可能性は充分にある。キール博士の研究室にいるおばあさんに、お母さんが会いに行ったかもしれない」

ケイディはマグに注がれたワインをいっきに飲んだ。「ゴホッ。強いのね」

わたしはチキンをさらに食べ、ワインを軽く飲みながら待った。

ケイディは言った。

「ソニアはよくわたしのベビーシッターをしてたのよ。信じられる？　あの両親がなぜそんな拷問みたいなことをソニアに押しつけて、ついでに、わたしにまでいやな思いをさせたのか、いくら考えてもわからない。ソニアはわたしの母さんのことをくどくどとしゃべりつづけたものだった。〈ダイヤモンド・ダック〉でマットと会ってる母さんを見たとか。そのお店、いまはもうないけどね。マサチューセッツ通りにあったバーなの。

〝彼、惨めな顔だったわよ〟。ソニアはよくそう言った。〝罠にかかったみたいな顔。あんたの母さんと一緒にいたくないことは、誰が見たってわかるのに、彼ってすごく礼儀正しいから、あっちへ行けなんて言えないのよね〟って。やがて、ある日、わたしが六つか七つのときにおばあちゃんがそれを耳にして、二度とこないでくれってソニアに言った。ソニアは誰の話をしてたのってわたしが訊いたら、おばあちゃんは、ソニアには現実と空想の区別がつかないんだって答え、キール博士に頼みこまれてソニアをベビーシッターに雇ったのが間違いだったと言った。わたしの想像だけど、ソニアはどんな仕事も長続きしなくて、キール夫妻としては、ソニアを外に出したかったんじゃないかしら。

もちろん、わたし、これまでずっと悩んできたわ。でも、おばあちゃんに訊いても、お黙りって言われるだけ。ほら、この前の晩、あなたもおばあちゃんを見たでしょ」

ケイディは自分で勝手にワインを注ぎ足した。「〝おまえがなぜキール博士の研究室でいちばん無能な学生を自分の父親だと思いたがるのか、わたしには理解できないね〟って言うのよ。〝じゃ、ほんとは誰なの？〟とわたしが訊くと、〝知らないよ〟っておばあちゃんが答えて、それでおしまい。あなたが本物の証拠を手に入れてればいいのに。それとも、証拠はあるけど、わたしに言おうとしないだけ？　昔のことを知ってるローレンスの人たちと同じように」

「ううん、ほんとに何も知らないのよ」わたしは優しく言った。「マットのDNAか、家族か、彼に関係した何かが見つからないかぎり、何も証明できないと思う」

ケイディの唇がゆがんで、うしろめたそうな笑みが浮かんだ。「ティーンエイジャーのころ、微生物学科の事務室にこっそり入ったことがあったわ。おばあちゃんがキール博士の秘書をしてたころで、わたし、放課後よくそっちに寄ってたの。ともかく、おばあちゃんが何かの用で席をはずしてたから、その隙に微生物学専攻の学生名簿を見てみた。マット・チャスティンの実家の住所を知りたかったの。車を借りて、マットの家族が住んでる家まで行くつもりだった」

ケイディは顔を赤らめた。

「家族の夕食を邪魔する自分の姿を想像したわ。〝わたしの父さんはどこ?〟って叫んで、家族が面食らってるあいだに、自分が誰なのかを告げるの。でも、そんなこと誰にも話さなかったわ。だってクレイジーすぎるもの。ソニア・キールならやりそうね。冷静で誰からも信頼されるケイディ・ペレックには似合わない」

そう言うと、照れ臭そうに笑って横を向いた。

「結局、そちらへは行かなかったってことね?」わたしは訊いた。

「マットの記録がなかったの。大学院生の名簿はすべてそろってて、マットより前の時代の学生たちの名前もあるのに、マット・チャスティンの名前はどこにもなかった。だから、わたし、実在の人物かしらと疑問に思いはじめた。もしかしたら、キール博士が自分の失敗を隠すために、マットという人物をでっちあげたのかもしれない」

わたしもケイディに劣らず困惑したものの、首を横にふった。「ソニアはさまざまな妄想に駆られてきたかもしれないけど、マットがあなたのお母さんと会ってるのを見たのは事実だわ。彼がお母さんに何を言ったかはソニアの妄想だとしても、実在することはたしかよ。ただ、ひょっとすると、学生じゃなくて、研究室の技師か何かだったのかもしれない」

「そんなことないと思う。技師だろうと、学生だろうと、実在の人物だったらファイルがあるはずだもの」

わたしにも説明がつかなかった。マットが何をしたのか知らないが、とにかく許しがたいことだったので、名簿から抹殺される結果になったのだろう。しかも、それはエメラルド・フェリングとオーガスト・ヴェリダンが――そして、わたしが――ローレンスに現われて人々を動揺させるよりもずっと以前のことだった。

「お母さんが亡くなったときのことを、もっと詳しく話して」わたしは言った。

「無理よ――あたし、その場にいたわけじゃないし」

「人から聞いたことでいいから話してちょうだい」

カンザス、一九八三年八月

八月のカンザスは猛暑の連続で、気温は三十五度近くまで上がるし、湿度も高い。小麦の収穫は二カ月前に終わったが、トウモロコシは象の目と同じぐらいの高さまで伸び、クリーム色の絹のような房を垂らしている。すべてがあるべき姿を見せている。ドリスは今年三度目のアルファルファの刈りとりをしていた。トラクターで地所の南端までやってきた。ミサイルサイロのせいで畑に醜い穴があいている。

ドリスはあらゆる兵器を毛嫌いしている。とりわけ嫌いなのが核兵器だ。第二次大戦後、兄が進駐軍兵士としてしばらく日本にいた。広島と長崎の被爆地で小児癌が増えていること、奇形児が生まれていることを手紙に書いてきて、兄自身も白血病で亡くなった。だから、ジェニー・ペレックとその他何人かがやってきて、サイロの隣でキャンプする許可を求めたときは、もちろん「いいよ」と答えた。

ジェニーは妊娠していた。おなかの膨らみはまだ目立たなかったが、ルシンダ・フェリングはすぐに気づいた。「顔を見ればわかるわ、ドリー」とドリスに言った。「うちの母さんには黙ってて」そのことで話をしに行ったドリスに、ジェニーは頼みこんだ。ドリスのほうは、テントのなかでジェニーが産気づきはしないかと心配していた。病院から何マイルも離れている。「わたしがヒッピーとキャンプするって言っただけで、母さんはもうカンカンだもの」

赤ん坊が産まれたのは七月四日の大規模デモの少しあとだった。デモの参加者のなかに看護助産師がいた。お産は無事に終わった。「この子の名前はケイディよ。エリザベス・ケイディ・スタントン（アメリカの女性解放運動の先駆者）にちなんだもの。きっと強い女性に育ってくれる。ほら、この子を見て」

ほかの活動家の大半が家に帰ったあとも、ジェニーはキャンプ地にとどまると言い張った。「この子は、自分が世界中の子供たちを核戦争の恐怖から守る手伝いをしたことを誇りに思いながら成長するのよ」

ああ、ジェニー、無垢な若き理想家。ルシンダはジェニーに産後検診を受けさせ、小さなケイディを祖母に見せるために、ジェニーを車に乗せて町まで行った。祖母のガートルードは赤ん坊を手元に置こうとした――軍の施設のすぐそばでのキャンプ地暮らしなんて、赤ん坊にとって安全じゃないよ――しかし、ルシンダはケイディをふたたびおくるみで包み、ジェニーに手を貸して車に戻った。

その朝、ドリスはトラクターで差し入れの品を届けに行った。週に一、二回そうしていたのだ。授乳中のジェニーのためのチーズ、果物、冷蔵庫に入れなくても腐らない食品。

そのとき、自分の土地に標示板が立っているのを見た。そんなものが出されることも、何が起きているのかについても、軍からはひと言の連絡もなかった。〝危険。極めて有毒、有害廃棄物、立入禁止。髑髏マーク、放射能の危険を示すおなじみの三つ葉マーク〟。ドリスはトラクターから飛び下り、サイロの隣にあるキャンプ地へ走った。テントはいくつも残っていたが、入口をあけてのぞいてみると、どれも無人になっていた。ジェニーのテントも含めて。

ドリスはサイロの正面ゲートまでつかつかと歩き、歩哨に立っていた兵士に詰め寄った。「誰がわたしの土地にあんな標示を立てたの？　いつ立てたのよ？」

兵士には答えられないか、答える気がないかのどちらかだったが、もっと大きな権限を持つ人間を呼んできた。「定期検査によって危険性が確認されたのです。連絡できなくて申しわけありません。デモ参加者を危険から遠ざけることが最優先だったため、お宅への連絡があとまわしになってしまいました。シュライバー少佐が基地に戻りしだいお宅に伺うよう、手配しておきます。標示板の出ている区域の作物はぜったい拾い集めないようにしてください」

ドリスは反論し、毒づき、悪口雑言を並べた。「〝拾い集める〟だって？　アルファルファがリンゴみたいに木になるとでも思ってんの？　偉そうに。なんにも知らないくせに」

「承知しました」下級士官は言った。「シュライバー少佐がお宅に伺うよう、手配しておきます」

ケイディを見つけたのはルシンダだった。ルシンダはその午後、キール博士の実験用マウスになんらかの病原菌を注射する仕事を終えて帰宅し、何があったのかをドリスから聞くと、今度は彼女自身が車でサイロへ出かけた。

「赤ちゃんの泣き声が聞こえたの。寝袋にくるまれてて、脱水症状を起こし、ぐったりしてたわ。かわいそうに。赤ちゃんを医者に連れてって、ジェニーに何があったのかを突き止めるのが最優先だった」

そのあとのことはすべて、ドリスの頭のなかでごちゃごちゃになっている。赤ちゃんを抱いて車に乗ったとき、ルシンダはめまいと寒気に襲われた。大丈夫よ、炎天下を走りまわったから水がほしいだけ――帰宅したルシンダはそう言った。ドリスに車を運転してもらい、ケイディを病院に連れていった。小児科の医者がケイディを診察しているあいだに、ルシンダは気を失った。朝がくる前に亡くなった。ドリスはルシンダのそばを離れようとせず、ＩＣＵで悪寒と発汗に襲われて死を迎えつつあった彼女のベッドで添い寝をした。

「ねえ、ドリー、缶を見た？」一度、ひび割れた唇でルシンダがつぶやいた。「テントの裏にあった缶」

真夜中ごろ、キール博士が様子を見にきた。動揺していた。研究室の技師のことなど気にかけるタイプには見えなかったので、これは意外だった。看護師たちはドリスの腕からルシンダをひき離すと、ドリスに注射をして、気分が悪くなったらすぐ病院にくるように言い、一週間後の再検診を約束させた。

ドリスはそれを無視した。なんの違いがあるというの？　ベッドでモーニング・コーヒーを待っていたルシンダがいなくなったいま、朝になっても起きようという気になれなかった。〝あなたは小鳥と一緒に起きるのね、農場育ちだから。朝はあなたがわたしを甘やかす。夜はわたしがあなたの世話をしてあげる〟

葬式のために帰省したエメラルドを迎えた以外、ドリスは一人ぼっちで過ごした、あの辛かった最初の週のあいだに、ジェニー・ペレックが死んだことを耳にした。ハイウェイのＫ一〇がワカルサ川と交差するあたりでジェニーの車が道路から飛びだし、川に転落した。世間の噂では、赤ちゃんを連れずに逃げだしたことに気づいて捜しに戻り、運転を誤ったのだろうとのことだった。やがて、火がヒッピーたちのテントを焼き尽くした。たぶん、シュライバー少佐の命令だろう。いかにもそういう暴挙に出そうなタイプだ。

ドリスはイエス・キリストも天国もいっさい信じていなかった。ルシンダは信仰に関しては曖昧な立場だったが、日曜になるとたいてい町まで出かけ、聖シラス教会の礼拝に出ていた。牧師は偏狭な老人だったが、それでも、音楽がルシンダの魂を癒してくれたのだ。

ドリスは火葬を望んだ。スイカズラが甘い香りを放つ夏の夜によく二人ですわった庭に遺灰をまきたかった。しかし、エメラルドがルシンダの実の娘だ。母親のために正式な告別式を望んだ。いかなるときも、友人より娘の望みのほうが優先される。すべてが正式にとりおこなわれた。ドリスはエメラルドが選んでくれた帽子をかぶり、聖歌隊がルシンダの好きだった讃美歌、〈大切な主よ、手をとって〉と〈アメージング・グレース〉を歌い、牧師がイエスについて、そして、いまはわれらのシスターがイエスの腕に抱かれて栄光のなかにいることについて説教をおこなった。

人生は高速列車のようだとドリスは思った。途中の駅で止まるたびに友達や兄弟姉妹や恋人との別れが待っている。自分が死んだら、たぶん、線路伝いに歩いてひきかえし、やがて、別れた人々に次々と再会するのだろう。兄のローガン、母親、父親、ルシンダなど、みんなを呼び集め、静かな庭を見つけて腰を下ろし、愛する人がこしらえてくれたマティーニをゆっくり飲みながら、小麦の波の向こうへ太陽が、レッドゴールドの巨大なカンザスの太陽が沈みゆくのを眺めるのだろう。

32　全責任を負う

「わたしが知ってるのはここまでよ」ケイディは言った。「母さんの話をしてくれたのはドリスだけだった。だけど、わたしの父さんが誰なのかってことに、ドリスはなんの関心もなかった。〝キール博士の学生の一人なら、ルシンダが知ってたかもしれないね〟ってよく言ってたけど、二人が話題にしそうなことじゃないわ」

「わかるわ」わたしは無意味な相づちを打った。何もわかっていないのだから。

ドリス・マッキノンのところの作物が放射能に汚染された畑でできたものなら、ドリスはどうやって販路を見つけていたのだろう、とわたしは首をひねった。それと同時に、土壌汚染というのは、デモ隊の残党をサイロから追い払うために空軍がでっちあげたものではないかと思わずにいられなかった。一九八三年の八月中旬には、人々の関心はすでに薄れていた。独立記念日のデモ以来、なんの動きもなかった。空軍の処置に対してさらなる騒ぎが起きることもなかった。少なくとも、《ダグラス郡ヘラルド》や《ジャーナル＝ワールド》の記事になるようなことは何も。

キール博士が研究室の技師の様子を見るため、真夜中に病院にやってきたというが、それもやはり驚きだ。もちろん、三十三年前の博士はいまより活動的で周囲を気遣う人物だったのかもしれない。でも、それならなぜ、フェリング母子のことは記憶にないなどと言ったのだろう？　心因性健忘症？　もしかしたら、キール家の者は全員、おおげさな芝居が好きなのかもしれない。

「母さんはどうしてわたしを捨てたりできたの？」ケイディはいま、人目もはばからず泣いていた。「ルシンダが見つけてくれなかったら、わたし、死んでたかもしれないのよ。毒物の危険から自分だけ逃げだして、おなかを痛めた子を死なせるような母親がどこにいるの？」

わたしは困りはてて椅子の上で身じろぎしつつも、なんとかして励ましの言葉を見つけようとした。「ドリスがあなたにしてくれた思い出話からすると、お母さんは生気にあふれた活動的な人で、あなたを深く愛してたと思う。何か不都合なことが起きたのでないかぎり、わが子を置き去りにするようなことはしないはずよ。ひょっとすると、空軍が放出した危険なガスをお母さんが吸ってしまったのかもしれない。そういうガスには思考力と判断力を損なう危険があるわ。あるいは、自分の身体に化学薬品が付着したため、あなたに害を及ぼすのが怖くて抱くこともできず、あなたを守るために寝袋にくるんだのかもしれない」

ケイディの表情が明るくなった。「そこまでは考えなかったわ。たぶん、わたしを守ろうとして寝袋に入れてから、助けを呼びに行ったのね。ドリスからよく聞かされたわ——母さんはわたしを産んでから亡くなるまでの六週間、この子は大きくなって世界を救う人間になるんだって、誰にでも自慢してたそうよ。わたしが十二歳の子たちに社会科を教える人間にしかなれなかったと知ったら、母さん、どう思うかしら」

「あなたが世界を救っていると思うでしょうね。わたしたちがこの世界で出会う深刻な問題に対して明晰な考え方ができる子供をあなたがたくさん育てているんだって、お母さんはわかってくれるわ」

わたしは身を乗りだしてケイディの手を握りしめたが、その拍子に、膝にのっていたチキンの皿が落ちてしまった。ペピーが飛んできた。第五通路の清掃？ 了解、ただちに開始します。二人とも思わず笑いだし、緊張がほぐれた。ケイディが床にしゃがんで、犬の口から鶏の骨をひっぱりだそうとするわたしを手伝ってくれた。

床の汚れをきれいにし、ペピーがバスルームでむくれているあいだに、わたしは地図をとりだし、お母さんが道路から飛びだした場所を教えてほしいとケイディに頼んだ。

「それも腑に落ちない点の一つなの」ケイディは言った。「あのね、母さんは昔のハイウェイを走ってたんだけど、それって、K一〇より半マイルほど北にあるのよね。あなたも今日サイロへ出かけたときに、K一〇を通ったと思う。当時開通したばかりだったから、母さんがパニック状態だったのなら、遠いほうのハイウェイを使おうなんて思わなかったはずだわ」

ケイディは町の五マイル東にあるカンワカ・サイロと、そのそばを通る古いハイウェイを指さした。「しかも、母さんは東へ向かっていた。助けを呼びに行こうとするなら、逆方向のローレンスをめざしたはずだわ。おばあちゃんの家か、病院か、どこかへ駆けこむために。あなたの言うとおりかもしれない。脳にダメージを受けたか、発作を起こしたかで、自分がどこにいるのか、どこへ行こうとしてるのか、わからなくなってたのかもしれない」

わたしは化学薬品で全身に熱傷を負い、頭から爪先まで水に浸かろうとして、あわてて川へ向かうジェニーの姿を想像した。痛みで気も狂わんばかりになり、ドリスの家まで車を走らせることは思いつかなかったのかもしれない。もしくは、自分を捨てて逃げていった恋人を追いかけようとしたのかもしれない。その姿も想像できたが、わたしの胸にしまっておくことにした。

ワカルサ川は小さな川で、カンザス川という大河の支流にあたる。カンザス川のことは〝ゴー川〟と呼ぶようにとケイディが教えてくれた。

「カンザス川って呼ぶのは、よそ者とグーグルマップだけよ」ケイディは説明した。「十代のころ、わたしは真実にたどり着こうとして――あるいは、おばあちゃんを含めてローレンスの誰からもひきだせない情報を少しでも手に入れようと思って――保安官事務所まで行って、母さんの死に関するファイルを見せてもらえないか頼んでみたの」

「ギズボーンに？」わたしは訊いた。

「ううん、当時のギズボーンは保安官助手だった。それってパートタイムの仕事に過ぎなかった時代なの。ギズボーンはほかに、ラインゴールド保険代理店で勧誘の仕事もしてたみたい。わたしが頼んだのはべつの保安官助手よ。高校で母さんと一緒だった人。母さんのことが好きだったんじゃないかな。その人が古いファイルを保管してある地下室まで行って、母さんに関する報告書を見つけてきてくれた。スリップしたタイヤ痕と母さんの車の写真がついてたわ。車は頭から川に突っこんでて、ハンドルの上まで水がきてた。ワカルサ川は地図で見ると小さな川かもしれないけど、現実にはかなり大きくて溺死の危険性もあるの。見に行ってみればわかるわ」

「報告書のコピーはもらった？　その写真を見てみたいんだけど」

ケイディは肩をすくめた。「うん、わかった。でも、三十年以上前のことだから、現場にはもう何も残ってないけどね。その保安官助手が報告書を全部コピーしてくれたわ。でね、わたし、自分だけのパソコンを買っておばあちゃんと共同で使わなくてもよくなってから、それをスキャンしてパソコンに入れておいたの。理由はわからない。毎年、誕生日がくるたびに、母さんの髪の毛を見るのよ。ハンドルの上でゆらゆら揺れてる髪を。もし母さんがわたしを連れていったのなら、その写真にはたぶん、母さんの横に浮かんだわたしが写ってたでしょうね」

「わたしのほうに送ってくれる？　報告書も、写真も、何もかも」

ケイディはバッグとブレザーをとり、デスクの下に落ちていた鍵を見つけた。「ヴィク、今夜時間を作ってもらってすごく感謝してる。母さんのこととか、わたしが生まれたこととか、いろんなことについて、前より気持ちが楽になった。あなたって、とても……とても、分別があるのね。大胆なことを思いついても、すぐさま飛びついたりしない人。ほんとにありがとう」

〝分別がある〟はロマンティックな言葉ではない。堅実で分別のあるV・I？　ま、いいか。もっとひどい言い方をされたこともあるんだし。

「ドリスの話にでてきた缶のことだけど。ほら、ルシンダが見たという缶。それについてドリスが何か言ってなかった？　缶を捜しに行ったりしなかったのかしら」

ケイディは首をふった。「どうしてわたしがそんなことを覚えてたのか不思議だわ。ただ、死にかけてる人がそんなこと言うなんて不気味ね。どうして？」

「ちょっと気になっただけ」

ケイディを外まで送るのにペピーも連れていった。そうすれば、本日最後のおしっこをさせてやれる。バゲットが捜しているという使用済み燃料棒の入ったシリンダー。ドリスが畑を掘っていたときに見つけた容器。テントの裏にころがっているのをルシンダが見たという缶。この三つが別個のものだとはどうしても思えない。サイロの横の土地は本当に放射能で汚染されていたのかもしれない。ジェニー・ペレックも、ルシンダも、それが原因で命を落としたのかもしれない。

「ケイディ、わたしね、オーガスト・ヴェリダンが撮った写真を見つけたの。畑を掘ってるドリス・マッキノンの写真」わたしは思わず口走った自分にギョッとした。

ケイディは出しかけた足を止め、わたしと向きあった。「オーガストって誰？　ああ、あの黒人男性ね。エメラルド・フェリングだけじゃなくて、その人のことも捜してるんだったわね。わかった。どこの畑？　いつのこと？」

わたしは知るかぎりのことを説明した。「サイロに隣接した土地に違いないと思うの。あなたのお母さんが亡くなったあと、空軍が高レベルの放射能を見つけたということで、ドリスが強制的に売却させられた土地。何十年も前に、お母さんと仲間がキャンプを続けた場所でもあるのよ。わたしの手でそこを調べたいけど、手伝ってくれる人が必要なの」

暗いなかでケイディの歯が白くきらめいた。「ケイディ・ペレック生誕の地ね。そこならよく知ってるわ。どこにあるのか教えてあげる」

「フェンスに高性能のセキュリティ装置が設置されてるの」わたしはケイディに警告した。「わたしと一緒にきたら、もしかすると、刑務所を出たあとで世界を救う方法をほかに見つけるしかなくなるかもしれないわよ。明日の朝、下調べに行って、セキュリティにひっかからずにすむためには何が必要か考えてみるわ。もちろん、サトウモロコシの切り株のなかにカメラが隠してあれば、もうお手上げだけど」

ケイディは笑いだし、衝動的にこちらを向いてわたしに抱きついてから車に乗りこんだ。わたしはペピーを呼び、ケイディと友達になれたことをうれしく思いながら、ゆっくり歩いてB&Bの部屋に戻った。

ベッドにもぐりこんでスマホのフォトアルバムを開き、会いたくてたまらない人々の写真を見ていった。頭をのけぞらせて笑っているサル。長さ四インチの羽根のイヤリングの先端が肩をかすめている。マックスと夢中になって話しこんでいるロティ。ミッチとペピーを連れて湖へ出かけたミスタ・コントレーラス。バーニーの写真もあった。神経を極度に集中させた表情で氷の上をすべっている。

そして、ジェイク。ラヴィニア音楽祭のステージや、シカゴ大学のローガン芸術センターにあるシンフォニー・センターで演奏する彼。わたしのアパートメントにいる彼。美しい旋律に顔を輝かせ、音楽を介してわたしと結ばれた喜びに浸っている。

ジェイクは卑怯者ではないし、いつまでもへそを曲げているタイプでもない。わたしと別れたくなれば、沈黙という残酷なゲームを続けるかわりに、直接そう言ってくれるはずだ。

連絡をよこさないとなると、たぶん、恥ずかしくてわたしに言えないようなことを何かしたからだろう。まず考えられるのは、ほかの女と寝たということ。ショックだが、大惨事ではない。

大きく息を吸って、ジェイクを——心から閉めだすことはできないが——心の片隅へ追いやった。横隔膜の下の部分に多少痛みが走ったところで、仕事を休みたくなるほどではない。カンザスにきてから撮った写真が見つかった。四日前の朝、フリント・ヒルズで自由に駆けまわるペピー。つい四日前だったの？　前世のことのような気がする。フォート・ライリーの雑木林。かつて黒人兵用住宅があった場所だ。次はローレンスへ。ソニア・キールのために呼んだ救急車を〈ライオンズ・プライド〉の前で待つあいだに撮った写真のことを、わたしはすっかり忘れていた。ソニアの写真のところでストップした。鉄製の階段の下に倒れている哀れなボロ布のかたまり。つぎは大学生のナオミの写真。意識のないまま階段にもたれ、ピンクのキャミソールのストラップが肩からずれている。

わたしはあのとき、こっちをじろじろ見てナオミのことで卑猥な冗談を言っていた三人組の若者の写真も撮った。警官が到着するのを見て小さな袋をいくつも溝に投げ捨てるところも撮った。そのなかにナオミとソニアを昏睡状態にしたルーフィーが含まれていたのだろうか。でも、もちろん、それらの錠剤はとっくに消えているだろう。

次へ進んで、リバーサイド教会と聖シラス教会で撮った写真を見ることにしたが、そのとき、三人組のうしろにいる人物の顔が目に飛びこんできた。ピントが合っていないが、背後にいた野次馬で、救急救命士たちが到着したときには、すでに姿を消していた男だ。

ゆうべホテルでマーロン・ピンセンに会ったとき、どこかで見たような顔だと思ったが、これだったのだ。ホテルのときは大学にある予備役将校訓練部隊の幹部候補生だと紹介され、今夜はバゲット大佐がそれを訂正して、フォート・レヴンワースの指揮幕僚大学で勉強中のコンピュータ分野における優秀な学生だと言った。

登録しているデータベースのすべてにピンセンの名前を打ちこんでみたが、彼の情報はどこからもとれなかった。

33　骨をついばむ

はっと目をさました。心臓の動悸がひどい。何者かが部屋に忍びこんで家具にぶつかったようだ。わたしはベッドから床にすべりおり、ナイトテーブルの上の電話を手探りで見つけだした。外に面したドアまで這っていって、片手を上げてチェーンをはずし、勢いよくドアを開き、あとずさりで外に出てから電話についている懐中電灯のアイコンをタップした。光に照らしだされたのはペピーだった。隅に置かれたデスクの引出しの下のわずかな隙間に首を突っこんでいる。そろそろと首を出し、ばつの悪そうな顔でこちらを見た。

「ペピー、どうしたの？　夜中の二時半よ」

筋肉の緊張がゆるむなかで、わたしは歯をガチガチいわせながら立ちあがった。ほぼ裸体、外は寒い。ドアをもとどおりにロックして、部屋の明かりをつけてから、ペピーがひっかいていた場所を調べることにした。引出しの下のスペースを懐中電灯で照らした。さっき落とした鶏の骨が一本、そこに入りこんでいた。

「容赦なきハンターね」わたしはきびしい声で言った。

ペピーの目が輝いた。手伝ってもらえると思って喜び、わたしの顔をなめはじめた。わたしは犬を押しのけると、仰向けに寝ころんで、片腕を伸ばして引出しの下を奥のほうまで探った。

デスクの天板の下側に小さな円形の金属が見えたのはそのときだった。大きさも、形も、裁縫セットに入っている銀色の糸通しに似ているが、これは中央にオレンジ色の輪がはめこまれ、糸通しの場合は針に差しこむはずの先端部分が極細のワイヤになっている。自由なほうの手をそちらへ伸ばしかけて、途中で下ろした。

バゲット大佐がこのデスクの前にすわり、ピザを食べていた。レストランのかわりにわたしの部屋で話をするのに大佐が大賛成だったのも当然だ。もちろん、この男ほどのスキルがあれば、いつでもここに忍びこみ、こうした装置を好きなだけ仕掛けられるだろうが、いつなんどきB&Bのオーナーが入ってきて、見知らぬ人間がここで何をしているのかと問いつめられることになるかわからない。きみはベジタリアンなのかとわたしに訊く合間にこっそり仕掛けるほうが、はるかに簡単だ。

ペピーが腹立たしげに短く吠えた。チキンの骨、とってくれるの？　くれないの？　わたしは骨をひっぱりだして立ちあがったが、外のゴミ缶へ捨てに行ったため、ペピーを徹底的に怒らせてしまった。今度はもちろん、ナイトシャツにジャケットをはおって出た。

「特別のご褒美をあげなきゃね、優秀な狩りの女神さま」外にいるあいだにペピーに言った。盗聴器に声の届かないところで――だといいけど……。「骨のことだけじゃないのよ」

部屋に戻ってから、ペピーにピーナッツバターを少しなめさせ、それから、腕についたチキンの脂と床の埃を洗い流してベッドに入った。盗聴器のせいでひどく無防備になった気がするが、そのまま置いておくことにした。これを見つけたことはバゲットに知られないほうがいい。

デスクの下側に盗聴器があるというのに、意外にもぐっすり眠ることができた。わたしがいびきをかくかどうか、バゲットに訊いてみなくては。これまでつきあった男たちから文句が出たことはないが、騎士道精神が苛立ちを打ち負かしたとも考えられる。朝のあいだ、iPadをデスクにのせ、シカゴのWFMTラジオを大音量でかけながら、念入りにストレッチをした。バゲットと手下（自称マーロン）にハイドンを聴くチャンスを与えてあげよう。

わたしのスマホがマルウェアに感染している恐れはないだろうかと心配になった。もしかすると、パソコンとiPadも。最悪の場合を覚悟しておくほうが賢明だ。つまり、バゲットとコンピュータ分野が得意な彼の部下はわたしの調査ファイルすべてにアクセスできるということだ。オーガストが撮った写真も含めて。今後は何か新しいことを発見するたびに、手書きでメモするしかない。文字を書くことで脳細胞が活性化すると一般に言われているから、これはいいことだ。大佐に感謝の手紙を出さなくては。もちろん、手書きで。

床にあぐらをかき、目を閉じて、ゆうべのケイディ・ペレックとのやりとりを思いだそうとした。放射性気体漏れか何かのせいで母親がケイディを置き去りにして逃げだしたのではないかと二人で議論したのは、部屋のなかだった。だが、〈シー・2・シー〉の畑に忍びこむ相談をしたのは外に出てからだ。とりあえず、安心していいだろう。

ランニングに出かけ、ペピーを〈フリー・ステート・ドッグズ〉に預け、それから中学に寄ってケイディ宛てのメモを置いていこう。使い捨て携帯の電話番号を教え、メールか電話をくれるよう頼むのだ。スウェットに着替えていたとき、電話が鳴りだした。この町の局番だが、知らない番号だった。

バゲットの盗聴器の性能がどの程度なのか、電話の向こうの声まで拾えるのかどうか、よくわからなかったので、電話を持ってバスルームに入り、シャワーを出しっぱなしにしてその横にすわった。もちろん、電話がマルウェアに感染していたら、なんの役にも立たないが。

「ウォーショースキー刑事ですか。こちら、病院のサンディ・ハインツといいます。あなたが水曜日に話をされたICUの師長です」

「ソニア・キールの件ですね」わたしはシャワーを止めた。

「彼女の意識が戻りました。どの程度しゃべれるのか、あなたにどんな話ができるのかわかりませんが、午前中に数分なら面会できます」

「家の人は知ってるの？」

「ドクター・コードリーが――ご記憶と思いますが、ソニアの主治医です――キール博士夫妻に電話しました。ただ、直接話してはいないようです。折り返し電話してほしいというメッセージを残すのが聞こえてきましたから」

「ミズ・ハインツ、調査を進めるにつれて、何者かがソニアを殺そうとして故意に薬をのませた可能性が高くなっています。わたし、大至急病院に駆けつけますけど――とにかく三十分以内にね――誰かが面会にきたときは、あなたかほかの看護師さんが同席するようにしてくれません？　わたしかエヴァラード部長刑事以外の人がきたら」

「刑事さん、ソニア・キールを傷つけようとするのはソニア自身しかいません。でも、わたしたちには患者さんのお世話をする義務があります。ICUで患者さんが危害を加えられることはぜったいにありません」

国家安全保障局のほうへ言ってよね――そう思ったが、心のなかのつぶやきにしておいた。口論で時間を無駄にしても意味がない。頭のおかしなやつだと思われ、患者への接近を禁じられたりしたら大変だ。スウェットを脱いで、ジーンズと上等のジャケットに着替えた。イタリア製のドレッシーなブーツ、替えの靴、ソックス二足、車のなかではおるためのウィンドブレーカー。着替えのシャツ。ペットボトルの水。銃と予備のクリップ。これは車のトランクに入れてロックした。そう、今日は楽しいことがたくさん待っている。

車やB&Bにペピーを一匹だけで残していくのはいやだったので、まず〈フリー・ステート・ドッグズ〉に寄って犬を預け、それからダウンタウンの中心部へ向かった。

バゲットがわたしの部屋に盗聴器を仕掛けたとすると、この車を追跡している可能性もある。わたしは今日もまた図書館の駐車場に車を入れ、電話とその他の電子機器を、アルミホイルで内張りしたデイパックに押しこんだ。〝ホイルのケツのウォーショースキー〟――サウス・シカゴの同級生たちなら、わたしにそんなあだ名をつけるだろう。

図書館の裏が公園になっている。わたしはゆっくりした歩調でそこを通り抜けて、アイドリングしている車はないか、自転車で走っている者や徒歩の者はいないかを確認した。朝のラッシュの時間帯で、小さな町でもラッシュ時の交通量はかなりのものだ。だから、尾行なしという百パーセントの確信は持てなかったが、徒歩の者はいなかったし、ビュイック・アンクレイブも見かけなかった。少なくとも、アンクレイブが二回続けて現われるようなことはなかった。

ICUのナースステーションに到着すると、カウンターにいた若い女性がハインツ師長に連絡してくれた。ほどなく師長がやってきて、わたしを奥へ案内した。

ハインツはICUのドアの外で足を止めた。「ソニアの命が狙われてると本気でお思いですか。ずいぶん芝居がかってて、まるでソニアの妄想みたい。現実に起きるかもしれないなんて思えないわ」

「ソニアのことを個人的にご存じなの？」わたしは訊いた。

「高校で一緒だったんです。友達がいないため、注目を集めることができればなんでも言う子でした。しかも、作り話ばかり。ロシアのスパイがお父さんに裏切られたとか、恋人が炎のなかでソニアを助けようとして悲劇的な死を遂げたとか」

「わたし、昏睡状態に陥る前のソニアと話をしたことは一度もないから、メロドラマみたいな妄想の影響は受けてないつもりよ。じつは、ソニアは一週間から十日ぐらい前に田舎のほうへ出かけて、ドリス・マッキノンに出会ったの」

「誰です、その人？」

「農場を経営してて、年齢は九十ぐらい。ソニアが出会ってしばらくしてから、マッキノンは殺されたわ。きのう、病理学者が解剖をおこなう前に、マッキノンの遺体が州のモルグから消えてしまった。ローカルニュースで大騒ぎだったでしょ」

「わたしはここで苛酷な現実をずいぶん見てるから、非番のときは現実の人生と距離を置くようにしてるんです」ハインツは言った。

「その気持ちはわかるわ。ただ、一つ気になることがあるの。ソニアを見つけたときにバーの外で撮った写真を、ゆうべ、あらためて見てみたら、前は気づかなかったけど、うしろのほうに見覚えのある人物が立ってたの。軍関係のどこかの大学からこのローレンスにきたみたい――気どった名前の大学――指揮なんとかっていうの」

「ああ、わかった」ハインツは言った。「フォート・レヴンワースにある大学ね」

「ほんとにそこの学生なのかどうかはわからない。こちらから質問するたびに、彼に関して違う説明が返ってくるし、そこで使われる名前が本名かどうかもわからない。わたし、あの夜、ソニアと大学生の女の子を見つけたバーの外で、あたりをうろうろしている三人組の男の写真を撮ったんだけど、写真のうしろのほうに指揮なんとか氏がいたわけなの。その男がソニアにルーフィーをのませたのかもしれない。あるいは、三人組に渡し、その三人がソニアにのませたのか」

「もしくは、酒飲みで、たまたま同じ時刻に深夜営業のバーにいただけかも」ハインツが鋭く指摘した。「あなたみたいなベテラン刑事さんだったら、そういう偶然がじっさいに起きることはご存じでしょ」

わたしはうなずいた。「そう考えることもできるわね。わたしが芝居がかってるだけかもしれない。ただ、なおざりにしたくないの。ソニアは先週、ドリス・マッキノンの農場で何か妙なものを見た。その話を広められてはまずいと誰かが思ったなら……」

「ソニアの話なんて誰も信じないわ」ハインツは苦い笑みを浮かべた。「ソニアを知ってるローレンスの住民はみんな、彼女の芝居がかった話に慣れっこだから、洟もひっかけないでしょうね」

「でも、ソニアを知らない人だったら……」

ハインツは考えこんだ。「信じるかもしれないわね。それはともかく、ソニアが昏睡状態だったあいだ、様子を見にきてくれたのはあなただけでした。お兄さんの一人から何度か電話があったけど、あとは誰もソニアのことなんか気にかけてないんです。いずれにしろ、〈ライオンズ・プライド〉で何があったのか、ソニアはまったく覚えていないでしょうね。ルーフィーをのむ前からすでに泥酔状態でしたから」

ハインツの案内で病室に入った。ソニアは自分の力で呼吸をしていたが、酸素マスクと心電計をつけられ、生理食塩水とブドウ糖を点滴されていた。

わたしがソニアのそばに腰を下ろして片手を握ると、彼女がまぶたを震わせて目をあけた。

「お医者さん？」

口のなかが乾燥しているせいで、しゃべりにくそうだった。ハインツがレモンとグリセリンを染みこませた綿棒の箱を指さした。わたしは一本とり、酸素マスクを外してからソニアの口に入れた。

「わたしは探偵（ディテクティブ）よ、ソニア。この前の夜中にあなたを見つけたの。〈ライオンズ・プライド〉から電話をくれたでしょ。わたしが捜してる人たちを見たと言って。エメラルド・フェリングとオーガスト・ヴェリダンを見たのよね？」

ソニアは綿棒を吸い、目を閉じた。「エムラル。目立ちたがり屋」

わたしはソニアの手を軽く握ったまま、沈黙を続けた。

「みんな、ミサイルのとこ。なんかげ、なんかげ。エムラルが七月四日にくる、新聞に写真」

〝何カ月も、何カ月も〟ようやく意味がわかった。「あなたも何カ月も何カ月もそこにいたの？」

しまりのない口元がゆがんでへの字になった。「ううん、父さんが激怒したから。いつも馬鹿って言われる。早く起きろ、馬鹿。なんだ、その服は。デブ、グズ。マット、大好きな人。父さん、ものすごく怒った。愚かな男、何してるんだ？」

「マットはサイロのキャンプには参加しなかったんでしょ？」わたしは医療機器の音に負けない程度の声で訊いた。「でも、ジェニー・ペレックに会いに行った。赤ちゃんにも」

「ジェニー、赤ちゃん、マットを離さなかった。ひどい。ジェニーは死んだ。カルタファルクにのってるのを見た」

ソニアは話をする努力で疲れはて、とろとろと眠りこんだ。カルタファルク？　たぶん、棺台（カタファルク）のつもりだろうが、奇妙なことを言いだしたものだ。

わたしはしばらくすわったまま、パソコンをとりだしてメールの返事を書きたいという衝動や、あたりの様子を見たいという衝動と戦った。世界でいちばん困難なことだ。じっとすわりつづけるというのは。看護師の一人が何度かやってきてソニアの様子をたしかめたが、わたしを追いだそうとはしなかった。

十五分ほどして、ソニアがふたたび目をあけた。「お医者さん？」

わたしはレモンを染みこませた綿棒をもう一本、ソニアの口に入れた。「探偵よ。十日ほど前に、あなたはサイロへ出かけた。マットが埋葬されてる場所へ。ドリス・マッキノンがそこにいた。ドリスを見て、あなたは駆け寄った。そのあとどうなったの？　ドリスがあなたを家に連れて帰ったの？」

「ドリス」ソニアは顔をしかめた。「うん、そう。ドリス、黒人たち、マットのお墓を掘ってた。だめ、だめ、だめ。黒人の男が腕をつかんでわたしをひきずった。兵士たちがジェニーをひきずったみたいに」

「ジェニーをひきずった？」

「わたしをトラックのとこまでひきずった。トラック、ファック、サック、ラック」ソニアは不安定な笑い声を上げ、ふたたび眠りに落ちていった。今回は呼吸が深くなり、すぐには目覚めそうもなかった。

わたしは彼女の手を放し、ソニアのもつれた神経細胞をほぐす方法があればいいのにと思いながら立ちあがった。兵士たちがジェニーをひきずった？　たぶん、一九八三年の抗議活動のときに、兵士たちがジェニーをひきずってサイロのゲートから遠ざけたのだろう。ソニアに危険が及ばないよう、オーガストもドリスのトラックのところまでソニアをひきずっていった——わたしに推測できるのはその程度だ。そして……町まで送っていった？　それとも、農家へ連れていった？

「明日になれば、もっと体力が回復するでしょう」ベッドのそばにハインツがやってきた。「そしたらまた面会にきて、ソニアと話してください」

わたしはうなずき、病室に入れてもらったことに礼を言った。ソニアからろくに話をひきだせなかったことを愚痴るのはやめて、ソニアの意識が戻って話せるようになったことを喜びなさい——ハインツのあとから病室を出ながら、自分に言い聞かせた。

完全防音のICUのドアを通り抜けたとき、ナースステーションから大きなわめき声が聞こえてきた。ハインツがあわててそちらへ向かい、わたしもあとに続いた。

「実の父親が娘と会う前に、探偵を病室に入れて話をさせたというのか。よくもそんなことを！」予想どおり、キール博士は右のこめかみに青筋を立て、カウンターをガンガン叩いていた。

その横に、白いシャツにネクタイを締めた七十歳ぐらいの男性が立っていた。「落ち着くんだ、ネイト。この場はわたしにまかせてくれ」

「キール博士」わたしは大声で呼んだ。「V・I・ウォーショースキーです。探偵の。あなたと奥さんがご自宅でむっつりしているあいだ、娘さんの様子を見に行った人が誰かいました？」

「きみ、お若いレディ、無礼な態度はやめたまえ」

お若いレディ？「やめないとどうなるの？ わたしのお小遣いを減らして、リチウムをたっぷり注射するとか？」

「やめなさい！ ここは病院。サッカースタジアムじゃないのよ。あなたたちのどちらかがまた騒ぎだしたら、警備員を呼んで、二人まとめて病院から追いだしてもらいます」ハインツの声は威厳に満ちていた。キールもわたしも黙りこんだ。

「キール博士は正当な質問をしているのだ」白いシャツの男性が言った。「ソニア・キールは博士の娘で、わたしの患者でもある。われわれに連絡もせず、もしくは同席もなしに探偵に質問をさせたとなると、医療過誤の問題が起きてきますぞ」

「ドクター・チェスニッツですね」わたしは言った。「お噂はかねがね伺っています。ミズ・キールは四十八歳です。訴訟のための後見人という法的権利をお持ちでないのなら――」ハインツ師長が横から割りこんだ。「キール博士、ドクター・コードリーから水曜日に連絡を差しあげたときは、ソニアの治療に関する問題に自分を巻きこまないでほしい、と念を押されましたね。そのご指示はわたしのほうで記録してあります」

キールがわたしのほうを向いた。「ソニアはきみに何を言った？」両手が震えていたが、彼はわめきちらさないよう自分を抑えていた。

「マット・チャスティンが埋葬されている場所でドリス・マッキノンを見た、と。エメラルド・フェリングとオーガスト・フェリングの姿も見たそうよ。その場所ってミサイルサイロのそばにある畑の一つでしょ。どう？」

「ソニアの幻覚だ」チェスニッツが横から言った。「わたしなら、ソニアが何を言おうと、まともにとるつもりはない。いまはとくにそうだ。何日か服薬を中断しているだろうから」

「人生をやりなおすことができるなら、あの学生がわたしの研究室に入ることを許可した日に戻りたいものだ」いまも青筋を立てたまま、キールが言った。「いや、訂正する。家内のシャーリーと初めて会った日に戻り、まわれ右をしてそのまま立ち去りたい。シオンの娼婦の鈴が鳴る！　祖父が警告してくれたのに」

今日のわたしは食事もまだで、キールの暴言を聞かされるうちに、暴風雨の海を舵なしで進む船になったような気がしてきた。シオンの娼婦、棺台。キール家の夕食の席は怒りに満ちた空中サーカスのようだったに違いない。

「キール博士、すわって話をしません？　穏やかに。ソニアはさっき寝入ったところです。しばらく目をさまさないでしょう」

「何を話すのだ？」

「マットがいったいどんな恐ろしいことをしでかしたのか。そして、彼が死ぬのを見たとあなたの娘さんが言っているのに、あなたが信じようとしないのはなぜなのか」

一瞬、キールがふたたび怒りを爆発させるものと思ったが、彼は不意に静かになった。発作を起こしたのかもしれない。ハインツ師長が駆けよって腕をとった。そのとき、自称マーロンが、すなわちフォート・レヴンワースの指揮幕僚大学で学んでいる男性がＩＣＵのロビーに姿を見せた。

34 怒りの言葉

「マーロン・ピンセン！」わたしは両手を差しだし、満面の笑みを浮かべて彼のところへ行った。「どんな仕事をなさってるのか、バゲット大佐から聞いたわ。あなたの秘密は守るから安心してね」

ＩＣＵのロビーのまばゆい照明の下で見ると、二日前の晩にホテルで会ったときの印象より年上だった。若いことは若いが、大学生の若さではない。

ピンセンはわたしの手を避けるかのようにあとずさったが、わたしは微笑を絶やさなかった。「指揮幕僚大学。その関係で水曜日に〈ライオンズ・プライド〉にいらしたの？　わたしはローレンスに来てまだ一週間足らずだけど、男子バスケットがこの町の脈動する心臓部であることは知ってるわ。あの日は指揮幕僚大学との試合だったの？　で、バスケットの大ファンのあなたは試合後のお祭り騒ぎに参加せずにはいられなかったとか？」

「指揮幕僚大学はそういうたぐいの学校ではありません」ピンセンはこわばった口調で言った。

「もちろんだわ」陽気な口調のままで、わたしは同意した。「バゲット大佐のような軍人たちのために重要な講座を企画して、任務に邁進してもらうための大学ですものね。例えば、

ISISを説得して秘密を吐かせるための最新戦略とか。そして、空き時間にはアメリカの農場を外来種から守るべく努力する」

ピンセンは困惑のあまり口を〝へ〟の字にしていたが、わたしの最後の言葉を聞いて表情を変えた。何をあらわす表情かはよくわからない。警戒？　危惧？

「大佐から何を聞いたんです？」

「そう」キールとチェスニッツもやってきた。「バゲットから何を聞いた？」

「こんなオープンスペースで話すようなことじゃないと思うけど」挑発的な口調でわたしは言った。

じつを言うと、わたしたちに注意を向けている者など一人もいなかった。ロビーでは十家族ぐらいが待っている感じで、スタッフが定期的に姿を見せ、不安そうな家族の肩に慰めの手を置いて話をしている。ICUの日常は強烈なドラマの連続だ。家族がナースステーションの近くで苦悶のわめき声を上げることがしょっちゅうなので、わたしたちの騒動を見物しようという者は一人もいない。ただし、ハインツ師長だけはべつで、眉間に深いしわを刻んで、キールかわたしがふたたび自制心を失いそうにならないか、見張っていた。

「使用済み燃料棒」わたしは小声で言った。

「ああ」ピンセンの表情がゆるんだ。「そうだ。消えてしまった。見つけても手を触れないよう、ダンテが――大佐が――あなたに言ったはずです」

「わたしの大学の図書館は、世界初の核分裂実験に成功した建物の上にあったのよ。燃料棒をおもちゃにするほど無知じゃないわ」

「そう聞いて安心しました。シリンダーを見つけたら、すぐ大佐に電話してください。大佐と連絡がつかなかったら、ぼくのほうに」ピンセンはジャケットから名刺入れをとりだし、名刺を一枚抜いてこちらによこした。

名刺からは何もわからなかった。階級も、住所も。携帯番号とメールアドレスが書いてあるだけだ。たぶん、違う種類の名刺も持っていて、そこには本名と彼が忠誠を誓った組織の名称が出ているのだろう。CIA？　NSA？　NFL？　わたしは名刺をジーンズの尻ポケットに突っこんだ。

「さっきまでソニア・キールのところにいましたね」ピンセンが言った。「何か興味深いことが聞きだせましたか？」

「何を興味深いと考えるかによるわね。ソニアが十代のとき、両親は彼女が太りすぎだと思ってたそうよ」

「いまでも太りすぎだ」キールが不機嫌な声で言った。

「でも、ここに寝かされてるあいだに体重が減りつつあるわ」わたしは博士を慰めてあげた。

「あなたが娘さんの言葉に耳を貸すようになるには、あとどれぐらい減らせばいいの？」

「きみはソニアに一度しか会っていないのに、彼女のことを理解したつもりでいる」チェスニッツが言った。「わたしは三十年以上もソニアの治療にあたってきて――」

「いかに効果があったかは、誰が見てもすぐわかるわね」わたしはぴしっと言った。

「行方不明の品のことで、彼女、何か言っていませんでしたか」長々と攻撃演説にとりかかろうとしたチェスニッツを、ピンセンがさえぎった。

わたしは首を横にふった。「意識をとりもどしたばかりで、言葉もはっきりしない状態なの。〈ライオンズ・プライド〉の外で倒れていた夜のことは、たぶん何も覚えてないでしょうね」

キールが右手を握りしめたり、ゆるめたりしていた。「ソニアはもう五十に近いが、頭は十四歳で止まったままだ。会わせてもらいたい。チェスニッツ先生に診察してもらう必要もある」

「医療チームと相談してみます」ハインツ師長が言った。「いまは体力回復が最優先です。ドクター・チェスニッツの面会に関しては、ミズ・キールご本人の承諾が必要になります。ミズ・ウォーショースキーも言われたように、あなたかキール博士が法的に認められた後見人でないかぎりは」

ハインツの下で働く看護師の一人が彼女に何やら耳打ちした。ハインツはうなずいた。「べつの患者さんの様子を見るためにこれで失礼しますが、いまのところ、ミズ・キールと話をすることは誰にもできません。コードリー医師が二、三分前にプロトフォールという強めの鎮静剤を注射したので、夜までずっと眠りつづけるでしょう」

ドクター・チェスニッツが、デパコテを服用している患者にプロトフォールを注射するのは危険な判断ミスだ、とぶつぶつ言った。

「キール博士、娘さんの治療に巻きこまないでほしいという指示を撤回なさりたいなら、コードリー医師に相談していただけます？　もちろん、娘さんの枕元にすわって声をかけたいとおっしゃるなら、娘さんにとっていいことだと思います。鎮静剤の影響下にあっても、患者さんは自分にかけられた言葉を理解するものです。でも、あなたのほうは、ミスタ……ええと……」

「この人は自称ピンセン」わたしが教えてあげた。

「ピンセンは本名だ」彼が言った。

「ミスタ・ピンセン」ハインツ師長は言った。「いまのところ、ミズ・キールに他人を近づけることはできません」

「この探偵が……」チェスニッツと声をそろえてピンセンが言いかけた。

「ミズ・キールが意識不明だったあいだ、この人はいつも様子を見にきてくれました。それに、彼女の命の恩人でもあります」

ハインツ師長は身をひるがえしてICUの防音ドアの向こうへ去っていった。彼女もICUスタッフの面々も楽な着心地の私服だったが、糊のきいた制服の立てるパリッという音が聞こえてきそうだった。

わたしはICUをあとにしたが、男性陣はナースステーションの案内カウンターの近くに残った。わたしの乗るエレベーターがやってきたとき、ピンセンが焦った様子でキールに話しかけているのが見えた。キールはあいかわらず、こぶしを握ったりゆるめたりしている。彼がここで発作を起こした場合は、ただちに手当をしてもらえるだろう。

ピンセンとチェスニッツの前では強がってみせたわたしだが、キール家という渦に巻きこまれて頭がくらくらしていた。病院の正面玄関の外にタクシーが何台か止まっていた。その一台に乗りこみ、〈ヒッポ〉まで行ってもらった。

この午前中もシモーンがカウンターに入っていた。「感情面のサポート係はどこにいるの?」わたしのためにコーヒー豆を挽きながら、彼女が訊いた。

「あの子、けさはサポートする側じゃなくて、されるほうなのよ。羨ましい!」

コーヒーができあがるのを待つあいだに、《ダグラス郡ヘラルド》にざっと目を通した。男子バスケットチームの記事が第一面を占領していた。女子バスケットは内側の紙面にわずか二行程度。社説欄では先日の選挙結果を痛烈に非難していたが、ローレンス市立図書館への警告も出ていた。

真夜中に図書館の照明がついているとの通報が多数寄せられている。当市では図書館設備充実のための債券発行が認められているが、納税者は図書館の電気代高騰を無条件に許しているわけではない。

なんと幸運な町だろう。シカゴも含めてアメリカ全土の地方自治体で、図書館の閉鎖や新規蔵書の削減が進められている時代に、市立図書館の設備充実を考えることができるなんて。

コルタードをいっきに飲んだ。シモーンが二杯目を勧めてくれたが、いまはちゃんと食事をする必要があった。通りの向かいの高級ダイナーに入って、卵料理とコーングリッツのパンケーキと果物を頼んだ。料理を待つあいだに、手製のファラデー・ケージからパソコンをとりだし、メールチェックにとりかかった。

最初にジェイクのメールがあった。

連絡を絶っていてすまなかった。きみがバーニー・フシャールに頼みこまれてカンザスへ出かけたくせに、ぼくの頼みに応えてスイスまで飛んできてくれなかったことに、ぼくは腹を立てていた。きみもたぶん、ぼくがきみよりスイスを選んだことに腹を立てていると思う。音楽よりきみを優先させることは、ぼくにはできない。きみが探偵仕事よりぼくを優先させられない気持ちも理解しようと努めてはいるが、犯罪を調査する機会は今後もつねにあると思う。だが、古楽が息づく環境に身を置いて学び、演奏する機会には、いつまた恵まれるかわからない。ぼくにとっては一生に一度のチャンスだ。こういう話は顔を合わせたときにしたほうがいいと思うが、次にいつ顔を合わせられるのか、ぼくにはわからない。クリスマスにこっちにくるつもりはある？　それとも、犯罪の勝利だろうか。J。

メールを読んで、横隔膜を蹴られたように感じた。料理が運ばれてきたが、食欲が失せていた。返事を書き、読み返しもせずに送信した。

あなたのメールをカンザスのダイナーで読みました。これがバーゼルだったら、あなたがリハーサルをするあいだ、わたしはカフェに一人ですわっていたでしょう。でも、わたしはオデュッセウスの貞節な妻ペネロペじゃないのよ。この世界にはわたし自身の使命があるの。音楽ほど美しくはなく、高貴でもないけど、わたしもやはり人の魂を癒してるのよ。スイスとクリスマスのことはシカゴに戻ってから考えるわ。こちらにいるときの一人ぼっちの心細さがなくなってから。Ｖ・Ｉ。

ストリーター兄弟の報告書と、依頼人たちからの質問事項を読もうとしたが、怒りと傷心の涙でパソコンの画面がぼやけていた。〝部屋に閉じこもって自分を哀れんでいたいの？〟。母によく言われたものだ。〝いいわよ、どうぞ。だって、ほかの人は誰も哀れんでくれないもの〟。

しっかりしなさい、ウォーショースキー。ゲームに戻りなさい。わたしは断固たる勢いでメールチェックを再開し、ここから遠隔操作で処理できるものと、よそへ頼む必要のあるものをよりわけていった。そのあいだも、心の奥にはつねに不安があった。バゲットとピンセンにパソコンのキーの動きを監視されているのではないだろうか。詩人ネルーダのソネットにピーター・リーバーソンがつけた曲を、ジェイクがわたしの知らない誰かのために演奏しているのではないだろうか。

使い捨て携帯の一つから、わたしがいつも利用している民間の法医学研究所、チェヴィオットに電話をした。シカゴからわたしのパソコンを徹底チェックすることは可能かどうかを尋ねた。安い金額ではできないし、こちらのパスワードとアクセスコードがすべて必要だという。それらを携帯メッセージに打ちこんで送信し、メールチェックに戻った。

受信箱に入っていた最大容量のファイルはケイディ・ペレックからで、彼女の母親の死亡に関する保安官の報告書が添付されていた。事件報告は簡潔だった。

ワカルサ川へ魚釣りに行っていたペンドルトン兄弟（ジョンとジム）の通報に対処。少年たちは川に半分沈んだトヨタを発見し、車内の死体を目にして、ドアをあけようとしたが失敗した。

少年たちは道路を一マイル近く走ってガソリンスタンドまで行き、そこの店長から電話を借りた。現場へ急行した保安官助手のケネス・ギズボーンとルーカス・ガーステンバーグがウィンチつきレッカー車の出動を要請した。車を川からひきあげたのちにようやく、運転席の犠牲者をひっぱりだすことができた。遺体はジェニファーと判明。少なくとも、彼女の同級生だったガーステンバーグはそう確認した。

わたしは画面をスクロールして解剖鑑定書を捜したが、どこにもなかった。現場写真を見ることにした。送信されてきた写真は驚くほど鮮明だった。

郡のカメラマンは完璧な仕事をしていた。わたしはトヨタが道路から飛びだしたときのタイヤ痕と、土手をころがってワカルサ川へ落ちていく車にへし折られた灌木と踏みつぶされた雑草を見ていった。

頭から川に突っこんだトヨタの写真は十枚以上あった。ジェニファー・ペレックの髪がハンドルの上に浮かんでいて、まるで水草のようだ。つぎの写真では、保安官助手が車のドアをあけてジェニファーをひっぱりだし、道路ぎわに横たえている。

ジェニファーの顔は膨張し、耳のまわりと頬に打撲傷らしきものが見てとれる。ハンドドルにぶつかったため？　膨張は長く水に浸かっていたため？　もしくは、わたしがゆうべケイディを慰めるために言ったことが正しくて、なんらかの化学薬品か放射性気体を吸いこんだのかもしれない。

手をつけていない料理を脇へ押しやり、支払いをすませた。司法執行センターはわずか二ブロック先だ。そこまで歩いて、案内カウンターで昔のファイルの閲覧を申しこんだ。ファイル番号はわかっている。パソコンからコピーした申込書をカウンターに出した。待っているあいだに、ディーク・エヴァラード部長刑事が通りかかった。「ウォーショースキー！　けさは病院で派手に騒いだそうだな」

わたしはジーンズの脚を上げてくるぶしをじっと見た。「追跡装置は見当たらないわね」

エヴァラードはにやっとした。「パソコン漬けの連中に教えてやりたいもんだ。何億もの携帯メールをふるいにかけるより、昔ながらのゴシップのほうが速く伝わるし、信頼性も高いってことを。ところで、なんでこんなとこに？」

「あなたが自分のオフィスに着くまでに、誰かが教えてくれるわ」わたしは断言した。

案内カウンターの係がわたしの名前を呼んだ。エヴァラードが一緒にきて、カウンターに肘を突いてもたれた。

「この人は何を調べてるんだい、シャリーン？」

「消えてしまった昔のファイルよ、ディーク。あの、申しわけありません。違うところに紛れこんでるかもしれないので、事務官のほうへ伝えておきますが、いまはとにかく見つからないんです」

エヴァラードがわたしの申込書を手にとった。「ジェニー・ペレックの事件ファイル？　なぜそんなものが見たいんだ？　こっちにきたのはエメラルド・フェリングを見つけるためだと、わたしにも、ほかのみんなにも、くりかえし言ってたじゃないか」

「惨めな失敗に終わってることは、わざわざ言ってくれなくていいのよ」わたしは言った。「仕方がないから、藁にすがってるわけなの。エメラルドの人生は多くの場所でペレック家と交差している。ケイディ・ペレックを見つけて命を救ったのがエメラルドの母親だってことは知ってた？」

「わたしがこっちの警察に異動してくる前のことだ。ジェニー・ペレックの死亡証明書を見れば、エメラルド・フェリングがどこで見つかるかがわかるとでも思ってるのか」

「世の中にはもっと不思議なことがたくさんあるわ。本当に見たかったのは解剖鑑定書なの。ギズボーン保安官が車をひっぱりあげたときに車内で何を見つけたかも、できれば知りたい」

「泥だけさ。見つかったのは」ギズボーンが入ってきた。わたしがここにきてファイルを捜していることを、誰かが彼に知らせたに違いない。「泥と悪臭だけ。川の水に浸かってた車のなかを調べるやつなどどこにもいない、ウォーショースキー」

「貴重な品を見つけようとする者も？　あるいは、ケイディ・ペレックの父親が誰なのかを知る手がかりを求める者も？」

　野次馬が集まりはじめていた。クロバエのごとく死体にたかるよそ者の探偵が保安官とやりあっている。

「今度はケイディの父親捜しか。シカゴのほうで用事がたまってるんじゃないのかい？」

「ダグラス郡から出るなって、あなたに言われたから。だから、日の照ってるうちに干草作りをしようと思って」

農業がらみのありふれた比喩では、保安官のご機嫌をとることはできなかった。「ペレック家のことに首を突っこむのはやめろ。ガートルード・ペレックにケイディの父親を捜す気があれば、臭跡がまだ新しいうちにとりかかってただろう」

「おっしゃるとおりよ、保安官。わたしたち全員が知っているように、ガートルードはケイディの父親のことを知りたがらない。いえ、ケイディに知られまいとしている、と言ったほうがいいかもね。ケイディが四歳なら、祖母が代弁者として判断を下そうとするのもわかる。でも、もう三十三なのよ。だから、ケイディ自身が決めるべきだわ」

保安官は声の届く範囲をうろついている保安官助手や事務官に目を向けた。「きみたち、仕事をしなくていいのかね？　それとも、ウォーショースキーがダグラス郡の犯罪をすべて解決してくれるから、きみたちの仕事は不要になったのかね？」

野次馬連中は退散した。ただし、エヴァラードだけはカウンターにもたれたままだった。市に雇われている身だ。保安官に出世を左右されることはない。

ギズボーンも立ち去ろうとしたが、歩きかけて足を止め、こちらを向いた。「あんた、わたしが車のなかで何を見つけたか知りたいと言ったな。事件ファイルは消えている。だったら、あのとき通報を受けたのはわたしだってことをなんで知ってる？」

わたしは天使のような笑顔を見せた。「空にそう書いてあったのよ、保安官。この郡では誰もがおたがいのブラのサイズや何かまで知ってるって、みんなから何度も言われたわ。こちらにきてまだ一週間足らずだけど、すでにわたしにもその能力が芽生えてきたみたい」

ギズボーンがじっと考えこむ様子でこちらを見た。自分たちが開拓時代の西部にいて、急ごしらえの絞首台から下がった縄がわたしの首に巻きついている光景を、心に描こうとするかのように。

わたしは笑顔を消して、真剣な表情で保安官を見た。「ここにきたのは、じつを言うと、ジェニー・ペレックの解剖鑑定書を読みたいと思ったから」

「ガートルード・ペレックは自分の娘が切り刻まれるのを望まなかった。ジェニーが溺死したのは明白だったから、こっちで埋葬の許可を出し、あとはそっとしておくことにした」

「三十三年も前のことなのに、ずいぶんよく覚えてるのね。あなたが保安官として何度も再選されてるのも当然だわ」

35　膝の深さの川

「じつはな、ウォーショースキー、きみが本当は何をしにきたのかとローダム警部補が関心を持ち、シカゴの知り合い何人かに電話をかけて、きみの評判を尋ねてみたんだ」エヴァラード部長刑事が横の通用口からわたしと一緒に外に出た。

わたしたちが声の届かないところへ行ってしまうのを見て、シャリーンが落胆の表情になった。シカゴの警官たちがわたしのことをどう評価しているのか、誰だって知りたいはずだ。

「正直者で、結果は出すが無謀だというのが、おおかたの意見のようだ。それから、迷惑な女だそうだ」

「わたしがこのカンザスで死んだときは、いまの言葉を墓石に刻むよう、みんなにかならず伝えてね」

「起こりうることだ」エヴァラードは真剣な目でわたしを見た。「きみがなぜここにとどまっているのか、わたしにはわからない。エメラルド・フェリングの噂も、彼女が連れてるカメラマンの噂も、誰一人耳にしていないというのに。だが、サイロ周辺の土地に何か問題があるせいで、ギズボーンのやつ、われわれが支持して四年ごとに再選している男というよりも、ノッティンガムの悪代官みたいな態度をとりはじめている。それに加えて、見知らぬ連中が町をうろつき、場違いなところにひょっこり顔を出すようになっている」

「それって、バゲット大佐と、雑用係の自称ピンセンのことね」

「もちろん、きみも含まれる」エヴァラードは言った。「〝自称〟とつける理由は？」

「どのデータベースを調べても、そんな男のことは出てないの。わたしがアクセスできるデータベースはかなりの数にのぼるのよ」わたしはピンセンが病院にもやってきたことを彼に話した。「タイミングがよすぎて、誰かの電話を盗聴してたんじゃないかと思いたくなるほどよ――例えば、わたしの電話とか」

わたしがエヴァラードをまっすぐに見ると、彼は両手を上げた。降参のポーズ。「わたしは無実だ。だが、きみも少々妄想気味だと思わないかね？　なぜあの男がきみの電話を盗聴しなきゃならないんだ？　もしかしたら、キール博士の電話を盗聴してたのかも。あるいは、キール博士がピンセンに電話したのかも。二人が何かで結託しているのなら、キールはピンセンと密に連絡をとるはずだ」

「ソニアの監視もその何かに含まれてるの？　そうは思えないけど。今回の件にキールはどう関わってるの？」

エヴァラードは肩をすくめた。「なんの関わりもないと思う。娘のソニアが騒ぎの渦中に飛びこんできただけで」

エヴァラードの襟についているマイクから声がした。女性のキンキン声が響いてくる。

「本物の仕事をするよう、お呼びがかかった。きみを追いまわすのはやめろってさ」ラードはニッと笑った。「通信指令係がそう言ったんだ。わたしが押込み強盗の捜査に出かける前に、ジェニー・ペレックの溺死の件で通報を受けたのがギズボーンだったことをきみがどうやって知ったのか、話してくれる気はないかな？」

わたしはエヴァラードを見て考えこんだ。信頼してもいい人？　それとも、人をペテンにかける方法を心得てるベテラン刑事？　「ケイディ・ペレックが送ってくれたファイルでわかったのよ。ケイディがどうしてそのファイルを持ってるかについては本人に訊いてちょうだい」

「わかった」エヴァラードはわたしの腕をとった。警告ではなく、友好的な別れの挨拶だ。「ウォーショースキー、不思議の国のアリスみたいにウサギの穴に落ちたときは、この親切なおまわりさんに電話してくれ。きみがわたしの担当する管区で身をもって銃弾を止めたりしたら、書類仕事が増えてこっちはいい迷惑だからな」

わたしは三十分前には想像もつかなかったほど浮き浮きした気分で、フェデックスの取扱店まで歩いた。ジェニー・ペレックに関する事件ファイルをUSBメモリにコピーして、至急便でチェヴィオット研究所宛てに発送した。事故現場の写真を、昔のハイウェイK一〇からそれて枝の折れた茂みのなかへ続くタイヤ痕を遠くから撮ったものや、クローズアップで撮ったものをすべてプリントし、次に、ジェニーの死顔が写った写真をパソコンにアップロードしてメール添付でロティに送った。

どういう女性かということと、解剖鑑定書がないことを説明し、写真を病理学者に見せてくれないかとロティに頼んだ。〝非公式でかまわないから、専門家の推測が聞きたいの。水死？　放射能汚染？　除草剤？〟

ジェイクのメールのおかげで朝食をとりそびれてしまった。べつのダイナーを見つけた。カウンターから見える場所に置いた石窯でパンを焼いている店だ。食事をしながら、ドリス・マッキノンが強制的に売却させられた十五エーカーの広がりを地図の縮尺に合わせて計算し、わたしが持っている郡の地図に書きこんでみた。ミサイルサイロとどう接しているかを幾通りか考えながら。

自家製の豆のスープを飲み、スライスしたパンに山羊のチーズを添えて四枚食べたら、昼寝をしたくなってきた。「眠っちゃだめよ、ウォーショースキー」きびしく自分に言い聞かせた。「女よ、立ちあがれ。カンザスの大草原からいかなる怒りが解き放たれようと、あなたには立ち向かう用意ができている」

北から雨まじりの風が吹いていた。ウールのジャケットとニットのトップスを切り裂いて冷気が肌を刺し、裸で通りを歩いているような気にさせられた。大草原から解き放たれる怒りに立ち向かう用意は、まだできていなかったのかもしれない。

図書館の駐車場に着いたので、コンクリートに新聞紙を敷き、まず上等のジャケットを脱いでウィンドブレーカーに着替えてから、膝を突いて車の底をのぞきこんだ。バゲットとピンセン御用達の追跡装置は極小サイズだから、見つけるのが大変そうだ。まず、タイヤの上にある車体部分の裏側すべての下をのぞき、エンジンからテールパイプに至る排気装置の周囲を指で探ってみたが、グリースと泥のほかは何も見つからなかった。

もちろん、それではなんの証明にもならない。ダッシュボードの裏側に高性能の追跡装置が隠されているかもしれないし、手の届かないところに小さなボタン状の機器がついているかもしれない。子供時代に通りの向かいに住んでいたヴォーリンスキーのやり方をさらに徹底させて、車全体をアルミホイルで包むという手もあるが、スリルのない人生になんの意味があるだろう?

敵がわたしの動きをつかむためにこちらの電子機器を頼りにしているといけないので、デイパックにアルミホイルで内張りをした手作りファラデー・ケージに機器をすべて押しこんだ。防衛措置としてはこの程度のことしかできない。

ふたたび車で東へ向かい、今日は脇道を通ることにした。尾行してくる車がいたら、そのほうが見つけやすい。十五丁目を走って、ケイディ・ペレックが十二歳の生徒たちに思慮深い市民になることを教えている学校の前を通りすぎ、次に、二つの大きな墓地のあいだを抜けた。ソニア・キールのいまは亡き恋人を捜して本物の墓地で何カ月も無駄にせずにすんだことに感謝。

丘を二つ越え、ガタガタ揺れながら鉄道線路を渡ると、そのすぐ先に農地が広がっていて、わたしの車はでこぼこの砂利道をバウンドしながら進んでいった。窓に板が打ちつけてある建物のそばを通った。覚醒剤の密造所かも。ギズボーン保安官が〈シー・2・シー〉の問題で奔走するのを終えたら、こちらの摘発にとりかかってもらうとしよう。

ドリス・マッキノンの農場に着き、納屋のすぐ横に車を止めた。ギズボーンの話では、この納屋にプリウスと小型トラックのタイヤ痕が残っていたという。ハイキングブーツをはいて納屋に入った。

ドアのそばに下がったフレックスランプに強力な電球がついていた。曇った午後の納屋のなかでも内部の様子がはっきり見てとれた。ここが犯行現場だとしたら、納屋のなかを荒らすのは避けたいし、わたしが忍びこんだ痕跡を残すのも避けたいので、壁に沿ってへりを歩いた。

あけっぱなしの複数のドアから風が吹きこむため、干草、土、種など、あらゆる種類の埃が舞っていた。わたしは派手にくしゃみをした。『NCIS～ネイビー犯罪捜査班』のメンバーかバゲットの部下がこの納屋を綿棒で調べる気になったら、きっとわたしのDNAが見つかるだろう。埃のおかげで、オイルの垂れた跡と、小型トラックとプリウスのタイヤ痕が簡単に見つかった。二台とも中庭に面した広いドアのそばに置いてあったようだ。

ライトを持って納屋の奥へ進むと、猫が二匹うなり声を上げ、しなやかな足どりで立ち去った。納屋のなかは埃だけでなく、古い農機具でいっぱいだった。錆びたトラクター、積み重なったギザギザの歯のついた品、巨大な熊手のようなもの。猫が何をつかまえたのか知らないが、隅のほうからガサッという音が聞こえてきた。小さなネズミならいいけど。でも、たぶん、ドブネズミだろう。

バゲットが見せてくれた写真にあったような容器も、ドリスが掘った土を入れてタグをつけた袋も、いっさい見当たらなかった。まだ新しい足跡がいくつかついているのは、ギズボーンと部下たちがこのあたりを捜索したことを示している。ドリスがなにか大切な品をここに置いていたとしても、保安官一行がすでに持ち去ったことだろう。

今日もまた農家に入って、前回より徹底的に捜索をおこなった。開拓時代のような雰囲気の台所に、天井まで届く食器棚が置かれていた。梯子を見つけてのぼってみると、古いガラス食器や、第二次大戦中に配給されたガソリンや、アンティークのデルフト陶器の完璧なセットらしきものが見つかった。どれも分厚い埃をかぶっている。

食器棚のいちばん下に並んだ深い箱は、この家が建ったばかりのころ、小麦粉の貯蔵に使われていたのかもしれない。ドリスはここにブーツとウィンドブレーカーをしまっていて、ほかに空っぽの卵の紙容器なども入っていた。一時間ほどかけて引出しを調べ、さらに地下室まで行ってみた。床は土がむきだしで、湯沸かし器の上で温まっている蛇が何匹かいるだけだった。明かりをつけると、蛇は身をくねらせて鎌首をもたげ、舌をちろちろさせた。わたしが読んだカンザスの観光ガイドブックには、毒のある蛇よりない蛇のほうがずっと多くて、その割合は一対五だと書いてあった。瞳孔が楕円形の蛇に気をつけるようにとのことだが、そこまで接近する気にはなれなかった。地下室の蛇をドリスが追い払おうとしなかったのなら、きっと毒のない種類だろうが、それでも横を通るには勇気が必要だった。

ついにあきらめた。何週間もかけて家のなかと敷地を調べつづけたとしても、その後、付属の建物か畑のなかの隠し場所を見落としたのではないかと悩むことだろう。あと一時間もすると暗くなるから、その前に、かつてはドリスのもので現在は〈シー・2・シー〉が作物を栽培している土地を見ておかなくてはならない。

サイロへ車を走らせながら、監視用ドローンが飛んではいないかと上空の様子を見てみた。二回、何かが旋回しているのが目に入ったので、双眼鏡をひっぱりだすと、二回とも気流に乗った鷹だった。

ドリスが土を掘った跡が残っているかどうかを見るために畑の上空を飛んでくれるドロー

ンが、わたしにもあればいいのにと思った。かわりに、サイロのゲートの外に車を止め、ドリスの側の畑を歩きはじめた。人々の話から察するに、ドリスは秩序立った考え方をするタイプだったようだ。放射能レベルを調べようとするなら、比較のために自分自身の畑の土も掘ったのではないだろうか。

広々とした畑に出ると、北風をさえぎってくれるものがなくなった。耳がじんじんしはじめ、両手をジーンズのポケットに深く突っこんでいても感覚がなくなってきた。ときおり雨がざーっと降ってきて、大粒の散弾のようにわたしのジャケットを叩いたが、幸い、長くは続かなかった。寒さで歯の根が合わなくなった。寝袋に入れられて母親のテントに寝かされていたケイディをルシンダ・フェリングが見つけたという、あの八月の暑い日は、とうてい想像できなかった。

〈シー・2・シー〉のモーション・センサーにひっかからないよう、フェンスから六フィートの距離を保ってドリス・マッキノンの側の畑を歩いていった。わたしがスケッチしたマッキノン家の土地の東端に近いところまで行ったとき、ついに、穴を掘った跡が見つかった。しゃがんでじっくり見てみた。わたしはいつも、ペピーの用足しの後始末をするためにプラスチックのスプーンとポリ袋を持ち歩いている。スプーンで何杯か土をすくい、ポリ袋に入れて、てっぺんを結んだ。今度きたときもこの場所を見つけられるよう、サイロの敷地の東端から何歩で行けるかを数えた。ドリスが〈シー・2・シー〉側の畑でも同じ経度の地点を掘っていてくれるよう願った。

つぎのステップでは、手製のファラデー・ケージからiPhoneをとりだして赤外線検知アプリを使わなくてはならない。誰かがわたしを追跡していれば、こちらの居場所を知らせることになる。もしかしたら、B&Bの部屋に仕掛けた盗聴器だけで充分だと思ってくれているかもしれない。もしかしたら、狙いはわたしではなかったかもしれない。前にあの部屋に滞在していた者が、不実な伴侶か、もしくは反抗的な犬を監視するのに使っていたのかもしれない。

だが、バゲットかギズボーンが本当にわたしを追跡しているのなら、向こうが駆けつけてくるまでに十五分ほどしかない。フェンスを調べるためにそちらへ走った。

赤外線検知アプリが〈シー・2・シー〉の監視カメラを簡単に見つけだした。フェンスの杭のてっぺんと、フェンスの各セクションの中心点に設置され、あやとりのような模様を作りだしている。慎重に作戦を練れば、うまく回避できるだろう。電話の電源を切り、ディパックに戻してから、道路まで走ってマスタングに乗りこんだ。急いでUターンしてアクセルをめいっぱい踏みこみ、砂利と土を巻きあげながら昔のK一〇をめざしてロケットのように南へ向かった。

道路はがらがらだった。強風で雲はほとんど吹き払われていた。バックミラーをのぞくと、オリアド山の頂上に並んだ大学の建物を日没時の鈍いオレンジ色の光が縁どっているのが見えた。

ワカルサ川の手前まできたとき、明滅するパトカーのライトがバックミラーに映しだされた。パトカーはハイウェイを出て猛スピードで北へ向かっているようだ。わたしは息を止めたが、パトカーは——しかも、一台だけでなく三台も——昔のK一〇を通り過ぎてサイロのほうへ曲がった。ここからわかったことが一つある――いや、三つだ。わたしの電話はずっと監視されていた。わがファラデー・ケージは成功だった。車に追跡装置はつけられていない。

両手がじっとり湿り、ハンドルの上ですべった。ワカルサ川にかかった小さな橋のところでブレーキを踏み、川に沿って延びる郡道に入った。道路脇で車を止めたが、端に寄りすぎないよう気をつけた。マスタングは泥に強い設計ではない。今度車を大破させて買い替えることになったときは、オフロード用の車にしよう。頑丈なのがいい。例えば、軍の払い下げの戦車とか。

車を降り、土手の下のほうを流れる緑がかった茶色の水を眺めた。流れの真ん中で水鳥が二、三羽、餌を漁っている。あとの鳥は川面に点在する小さな砂利の島で羽を休めている。〝膝までの深さの泥〟。ワカルサというのはこの地方の先住民の言葉でそういう意味だと、ケイディが前に教えてくれた。膝までの深さ。それでもやはり、ケイディの母親が溺死するぐらい深かったのだ。

プリントしておいた事故現場の写真をとりだし、いま見ている景色と重ねあわせようとした。もちろん、下草の伸び具合が違うし、いまは真夏でなくて秋だが、写真のおかげで、車が転落したコースをかなり正確に推測することができた。

しかも、枝の折れた茂みと急斜面を覆ったイネ科の雑草のあいだに真新しいタイヤ痕がついていた。わたしはタイヤ痕をたどって、足をひきずりながら急斜面を下りていった。その先で何が見つかるのか不安だった。

そこにあったのはプリウスではなく、ダッジラムのトラックだった。運転台も車体も錆びていた。生産工場を出たときの赤い塗装の色はごくわずかしか残っていなかった。ジェニー・ペレックのトヨタと同じく、頭から水に突っこんでいたが、車体が高いため完全な水没には至っていなかった。水に沈んでいるのは、乗降に使われるステップの半フィートほど上までだ。運転席に人の姿があった。ハンドルに頭をもたせかけている。

自分の脚が木の棒に変わったような気がした。こわばりすぎて、曲げることはおろか、トラックまで足を運ぶこともできない。車のなかにいるのがエメラルド・フェリングで、助手席にはたぶんオーガスト、などという展開にはなってほしくなかった。

秋は日没後の残照がとても弱く、急斜面の下まではほとんど届かない。真っ暗になる前に棒のような脚に命を吹きこむ必要があった。斜面をよろよろのぼって自分の車に戻り、強力な懐中電灯をとってきて、それを使ってトラックの周囲の地面を調べた。泥のなかにわたしの足跡がくっきり見えている。ほかの足跡は柔らかな地面のなかにほぼ消えている。

懐中電灯を口にくわえて、何かが写るよう念じながら地面の写真を撮り、つぎに手袋をはめてトラックのステップに乗った。暗くなってきたため、窓ガラスがわたしのほうに黒い光を反射している。ブーツの縁から水がじわじわと入ってきた。悪臭を放つよどんだ水。

ドアをひっぱるとわずかに動いた。ロックされていなかったようだ。しかし、水圧がかかっているため、あけるのは無理だった。犯行現場における最悪の行動。わたしのせいで指紋がこすりとられ、運転台に水が入ってしまう。

トラックの内部を懐中電灯で照らしてみた。運転席で一人死んでいるだけだった。エメラルドでもオーガストでもなかった。白髪が目立つカールした乏しい髪は白人女性のものだ。それも、年をとった女性。冷たい大気がたぶん腐敗を遅らせていただろうが、顔はやはり膨張し、皮膚が黒ずんできている。

手を触れずに遺体の様子を調べようと努めた。首筋の右側に無残な穴があいていた。その周囲には血があまり見受けられないが、何枚も重ねた衣服を通して滴り落ち、ギアボックスに血だまりができていた。

わたしはさらに写真を撮りつづけた。死者のコートかパンツのポケットに手を入れて身分証のたぐいを捜しだせないかと思ったが、そのためには、ハンドルにもたれている女性を動かさなくてはならない。死に関する証拠がすべて消えてしまう。

女性の右手はハンドルを握っていたが、左手はシートに垂れていた。懐中電灯で照らすと、てのひらのくぼみから紙片がのぞいていた。死亡時にそれを握りしめていたのだろう。筋肉の硬直がゆるんだため、紙片が顔をのぞかせたのだ。

悪い探偵だわ、証拠品をくすねるのは――自分に説教したが、右の手袋をはずし、二本の指をピンセットがわりに使って紙片をつまみだした。それを慎重に持ったままトラックから離れ、水から離れて、ウィンドブレーカーのファスナーつきポケットにしまい、ドアを閉めるわずかな時間だけトラックのところに戻った。

ブーツのなかで濡れたソックスをぐちゅぐちゅいわせながら、ふたたび急斜面をのぼったが、そのとき、遠くに明滅するライトが見えた。ドジ！　ドリスのトラックを見つけた緊張と興奮のなかで、写真を撮るためにｉＰｈｏｎｅを出してしまったのだ。救いがたい馬鹿。

一瞬、橋桁をよじのぼって、道路を走る車を止め、助けを求めたい衝動に駆られた。だが、かわりにその時間を使って、ルエラ・バウムガルト＝グラムズにメールを送った。シカゴのわが顧問弁護士が見つけてくれた被告側弁護人に。

36　法廷のカジュアルデー

わたしはシカゴで何度か留置場に放りこまれた経験がある。それに比べれば、ダグラス郡の留置場は高級ホテルのリッツみたいなものだった。虱はいないし、午前二時に発作を起こしてわめきちらす者もいないし、漂白剤でもごまかしきれない何年分もの汗と体液の臭いもない。

ルエラ・バウムガルト＝グラムズがオーヴァーランド・パークから車を飛ばしてきてくれたが、ローレンスに到着したときはすでにダグラス郡裁判所の閉廷時刻を過ぎていた。しかし、こちらに泊まって、朝になったら司法執行センターへ付き添うと約束してくれた。さらにありがたいことに、わたしの最大の懸念をとりのぞいてくれた。ペピーの件を解決してくれたのだ。犬が一泊できるよう、〈フリー・ステート・ドッグズ〉に頼んでくれた。おかげで、わたしは死ぬほど心配することなく、清潔な留置場で一夜を明かすことができた。

ルエラはまた、わたしがまともな格好で人前に出られるよう、着替えと歯ブラシとヘアブラシまで持ってきてくれた。土曜の午前中に開かれる保釈審理の法廷では、種々雑多な連中が保釈申請をおこなう。酒気帯び運転の者、公的不法妨害をおこなった者、バーで喧嘩したあげくに発砲した者。そして、殺人容疑で逮捕された者。わたしの事件がいちばん厄介なので、セルマ・カッツ判事はこれを最後にまわした。この判事とわたしの弁護士はカンザス州の女性弁護士協会の関係で顔見知りだった。おかげですべて迅速に運んだ。それに加えて、わたしの保釈申請を却下する気が地方検事になかったのも幸いした。

ギズボーン保安官は正当な根拠もなくわたしを逮捕したことを認めざるをえなかった。ドリス・マッキノンのトラックを道路から転落させることがわたしにできたはずのないことを、渋々ながら認めた。

「死亡していたその女性をミズ・ウォーショースキーが撃ったという証拠が何かありますか」セルマ・カッツが尋ねた。

「ウォーショースキーがああして現場にいたことが――」ギズボーンは答えようとした。

「法医学的証拠です、保安官。弾丸をミズ・ウォーショースキーと結びつける証拠がありますか。彼女がトラックを現場まで運転していったことを、もしくは、被害者に運転させて現場へ行ったのちに射殺したことを示す証拠は?」

「本格的な現場検証がまだ終わっていない」ギズボーンは不満そうに答えた。

「では、すぐにとりかかってください。ミズ・ウォーショースキー、あなたが川へ出かけたそもそもの理由はなんですか。遺体がまだそこにあるかどうかを確認しに行ったのではないと仮定して」

「タイヤ痕と折れた枝が目に入ったので、誰かが事故でも起こしたのかと心配になったのです」

判事は前に置かれた用紙にメモをした。「見上げた心がけですが、トラックを見つけ、運転席で女性が死んでいるのを知ったとき、なぜ九一一に電話せずにドアをあけたりしたのですか」

「死んでいるかどうかわかりませんでした。まだ息があれば助けたいと思いました」

「セルマ!」ギズボーンが話に割りこんだ。「この女はシカゴからきた私立探偵だ。犯行現場になじんでいる。死体だって何回も見ている。この町にきて以来、警察や保安官事務所の捜査を妨害してばかりだ」

「ケン、ここは法廷で、〈ロック・チョーク・パブ〉じゃないのよ。あなたが高校時代にうちの父とアメフト仲間だったことは忘れて、通常の手順で審理を進めましょう」

ギズボーンは真っ赤になったが、おとなしく従った。わが弁護士のルエラが進みでて、わたしが何をすべきだったか、何をすべきでなかったかを整理して述べた。また、捜査妨害をするどころか、ソニア・キールとナオミ・ウィッセンハーストの命を救っていると言った。

そして、地方検事にかけあって逮捕を無効にしてくれた。わたしは罰金二百ドルでどうにか無罪放免となった。愚行に対する罰金と言うべきか。ただし、書類にはそんなことは記入されない。

審理のあと、ルエラはしばらく残って雑談していた——〈ロック・チョーク・パブ〉とまではいかなくとも、もはや法廷ではないというわけだ。ギズボーンは加わろうとしなかった。保安官助手の一人が入ってきて何やら耳打ちしたため、大股でドアへ向かった。わたしに険悪な視線をよこしただけで、あとは無言だった。

わたしはルエラから請求される金額でこちらの予算がどれだけ減ることかと案じつつ、書類を持って支払窓口へ行った。交通違反の罰金、法廷から命じられた子供の養育費、ごみのポイ捨ての罰金、犯行現場を荒らした罰金などを支払う人々の列のうしろに並んだが、疲労困憊でいまにも倒れそうだった。いくら設備がよくても留置場でぐっすり眠れる者はいないが、わたしの場合は骨の髄まで疲れていた。

他人の人生の惨めな残骸を片づけるのも、政府機関の連中と口論するのも、世間の噂ではまっとうな法執行者のはずのギズボーン保安官がなぜ急に軍や大企業の腰巾着みたいな行動をとりはじめたのかを推測しようとするのも、もううんざりだった。金でも握らされたのか、それとも、脅しをかけられたのか。たいていそのあたりと相場が決まっている。そんな話は聞き飽きた。ジェイクがわたしにうんざりしたのも無理はない。自分で自分にうんざりしているのだから。

クレジットカードを渡し、必要な箇所すべてにサインをすませると、近くのベンチに崩れるようにすわりこんだ。髪が汚れているし、上等のジャケットはクリーニングに出す必要がある。自分の体臭が鼻についた。魅惑的な香りではなかった。

事務官の一人に肩を叩かれた。「大丈夫ですか」

わたしはハッとし、無理にかすかな笑みを浮かべた。大丈夫。こんなところでぼんやりしている場合ではない。

ベンチから腰を上げて出口へ向かったが、不意に足を止めた。玄関ホールの真ん中で、バゲット大佐と自称ピンセンと保安官が熱心に話しこんでいた。

よちよち歩きの子供二人を連れたうしろの女性がわたしにぶつかり、腹立たしげにわめいた。

「ごめんなさい」わたしは言った。「別れた夫をここで目にするなんて思わなかったの」

「けどやっぱり、気をつけて歩いてほしいわ」女性は言ったが、喧嘩腰ではなくなっていた。別れた夫とばったり会うのはけっして愉快なことではない。

保安官助手や事務官たちが保安官一同をじろじろ見ていたが、この三人は戦略的に有利な場所を選んでいた。立ち聞きしようとする者がいればすぐわかるし、周囲から離れているので、読唇術の達人でもないかぎり、三人の話の内容をつかむことはできない。読唇術はテレビに登場する探偵たちが備えている多くのスキルの一つだが、わたしはマスターしていない。

しばらく足を止めたものの、事務官たちと同じく、会話の内容はまったくつかめなかった。疲労で脳に靄がかかっていたが、三人のところに歩み寄り、愛想のいい笑みを浮かべた。というか、少なくとも浮かべようと努力した。

「ウォーショースキー！」大佐がさりげない態度をとろうとした。「こんなところで何をしてるんだね？」

「ダグラス郡留置場に一泊した疲れをとろうとしてるの。罰金の支払いもすんだから、わたしの人格に傷がつくことなく社会復帰できることになったわ。詳しいことはそこにいる保安官から聞いてちょうだい。あなたのほうはどうなの？　フォート・ライリーの人たちがあなたの帰りを心待ちにしてるでしょうに」

ギズボーンとピンセンが無表情にこちらを見ていた。ついさっきまでわたしの噂をしていたことを示す表情だ。だが、バゲットのほうはこの二人より社交術に長けていた。にこやかに微笑して言った。「いかなる人間関係も、ときたま距離を置くと風通しがよくなるものだ」

「シリンダーに関して何かいい知らせは？」わたしは尋ねた。

「あんたこそ、居場所を嗅ぎつけられる前に、そいつをトラックから下ろす時間がたっぷりあったじゃないか」ギズボーンが言った。

「町の噂だと、あなた、優秀な保安官だそうね。わたしの弁護士が飛んできて逮捕令状を見せるよう要求する前に、あなたがわたしの車を調べもしなかったなんて、ぜったい信じられない。ついでにもう一つ疑問があるの。わたしが川の土手にいることがどうしてわかったの？」

ギズボーンは玄関ホールを見まわした。そこから答えをもらおうとするかのように。「誰かが電話してきたんだ。不審な人物がいるってな」

「その誰かは、茂みの下に隠れた場所に半分ほど水に浸かったトラックがあって、そのそばに不審人物がいるのを目にしたわけね。道路からは見えないわよ。もっとましな答えを考えればいいのに、保安官」

「どういう意味だ？」保安官は不気味な角度で顎を突きだした。「上のほうに農場がある。あそこからなら、あんたの姿が見えたはずだ」

「〝見えたはず〟ね。でも、見たという意味にはならないわ」わたしはポケットから電話をとりだした。「みなさんのスマホをとりだして、いますぐ確認してみたら？」

ギズボーンもピンセンもそれぞれの電話に手を伸ばしたが、バゲットが首を横にふった。

「この女はきみたちを挑発してるだけだ、マーロン。そんな挑発に乗るんじゃない」

「あんたが優秀な探偵だなんて噂は誰からも聞いたことがない」ギズボーンがわたしに言った。誰かの手で喉の奥にマッシュポテトを詰めこまれたような不明瞭な声だった。「自分では滑稽なことを言ったつもりだろうが、おもしろくもなんともない。コメディアンで食っていくのは無理だな。それ以外でも、あんたがめざましい活躍をする姿は一度も見たことがない。マッキノンの頭に弾丸を撃ちこんで、それを隠す賢い方法を考えだしたというなら、ちっとは見直してやってもいいが」

「あなたの教えを乞いたくなったわ」わたしは熱をこめて言った。「例えば、ドリス・マッキノンの件について。ドリスの遺体はたしか、ドクター・ロークの後任の人が解剖をする前に消えてしまったはずよ。あなたはなぜドリスが頭に弾丸を撃ちこまれたことを知ってるの？　わたしが遺体を発見したときは、かなり腐敗が進んでいた。射殺かどうかなんてわからない状態だった」

三人の男は剥製師からホルマリンをいきなり大量に注射されたかのように、その場に立ちつくした。いちばん早く立ち直ったのはピンセンだった。

「ドリス・マッキノンのトラックで発見された女――保安官はそう言おうとしたんだ」ピンセンは急いで言った。

「誰もが不思議がってるわよ。あなたたちがそこまで必死に隠そうとする秘密とはいったいなんだろうって」わたしは郡の職員たちのほうを示した。そこに一般の来訪者も半ダースほど加わっている。「トラックから見つかったのがドリス・マッキノンだってことは、みなさん、すでに知っていたようね。となると、すごく興味深い疑問が出てくるわ。農家の台所で倒れて死んでたのは誰だったの？」

ギズボーンはペピーに飛びつく蚤のように、この意見に飛びついた。

「トラックの死体がマッキノンだってことをあんたが知ってたのなら、偶然トラックを見つけたというあんたの主張は、わたしが最初から言ってたように、殺害を隠すための煙幕だったことになる。セルマ・カッツに知らせて、保釈審理をやりなおしてもらうとしよう」

ギズボーンはそう脅しをかけてきた。

「わたしの弁護士がカッツ判事といまも雑談中よ」保安官と対立するつもりはない、ぜひ協力したい、という口調でわたしは言った。「令状をとる根拠があなたにあるかどうかをカッツ判事が判断するさいに、あの弁護士が力になってくれるでしょう」

国家の安全に関わる問題を人目のある玄関ホールで軽々しく口にすべきではない、ましてや冗談にするなどとんでもない、とピンセンがわめいた。国土安全保障省がわたしを尋問しようという場合、令状は必要ないそうだ。

「あなた、国土安全保障省の人なの？　幕僚大学の人だと思ってた」

「まあまあ、ウォーショースキー」バゲットがすまなそうな笑みを浮かべた。「きみがどう感じているかは想像がつく。こっちもかなり威圧的だったからな。だが、いかに危険な状況かはわかってくれるね。トラックから発見された女性に関してほかに何か知っているなら――きのう、何か普通ではないことを目にしたのなら――」

「トラックが頭から川に突っこむこと自体、普通じゃないような気がするけど、それはたぶん、わたしが田舎の生活にひどく無知なせいでしょうね。酔っぱらいや覚醒剤中毒の連中の車が平日は毎日のようにワカルサ川に飛びこみ、週末にはその数が倍になるのかもね。でも、ほかに何か異様なことが起きてるのなら、たっぷり時間のある保安官事務所の人たちに解決してもらいましょうよ。ここにいるギズボーンにあなたから話をして、保安官助手たちが現場とわたしの車のなかで何を見つけたかを確認するといいわ。じゃ、またね（アスタ・ラ・プロクシーマ）、大佐、保安官、国土安全幕僚大学さん」

わたしはドアのほうへ向かいながら、三人の誰かから足止めされることを薄々覚悟していたが、ギズボーンは部下たちのほうを向いて、完了していない任務はどれとどれかを報告するよう、あらためて急かしただけだった。

ひどく空腹だし、犬に会いたくてたまらなかった。シャワーも浴びたい。だが、まずは新しい服が必要だ。留置場と法廷で着ていたものにもう一度袖を通す気にはなれなかった。ここ何日か、ダグラス郡の雨と泥のなかを歩きまわっていたため、B&Bに置いてある服もすべて洗濯機に放りこむか、クリーニングに出す必要がある。

コーヒーがほしくて〈ヒッポ〉に寄ると、シモーンがわたしの年代の女性にぴったりの服が置いてある店を教えてくれた。この町は若い学生向けの店がほとんどだそうだ。きのうランチをとったベーカリーへまわってチーズサンドイッチを買ってから、〈オン・ザ・タウン〉という名のその店へ行き、きれいなラインのジャケットと、新しいジーンズと、ニットのトップス何枚かを買った。

37　純金の微笑

シャワーを浴びにB&Bに戻る途中、クリーニング店に寄り、旅行中にくたくたになった服を預けていくことにした。鍵やイヤリングが残っていないか確かめるためにポケットを調べていたら、封筒の隅をちぎりとったものが出てきた。

フランシス・ローク
法病理学者
サンセット通り五〇二六番地
カンザス・シティ

思わずじっと見た。ドクター・ロークはインフルエンザで死亡した病理学者だ——たしか二日前だった？　彼の名前のついた封筒がなぜわたしのポケットに——そこで思いだした。きのうの午後、ドリス・マッキノンの手からこれを抜きとったのだ。この妙な出来事を三銃士に話すつもりはもちろんない。

「いつまでに仕上げればいいかしら、ハニー」

〝ハニー〟という言葉に苛立ちがこもっていた。カウンターの女性の質問がこれで三度目だったのだ。事件が迅速に片づいて早くローレンスを離れられるようにとの願いをこめて、二日間コースを選んだ。

車に戻ったわたしは、サンドイッチを食べるあいだも封筒の切れ端から目が離せなかった。ドクター・ロークからドリス・マッキノンに手紙がきていた。なぜ？ドリスがドクターに手紙を出したからだ。飼っていた牛が死んだので解剖を頼みたかったのかもしれない。でも、わたしは彼女が土壌サンプルの検査を頼んだほうに賭ける。

パソコンをとりだしてドクター・ロークのことを調べようとしたが、ネットで何かをすればいまはすべて敵に筒抜けであることを、きわどいところで思いだした。スパイウェアはすべて駆除したとチェヴィオット研究所から自信たっぷりに言ってくるまではだめだ。図書館へ車を走らせ、そちらのパソコンを使った。

フランシス・ローク、医学博士、トピーカにあるカンザス州検視局の主任検視官を務めていたが、それとはべつに、カンザス・シティにあるカンザス大学医学部でも病理学を教えていた。自宅は検視局のあるトピーカではなくカンザス・シティで、医学部の近く。妻に先立たれて現在は一人暮らし。子供二人はすでに成人し、テキサス州とフロリダ州に住んでいる。

ドクター・ロークはドリス・マッキノンより二十歳年下だから、学校時代の友達ではないが、ドリスと何か個人的なつながりがあったに違いない。ドリスは自分の土地で何が起きているかを心配していた。電話帳から適当にロークの名前を選びだしたとは思えない。

この町でできたわずかなコネを思い浮かべたあとで、使い捨て携帯の一つを使って、ふたたびバーバラ・ラトリッジに電話をかけた。こちらからロークのことを尋ねる前に、ネル・オルブリテンの入退院を彼女に伝えたことに礼を言われた。「そのおかげで、ローレンスの人々のあいだに橋をかけることができたわ。リバーサイド教会の誰かが病気になったときと同じように、わたしとリバーサイド教会の信者たちがミズ・オルブリテンにキャセロールを届けに行けるようになったのよ」

バーバラが見舞いに行ったとき、ミズ・オルブリテンは元気な様子だった。すっかりよくなるまで、息子と嫁が泊まってくれるという。聖シラス教会のクレメンツ牧師がひんぱんにやってきて話し相手になり、教会の信者仲間も見舞いに訪れ、おまけに、リバーサイド教会の主任牧師のウェルド師まで顔を出してくれるそうだ。

わたしはうしろめたさを感じた。ほかのことで猛烈に忙しく、例えば留置場に放りこまれたりしていたため、オルブリテンのことを忘れていた。しかし、バーバラの話が一段落したところで、ドリス・マッキノンとドクター・ロークの関係について何か知らないかと訊いてみた。

「ローク？　ああ、ドリスの解剖中に亡くなった病理学者ね。わたし、ドリスとそんなに親しいわけじゃなかったのよ。でも、電話で何人かに訊いてみるわ」

わたしは、この質問については口外しないよう頼もうとしたが、頼むだけ無駄だとあきらめた。この町では誰もが相手かまわず話をするし、わたしは注目の的となっているよそ者だ。バーバラが口外しないわけはない。使い捨て携帯の一つの番号を彼女に教え、べつの携帯でカンザス・シティにあるドクター・ロークの医学部のオフィスに電話した。マッキノン宛ての手紙には、カンザス州検視局ではなく自宅の住所が書いてあった。だから、検視局より医学部のスタッフのほうが、彼が手紙を出した理由を知っている確率が高いだろうと推測したのだ。

土曜日だったが、ロークの秘書がオフィスに出ていた。涙声だった。

「ローク先生は偉大な方でした。偉大な医師で、思いやりがあり、ウィットに富み、けっして威張り散らしたりしない方でした。先生を失って、これからどうすればいいのかわかりません。マッキノンというお名前なら知っています。先生がその方の解剖を始めようとした矢先に、急に具合が悪くなられたんです。でも、宛先がマッキノンとなっている手紙をわたしのほうで投函した覚えはありません」

こちらの手元にあるのは、ドクター・ロークの自宅住所が書かれたマッキノン宛ての封筒の切れ端だけだと言うと、それではなんの力にもなれないという返事だった。ただ、この偶然に向こうは驚いていた。

「不思議ですね、先生がそちらへ手紙を出し、その方の遺体を解剖することになったなんて。気味が悪いわ。でも、わたしは何も聞いてないんです。ラボの技師と話をしてみてください。何か腑に落ちない疑問があったのなら、ラボで仕事をしているときに、先生から技師のアニャにその話をなさったかもしれません」

秘書と同じく、アニャ・マリクも悲しみに打ちひしがれていた。「ドクター・ロークはわたしの恩人なんです。グリーンカードをとるときも、大学に入るときも、力になってくださいました。わたしの妹が強制的に結婚させられて嫁ぎ先から逃げだしたときには、わたし、あの子がおじたちに射殺されずにすむようカンザス・シティに連れてこようとしたんですが、そのときもドクターに助けてもらいました。ラボは存続するでしょうが、どんな形になるのか、わたしにはわかりません」マリクの英語はなかなか達者だったが、南アジアのアクセントが強いため、たまに聞きとりにくいことがあった。

わたしは一般に使われる悔やみの言葉をぼそぼそと述べたが、悲しみに沈む人の前では虚しく響くだけだった。二、三分たつと、マリクは気丈にふるまおうとした。

「刑事(ディテクティブ)さんだとおっしゃいましたね。ローレンスから警察の人がきてドクター・ロークのファイルを調べていったことは知っています。軍の方もこられました。このお電話はその件に関することですか。もし、ドクターが何か不正なことをしたと思っておられるのなら、個人的に申しあげておきますが――」

「いえ、違うの。わたしは警察の者じゃなくて、私立探偵(プライベート・ディテクティブ)なの」こちらの事情をあらためて説明した。いまや『オデュッセイア』並みの長さになってきた気がする。簡潔にまとめようと努めたが、保安官との衝突と大佐への恐怖は省かないことにした。マリクに〝この人なら信頼できる〟と思ってもらえることを期待して。

危険を覚悟でわたしと話そうとマリクが決心してくれたので、彼女にこちらの顔が見えるよう、スカイプで話をすることにした。わたしが自分で言っているとおりの人間で、猫なで声でドクター・ロークに関する話をひきだそうとする政府組織の職員ではないことを、わかってもらう必要がある。

図書館のサーバーを使ってスカイプの仮アカウントを作成し、パソコンルームを背景にしたわたしの姿をマリクに見せた。「たぶん保安官か軍関係の人間のしわざだと思うけど、わたしのパソコンにスパイウェアを入れられたせいで、いまは公共のパソコンを使うしかないの」

マリクのほうは自宅にいて、リビングと思われる部屋でカウチにすわっていた。若い女性で、三十代ぐらいの感じ。ショートヘアがほっそりした顔を包み、泣いていたため黒い目の縁が赤くなっている。

「もちろん、ドリス・マッキノンのことは覚えています。その人の解剖を始めようとしたときにドクター・ロークが倒れたんです。ドクターは予備的な所見の口述をすませ、音声データがわたしのところに届いていました。州の予算削減のせいで、ドクターも検視局のスタッフを減らすしかなく——いえ、減らすしかなかったため」マリクは自分の言葉を悲しげに訂正した。「鑑定結果をタイプする仕事はわたしがよくやってたんです」

「遺体が消えたとき、あなたもそちらにいたの？」

「ドクターと一緒ではありませんでした。わたしは州に雇用された人間ではないため、トピーカのラボには出入りできません——いえ、できませんでした。わたしのお給料はドクターがご自分の研究助成金から出してくださってました。でも、会議アプリを使って口述のデータが届いたので、内容は正確にわかっています。

ドクターは遺体を前にしてひどく困惑している様子でした。ミズ・マッキノンの遺体だとは信じられなかったのです。だって、ミズ・マッキノンは高齢で、九十歳ぐらいだったはずです。ドクターが解剖しようとしていた女性も若くはなかったけど、ドクターと同年代の七十歳前後だったと思われます。ドクターは歯の状態にも疑問を持ち、わたしにレントゲン写真を送ってきました。本格的な解剖にとりかかる前に歯のレントゲンを撮り、それに加えて、爪の下の汚れも採取しました」

マリクはパソコンのキーを叩いて、顎のレントゲン写真のコピーを送ってくれた。「その日、トピーカのラボには技師がきていなかったため、ドクターが自分で撮影するしかありませんでした。州の予算削減によって、技師は週に二十四時間しか働けなくなってしまったんです。亡くなった女性の歯はひどい状態でした。おそらく、何年も歯医者へ行っていなかったのでしょう。ほかにも妙な点がありました。ドクターの見た感じでは、歯の治療の一部は東欧か、もしくはギリシャのもののようだとか。わたしにレントゲン写真を送ってきたとき、歯のことをもっと詳しく調べてほしいとおっしゃいました」

わたしはレントゲン写真を見たが、何もわからなかった。わかったのは歯が映っているということだけだ。「で、どんな発見があったの？」

「調べる暇もありませんでした。ドクター・ロークが空気を求めてあえぎ、倒れる音が聞こえたので。検視局の警備員に電話したら、その人がようやくモニターを見て、床に倒れているドクターに気づきました。警備員がもっと注意してくれていれば――！　でも、とにかくドクター・ロークは病院へ運ばれ、女性の遺体は消えてしまった。何がどうなっているのか、さっぱりわかりません。ただ、女性には古い金歯が二本あって、内部の齲蝕（うしょく）がかなり進んでいました」マリクはその二本を示した。上顎の臼歯と、下顎の前歯。

「かぶせてあるクラウンはアメリカ製ではありません。アメリカではふつう、純金で作った金属冠の表面にセラミックを焼きつけたものを使います。あの女性の歯は微笑したときにキラッと光る金歯でした。ドクター・ロークは典型的な東欧のやり方だとおっしゃってました」

わたしの胃がねじれた。金歯ならシカゴでも見かけたことがある。サウス・サイドにはそういうクラウンを作る歯科医がけっこういたものだ。そして、マッキノンよりロークに近い年代の女性となると——エメラルド・フェリングにも当てはまる。

「亡くなった女性だけど」こわばった声で、わたしは尋ねた。「人種に関して、ドクター・ロークはなんと？」

「いいえ、何も。解剖にとりかかったばかりでしたし、技師がおこなう補助的作業もドクターがすべて自分でしなくてはならないため、当然ながら、倍の時間が必要だったと思います。ああ、州の規則なんか無視して、お手伝いしますってドクターに言えばよかった。わたしがついてれば、ドクターの気分が悪くなったとき、すぐ病院へ運べたのに。お一人だったため、たとえ気分がすぐれなくても、モルグを離れようとはなさらなかったのでしょう。なにしろ責任感の強い方でした。意識を失ったときにはもう、手の施しようがなかったのです」

マリクはふたたび泣きだした。

パソコンの前で泣くマリクをわたしはしばらくそっとしておいたが、最後に、歯のレントゲン写真のことを保安官助手の誰かに話したかどうか、彼女に尋ねた。

「いいえ。ひどく乱暴な人たちだったので。ドクターのオフィスを好き勝手に捜索して、メールまで見ようとしました。秘書のルビーは泣いてましたが、わたしは泣くものかと我慢しました。あんな連中には何も話す気になれません」

「よかった。しばらく伏せておきましょう。偉そうな連中だから、わたしも協力する気になれないの。お疲れなのはわかってるけど、あと一つだけ質問させてね。ドクター・ロークがマッキノンに手紙を出してるの。少なくとも、わたしはそう推測してる。ここにあるのはドクターの名前が書かれた封筒の切れ端だけ」

彼女にも見えるよう、ちぎれた封筒をかざしてみせた。「ドクター・ロークの秘書の人は何も知らないみたいだった。あなたはどう？」

マリクはしばらく困惑の表情だったが、やがて言った。「ああ、きっと、ミズ・マッキノンが〝カビの手紙〟を書いてきたんだわ！」

「カビの手紙？」わけがわからなくて、わたしはオウム返しに言った。

彼女は小さく笑った。

「変なことを言うやつだとお思いでしょうね。じつは五年ほど前に、ドクターが話題の人になったことがあるんです。ある男が毒性の強い黒カビを使って実の母親を殺害し、それがドクターの解剖によって証明されたのです。事件が起きたのは、州の中央部にあるルーレイという小さな町で……いえ、そんなことはどうでもいいですね。母親の死は事故と判断されましたが、息子が母親を殺したのだと主張する隣人が現われました。息子は金銭トラブルを抱えていて、母親が死んだら農場を相続することになっていたのです。

町の保安官は州のほうへ司法解剖を依頼することに決めました。『CSI：科学捜査班』や『NCIS～ネイビー犯罪捜査班』に出てくるような話でしょ。ドクター・ロークは死亡した女性の肺が黒カビに覆われているのを発見しました。検視局の捜査員を被害者の自宅へ派遣したところ、息子が母親のマットレスに黒カビを塗りつけていたことが判明しました。どのテレビ局でもこの事件が報道され、ドクター・ロークは『60ミニッツ』にまで出たんですよ。

その後、全国から手紙が届くようになりました。この人が、あるいは、あの人が毒殺されたことを証明してほしい、という依頼の手紙です。ときには、薄気味悪い品も送られてきました。皮膚の一部とか、血液や唾液の入ったガラス瓶とか。それはすべて秘書のルビーが〝ドクター・ロークは州の職員なので個人的なご依頼はお受けできません〟という手紙を添えて送り返していました。しばらくすると、手紙も品物も届かなくなりました」

「ドリス・マッキノンは土壌サンプルを採取してたの。たぶん、放射能汚染が公表された畑の土だと思う。サンプルがどうなったかはわからないけど、黒カビを検出したドクター・ロークなら土壌の放射能を調べてくれると思ったのかもしれないわね」

「そうですね」マリクはうなずいた。「でも、どうして依頼の手紙を自宅宛てにしたのか理解できません。ルビーが手紙を見ていないとすると、自宅のほうへ出したとしか思えませんよね。もしくは、メールを送ったとか。その可能性もありそう。ドクターのメールアカウントを調べてみましょうか」

「ドクター・ロークの自宅の鍵をお持ちなの？　二人でそちらへ出向いて、マッキノン関係のものが何か見つからないか、調べてみることはできないかしら。ひょっとすると、土壌サンプルがあるかもしれない」

マリクは鍵なら持っていると答えた。ドクターがけっこう旅行に出る人なので、留守中の室内植物と猫の世話をひきうけているという。自宅へ行って調べてみると言ってくれた。

「おかげで用事ができました。具体的な用事が。でないと、ここにじっとすわったまま、ドクター・ロークが負け犬のゲームだといつも言ってらしたことに没頭し、〝すべきだった、すればよかった、できただろうに、何もしなかった〟とつぶやきつづけることになっていたでしょう」

38　高級住宅

別れの挨拶を交わしたあとで、少しだけ時間をとって黒カビに関する新聞記事と『60ミニッツ』の短い映像を見てみた。ドクター・ロークはテレビ映りがよかった。人気ドラマ『ドクター・ウェルビー』の主人公みたいなタイプで、がっしりした体格といかにも専門家らしい穏やかな物腰は、陪審にいい印象を与えることだろう。それに、評判のいい内科医にもなれそうだ。せっかくの親切で冷静な態度も、死者が相手ではなんの価値もない。いや、そうは言いきれないかもしれない。生きている者と同じく、死んだ者にも親切に扱ってもらう権利がある。

誰かが上からのぞいていることに気づいた。顔を上げると、図書館長のフィリス・バリアと目が合ってびっくりした。

「今日も土地の境界線の調査？」バリアは訊いた。

「よその州からきた人間が図書館のネットシステムを利用した場合は監視するよう、町から指示されてるの？」彼女の関心の強さに戸惑って、わたしは訊きかえした。

「利用者全員に注意を向けるよう心がけてるの。個人のパソコンではできないようなどんなことが、図書館のパソコンを使うとできるのかしら」

「わたしのパソコンが故障してしまったの」わたしは微笑して立ちあがった。「よそ者もこのパソコンを使わせてもらえて、図書館にはほんとに感謝だわ」

バリアから微笑は返ってこなかったが、さらに質問をよこすようなことはなく、階段のほうへ歩いていくわたしをじっと見ているだけだった。もしかしたら、マーロン・ピンセンが彼女に国家安全保障書簡を送り、わたしがどんなウェブサイトを閲覧したかを教えるよう迫ったのかもしれない。図書館員が国家安全保障書簡を受けとった場合は、たとえ相手が自分の弁護士であろうと、口外することを禁じられている。ましてや、シカゴの私立探偵ごときに話すはずがない。ローレンス滞在が長くなるにつれて、わたしの閉塞感は増すばかりだ。

図書館の向かいにある公園のベンチに腰かけて、トロイ・ヘンペルの母親に電話をした。モルグから消えた遺体がエメラルドのものかどうか、彼女の力を借りればわかるかもしれないと思ったのだ。

「解剖を始めようとした矢先に倒れて亡くなった病理学者が、助手をしている技師に遺体の歯のレントゲン写真を送ったんです。亡くなった女性には金歯が二本ありました。あの、ミズ・フェリングに金歯があるかどうか、ご存じでは――」

「ないわ。ミズ・エメラルドはきれいな歯をしてた。歯並びが完璧で真っ白。なんでまた、エメラルドが娼婦のヒモみたいに金歯を光らせて歩きまわる姿を想像したわけ？」

「してません」わたしはうんざりして答えた。「亡くなった女性の身元を誤認しないよう、念には念を入れようとしてるだけです」

ミズ・ヘンペルから、エメラルド捜しがいっこうに進まないため、息子も近所のみんなも

――彼女自身は言うまでもない――わたしに彼女を見つける能力があるのかどうか疑問に思っている、と辛辣な口調で言われた。

「今夜みんなで集まって、このままエメラルド捜しを頼んでいいものかどうか決めることになってる」

「わかりました」わたしは言った。「結論が出たら連絡してください」

「どういう意味？」ミズ・ヘンペルがむっとした。

「みなさんがわたしを切ることにしても、文句を言うつもりはないという意味です。わたしのほうが大きなストレスを抱えこんでるわ。こんな遠くの地でとぼとぼ歩きまわって、物騒な秘密の一端に触れたりしてるけど、オーガスト・ヴェリダンとミズ・フェリングの足どりはまったくつかめない。シカゴに帰りたい。でも、ローレンスのゴタゴタが片づかないと帰れないし、帰ろうとも思いません」

公園のベンチはわたしだけのものだったが、寒くなってきた。車でB&Bに戻ってシャワーを浴び、それから〈フリー・ステート・ドッグズ〉へペピーを迎えに行った。

預けられていたあいだ、ペピーは模範的な子だったようで、いつでも喜んで預かるとスタッフが言ってくれたが、わたしのほうはペピーが恋しくてたまらず、会えないあいだ見捨てられたような気分だった。ペピーもわたしに会えて大喜びで、こちらの脚に身体をすりつけ、喉の奥で小さな興奮のうなりを上げていた。ゴールデン・レトリヴァーがいてくれれば、誰がコントラバス奏者なんか必要とするものですか。「そういうことよ、ジェイク・ティボー」わたしはそうつぶやきながら、ペピーをマスタングに乗せた。

その夜は犬と一緒にのんびり過ごした。歓迎すべき変化だ。B&Bの休憩室のオーブントースターでタラの切り身を焼き、サラダをこしらえてから、部屋に戻ってピノ・グリージョのグラスを手に丸くなり、女装したジャック・レモンとトニー・カーティスがシカゴ・マフィアから逃げまわる映画を見ていたら、使い捨て携帯の一台が鳴りだした。

「ミズ・ウォーショースキー……遅い時間なのはわかってますけど――すみません、でも……」

「アニャ」興奮した声だったが、彼女だとわかったので、テレビの音を消した。「どうしたの？」

一瞬遅すぎたが、デスクの下の盗聴器のことを思いだした。ドジ、大ドジ。もしかしたら、わたしが口にした彼女の名前をテレビの音が隠してくれたかもしれない。電話を持ってパティオに出た。

「いま、ドクター・ロークの家にきてますけど、ただ……ひどいの。誰かが押し入って、家のなかも、きれいな蘭の花も、書類も……誰がこんなことを？」

「犯人はどんな品を捜してたの？　何か大きなもの？　それとも、小さなもの？」オーガストの自宅とジムに押し入った連中が捜していたのは、何か小さなものだった。大きなものだとすると、ドリスの土壌サンプルかバゲット大佐の燃料棒かもしれない。

「見当もつきません。わたしにわかるのは、ここに着いたときは玄関ドアがちゃんとロックされていたということだけです。防犯アラームのスイッチを切って照明をつけたら、惨憺たる有様でした。ところで、大きいか小さいかがどうして問題なんです？　ドクターのパソコンがなくなっている。わたしが気づいたのはそれだけです」

「警察に電話した？」

「まず、あなたにかけました。でも、ええ、これから電話しようと思ってました。だけど、ここでじっと警察を待ってるのはいや。犯人が家のなかに隠れてたら？　襲いかかってきたら？」

いまは自分の車に戻り、ドアをロックしたという。わたしは彼女に「そこから出ないで。大至急そちらへ向かうから」と言った。疲れた身体に鞭打って時間と空間を大急ぎで通り抜けるのだ。ドクター・ロークの家をこの目で見るまでは、保安官も大佐もほかのいかなる人間もそこに近づけたくない。つまり、地図のダウンロードも電話アプリの使用も禁止。アニャにワンステップずつ道順を教えてもらい、こちらでとったメモを復唱してから、家に近づく者がいたらわたしに電話するように、それ以外はじっとすわっているように、と指示した。

家に帰りたくてたまらないわたしだが、シカゴの交通事情だけは恋しいと思わなかった。B&Bからドクター・ロークの家まで、距離にして四十五マイル。しかし、電話を切った五十分後には、アニャのハイブリッドカーのうしろにマスタングを止めることができた。彼女の車は、この界隈をくねくねと流れる小川か排水溝のようなものの横に止まっていた。

薄暗い街灯の下で見ても、ロークの家が裕福な住宅地にあることは明らかだった。手入れの行き届いた敷地、道路から奥まったところに建つ大きな家々、ほとんどの家に警備システムの設置を示す小さなマークがついている。ペピーとわたしがマスタングを降りると、アニャが車のドアをあけ、震える脚でやってきた。

「きてもらえてよかった。犬も連れてきてくれたのね」アニャが膝を突いてペピーを抱きしめると、ペピーは行儀よくすわったまま彼女の鼻をなめた。「臆病なことばかり言ってごめんなさい。でも――」

「臆病じゃないわ。あなたは自分にできることをした。それで充分よ。いまはとにかく、この目で家を見てみたい。警察にもできるだけ早く通報しなきゃいけないし」

夜遅い散歩に出てきた二匹の犬がペピーに向かって吠えた。飼い主が挨拶がわりに片手を上げたが、話をしようとはしなかった。

アニャはわたしに、家の外に一時間も駐車している理由を問いただしにきた者は誰もいなかったと言った。「でも、〈プラザ〉があるから――ほら、少し先に、レストランや商店が並んでるのが見えるでしょ。だから、見慣れない人間がいても、騒いだりしないかぎり、近所の人は気にしないのかもしれません」

アニャは小川の向こうに見えるライトを指さした。商店、レストラン。そういえば、車を走らせていたとき、ぼんやり目にした記憶がある。ロークのところに押し入った連中が騒ぎ立てずにいれば、隣人たちも無視したに決まっている。

もう一度家に入るのをアニャはいやがったが、ドクター・ロークがパソコンを置いていた場所を教えてもらうにも、被害がどれほど甚大なのかを知るにも、彼女の助けが必要なのだとわたしは説得した。

甚大。被害の程度をあらわすには、まさにその言葉しかないだろう。オーガストのアパートメントを荒らしたのと同じ犯人と思われる。さっきの電話のときに、犯人が何を捜していたのか見当をつけようとして、大きな品か小さな品かとアニャに尋ねたが、無駄な質問だった。もしかしたら、大きな品と小さな品の両方が狙いだったのかもしれない。

アニャのあとから、ドクター・ロークが自宅で仕事場にしていた部屋に入った。無残に荒らされる前は、きっと居心地のいい部屋だったのだろう。飾り棚には水晶らしきものが並んでいたようだが、棚が倒れたためにすべて放りだされ、なかには割れてしまったものもあった。

「ああ、世界中を旅して集めてらしたのに。ひどすぎる」アニャは嘆いた。「カンザス大学の地質学科にお友達がいらしたんです。ヒッチコック教授といって、その方も晶洞石がお好きでした。二人でよくユタへお出かけでした。モンゴルへも一度。それからオーストラリアへも」

アニャは床にすわりこみ、割れた石の一つをもとどおりにしようとしていた。

「パソコンがなくなってるって言ったわね。ほかには？」

「さあ、わかりません。ドクターのプライベートなお部屋に入ったことは、もちろん一度もありませんが、高価なテレビはそのまま残っているようです。ステレオも」アニャはその光景を見るのがいやで、両手で目を覆った。「それから、晶洞石も。犯人は床に投げ捨てただけで、盗んでいってはいない」

新聞の死亡広告に目を通し、亡くなって間もない人の家を狙う泥棒がいるものだが、今回の犯人がそういう泥棒のたぐいだとは思えなかった。売りさばけそうな品を残していったという事実も驚くには当たらない。

わたしはアニャの肩に手をかけた。「ここにいても、もう何もできないわ。わたしの車から警察に電話するわね。あなたは帰って。ここにきたことを警察に言う必要はないから。いずれにしても、あなたの指紋は検出されるだろうけど。でも、ドクターが旅行で留守をするあいだ、植物と猫の世話をしてたわけだしね」

最後にもう一度室内を見まわし、電話を見落としていたことに気づいた。最近は携帯しか使わない人が増えてきたが、それでもやはり日常的すぎる品なので、目につかなかったのだ。ティッシュを指にかぶせてメニューボタンを押し、最後の着信履歴と発信履歴を見た。ローレンスの同じ番号から二回かかってきていた。

アニャがわたしの肩越しにのぞきこんでいた。「それ、大学からです」彼女の電話を出した。「ええ、ヒッチコック教授の番号だわ。二日前、ドクター・ロークのことをお聞きになった教授から、わたしのところにも電話がありました」

ペピーがいきなり激しく吠えてわたしたち二人をビクッとさせた。アニャがわたしの腕をつかみ、大きく息を吸った。つぎの瞬間、黒と白のふわふわした毛のかたまりが矢のように部屋を横切ったかと思うと、横倒しになった飾り棚に飛び乗った。

アニャが弱々しく笑った。「ディナ！　どうしてこの子のことを忘れてたのかしら。犬を外に出してくださったら、わたしが猫をおびき寄せて、家に連れて帰ります」

39 サプライズ、サプライズ!

わたしはショッピング・センターの〈プラザ〉まで車を走らせ、カンザス市警に電話した。土曜の夜の遅い時間で、バーも通りも混雑しているから、通報者の身元を突き止めようと警察が躍起になることはたぶんないだろう。ただ、使い捨て携帯が危険な存在になってきた。アニャとケイディの両方がこの番号にかけてきたし、わたし自身もシカゴの依頼人たちへの連絡に何度も使っている。フロントタイヤの前に置き、車をスタートさせるさいに轢きつぶした。使い捨てはあと二台残っているが、月曜になったら、新たに二台買うことにしよう。

B&Bに帰り着いたときは真夜中を過ぎていたが、ベッドに倒れこもうという夢は、わたしの部屋がある裏手の歩道まで行ったところで打ち砕かれた。ペピーが興奮した様子で鋭く吠えて駆けだした。暗がりから小柄な人影が現われてペピーを抱きしめた。

「ヴィク! どこ行ってたのよ? 何回も何回も電話したのに、留守電メッセージばっかり」

「ベルナディンヌ・フシャール、な、なんでここにいるの?」

「あら、助っ人にきたに決まってるじゃない。バスに乗ってきたのよ、十二時間も――もう大変だったわ。赤ん坊は泣きわめくし、男たちはあたしが身体を売りたがってると思いこむし――でも、ついに到着。ヴィクったら、オーガスト捜しをさぼってばかりなのね。川で死んだお婆さんたちを捜してるだけ」

「明日のバスでシカゴに帰りなさい、大変でもなんでもいいから。知らない町で敵意もあらわな保安官と山のような障害を前にして調査を進めるだけで苦労してるのに、あなたみたいな小さな竜巻が飛んできたら、苦労が千倍になるわ」

バーニーの唇が真一文字に頑固に結ばれた。「ヴィクはあたしのママじゃないのよ。命令しないで」

「おっしゃるとおりよ。ただし、アーレットもわたしに賛成するに決まってる」

わたしは部屋のドアをあけて、デイパックから電話をとりだした。バーニーの留守電メッセージ七件が画面に出た。三十分前からここにいたわけだ。というか、少なくとも三十分前から電話をかけつづけていたわけだ。

ケベックではもうじき午前二時で、わたしの言っていることをアーレットが理解するのにしばらくかかったが、理解したとたん、猛烈に怒りだした。わたしはバーニーに電話を渡した。

バーニーと母親の会話はフランス語だった。わたしには理解できない言語。かろうじてわかったのは、バーニーが不機嫌になり、空いたほうの手を腹立たしげにふりまわすものの、何か言おうとしても母親にすぐ邪魔されて切れ切れにしかしゃべれないということだけだった。バーニーは最後にようやく、わたしに電話を返した。

アーレットが言った。「こちらでベルナディンヌの航空券を買うわ。いちばん近い空港はカンザス・シティ？　わかった（ビャン）。明日の朝、詳しいことをメールするわね。うちの子ときたら、バスにぎっしり詰めこまれたホッケー選手の一団より厄介なんだから。ピエールがなんて言うかしら……今週はカリフォルニアなの――カナディアンズがシャークスと試合だから。もしかしたら、カナダに帰るとき、カンザス・シティに寄ってあの子に……ええと、英語でどう言うのかしら……ユヌ・キャミソール・ドゥ・フォルス（「拘束衣」を意味するフランス語）を着せて……」

「どういう意味か知らないけど、とにかくそう願いたいわ」わたしは言った。「今夜はとりあえずわたしの部屋の折りたたみベッドに寝かせて、朝になったらどうするか考えるわね」

バーニーにはまったく反省の色がなかった。「ママがすごくきびしいから、もちろんシカゴに帰るけど、それまでのあいだ、ヴィクがオーガスト捜しに奔走するよう、あたしが目を光らせることにする。ところで、アンジェラとあたしに送ってくれたビデオ、全部見たわよ。ほら、オーガストのアパートメントでヴィクが見つけたやつ。オーガストがエメラルドの女優人生についてインタビューしてるのが一つあったわ。今度こっちにくることにした理由なんかはぜんぜん話に出てこなくて、ハリウッドのこととか、七〇年代から八〇年代にかけてアフリカ系アメリカ人として女優をやってきた思い出話とか、そんな古い話ばっかり。コピーを持ってきてあげた」

バーニーはバックパックからデータスティックをとりだした。

「ここまでくる正当な理由にはならないわよ」わたしは言った。「メール添付で送ってくればすむことでしょ」

「どっちにしても、そんなに興味の持てるものじゃないわ。〝ローレンスまで行って、アメフトのスタジアムの地下に隠れよう〟なんてことは言ってないもの」

わたしはバーニーからそれをとりあげた。癪にさわるが、自分の目で見てみたかった。なるほど、参考になりそうなものは何もなかった。フェリングの声は本格的な訓練を受けた俳優のものだった。畑のビデオからもそれはわかったが、こちらの声のほうが深みを帯びていた。オーガストの前で女優となり、カンザスで送った子供時代のことを舞台のせりふのごとく語っている。最後に、懇願するように両手を差しだしてこう言っている。「図々しいことは百も承知だけど、車で連れていってもらえるなら、すぐにでも出発したいわ」

オーガストが急いで荷物を詰めてエメラルドと出かけていったのも無理はない。声のトーンと強弱から、病に倒れた『椿姫』のヴィオレッタか『ラ・ボエーム』のミミを思わせる雰囲気が生まれている——命が消える前にもう一度だけ踊って。

「アンジェラはどこ?」エメラルドのインタビューのビデオが終わったところで、わたしはバーニーに訊いた。

「練習をさぼると罰点がつくからいやだって」

「あなたはいやじゃないの?」

「日曜は練習が休みなの。あたしがヴィクに協力すれば、練習に出てないのがばれる前にオーガストが見つかるわ。サルおじちゃんだって、あたしがこっちにくるのにきっと大賛成よ」

サルおじちゃんというのはミスタ・コントレーラスのことで、少なくとも、いまはセント・クロイ島に滞在中だ。せめてもの慰め。

わたしは冷酷な笑みを浮かべた。「いいえ、あなたは明日シカゴに帰るのよ。わたしが車で空港まで送っていく。車の床に手錠で固定しておくことになってもね。でも、わたし、いまは長い大変な一日を終えたところなの。そろそろ寝る時間だわ。あなたには椅子を使わせてあげる」

バーニーはバックパックに歯ブラシとパジャマを入れてきていた。アームチェアを広げると狭いベッドになる。クロゼットの棚にシーツが一組あったので、そこに敷いた。

腹立ちと心配にもかかわらず、深い眠りに落ちた。ただ、いやな夢ばかり見た。バーニーが押しかけてきたため、よけいな悩みを抱えこむことになった。

日曜の夜までにバーニーをシカゴに帰らせたいというわたしの願いは、日曜の朝にバーニーの父親からかかってきた電話で潰えてしまった。父親はスピーカーホンを使ってわたしたち二人と話をした。娘に言うつもりのことをわたしにも正確に伝えるためだった。バーニーがコーチもしくは学校の許可を得ずにカンザスへ出かけたことに、父親もアーレットに劣らず激怒していた。直接バーニーを迎えにきてシカゴに連れて帰り、教授とコーチに謝らせると言った。

「そうしないと、この子のことだから、三歳からずっと得意だった手を使うに決まっている。愛嬌をふりまいてごまかそうとするんだ。ただ、わたしがカンザスへ行けるのは早くて火曜日だから、ヴィク、あと四十八時間だけこの重荷を背負ってくれるよう、きみに頼まなきゃならない。それから、ベルナディンヌ、なんという恥さらしなことをしてくれたんだ。初めてスケート靴をはいたときから、コーチの言葉に従わなきゃならんことは、おまえも知ってたはずだ。またこんなことをしでかしたら、大学をやめさせてケベックに連れ戻す。わかったな？」

バーニーは小さな声で「ウィ、パパ」と答えたが、父親が電話を切ったとたん、「やったァ。強制送還される前に二日間の余裕ができた。何をする？」

「教会へ行きましょう」

バーニーが口をぽかんとあけた。「冗談よね？　いつから教会へ行くようになったの？　あたしをミサに行かせなきゃと思ってるのなら――」

「わたしがぜひ教会へ行きたいの」デスクの下のマイクを警戒して、詳しい説明は省略した。「ちゃんとした服を持ってきた？」

「探偵仕事に没頭すると思ってた。ジーンズとスウェットシャツしか持ってない」

「じゃ、礼拝もそれで行くしかないわね」

わたしは新品ジャケットと、大好きなローズピンクの高級ウールの新品トップスと、新品ジーンズと、ラリオのブーツで身支度をした。バーニーのほうはジーンズとノースウェスタン大学のアスリートのマスコット〈ワイルドキャッツ〉がついたTシャツだったので、町へ行く途中で大学のキャンパスに寄り、ペピーを連れて丘を走りまわってもらった。

バーニーが車に戻ったところで、盗聴器のことを教え、礼拝に出かけようとする理由を説明した。聖シラス教会かリバーサイド教会がオーガストとエメラルドを匿っている可能性がないか、確認するためであることを。

それを聞いて、バーニーはもちろん張り切った。大興奮と言ってもいいほどで、途中で

〈ヒッポ〉に寄ったわたしをいやな目で見た。それでも聖シラス教会の朝の礼拝に悠々と間に合う時間にノース・ローレンスに着いたが、教会の扉は施錠されていた。クリアファイルにはさんだ通知が貼りだされ、けさはリバーサイド教会のほうで合同礼拝の予定であることを信者に告げていた。願ってもないことだ。全員に会える。車でふたたび川を渡った。ペピーは窓から顔を出して泳げるチャンスを期待している様子だし、バーニーはリバーサイド教会の地下室でオーガストが見つかるかもしれないなどと陽気にしゃべっていた。

駐車場は満杯で、〝聖シラス・アフリカメソジスト監督教会〟というラベルをフロントガラスに貼ったバス二台が入口近くに止めてあり、そのほか、数カ所の介護施設からやってきたバンも止まっていた。〈聖ラファエル〉のバンまであった。わたしはＳＵＶ車と教会のゴミ缶のあいだにどうにか車をすべりこませることができた。

礼拝は十時に始まっていた。十五分の遅刻だったが、遅れたのはわたしたちだけではなかった。入口をふさいでいる家族がいて、口喧嘩をする娘たちを母親が小声で叱りつけていたが、やがて案内係が急いでやってきてなかに入るよう促した。

べつの案内係がわたしたちにプログラムをくれて、バルコニー席に続く階段まで連れていってくれた。階段をのぼるあいだに、二つの教会の合同聖歌隊が礼拝前の曲を歌うのが聞こえてきた。朗々と響く歌声にわたしの横隔膜が共鳴した。

右側中央の席にすべりこんだ。そこから下の信者席の大部分がよく見える。最前列にネル・オルブリテンがすわり、両脇に息子と背の高い十代の男の子がすわっていた。男の子は孫に違いない。いや、もしかしたら、ひ孫だろうか。内陣のほうを見ると、多くの人に交じって、オルブリテンが通っている教会の牧師ベイヤード・クレメンツの姿があった。ガートルード・ペレックも前のほうにすわっていて、その隣に、水曜日に会った銀行勤めの女性がいた。ケイディの姿はなかった。最初、礼拝にきていないのかと思ったが、やがてぎっしり並んだ聖歌隊のなかにいるのが見えた。赤いローブは彼女の銅色の髪とそばかすに調和しないが、仲間と楽しそうにしゃべっていた。

ほかに見覚えのある顔というと、リバーサイド教会の副牧師のリーザ・カーモディだけだった。礼拝の始まりを告げるために、髪が白くなりかけたがっしりタイプの小柄な男性が立ちあがったので、プログラムを見ると、リバーサイド教会の主任牧師、セオ・ウェルドとなっていた。

両方の聖歌隊がそれぞれに讃美歌を歌うため、長時間の礼拝となった。バーニーがもぞもぞしはじめた。「プロテスタントの礼拝の席ですわりこんだりしないで、立ちあがって行動に出るべきだわ」とつぶやいている。わたしに「シッ」とたしなめられて、ようやく黙りこんだ。

ベイヤード・クレメンツが感謝祭を迎えるに当たっての説教をおこなった。「わたしたちはいま、万霊節と感謝祭のあいだにいます。この日々をどのように過ごすべきでしょう?」力強い説教だったが、わたしは集中できなかった。〈マタイによる福音書〉に登場する賢い乙女と愚かな乙女の喩えのほうへ話がそれていたあいだはとくに。

せっかくなので、教会の窓をじっくり観察した。ステンドグラスの模様は聖書に出てくる話とリバーサイド教会に伝わる話を組みあわせたもののようだ——大草原の開拓者たち、鎖につながれた奴隷にカップの水を差しだす手、十字架にかけられたイエスに同じくカップの水を差しだす手。礼拝が終わったときは正午近くになっていた。

「いまからみんなに質問してまわる？」バーニーが訊いた。

「いまからみんなと話をするのよ。よそ者には誰も何も打ち明けてくれないわ。とくに、相手に体当たりしてリンクの縁へ押しやるのが巧妙な攻撃法だと思いこんでるよそ者に対しては」

バーニーは肩をすくめた。「けっこう成功するけどね」

「ペピーと一緒に車のなかで待ってる？　それがいやなら、アーレットが教えてくれた礼儀作法を守りなさい。年上の人たちには敬意をもって接すること」

礼拝に出た人々の流れに押されて、コーヒーと軽食が用意されている集会室にたどり着いた。定番のケーキとブラウニーのほかに、チーズや豆のペーストなどがあるのを見てほっとした。朝食をとる暇がなかったため、空腹に耐えきれなくなりつつあった。

室内にいくつも置かれた丸テーブルの一つにネル・オルブリテンがいて、横に彼女の孫がすわっていた。わたしがそちらへ挨拶に行くあいだ、バーニーは自分の席にとどまり、驚くほどの数のマフィンをとってきて食べていた。聖シラス教会の信者たちがオルブリテンを守ろうとするかのように集まってきた。そのなかに図書館長フィリス・バリアの姿もあった。教会用のきちんとした服装なので、うっかり見間違えるところだった。図書館ではいつも、パンツにニットのベストかカーディガンというカジュアルな格好だった。いま気がついたのだが、オルブリテンのところで見た聖シラス教会の百五十周年を祝う写真の女性のなかに、バリアも交じっていた。

わたしにじっと見られているのを知って、バリアはあわてて顔を背け、教会から出ていった。ふと気づくとオルブリテンがわたしに話しかけていたので、わたしは膝を突いて、もう一度言ってくれるように頼んだ。

「あんたがドリス・マッキノンを見つけたそうだね」オルブリテンは言った。

喧噪のなかでオルブリテンの言葉を聞きとろうとして、わたしがそちらへ身を寄せると、孫息子が彼女のウェストに腕をまわした。

「ええ、そうなの。二度も見つけてしまって、二度ショックだったわ」

「で、ドリスの家の台所に倒れてた女性が誰なのかは、まだわからないんだね？　次は誰を見つけるつもり？　わたしでなきゃいいけど」

「母さん！」料理の皿とアイスティーのグラスを持って、ジョーダンが彼女の背後にやってきた。「冗談はやめてくれ。それから、あんた、探偵だそうだね。母を悩ませにくるのはやめてくれ。先週はあんたのせいで母の命が危なかったんだ。よけいな興奮はさせないでほしい」

彼のうしろにいる聖シラス教会の信者たちから同意のつぶやきが上がったが、オルブリテンはわたしの膝に片手を置いた。ほとんど肉のついていない手なので、腱がひどく目立ち、指と肘のあいだにロープを張ったように見える。

「シカゴの探偵さんはエメラルドのために精一杯やってくれてるんだ、ジョーダン。そのことでこの人を責めちゃいけない」

ジョーダンは不満そうに唇を閉じた。おそらく、この二日のあいだに同じ口論を何百回もくりかえしてきたのだろう。わたしは身を起こし、オルブリテンの頬に軽くキスした。

「落胆しちゃだめだよ、探偵さん」オルブリテンは言った。「あんたを訪ねてきた女の子、実の娘さんじゃないよね？」

「ええ、違います。オーガストが勤務するシカゴのジムに通ってる子で、オーガストのいとこを連れてきて、彼を捜してほしいってわたしに頼みこんだの」

そこで新たなつぶやきが上がった。今度のつぶやきは好奇心に満ちていたが、誰も何も言おうとしなかったし、オーガストとエメラルドが隠れている場所について情報を提供してくれる者もいなかった。

ケイディ・ペレックがそばをうろうろしていた。わたしがオルブリテンから離れると、〈シー・2・シー〉の実験農場にいつ忍びこむつもりかと訊いてきた。わたしはドリス・マッキノンがどこを掘っていたかを突き止めるのに忙しかったため、自分から提案しておきながらすっかり忘れていた。重罪を犯す気でいることを大声で宣伝するのはやめるようケイディに注意したが、彼女は笑っただけだった。

「ひそひそ声で話したりしたら、みんなが身を乗りだして盗み聞きしようとするわ。でも、わたしが大声でわめけば、みんなのうるさいおしゃべりが一段とうるさくなるだけ」

バーニーが近づいてきた。まずい。「農場に忍びこむの？」目を輝かせた。「どうして？一緒に行っていい？」

「だめ！」わたしはどなった。「それに、いい考えかどうかわからない」

「でも、〈シー・2・シー〉で何が起きてるとドリスが思ったのかを、わたしたちの手で探りださなきゃ。それに、ドリスが土を掘ってた場所を見つけるつもりなら、わたしが力になれるわ」ケイディが反論した。

バーバラ・ラトリッジがやってきたので、わたしたちは話題を変えた。バーニーとケイディのあいだに友情の花が開くような事態は避けたかった。ケイディの熱しやすい性格と、自分が生まれた場所を探検したいという彼女の望みに刺激されて、バーニーの心に大きな炎が燃えあがるのは間違いない。

ラトリッジは、ドリス・マッキノンと亡くなった病理学者フランシス・ロークのあいだになんの関係も見つからなかったことを、わたしに報告にきただけだった。「親戚関係か姻戚関係にあるんじゃないかと思ったけど、ドクター・ロークはメディカル・スクールを卒業後、サウスダコタ州からカンザス州にきた人だったわ。こちらには親戚が一人もいないの」

「ドクターのラボに勤務する技師の意見では、何年か前に黒カビを使った殺人事件の鑑定をドクターが担当して、世間の大きな注目を浴びたからじゃないかって」わたしは言った。

「ミズ・マッキノンはドクターに土壌サンプルの検査を依頼しようとした。自分の畑の土壌に黒カビが混入してると思ったのかもしれない」この言葉を口にした瞬間、当たっているかもしれないという気がした。放射能汚染ではなく、同じぐらい毒性の強い何か。

そのあとは、室内の誰もがわたしと話をしたがっているように見えた。少なくとも、わたしの噂をしているのはたしかだった。声をひそめようとする者がほとんどいないため、何人かの言葉が聞きとれた。

あれがエメラルド・フェリングを捜してる人？　コー川でドリスを見つけたって人？　いえ、ワカルサ川。ギズボーンが逮捕したんじゃなかった？　彼女がドリスを殺したの？　一緒にいる女の子は誰？　娘さん？　ううん、彼女のところで探偵になる訓練を受けてる学生だそうよ。

わたしはトイレを貸してほしいと頼んだ。バーバラが案内しようと言ってくれたが、使った皿をキッチンへ持っていくふりをして、裏口からこっそり集会室の外に出た。バーニーはいまもケイディとのおしゃべりに夢中だったので、置いていくことにした。

裏口のドアが教会の中心部に続いていた。白く塗装された信者席とシンプルなデザインのステンドグラスの窓は魂を癒してくれる場所だが、いまは無人だった。内陣へ続く低いステップを二段上がった。礼拝のあいだ、牧師たちも、聖書を朗読する人々も、聖歌隊席のうしろのカーテンから出入りしていた。カーテンを通り抜けると、捜していたものが見つかった。ドアがあって、その向こうに、教会の地下に下りる階段があった。

リバーサイド教会は奴隷解放から三十年後に再建されたものだが、奴隷廃止論者から受け継いだ伝統を誇りにしている。逃亡奴隷を匿った部屋が地下にいくつも再現されていた。ドアの一つが施錠されていた。ピッキングツールをとりだしてドアをあけ、息を止めたが、そこで目にしたのはエメラルド・フェリングでもオーガスト・ヴェリダンでもなく、保管されている数々の貴重品だった。棚がいくつもあって、銀器や黄金のゴブレットや皿が並んでいる。おそらく、かなり高価な品も含まれているだろう。それぞれの品の前に、寄付した一族の名前が記されていた。ニューイングランドに入植した名家の一覧表という感じだ。コットン家、ピアソン家、キャボット家、などなど。

「あなたがここに入りこんだのには理由があると思いますが」

わたしのうなじの毛が逆立ち、心臓がぐらっと揺れた。主任牧師のセオ・ウェルドにあとをつけられていたのに、迂闊にも警戒を怠っていた。

「エメラルド・フェリングとオーガスト・ヴェリダンがこちらで匿われていればいいがと思ったものですから。二人の無事を確認したいんです」

「エマーソン・プレンスから寄贈された聖餐盃のなかには、誰も隠れてはおりません」牧師はそっけなく言った。「いますぐ出ていってもらいましょう」

牧師はドアのノブに手をかけて立っていたが、わたしはその横を通るときに足を止めた。

「ミズ・フェリングとミスタ・ヴェリダンはドリス・マッキノンの土地で何かを、もしくは誰かを見た可能性があり、そのため命の危険にさらされています。無事に生きていてくればいいのですが。二人の居所をご存じなら、伝言をお願いします。何を見たのかを牧師さまに打ち明けるよう、二人に言ってください。それがわかれば、わたしのほうで問題を解決し、二人がもう隠れなくてもすむようにできると思います」

ウェルド牧師はわたしとほぼ同じ背丈だった。そばに立つと、スカンジナビアの船乗りのような淡い水色の目をしているのがわかった。その目が北大西洋の冷たさを湛えてこちらを見ていた。

「二人の居所など、わたしは知りません、ミズ・ウォーショースキー。知っていても、あなたに教えるかどうかは疑問ですが、とにかく何も知りません」

40 白　熊

わたしはどうにもきまりの悪い思いで教会をあとにした。ペピーとバーニーと一緒に近くの野原にいたとき、尻ポケットで電話が鳴りだした。画面を見て凍りついた。ＩＣＵのナースステーションからだ。

かけてきたのは女性で、動揺がひどく、意味不明のことを口走っていた。「きてもらえます？　誰に電話すればいいのかわからなかったけど、サンディが、サンディ・ハインツが、あなたなら信用できるから電話するようにって――」

「まず、あなたが誰なのか、何があったのかを話してくれる？」わたしはきつい声で言った。おろおろしている女性への平手打ちだ。

「トリシア。トリシア・ポランコ、ＩＣＵの今日の師長です。ソニア・キールのことで緊急事態が起きたときはあなたに電話するよう、サンディに言われていたので。ソニアの兄と名乗る人が……二人の兄のどちらなのかわからないけど――」

「警察のエヴァラード部長刑事に電話して。わたしも五分以内に駆けつけるから」

ペピーのリードをつかみ、もう行かなくてはとバーニーに言った。駐車場まで走るあいだに、大至急病院へ行く用ができたことを説明した。あなたはペピーと一緒に車に残ってて。

あるいは、病院のまわりを散歩させてやってもいいし。

マスタングのところに戻ると、ちょうどケイディとガートルードが車を出すところだった。バーニーが金切り声でわたしにぶつけている数々の質問を聞かれてしまった。そこには、〝どうしてそんなに急いで病院へ飛んでかなきゃいけないの？〟という質問も含まれていた。

「ソニアに何か？」ケイディが訊いた。

わたしはうなずいた。「何があったのかわからないけど、緊急事態みたい」

ケイディはバーニーを自宅に連れて帰り、お昼を一緒にすると言ってくれた。それを聞いたガートルードの顔が困惑でこわばった。「犬はだめだよ」と言った。

「そうね」わたしはうなずいた。「犬はわたしが連れていくわ。バーニー、いつどこで落ち合えるかわかったら、すぐあなたに電話する」

ペピーをマスタングに押しこみ、タイヤを大きくきしらせて走り去った。エヴァラードに電話したが、留守電になっていた。教会かゴルフ場にいるのだろう。もしくは、わたしが会ったことのない女か男と日曜のベッドのひとときとか。

病院に着くなり、ブーツのかかとですべるようにしてロビーを走り抜け、ICUのエレベーターへ向かった。そう焦らないで。落ち着いて。わたし自身が救急救命室へ運ばれたのでは洒落にならない。

エレベーターを降りると、近くでトリシア・ポランコが待っていた。ハシバミ色の目をした五十代後半の女性で、ふだんはたぶんハインツに劣らず冷静で統率力があるのだろうが、いまは怯えきっていた。わたしを見て表情が明るくなったが、わたしのほうは鋼鉄のバケツをいくつもつけた軛(くびき)を首にかけられたような気分にさせられた。

「何があったんです？」

「ソニアのお兄さんが――とにかく、兄だと名乗る人が――じつは、その人から毎日電話があったんです。電話と同じ声だったので、ソニアのところへ案内しました。ソニアは起きている時間が多くなり、この週末は意識がずいぶんはっきりしてきましたが、反抗的になることも多かったため、〝兄さんじゃないわ〟とソニアが言ったとき、わたしは……そのう、てっきりいつもの反抗だと思ってしまって……」

「それで？」わたしは話の先を促した。

「二人だけにして部屋を出ました。ところが、一分ほどするとモニターの線が平坦になったんです。あわてて駆けつけました。現在、緊急処置チームと警備チームが詰めていますが、兄と名乗った男は姿を消しました――出口と階段がたくさんあるので――あっというまに姿を消すことができます」

「その男、いったい何を？　もし何かしたとすると」

ポランコは首をふった。「点滴チューブはもとのままでした。念のため、点滴バッグはすべて交換しました。生理食塩水とか、ほかに何種類か。だって、もし……」

わたしはうなずいた。「賢明な処置だわ」

「それらは病理学ラボへ送りました。でも、じつを言うと、男がソニアの顔に枕をかぶせて……押しつけたのではないかと。シーツがしわくちゃで、ソニアが抵抗しようとして脚をばたつかせたような感じだったんです。腕のほうは点滴を抜くのを防ぐために拘束してあります。ただし、ごく軽い拘束ですよ。現在、緊急処置チームが細動除去器を使用しているところで、そのあいだ、わたしが詰めている必要はないのですが、ソニアの様子を見守っていなくては心配で」

わたしはポランコと一緒に小走りで奥へ急ぎ、幅広のドアを通り抜けた。開閉するさいにシュッと音を立てるドアだ。ソニアの部屋まで行くと、緊急処置のクルーで室内はいっぱいだった。わたしが割りこめるスペースはなかったが、いずれにしろ、医療のプロたちの肩越しに心配そうにのぞきこむ以外に、わたしに何ができるだろう？

廊下に立って、抑制された興奮気味の声に耳を傾けた。テレビドラマと違って、誰かが〝クリアー！〟と叫び、ほかの誰かがどなり返すようなことはなく、切迫したやりとりは小声でおこなわれているため、何を言っているのかわからなかった。

待つあいだに頭のなかが澄みわたってきた。兄が面会にきたという。わたしはソニアの兄のどちらにも、まだ一度も電話していなかった。

ICUでは携帯の使用がきびしく禁止されている。細動除去器に本当に影響があるのかどうか、わたしにはわからないが、それを試してみるつもりはない。ICUの案内カウンターの女性にポランコ師長宛てのメモを預けて車に戻り、iPadで調査メモを調べた。二人の兄の電話番号がそこに入っているのだ。

数学教師をしているステュアートは、夫と一緒に午後のセーリングに出ようとしているところだった。メイン州の時刻は二時。もやい綱をほどく直前のきわどいところで彼をつかまえることができた。ソニアの入院の件を誰も連絡していなかったようだが、わたしが名前を名乗り、この一週間の出来事をかいつまんで説明すると、ステュアートは動揺するというより悲しげな声になった。

「小さいころは元気いっぱいで、抜群に頭のいい子だったのに、母親が――たいてい酔っぱらってて子供なんかほったらかしだったから、問題を起こすことが多くなった。教師になってみて初めてわかったことだが、ソニアは母親の関心を惹きたくてあれこれやっていたんだろう。だが、六歳年上だったぼくには、厄介な子だとしか思えなかった。ソニアは何年かボストンで暮らしたこともあった。芸術分野で本物の才能に恵まれた子だった。彫刻、絵画、さらには、演劇の勉強も少ししていた。ただ、長続きしなくてね。ケヴィンと――ぼくの夫の――ケヴィンと二人であの子の力になろうとしたが、どんな治療も受けようとしなかった。そして、一文無しになったとき、風紀を乱す行為で逮捕され、結局カンザスに帰ることになった」

「妹さんが八〇年代に初めて発作を起こしたとき、その裏にお宅のお父さんの実験がからんでたようなんだけど――それについて何か知りません？　妹さんが熱を上げてたマット・チャスティンという学生が実験で何かとんでもないミスをしたらしくて、そのあと彼は姿を消してしまったの」

「ぼくはそのころもう、メイン州にいたからね。ボードン・カレッジの学生だった。兄のラリーは二歳年上で、オレゴン州のリードにいた。大学が休みになっても、二人とも帰省する気はなかったし、まだ若かったから――自分のこと以外はどうでもよかった。だから、ソニアがどんな日々を送っているのかも知らなかった。母から事実を歪めた話を聞かされていただけだ。母はソニアが人の注意を惹くために作り話ばかりすると思いこみ、また、父がヨーロッパから――たぶんバルセロナだったと思う――自分の研究室に招いたどこかの女のことで腹を立てていた。しかし、父の学生の話は一度もしたことがなかった」

午前中にソニアが何者かに襲われた話をすると、ステュアートは愕然とした。「助かるだろうか。そちらへ行ったほうがいいだろうか」

わたしはわからないと答え、何かあればまた連絡すると言った。

「かわいそうな子熊。愛していると伝えてほしい」

もう一人の兄のラリーは二人の子供を連れてポートランド郊外をハイキング中だったが、思春期のころの妹について知っていることはステュアートよりさらに少なかった。ただ、母親については同じようなことを言っていた。

「ソニアが生まれたあと、母はいつも不機嫌だった。それ以前はごく普通のこともあったんだが。つまり、うちの妻が子供たちを可愛がるのと同じように、ときたま、ステュとぼくに優しくしてくれた。ころんで膝をすりむいたの？　今日は学校で何をしてきたの？　ところが、ソニアが生まれたあと、母は自分の殻に閉じこもるようになった。家族みんなを自分にかしずかせたがってる感じで、赤ん坊のことはほったらかしだった。いまでも、妊娠中ずっと母が父にわめきちらしてたのを覚えている。〝わたしの人生をどうしてくれるのよ？　子供なんてもういらない。週に二晩か三晩は家にいて手伝ってくれてもいいでしょ〟ってね。ぼくは八歳、ステュは六歳――どんな思いをしたか、あなたにも想像がつくと思う」

わたしは低い声で同意した。すでにシャーリーとネイトに会っている。想像はつく。

「ぼくは自分の子供を持つのが怖くてたまらず、五十近くになるまで子供を作らなかった。それにしても、かわいそうな白熊。愛していると伝えてほしい」

「白熊？」わたしはオウム返しに言った。「弟さんは〝子熊〟って呼んでたわ」

「ぼくらがつけたあだ名なんだ」ラリーは言った。「ソニアは三つか四つのとき、白熊の着ぐるみたいな冬の服を持っていて、それを着るのが大好きだった。ぼくらが学校から帰ってくると、玄関のところで待っていてうなり声を上げ、生のアザラシをねだるんだ。そこで、リンゴを切り、それをアザラシに見立てて、ソニアに狩りをさせる。三人で楽しく遊んだのはあのころだけだったかもしれない」

ラリーも弟と同じく、ソニアの容体に関して何かわかったら知らせてほしいと言った。弟と同じく、マット・チャスティンのことも実験のことも知らなかったが、母親がヨーロッパの女のことで父親にわめき散らしていたことははっきり覚えていた。

「バルセロナじゃなくて、ブラチスラバだ。父はチェコスロバキアで開かれた何かの学会に出たんだ。細菌に関する発表をするために。いつのことか、よく覚えていないが。父はつねに世界中を飛びまわっていた。アスペンで夏の研修会、フォート・デトリックで軍とのミーティング、ヨーロッパで会議。あの分野の大物で、注目されるのが大好きな人だった。

それはともかく、ブラチスラバの学会から二年ほどたったとき、女が訪ねてきた。ぼくはそのころ、家を離れて大学へ行けるときを指折り数えて待っていて、家にはなるべく寄りつかないようにしてたから、その件について知っていることはあまりない。覚えているのは、母が騒ぎ立てたことと――酔っぱらって泣きわめき、ものを投げつけていた――父がどなり返したことぐらいかな」

ラリーは黙りこんだ。もともと好きではなかった実家のことを思いだしているのだろう。

「いま考えてみると、父とその女は学会のときに寝たんだろうな。女はそれを愛だと思いこんでいたが、父のほうは表情をこわばらせ、訪ねてきた女を前にして、どうすればいいかわからない様子だった。もう大騒ぎだった。ぼくは早く逃げだしたくて思わず泣きだした。それ以来カンザスには帰っていないが、かわいそうな白熊のことを思うと胸が痛む。ステュもぼくも、何年ものあいだ一人で身を守りつづけた妹を放っておいてはいけなかったんだ」

その女性がなんという名前だったかも、金歯があったかどうかも、ラリーは思いだせなかった。彼との電話を終えたとき、わたしは車のシートでペピーにくっついて丸くなり、犬の温もりに慰めてもらった。ようやく身を起こしてICUにひきかえした。

師長のトリシア・ポランコはまだ病室にいたが、ICUの受付係が彼女を呼びだしてくれた。ポランコが出てきてわたしに言った――ソニアの止まった心臓はまた動きはじめました。いまは、身体の器官の働きが安定するまで保護的にもう一度昏睡状態にしています。

「犯人はお兄さんのどちらでもないわ」わたしは言った。「あなたがソニアの病室にいるあいだに、わたし、電話で二人に連絡をとったの」

先週、ホテルのバーで、自称ピンセン、バゲット、キール、ブラムと出会ったときに、写真を撮っておいた。照明が暗いが、四人の顔は見分けられる。

「このなかの誰かじゃなかった？」

ポランコは電話の画面に目を凝らしたが、やがて首を横にふった。「ソニアのお兄さんがどちらも五十歳前後だってことは、わたしも知ってますし、ここにきた男もそれぐらいの年齢でした。ただ、この人にちょっと似てるような気が――」

ポランコはピンセンの顔を爪で軽く叩いた。「平凡な顔立ちで、特徴がない。いえ、やっぱりこの人じゃないわ。軍人のような印象の男でした――筋肉とか、歩き方とか」

わたしの電話の縁をしばらくいじったあとで、ポランコはようやく言った。「ソニアの鼻孔から布地の糸が見つかりました。誰かが彼女を殺そうとしたのは間違いありません」

なんてかわいそうな白熊なの。

41　何も気づいてないのね

トリシア・ポランコとの話を終えるころ、わたしは一人になりたくてたまらなくなっていた。そのため、病院を出ようとして、パトカーから降りてくるエヴァラード部長刑事を目にしたとたん、あわててひきかえしてべつのドアから逃げだした。これじゃ、ソニアを襲った犯人となんの変わりもない。

バーニーが町にきたせいで、わたしの神経の末端はリバーサイド教会のオルガンの響きのように震えていた。バーニーと午後を過ごすのは耐えられそうにないが、放っておくわけにもいかない。ところが、電話してみたら、バーニーは、ケイディに町を案内してもらっているから夕食の時間に落ち合おうと言った。

〈シー・2・シー〉の実験農場を見に行くつもりかどうかは訊かないことにした。知りたくなかった。いまはとにかく一人の時間がほしかった。ランニングシューズにはきかえ、ピクニックランチを調達してから、歩いて橋を渡った。これでようやく、不自由に耐えていた犬も午後から川のほとりを思いきり走りまわることができる。太陽が顔を出していた。一年も終わりに近づいた時期の弱々しい太陽だが、大気を暖め、わたしの気分を明るくしてくれた。

ペピーがあたりを探検するあいだに、わたしは大きな岩を見つけて、そこで調査メモに目を通し、つぎの手を考えることにした。そして、食事をした。防水カートンに入っているまだ温かいレンズ豆のスープ、パン、山羊のチーズ。幸福とまではいかなくとも、とりあえず、満ち足りた気分になれた。

ICUを出る前に、ソニアが命を狙われたことをキール夫妻に誰かが連絡したのかどうか、ポランコに訊いてみた。それはキールのかつての教え子でICU担当のドクター・コードリーの役目であることに、看護師全員が同意したとのことだった。「もっとも、あの二人が駆けつけてくるとは思えないけど」ポランコはそうつけくわえた。

わたしも同感だったが、ブラチスラバか、バルセロナか、どこかからやってきた女性について、二人から話を聞きたかった。ドクター・ロークが解剖室の床で倒れたあとで消えてしまった遺体が、もしかしたらその女性かもしれない。もっとも、女性の噂がこれまで誰からも出ていなかったのが腑に落ちない。いや、そうとは言いきれないかも。わたしはキールの研究室の人々と一度も話をしていない。大学と町は別々の世界だから、それぞれの世界に住む者がおたがいを知らないということも充分にありうる。

どんな手段を使えば、ミズ・ブラチスラバの本名と最後に会った場所を、シャーリーかネイトから聞きだすことができるだろう？

ステュアートとラリーが言っていたことを思いだした。三十数年前にブラチスラバの女が押しかけてきたとき、母親は怒り狂ったという。もしかすると、シャーリーが思いがけなく女とばったり出会い、突発的な怒りに駆られて殺してしまったのではないだろうか。長年のあいだ灼熱の怒りの炎を燃やしつづけるなんて、ちょっと想像できないが、いきなり顔を合わせたせいでシャーリーが逆上し、襲いかかったのかもしれない。もっとも、二人が同時にマッキノン農場へ行くなどという偶然がはたしてあるだろうか。

ドクター・ロークとよく晶洞石探しに出かけていたという、地質学者のエドワード・ヒッチコックに電話してみることにした。ドクター・ロークが亡くなる前に、この人が何度か電話をよこしている。次回の晶洞石探しの旅を計画しようとしただけかもしれないが、おそらく、ドクター・ロークがドリス・マッキノンの土壌サンプルの件をこの旧友に相談したのだろう。

電話をかけたが応答はなく、留守電にもならなかった。わたしが知っているのはヒッチコックのオフィスの番号だけで、携帯番号はわからない。しかし、データベースで調べたりしたら、わたしのファイルを盗み読みしているかもしれない連中にヒッチコックのことを知られてしまうから、そんな危険を冒すわけにはいかなかった。

デイパックを枕がわりにして岩の上に寝ころび、ツバメたちがカモメに交じって急降下したり舞いあがったりするのを眺めた。お天気アプリによると、シカゴよりこちらの気温のほうが十度ほど高い。だからといって、カンザスに越してくる気にはなれないが、岩を温めて昆虫を誘いだすには充分な暖かさだ。

ブラチスラバの女の遺体を奪おうとした者にとって、ドクター・ロークの死はまことに好都合だったわけだ。悪性インフルエンザによる突然の昏倒――人為的なものだったのだろうか。例えば、バゲット大佐が解剖室に忍びこみ、謎の薬か細菌をロークに注射したとか？

揉みあう二人の姿を想像した。注射器が床に落ち、苦しみ悶えるドクター・ロークのそばで、大佐が勲章の歪みを直し、不気味な高笑いをする。いや、ばかげている。漫画じゃあるまいし。ワンダーウーマン対チータ、スーパーマン対悪の天才科学者レックス・ルーサー。だが、マイクに向かって口述するドクター・ロークの声をアニャ・マリクが聞いている。ドクターがマイクをつけていたのなら、大佐と揉みあう音もアニャに聞こえたはずだ。それとも——木曜の朝、ドクター・ロークは車でトピーカへ向かったときに、すでに体調を崩していたのだろうか。わたしは残っている使い捨て携帯でアニャに電話した。

夜の夜中にカンザス・シティまで車を飛ばしたわたしに、アニャは感謝の言葉をくりかえし、彼女も猫のディナも元気にしていると言った。「ディナのことをすっかり忘れて何日もひもじい思いをさせたなんて、自分でも信じられません！」また、家宅侵入の件については、カンザス・シティの警察からまだなんの連絡もないそうだ。警察はたぶんドクターの自宅の指紋採取もしていないのだろう。仕事が多すぎるうえに財源不足の警察には、あらゆる犯行現場を徹底的に調べる余裕がない。

不思議なのは、この家宅侵入事件がいっさい報道されていないことだった。警察無線を盗聴している者がいればかならず気づくはずだ。五年前のこととは言え、ロークは全国的な有名人だった。その彼が亡くなったのだ——これら二つの要素からすれば、国中の人がかならず興味を持つはずだ。侵入事件とロークの関係に誰も気づいていないのか、もしくは、警察がこの事件をわたしの想像以上に内密にしているかのどちらかだろう。それをアニャに言うのはやめておいた。電話が鳴るたびにアニャが過呼吸を起こすような事態は招きたくない。

「解剖を始めようとしたときにドクター・ロークが倒れたなんて、まるでドラマみたいね」

わたしは言った。「誰かが人為的に病気をひきおこしたとは考えられない？　ドクターが詳細な鑑定をおこなう前に遺体を奪い去ろうとしたとか」

「一九一九年に起きた有名なインフルエンザの大流行のときは、朝元気に家を出た人が正午には亡くなっていた例がずいぶんありました。ウィルスの増殖と威力がそれだけすさまじかったわけで、ドクターがウィルスのせいで短時間のうちに死亡しても不思議はありません。遺体を盗みだした犯人にとっては、ドクター・ロークが倒れたのがたまたま幸運だっただけで、わざと仕組んだことではないと思います」アニャは反論した。

「たしかに、今回の騒ぎの陰にいる者に幸運の女神が微笑みかけているようね」わたしはうなずいた。「ドクター・ロークの遺体はいまどこに？　あなたのほうからドクターの同僚の誰かに解剖を依頼することはできるの？」

「わかりません」アニャは不安な様子で答えた。「財源不足のせいで解剖の実施件数が減っているのに加えて、州のほうでは、インフルエンザによる死亡だと言っています。告別式の手配をするため、お子さんたちが今夜到着される予定です。民間の病理学者に解剖を依頼するよう、わたしからお子さんたちに提案することはできますが、人というのはたいてい──英語でどう言えばいいのかわからない──家族が切り刻まれるのをいやがるものです。わたしだっていやです」

「その気持ちはよくわかるわ」わたしは内心の苛立ちを声に出さないようにした。「でも、偶然にしては出来すぎよ。女性の遺体を誰かが盗もうとしたときにドクターが倒れるなんて」

「提案してみます」アニャは憂鬱そうに言った。「おっしゃることはわかります。でも……いえ、提案しておきます」

アニャが電話を切ったので、わたしはペピーを呼び寄せた。太陽が沈みはじめ、大気が冷たくなり、ペピーは二時間近く遊びまわったことになる。つまり、全身泥まみれで、尻尾とお尻の毛に毬がたくさんくっついている。

「その格好、野外の暮らしに憧れるすべてのゴールデンの理想ね」わたしは頑固な毬をとろうとしながら、ペピーに言った。ペピーが自分で毬を噛みちぎろうとして絶えず身をくねらせるため、なかなかはかどらなかった。たしか〈フリー・ステート・ドッグズ〉に〝グルーミングやります〟の宣伝が出ていたはず。電話で訊いてみると、二十分以内に行けばやってくれるとのことだった。

「オーケイ、最高の美女ペピーちゃん、いまから風のように走り、レーシング・ドライバーのダニカ・パトリックみたいに車を飛ばすわよ！」

ペピーを連れて〈フリー・ステート・ドッグズ〉に入ったときは、刻限を一分過ぎていたが、受付の女性が出勤日のうち二日間ペピーを見てくれていたので、やってもらえることになった。

「日曜は六時に閉店なんです。それまでにお迎えがなかったら、ひと晩うちでお預かりして、二十四時間分の料金をいただくことになります」

わたしは時計を見た。あと一時間。キール家に押しかけて夫妻の口を割らせるだけの時間はないが、ここから〈聖ラファエル〉までならすぐだ。車を走らせながら、使い捨て携帯の一台でバーニーにメールを送った。ケイディがB&Bでバーニーを降ろしてくれたそうだ。

「あたしが仏文学の宿題をしてるって言ったら、ヴィク、喜んでくれるでしょ」

喜びますとも。たとえ嘘でも、喜んで信じてあげる。

この日曜の夕方、〈聖ラファエル〉の受付にすわっていたのはスマホゲームをしている退屈そうな顔の若者だった。わたしがランディ・マークスに会いたいと言うと、若者は画面に視線を据えたまま、デスクの電話のボタンを押した。

「ランディ？ どっかの女の人が会いたいって……いや、訊いてません」ため息をつき、わたしを見ずに言った。「お名前は？」

「V・I・ウォーショースキー」

「そんなの発音できないよ」若者はぶつぶつ言った。「外国人です」デスクの電話に向かってつけくわえた。「ヴィーアイなんとかって人」

「ウォーショースキー！」わたしはどなった。「シカゴの探偵。ソニア・キール」

受付の若者はびっくり仰天して、思わずこちらを見た。「くそっ、順位が下がった！」

たぶん、ゲームのことを言っているのだろう。訪問者とじかに視線を合わせることなくどれだけの時間持ちこたえられるか、というコンテストではなく。

数分後、マークスが姿を見せた。日曜の夕方に彼が出勤していようとは思いもしなかった。スタッフを説得してソニアの部屋に入りこむための作戦を立ててたというのに。

「明日から留守にするのでね」わたしをアローフェザー・ルームへ案内しながら、マークスは説明した。「運営を手伝ってくれてるスタッフに、セラピー・セッションや何かの予定変更分をすべて伝えておきたかったんだ」

煮出しすぎの薄いコーヒーを勧められたが辞退した。「今日ソニア・キールが命を狙われたことはご存じ？　何者かが兄のふりをして入りこみ、窒息死させようとしたのよ」

マークスの青白い顔に感情が出ることはめったにないが、彼の反応は警戒や驚愕というより、うんざりという感じだった。「本当に？　ぼくは心停止と聞いているが、べつに驚きはしなかった。ソニアの心臓はずいぶん酷使されてきたからな」

「ソニアがいくら麻薬の常用者でも、枕を自分の顔にかぶせて息が止まるまで押しつけるようなまねはしないわ」

それを聞いてマークスはギョッとした顔になった。「たしかなのか」

スマホをとりだしてメールを打ちはじめた彼から、わたしは電話をとりあげた。

「たしかよ。否定する人がいたら、ソニアを殺そうとした犯人を庇っているか、もしくは、うまく逃げおおせたと犯人に思わせるために事件を秘密にしているかのどちらかね。あとのほうだとしたら、あなたに話したのはまずかったけど、コー川のダムが決壊したようなもので、いまさら悔やんでも遅すぎる。今日こうしてお邪魔したのは、ソニアが書いたものを見たかったからなの」

わたしは電話の電源を切ってマークスに返した。

「それは無理だ。入居者の記録は極秘扱いだから。たとえきみが令状を持ってきても、われわれはＨＩＰＡＡ法、すなわち〝医療保険の携行性と責任に関する法律〟に守られている。この施設のセラピストは正規の免許を持ち――」

「あなたたちがソニアについて書いたものを見たいわけじゃないの」わたしは強引にさえぎった。「わたしが見たいのは、ソニア自身が書いたもの」

マークスが怪訝な顔に、いや、怪訝で頑固そうな顔になったので、わたしはつけくわえた。

「水曜日にお会いしたときに、あなた、言ってたでしょ——ソニアはいつも、マット・チャスティンのことを日記に書いてたって。その日記か、もしくは、パソコンで打ってたとしたら、そのファイルを見せてほしいの。当人の許可をとることはできないわ。保護的な昏睡状態にされてるから」

「それは……」マークスは電話をいじり、ひっくり返し、わたしにじっと見られているのに気づいてポケットにしまった。「弁護士に相談しないと。今週はもう、こちらに顔を出すことができない。その話は一週間後の火曜日にあらためて」

わたしはマークスのTシャツをつかんで持ちあげて揺すぶってやりたい衝動を抑えた。

「ミスタ・マークス、一週間後の火曜日にはソニアはもう死んでるかもしれないのよ。たとえ今日受けた打撃から無事に回復したとしても、入院患者の身辺警護をするのは困難だわ——出入口がたくさんありすぎるし、ソニアを本気で守ろうとする者は一人もいない。

あなたが彼女のために骨を折ってくれたことはわかってる。彼女が厄介者だってこともわかってる。でも、いくら厄介者でも、命があり、呼吸をしてるのよ。あなたが今夜ソニアの日記をわたしに見せるのを拒むなら、明日、わたしの弁護士に裁判所へ行ってもらい、わたしをソニアの臨時後見人に選任するための申し立てをしてもらいます。選任までのあいだに何かが起きたら、わたしがあなたと〈聖ラファエル〉を訴えますからね。あなたが今夜何もしなかったせいで、ソニアの身に危険が及ぶことになったと言って」

蜂蜜を使うほうがハエをたくさんつかまえられることはわかっていたが、ろくでもないハエにこれ以上たかられるのはごめんだった。わたしがほしいのはソニアの日記だ。

マークスは血の気のない顔に精一杯の嫌悪をこめてわたしをにらみつけ、電話の短縮ダイヤルをタップした。「ハンク――こちら、マークスだ」彼はわたしが示した後見人云々のシナリオをざっと述べた。実現可能だと言われたらしく、わたしのほうを向き、チェットに言ってきみをソニアの部屋まで案内させ、きみが何を持ち去るかを監視させることにする、と言った。

「ソニアを入所させたときは、それ以上事態が悪化するとは思わなかったが、きみのおかげで思い違いだったことがわかった」

わたしは歯を見せて笑った。「ソニアに弁護士がついたことは一度もなかったわけね。さて、楽しいご旅行でありますように。あなたが戻ってくるころには、わたしが今回の騒ぎを解決して故郷に帰れる状況になっていることに期待をかけて、心の慰めにしてね」

チェットというのは、スマホゲームをしていたさっきの若者だった。二階のソニアの部屋へ案内してくれたが、仕事を言いつけられた腹いせに、精一杯のろいペースで歩こうとした。

「ゲームを中断させてごめんね」わたしは言った。「鍵だけ渡してくれない？　そしたら、あなたはバトルステーションに戻れるわ」

「規則違反だ」若者は苛立ちの口調で言ったが、歩くペースを速めた。ソニアの部屋のドアをあけると、そのまま立ち去ったので、わたしは一人で捜索できることになった。

時計から目が離せなかった。六時までにペピーを迎えに行こうと思ったら、ここで使える時間は十五分しかない。幸い、狭い部屋で、ベッド、棚と引出しがついた扉なしのクロゼット、書きものができる程度のテーブルがあるだけだった。バスルームは共同だが、各部屋に洗面台だけついている。コーヒーメーカーもホットプレートもなし。キッチンも共同だ。

ソニアがここで暮らすようになって三年だが、持ち物はあまりなかった。服がクロゼットに乱雑に放りこまれている。ほとんどが型崩れしたスウェットやポリエステルで、たぶん、寄贈品の箱からひきずりだしたものだろう。わずかだが上等な服もあった。襟のところに有名店のラベルがついている、濃紺で縁どりされた赤いセーター。引出しと棚には下着各種、洗面用品、そして、十冊あまりの本が入っていた。また、あらゆる兵器がもたらす惨事について述べた記事のプリントアウトもあった――生物兵器、化学兵器、核兵器。

本と一緒にそれらも集めた。本は陰謀論に関するものばかりで、誰がJFKを殺したかから、ロズウェルに降り立ったUFOについての報告までさまざまだった。『目撃証人のいない雲：人類に対する秘密兵器実験』という分厚い本があったが、本にしては重すぎた。開いてみると、ソニアの手でページがくり抜かれていた。ほぼ空（から）になったウォッカのボトルが隠してあった。本の見返しに、ソニアが太い赤のフェルトペンで〝何も気づいてないのね〟と書き、その横に、米軍の軍服を着た男の姿がロバート・クラムの漫画のようなタッチで描かれていた。

残りの本もすべて調べてみたが、あとは本来の役割を果たすものばかり。つまり、単なる本だった。床に腹這いになってベッドの下をのぞきこみ、ソニアのスーツケース二個をひっぱりだした。一個は空っぽだったが、もう一個には、走り書きでぎっしりのリーガルパッドとノートが乱雑に入っていた。

本と記事のプリントアウトをそこに押しこんで廊下と階段を全力ダッシュした。〈フリー・ステート・ドッグズ〉に着いたのは、受付係が外のドアをロックしようとしたぎりぎりの時間だった。

42 ソニア、一九八三年四月

〝ぶどうのお菓子でわたしを養い、りんごで力づけてください。わたしは恋に病んでいますから〟

布団のなかに身を隠し、ソニアはTシャツに向かってつぶやいた。腕の産毛が逆立っている。彼の手がそこに触れ、肌をなでてくれるような気がする。Tシャツは没薬と百合の香りではなく、灰と汗の臭いがするが、ソニアにはその汗が愛しい男のもので、ワインよりかぐわしいことがわかっていた。

同級生の少女の一人が信仰に目覚め、ソニアを改宗させるのが自分の役目だと思うようになった。ユダヤ人をイエスのもとへ連れていくと、その褒美に天国でバケツ一杯のブラウニーがもらえるのだろう。ジェリというその少女はソニアの一家を二重に呪われた存在だと思っていた。なにしろ、ユダヤ人であるうえに、父親は進化論を信じている科学者だ。

ジェリは聖書をソニアの机に置き、自分の使命を告げる手紙を添えた。〝〈創世記〉を読んでみて。そしたら、世界の創造についての真実がわかるから〟

ソニアは世界創造の物語をくだらないと思った。ページをめくっても、めくっても、誰が誰の父親かという話ばかり。あとの部分もそれに劣らず退屈だ。一人一人がいかに邪悪な存在かについての長ったらしい説教。あるいは、家系図を記したページばかり。それでも、改宗したふりをしようかと思ったりした。そうすれば、父親と母親がわめき散らし、ドアを叩きつけ、たった一人の娘がこんな落ちこぼれになったのは誰の責任かとどなりあうことだろう。

ところが、ソニアはやがて、信じられないほど退屈な格言ばかりが続くなかにひっそりと埋もれていた〈雅歌(がか)〉に出会った。〝夜ごと、ふしどに恋い慕う人を求めても、求めても、見つかりません。起きだして町をめぐり、通りや広場をめぐって、恋い慕う人を求めよう〟

まるで彼女の人生を、もしくは、彼女の恋を描いているかのようだった。町をめぐり、恋い慕う人を求め、ダウンタウンのバーの窓をのぞいてまわると、ようやく〈ダイヤモンド・ダック〉で彼が見つかった。時刻は夜の十一時、父親も母親もソニアが家にいないことを知らないし、気にかけてもいない。マットはよりによってジェニファー・ペレックとビールを飲んでいる。つまらない女。

バーに入っていき、彼を見て驚いたふりをする自分を想像した。「ちょっと通りかかったの。しばらくご一緒してもいいかしら。ビールをお願い」まだ飲酒できる年齢になっていないため、バーテンダーはソニアをつまみだそうとするが、マットが立ちあがり、紙幣を二、三枚テーブルに投げてそっけなく言う。「きみの目には幼く映るかもしれないが、外見の奥にあるものがきみには見えていない。この子の魂というものが」

そこまでやる度胸はソニアにはなかった。友達にそそのかされ、けしかけられたら、やったかもしれないが、ソニアに友達はいなかった。

研究室で技師をしているルシンダから、マットにつきまとうのはやめて高校で同年代の男の子を誰か見つけたほうがいいと言われたが、高校には卑猥な冗談が好きなニキビだらけの子しかいないし、いずれにしても、自分はデブで鈍重で愛嬌がないという事実を心の奥底で認識しているソニアにとって、それはなんの意味もないアドバイスだった。ソニアの人生は父親の研究室を中心にまわっていて、あとは家に帰って宿題をするだけだった。考えてみれば滑稽だ。家ですることはすべて仕事なのだから。母親がテレビの前で酔いつぶれ、父親が何かのセミナーに出ていたり、実験で帰宅が遅くなったりする夜は、ソニアが夕食の皿を洗う。いや、父親は〝マグパイ〟をつついているのかもしれない（これは母親の表現）。

ソニアはマットのＴシャツをゴミ箱から拾ってきた。研究室に顔を出し、タブからマットのペトリ皿を一枚くすねられないかと考えていたとき、煙の臭いがして、彼が悪態をつくのが聞こえた。ブンゼンバーナーに身を寄せすぎたため、Ｔシャツがくすぶりはじめたのだ。煙が炎に変わる前に、マットはあわててＴシャツを脱いで水道の蛇口をひねったが、蛇口の下からひっぱりだしたときは、前身頃に黒焦げの穴がたくさんあいていた。

「お父さんに言っちゃだめだよ」目を丸くして裸の胸を見つめているソニアに、マットは言った。「いまでさえ、研究室に出入りしてる学生のなかでいちばん不器用な落ちこぼれだと思われてるんだから」

ソニアは無言でうなずいた。彼に飛びついて命を救うべきだったのに、両手を石鹸水に浸けたままぼうっと立っていただけだった。マットは焦げたＴシャツをゴミ容器に投げこみ、白衣のボタンを襟元までかけたが、彼が冷蔵ロッカーへ何かをとりに行った隙に、ソニアは

Tシャツを拾って学生かばんに押しこんだ。

あとで兄のステュアートの剃刀をこっそり借りて聖書の〈雅歌〉の一部を切りとり、同級生のジェリのデスクに次のようなメモを添えて聖書を返しておいた。〝永遠の地獄落ちをわたしは受け入れることにするわ。あなたはわたしの迷える魂を救えなかった罪で、何千年も煉獄に囚われの身となるのよ〟

ソニア、二〇〇七年

わたしが出会ったくそったれと酔いどれたち

その一、ダン・ボース。変態男、たぶん酔いどれではない。わたしが薬をとりに行くと、「帰ってきたのかい、ソニア」と言う。

「ううん、これはわたしのドッペルゲンガー。人前に迷いでて、あんたみたいな馬鹿男と話をするの」

そこで当然ながら、店にいる全員の視線がソニアに集まる。へえ、ソニア・キールが舞い戻ってきたんだ。あの下品な物言いを聞けば、見なくてもわかるってもんだ。ボストンで芽が出なかったんだな。気の毒なシャーリー、気の毒なネイサン、すでに成人した娘の面倒をまたみなきゃいけないなんて。

彼らの頭の上に漫画のような吹きだしが浮かび、そういう文字が並んでいるのを、ソニアは読むことができる。それは彼女の病気の副作用。いや、薬の副作用かもしれない。人々が微笑して何か言っても、吹きだしには逆のことが書いてある。

ソニアの頭上に浮かぶ吹きだしの文字をセラピストが読もうとしても、彼らに見えるのは分厚い雲だけなので、何が書いてあるのか理解できない。怒りを訴えているのだろうと勝手に解釈する。本当は悲しみや脆さを訴えているのに。

その二、わたしのエージェント。モリー・ピエロ。〝ノースイーストの画廊をすべてまわってみたけど、ソニア、前にも警告したように、大がかりな抽象インスタレーションの時代はもう終わったのよ。それに、あなたの作品は独創性に欠けている。ルイーズ・ニーベルソンの彫刻作品の模倣ね〟などなど……。

次に何があったかについては記憶がぼやけているが、ボストンのニューベリー通りにある〈ジヴァニー彫刻ギャラリー〉のウィンドーを消火器で叩き割り、全裸になって〝抽象表現派彫刻家廃業セール、五十セントもしくは時価〟と書いたプラカードだけを持ち、ショーウィンドーのなかでポーズをとる姿が防犯カメラにとらえられていた。割れたウィンドーのガラスで切ったため、腕も脚も血だらけだ。

ウィットに富んだ展示作品のつもりだったのに、警官は不法侵入とみなした。「マリーナ・アブラモヴィッチがステージに裸で立って剃刀で自分の肉体を切るのはアートなのに、わたしが同じことをしたらどうして公然猥褻罪になるの？」ソニアは問いかけた。まず、彼女を逮捕した警官に、次は、その夜のうちに緊急逮捕令状を出した地方検事補に。誰も答えようとせず、目で天井を仰ぐだけだった。

保釈金の工面など無理だったため、留置場に放りこまれた。ほかに女が五人いて、そのうち一人は夜通し吐きつづけ、二人は幻覚症状を起こしていた。ソニアがそこに入れられていたのは……一日？　一週間？　よく覚えていない。

やがて、いきなり父親が現われて、ソニアの責任能力に限界があることを判事に説明した。ソニアが十四歳のときにあのチェスナットが、くそったれ男コンテストの優勝者で、くそったれのなかのくそったれであるチーズナッツが署名した診断書をふりまわした。「二十年以上も前のことよ。大昔の話だわ」とソニアは言ったが、地方検事は同情の口調で父親に何かをささやいた。頭上の吹きだしにこう書いてあった。〝その診断書がなくても、娘さんがおかしいことはわかります〟

〈ジヴァニー彫刻ギャラリー〉のほうでは、ソニアが（じっさいには父親のネイサンが）ウィンドーのガラス代を弁償すれば訴えるつもりはない、と言った。地方検事事務所では、ネイサンが彼女をカンザスに連れて帰るならすべてなかったことにする、と言った。チーズナッツのもとに、ドクター・くそったれのもとに帰るのだ。

〝きのう、モリーから電話があって、わたしの作品が三点売れたと言ってきた。一点は個人コレクターに。二点は〈ジヴァニー彫刻ギャラリー〉に。皮肉中の皮肉。保証つき異常者の作品ということで刺激的な価値が加わったわけだ。モリーときたらまるで、わたしのキャリアを後押しするために自分がこのドラマを演出したと言わんばかり。女をくそったれ男と呼ぶのは無理だけど、たいがいの男よりモリーのほうがさもしい根性丸出しのくそったれだ。

いやな女、ごうつくばり、三十五パーセントも手数料をとっておきながら、それに感謝しろっていうの？　冗談じゃない〟

ソニアは作品が売れたことを両親に黙っていた。衝動的な浪費を防ぐためという名目で、金をとりあげられるに決まっている。あるいは、父親がボストンで支払った金の返済ということにされるかもしれない。

その三、シャーリー・キール。わたしが知っているなかで最悪の酔いどれ。

日記に書いた母親の名前にソニアが乱暴にアンダーラインをひいたため、ペンが紙を突き破っていた。ネイサンと暮らすのは大変だ。いや、不可能だ。しかし、若いころのシャーリーは夫と別れようとは思わなかった。腰を下ろし、コーヒーに見せかけたウォッカのカップを前にして、小声でつぶやき、冷めてしまった夕食の席で夫にぶつけるつもりの侮辱の言葉をあれこれ練習したものだった。

七十歳に近くなった現在、別れることはぜったいにないだろう。別れてどこへ行けばいい？

ソニアは母親のウォッカのボトルに抗鬱薬のフルオキセチンを入れようかとも思った。飲酒の問題があることを当人は認めなくても、アルコールへの渇望が薄れるはずだ。

フルオキセチン、オランザピン。これらはソニア自身がのんでいる薬。チーズナッツが処方し、ダン・ボースが調剤する。ダンは小学一年生のときから変態男で、その十二年後に高校を出たときもあいかわらずの変態だった。どこかの薬学部にもぐりこみ、現在はソニアの錠剤に汗まみれの手をこすりつけ、家に帰り、髪を金色に染めた笑顔の妻に話をする――妻はなんて名前だっけ？　たしか、ジョーンディスといったような……。大学で何か勉強してたはず。

もちろん、ネイサンのことだから、精神不安定な娘がもたらした先日の受難の話を研究室の面々にしたことだろう。教壇に立つのは八年前にやめたが、いまも研究室に君臨し、道楽で実験をおこない、大学院生を何人か指導している。シャーリーに言わせれば〝死ぬまで忠誠を誓った〟連中だそうだ。「あの子たち、マウスを使って実験してるけど、自分自身が研究室のネズミだってことを理解してないのね。沖合へ流されて腐りかけてる流木にしがみつくみたいに、あなたのお父さんにしがみついてるのよ」

勉強熱心だった大学生時代のシャーリーは英語と演劇を専攻し、ウォッカに溺れる暮らしが何十年か続いたあとも、さまざまな詩を暗唱することができた。いちばん多かったのが〝ああ！　パターンはなんのため？〟で終わるエイミー・ローウェルの詩で、ソニアと兄二人はひんぱんにそれを聞かされたため、何か文句を言いたいときは、口をそろえてそう言うようになった。

例えば、ラリーが親に無断で車を使い、友達を乗せてカンザス・シティのスターライト劇場へロックバンドのコンサートに出かけたときがそうだった。帰り道で車が道路からそれてしまった。飲酒運転で保安官につかまり、車はレッカー車で排水溝からひきだされることとなった。なぜか木の枝がラジエーターに突き刺さっていた。

ネイサンは当然ながら激怒し、そのせいでシャーリーは皮肉な笑いのなかへ逃避した。ネイサンの怒りがようやく静まったところで、ラリーとソニアとステュは声をそろえて「ああ！　パターンはなんのため？」と叫び、もちろん、ネイサンとシャーリーをよけい怒らせた。ネイサンが血管を破裂させずに八十歳まで生きてこられたのも不思議なことだ。

やがて、ある晩、ソニアが騒ぎを起こし——このときはエイミー・ローウェルの詩ではなく、チーズナッツの診察で終わることとなった。ダン・ボースから受けとる小瓶には彼の名前が書かれていた。二十年後、ソニアはその出発点に舞い戻った。

ソニア、二〇一六年十月

何が本物かわからない、感じるものに触れることができない、そこでわたしは幻想という盾の陰に身を隠す。

ソニアがグループホームのパソコンで昔の《ダグラス郡ヘラルド》に目を通していたとき、サイロの東側にある土地を空軍が売却したという記事に出会った。ただし、〝米空軍が聖なる土地を強欲な企業に売りました〟というような物語調ではない。法的な通知書だった。

〝売却面積十五エーカー、緯度三八・九七六〇二一、経度九五・一二〇三六九、ノース一四二〇ロードの北側1／16マイル地点の延長線から〟云々。

ソニアはこの数字を知っていた。この土地のことなら隅々まで知っていて、あらゆる方法で説明することができた。グループホームの施設長ランディ・マークスはソニアを哀れに思ったときなど、そうした知識がいかに心身を消耗させるかを彼女に認めさせようとした。
〝きみはその重みに押しつぶされて、前へ進めなくなっているんだよ〞
ソニアには前へ進もうという気はなかった。あのとき、ネイサンの姿を見た。間違いなく姿を見たし、マットをどなりつける声も聞いた。〝人間以下のろくでなし、よくもこんな真似ができたものだな。そんなにわたしのことが憎いのか〞
マットは倒れたまま、起きあがろうとしなかった。ネイサンに殴られたから？　マットが地面に倒れたのは父さんのこぶしのせいじゃなくて、言葉に強打されたからだわ。
ソニアはそのとき、テントの陰から一部始終を見ていた。ジェニファーと赤ん坊がいるテント。ネイサンと顔を合わせなくてすむように、二人とも寝たふりをしていた。兵士たちに車のほうへ運ばれていったときも、ジェニファーは目を閉じたままだった。
マットが倒れたとき、ソニアは鈍重なでくのぼうのように突っ立ったままだった。父親からよくそう呼ばれていたものだ。研究室のあの日に戻ったような気がした。思いだしたとたん、恥辱で全身が熱くなり、ついにマットに近づく勇気が湧いた。〝わたしが傷を癒してあげる。この人はきっと永遠に感謝してくれる。ジェニファーは動こうとしない。ほんとは気にしてないのね。わたしの愛する人はなんて美しいんだろう〞
ソニアは太い脚で白熊のように歩いた。もしかしたら、ステュとラリーが白熊ごっこにつきあってくれたとき、半分変身してしまったのかもしれない。毛皮に覆われたり、身を守るための大きな鉤爪と牙が生えたりしたのではなく、後肢で立ってのっしのっしと不安定に歩く熊のしぐさだけが身についたのだ。

マットの上に身を投げだした。ジェニファーの視界をさえぎるために。どこからともなく〝マグパイ〟が現われ、次に、怒り狂ったネイサンが戻ってきた。ネイサンの怒りの原因はソニア？　マグパイ？　それとも両方？　赤ん坊が泣いている。「赤ちゃんをなんとかしてよ」マグダがネイサンに言っていた。

マットに覆いかぶさっていたソニアは顔を上げた。白熊そっくりのうなり声で言った。「ネイサンにはおっぱいがないのよ、無知な女！　赤ちゃんにお乳をあげるなんて無理。おむつを替えたことだってないんだし。だから、赤ちゃんの面倒を見てもらおうなんて思わないことね！」

マットに顔を近づけて口移しで人工呼吸をしようとしたが、鳥の言葉でわめきちらすマグパイの手でひき離され、そこにネイサンも加わって、二人でソニアをひきずって愛しい男から遠ざけた。ソニアがサイロのデモ参加者をまねて全身の力を抜くと、ネイサンが手を放した。その手の土埃を払った。〝手についたおまえの汚れを洗い流してくる〟

ネイサンは大股で立ち去って自分の車に乗りこんだが、マグパイはあたりを飛びまわって宝物を漁っていた。ソニアはこの場面を映画で見たが、兵士たちはマグパイと口論していて、ソニア以外にそれを見た者は一人もいなかった。

兵士たちが去り、マグパイも去り、ソニアは誰からも顧みられないまま、地面に横たわってマットに腕をまわしていた。彼の血がソニアの乳房を濡らした――わたしたちはいま永遠に結ばれた。血の誓いで結ばれた兄と妹。赤ん坊の泣き声が聞こえたが、ずいぶん遠くのように思われた。ソニアは全身がぐったりと重くて動けなかった。

炎が近づいてきた。男たちが叫んだ——生きてるぞ！——そして、ソニアを抱きあげてトラックに乗せた。火あぶりになりたくないなら一緒にくるんだ。〝ううん、わたしは火あぶりになりたい。マットと一緒に焼いてほしい〟

最初はそうしてくれたのだと思った。火の熱さ、氷の冷たさ、空気を求める肺、海鳴りのような音。徐々に、海鳴りは彼女の呼吸を促している機器から聞こえてくることがわかった。吸って、吐いて。やがて誰かが言った。〝助かりそうだ、自発呼吸を始めてる〟。だが、ソニアが身を起こそうとしたときは、頭のなかに綿がぎっしり詰めこまれていた。

ネイサンの秘書をしていたガートルード・ペレックは、母親がよくやっていたいたずらの話をするのが好きだった。食べ終えたバナナの皮のなかに綿をぎっしり詰めこみ、皮を接着剤で丹念にくっつけて、まだ手もつけていないように見せかけ、人に渡していたという。

〝わたしの頭も綿をぎっしり詰めこまれたバナナの皮だわ〟

綿を詰めこんだのはチーズナッツだが、ソニアがそれを知ったのは、もちろんずっとあとになってからだった。チーズナッツは彼女の頭にリチウムを詰めこんだ。サイロの場面はすべてソニアの幻覚だというネイサンの主張に同意した。生々しい想像が幻覚に変化したのだ、と。みんなで悲しげに舌打ちをした。シャーリーまでがそれに加わり、冷酷な目でソニアを見た。その目はこう言っていた。〝あなたの負けよ。自分が競走に参加してたことを知らなかったのね。すでにビリなんだから、もうあきらめなさい〟

「どうして自分のこだわりを捨てて、ネイサンやチーズナッツを満足させなきゃいけないの？」ソニアはランディ・マークスに言った。「中西部の草の種類を残らず記憶することが心身を消耗させるなんてあなたに言う人は、誰もいないでしょ？　チーズナッツがテロワールの話なんか始めて、馬の小便ワインとしては一八八三年が最高だが、牛の糞ワインのなかでは一九九二年のほうがいい出来だ、と言ったところで、馬鹿な話をするものだと言う人は誰もいない」

ソニアが法的な通知書の記事を目にしたのは公表から三年後のことだったが、昔の渇望がよみがえった。あの土地まで出かけて、彼の墓が無事であることを確認したくなった。途中までヒッチハイクをし、あとは自分の足で歩いた。早起きして仕事に出かける必要のない身だから、ひと晩かけて田舎道を歩くのも悪くない。

太陽がのぼりはじめるころにようやく到着し、予想だにしなかったひどい状況になっていることを知った。墓地を切り裂くフェンス、植物――トウモロコシか、アルファルファか、はたまた、何かくだらない作物か。さらには、あたりを飛びまわって種を盗んでいる悪夢のようなマグパイの姿もあった。以前より老けこみ、金色に染めた髪は紐のようにパサパサだ。染めるのはやめたほうがいいわ。薬液で髪がすごく痛むから――ソニアが言うと、マグパイは「誰よ、あなた」と言った。

マグパイのそばに男が何人かいた。やっぱり――いつも男に囲まれている女だった――男たちが笑って言った。「どこの誰だい？」

〝わたし、この人のファンの一人なの。映画で見たわ。テントのあいだを飛びまわってたでしょ。あなたの髪が赤くて、必要もないミルクでおっぱいが満タンだったころに。どうしてマットのお墓を荒らすの？〟

マグパイが飛びかかってきたが、ソニアはあとずさった。男たちが「頭がおかしいんだから放っておけ」と言い、ソニアはヒッチハイクで町に戻った。以来、そこから離れられなくなった。ことあるごとに出かけていき、墓を冒瀆する者たちを監視した。やがて、ある夜、トロールたちがそこを掘っているのを見た！　止めようとしたが、三十三年前と同じく保安官がやってきて、ソニアをトラックに放りこんだ。悪い子だ、ソニア、ここに近づくんじゃない。

43 有害物質に汚染された土地

トランクの日記やメモのすべてに目を通すあいだに、教会の鐘が午前零時を告げ、やがて一時を告げた。わたしがスタンドをつけ、パソコンのキーボードをカタカタ叩いているにもかかわらず、バーニーは熟睡していた。わたしが帰ってきたとき、この子がやたらとはしゃいでいたので、ケイディと何か計画を立てたのではないかと思ったが、問いただす気力はなかった。また、仏文学の宿題を見せるようバーニーに言うのは、賢明にも差し控えた。

両親に対する怒りと苦悩のせいで、日記のなかでソニアが両親について語っている部分は支離滅裂と言ってもいいほどだったが、〈聖ラファエル〉のスタッフとほかの入居者に関する記述には、すなおに口に出すことのできない優しさが感じられた。〈聖ラファエル〉の居住棟で暮らす子供たちのなかの二人を、とくに可愛がっていたようだ。ただし、その母親とは薬物使用を隠すために結託している仲だった。（〝今日の午後はミンディがリマとオータムをわたしに預けてくれた。石蹴り、ブランコ、アイスクリーム……ミンディが眠ってしまったので、LとAを連れて庭を散歩し、ミンディが目をさますまでみんなでお絵描きをした〟）

トランクには絵もたくさん入っていた。大部分が簡単なスケッチだが、少女たちの姿は丹念に描かれていた。石蹴りに興じる少女たちの姿をとらえて、遊びに集中する表情を描きだしている。ランディ・マークスの姿は一部がバッタになっていて、大きな唇が誇張され、イネ科植物の種を数えながらいくつもの山にしている。

成長したケイディ・ペレックを描いた色彩豊かなスケッチもあった。鏡を見つめるケイディの姿はそばかすが目立ち、銅色の髪をポニーテールにしているため、幼く見える。〝あなたは誰？〟。鏡が彼女に尋ねていた。鏡の隅にソニアの辛辣な自画像が描かれ、意地悪な目でケイディを見下ろしている。自画像はほかにもあった。顔はソニアで身体は白熊。巨大なティーカップのなかで泳いでいて、カップを満たした液体には〝リチウム〟というラベルがついている。その下にソニアの字で〝双極性障害の白熊〟と書いてある。ソニアの自己嫌悪を目にして、わたしは胸が痛くなった。

いちばん興味を覚えたのは、男性の顔を描いた多数のスケッチだった。黒っぽい髪が肩まで伸び、乱れた前髪が額に垂れている。少なくとも三十枚はあって、一部はソニアが思春期に描いたものらしく、タッチが子供っぽい。

それらを床に広げた。ペピーが調べにきたので意見を訊いてみた。「これがきっとマット・チャスティンね。ネイサン・キールの研究室にいた学生のなかでいちばん不器用な落ちこぼれ。最高のを二枚選ぶとしたら、どれがいい？　ネットにアップしようか」

ペピーが尻尾をふった拍子に、比較的新しいスケッチの一枚が斜めになった。わたしはその一枚と、思春期のソニアがスケッチしたなかから、マットの目と口が鮮明に描かれている一枚を選んだ。写真に撮ってイメージャーにアップロードし、マット・チャスティンのフォーラムを作成してフェイスブックに投稿した。〝マット・チャスティン、一九八〇年代にカンザス大学の大学院生でしたが、一九八三年から行方不明です。彼をご存じありませんか。家族をご存じありませんか。ご存じの方はV・I・ウォーショースキーまで連絡をお願いします。〟わたしのメールアドレス、携帯番号、フェイスブックとツイッターとインスタグラムのアカウントを添えた。今夜はもう何もできそうにないので、ベッドに入ることにした。

ローレンスにきて一週間が過ぎたが、わたしは毎晩のようにベッドからひきずりだされていた。しかし、日曜日の夜は町の人々も静かに過ごすようで、わたしをゆっくり眠らせてくれた。ようやく目がさめたのは朝の九時で、ペピーがわたしの顔をなめ、外に出たいとせがんでいた。バーニーはまだ眠っていたが、わたしがペピーのためにドアをあけるともぞもぞ動いた。

「ほら、あけたわよ、ワンちゃん。おたがい、たっぷり寝たから、意気軒高、意欲満々、意志堅固。今日こそ、この事件の謎を解明よ」

何人かがわたしのフェイスブックに投稿してくれていた。この国の至るところにマット・チャスティンの知り合いがいるらしい。詳細を検討したところ、そのうち二人が年齢的に該当するようだった。二人にメールを送ってから、時間がなくてこの二、三日さぼっていたワークアウトをみっちりやった。シャワーを浴びて出てくると、バーニーもようやく目をさまし、探偵ごっこを始める準備を整えていた。

わたしはバーニーに、車で市場へ出かけてケフィアと果物を買ってくるから、そのあいだに犬を散歩させておくようにと言った。電話をいくつかかけるついでに病院にも電話した。

ソニアは薬で眠らされたままだが、自発呼吸を続けているとのことだった。

犬の散歩から戻ってきたバーニーが、ダウンタウンまでわたしの車で一緒に行くけれど、〈ヒッポ〉でメールに返信するわたしを眺めているのはいやだと言った。一人で町を探検してくるという。

わたしはバーニーに疑いの目を向けたが、車もない子に昼間からどんな悪さができるのか思いつけなかった。〈ヒッポ〉で降ろしてあげるから、こまめに連絡をよこすのよ、と言っておいた。

バーニーがペピーを思いきり走らせてくれたおかげで、わたしがコーヒーを飲みながらメールに返事を出すあいだ、犬はわたしの足もとに寝そべるだけで満足していた。わたしは〈ヒッポ〉の常連客と顔なじみになってきていた。マサチューセッツ通りで画廊をやっている女性、英文学を専攻している大学院生。この男の子はいつも山のような本を抱えて店に入ってくるが、コーヒーが冷めるのもかまわずビデオゲームに熱中している。わたしに挨拶する人はごくわずかだが、ほとんどの人が足を止めてペピーの耳をなでていく。

本日最初のメールはシカゴ郊外にあるチェヴィオット研究所からだった。わたしのパソコン、電話、タブレットからマルウェアとスパイウェアをすべて駆除し、最強の暗号化ソフトを入れておいたとのこと。料金は国家の負債額をわずかに下回る程度ですむそうだ。

故郷を離れているあいだ、夜ごとに借金が増えていることを考えると、血が凍りそうになる。分別ある行動をとろうと決めた。つまり、それについては考えないことにした。

ソニアの日記がどこまで信用できるだろうと疑問に思った。火事があったのは事実だ――

少なくとも《ダグラス郡ヘラルド》にその記事が出ていた——しかし、マット・チャスティンと実験の失敗との時間的な順序については、日記の記述からは推測できない。彼女の症状を述べた部分からは、深刻な病状だったことが窺える。高熱を出し、人工呼吸器をつけられている。ポリオウィルスに感染したとか？　マット・チャスティンか、ブラチスラバからきた女性か、もしくはキール自身がそのウィルスをばらまいていたのだろうか。

わたしは身震いした。ポリオを予防するソークワクチンは、わたしの子供時代にはすでに実用化されていたが、通りの向かいに、踊るために生まれてきたような十代の女の子が住んでいた。でも、ポリオにかかり、精巧に作られた松葉杖がなくては歩けない身体になってしまった。

ケイディからメッセージが入っていた。教室に寄るようバーニーに念を押していて、わたしには、夜のうちに〈シー・2・シー〉の畑に忍びこむ件はどうなったのかと質問していた。〝明日なら大丈夫よ。アラームにひっかからずにフェンスの下からもぐりこめる場所を知ってる。十時でどう？〟

その畑でエメラルドかオーガストの痕跡が見つかる見込みがあれば、わたしも分別を捨て去っていただろう。しかし、バゲットとピンセンがすでに畑をじっくり調べたはずだ。それに、わたしがマッキノンの側の畑で採取した土にも、六フィート離れた〈シー・2・シー〉の土と同じ有害物質が含まれているはずだ。

ケイディへの返事には、〝考えなおすことにしたわ。行くのは無謀だし、危険なことになりかねない〟と書いた。返事はなかった。気分を害したがわたし抜きで行くつもりはない、という意味であるよう願った。

ため息をつき、滅入った気分のまま、本日の予定をこなすことにした。まず、地質学の教授のオフィスに電話。秘書が出た。

わたしはドクター・ロークが死亡した件を調査中の探偵だと名乗った。「ドクターの自宅の電話を調べたところ、最後の着信がヒッチコック教授からだったので、どういう話をなさったのか、教授から伺えないかと思いまして」

「あなた、本当はどなたなの？」秘書が言った。

「本当に私立探偵で、V・I・ウォーショースキーという者です」わたしは用件をくりかえした。

「あ……あの、何も申しあげられません」

「えっ、何も話さないようにと軍の誰かに言われたの？　とにかく、ヒッチコック教授を出してちょうだい。そしたら、あなたは〝わたし、あの探偵とは何も話していません〟って正直に言えるでしょ」

「あの……だめなんです。申しわけありません」いまにも泣きだしそうな声だった。

「ねえ、どうしてだめなのか話してくれない？」

秘書は電話を切ってしまった。わたしは呆然と電話を見つめた。

「どこからその名前を手に入れたんだ、ウォーショースキー」

ギクッとして顔を上げた。知らないうちにエヴァラード部長刑事が店にきていた。

「わたしと話すのを誰もが禁じられてる理由について、あなたが説明してくれたら、答えてあげてもいいわ」

エヴァラードはわたしをじっと見て考えこみ、あたりに目をやって、声の届く範囲に誰がいるかを確認した。「外へ出よう」

こちらに注意を向けている様子の者はいなかったが、たぶん、これがこの町の情報伝達法なのだろうと思った。電話でメールしたり、クロスワードを解いたりしながら、耳のほうは室内でもっとも興味深い会話をしっかりとらえている。

ペピーがついてきた。わたしたちは外のテーブルで煙草をすっている客たちから離れ、隣の建物の前にある鉄の手すりにもたれた。

「ヒッチコック教授は週末に入院した。急性肺炎だ」エヴァラードは言った。「ゆうべ、救急ヘリでクリーヴランド・クリニックへ搬送された。カンザス州のどの病院よりも高度な医療を受けられる」

「肺炎？　インフルエンザじゃなくて？」

「どういう違いがあるんだ？」

「ドクター・ロークはインフルエンザで亡くなったの。ヒッチコック教授の親しい友人だったから……いえ、よくわからない。気味が悪いわ。どちらも病気で倒れるなんて、偶然すぎるんじゃない？　インフルエンザの患者が肺炎を併発することはあるの？」

「そんなことは知らん」エヴァラードは苛立った。「わたしが知ってるのは、ゆうべ、軍がヒッチコックの研究室を、専門的なクリーニングが必要とされる有害物質汚染箇所として閉鎖したということだけだ。学生も、スタッフも、とにかく教授の身近にいた者は全員隔離されている」

「ついさっき、秘書の人が電話に出たわよ」わたしは反論した。

「そんなことは知らん」エヴァラードはふたたび言った。「いまはきみに噂を提供しているだけで、わたしがここまで知ってるのは、大学の公衆安全科に勤務するいとこがいるからだ。さあ、今度はそっちの番だぞ。どういうわけでヒッチコックを知っている？　というか、電話できるほどよく知ってるんだ？」エヴァラードはきびしい声で訊いた。

「ドリス・マッキノンが土の検査を頼むために、ドクター・ロークに土壌サンプルを送ったの」

「で、きみがそこまで知っているのは……？」

「ドクター・ロークの助手をしていた技師の女性と話をしたから。でも、その人を責めたり問い詰めたりしないで。彼女がドクター・ロークと黒カビのことを話してくれたの――その事件のこと、あなたは覚えてる？」

「ああ、もちろん。ロークはあれで一躍地元のヒーローになった。ロークばかりが注目を浴びて、ドクター・キールはおもしろくなかっただろうな。いつもなら、変死事件が起きればキールの出番なのに」エヴァラードはほんの一瞬、笑みを浮かべた。「黒カビか。それから？」

「技師が言うには、その黒カビの件があったから、ドリスがドクター・ロークに土壌サンプルを送って検査を頼んだんじゃないかって」

わたしが言葉を切ると、エヴァラードは冷淡に言った。「で、それから？」

「それから、その技師のことは、カンザス・シティの警官にも、バゲット大佐にも、マーロン・ピンセンにも、ギズボーンにも、あなたの尊敬する警部補にも伏せておくことを、あなたの名誉にかけて誓ってもらいたいの」

「きみが犯罪の証拠を隠しているなら、誓うことはできない」エヴァラードは不機嫌に言った。

「隠してなんかいないわ。証拠というのは、丹念に調べれば誰だって目にすることができるのよ」

エヴァラードは爪先立ちになって身体を前後に揺らした。厚底の靴をはいたままでこれをするには、ヒラメ筋が相当強靭でなくてはならない。

ようやく彼が言った。「よそからきた人間が、よくもまあ、わずか一週間で初対面の技師と仲良くなれるもんだ。とりあえず、こう言っておこう。その技師のことは不問に付すが、きみが犯罪を隠蔽していた場合は、保安官と大佐とその他の連中に、きみを餌として差しだすことにする。味がよくなるように塩もすりこんでな」

わたしの両手がかじかんでいた。ジーンズのポケットに突っこんだ。「何者かがロークの自宅に忍びこんだの。彼がトピーカへ出かけた木曜の朝から土曜の夜までのあいだに。技師がそれに気づいたのが土曜の夜だった。猫を助けに行って――ドクターが留守のときはいつも彼女が猫に餌をやってたから、ドクターを亡くした悲しみと動揺のなかで、猫のことを忘れてたんですって。で、ドクターの自宅からわたしに電話してきたというわけ」

「それで？」エヴァラードはわたしをじっと見て考えこんだ。わたしの話が真実かどうかを、心のなかで判断しようとしているのだろう。すべて真実。ただし、かならずしも話したとおりの順序ではないけれど。でも、おかげで岩のように揺るぎない自信が湧き、揺るぎない声で答えることができた。

「あまりにひどい荒らされようだったので、パソコン以外に何がなくなっているのか、技師にはわからなかった。でも、自宅の電話の着信履歴を調べてみたら、最後の二件がヒッチコック教授からだったの。そこで、わたしはロークがヒッチコックに相談したんじゃないかと考えた。技師の話だと、二人には岩や晶洞石のコレクションという共通の趣味があったそうだから。ヒッチコックに訊けば、ロークがどんな話をしたかわかるかもしれない。ドリス・マッキノンの土を預かっているとまで言ったかもしれない。ヒッチコックの研究室が有害物質汚染箇所と宣言されたのなら、ロークがそちらへ土を送ったことを示す何よりの証拠だわ。その土に何かが含まれていて毒性があることを、バゲット大佐か自称ピンセンが知ったんじゃないかしら。はっきり言っておきますけど、毒性の有無については、わたしは知らないわよ」

エヴァラードは襟のマイクに向かって声をかけた。不鮮明な声で返事があり、エヴァラードは電話をとりだした。一分後、画面にメッセージが流れるのが見えた。

「カンザス・シティの警察が侵入事件を認めている。匿名で通報があったそうだ。きみ、何か知ってるんじゃないか？」

「いいえ、部長刑事さん」嘘つきは舌がよくまわる。でも、生意気なセリフをつけくわえるのはやめにした。

「カンザス・シティのほうは、ローレンスの警官の協力なんか必要ないと自信たっぷりだ。まあ、こっちも働きすぎだから、寝てる犬は寝かせておこうと思う」

彼の鋭い視線を受けてペピーがたじろぎ、わたしにすり寄った。「きみのことじゃないよ、お嬢さん。きみは感情面のサポート係だ」エヴァラードは身をかがめてペピーの耳をなでた。「今回のことにずいぶん詳しいようだから、ウォーショースキー、マッキノンの土がどこからきたのかも教えてくれ」

「知らないわよ。でも、彼女の畑のような気がする。もしくは、かつて畑だったところ。リバーサイド教会の信者の女性が、九月か十月ごろ、農産物の直売市場でミズ・マッキノンに会ったと言ってたわ。誰かが自分の土地に作物を植えてると言って気に病んでたそうよ。自分で畑を耕す体力がなくなったため、ほかの農家に土地を貸してて、ここしばらく畑に出かけることはなかったんですって。空軍が一九八三年か八四年ごろ、新たに十五エーカー分の畑を彼女から買いあげたの。その畑を二、三年前に〈シー・2・シー〉に売却した。おそらくマッキノンに無断でやったことだと思う。それでね、〈シー・2・シー〉はそこに作物を植えてるの。放射能汚染がひどくて耕作は無理だと空軍が発表した土地なのよ。わたしがミズ・マッキノンの立場だったら、ぜったい納得できなくて、自分で確認しようとするでしょうね」

エヴァラードは左のこぶしを右のてのひらに叩きつけた。「そういうクソ調査からことあるごとに閉めだされるのは、もうヘドが出るほどうんざりなんだよ！」

わたしは彼を凝視した。「部長刑事さん――わたし、あなたを閉めだしてなんかいないわ。どうしてそんなことができるの？　公的な権限なんて持ってないのに。人と話をして、運がよければ、その人たちもわたしに話をしてくれるだけ」

エヴァラードの口が真一文字に結ばれた。「教会のご婦人たち、軍の大佐たち、研究室の技師たち――そうだ、きのう、何者かがソニア・キールを窒息死させようとしたときだって、病院の看護師連中は警察に電話する前にまず、きみに電話したじゃないか！」

「それがわたしの本業だから」わたしは言い訳がましく答えた。「アイオワ通りで起きた家宅侵入や強盗事件の通報にまで応答しようとは思ってないわ」

エヴァラードは立ち去ろうとしたが、途中で小さな輪を描くように歩きながら考えこみ、やがて戻ってくると、しゃがんでペピーをなでた。

「フランシス・ロークは善良な人だった。ヒッチコック教授まで病に倒れたことを考えると、ロークの死は誰かが画策したものではないかと――い、いや、そんなことはありえない。誰かを肺炎にして、ちょうどいいタイミングで死ぬように仕向けるなんて、できるわけがない。解剖が実施されるかどうか調べてみる。実施されない場合は――その方向へ持っていけるかどうかやってみる」

「わたしにも鑑定結果を教えてくれる？　だって……」

「教えなかったら、きみは教会のご婦人や名もなき技師たちに魔法をかけて、心の奥底にしまいこまれた秘密を白状させるだろうからな」

わたしはエヴァラードの前腕をつかんだ。「少しでも元気が出るように言ってあげる、部長刑事さん。あなたも善良な人よ」

44 綿棒でサンプル採取

エヴァラードが立ち去ったあと、わたしは〈ヒッポ〉の店内に戻ったが、検討の必要のあるメールやメッセージに集中できなくなっていた。ヒッチコックとロークの両方が重篤な肺の病気を発症した。二人とも〈シー・2・シー〉の実験農場の土に触れている。わたしもあの畑を歩いた。体内でなんらかのウィルスが増殖を続けていて、突然息ができなくなるようなことはないだろうか。大きく息を吸った。ぜいぜいいう音が聞こえるような気がした。

ロティの病院に電話すると、手術中とのことだった。診療所のほうにかけなおし、上級専門看護師のジュウェル・キムをつかまえた。

「ああ、あなたが送ってくれたあの写真ね」ジュウェルは言った。「ロティがあれを見たのは土曜の遅い時間だったの。わたしにも転送してくれたけど、わたしが見たのはようやくけさになってからだった。ロティのメールには、写真を見ただけでは何も判断できないと書いてあった。誰が見ても溺死という結論しか出ないだろうって。でも、ベス・イスラエル病院の病理学チームに写真をまわすよう指示されたから、やっておいたわ、ヴィク。ただし、気長に待ってね。みんな、山のように仕事を抱えこんでるから、返事がくるのは早くても水曜日以降だと思う」

わたしはジュウェルに礼を言ったが、今日はべつの用で電話したのだと打ち明け、ヒッチコックの病気のことを話した。「親しくしていたドクター・ロークの命を奪ったのと同じタイプのインフルエンザじゃないかと思うんだけど」

「会ったこともない男性二人について、電話で聞いた話だけをもとに診断を下せと言われても無理よ」ジュウェルは不機嫌に言った。「ロティだってきっと同じ意見だわ」

「そんな言い方されたら――」

「そうとしか言えないもの」

「事情を説明するわ。地元で農業をやってた女性が――その人も死んでしまったけど――ドクター・ロークに土壌サンプルを送り、有害物質に汚染されてるかどうか調べてほしいと頼んだの。ドクター・ロークがそのサンプルをヒッチコック教授に送ったのはほぼ間違いないと思う。ねえ……二人の病気の原因となるどんなものが、その土壌に含まれてたのかしら。もしかして、一九一九年のインフルエンザの大流行のときにウィルスをおもちゃにしてた人物が、土壌を汚染したとは考えられない？　一九八三年に何かの実験が大失敗に終わったという話があちこちで何回も出てるから、それが今回の殺人や疾病に関係してるんじゃないかと思うの」

「なるほど」ジュウェルはゆっくり言った。「そこまで言うのなら……」

電話口でしばらく待つようにとわたしに言ったが、五分後に戻ってきて、ベス・イスラエルの外科の事務担当者にメールを送ったと言った。「ロティが午後の休憩時間に入ったら、クリーヴランド・クリニックへ電話してヒッチコック教授の容体を尋ねるよう伝えてほしい、と頼んでおいたわ」

「そのサンプルが採取されたと思われる場所から、わたしも土をとってきたの。教授と同じ症状を起こす危険がありそう？」

「ヴィク、頼むから、そういう無茶はしないで！ロティは昼も夜もあなたの身を案じてるのよ。ロティの胸が張り裂けそうなことはしないでちょうだい。お願いだから」

「でも……その二人が農場の土のせいでインフルエンザを発症した可能性はある？」

「なんとも言えない。でも、とにかく、しばらくのあいだおとなしくしててくれない？せめて、ロティがクリーヴランド・クリニックのほうと話をするまで」

「ジュウェル、あなた、何か心当たりがあるのね。そうでしょ？」わたしは問いつめた。

「炭疽菌」ジュウェルはついに白状した。「患者の肺に入りこみ、そのようなものの存在を考えてもいなかった医者が見落としてしまう可能性はあるわ。汚染された土壌を掘りかえすなんてやめなさい！」ジュウェルは電話を切ってしまった。

炭疽菌。テロリストの好むバイオハザード。中絶クリニックには炭疽菌を添えた脅迫状が毎週のように送りつけられる。また、九・一一に続く炭疽菌テロ攻撃のせいで、政府向けの郵便サービスは停止されてしまった。メイヨー・クリニックのサイトで炭疽菌のことを調べてみたが、症状に関する記述を読んだだけでは、肺炎と混同する可能性があるかどうか、はっきりしなかった。自分のリンパ腺を指で探り、腫れがないかをチェックした。

「あなたは豚みたいに健康よ、V・I・ウォーショースキー」きっぱり言った。

それ以上に心配なのは、バーニーを危険にさらした恐れがあることと、ケイディが実験農場へ土を掘りに出かけたのなら彼女の身も危険だということだった。

ドクター・ロークの助手をしていたアニャ・マリクにスマホからメールを送り、ドクターが炭疽菌で死亡した可能性はないかと尋ねてみた。すぐに彼女から電話があった。

「ヴィク、炭疽菌の件ですけど。ドクター・ロークとヒッチコック教授が調べた土壌に炭疽菌の芽胞が含まれてた可能性はあります。でも、ドクター・ロークにサンプルを送ってきた女性はどうして発病しなかったのでしょう？」

「発病しなかったかどうかは未確認よ」わたしは言った。

「あなたが遺体を見つけたんですよね。撃たれていた。死因はそれですね。もしドクター・ロークと同じ症状が出ていたのなら、トラックの運転なんてできなかったと思います」アニャはいったん黙りこみ、言葉を探した。「遺体をじっくり見るのが簡単でないことはわかりますが、顔か手に黒い変色が見られませんでした？ タールを塗ったような鮮明なしみ」

わたしは電話をとりだし、あのとき撮った写真を調べた。黄昏時で、あたりは薄暗く、マッキノンの顔はほとんど見えない。しみは出ている。高齢だし、死後の変化で頬の茶色っぽいしみがくっきり目立っている。しかし、タールのようなしみはどこにもなさそうだ。アニャに写真を送った。

「解剖を担当する病理学者のほうへ、炭疽菌の痕跡も調べるよう頼んでおきます」アニャは約束した。「ドクター・ロークのお子さんたちが、個人的に解剖をおこなうことを了承してくれたんです。解剖を担当するドクター・マデジにお願いすれば、ドリス・マッキノンの遺体も調べてくださるんじゃないかしら。炭疽菌自体は宿主の死亡後短時間で死滅しますが、痕跡は残ります。それと、あなたが撮ったミズ・マッキノンの写真もドクター・マデジに見てもらうことにします」

わたしは解剖がいつおこなわれるのかと尋ねた。今日の午後の遅い時間に始まると思う、とのことだった。「わたしたち、ドクター・マデジを信頼しています。ドクター・ロークの秘書のルビーも、わたしも。ドクター・マデジはドクター・ロークの指導を受けた人なんですよ。手抜きや隠蔽をするような人じゃありません」

「隠蔽？」

アニャは照れくさそうに笑った。

「ドクター・ロークの死とヒッチコック教授の病気をめぐる出来事がどれも現実離れしていて、スパイ映画のなかに入りこんだような気がするんです。何が起きても不思議はない感じで、わたしはそんな事態になるのを防ぎたいと思っています。でも、いまお電話した理由はそれだけじゃないんです。またしても妙なことが起きたものですから。

わたし、ルビーと二人でドクター・ロークの研究室の整理を始めたんです。未処理の案件があれば、ほかの病理学者にまわさなきゃいけないから。その途中で幼児の手が見つかって……」

わたしはガラス瓶に入った赤ちゃんの手を思い浮かべ、ギョッとした声でそう尋ねた。

「いえ、いえ、そういう不気味な品ではありません。ドクター・ロークのことを誤解してらっしゃるわ！　標本ケースに入った小さな骨で、日付とラベルがついていました。ドリス・マッキノンが送ってきた土のなかにあったものです」

あの夜、ドリスが畑から掘りだした骨。アナグマでもアライグマでもなく、人間の赤ちゃんだったのだ。

「そ、それって……ドクター・ロークは……鑑定書はあった？」わたしはしどろもどろになってしまった。

「ドクターの鑑定では、二十五年から四十年ぐらい前の骨だとか。DNAの標本は採取できましたが、どのデータベースにも一致するものはなかったようです」

ミサイルサイロにもう一人の赤ちゃん。骨の古さから見て、ケイディと同じ夏に産まれた可能性がある。殺されてそこに捨てられた？　ジェニファーが産んだのは双子で、片方が死産だった？　それとも、マットに恋い焦がれ、赤ちゃんの泣き声が聞こえたと日記に書いているソニアの子？　子供を産んだものの、妊娠の記憶も出産の記憶もすべて消えてしまったとか？

「ヴィク、聞いてます？」

「大丈夫、聞いてるわ。でも、驚きで呆然として言葉が出てこないの。子供の性別はわかったの？」

「女の子だそうです。たぶん、生後二ヵ月から三ヵ月」

「そのDNAが、いまも生きている誰かと一致するかどうかをあなたに調べてもらおうと思ったら、何を送ればいいの？　毛髪があればいい？」

「生きている毛髪で、毛根がついていれば。でも、唾液か血液のほうがいいですね。何を考えてるんですか」

「考えてるといっても、いまのところ、とろみのついてないホワイトソースみたいなものよ。小麦粉と牛乳を混ぜただけ。その骨、どこか安全な場所に保管しておいてくれる？」

電話を切ってペピーの横にしゃがみこんだ。「オーガストのアパートメントと〈シックス・ポインツ・ジム〉を荒らした連中が必死に捜してたのは、小さな品だったような気がするの。バゲット大佐はシリンダーが行方不明だとか言ってたけど、もし赤ん坊の骨だとしたら？」

ペピーが尻尾で床を一回叩いた。同意のしるし。つまり、己の衝動に従ってソニアとケイディの両方からDNAサンプルをとり、赤ちゃんが二人のどちらと血縁関係にあるかを調べるべきだ、という意味。ケイディの母親が産んだ子なのか、それとも、ソニアが産んだ子なのか。

ケイディにメールを送り、勤務中なのはわかっているが五分だけ時間をもらえないかと頼んだ。「ドリス・マッキノンの土地の件で、妙なことが持ちあがったの。DNA検査を受けてくれる？」

ケイディはもう大興奮で、スペルチェック機能による妙な訂正だらけの彼女のメールがスマホの画面から飛びだしてきた。十一時四十五分から昼休みなので、十一丁目とニュー・ハンプシャー通りの角にある〈プレイリー・ショアズ・カフェ〉の前で待ち合わせることになった。

おかげで時間ができて、ハイウェイ十号線にある大手チェーンのドラッグストアまで車を飛ばし、滅菌済みのサンプル採取キットと手袋を買ってくることができた。買物をすませて戻ると、ちょうどケイディがカフェの前の歩道を弾むような足どりで歩いてくるところだった。

「何がわかったの？　カフェに入るのはまずいわ。お店のみんながわたしのことを知ってるから。サイロで見つかった証拠品のことであなたと話しこんでるのを誰かに聞かれたら、おばあちゃんに言いつけられてしまう。えっ、骨が見つかったの？　わたしの父の骨？　母がはめてた真珠の指輪も？　母の遺体が見つかったとき、指輪がなかったんだって。保安官助手の誰かが盗んだのかもしれないけど」

　わたしは焦った。「ケイディ、そういう具体的なものは何も見つかってないのよ。古い骨が出てきただけ。サイロで抗議活動がくりひろげられてたころのものみたいだけど、年齢的にはあなたのお母さんやお父さんよりずっと下よ。わたしにはあなたのDNAを要求する権限はないけど、死亡したその子とあなたに血縁関係があるかどうかを調べるのに、それが役に立つかもしれない」

　自分でそう言いつつも、説得力に欠けているように思えてならず、ケイディの興奮もしぼんでしまった。それでも、頬の内側を綿棒でこするのを許可してくれ、わたしがそれを袋に入れて密封し、ラベルをつけるのをじっと見ていた。ランチをとるため、結局カフェに入ったが、ケイディは神経をとがらせていて、ほんの少ししか食べなかった。さっき当人が言ったように、誰もがケイディを知っている。教師仲間、公園の向かいにある裁判所の人々、祖母の友人たち。深皿に入ったチリを膝にこぼれるほどの勢いでかきまわしたあとで、ケイディはそろそろ教室に戻らなきゃと言った。

わたしはケイディと一緒に外に出たが、彼女はわたしのぎこちない謝罪の言葉をさえぎった。

「じつはほかにも問題があってね」わたしは言った。「ドリス・マッキノンの土壌サンプルを調べた男性二人が深刻な病状に陥ったの。一人は死亡、もう一人は危篤状態。〈シー・2・シー〉がそこで作物を栽培している。そのエリアで病人が出たという報告は入ってないけど、企業側が極秘にしているのかもしれない。ドクター・ロークとヒッチコック教授が同じ病原菌にやられたのかどうか、マッキノンの土が原因なのかどうかを、突き止めなくてはいけないの」

「そんなの考えられない。そうでしょ？　農作業に当たってる〈シー・2・シー〉の人たちは誰も倒れてないもの」

「それでも――」

「それでも、わたしがどうすべきかを、あなたが命令しようというのね。はっきり言わせてもらうけど、いくら善意から出たことでも、よけいなお世話だわ」

ちょうどそのとき、バーニーがやってきた。「あ、いたいた。ヴィクったら、また電話に出てくれないんだもん。〈ヒッポ〉へ行ってみたけど、何も知らないって言われた。いままでヴィクのかわりに調べてまわってたのよ。プロテスタントの人たち、ぜったい何か隠してそう」

バーニーはリバーサイド教会へ行っていたという。地下室を調べていたら、ウェルド牧師とカーモディ副牧師に見つかってこっぴどく叱られたそうだ。

「ヴィクが一緒だったら、二人の相手をヴィクにまかせて、そのあいだにあたしがオーガストを捜してまわれたのに。オーガストに何があったのか、心配してるのはあたしだけだもん。ヴィクのほうは、今日、少しは調査を進めた？　それとも、馬鹿女(ファム・フォール)の書いた日記を読んでただけ？」

「いまからその馬鹿女に会いにいくところよ。もう少しで死にそうになった人だから、元気のかたまりみたいなあなたを見れば、彼女も元気になるかもしれない」

「あたし、ケイディの学校へ行くほうがいいな」バーニーは言った。「もしかしたら、学校の先生になるかもしれないし」

「生徒が気の毒だわ」わたしは言ったが、ケイディがバーニーの意見に賛成したときにはホッとした。ティーチング・アシスタントを頼めれば大助かりだという。州の予算削減のせいで、ひとクラスの人数は激増、サポートスタッフの数は減っているそうだ。

「バーニーがわたしの判断に疑問をはさもうという気にならなければね」ケイディはわたしにあてつけがましい視線をよこして、そうつけくわえた。

わたしは憂鬱な気分のまま、車で病院へ向かった。幸い、サンディ・ハインツが勤務中で、わたしの面会を許可しても大丈夫だとＩＣＵのフロアの警備員に言ってくれた。

病室に大きなブーケが二つ届いていた。二人の兄から一つずつ。〝応援してるぞ、子熊。早くよくなってくれ〟と、ステュアートが書いていた。〝アザラシをつかまえに行こう、子熊〟ラリーのカードにはそう書かれていた。

わたしはしばらくソニアの枕元にすわった。自発呼吸をしているが、意識はまだ戻らず、金曜日の見舞いのときに比べると、身体が縮んでしまったように見える。日記を読んだことと、マット・チャスティンのスケッチを見たことを、彼女に話した。「インスタグラムとフェイスブックに出しておいたわ。何かわかったら知らせるわね。お兄さんたちが心配してるわよ、小さな白熊ちゃん」

最後に、あたりに警戒の視線を走らせて、警備員の注意がよそへ向いていることを確認してから、サンプル採取キットをとりだして、ソニアの頰の内側を綿棒でこすった。

アニャにメッセージを送り、いまからサンプルを車でカンザス・シティまで運び、彼女にじかに手渡すと告げた。アニャが市の郊外にある研究室への道順を教えてくれた。

町を出る途中でペピーを〈フリー・ステート・ドッグズ〉に預け、東へ車を走らせた。カンカワ・ミサイルサイロの前を通りすぎた。そこで衝動的に南へ方向を変え、〈シー・2・シー〉の支社を見ていくことにした。警備用のフェンスが二重に敷地を囲んでいるため――外側は高さ八フィートの金網フェンス、内側は見栄えのいい鉄製フェンス――細かい点までは観察しにくいが、かまぼこ形のプレハブの建物がいくつも並び、その前にあるくすんだレンガのオフィスビルが中核となっているようだ。ここでどんなことをしているにせよ、極秘扱いに違いない。

保安官や大佐とは、土曜の午前中に別れの挨拶をして以来、一度も顔を合わせていなかったが、バリケードをめぐらした正門の向かいに、ダグラス郡保安官事務所のパトカーが止まっていた。足を止めて敷地をのぞきこむと、保安官助手が車を降りてこちらにやってきた。わたしの車のプレートを撮影しているようだ。いつもながら、いやな感じだ。

「何かご用でしょうか」保安官助手の口調は不愛想だった。

「いえ、べつに」わたしは笑みを浮かべた。「そちらこそ、何かご用なんじゃない？　わたしの車のナンバーを知りたいようだし」

「通常の警備措置です」保安官助手はそう言いつつも、落ち着かない様子で身じろぎをした。写真を撮っていたのがばれてばつが悪いのだろう。「一つご提示を――」

「いいわよ」運転免許証と保険証の提示を求められる前に、わたしは同情のこもった声で答え、彼の言葉をさえぎった。「ミスタ・ロズウェルがヒッピーのことを心配なさる気持ちはよくわかるわ。でも、本当にヒッピーがいるのなら、その人たち、炭疽菌のことを心配したほうがいいんじゃないかしら」

「炭疽菌？」保安官助手は運転免許証のことを忘れてしまった。

「〈シー・2・シー〉がここで炭疽菌を培養してるんじゃないかって噂を聞いたの。カテゴリーAに分類される生物兵器だから、もっと厳重な警備態勢を予想してたのよ。まさかパトカー一台だけとは思わなかった。でも、万一の事態に備えて、あなたはちゃんと抗生物質とワクチンを投与されてるんでしょうね」

わたしは彼のパトカーに砂利を跳ね飛ばしてUターンをし、こちらを凝視したままの保安官助手を道路に残して走り去った。

45　しばらくここに

カンザス・シティをめざして車を走らせ、ワカルサ川を渡り、金曜日にトラックのなかで死んでいたドリス・マッキノンを見つけた場所を通り過ぎ、アニャに教わった道順をたどって医療センターまで行った。アニャが入口で待っていてくれたので、セキュリティチェックは受けずにすんだ。綿棒がいい状態にあれば、明日か明後日には結果が出るとのこと。彼女とロークの秘書が見つけた人骨を見せてほしかったが、保管場所まで車で三十分から四十五分ほどかかると言われた。

「辺鄙な場所でかえってよかった」わたしは言った。「ドクター・ロークの自宅に押し入った犯人が捜してたのがそれだったのかどうかはわからないけど、連中の手の届く場所から遠ざけておいたほうが安全だわ」

車でローレンスに戻るあいだも、わたしの考えは虚しい堂々めぐりを続けるばかりだった。ダグラス郡の騒動の背後にいるのが軍なのか、〈シー・2・シー〉なのか、キール博士なのかはわからないが、何を必死になって捜しているのだろう？　ドラッグの密造に関係しているとは思えない。たかが密造所の摘発ぐらいで米軍がエリート大佐を送りこむはずはないし、ネイサン・キールには反感しか覚えないが、麻薬王というイメージには程遠い。

やはり生物兵器に考えが戻ってしまう。〈シー・2・シー〉の上級管理職のロズウェルは、再軍備を支持する何かのグループのメンバーでもある。ネットでその記事を読んだとき、わたしは核兵器のことを考えたが、グループが生物兵器に関心を寄せている可能性もある。キール博士なら炭疽菌に詳しいはずだ。それを兵器にする方法を彼が知っているかどうかはべつにして、ローレンスで生物兵器を製造しようという場合、軍や民間の軍事会社がコンサルタントとして頼るのはやはり博士だろう。

ロズウェルが〈シー・2・シー〉の敷地内で生物兵器を製造しているのなら、近くの畑で作物の栽培もおこなっているのはなぜだろう？　兵器製造計画を隠蔽するため？　その一方、農業関係の廃棄物が至るところに無責任に捨てられている。汚染された土壌で育ったサトウモロコシを売ることに、〈シー・2・シー〉はなんの抵抗もないかもしれない。

バゲットが捜していると言った使用済み燃料棒の件はどうだろう？　それも隠蔽のための口実？　バゲットはB&Bのわたしの部屋に盗聴器を仕掛けていった。わたしが燃料棒のことを誰かに話すかどうか、監視するためだったとも考えられるが、もしかしたら、これもやはり隠蔽手段かもしれない。生物兵器を隠蔽するため？

バーニーはケイディの学校へ行ったきりだった。わたしは車でB&Bに戻り、ふたたびデータベースを使ってキール博士のこれまでの研究について調べた。博士が炭疽菌の研究に関わったことを示す記事はどこにも見つからなかった。博士の学究生活はコクシエラ菌と呼ばれるものの研究で一九五八年にスタートし、一九七〇年代後半にY・エンテロコリチカ菌の研究へ転向。これらの菌は炭疽菌となんの関係もない。コクシエラ菌はリケッチア属の微生物で、ロッキー山紅斑熱をひきおこす。Y・エンテロコリチカ菌は軽い下痢や腹痛をひきおこす。

時刻はすでに午後三時になっていた。シャーリー・キールはどれぐらい酔っぱらっているだろう？　夫のほうはどれぐらい怒りっぽくなっているだろう？

わたしがキール家に着いたとき、車寄せにフォルクスワーゲンはなく、玄関の呼鈴を押しても誰も出てこなかった。娘の身を案じて両親そろって病院へ出かけたとは考えにくいが、もちろん、食料を買いに出たかもしれないし、午後の映画を楽しんでいるのかもしれない。キール夫妻が仲むつまじく日常的なことをしている姿を想像しようとしたせいで、わたしの唇がゆがんでしまった。

家の横手の鬱蒼たる茂みをかきわけて裏にまわると、手入れされていない庭を見渡せる場所にサンポーチがあった。明かりがついていた。錆びたガーデンチェアに乗ってのぞいてみたところ、シャーリーの姿があった。片手にクロスワードの本を持ち、頭をのけぞらせ、目を閉じている。胸が上下していた。死んではいない。いびきをかいているか、気を失っているかのどちらかだろう。

ガーデンチェアがぐらついた。倒れる寸前に飛びおりた。

「どなた？」キール家のフェンスのところに隣人が姿を見せた。七十歳ぐらいの女性で、球根の入ったバスケットを持っている。

「お嬢さんのことで、シャーリーとネイトに大事な話があって訪ねてきた者です。シャーリーは家にいるのに、呼鈴を鳴らしても出てくれなくて」

「まあ。かわいそうなソニア。あなた、ソーシャルワーカーの方？」

「私立探偵です」

女性は微笑を抑えこんだ。「ああ、シカゴからやってきて、ダグラス郡の罪悪と犯罪をすべて暴きだそうとしている有名な人ね。土曜日に農産物の直売市場でわたしがシャーリーに会ったとき、あなたのことでこぼしてましたよ。ガートルード・ペレックも同意したけど、バーバラ・ラトリッジは違う意見だったわ。あなたのおかげで、みんな、ずいぶん楽しませてもらってるのよ。ネイサンはたぶん研究室のほうだと思うけど、シャーリーを起こしたいのなら、裏口には鍵がかかってないわ」

町の道化。それがわたし。サイロと川のあいだを駆けずりまわるのを、町の人々が並んで見物し、出来栄えを評価しようとしている。「あなたは町の人々と親しくしてらっしゃるけど、わたしにはそういう人が一人もいません。ケイディが自分の父親のことを訊こうとするたびに、祖母のミズ・ペレックがなぜ激怒するのか、ご存じないでしょうか。キール博士のかつての教え子だった大学院生がその父親ではないかと思われるのですが、わたしがミズ・ペレックにそう言ったところ、やはり激怒されました」

隣人の女性は首をふった。「わたしも昔から不思議に思ってたのよ。ガートルードがキール博士に大きな忠誠心を抱いてるせいかもしれないわね。もっとも、わたし、ガートルードとそんなに親しいわけじゃないけど。女性投票者連盟で一緒にボランティア活動をしてたころから、ケイディの誕生に関することは触れてはいけない話題だったの。あなたがこちらにいるあいだに、たぶん、それも解決してもらえそうね」

わたしは苦笑したが、裏口に関するアドバイスに礼を言った。そりかえった板がかすかにうめいただけで、ドアは簡単にあいた。ドアの向こうは泥のついた靴や服を脱ぐための狭いスペースで、そこからキッチンへ行けるようになっていた。今日もミックスマスターが床に置いてあり、横に大きなポットまで加わっていた。

「ミズ・キール！」調理台に手を触れないように気をつけて、わたしは叫んだ。「シャーリー！」

心のなかで十まで数えてから、ミキサーとポットのへりをまわってサンポーチのドアまで行った。シャーリーがスカートのしわを伸ばし、髪の乱れを整えているところだった。

「誰？——ああ、あなただったの」歓迎の表情ではなかったが、先日の敵意は半分ほどに減っていた。

「ええ。しばらくお邪魔させてもらいます」

「ご用件は？」シャーリーは噛みつくように言った。

「ソニアのことと彼女が殺されかけた件。ネイサンとマット・チャスティンに関する噂。マットの実験が失敗に終わった件」わたしはそこで言葉を切った。「炭疽菌。マットの大失敗というのは炭疽菌に関係したことだったの？」

「炭疽菌？」シャーリーは一瞬きょとんとしたが、やがて軽蔑に満ちた笑い声を上げた。「ネイサンが炭疽菌に関わっていたとお思いなら、もっと長くここに足止めされることになるわよ。炭疽菌の研究なんてしたこともない人よ。マット・チャスティンも同じ」

水曜日にわたしがひきずってきた籐椅子が同じ場所に置かれたままだった。ただし、本とクロスワードが椅子の上を占領していた。サイドテーブルに危なっかしく積まれた本にそれを加えてから、わたしは腰を下ろした。

「では、マット・チャスティンはどんな罪を犯して、ご主人から〝人間以下のろくでなし〟と罵倒されることになったんでしょう？」

「うちの娘が使いそうな言葉ね。あなた、娘と話をしたの？　娘は昏睡状態だと思ってたけど」

「ええ。でも、昏睡状態になる前にそう言ってました」病院へは行ったのかとシャーリーに訊こうとしたが、思いとどまった。わたしの望みは情報を得ることだ。喧嘩ではない。「言葉はどうでもいいけど、マットはいったい何をしたんです？」

「さあね。違う標本を培養したか、それとも、実験の途中で標本を入れ替えたか。ネイトが怒り狂ってたわ。軍も文句を言ってきた。なにしろ、軍が研究資金を出してたから。ネイトは釈明のためにワシントンへ出かけなきゃならなかった。きっと上手に釈明したんでしょうね。助成金が新たに出ることになり、その後も研究を続けることができた」

「ソニアは一九八三年にミサイルサイロの敷地で何かを見ている。それが――」

「見たと思いこんでるだけよ。あの子がしゃべり散らすことを信じたりしたら――」

「きのう、何者かが娘さんを殺そうとしたのよ。ドラッグの過剰摂取から回復して、意識がはっきりしてきたところだった。犯人はマッキノン農場での出来事がソニアの話によって露呈することを恐れたんだわ。三週間前のことか、三十年ほど前のことかわからないけど。あなたがチーズ――いえ、チェスニッツの診断の陰に逃げこむのをやめて、娘さんの話に耳を傾けたら、信じられないほど大きな力になれるでしょうに」

「よけいなお節介はやめてちょうだい」シャーリーはきつい口調で言った。「あなたが大都会から強引に押しかけてきて、ああしろ、こうしろと指図を始めるまで、わたしたちは田舎ののどかな暮らしを満喫してたのよ」

わたしはシャーリーをにらみつけた。「これがのどかな暮らしと言えるの？　昼も夜も夫婦喧嘩ばかりしてるのが？　息子さんたちとは絶縁状態で、ソニアの入院をあなたは知らせようともしなかった。あなたは頭のいい人だわ。少しは真実を話したほうが、気分が軽くなり、生きるのも楽になると思わない？」

シャーリーはふらつきながら立ちあがった。「お説教はやめて。わたしの真実なんて何も知らないくせに。わが家の真実だってわかっていない。愛する男は炎に包まれて死んだという妄想に駆られ、自分も後を追おうと決めて焼身自殺を図るような娘を、あなたは持ってないでしょ」

「おっしゃるとおりよ。そういう経験はしたことがないわ」わたしは前より静かな口調で言った。「でも、マット・チャスティンの死に関する話までがソニアの妄想だとは思えない。細かい点をあれこれ混同してるかもしれない——まだ十四歳だったし、孤独だったし、あなたに似て繊細で想像力豊かな子だった——でも、何かを目撃して震えあがったのはたしかだわ」

こちらのさりげない褒め言葉にシャーリーは怒りを和らげ、ふたたび腰を下ろしたが、ソニアが三十年ほど前に何を目撃したかについては、わたしがいくら尋ねても答えようとしなかった。わたしもついにあきらめた。そしたら退散するから。マグダって誰なの？　息子さんたちの話では——」

「マグダ？」シャーリーの頬に赤い斑点が散った。怒りで頭に血がのぼったのだ。「あのあばずれがまた姿を見せたの？　永遠に追い払ったと思ってたのに。おべっか使いのインチキ科学者のろくでもない女」

わたしはこの辛辣な言葉に皮膚を食いちぎられたような気がして、思わずあとずさった。積み重なっていた本がぐらつき、床に落ちた。

「わたしの家から出てって」頬をまだらに染めたまま、シャーリーはヒステリックに言った。「わたしの家から出てって。二度と足を踏み入れないで」

わたしは震える脚で立ちあがった。「マグダを追い払ったのはいつのこと？　先週？　それとも、前の世紀？」

シャーリーはわたしにペンを投げつけた。みごとなコントロールだった。わたしはとっさに両手を上げて顔をかばったが、手首に鋭い痛みが走った。

キッチンのほうへ退却したが、一瞬だけ足を止めて言った。「けさ、病院に電話しました。ソニアはいまも薬で眠らされたままだった。きのうはお兄さんたちと電話で話をしたわ。二人ともソニアのことをひどく心配して、入院したことをもっと早く知らせてほしかったと言ってたわよ」

「あなたが今度またうちの子たちを煩わせたら、警察を呼びますからね」シャーリーは吐き捨てるように言った。

「〝うちの子たち〟にはソニアも含まれてるの？」わたしは訊いた。「病院へはもういらした？」

今度は本が飛んできたが、わたしには届かなかった。わたしは埃のたまった廊下を歩き、玄関ドアから外に出た。

ペピーを〈フリー・ステート・ドッグズ〉に預けてこなければよかったと思った。いまこそペットセラピーが必要なときなのに。貧相な代案として、通りの端まで車を移動させ、横になれるようにシートを倒し、それから目を閉じた。

シャーリーの怒りのすさまじさに圧倒された。あの夫婦はどちらの破壊力が上だろう？シャーリー？　それともネイト？　夫はすぐカッとなって相手を罵倒する。シャーリーは酒癖が悪くて辛辣。小さな白熊がそんな海で泳いでいたなんて、あまりにも哀れだ。ふと気づくと、わたしはソニアのための涙をこらえていた。

こめかみをマッサージした。シャーリーの怒りをわたしの心から吹き払おう。自分の両親に思いを馳せた。母を守ろうとする父の深い愛。父がシカゴのウェスト・サイドの無法地帯をパトロールする夜は、母もわたしも不安で吐きそうになりながら、深夜まで起きて父の帰りを待ったものだった。

母はわたしが十六歳のとき、三月の寒い夜に亡くなった。父とわたしはその夜、母の病室に泊まりこんだ。父はベッドのチューブやワイヤのあいだに身体を押しこんで、母を自分の膝の上で抱きしめていた。わたしはその横で母の手を握っていた。わたしたちは十六年のあいだ、愛で結ばれた小さな三角形だった。頂点にいるわたしを両親が支えてくれた。わたしは母の死を心に重く抱えこみ、その十年後の父の死でそれがさらに重くなったまま、自己憐憫に浸って長い年月を送ってきた。自分がどれほど幸運だったか、これまで考えたこともなかった。

46 細菌と戦う

ふたたび身体を起こしてキールの研究室の所在地を調べた。生命科学科のフォースチャング・センター八階。フォースチャング・センターがあるのは西キャンパスと呼ばれるところで、大学に付属する敷地に巨大な研究棟がいくつも並んでいる。車で丘をのぼりおりしながら、社会政策、工学、化学、物理学などの研究棟を通り過ぎ、ようやく、はるか遠くの丘の斜面にひっそりと建つフォースチャング・センターを見つけだした。先週訪れたキャンパスと違って、ここには警備員の詰所がなかった。疲れはてた探偵へのボーナスとして、専用駐車場があった。

しかしながら、ロビーに入るとやはり警備員がいて、キール博士にどういう用件かと訊いてきた。気の利いた作り話が浮かばなかった。生物兵器のことで博士の話を聞きたいのだと答えた。とくに炭疽菌のことで。

保安官助手と違って、警備員はうろたえたりしなかった。たぶん、フォースチャング・センターでは炭疽菌はごく日常的なものなのだろう。八階に電話してくれた。時間が過ぎていった。ロックされたドアを人々が出たり入ったりしていた。ドアを通るにはカードキーが必要だ。駐車場で誰かを襲ってカードキーを盗んでこないかぎり、わたしはここに入れない。

スマホのメールをチェックした。シカゴの依頼人たちから十七件。トロイ・ヘンペルからのメールもあった。ロティからは連絡なし。たぶん手術日で、長引いているのだろう。ジェイクからも連絡なし。元気が出るメールは一件だけ。ミスタ・コントレーラスからで、二日後に帰国の途につけるのを喜んでいた。〝ここはきれいなとこだよ、嬢ちゃん、だが、そろそろ家に帰りたい。あんたと、犬たちと、スケート靴をはいた小さな火山に会えないのが寂しいよ〟

小さな火山はいまごろどうしているだろうと心配になり、落ち着かない思いで身じろぎをした。スマホからメールを送ったときは〝大丈夫〟と返事があった。今夜もケイディが自宅へ夕食に招いてくれたという。〝ケイディのおばあちゃん、スーパー親切だよ。ヴィクがどうしておばあちゃんとぎくしゃくしてるのか理解できない〟

わたしはロビーをうろついて、カンザス大学の過去の細胞生物学者たちの写真を見ていった。ノーブル・P・シャーウッドは立派な口髭を生やしていて、テディ・ローズヴェルトと似た感じだ。コーラ・ダウンズは走査型透過電子顕微鏡を操作する女性がユニコーンのごとく希少だった時代に、野兎病に関してすばらしい業績を残している。デイヴィッド・パレッキーはリケッチアと呼ばれる微生物のペプチドに関して、何やら並外れたことをしたようだ。

ロビーの隅に置かれた展示ケースのそばに、〝K博士、細菌と闘う〟と題した写真が額に入れて飾ってあった。わたしが《ダグラス郡ヘラルド》のウェブサイトで見たのと同じ写真、研究室のチームがチャリティ・ソフトボール大会で優勝したときのものだ。うしろにいる笑顔の若者がソニアの手で何枚もスケッチされた顔の主であることを、わたしは確信した。

キール博士にもう一度連絡をとってほしいと頼むために、警備員のほうへ行こうとしたとき、白衣姿の若い女性が出てきて、疑わしげな目でこちらを見た。

「キール博士の研究室の方？」わたしは訊いた。「V・I・ウォーショースキーという者です」

わたしが差しだした手を女性は無視した。「博士からの伝言で、炭疽菌のことは何も知らないそうです」

彼女は神経をぴりぴりさせていた。キールにどなり散らされたのだろうか。

「わたしよりは詳しくご存じのはずよ」わたしは微笑した。「わたしが知ってるのは、メイヨー・クリニックのウェブサイトで読んだことだけですもの。でも、博士なら、町の東にある農場で土を掘った場合、その土から炭疽菌に感染する危険があるかどうかといったことについて、わたしに説明できるでしょうね」

女性はためらった。わたしは、この事態をバゲット大佐に相談したほうがいいのかどうかについて、キール博士に尋ねてもらえないだろうか、と彼女に言った。この時点で、女性はわたしをなかへ案内しようと決めた。いくらキールのことを恐れていても、彼とわたしのあいだを往復するピンポン玉にされるのはごめんだと思ったのだろう。

エレベーターで八階に上がった。女性はスー＝アン・トマソンと名乗り、ガーデン・シティの近くの出身だと言った。カポーティの『冷血』でこの町が有名になったことに、誰もがうんざりしているそうだ。六十年前に殺された人々よりずっと魅力的なものが、ガーデン・シティにはたくさんあるという。「映画化されたときは悪夢でした。古い傷口が開いてしまって、わたしたちの町がまたしても全国的な見世物にされたんですもの。あなた、シカゴからいらした方でしょ？　殺人事件の発生件数なんて、ガーデン・シティよりシカゴのほうが多いですよね」

「そのとおりよ」わたしは彼女のあとからエレベーターを降り、廊下を歩いていった。「最近はそれがシカゴの名物みたい。それと、アル・カポネ」

スー＝アンはキールの名前が出ているドアの前で足を止め、息を吸ってから、わたしを連れて部屋に入った。一歩入ったところで、しばらく待つように小声で言って、部屋の奥にあるドアの向こうへ姿を消した。

研究室は煌々と照明された広い部屋だったが、背の高い真っ黒なカウンターが並んでいるため、じっさいよりも狭く見えた。キールの自宅と違って清潔で、整理整頓が行き届き、ウォルター・ミティが主人公の短篇に出てくる〝ポケタ・ポケタ・ポケタ〟という音を立てそうな機器が備えつけられている――一定のリズムで上下する蝶番式のアームホルダーをつけた円筒形の大型容器、試験管が置かれたラック、ありとあらゆる形とサイズのビーカーが並んだ棚。化学薬品の匂いがした。カビ臭い刺激臭がかすかに混じっている。どこかで嗅いだような匂いだが、どこなのかは思いだせなかった。

室内をうろついていたら、密閉されたガラスケースが目に入った。ミニサイズの温室という感じで、一対の容器から換気用の管が出ている。身を乗りだしてよく見てみた。その容器は、バゲット大佐から前に見せられた写真のなかの、燃料棒が入っているとかいうシリンダーに似ていた。

「ほう、きみはうちの娘の精神障害に関するエキスパートという立場を捨てて、羊毛選別者の病気へ興味を移したようだな。いや、もしかしたら、それが娘の問題の根底に潜む原因だと思っているのかもしれん。興味深い仮説だ」

キール博士がわたしの背後にいた。換気装置の立てる騒音が博士のゴム底の靴音を消していたのだ。そのうしろでスー＝アンがうろうろし、そばに彼女と同年代の若い男性が二人立っていた。やはり白衣姿だ。

キールは爪先立ちで全身を軽くバウンドさせていた。最初のパンチをすでに何発か相手に見舞ったボクサーという感じ。〝羊毛選別者の病気〟とは炭疽菌のニックネームだろうか。でも、最初にそれを質問するのは作戦ミスのような気がした。

「例の容器のことですけど——ほら、この前の夜、バゲット大佐が捜してるとか言ってたでしょ。ここにあったのが紛失したの？」

「今度は何になったつもりだね？ 国立衛生研究所（NIH）の調査担当者？ 相手がきみであれ、ほかの誰であれ、わが研究室の装置に関してわたしから説明する義務はない」

冷酷な声だったが、バウンドは止まっていた。それに気づいたわたしは、博士がシリンダーについて何か知っているのではないかと思った。

「ドクター・ロークをご存じでしたね」

「ああ、やつか。出たがりローク」

「出たがり？」

「マスコミ好きだったからな」キールはさも軽蔑したように言った。「ああ、わかっているとも。死者を鞭打つことなかれ。だが、敬虔な語句を並べるのはやめてもらいたい」

「考えてもいないわ。ドクター・ロークが悪性のインフルエンザで亡くなったことはご存じね。それから、地質学者のエドワード・ヒッチコック教授が似たような症状でクリーヴランド・クリニックに入院中であることも、たぶんご存じだと思いますけど」

わたしはいったん言葉を切ったが、キールは無言だった。右のこめかみに青筋が立っている。危険なサインだ。スー＝アンと若い男性二人が目を見合わせた。男性の片方がわずかに首をふった。黙っていろという合図だ。

「二人ともドリス・マッキノンの農場の土壌サンプルを調べていました。わたしはそこから、炭疽菌ではないかと想像したの」

「ほう、今度はそれか。話をまとめてみよう。きみはまず、自分が精神衛生学のエキスパートだと思いこんだ。つぎにＮＩＨの職員になって、わが研究室の装置を調べた。そして今度はＣＤＣの登場だ。感染症のエキスパートのつもりかね？」

ＣＤＣ。疾病管理予防センターの略。ＮＩＨがなんの略かは知らないが、ここで問題にするのはやめておこう。キールは露骨に侮辱すればわたしが癇癪を起こすだろうと思っている。ならば、こちらはにこやかな笑みを絶やさないようにするまでだ。

「けさ、ある医者に話を聞いてもらったところ、炭疽菌ではないかと言われました」厳密に言うなら、シカゴにいるきみの知り合いの医者たちは驚くほど無知なんだな」キールは嘲笑した。

「シカゴにいるきみの知り合いの医者たちは驚くほど無知なんだな」キールは嘲笑した。

「それとも、この町の病院に勤めるでくのぼうの一人がそう言ったのかね？　炭疽菌がインフルエンザに似た症状をひきおこすことはない。その点が知りたかったのなら、電話ですんだのに」

「誰がお宅の娘さんを殺そうとしたのかが気になったの。きのうの朝、何者かが娘さんを窒息死させようとしたことは、もちろんご存じね？」

「きみはあの子の命が社会にとって貴重なものだと思っているのか」

わたしはカウンターの下からスツールをひっぱりだして、そこにすわった。

「敬虔な言葉を並べるつもりはないわ。例えば、ジョン・ダンの詩を引用して、〝なんぴとのみまかりゆくもこれに似て、みずからを殺ぐにひとし〟などと言おうとは思わない。怒りのなかで長い年月を送ってきたあなたに、それ以外の感情を持つことができるのかどうか、とても気になるところだけど、わたしは詐欺事件や重大犯罪を調査する探偵に過ぎない。人の心の奥底に潜む秘密を暴こうなんて思ってないわ。

でも、きのうの朝、何者かがミズ・キールを殺そうとしたのは事実よ。たとえあなたが娘さんの命に価値を認めなくても、誰がその死を願ったのかに、多少は関心があるんじゃない？」

キールの唇がゆがんだ。「ソニアが巻きおこす大騒動に何年も前からうんざりさせられていることを、妻もわたしもはっきり言ったつもりだが。あの子はたぶん、麻薬の密売人への借金がかさみ、向こうが待ちきれなくなったのだろう」

「『ブレイキング・バッド』の見過ぎね。密売人どうしが路上で撃ちあいをすることはあっても、娘さんを襲った犯人と違って、ICUにこっそり忍びこむような忍耐心や巧妙さは持ちあわせていないわ」

唇の震えから身体の揺れまで、キールは神経質なしぐさをいくつも見せていたが、つねに怒りと興奮のなかにいる人物なので、そのしぐさをどう解釈すればいいのか、わたしにはわからなかった。怒りか、罪の意識か、何かを知っているからか、それとも、人から糾弾されることに我慢のならない情緒不安定な癇癪持ちの男に過ぎないのか。

「お見せしたいものがいくつかあるの」わたしはタブレットを開いた。ロビーで待つあいだに、〝細菌と戦う〟チームの写真をアップロードし、その横にソニアのスケッチの一枚をつけておいた。

「これがマット・チャスティンね。娘さんが描いたものよ。でも、ここに写った女性のうち、どの人がマグダなの？」

キール博士はひどく静かになった。こめかみの青筋までが脈打つのをやめた。

「マグダ。誰からその名前を聞いた？　家内と話したのか」あいかわらずの高圧的な物言いだが、声の勢いがなくなっていた。

「お宅の息子さんたちよ。ソニアのことを聞いて愕然としてたわ。三十年ほど前に大失敗に終わった実験のことを尋ねたら、息子さんたちがマグダの名前を出してきたの。どんな実験だったの？」

「きみに理解できるようなことではない」

「わたしはたしかに、ペプチドと激励演説(ペップ・トーク)の違いもわからない人間よ。でも、基本的な説明をしてくれれば、例えば助成金を継続してもらうためにワシントンの国防総省まで出向かなくてはならなかった理由を教えてくれれば、話についていけると思うわ」

「やはりシャーリーと話したんだな」キールの声に勢いが戻りつつあった。「あいつはなんでもないことを芝居じみた話に仕立てるのが好きなんだ。ソニアがチャスティンがらみの妄想でみんなの注目を集めたものだから、シャーリーはわたしがペンタゴンの依頼で秘密の研究をしていて、叱責のためにそちらへ呼びだされたなどと、人々に言い触らすようになった。

何もかも嘘、嘘、嘘だ。助成金見直しというありふれた用件に過ぎなかったのに、『ザ・デイ・アフター』というあのろくでもない映画のロケ地にされたせいで、ローレンスはメディアの注目の的になった。ミサイルサイロのデモ騒ぎで注目度はさらに高まった。大統領が説明を求めてきた。わたしはホワイトハウスへ出かけ、大統領と国防長官に報告をおこなった。レーガンに会うなんてファシストだと言って、シャーリーがわたしを罵倒した。あの女はそれぐらい錯乱してたんだ。スー＝アン」

キールは肩越しにどなった。「あの写真をとってこい」

スー＝アン・トマソンは言われたとおり、キールのオフィスのほうへ駆けていった。

「マグダの名字は？」わたしは尋ねた。

「なぜそんなことが知りたい？」

わたしは明るい笑顔を見せた。「歯科医のカルテを入手したいの。そのカルテと、先週ドクター・ロークのラボから消えてしまった女性の遺体の歯のレントゲン写真を、民間の病理学者のほうで比較できるように」

47　細菌と遊ぶ

疲れはて、ストレスをためこんで、わたしがエレベーターまで戻ったとき、スー＝アンに肩を叩かれた。彼女はきつく折りたたんだ紙をわたしのジャケットのポケットに押しこむと、小走りでキールの研究室へ戻っていった。

車に戻ってから、その紙を広げてみた。わたしが期待していたのは大きな秘密だった。キール博士が炭疽菌の研究に関わっていたことを示す走り書きの報告書とか、マット・チャスティン殺しの告白をたまたま耳にしたとか。

ところが、わたしが見ていたのは、《細胞形態学ジャーナル》の一九八二年の記事を印刷したものだった。〝感染症（Y・エンテロコリチカ菌）を起こした核タンパク質におけるホスホリパーゼの抑制〟。わたしはため息をついた。先週、キール博士の経歴を初めて調べたとき、タイトルを見ただけで途方に暮れた記事の一つだ。どうにか理解できる言葉は、〝抑制〟と〝感染症を起こした〟だけだった。

この研究は国立衛生研究所から下りた助成金のおかげで完成した。共著者の氏名が一覧表になっていた。最初がキール・N。スピロヴァ・Mというのもあった。共著者のなかでMのイニシャルがついているのはこれだけだ。

タブレットでスピロヴァという名字の人々の検索にとりかかったが、キール博士と話をしているあいだに、すでに太陽が沈んでいた。駐車場と建物の周囲は投光照明に照らされていたが、フォースチャング・センターを離れると、夜の闇が西キャンパスを包みこんでいた。草むらから靄が立ちのぼっている。果てしなく広がる暗い草原を前にして丘の上に立っていると、自分がちっぽけで無防備な存在に思えてきた。データベースの検索に夢中になっているあいだに、大型の猟犬が、いや、もっと悪くすれば、凶悪な人間が靄のなかから飛びだしてくるかもしれない。

車で町に出て〈フリー・ステート・ドッグズ〉に近いショッピングモールまで行った。学生たちが笑いあい、手をつなぎ、メールを打ちながら、テイクアウトの店に入っていく。彼らの話し声を聞くうちに心が安らいだ。街灯の下に車を止めて、ふたたび検索エンジンを開いた。

〈ライフストーリー〉で検索すると、スピロヴ、もしくはスピロヴァ姓の者が何人か見つかったが、マグダという名前の者は一人もいないし、カンザス大学で学んだ者もいなかった。新聞社のデータベースを調べたところ、《ダグラス郡ヘラルド》に彼女の記事が出ているのがすぐに見つかった。一九八一年十一月、ローレンス・ロータリークラブの会合で講演をおこなっている。

マグダは共産圏における暮らしの苛酷さを語り、キール夫妻が自宅に迎えてくれたことに感謝を述べていた。キール博士のラボで研究の機会を与えられたことには、とくに感謝していた。一九七九年にブラチスラバで開催された学会で博士の発表を聞いたとき、その深い知識に圧倒されたという。

スピロヴァ博士は弱冠三十二歳ながら、感染症研究の分野ではすでに一流の権威である。チェコスロバキア東部のテコニーンにあったソビエト連邦の生物兵器軍事基地で研究に従事したのち、一九八一年にベオグラードで学会が開かれたさいに脱出を決行した。それはジョン・ル・カレの小説に出てきそうな逃亡の旅であった。着の身着のままでウィーンにたどり着き、そこから飛行機でモントリオールへ飛んで、あとは徒歩で国境を越えて合衆国に入った。

「わたしが不法入国したのは事実です」スピロヴァ博士は魅力的な訛りのある英語で語った。「わたしは亡命者としてこの国の政府の保護を必要としています。祖国チェコスロバキアに戻れば、反逆者として投獄されます。キール博士が仮の在留許可証をとってくださいました。博士のすばらしいアメリカの家庭に迎えてもらっただけでなく、これからは研究者としてファミリーに加わることができます」

マグダもラリーとステュアートの兄弟と同じものを目にしたに違いない――酔っぱらって怒りを爆発させるシャーリー、絶えざる夫婦喧嘩。だが、マグダは亡命者、そして、キールは彼女の命綱だ。マグダは頭のなかで、シャーリーとネイサンをいかにもアメリカ的な理想の夫婦に仕立てあげたのだろう。

《ダグラス郡ヘラルド》にマグダの写真が出ていた。ほっそりした小柄な女性で、金髪をうなじでゆるくシニョンにまとめ、カールした髪がほつれて妖精のような顔をふちどっている。〈K博士、細菌と戦う〉チームの写真では、マグダが最前列にいて、キールに片腕をまわしていた。勝利の瞬間の仲間意識。きっとそれだ。

マグダに関する情報はそれ以上見つからなかった。一九八四年九月付けのキール博士のインタビュー記事があった。〝丘と渓谷〟と題したシリーズ企画の一環で、大学と町から選んだ話題の人を交互に紹介するものだった。キール博士は研究にも、遊びにも、人権活動にも情熱を注いでいた。妻のシャーリーと共に住宅販売・賃貸における人種差別禁止運動をローレンスで推進し、さらには、共産圏からの亡命者を自分の研究室に迎え入れていた。ただし、亡命者の氏名も国名も伏せられていた。子供たちのことにはごく短く触れているだけだった。息子二人は遠くの大学へ行っている。ソニアという双極性障害の白熊のことはまったく出ていない。

今度は科学関係のデータベースでマグダ・スピロヴァの名前を捜してみた。キールとの共著がほかに四つあり、いちばん新しいのは一九八三年四月のものだった。マグダに関する情報は、わたしが見つけたかぎりではこれが最後だった。新たなニュースなし、リン酸化反応についての研究発表なし、研究者の団体に入会した形跡もなし。

シャーリーが〝永遠に追い払ったと思ってたのに〟と言っていた。もしかしたら、彼女がFBIか移民帰化局に通報して、マグダが強制送還されるように仕向けたのかもしれない。国に戻ったマグダはたぶん投獄されただろう。やがて運命の歯車がまわりはじめた。一九八九年、チェコスロバキアの共産党政権が崩壊、政治犯が釈放された。マグダがローレンスに戻ってきたとすると、なぜチェコスロバキアのビロード革命から四半世紀もたってからだったのだろう？

わたしのデータベースは、国際的な事柄に関してはおおざっぱな情報しか提供してくれない。チェコやスロバキアの研究施設をすべて調べてみたが、M・スピロヴァなる人物は見つからなかった。地下にもぐったか、改名したか、もしくは、結婚して夫の姓を名乗るようになったか。虚しい探索だ。アプリを閉じた。

ペピーを迎えに〈フリー・ステート・ドッグズ〉まで歩いた。ペピーはわたしを見てうれしそうな顔をしたが、きのうトリミングをしてくれたスタッフのところに何度も戻って甘えていた。

わたしはリードをしっかり握ってペピーと一緒に車に戻った。「わたしをメルトダウンから守ってくれるのはあなたしかいないのよ。だから、わたしを捨ててポニーテールを揺らした若い女の子にすり寄るようなことはしないでね。ジェイクが外国のチェロ奏者にお熱なだけでもいやなのに、あなたまで失ったらもう最悪」

B&Bに戻ってから、マーケットで買ってきたパスタとチーズとサラダを食べながら、ペピーに一部始終を話した。キール博士は炭疽菌とは無関係だったが、何を研究しているにせよ、軍と国立衛生研究所（わたしがキール博士に投げつけられたNIHというイニシャルはこれだった）から助成金を受けていた。

シャーリーの話では、マット・チャスティンの実験が大失敗に終わったあと、キールが国防総省へ呼ばれて叱責を受けたという。キールはそれを否定した。レーガン大統領と当時の国防長官だったキャスパー・ワインバーガーと一緒に写っている写真をわたしに見せた。不正なことはいっさいしていないという証拠のつもりだったのだろう。たしかに証拠と言えるかもしれない。トラブルの種になりそうな人物とカメラの前でポーズをとる大統領はどこにもいない。

しかし、なぜ国防長官が細胞生物学者に会ったりするのだろう？ ただし、その生物学者が国防に関係のある研究をしているのなら話は別だ。パソコンをベッドへ持っていき、下着一枚であぐらをかいて、三十年ほど前にキールが国防関係のどんな研究をしていたかを突き止めようとした。だが、年会費の高いデータベースを使っても、さすがにペンタゴンの情報はとれなかった。

渋い顔で画面を見ていたとき、ロティから電話が入った。声が尖っていた。「ヴィクトリア！ 連絡がとれてよかった。ヒッチコック教授の治療に当たってる医療チームからいま話を聞いたわ。教授の病気は肺ペストだそうよ」

「腺ペストと似たようなもの？」わたしは自信のない口調で訊いた。

「致死性がもっとも高いタイプ」ロティの声は暗かった。「あなた、教授を知ってるの？ どんな経路で感染したか見当がつかない？」

わたしは一連の出来事を追ううちにヒッチコック教授の名前にたどり着いたことを説明したが、顔を合わせたことはないと断わっておいた。「ドクター・ロークもその肺ペストで亡くなったのかしら。二人とも近くの農場から掘りだされた土壌サンプルを調べてたんだけど」

「ドクター・ロークのことはわたしにはわからないけど、土をいじってもペストにかかることはないわ。腺ペストの場合は、ペスト菌に感染しているネズミやプレイリードッグの血を吸った蚤に食われて発病するのよ。肺ペストのほうは、患者の咳やくしゃみで飛散したペスト菌を吸いこんで発病する。炭疽菌だったら、芽胞が土のなかに潜伏している可能性もあるけど、Y・ペスティスの場合はないわね」

「〝なぜ(ホワイ)〟？　なんのこと？」わたしは訊いた。

「わたしが言ったのは〝なぜ(ホワイ)〟じゃなくて〝Y(ワイ)〟。Yはエルシニアの頭文字よ。Y・ペスティスというのはペスト菌の正式な名称」

わたしはキールの研究室の学生がくれたプリントアウトをとりだした。「Y・エンテなんとかと同じ？」どう発音すればいいのかわからないので、綴りをロティに伝えた。

「同類の細菌ね。ただ、わりと無害な種類。胃痛や発熱が二、三週間続くけど、一般に抗生物質は必要ない。どこでその名前を知ったの？　まさか、今度は細菌と遊んでるわけじゃないでしょうね？」

「細菌と遊ぶ連中と遊んでるの。ただ、連中がどんな遊びをしてるのかがわからない」

「ヒッチコック教授がどういう経路で肺ペストに感染したのか、クリーヴランド・クリニックのほうでは見当もつかないようだけど、あなたが調査で出会う人々と教授のあいだに接触があったのなら、ただちに抗生物質の服用を始めてちょうだい。近くにある二十四時間営業の薬局の電話番号を教えて。この電話を切ったらすぐ、そちらへ処方薬をもらいに行きなさい。今夜から倍量の服用をスタートするのよ。それと、アトランタの疾病管理予防センターのほうへわたしから連絡しておくわ。もっとも、クリーヴランド・クリニックがすでに連絡してるでしょうけど。

感染の可能性がある人や場所に近づく場合は、高機能マスクをかけること。服用中はアルコール禁止。薬が効かなくなるから。急な発熱、息苦しさ、呼吸時の痛みが出た場合は、ただちに近くのERに駆けこむこと。冗談で言ってるんじゃないのよ。放っておいたら、肺ペストは基本的に致死率百パーセントなんだから。わかった？」

48　深夜の図書館

薬局でドキシサイクリンをもらい、ロティの指示どおり二錠のんだ。B&Bに戻る途中で、図書館の様子を見るため、ダウンタウンに寄った。先日の《ダグラス郡ヘラルド》に出ていた記事に興味を覚えたのだ。図書館の照明が夜中もつけっぱなしだという非難の記事。

わたしは通りの向かいに車を止め、ライトを消した。駐車場には車が一台だけ。アキュラの最新モデルで、スタッフ用のスペースに止まっている。閲覧室の明かりがついていたが、じっと見ていたら、やがて消えた。そのすぐあとで図書館長のフィリス・バリアが出てきた。あたりを見ることなく足早にアキュラに近づき、そして走り去った。

地下室に弱い光が見えたように思った。警備員や清掃スタッフのために夜間もわずかな明かりをつけておくビルはたくさんある。ミズ・バリアはもしかしたら、その人たちが規則違反などしていないか、目を光らせているのかもしれない。あるいは、わたしのことをずっと怪しんでいて、よそ者の探偵が閉館後の図書館に忍びこんでパソコンを使っていないか、チェックしようとしたのかもしれない。

建物まで歩いて地下の窓をのぞきこんだ。ドアは閉まっていた。図書館のレイアウトを思い浮かべた。地下にはたしか、窓のない完全防音式の音楽スタジオがあったはず。ミズ・バリアはきっと、音楽愛好家の人々に徹夜のレコーディングを許可しているのだ。

B&Bに戻ると、バーニーがすでに帰ってきていた。さっきロティから電話をもらったときに、バーニーにも抗生物質をのませるべきかどうか訊いてみた。抗生物質をハロウィンのお菓子みたいに配ることにふだんは反対のロティだが、今回だけはいくら用心してもしすぎではない、と言った。わたしはバーニーに彼女の分の薬を渡して、危険性を説明した。

バーニーの目が丸くなった。「農場の土が病気の原因だって、ロティ先生、本気で思ってるの？」

「ロティ先生はね、致死性の細菌がわたしたちの身近にいるかもしれないって心配してるの。あなたはもちろん、明日シカゴに帰るけど、わたしがY・ペスティスを含んだ物質に触れてしまった場合の用心に、あなたにも薬を服用させたほうがいいと、ロティ先生は考えたわけ」

バーニーはじっと考えこむ様子でうなずき、薬を二錠のんだ。わたしは自分たち二人がお酒への誘惑に負けてしまわないよう、残っていたワインを捨てた。バーニーはわたしと一緒にベッドにもぐりこんで、楽しい気分で眠りにつけるはずの映画『泥棒成金』を見た。ところが、わたしは明かりを消したあとも長いあいだ、シーツの上をネズミの群れが走りまわっているような感覚から逃れることができなかった。腕にも、頭にも、蚤に食われたような幻の痒みが広がっていた。

さきほど抗生物質をのんでから、ケーリー・グラントの映画を見る前に肺ペストのことを調べてみた。ウェブ情報もロティの説明と同じで、ペストにかかった人間もしくは動物の咳やくしゃみの飛沫によって感染すると書いてあったが、ぼうっとしたわたしの頭はそれを信じなかった。五時半を過ぎたころ、息苦しさに目をさまし、肺が炎症を起こしつつあるのだと思いこみ、眠る努力をあきらめた。

ペピーとバーニーを羨ましい思いで見守った。ベッドの横のスタンドをつけると、ペピーが片目をあけたが、電話を手にしてベッドに身を起こしたわたしに外へ出るつもりはなさそうだと見たとたん、すぐまた眠ってしまった。バーニーは身じろぎすらしなかった。

ロティとの話を終えたあとすぐ、アニャ・マリクにスマホからメールを送り、ロークの死因と思われるもののことを警告しておいた。〝あなたも、ルビーも、それからドクターの遺体に触れた人すべても、用心のために抗生物質をのんでおいて〟。彼女からの返信はまだこない。すでに発病していて、症状が重すぎてメッセージを見ることもできない状態ではないことを願った。疾病管理センターのウェブサイトによると、潜伏期間は一日から三日。ふたたび時計を見た。五時三十七分。電話をかけるには早すぎる。

ドクター・ロークがペストに感染していて、ヒッチコック博士に送る容器のそばでくしゃみをしたとすると、博士がその容器を手にしただけで感染した可能性がある。

しかし、ドクター・ロークのほうはどこで感染したのだろう？　赤ん坊の骨のせいではない。その点はロティに確認済みだ。Y・ペスティスは炭疽菌に比べると耐久性が低く、地中や死体のなかで何十年も生存することはできない。だから、土壌サンプルに含まれていたとは考えられない。

細菌戦争に関する学術的な記事を対象に、本格的な検索にとりかかった。使われている言葉の多くがわたしの理解を超えていたが、おぼろげに推測すると、ペスト菌を乾燥させてターゲットとした地域にスプレー散布することができるらしい。つまり、生物兵器として使えるわけだ。炭疽菌に比べて安定性に欠けるとはいえ、致死率の高さから、細菌戦をもくろむ者たちのあいだでいつの時代も好まれている。

目が乾燥し、しくしくしてきた。スタンドを消してふたたび横になったが、頭のなかの熱っぽさを消すことはできなかった。

チャスティンの〝とんでもないミス〟のことを、シャーリーはどう言ってたっけ？　違う標本を培養したとか、実験の途中で標本を入れ替えたとか。ひょっとすると、キール博士のお気に入りの細菌、Y・エンテロコリチカ菌をY・ペスティス菌に替えたのでは？

もしそれが事実なら、不注意によるミスではなく、研究妨害という犯罪だ。わたしはチャスティンに関して、ソニアが彼にのぼせあがっていたことのほかは何も知らない。おそらく彼がケイディ・ペレックの父親だろう。ジェニファー・ペレックと一緒にいるのを見た、と十代のころのソニアが日記に書いている。ただ、細菌の件と無関係であることはわたしも認めざるをえない。ガートルードもキールもチャスティンを落ちこぼれだと思っていたが、いくらキールに罵倒されどおしだったとしても、チャスティンがそれを恨んで腹痛をおこす細菌のかわりにペスト菌の培養を始めたなどとは、ちょっと考えられない。

「不器用な落ちこぼれだったかもしれないけど」わたしはペピーに言った。「ジェニファー・ペレックや赤ちゃんだったケイディを故意に危険にさらすようなことはしないはずだわ」

ソニアのことを考えた。父親の研究室で洗いものを担当していた。恋に胸を焦がし、ジェニファーに嫉妬していた。しかし、いくら彼女の精神状態が不安定でジェニファーに危害を加えようと企んだとしても、菌を入れ替える方法を知っていたとは思えない。研究者が消臭スプレーの缶にペスト菌を入れ、誰でも噴射できる場所に置いておくことはありえない。でも、マグダ・スピロヴァなら……キールの息子たちは、彼女がチェコスロバキアで父親と出会い、寝たのだと思っている。関係が続くことを期待してカンザスまでやってきたのに、そこで見たのは、激怒するシャーリーと、関係がばれるのを恐れるキールの姿だったとしたら？　マグダなら細菌を入れ替えて、いつもキールに叱責されている学生に罪をかぶせることもできただろう。なんといっても、チェコスロバキア東部にある生物兵器軍事基地で働いていたのだから。

ふたたび身体を起こし、《ダグラス郡ヘラルド》に出ていたマグダ・スピロヴァの記事にあらためて目を通した。テコニーン。ネット情報によれば、地図上では小さな点に過ぎず、人口は千人にも満たないという。ソ連がここを有名にした。いや、悪評を高めたと言うべきか。東欧を支配下に置いたソ連はそこに生物兵器の研究施設を造りあげた。とりわけ力を入れたのが巨大な発酵装置の建設で、ここで炭疽菌やチフス菌といったクールな細菌の大量生産をおこなった。そして、細菌を乾燥させ、民間人に噴射する方法を考えだした。マグダはその知識を持ってカンザスにやってきた。

ソニアの日記には、マットが地面に倒れたまま起きあがろうとしなかった、震えながら空気を求めてあえいでいた、と書いてあった。もしかしたら、肺ペストで瀕死の状態だったのかもしれない。炎があたりに広がるなかで、ソニアは彼の上に身を投げかけた。キールが珍しくも父親らしい愛情を示し、彼女をマットからひきはなした。そのあとに何があったのか――正確なことは思いだせない。

ベッドを出て、日記をしまっておいた引出しまで行った。ところが、日記がなかった。部屋じゅう捜しまわった。わたしが〈聖ラファエル〉から持ち帰ったスーツケースも、ソニアの日記も、チャスティンを描いたスケッチも――すべて消えていた。この目でそれらを見たことを示す証拠の品が一つだけ残っていた。白熊になったソニアがリチウムのカップのなかで泳いでいる自画像。ベッドの下に裏向きで落ちていた。

わたしはバーニーを揺り起こして、日記や絵をこの部屋から持ちださなかったかと訊いてみた。

「ううん。ヴィクに野蛮人だと思われてるのは知ってるけど、まったくもう――そんなこと言うなんてひどすぎる！　殺人光線を放つ目をこっちに向けないで、頼むから！」

「ごめん、バーニー。でも、あなたじゃないとすると、きのう二人とも出かけてたあいだに何者かが忍びこんだってことね」

バーニーが見守る前で外側のドアの錠を調べてみたが、侵入者が知識豊富だったとみえて、ひっかき傷も、無理にこじあけようとした形跡もなかった。罠を仕掛けておくべきだった。

べきだった、できたはずだ――でも、しなかった。

監視下に置かれていないふりをするのに疲れてしまった。部屋を出て狭い共用エリアへ行くと、ちょうど女性オーナーが朝食用のシリアルの箱を並べているところだった。きのう誰かがわたしを訪ねてこなかったかと訊いてみたが、オーナーは仕事で一日中トピーカへ出かけていたそうだ。彼女に言えるのは、メモや電話メッセージを残していった者は誰もいないということだけだった。

「お客さんの予約、あさってまでですよ」オーナーに言われた。「金曜日に家族の予約が入ってて、もう一つの部屋と、いまお客さんが泊まってる部屋を使うことになってるんでね。それと、一緒にいるのは親戚の子ですか。だったら、一泊につき二十五ドルの追加料金をお願いします」

わたしはうわの空でうなずいた。あと二日あるから、わかるかぎりのことを探りだし、そのあとは——よそに部屋を見つけるか、シカゴに戻るかだ。ピーナツバターはないかとオーナーに訊くと、わたしがこれまで気づかずにいた引出しを指さして教えてくれた。そこにアルミ容器入りのジャムとピーナツバターが並んでいた。ピーナツバターを何個かとって部屋に戻り、デスクの下側のマイクに塗りつけた。たちまちペピーが興味を示した。ベッドを出て、マイクを徹底的になめてきれいにした。盗聴している連中がこれをどう解釈したか、ぜひ知りたいものだ。

バーニーがくすくす笑いながら見ていたが、やがてふたたび眠りこんだ。

わたしはしゃがみこみ、ペピーの耳のあたりを手で探った。犬のリンパ節なんてふだんは調べたこともない。腫れているかどうか、どうやって見分ければいい？

「力を合わせて乗り越えようね。〝任務中に死亡〟なんてなしよ。死んでたまるものですか。わたしたちを脅せば逃げていくだろうとか、先に屈服するだろうとか思った敵どもを後悔させてやる。わたしたちのほうがタフで、頭がよくて、強いのよ」わたしが震えているのは早朝の肌寒さのせいだ。怯えているからではない。

敵の連中がソニアの日記を奪っていった理由が、どうにもわからなかった。秘密めいたことなどどこにも書かれていなかった。いや、もしかすると、町の人々が——キールが？——三十年以上も何かを隠してきて、それをほのめかす記述があったのかもしれない。わたしは額をこすった。考えるのよ、ウォーショースキー。人はつねに考える。あなたにもできるはず。

マットはサイロのキャンプには加わっていなかった。シャーリーの話だと、キールが学生たちに完全な忠誠を要求し、家族のもとで過ごすことも許さなかったという。マットがケイディの父親だとしたら、きっと、ジェニファーとケイディのもとで——ほとんどの？　多くの？——時間を過ごしたことだろう。ペスト菌はキールの研究室だけでなく、サイロでも生存できたはずだ。マットがついうっかり菌を運びだしたのだろうか。

あるいは——ソニアのところに、ページをくり抜いた本があった。あの本は民間人を対象とした秘密実験に関するものだった。

正確な題名が思いだせない。〝雲、人類に対する実験〟とグーグルで音声検索をした。あった、これだ。ティザリッジ、エーデルウォート、ゼーナー著『目撃証人のいない雲：人類に対する秘密兵器実験』《サイエンス》誌に次のような書評が出ていた。

グレート・プレーンズ並みの広さを持つラボで病原菌の拡散の実験をしようという者がいれば、国防総省が大歓迎したものだった。一九四〇年から、リチャード・ニクソン大統領が生物兵器廃棄宣言をおこなった一九六九年まで、合衆国陸海軍は炭疽菌を拡散するための実験をくりかえした。サウスダコタ州では上空を飛ぶ飛行機から、セントルイス、ミネアポリス、カナダのウィニペグでは、車の屋根につけたガス発生機から、炭疽菌の無害な類似体の噴霧をおこなった。カリフォルニア州の海岸では、サンフランシスコ湾の船から噴霧をおこない、ニューヨークの地下鉄では細菌入りの電球を線路に投げ落とした。「かなり効率的に拡散した」と国防総省のオブザーバーは述べている。

書評はさらに続く。

ブッシュ大統領が一九八九年にニクソンの廃棄宣言に新たな解釈を加え、防衛を目的とする生物兵器の開発が可能になって以来、合衆国は多数の病原菌のゲノム編集に関わってきた。こうした研究の一部は外部の民間研究所に委託されている。

バフィ・サント＝マリーの昔の歌がわたしの頭のなかに流れた。〝わが祖国よ、あなたのせいでわたしたちは死んでいく〟。アメリカがこんな実験をしてたなんて知らなかった。ソニアの部屋に並んでいた本を見たときは、ソ連の実験のことだと思った。

ネットで見つけた記事にふたたび目を通した。細菌を兵器として使う方法を説明した記事だ。大量の細菌を培養するための発酵装置が必要で、培養ののちに乾燥させ、電球に詰めたり、農薬散布用の飛行機に積みこんだりする。

記事の一つに発酵装置のイラストが出ていた。ビール醸造所で目にする巨大な桶のようなものだ。キールが八〇年代にこんな大きなものを使っていたとすると、どこに置いていたのだろう？　カンワカのサイロのそばとか？

解明しなくてはならないことが多すぎる。睡眠不足と大きな不安のなかでは、脳もうまく働かない。

「起きて活動する時間よ」ペピーに命じた。「川岸へ走りに出かけて、それからプリント用紙を買ってきましょう。確認済みの項目と未確認の項目を書きだしたいから」

メールをチェックした。錠剤をきちんとのむようにというロティからの注意。食事と一緒にとること。ふたたびバーニーを起こした。

「出かけてくるね。お父さんがサンノゼ発の便で五時十五分にカンザス・シティに到着予定よ。ここに着くのは七時ごろ。それまでにわたしに用があったら、メールをくれればいいけど、車で移動したいときはリフトかウーバーのサービスを利用してちょうだい」

バーニーの耳に入ったかどうかは不明だったが、ドキシサイクリンをジーンズのポケットに入れ、パソコンとiPadとモバイルバッテリーを集めて手製のファラデーケージに収納し、濡れたり泥だらけになったりしてもここに帰ってこなくてすむよう、着替えを何組か用意した。

ペピーと一緒に川岸を往復して五マイル走った。ようやく不安が少しだけ消えて、まともかった。〈ヒッポ〉に入り、トイレで服の湿り気を拭ってジーンズにはきかえてから、カウンターにすわって作業にとりかかった。〈ヒッポ〉の向いにあるフェデックスの店でプリント用紙を買った。に頭が働くようになった。

プリント用紙に二つの欄を作った。一九八三年と現在。

一九八三年……カンワカのミサイルサイロの外にデモ隊が集まっていることに空軍が苛立つ。追い払おうとする。キールのY・エンテロコリチカ菌の研究に空軍が資金提供をしている。その菌をデモ隊に少々噴射して、嘔吐を始めた連中をすべて地元病院の救急救命室へ搬送し、誰もいなくなったキャンプ地を焼き払うことにしたのかも?

一九八三年……あの八月の朝、ドリスはジェニファーと赤ちゃんに食料を届けるためにキャンプ地へ出かけ、有害廃棄物を示す警告のサインを目にした。〞放射性廃棄物〟と書かれていたが、それはたぶん、軍の隠蔽工作だったのだろう。

一九八三年……年月と共にソニアの記憶がメロドラマじみたものに変わっていないかぎり、マット・チャスティンはデモ隊のキャンプ地を焼き尽くした炎のなかで死んだと見ていいだろう。ケイディ・ペレックは微生物学科のファイルでチャスティンのことを調べようとしたが、彼に関する記録はいっさいなかった。彼の家族がチャスティンの消息を知りたくてキールに手紙を出したとしても、その手紙も処分されてしまっただろう。

現在……ドリス・マッキノンが人骨を見つけ、ドクター・ロークに送った。それは赤ん坊の骨だったが、B&Bのわたしの部屋に忍びこんだ犯人はマット・チャスティンの遺骨だと思いこんでいた。B&Bの部屋で、オーガストの自宅と職場で、犯人はそれを捜しまわっていたのだろうか。チャスティンの死を隠蔽しようとしたのだろうか。

現在……ドクター・ロークは肺ペストで亡くなった。わたしがドリス・マッキノン宅の台所で見つけた女性の遺体をドクターが解剖しようとしたときに、感染したのだろうか。いや、それは考えられない。解剖開始から数時間のうちに気分が悪くなって死亡している。いくらペスト菌でも、ありえないスピード記録だ。

わたしが台所で見つけた遺体がマグダ・スピロヴァだと仮定すると、一九八三年の惨事のあと、どこへ姿を消していたのだろう？　なぜいまになって戻ってきたのだろう？

ペンを置いて、コーヒーのおかわりを頼みに行った。

一九八三年……誰かが（マグダ・スピロヴァの可能性大）毒性の低い菌をペスト菌にとりかえた。キールはそれをカンカワのキャンプ地で実験に使った。軍がキール博士をワシントンに呼び、実験が失敗に終わった理由を説明するよう求めた。キールが言葉巧みに釈明したので、大統領と国防長官は彼と一緒に写真に収まった。

八三年に肺ペストで人々が死亡し、いまも死者が出ているとしたら、長い年月を細菌はどうやって生き延びてきたのだろう？　ロティの話だと、ペスト菌は炭疽菌と違って戸外での長期間の生存は無理だという。だとしたら、研究室で標本を保存しておく方法があったはずだ。出かけるときはかならず、ペストに感染したネズミでいっぱいの檻を携えていくマグダの姿を想像した。齧歯類の一族をひきつれた中世の魔女。科学者を魔女になぞらえるなんて趣味が悪い。こういうステレオタイプのイメージは好きではない。とにかく、マグダが関わっているなら、専門知識を生かした現代的な方法をとったはずだ。ペスト菌の詰まった試験管をフリーザーに入れていき、ローレンスに戻ってきたときに解凍したのかもしれない。

何があったにせよ、その秘密をわたしに暴かれては困る者たちがいるのだ。彼らはペスト菌を使って人体実験をおこない、一世代以上にわたって首尾よく隠蔽してきた。いまになって明るみに出されては一大事だ。〝彼ら〟とは誰か？　水曜の夜にわたしがホテルで出会った四人組に違いない。

49　産後鬱

ペスト菌の貯蔵と保管に関してアニャが何か知らないかと思い、ふたたびメールを送ることにした。キーを打ちおわらないうちに、彼女からメッセージが入った。電話してほしいという。

〝報告したいことがたくさんあるので、この電話で話すのが安全でない場合のために、先週スカイプでご連絡くださったのと同種の場所へ行き、今度はこちらからスカイプしようと思います。いますぐ、あのときの場所へいらっしゃることはできますか〟

つまり、アニャはいまからカンザス・シティの図書館へ行くから、わたしにはふたたびローレンスの図書館へ行ってほしいという意味だ。コーヒーを飲みほし、ペピーを車に入れてから、図書館までの四ブロックを歩いた。

ビデオ通話を始めたとたん、アニャが睡眠不足であることがわかった。目が落ちくぼみ、ほっそりした顔がさらに小さくなって、ひどくやつれて見える。

「ちゃんと食べてる？」わたしは訊いた。

笑みらしきものが彼女の顔をよぎった。「ルビーと同じことを言うのね。ルビーは手料理のチキンと大麦スープを届けてくれました。わたしが辞退したら、ひどくがっかりしてましたけど、わたしはベジタリアンなので」

「レンズ豆のスープ」わたしは言った。「今度のことがすべて片づいたら、シカゴに遊びにきて。うちの母直伝のレンズ豆のスープを作ってあげる。そちらの報告というのは？」

ゆうべ、ドクター・ロークの解剖が終わったという。

「ドクターはペストに感染してました。それが原因で亡くなった可能性もあったのですが、何者かに刺されたためにモルグで倒れたのです。解剖室のカメラはスイッチが切られていて、出勤していたスタッフは警備員が一人だけでしたが、受付デスクにはたぶんすわっていなかったのでしょう。誰が解剖室に入ってドクターを刺したのか、調べようがありません」

「ドクターが口述するのを電話で聞いてたって、あなた、前に言ったわね」

「犯人はいっさい物音を立てなかったんです。ドクター・ロークのほうは悲鳴も上げず、ものも言わなかった。ひょっとすると、よく顔を合わせてる人だったのかもしれません」

もしそうなら、警察が容疑者を見つけるのは簡単なはずだ。「犯人はドクター・ロークが解剖を始める前に女性の遺体を運びだしたかった。身元が判明するのを阻むために」わたしは考えながらつぶやき、そうつけくわえた。

「そんな理由で？」アニャはわたしにキッとした視線を向けた。「ドクター・マデジがおっしゃったことで一つだけ慰めになったのは、ドクター・ロークはペストで苦しみながら死んだのではないということでした。また、ドクター・ロークもヒッチコック教授も土壌サンプルから感染したのかもしれないとおっしゃってました」

「じゃ、ドリス・マッキノンが採取した土を、何者かが故意に汚染したということ？」

「故意にとは言いきれません。農場にあった土だとすると、ペスト菌に感染したネズミや鶏、さらには、プレイリードッグなどが近くにいれば、土のなかに菌が残された可能性もあります。野生の世界では有機体が自然に発生します。疫病を広めようという悪魔的な企みの産物ばかりではないのです。感染した動物が死んだあと、三ヵ月ぐらいまでなら、菌が土のなかで生息を続けることもあります」

わたしはけさ考えていたことをアニャに話した。キールの昔の実験について。何者かが――スピロヴァあたり――が細菌をとりかえた可能性について。

「三十三年前にそういうことが起きた可能性はあります。でも、ヴィク、そんな大昔の細菌がその女性の農場でいまも生存してるなんてありえません。宿主から離れたら、その後の寿命は最長で三ヵ月ぐらいでしょう。それも、細菌にとって最高に理想的な条件が必要です」

アニャはしばらく黙りこんで、彼女のメモに目を向けた。「ただ、現在のダグラス郡でこれだけ多くのペストの発症例が見られるのは奇妙です。奇妙だし、憂慮すべきことです。遺体が消えてしまったその女性の写真をドクター・ロークが撮っていたので、ドクター・マデジに見てもらいました。遺体の――皮膚の――損傷がひどかったため、ドクター・マデジは、自分の発言は記録に残さないでほしいが、ペストのはっきりした症状は見られない、とおっしゃっていました。でも、ドクター・ロークとヒッチコック教授の症例については、疾病管理予防センターと地元の保健当局に報告する義務があるそうです」

「ええ、当然よね。シカゴのハーシェルという医師からも報告が行ってるはずよ。クリーヴランド・クリニックからはすでに報告済みのようだし」わたしはアニャに同意した。「もしスピロヴァがペストに感染してて、マッキノンの農場に現われたとすると、オーガスト・ヴェリダンとエリザベス・フェリングまで感染してしまったんじゃない？　身を隠したまま亡くなったということはない？」

「スピロヴァが二人のそばで咳をしたのなら、ありうることです」それでも、アニャはわたしを安心させようとした。「二人がスピロヴァとも、彼女を咬んだ蚤とも接触せずに逃げだしていれば、危険はないはずです。トラックのなかで亡くなった女性はあの農家の持ち主だった。たしかそうですね？　その人の死因はペストではなかった」

「ええ、首筋に銃弾を撃ちこまれたの」わたしは暗い声で同意した。「確実な殺害法ね。蚤がターゲットに咬みつくのを期待するというような、運任せのやり方じゃないわ」

明らかになりつつある事実が心に重くのしかかり、二人とも黙りこんだ。わたしがそろそろ電話を切ろうとすると、アニャが言った。「うっかり忘れるところでした。あなたに頼まれたDNA鑑定の結果が出たんです」

「それで？」

「どちらの女性も赤ちゃんとの血縁関係はありません。ただ、二人のあいだに密接な血のつながりがあります」

「母親と娘？」

「いえ。姉妹です」

わたしは息を呑んだ。「姉妹？　じゃあ――死んだ赤ちゃんは誰の子なの？」

「わかりません。ほかの人たちのDNAをさらに送ってもらわないかぎり、いい加減な推測はできません」

「二人は父親が同じということ？　それとも、母親？」

アニャは首を横にふった。ふたたび、ちらっと笑みが浮かんだ。「そこまではわかりかねます。わたしは研究室で働くただの技師で、受胎を告知する大天使ガブリエルじゃないんですもの」

「まあ、大変！　こんなときに天使が部屋に入ってきたらどうしよう。国家安全保障局に監視されてるだけでもうっとうしいのに」

これを聞いてアニャが笑いだした。やがて、驚いた顔になり、笑うのをやめた。「二度と笑顔にはなれないと思ったのに、でも、ほら、こうして笑ってる」

「それが人間よ。というか、人生よ。永遠の喜びにめぐりあえないのと同じく、永遠の悲しみに浸りつづけることもできないのよ」

「わかっています」スカイプのビデオ画面を通して、彼女の黒い瞳の端にきらめく涙が見えた。「人生が流れていくのを止めることはできないし、ずっと悲しみに沈んだままではいられないこともわかっています。でも、ドクター・ロークを忘れたくないんです。いまはまだ」

彼女が電話を切ると、わたしはぐったり疲れて椅子にもたれた。ソニアの産んだ子であることが、もしくは、ケイディと双子であることが証明されるものと思いこんでいた。ところが、このような結果に……ケイディはシャーリーの子？　それとも、ネイサンの子？　ひょっとして、ソニアとケイディがガートルード・ペレックの娘という可能性はないだろうか。

ペスト騒動の年と関係しているのだろうか。それとも、今回の騒ぎとはなんの関係もないのだろうか。

目をあけた。館長のフィリス・バリアがわたしを見下ろしていた。

「図書館がよその方たちのお役にも立てるのはうれしいことだわ、ミズ・ウォーショースキー。でも、ほかの図書館にはないどんなサービスをこの図書館が提供しているのか、前から不思議でならないの」

わたしは微笑して立ちあがった。「図書館は癒しの場よ、ミズ・バリア。そして、この図書館はとくに利用者を歓迎してくれる。真夜中であっても」

バリアは唇を噛み、どう答えたものかと迷っていた。わたしはデイパックに手を突っこんで、ティッシュに包んだ薄い品をとりだした。

「こちらの利用者の一人がこれをドリス・マッキノンの農場に忘れていったわ。夜になると地下室の明かりが駐車場に反射することを、その女性に伝えてちょうだい。図書館の理事会が電気代のことを心配してるみたいよ」

「わたし……あなたは……」バリアはティッシュに包まれた品を手のなかで何度もひっくりかえした。

「わたしがミズ・オルブリテンの家を初めて訪ねたあと、彼女はあなたの写真を隠した。あなたとの関係をわたしに気づかれては困ると思ったんだわ。あなたがわたしを信用しなかったのは正解かもしれない——二人を安全に匿うのは、わたしには無理だったでしょうから。さっきの質問にお答えすると、わたしがここにきたのは、外部の人に話を聞かれる危険を最小限に抑えるためにスカイプを利用するのが目的だったの」

わたしは返事を待たずに歩き去り、〈ヒッポ〉にひきかえした。気にかかってならないのはエメラルドとオーガストではなく、ケイディとソニアのことだった。

ケイディがガートルードの孫ではなく子供という可能性はないだろうか。頭のなかで計算してみた。ガートルードは一九三九年か四〇年生まれ。ケイディの出生時には四十四歳ぐらい。ありえなくはない。もしかしたら、キールと男女関係にあり、すでに閉経していると思ったため避妊はせず、やがて妊娠、娘の産んだ子ということにしたのかもしれない。ジェニファーはすでに死んでいるから、誰がケイディの母親かなどと考える者はいない。でも、それなら、ジェニファーの産んだ子はどこに？　マット・チャスティンにひきとられた？　死んだかもしれないし、ひそかに育てられたかもしれない。

ただし、わたしの勝手な想像に過ぎない。車でガートルード・ペレックの家へ行くと、家の前で彼女が庭仕事をしていた。顔を上げてわたしを見たが、その表情は愛にあふれてはいなかった。

「今日はなんの用？」

わたしはガートルードのそばの地面にしゃがんだ。「複雑な話があるの。むずかしい質問もあるし」

ガートルードは無言でわたしを見つめたが、やがて、ため息をついて移植ごてを下に置いた。「まあ、入って。犬は車に置いといて」

ペピーが車の窓から顔を出し、一緒に行きたいとせがんでいた。わたしは〝待て〟の合図をしてから、ガートルードについて家に入った。いや、正確に言うと、そこは先週火曜日に初めて顔を合わせたときの網戸付きポーチだった。

「シカゴに帰る気はあるの？」

「もちろんあるわ。あなたがわたしを追い払いたがってるのに劣らず、わたしもこの町を出ていきたい。でも、保安官に言われたの。ドリス・マッキノン殺しが解決するまで町を離れるなって。それに、もちろん、わたしの捜してる人たちが見つからないうちは帰れない。もしかしたら、二人ともペストにかかって死んだかもしれない。このところ、ペストが流行ってるから」

ガートルードはうなずいた。半分は自分自身に向かって。「噂になってる」

「郡の衛生当局が注意勧告を出すことになってるみたいよ。すでに出てるかどうかは知らないけど、マグダ・スピロヴァの解剖を始めようとした病理学者は肺ペストに感染してた。マグダも殺されたのよ」

「マグダが！　てっきり――」ガートルードはあえいだ。

「てっきりなんなの、ミズ・ペレック」途中で黙りこんだガートルードに、わたしは鋭い声で問いかけた。「ドクター・ロークに調べられる前に、キール博士の仲間が彼女の遺体を処分したと思ってたの？　それとも、シャーリー・キールと同じく、一九八三年にマグダが姿を消したとき、永遠に彼女を厄介払いできたと思ったの？」

「あんたの質問に答える義理はない。マグダに関しても、ほかのどんなことに関しても」

「そうよね」わたしは籐椅子にもたれて、指を尖塔の形に合わせた。「ケイディの質問になら答えるの？」

「なんてこと言うの！　あんたみたいに偉そうな人間は見たことがない。知らない町に乗りこんできて、みんなに生き方を指図する気なんだから。この前うちにきたときは、マット・チャスティンの話なんか始めて、わたしの娘の思い出を侮辱した。今日はまた新しいお話かい？　夜になって孤独が身にしみると、お話作りをするのかい？　家族を持つ者たちの人生を傷つけるために？」

　わたしはたじろいだ。ガートルードの怒りには真実の核が多少含まれていた。

「マット・チャスティンは一九八三年にサイロの抗議活動中に起きた火事で亡くなった。その証拠があるのよ」

「ソニアから聞かされたんだね」ガートルードはさも軽蔑したように言った。「もっとも、あの子は昏睡状態で、しゃべることもできないと思ってたけど」

「この町では誰もが誰にでも話をするのに」わたしは文句を言った。「わたしには何も話してくれない。そして、わたしが自力で何かを突き止めると腹を立てる」

「何を突き止めたっていうの？」ガートルードは喉を絞めつけられたかのように、言葉を絞りだした。

「ソニア・キールとケイディが姉妹であることを」

「違う！　違う、違う、違う！」

　高まる叫びが車のなかのペピーに届き、犬も吠えはじめた。わたしは立ちあがって、黙れという合図を送ったが、犬とガートルードの両方が静かになってわたしが話を再開できるようになるには数分かかった。

「ドリス・マッキノンは、空軍が彼女から強制的に買いあげてそののち〈シー・2・シー〉に転売した土地に入りこみ、土のサンプルを採取した。汚染がひどくて農地にできないと軍に言われていたのに、やがて、〈シー・2・シー〉がなぜかそこで作物を栽培していることを知ったから。検査してもらうため、ドクター・ロークに土を送った。ドクターは黒カビの件で有名だったから、彼に頼めば放射能汚染の程度がわかると思ったのね」

ガートルードは椅子の肘掛けに手を置き、手首の血管の脈動が見えるぐらいきつく握りしめていたが、沈黙したままだった。

「サンプル用の土を掘っていたとき、赤ん坊の遺骨の一部が見つかった。おそらく、ケイディと同じころに産まれた子でしょうね。ミズ・マッキノンはそれも土と一緒にドクター・ロークに送った。わたしは、ケイディに双子がいてその子が亡くなったのだろうか、それとも、ソニアが精神的に不安定になったきっかけは妊娠だったのだろうか、と考えた。あの夏、ソニアは十四歳だった。わたしはこの二人からDNAサンプルを採取した。どちらも死んだ赤ん坊との血縁関係は認められなかったけど、二人が姉妹であることが判明した」

「どうやってケイディをだましてサンプルをとったの？」

「とらせてほしいと頼んだのよ」

「嘘だ」ガートルードはふたたび言ったが、今度はつぶやき声だった。つぎの瞬間、泣き崩れた。激しい嗚咽に全身を震わせて。

わたしが慰めても、喜んではくれないだろう。わたしは家に入って台所を見つけ、グラスを見つけ、冷蔵庫をあけて水を見つけた。二つのグラスに水を注ぎ、ティッシュの箱と一緒にポーチへ運んだ。

ガートルードはわたしからグラスを受けとった。小さな丸テーブルを指さした。わたしはテーブルを彼女の椅子のそばまで運び、ふたたび腰を下ろした。嗚咽はすでに治まっていた。ガートルードは水を飲み、ティッシュで涙を拭った。頬に涙の筋が残った。

わたしも自分の水を飲んだ。喉が乾燥し、ひりひりしていた。ストレスのせいだ。それとも、肺炎の初期症状か。リンパ腺をこっそり手で探った。

「あなたがケイディの母親じゃないかと思ったんだけど」わたしのほうから言った。

「なんだって?」わたしの意見にカッとなって、ガートルードの声に力がよみがえった。「うちの夫はジェニーがよちよち歩きだったころに亡くなった。それぐらいあんたも知ってると思ったけど——なんでも知ってる人だもの。お節介焼きだから」

ふたたび侮辱されて、わたしはひねくれた安堵を覚えた。ガートルードが立ち直ってきたしるしだ。「ソニアとケイディは同じ父親もしくは母親を持っている。両親とも同じかもしれない。ただ、キール夫妻のあいだに産まれた子供をあなたがひきとったとは思えない」

ガートルードは一瞬、激怒の表情になり、やがてその顔を歪めた。泣き崩れはしなかったが、椅子にぐったりもたれた。

「ケイディはわたしの可愛い孫だ」つぶやくように言った。「本当だよ。可愛くてたまらない。ただ——」

わたしはポーチの家具の一部と化して、身じろぎもせずにすわり、じっと待った。

「ジェニーが妊娠したとき、わたしは怒り狂った。しかも、相手はキール博士の研究室でいちばん出来の悪い学生だ。ジェニーは聡明で、社交的で、リーダーシップがあった。ジェニーならどんな輝かしい人生でも歩むことができただろう。

科学方面の才能に恵まれた子で、誰に対しても辛口評価のネイサン——いえ、キール博士でさえ、あの子のすばらしい才能を認めていた。大学と交渉して学費を全額免除してくれたから、ジェニーは物理と国際政治を学び、やがて反核運動にのめりこんでいった。あの子がマット・チャスティンと知りあったのは、もちろん、わたしを通じてだった。わたしがキール博士の研究室で秘書をしてたからね。あんな男のどこがよかったのか、さっぱりわからない！」

ガートルードの顔が歪んだが、もう少し水を飲んで、どうにか話を続けることができた。

「ジェニーはサイロの抗議活動を手助けした。イギリスの運動みたいに盛りあげたいという夢を持ってて、あの子の人生最後の一年間は何かにつけてわたしと喧嘩ばかりしていた。ああ、後悔に苛まれて眠れない夜がどれだけあったことか。わたしの大切な、大切な娘、おまえとは喧嘩ばっかりだったね。どうして少しぐらい支えてやれなかったんだろう。兵器に関してはおまえの主張が正しいことは、わたしにもわかってた。マットに関しては正しくなかったけど」

ガートルードは自分の身体を両腕で抱いた。風が出てきて、寒さが身にしみたのだろう。わたしはソファの毛布をとって彼女の肩にかけた。あとは平凡な言葉をかけるぐらいしかできないが、それは口にしないことにした。

「ジェニーはあのキャンプ地で子供を産んだ。ルシンダ・フェリングとドリス・マッキノンの二人ときたら、まるで自分が産んだみたいに自慢そうに世話を焼いてた。二人がジェニーをここに連れてきて、赤んぼのケイディを見せびらかしたときには、殺してやりたかったよ。まるで、自分たちが祖母で、わたしのことは無知な独身のおばだと言わんばかりだった。左肩に苺の形の母斑があった。ジェニーにそっくりのやつだ」

「いまのケイディにはないの？」ガートルードがまた黙りこんだので、わたしは訊いた。

ガートルードは笑みを浮かべた。泣きたいのを必死にこらえている者が見せる笑みだ。

「小児科のクレイホーン先生が、母斑は自然に消えることもあるが、一週間もしないうちに消えることは、普通はないと言っていた。ネイサンは――キール博士は――ケイディのことをいつも気にかけていた。わたしはそのことを考えないようにしてきた。ケイディはジェニーの子であってほしかった。一歳の誕生日を迎えるまで、マットが子供を奪いにくるんじゃないかと心配でたまらなかった。カンザス大学から永遠にマットを追放した、とネイサンが保証してくれたけどね」

50　ああ、わたしの赤ちゃんはどこに？

「ジェニーがケイディの母親でないとすると、いったい誰が——あっ！」わたしは衝撃に見舞われた。運命の女神の一人が腕をのばして、わたしの肩甲骨のあいだをバシッと叩いたかのようだった。「マグダがジェニーと同じころに出産したのね」

「彼女とネイサンがそのことで口論していた。ネイサンは中絶を望み、マグダは奥さんと別れて結婚してほしいと言った。赤ん坊がいれば、ネイサンも自分を選んでくれると思ったんだろう」ガートルードは頭を垂れ、とても低い声で話していたので、それを聞きとるためにわたしは身を乗りださなくてはならなかった。

「あなたが知ってたのなら、研究室の人は全員知ってたでしょうね」わたしは言った。「マット・チャスティンも含めて」

「いや、それは違うと思う。わたしはキール博士の秘書だったから、ほかの誰も知らないことを見聞きしてた。それに、博士のオフィスの外で吠える野良犬に、自分が耳にしたことを教えるような人間ではなかった」ガートルードは敵意に満ちた視線をわたしによこした——あんたもその野良犬の一匹だ。しかも、招かれてもいないところに押しかける図々しい野良犬。

「ネイサンがブラチスラバへ出かけたときにあの女と関係ができたことは、誰だって見当がついていた。もしベオグラードから派手な亡命をやってのける前にマグダがわたしに相談してくれてたら、もしあの亡命劇が本物でソ連がスパイとして送りこんだんじゃなかったのなら、ネイサンがスキャンダルを好まないことを、わたしの口からマグダに教えてやれただろうに。旅先の火遊びをネイサンが自宅までひきずってきたことは一度もなかった。少なくとも、マグダが押しかけてくるまでは」ガートルードは立ちあがり、ぶっきらぼうに言った。「寒くなってきた。家に入ろう」

わたしも寒かった。喜んでガートルードのあとから家に入り、台所まで行くと、彼女は紅茶用のやかんを火にかけてから階段をのぼって姿を消した。湯が沸騰しはじめた。わたしは火を消した。紅茶は好きではない。ガートルードが戻ってきたら、自分で淹れてもらおう。台所から裏庭を見渡すことができた。ガートルードがとりつけた二個の餌箱のところで小鳥たちが場所を奪いあっていた。小鳥は台所のなかにもあふれていた。朝食用コーナーの壁紙のストライプの上に小鳥が描かれ、流し台の上の時計に木彫りの小鳥が止まり、ナプキンとスプーンホルダーまで小鳥の柄だった。

ガートルードがなかなか戻ってこないので、キールに電話をしているのではないかと心配になった。しかし、ようやく戻ってきた彼女は、シャワーを浴びたために髪が湿っていて、泣いたあとの顔は化粧直しがしてあった。

わたしは朝食用コーナーに腰を下ろした。「マグダが亡命してきたのはキール博士に会うため？　共産主義から逃れたかったから？　それとも両方？」

ガートルードは自分の分だけ紅茶を淹れて、わたしの向かいにすわった。「マグダのことはどうもよくわからない。本人は自由を求めてこっちにきたと言ってたけど、たぶん、西側の世界で暮らしたかったんだろう。金と地位のある連中のような暮らしに憧れてたんだろう。マグダの亡命を軍は喜んだ。それだけは断言できる」

「生物兵器に関する専門知識を持ってきたから？」

ガートルードはいやな顔をした。内部の人間である自分しか知らないはずのことをわたしが知っていたため、気分を害したのだろう。こちらとしては大歓迎。むきになるあまり、あれこれ口走ってくれるかもしれない。

「軍がキール博士の研究資金を出してたんでしょ」わたしは水を向けた。「重大なミスが起きたとき――ペスト菌がY・エンテロコリチカ菌と入れ替わってしまったとき、博士は弁明のためにワシントンへ出向かなくてはならなかった。ミサイルサイロで人々が亡くなったのはペスト菌のせいだった。ルシンダ・フェリングも含めて」

ここにくる車のなかで〝エンテロコリチカ〟と言う練習をしてきたので、すらすら言えて、わたしは鼻高々だった。

「ルシンダはインフルエンザだった」ガートルードは低い声で言った。「あのとき、病院からネイサンに電話があった。あそこの病院は自分の右手と指も区別できないような連中ばっかりだ。いつだってネイサンに助けを求めてくる。とにかく、ネイサンは郡の公衆衛生局の局長だったしね。一時は州の局長も務めた人だ。病院に頼まれて血液検査をおこない、インフルエンザだという結果を報告した。あっというまに死んでしまう危険がある。高齢者の場合はとくに」

「インフルエンザね。キール博士が顕微鏡のなかに何を見たのか知らないけど」ガートルードが食ってかかろうとしたが、わたしはそれをさえぎった。「ルシンダ・フェリングは博士の下で働く技師だった。あの研究室にいた。雑用を担当する黒人だから、透明人間のようなものだった。あなたの知っていることならすべて知っていたに違いない。いえ、あなた以上にいろんなことを。だって、学生や、研究室の器具洗いを担当していたソニアと作業現場で話をすることは、あなたはなかったでしょうから。誰かが――マグダとか？――ペストを研究室に持ちこんだとすると、ミズ・フェリングがそれを知らなくても、感染の危険はあったわよね」

「あんた、ネイサンの名前を汚そうとして――」

「当時、テトラサイクリンの服用を博士に指示されなかった？」わたしはふたたびガートルードの言葉をさえぎった。

彼女が反論しようとして口を開いた。そこで恐怖の表情になり、黙りこんだ。思いだしたのだろう。

「キール博士は哀れなマットのことも、ミズ・フェリングのことも気にかけなかった。実の娘のことすら放っておいた。あのキャンプ地で瀕死状態のマットに娘が覆いかぶさるまではね」そのときのことをソニアが日記に書いている――身体が燃えるように熱く、火に焼かれているのだと思った。燃える熱さ、凍える冷たさ、呼吸器をつけられていた。肺ペストから生還したわずか一パーセントの一人。しかし、父親も母親もその奇跡を歓迎しなかった。

「キールは軍に対して弁明をおこなうためにワシントンへ出かけた。死亡した大学院生に罪をかぶせたら、藪蛇になってしまう――研究室をなぜもっと厳重に管理しなかったのかと問われることになる。しかし、チェコからやってきた生物兵器の専門家なら――彼女の責任にすれば、多くの問題が解決する。キールはどんな弁明をしたの？〝彼女はKGBのスパイで、アメリカの細菌兵器の秘密を盗むために送りこまれてきた人物だった。KGBのために試験散布を実行し、その結果、罪もない人々が多数殺されることになった〟とでも言ったのかしら」

「悪いのはあの女だ」ガートルードは荒々しく言った。「ネイサンは証拠を握っていたから、それを軍に見せた。すると軍がやってきて、マグダをワシントンへ連行した。フォート・デトリックで秘密の研究に協力するという条件付きで、何かの取引を持ちかけた。彼女に新たな名前と身分を与えた。KGBから彼女を隠すためだとネイサンは言っていた。マグダには二度と悩まされずにすむだろう、とも」

「ところが、彼女がここに現われた――いつだったの？　数週間前？　キール博士を脅迫しようとしたので、始末するしかなくなった。博士がずっと研究室のフリーザーにしまっておいた危険なペスト菌を使う以上に芸術的な殺害方法が、ほかにあるかしら」

「嘘だ！」ガートルードが急に立ちあがり、紅茶をテーブルにこぼしてしまった。

わたしは小鳥の形をしたホルダーからナプキンを何枚かとり、紅茶がこちらに垂れてくる前に拭きとった。「はいはい。じゃ、真相は？」

「マグダが戻ってきたなんて、ネイサンもわたしも知らなかった。あんたが死体を見つけるまでは。ひどい衝撃だった」

「でも、誰もがドリス・マッキノンだと言ったわ」わたしは反論した。

「軍はバゲット大佐を送りこんできた――マグダが姿を消したため、ローレンスに戻ったかもしれないと考えたわけだ。あんたが死体を見つけたことが大佐の耳に入り、大佐はマグダではないかと疑った」

「そこでドクター・ロークを刺し殺すよう、軍が大佐に命じたの？」わたしは口に灰が詰まっているような気がした。

「ドクター・ロークを刺した者なんていない。インフルエンザで死んだんだ」

「ルシンダ・フェリングと同じように？」いまにもわたしの怒りが爆発しそうだった。テーブルにこぼれた紅茶がガートルードの側にたまっていた。これが魔法の井戸に変わってそこに飛びこめたらいいのにという顔で、ガートルードがそれを見つめた。

「ケイディ」わたしは言った。「ルシンダ・フェリングがキャンプ地でケイディを見つけた。ドリス・マッキノンと二人で病院へ運んだ。ケイディは脱水症状に陥っていた。そして、そのあとで誰かがあなたに電話してきた」

「ネイサンからだった」ガートルードは重い声で言った。「ジェニーの赤ん坊が助かったと言ってきた。その日のもっと早い時間に、ワカルサ川で溺死したジェニーが見つかっていた。見つけたのは保安官のギズボーンだ。当時はまだ保安官助手だったけどね。ジェニーの赤ん坊が助かったとネイサンに言われたとき、わたしは何も訊かないことにした。娘が遺した子だと思いたかった」

ガートルードに哀れみなど感じたくはなかったが、どうにも哀れでならなかった。耐えがたい重圧が彼女を苦しめてきた――キールへの忠誠心、マグダへの嫉妬混じりの怒り。だが、一人娘の死に打ちのめされた彼女にとっては、もうどうでもいいことだった。ケイディをジェニーの子供だと思いたがったのは当然だ。わたし自身、同じことをしないとは言いきれない。

「マグダもあの夏に出産したのね」わたしは言った。「どこで?」

ガートルードは紅茶を凝視したまま、肩をこわばらせた。

「アスペンへ行った。というか、アスペンへ行ったと本人が言っていた。毎年夏に大きな学会があって、マグダは論文を発表することになっていた。おなかが目立ちはじめる前に町を離れた。

わたしはマグダがこっそり赤ん坊を産んで、友達にでも預けたんだろうと思ってた。ネイサンが考えなおして離婚してくれることに期待をかけて。だけど、いま考えてみると、ローレンスのどこかに赤ん坊を隠してたのかもしれない。ネイサンとの結婚は無理だと悟ったときに、赤ん坊をデモ隊のキャンプ地へ連れていった。ペスト菌の実験で死なせるつもりだったんだろう。異常な女だったからね、そういう残酷なことをやりかねない。

ケイディにどう言えばいい? どんな名前だったかも教えてやれない。ソニアが自分の姉だと知ったら、あの子、どうなると思う?」

涙がふたたびガートルードの頬を伝った。さきほど彼女に襲いかかった嗚咽の涙ではなく、当人も気づかないうちに流れ落ちるひっそりとした涙だった。

「あの子の名前はケイディよ」わたしは静かに言った。「あなたが育てた子。マグダが産んだ子じゃないわ。あなたに預けられてケイディは幸運だった。あなたはネイサン・キールを高く評価してるけど、彼とシャーリーが三人の子供にどんな仕打ちをしてきたか、よく知ってるでしょ」

ガートルードは無言だったが、こわばっていた頰の輪郭が少しゆるんだ。

わたしは時計の秒針が小鳥たちのまわりを二周するのを見つめ、それから話に戻った。「バゲット大佐は何を根拠にマグダがこちらに戻ってきたと考えたのかしら。彼女からキール博士に連絡があったの？」

そう言われて、ガートルードは顔を上げた。険悪な表情に戻っていた。「ネイサンはわたしにならら、なんでも話してくれる。ほかに誰が信用できるというの？　ネイサンは彼女に会った。ユードラの近くにある〈シー・2・シー〉の研究施設で。すぐに彼女だとわかったそうだ。三十三年たってからでも」

「マグダはそこで何をしてたの？」

「知らないよ。ただ、ブラム・ロズウェルに劣らず異常な人間だったから、マグダが何をしてたにしろ、世界に平和と光をもたらすための仕事でなかったことは間違いない」

先週、ホテルのバーでわたしが偶然目にした集まり。大佐、ロズウェル、指揮幕僚大学の若い男性と一緒に、キールが落ち着かない様子ですわっていたが、四人でマグダのことを議論していたに違いない。マグダはどうして死んだのだろう？　なぜドリス・マッキノンの家の台所に倒れていたのだろう？

オーガスト・ヴェリダンとエメラルド・フェリングはその現場をどこまで目撃したのだろう？　二人が図書館に身を隠しているのなら、わたしが捜しに行ってその身を危険にさらすようなことだけはしたくない。二人が書架のあいだに、例えば逃亡者の〝と〟の棚や、目撃者の〝も〟の棚に隠れていたら、バゲットとギズボーンがわたしを尾行して二人を見つけだすのは造作もないことだ。

立ちあがると、膝がこわばっていた。いや、全身の関節がこわばっていた。「あなたにはケイディに本当のことを話す義務があると思う」

「ああしろこうしろって指図するのはやめてもらいたいね」

「おっしゃるとおりよ。わたしはローレンスをひっかきまわしてるよそ者の扇動者に過ぎない。でも、あなたは心のどこかで、つねに真実を見つめてきた。だからケイディが父親を捜そうとするのに反対した。ケイディがマット・チャスティンの記録を見つけようとして、学部の事務室に保管されてるファイルを残らず調べたのをご存じ？　マットの家族が彼の消息を知りたくて手紙をよこしたときはどうしたの？」

「ネイサンが返事を出した。マットは政府のために重要な仕事をしているが、われわれの口から居所を明かすことはできない、って。そして、一年以上連絡がないため、CIAのほうでは死亡したのではないかと危惧している、と書き添えた」

「向こうの母親はさぞ慰められたでしょうね。ジェニーがどんなふうに亡くなったかを知って、あなたが慰められたのと同じように」

ガートルードの頬が赤くまだらに染まった。「人を裁くのはやめてもらいたいね。あんたにそんな権利はない。自分は賢くて知識も豊富だと思ってるかもしれないが、何もわかっちゃいない。子供を持ったことも、愛する男を失ったこともない。あんたは冷たい風みたいなものだ。地面の上を吹きすぎるだけで、地面に触れたことがない」

51　未確認の項目

わたしにはもう、公園を見つけて犬と一緒に冷たい地面にすわりこむエネルギーしか残っていなかった。〝冷たい風（クール・ブリーズ）〟のウォーショースキー。名刺に入れることにしようか。『暴力脱獄（クール・ハンド・ルーク）』みたいにちょっとすてきな響きになるかも。

「もうめちゃめちゃだわ」ペピーに言った。「ケイディがかわいそう。空からピアノが落ちてきてぶつかったような衝撃でしょうね。とにかく、すべてめちゃめちゃなの。マットとルシンダと赤ちゃんケイディその①の死から現在に至るまでのことが。殺されたドリス・マッキノンとドクター・ローク、命を狙われたソニア。マグダ・スピロヴァがローレンスに戻ってきたのはなぜだと思う？」

何か食べて、こうしたことを残らず紙に書きだせば、話の筋が見えてきて、つぎにとるべき手段が浮かぶかもしれない。ペピーを連れてパン屋まで歩き、スープとパンを買った。感情面のサポートドッグを店内に連れて入るのを店が許可してくれなかったので、ふたたび歩いて〈ヒッポ〉に戻った。とにかく、コーヒーはこちらのほうがおいしいし、ペピーのサポート力が弱まった場合は、少量のウィスキーも飲める。

いつもの席――高いカウンターの端の席――にすわったとたん、わたしの電話が鳴りだした。見たことのない地元の番号。出てみたら、聖シラス教会のベイヤード・クレメンツ牧師だった。

「ミズ・オルブリテンに何か？　大丈夫なんですか」

「シスター・オルブリテンはピルズベリー社のマスコット人形にエナジャイザー電池を入れたような人です」クレメンツは断言した。「ずっとそうでいてほしい」

わたしは胃が締めつけられる思いでつぎの言葉を待った。〝あの人に近づかないでください〟と言われるのを。ところが、クレメンツはわたしの助けを求めてきた。

「息子さんのジョーダンとお孫さんがご自宅へ帰ることになりました。お孫さんの学校がありますし、ジョーダンの奥さん自身が病弱ですから。シスター・オルブリテンに二十四時間体制で付き添うのは、聖シラス教会の信徒たちには無理なので、彼女のことが心配でならないのです。とくに今夜は一人で過ごす初めての夜ですから。わたしはアトランタで葬儀があるため、そちらへ出向かなくてはなりません。それさえなければ、わたし自身が付き添うのですが、あいにく金曜日まで戻ってこられません」

「わたしにできる範囲で力になります」わたしはゆっくり言いながら、どんな一日になるかを想像しようとした。「リバーサイド教会の女性の一人に頼んでもいいですか」

「それは最後の手段にしてください」クレメンツはきびしい声で言った。「みんな、ゴシップを生き甲斐にしていますから、シスター・オルブリテンが自宅に一人きりだから不用心だという噂が、あっというまに広がってしまう」

「わかりました、牧師さま。何か方法を考えてみます」

どんな方法があるのかわからないが、現在抱えている問題のほうもどれ一つとして答えが出ていない。ケイディとソニアの過去を調べることや、オーガスト・ヴェリダンとエメラルド・フェリングを見つけだすことや、キール博士が大佐と結託して何を企んでいるかを突き止めることに比べれば、ミズ・オルブリテンの身辺警護の方法を見つけるぐらい簡単なはずだ。なんなら、オルブリテンをペピーと一緒にマスタングに押しこみ、わたしが女性の死体を探し求めてダグラス郡を猛スピードで走りまわるあいだ、助手席で目を光らせていてもらってもいい。

一度に一つずつ解決していこう。さまざまな出来事を〝現在〟と〝一九八三年〟に分けてメモしてあるプリント用紙を広げた。〝現在〟のところにこう書きこんだ。〝バゲット大佐が軍の要請でローレンスにやってきたのは、使用済み燃料棒などという荒唐無稽なもののためではなく、マグダがローレンスに現われたことを軍が危惧したから〟

一九八三年、マグダはキールに激怒していた。キールに誘惑されてカンザスまできたのに捨てられた、というわけだ。彼女が一九八三年に細菌を入れ替えたのはKGBの指示によるものだったのだろうか、それとも、キールへの怒りが原因だったのか。いずれにしても、キールはその危機を乗り越えて成功を収め、いっぽう、彼女のほうは米軍に拘束される身となった。軍も最初のうちは監視の目をきびしく光らせていたことだろう。しかし、冷戦の終結と共に監視体制がゆるみ、彼女の行動をいちいち追うことはなくなっていたのかもしれない。

マグダが復讐の炎を心のなかで三十年以上も燃やしつづけていたのなら、こちらに戻ってくるのがなぜこんなに遅くなったのだろう？　復讐の日がくるまでキールが生きている保証はどこにもないのに。そうだ、マグダがカンザスに戻ってきた理由は、キールとはなんの関係もなく、生物兵器に関わることだったに違いない。

ガートルード・ペレックの話では、マグダは〈シー・2・シー〉のブラム・ロズウェルのもとで仕事をしていたという。どんな仕事を？　生物兵器に関する専門知識を使って作物を枯らす方法を考えていたのかもしれない。立入禁止の実験農場でおこなわれていたのはそれだったのだろうか。作物を育て、致死性の強い病原菌に感染させる実験をしていたのだろうか。

わたしは醜い虫に食われるトウモロコシを落書きした。〈シー・2・シー〉がそういう実験をしていたのなら、軍はたぶんすべてを知っていただろう。だとすると、バゲット大佐はマグダを追ってカンザスまできたのではなく、ブラム・ロズウェルのコンサルタントにするつもりで彼女をこちらに連れてきたのかもしれない。

〈シー・2・シー〉について調べることにした。ウェブサイトに出ている〝輝ける海から海（シャイニング・シー・トゥ・シー）を駆けめぐり、アメリカの食料供給の安全を守るのが当社の使命です〟という美辞麗句ではなく、社の背景を深く探るのだ。議会の委員会への報告書にざっと目を通し、アメリカの大規模な食物連鎖を取材した報道記者の記事を読み、学会のデータベースをのぞいてみた。〈シー・2・シー〉も食品業界のほかの大手企業となんの変わりもないように見えた。この国の食卓に光り輝くスパークリングワインを届けるための劣悪な労働環境。植物と動物の遺伝子の特徴を調査する研究所。小規模農家を農業の世界から追い払う大規模な土地所有者。ライバル企業と比べて〈シー・2・シー〉のほうがましだとは言えないが、きわだって悪質なわけでもない。

以前、初めてロズウェルのことを調べたとき、彼が大げさな名前の団体と関わっていることを知った。そのときのメモを読みなおした。〈愛国者CARE−NOW〉という団体だ。CARE−NOWというのは、〝現代の再軍備を願うアメリカ人の会〟の頭文字をつないだもの。ウェブサイトをのぞいたところ、ぞっとする言葉が並んでいた。オバマはアメリカを敵国に売り渡したムスリムのテロリストである。アメリカはふたたび強国になる必要がある。われわれは恐れられる存在となる必要がある。敵に対する警戒を怠ってはならない。先制攻撃の能力をつねに備えておかねばならない。

エヴァラード部長刑事が〈ヒッポ〉に入ってきて、カウンターのウォーマーにのっているコーヒーを注いだ。わたしに気づいて声をかけてきた。「あれからまた死体は見つかったかい、ウォーショースキー」

「この前あなたに会ったとき、死体の数を何体と言ったのか、覚えてないんだけど」

エヴァラードがそばにきて、身をかがめてペピーをなでた。「ソニアはいまも生きている」

「そう聞いてホッとしたわ。わたし、日曜日に〈聖ラファエル〉からソニアの日記を持ち帰ったんだけど、きのうB&Bを留守にしたあいだに、何者かに忍びこまれ、日記を盗まれてしまった」

「ほんとに？　被害届は出した？」

「出してなんの役に立つの？」

「立つとも、ウォーショースキー。目を光らせてる者がいるってことを犯人どもに知らせてやれる。今回は犯人が逃げおおせたとしても、今度また同じ事件が起きたとき、少なくとも警察のファイルを開けば手がかりが見つかる」

「今度またシカゴの探偵がやってきて、昔のことを掘りかえしはじめたときに？」

エヴァラードはニッと笑った。「かもな。先のことはわからないが。日記にはどんなことが書いてあったんだ？」

「昔のことよ。カンワカのサイロで起きたこと、マット・チャスティンがペストで死んだこと——そういうことがいろいろと」

エヴァラードはギョッとした表情になった。「ペストで死んだ？」

「すべての証拠がその方向を示してるの。さっき、ガートルード・ペレックと話をしてきたけど、彼女も薄々認めた感じだった。少なくとも、キール博士の研究室にいた誰かが八三年にミサイルサイロの周囲で細菌をおもちゃにしてたことに、ガートルードは気づいてたわ」

「ペスト？　ここで？　このダグラス郡で？」

「ええ。ここで、このダグラス郡で」

エヴァラードはのろのろと立ちあがり、わたしのとなりのスツールにすわった。「そして、せっかくそれを隠蔽してきたのに、きみが雀蜂の巣をつついて、誰かのご機嫌を損じてるってわけか」

「ええ。じつは、けさ聞いたばかりなんだけど、ドクター・ロークの解剖をおこなった病理学者が、ロークが肺ペストに感染してたことを突き止めたんですって。ロークの親友のヒッチコック教授がクリーヴランド・クリニックで危篤状態に陥ってるのも肺ペストのせいだった。病理学者から疾病管理予防センターへ連絡が行ってるはずよ。シカゴのドクター・ハーシェルも連絡すると言ってたわ。センターから各地区の公衆衛生局へ警告が出されると思う。確認済みのケースが二件、三件目は疑わしい段階だけど、警戒が必要ね」

「寝耳に水だ」エヴァラードは電話のアプリをタップした。「まだなんの情報も入っていない。間違いないのか」

「何が?」わたしは苛立った。「先週ペストの症例が二件確認されたのは間違いないわ。警告が出てるかどうかは知らない」

エヴァラードは彼の電話の短縮ダイヤルをタップした。「シャリーンか。ディークだ。アトランタの疾病管理予防センターからダグラス郡に、公衆衛生関係の警告が届いてるかどうか知らないか」

電話から女性のキンキンした声が聞こえた。それが保留の音楽に変わり、やがてキンキン声に戻った。ひどく興奮した声だった。

エヴァラードが暗い顔でわたしを見た。「保安官も、郡の公衆衛生局長も、ダグラス郡の住民をパニックに陥らせるのは時期尚早だと言ったそうだ。〝腺ペスト〟とひとこと言っただけで、誰もが悲鳴を上げて出口へ殺到する」

わたしは氷でできた冷たい短剣を背筋にあてがわれたように感じた。「ワカルサ川からジェニー・ペレックの遺体をひきあげたのはギズボーンだった。わたしがマッキノン農場を訪ねたり、ミサイルサイロの近くへ行ったりするたびに、ギズボーンが奇術師の帽子から出てくるウサギみたいに顔を出す。今回の騒ぎで、あの男はどんな役割を果たしてるの?」

エヴァラードは首をふった。「きみとギズボーンは見るからに相性が悪いようだが、だから と言って、あいつを非難していいことには——」

「でも、誰かに牢に放りこまれたら、わたし、その相手にふんわりと温かい気持ちを持つことなんてできないわ。今回の件に関して、あの男には権力がある。あなたにも、あなたの上司の警部補にも。しかも、ここはあなたの縄張り。わたしが武器にできるのは、ギズボーンがこちらの調査を妨害しようとしていることを示す一連の出来事と、わたしが探りあてた事件の多くにあの男が関係しているという事実だけ。ペストの警告を出すのにギズボーンが反対してるの? 誰を庇ってるの?」

「たぶん、やつのほうがきみより多くの情報をつかんでるんだろう、ウォーショースキー。きみは手際よく調査を進め、いくつか幸運なまぐれ当たりもあったが、だからと言って、すべてを知っているわけではない」

「ええ、おっしゃるとおりよ」わたしは静かに言った。「それぐらいわかってるわ。わたしはよそ者。あなたに信じてもらえる日もあれば、あなたの忠誠心が仲間のほうを向く日もある」

「仲間? きみはローレンス警察のことを大都会のギャングみたいに思ってるのか」エヴァラードの目がぎらっと光り、けわしくなった。

「わたしは大都会の一角で育ったけど、そこは基本的には小さな町みたいなもので、誰もが人のお節介を焼きたがる土地柄だった。近所でも、遊び場でも、みんな喧嘩ばかりしてて、でも、南のほうからよそ者が入りこんでくれば、近所の全員が団結したものだった。わたしはローレンス警察が腐敗してるとか、法を無視してるとか言ってるわけじゃないのよ。ただ、あなたがどうしてギズボーンを擁護するのかを知りたいだけ。マッキノン殺しをめぐっては、あなた自身、ギズボーンの行動に疑問を持ったでしょ」

エヴァラードは自分のてのひらにこぶしを叩きつけた。強烈な勢いだったため、ペピーが思わず飛びあがり、心配そうにわたしをなめはじめた。

エヴァラードは耳ざわりな笑い声を上げた。「わたしは仲間の肩を持ち、可愛い犬を怯えさせる男ってわけだ。ごめんな、ワン公」ペピーをなでたが、向きを変えて大股で店を出ていった。シモーンにも友達にも別れの挨拶なし。わたしのことはもちろん無視だ。シモーンがどうしたのと言いたげにわたしを見た。

「主義の違いなの」心にもなく軽い口調でわたしは答えた。

電話がピッと鳴ってケイディのメッセージが入った。〝DNA鑑定で何かわかった？　サイロへ行く予定は？〟

わたしは画面を凝視した。ガートルード・ペレックの感情に配慮して嘘をつくのはいやだった。でも、わたしの口からケイディに個人的な事柄を伝えるのもいやだった。ようやく、次のように返事をした。〝ドリス・マッキノンが掘りだした子供の遺骨とあなたのあいだに血縁関係はなし。サイロの一帯はペストの危険性が高いから近づかないように〟

プリント用紙を丸めはじめたとき、電話が鳴った。カンザスの局番がついた知らない番号からかかってきたのは、これで二回目だ。電話に出ると、相手はカンザス特有の鼻にかかった柔らかな話し方をする女性だった。

「そちら、マシュー・チャスティンのことで広告を出した人でしょうか」

わたしはプリント用紙を落としてしまった。「ええ。V・I・ウォーショースキーです。あなたは？」

「チャーメイン・ロング。マットの妹です」

52　田舎の善良な人々

チャーメインはマットと一緒に育ったというカンザス州の町、ベルヴィルから車でやってきていた。フェイスブックにマットのことが出ているのを教えてくれたのは近所の人だった。

「もう何年も音信不通で、忘れかけていました。兄はいまどこに？　兄とはどういうお知り合いでしょう？」

「知り合いではないのよ」わたしはできるだけ穏やかな口調で答えた。「三十三年前にローレンスで起きたことに関して、お兄さんから重要な証言を聞きたいと思い、捜してるところなんです」

チャーメインは友達と一緒に町の西にあるモーテルに泊まっているという。わたしがそちらへ会いに行くと言ったが、向こうは〝シティ〟まで出たいと言った。ローレンスのダウンタウンを彼女はそう呼んだ。

わたしはチャーメインに〈ヒッポ〉までの道順を説明した。彼女を待つあいだにシカゴからのメールに返事をした。シカゴはおぼろげに知っているだけの場所——そんな気になりはじめていた。例えば、子供時代に夏を過ごした街だが、もう鮮明に思いだすことができないという感じ。

チャーメインが〈デカダント・ヒッポ〉に入ってきた瞬間、彼女だとわかった。ソニアがスケッチしたマットの顔に似ているからではなく、しきりとあたりを見まわしていたからだ。テーブルの一つからマット本人が立ちあがるのを期待しているかのように。

五十代の痩せた女性で、半白の髪を肩の少し上あたりでストレートに切りそろえていた。太陽の下で長時間過ごしているせいか、顔のそばかすが目立っている。

挨拶しようとわたしが立ちあがると、チャーメインの目の輝きが失せた。兄がわたしと一緒にきていることに一縷の望みをかけてきたのだろう。わたしは彼女に飲みものを勧めた。カウンターの奥に並んでいる酒のボトルを見て、チャーメインの目が丸くなった。

「午前中にアルコールはちょっと……。いえ、そもそもあまり飲まないの。クリスマスと誕生日ぐらいね」日に焼けた彼女の肌が困惑でさらに濃い色になった。「こんなことを言うと、田舎者だってことがばれてしまいます？」

わたしは微笑した。「わたしも午前中のアルコールはちょっとね。でも、ここのコーヒーはおいしいのよ。紅茶もあるし」

「コーヒーにするわ。ほんとだ、紅茶やソフトドリンクもあるのね」

チャーメインがコーヒーを頼むと、シモーンは何か事情がありそうだと察したのか、それとも、チャーメインの神経質な様子に気づいたのか、店の隅の小さなテーブルへ彼女のコーヒーを運んでくれた。

わたしたちはそのテーブルで一時間ほど話をした。最初はためらいがちだったチャーメインも、思い出を追うにつれてなめらかな口調になっていった。

家族はマットがカンザス大学に入ることに反対だったが、マットは奨学金をもらい、科学への情熱を燃やしていた。子供のころは、干草作りと近所の使い走りでもらった金を貯めて、当時の町にあったホビーショップで顕微鏡のキットを買ったりしていた。進学の件に両親はショックを受けたが、マットの決心は固かった。

ローレンスで暮らすようになってしばらくすると、マットは聖書に記された天地創造の話に疑いを持つようになった。大学院での勉強が始まったころ、両親は息子が進化論を受け入れるようになったことを知った。

チャーメインはこわばった笑みを浮かべた。「あなたから見れば、衝撃的なことではないでしょうね。でも、わたしたちはバイブル・クリスチャンの家で育ったんです。両親がいくら説得しても、マットの気持ちを変えることはできなかった。マットがクリスマスに帰省した最後のとき、父はマルヴェニー牧師さまを家に連れてきて祈ってもらいました。マットは礼儀正しい態度を崩さなかったけど、こう言いました——イエスさまに背を向けるつもりはない。ただ、神が人間に頭脳を与えてくださったのはそれを使って学習するためだし、自分は学習したおかげで、地質学と星々が地球の年齢について示す証拠を信じるようになった、と。

マットは父と母をローレンスに呼んで研究仲間に会ってもらおうとしたけど、〝おまえはイエスさまに背を向けた。永遠に地獄行きだ〟と言われただけでした。両親はたぶん、マットに会いにローレンスへ行けば、息子の意見を認めたことになると思ったのね」

チャーメインは手をおろしてペピーをなでた。ひと息つきたかったのだろう。

「どんなに辛い日々だったか、言葉にはできないぐらい」ようやく話に戻った。「わたしは四歳年下で、子供のころは、アヒルの子みたいに兄にくっついてたの。兄に会えないのがとても悲しかった。両親には兄との文通も禁じられたけど、わたしはもう十九歳で、地元の金物店で働いてたから、店主に許可をもらって兄の手紙をそちらで受けとることにしたわ。手紙は大切にとってあるのよ」

あの辛かったクリスマスのあとでマットから届いた手紙の一通を、チャーメインは持ってきていた。

可愛い妹へ

ぼくはおまえやイエスさまに背を向けようとは思っていない。自然を深く観察すればするほど、神の御業(みわざ)はすばらしいという思いが深まる。だが、神がわれわれに頭脳と心を与えてくださったのには理由があり、その理由が教えてくれるものに背を向けることは、ぼくにはできない。できるものならそうしたいけれど。ぼくはとても孤独だ。大学院で特別奨学金がもらえるようにしてくれた教授はワシントンの大学で教えるためにカンザスを去ってしまった。ぼくはいま、学部長の研究室で勉強しているが、その人からは床のゴミ以下の人間だと思われていて……

かわいそうなマット。両親から罵倒され、論文の指導教官からは無能な負け犬呼ばわりされていた。ジェニー・ペレックの腕のなかに愛を見いだして、そこにすがりついたのも無理はない。

「わたしは兄のことをいつまでも愛してるって伝えたくて手紙を書きつづけたけど、あの夏以来、兄は返事をくれなくなりました。深く傷ついたわ。わたしにとって兄がどんなに大切な存在か、兄にはわかってないんだと思ったの。兄の考え方を知りたくて科学分野の本を読むようになり、やがて、わたし自身も天地創造の物語に疑問を持ちはじめました。メソジストの教会に通うようになって両親を激怒させ、そのことを手紙に書いてマットに送ったけど、やっぱり返事はこなかった」

チャーメインは冷めてしまったコーヒーを飲んだ。こちらを見たシモーンが何も言わずに新しいコーヒーを運んできた。「翌年、結婚したときに、夫のガーディナーが車でこちらに連れてきてくれたので、兄の研究仲間の人たちから話を聞くことができたわ。政府に依頼された秘密の研究のために兄は町を離れ、連絡先はその人たちも知らないということだった」

彼女の口元がこわばり、泣きたいのを必死にこらえるときに人が見せる笑みを浮かべた。

「いまのわたしは、一九八三年当時の母より五歳も年上よ。年をとると人は変わり、宗教やイデオロギーより大切なものがどれだけあるかを悟るようになる。とにかく、わたしは悟ることができた。うちの父と母は結局、何も悟らなかったのね。夫とわたしは二〇〇七年に農場を失い、二〇一一年にわたしは夫を癌で失った。自分の子供が親と違うことを信じたというだけで、わが子と縁を切るなんて、わたしには想像もできないけど、うちの母は兄の写真まですべて燃やしてしまったわ。どうにか数枚だけわたしの手もとに残すことができた。あなたがフェイスブックに出したあの絵、誰が描いたのか知らないけど、兄のことをよく知ってた人なんでしょうね。兄の姿そのままよ。最後に帰省したクリスマスのときとまったく同じ」

「お兄さんに恋人がいたことはご存じでした？　二人のあいだに赤ちゃんもいたようなの。ただ、いまのところ、百パーセント確実ではないけど」

悲しみに沈んでいたチャーメインの目が丸くなった。「赤ちゃん？　その恋人はどうなったの？　母子はいまどこに？」

「わたしにはわからない。ただ、恋人は出産の二カ月後ぐらいに車の事故で亡くなったみたい。それから、お兄さんと赤ちゃんは二人一緒に亡くなってるかもしれない」

チャーメインの目の縁に涙が盛りあがった。最初はガートルード・ペレック、今度はチャーメイン・チャスティン・ロング。今日のわたしは周囲の女性たちにすばらしい影響を及ぼしている。

チャーメインは声もなく泣いていたが、やがて言った。「兄が亡くなったのなら、どこに埋葬されたの？　赤ちゃんは？」

わたしは困った顔になった。「本当に亡くなったかどうかは断言できないのよ。でも、ジェニーは——お兄さんの恋人は——ローレンスの東のほうで反核運動に加わってキャンプをしていた。キャンプ地は火事で全焼し、あとには何も残らなかった。噂に聞いただけで証明はできないけど、マットもキャンプ地にいて、そこで亡くなったらしいの。助かった可能性もあるけど、以後、あなたにもほかの誰にも連絡がなかったことからすると、どうもそうは思えない。ただ、一カ月ほど前に、ジェニーが赤ちゃんと一緒にキャンプしていたあたりでらしい。その赤ちゃんがマットとジェニーの子供かどうかを、それで判断できるかもしれない」

チャーメインは兄に関してたとえ一つでも具体的なことがわかるのなら、死んだ子供の遺骨の一部しか残っていないという辛い事実に直面することになろうとも、ぜひ検査してもらいたいと言った。わたしはシモーンにコーヒー代を払ってから、チャーメインを車に乗せてドラッグストアへ行き、ふたたび滅菌済みのキットを買った。

キットの代金を払ったあとで、チャーメインは綿棒で口のなかをこすらせてくれ、ラベルに記入するための名前と住所の綴りを教えてくれた。「その赤ちゃんの手がマットの子供のものだとわかったら、わたしにひきとらせて。その子のおばですもの。故郷のベルヴィルに連れて帰って、身内の者たちのそばに埋葬してやりたいわ」

もっともな頼みに思えたが、ガートルード・ペレックがどう思うだろうと気になった。それでも、小さな手の遺骨をチャーメインがひきとれるよう、精一杯やってみると約束した。

チャーメインの車のところに戻って彼女を降ろすと、ミサイルサイロへの道を訊かれた。「兄がそこで生涯を閉じたのなら、その場所を見てみたい。その土地を歩いてみたいわ」

「先日、あそこに関係した人が二人、深刻な病気にかかって亡くなってるの」わたしは言った。「農場までの道順は教えてあげられるけど、車から降りないほうが安全だと思う。何がどうなってるのかまだよくわからないけど、あそこには古いミニットマン・ミサイルの格納庫があって、何かに汚染されてるかもしれない」

チャーメインが車で走り去ると、わたしはアニャにメールを送り、DNAサンプルがもう一組手に入ったので赤ん坊の遺骨と比較してほしいと連絡した。アニャはサンプルをとりにローレンスまでくると言ってくれた。「これまではあなたがあちこち走りまわってくれたでしょ。今度はわたしの番よ。ドクター・マデジがわたしをチームに加えてくれるかどうかわかるまで、すわりこんでよくよくする以外に、たいしてすることもないの」

会う時刻と場所に縛られるのは不便なので、もう一度〈ヒッポ〉へ行き、友達がとりにくる予定の包みをカウンターの奥で預かってもらえないかとシモーンに頼んだ。シモーンはひきうけてくれたが、ディーク・エヴァラードがさよならも言わずに店を出ていった理由を教えるなら、という条件付きだった。

「ロコミで郡内に広めるつもり？」わたしは皮肉っぽく尋ねた。「ヒッチコック教授もドクター・ロークも肺ペストに感染してたの。原因はおそらく、昔のサイロの近くで採取した土のサンプル。解剖をおこなった病理学者は公衆衛生局から警告を出すべきだと言ってるけど、保安官のほうは、感染原因が特定できるまで警告は時期尚早だという意見なの。部長刑事は保安官に賛成、わたしは病理学者に賛成ってわけ」

シモーンは一歩あとずさった。「この包みに――ペスト菌が入ってるの？」

「この包みはペストとはまったくの無関係。三十年以上前に亡くなった赤ちゃんの両親を見つけるための品よ」

「ケイディと関係してるのね」シモーンは言った。

「ケイディとはなんの関係もないわ。それだけはたしかよ。べつの赤ちゃん、べつの父親」

紙袋に黒いマジックペンでアニャの名前を書き、ＤＮＡサンプルの包みをそこに入れてから、カウンターの奥にあった絶縁テープを借りて密封した。

シモーンがその袋を雑多な品でいっぱいの引出しにしまった。忘れ物の眼鏡と電話、シモーン自身のショルダーバッグ、ろうそくの入った箱。「どういうことなのか、話してくれる気はないの？」

「どういうことなのかはっきりしたら、かならず話してあげる」

53　夜の映画デート

チェヴィオット研究所にわたしのパソコンのマルウェアを駆除してもらって以来、ふたたびビュイック・アンクレイブを見かけるようになっていた。尾行されているとは言いきれないが、わたしのいる場所に姿を現わす回数が多すぎるように思う。向こうに気づかれないための車が必要だ。どこで調達すればいいかについては、心当たりがあった。

それにペピーのことも心配だった。誰かがわたしの調査を強引にやめさせようと思えば、〈フリー・ステート・ドッグズ〉からペピーを連れだして人質（犬質？）にするだけでいい。でも、この町の目に見えない貧困地区であるノース・ローレンスへペピーを連れていけば、ネル・オルブリテンに犬を預けることができる。あとは車の解体業者を訪ねてポンコツ車を見つけるだけだ。

今日もまた図書館の駐車場に車を入れた。ブーツと着替えをデイパックに詰め、車のトランクから手製のファラデー・ケージをとりだして電子機器を収納し、ペピーと一緒に歩いて橋を渡った。途中でひんぱんに足を止めて、徒歩でつけてくる者がいないかどうかを確認した。川の北側に着いてから、川岸でペピーを自由に走らせてやった。駐車場でじっとしているSUV車は一台もなかったし、ネル・オルブリテンの家へ向かったときにあとをつけてくる者もいなかった。

オルブリテンが満面の笑みで迎えてくれ、身をかがめてペピーをなでた。アイスティーを勧められたが辞退した。「あのう、ペピーをここに置いていってもいいでしょうか」こちらの事情を説明した。地元の自動車解体業者に問い合わせれば、たぶん、二、三百ドルで買える中古車があるだろう。わたしの調査に危険が迫った場合、犬の命を危険にさらすようなことはしたくない。

「息子さんとお孫さんが帰ってしまったから、この犬がいい話し相手になってくれるわ」

オルブリテンは不機嫌な顔になった。「ベイヤードがあんたに電話して、わたしを監視するよう頼んだんだね。犬はしばらくなら喜んで預かる。いい子だもの。話し相手にちょうどいい」

「わたしに何かあったときは、シカゴのこの番号に電話してくれます？」彼女にメモを渡した。「ロティ・ハーシェルという医師が誰かを差し向けて犬をひきとってくれるから。それと、わたしの……い、いえ、必要な手配はすべてそちらでやってくれるわ」

「あんた、本気で危険を覚悟してるんだね」

「危険だらけよ。危険がまだ真正面からぶつかってこないのはなぜなのか、自分でもわからない。危険な連中がオーガストの自宅と職場を徹底的に調べたものの、目当てのものはたぶん見つからなかったんだと思う。そこで、わたしにオーガストを見つけさせて彼をとらえるつもりなんだわ」

「だったら、オーガストが見つからなくて、かえってよかったね。あんたが悪党どもにつかまったときは、わたしかベイヤードがその医者に電話して、犬の面倒もみてあげるよ」オルブリテンを軽く抱きしめると、彼女のカーディガン越しに肩甲骨が感じられた。「営業終了時間の前に解体業者のところへ行こうと思ったら、そろそろ出かけないと」

オルブリテンはぼやき声で言った。「この噂が広まったら、非難の的になるだろうけど、わたしはあんたに関して町の連中と同じ意見ではない。うちの車を使ってくれていいよ」

町の連中がどういう意見なのかは尋ねないことにした。だいたい想像はつく。

オルブリテンはテレビに立てかけてあった杖に手をのばした。「そっちのクロゼットからコートをとってきて。紺色のやつ」

狭い玄関ホールのほうを頭で示した。わたしはクロゼットで紺色のトレンチコートを見つけ、襟のところに青い絹のスカーフがかかったそのコートをオルブリテンがはおるのに手を貸した。

彼女がわたしの先に立ってゆっくりと台所まで行った。勝手口をあけると、その向こうがガレージになっていた。この家のものはすべてクレンザーと艶出し剤で光り輝いているが、ガレージも同じで、きれいに塗装された棚にビニールカバーのかかった容器が並んでいた。中央に車が置いてあった。鈍いグレイのプリウス。ナンバープレートなし。

わたしが思わず息を呑むと、オルブリテンは暗い微笑を浮かべた。

「この車がここにあるのを見たとき、息子のジョーダンは卒倒しそうになった。誰のものか、あんたには見当がついてると思うが」

「オーガスト・ヴェリダンのプリウスは緑色だったわ」

「エドの父親がうちの亭主の親友だったんだ。わたしの頼みをこころよく聞いてくれた。塗装しなおして、新しいプレートを用意して、ダッシュボードの奥についてるスパイの目をとりはずした」

エドというのが誰なのか知らないが、とにかくその男が車の登録番号を変えて、車にとりつけられていたGPS装置が使えないようにしたのだ。

わたしは膝を突いてペピーの目を見つめた。「しばらくここでいい子にしててね。ミズ・オルブリテンを守ってあげるのよ」

ペピーは真剣な目をオルブリテンからわたしに移し、老女のそばへ行った。わたしはペピーの首の毛に顔を埋めた。たった一人残されていた友達を失ったような気がした。

「わたしたちは大丈夫、あんたも大丈夫」オルブリテンが言った。「イエスさまが守ってくださる。車のキーはフロアマットの下に隠してある。なんでそんなことをしたのか、自分でもわからないけどね。昔からの癖なんだ。誰だってまずそこを探すに決まってるのに。この騒動をあんたの力で解決できるかい？　なるべく早く」

「そう願いたいわ。乏しい運をここで浪費してるから。それに、早く家に帰りたい」

「ご亭主が待ってるとか？」

「友人たちよ」わたしは軽い口調で答え、ジェイクを心の隅へ追いやった。「友人と依頼人たち」

プリウスで外に出て、ガレージの扉がしっかりロックされているのを確認してから、〈ルー＆エド〉まで車を走らせた。この二人組がやっている車の解体工場で、〝古い金属に新たな命を〟が宣伝文句だ。わたしが家を出たあとでオルブリテンが電話をしておいてくれたので、二人はすでにカンザスのプレートを用意して待っていた。どちらも大男で寡黙、とてもよく似ているため、二人が場所を入れ替わると、どちらがどちらかわからなくなってしまう。二人はわたしに視線を据え、信用できる人物だというオルブリテンの意見に同意してもいいかどうかを見定めようとした。

「警察に止められる危険があるのかい？」プレートでてのひらを軽く叩きながら、エドもしくはルーが訊いた。

「保安官に止められるかもしれない。わたしがドジをやって、ついうっかりそちらへ近づいてしまったら」

「プレートの期限が切れてることをどう説明する？」エドが訊いた。

いい質問だ。「フォート・ライリーでいとこの夫の妹から借りた車なの。プレートが期限切れだなんて知らなかった。ほんとよ」

「上出来だ」エドがわたしの肩をぴしゃっと叩いた。「そのお目々をパチパチさせれば、説教だけで解放してもらえるだろう」

「イリノイ州の免許証を見られたら、それは無理ね。ギズボーン保安官にわたしの名前を見られた場合も。だから、停止を命じられるようなことはしないよう、気をつけないと」

エドが身をかがめて、うしろのプレートをネジ留めしようとしたとき、プレートホルダーから、プラスチック包装された容器が落ちてきた。膝を突いて調べてみた。五インチぐらいの正方形の小さな箱で、分厚いプラスチックで包装し、テープでしっかり封がしてある。薄くっついた土を落とすと、プラスチックはまだ新しく、テープも新品だった。

「よく切れるナイフがほしいわ」わたしはかすれた声になった。

ルーがつなぎ服のポケットを探ってカッターナイフをとりだした。わたしは箱を傷つけないよう注意して、テープを切り裂いた。ルーとエドが身をかがめてのぞきこんだ。二人の息が乱れていた。箱は古いもので、湿気と歳月のせいで表面がざらついていた。丁寧にあけると、なかにもう一つプラスチックの袋が入っていた。この袋もやはり新しく、小さなフィルムリールを包んでいる。

わたしの両手が汗ばんでいた。ジーンズで汗を拭ったが、リールを手にとることは怖くてできなかった。オーガストが見つけだし、危険な連中が捜していた品はこれだったのだ。USBメモリではなく、赤ん坊の遺骨でもなかった。映画のフィルムだ。

ルーもしくはエドが備品戸棚まで行き、ラテックスの手袋を持って戻ってきた。「あっちの作業台に強力なライトがとりつけてある」木製の高い台のほうを頭で示した。工具類とエンジン部品が整然と積み重ねられている。彼がファンの位置を変え、ワット数の高い作業用ライトをつけた。

手袋をはめたわたしは慎重にリールをひきだすと、小さなコマが二人にも見えるようにかざした。白黒が反転したネガのなかに亡霊のような人影がいくつも見える。デジタルメディア以前の時代に、VHSとベータのビデオ以前の時代に、誰かがこれを撮影したのだ。これ以外にコピーはないかもしれない。

飛行機が映ったコマ、赤ちゃんを抱いた女性（ケイディその①を抱いたジェニー？）が映ったコマ、そして、たぶんキャンプ地を空から撮ったコマがあるようだが、コマを見ているだけでは、つなぎあわせてストーリーにすることができない。映写機が必要だ。フィルムを複製するための機器も必要だ。ダビングして大量のコピーを作らなくてはならない。

「前に古い映写機が見つかっただろ?」ルーがエドに言った。「あれ、残ってるかな」

「家のほうへ運んだ」エドが答えた。「そのうち使うときもあるかと思って。午後に誰かくる予定があったっけ? そろそろ暗くなってきた。今日はもう閉めてもいいんじゃないか?」

エドはわたしのほうを向いた。「ミズ・オルブリテンはあんたの名前を教えてくれなくて、シカゴからきた探偵さんで、いろいろ世話になってると言っただけだったが、やっぱり呼ぶときの名前がほしい」

「ヴィクよ。じゃ、つぎはこっちから質問——エドとルーをどう区別すればいいの?」

二人は笑い声を轟かせた。「エドは左のこめかみにほくろがある」ルーが言った。「おれは前歯の一本が金歯だ。ヴィク、その箱を包み直してくれ。おれの道具箱に入れとくから。家までおれたちの車についてきてくれ。保安官に目をつけられんように、ゆっくり行儀よく運転するんだぞ」

時刻はちょうど五時、十一月なのでもう薄暗い。夕暮れのなかを、わたしは二人の古いトラックのあとについて北へ向かった。インターステート七〇の出口を通り過ぎるまで、帰宅する通勤者の車で道路は混んでいた。トラックは左折して丘をのぼりはじめた。あたりはたちまち田園風景に変わり、脇道を走りつづけるうちに、小さな農場に到着した。エドがトラックの脇をまわるよう合図をよこし、納屋のほうを指さした。そこにプリウスを置けるスペースがあった。

歩いて戻ってくると、庭とその奥に建つログハウスの窓にモーションセンサーで明かりがついた。ログハウスは歴史ある遺物ではなく、現代のもので、丸太をきっちり組んでモルタルで固めてあり、屋根には天窓とソーラーパネルがついている。

ログハウスの向こうからコリーが走ってきた。気をつけの姿勢で立ち、ルーが「友達だ」と言うと、行儀はいいがさほど興味のなさそうな顔でわたしの匂いを嗅ぎにきた。

エドがわたしを家のなかへ案内するあいだに、ルーが納屋へ映写機を捜しに行った。鎧戸は閉めないことにするとエドは言った。「近所のやつが車で通りかかったとき、よけいな注意を惹くことになるからな。フィルムは地下室で見ることにしよう」

階段の下のリネンクロゼットにきちんと積み重ねてあるシーツの一枚を、エドがとってきた。わたしは彼について地下室に下り、羽目板張りの壁にシーツをかけるのを手伝った。嵐のときはこの地下室に逃げこむのだという。最小限の家具しか置いてなかった。古いアームチェア、壁ぎわのソファベッド、非常用の食料と水がストックしてある棚、隅に小さなバスルーム。

「ここに閉じこもることはあまりない。上にいるほうが好きなんだ。空が眺められるからな。一日じゅう解体工場で働いたり、人のポンコツ車をいじったりしたあとは、星と新鮮な空気が恋しくなる」

ルーが映写機を持って戻ってくるまで、わたしたちは口数少なくそわそわと室内を歩きまわっていた。「新しいコードが必要だったんだ。つけかえてきたぞ。さて、ヴィク、あんたの指のほうがほっそりしてるし、おれたちみたいに切り傷だらけでも、節くれだってもいないから、フィルムを映写機にセットしてくれ」

わたしのほっそりした指は緊張で思うように動いてくれなかったが、セットの手順を説明するルーの指示に従うと、数分後に映写機がまわりはじめた。まず、フィルムがスピンドルにぶつかる音がして、わたしが子供のころの映画で見た記憶のある白黒のコマが登場し、やがて画面に警告が出た。


合衆国空軍の所有物。最高機密。正規の許可もしくは承認なしにこのフィルムを見た者は、二万五千ドルの罰金及び最高五年の懲役刑に処せられる。


「許可はとってあるか、ヴィク。エドとおれはもちろんとってない」

三人とも爆笑したが、その笑いには不安が混じっていた。

フィルムは三十分にも満たないものだった。画面にまず登場したのはカンワカに配備された弾頭つきミサイルのクローズアップ。それから、カメラがパンして、交代で勤務につく勇敢な男たちの顔を映しだしていく。人命を消し去るボタンを押す必要が生じたときのために、国の命令を実行すべく待機している男たち。PR映画の一部を挿入したような感じだ。このあとの映像に比べると、プロっぽい仕上がりだし、日付が入っていないのはこの部分だけだった。

一九八三年八月十五日月曜日　〇八〇〇時

寄せ集めのデモ隊のキャンプ地。もともとたいした人数ではなかったのがさらに減っている。テントはどれも粗末で、大草原の太陽に地面がじりじり焼かれているのがわかる。赤ん坊を抱いたジェニー・ペレックがいる。十人ほどの仲間と一緒だ。大半が若者、その多くが絞り染めのシャツやワンピース姿で、前身頃にピースマークが描かれている。

カメラにはマイクが内蔵されているが、音声より映像に重点が置かれているため、聞こえてくるのは、ぼそぼそと交わされる会話の断片だけだ。拡声器が突然デモ隊に向かってがなりたてたときは、エドも、ルーも、わたしも、そろって飛びあがった。

「全員に告げる、全員に告げる。明朝〇六〇〇時、この区域で毒性の高い物質の実験が開始される。今夜二〇〇〇時までに退去すること。それを過ぎたら、空軍は今後、諸君の身の安全を保証できない」

フィルムにはデモ隊の混乱が映しだされていた。サイロのゲートで警備員に詰め寄る者、テントのそばに集まる者。だが、大半は所持品を自分の乗用車やキャンピングカーに積みこんで走り去った。そのなかにジェニーの姿はなかった。

一九八三年八月十六日火曜日　〇六〇〇時

フィルムは飛行機のシーンで始まった。わたしがさっき解体工場のライトの下で見た飛行機だ。サイロのそばに駐機しているのかどうかはわからないが、防護服姿の男性四人が翼の下にタンクをとりつけ、円筒形のステンレス容器の中身をそちらに移している。バゲット大佐が紛失したという燃料棒のケースに似た容器だ。ガスマスクを着けた軍服姿の男性数人が作業を見守っている。横に民間人三人が立っている。

わたしは民間人をよく見るために、フィルムを停止するようルーに頼んだ。マット・チャスティン、マグダ・スピロヴァ、ネイサン・キール。一九八三年当時のキールは四十七歳か四十八歳の働き盛り、ソニアと同じ豊かな黒髪で、腕も脚もたくましい。マグダとマットは信じられないほど若い。

「陰険そうな女だな」エドが言った。「よからぬことを企んでる顔だ」

わたしはマグダの顔をじっくり見た。エドの言うとおりだ。薄笑いを隠そうとしている。キールは何かの装置をいじっているところだが、静止したコマのなかでカメラのほうを向き、軍人の一人に何か言っている。この三人がどういう人物かをわたしがルーとエドに説明すると、ルーはふたたび映写機をまわしはじめた。

デモ隊のキャンプ地の上空が映しだされた。低く飛ぶ飛行機から靄のようなものが——ペスト菌？——たなびき、テントの上に広がっていく。

八月十八日木曜日　一六〇〇時

防護服の男たちを乗せたジープがキャンプ地に入ってくる。映像がぶれているところを見ると、たぶん、後続のジープかトラックから誰かが撮影しているのだろう。映像が傾いたり方向転換したりするため、わたしは乗物酔いを起こしそうだった。防護服のクルーがテントをつぎつぎとのぞきこんで、後続の撮影チームに親指を上げてみせていたが、やがて、サイロにもっとも近いテントまでやってきた。二分近くのあいだ、カメラはテント入口の開いたフラップだけを映していた。

やがて、女を腕に抱いた男が出てきた。女は意識不明か、もしくは死んでいるか。わたしの見た感じでは、死んでいるようだ。

男がトランシーバーに向かって語りかけたが、何を言っているのかわたしたちにはわからなかった。さらに一分ほど経過、カメラがトランシーバーと地面に横たえられた女のあいだを往復し、そこで撮影が中断した。

次に登場したシーンはあまりに猟奇的だったため、ようやく信じる気になるまで、ルーに頼んで三回も映写してもらわなくてはならなかった。車が三台到着、土埃の量から判断すると、猛スピードでやってきたようだ。最初がキールの車で、尻をふりながら急停止した。そのうしろの二台目からマグダが降りてきた。おんぼろトヨタがキールの前でブレーキをきしらせて止まった。マット・チャスティンが飛びだし、ジェニーのほうへ走った。ジェニーは地面に横たえられていた。マットはそこに身を投げかけた。

空軍兵士が三人がかりで彼をジェニーからひきはなし、暴れる彼を押さえこんだ。キールが膝を突いてジェニーを調べ、それから顔を上げた。当時のまだ若かった彼の顔には、怒りのこもった悪意ではなく、さまざまな感情が渦巻いていた。驚愕すると同時に困惑していた。マグダがふたたび薄笑いを浮かべたが、それを見ているのはルーとエドとわたしだけだった。空軍兵士たちがジェニーをカートに乗せてトヨタまで運び、走り去った。マットは三人の手をふりほどくと、トヨタを追って走りだそうとしたが、そこでつんのめって倒れた。左肩に血が広がるのが見えた。背中を撃たれたのだ。フィルムはそこで終わっていたが、わたしはくりかえし三回見て、テントの一つから十四歳のソニアの顔がのぞいていることに気づいた。〝ジェニーは死んだ。棺台（カルタファルク）にのってるのを見た〟——先週、病院でソニアがそう言った。カート、ジェニーの棺台。

54 女は死せり

「いまのはどういうことなんだ?」フィルムの端がスピンドルに当たってカタカタ音を立てるなかで、エドが問いかけた。

「ドリス・マッキノンとマグダ・スピロヴァはなぜ死んだのか、オーガスト・ヴェリダンとエメラルド・フェリングはなぜ身を隠しているのかを、このフィルムが教えてくれてるのよ」わたしの声はかすれて細かった。ルーが非常用食料の棚まで行って、一ガロン容器の水をマグに注いでくれた。

わたしは水を飲みほし、アームチェアにもたれて目を閉じた。マグダ・スピロヴァはカンザスに戻っていたのだ。ソニアの日記に、〝マグパイ〟をからかって、彼女を映画で見たと言ったことが書いてあった。デモ隊のキャンプ地壊滅の模様を収めた空軍の極秘フィルムのことだったのだ。どういうわけか、それをソニアが手に入れた。一九八三年に? それとも、現代になってから? ソニアはこれを見ている。間違いない。だから、チーム・バゲットが彼女を沈黙させようと躍起になっていたのだ。わたしの部屋にあったソニアの日記が盗まれたのも、それが理由かもしれない。

「なんでフィルムがその若い男のプレートホルダーの裏に隠されることになったんだ?」エ

ドが訊いた。

「ドリスが隠したのね」わたしは目を閉じたまま、その様子を思い浮かべようとした。「ドリス・マッキノン。八三年にキャンプ地が壊滅したときの混乱のなかで、ソニアがフィルムを見つけるか盗むかした。それをマッキノンの家に持っていった。これまでずっと誰にも気づかれることなく、家のどこかにあったのかもしれない。どこなのかはわからないけど。ルシンダはキャンプで火事が起きたのと同じころに死亡している。もし、ソニアか、マグダ・スピロヴァか、あるいはルシンダ自身がフィルムをマッキノンの家に隠したとすると、何十年もその場所に埋もれたままだったんでしょうね。古い農家には戸棚やたんすがたくさんあるから」

ドリスが偶然それを見つけたときの様子が想像できる。よくあるケースだ。一九八三年に銀行から届いた報告書を捜している。それがあれば、自分の土地を無料（ただ）同然の値段で空軍に強制的に買いあげられたことが証明できる。引出しと戸棚を片っ端から調べているうちに、偶然、古い箱に入ったこのフィルムを見つける。

「ドリスは何か手段を講じてフィルムを見て、怒りに駆られ、エメラルドに電話で助けを求めたのね。もしくは、〝エメラルドは映画に出てる。これを見る方法を知ってるはずだ〟と思ったのかもしれない。あとのほうがありそうだわ。だって、エメラルドがあわてふためいてシカゴを出たんだから。エメラルドはオーガスト青年に会ったことがあり、彼ならフィルムを扱えることを知っていたので、お金を払ってカンザスまで同行してもらうことにした。エメラルドのルーツを映画にするというのは二の次で、本当の目的じゃなかったんだわ。オーガストなら映写機を借りることもできただろうし。かつて学んだ映画学校から貸してもらったのかもしれない」

わたしは話を中断してメモをとった――ストリーター兄弟に頼んで、オーガストが最近映写機を借りたかどうか調べてもらうこと。

「ドリスとオーガストとエメラルドはフィルムを見て、ダイナマイトを抱えこんだことを知る。ドリスは彼女の土地をとりあげて〈シー・2・シー〉に渡した空軍に激怒する。何十年か前に軍が彼女の畑に何を散布したのかを突き止めるために、土壌サンプルがほしいと思う。なぜなら、その散布のせいでエメラルドの母親のルシンダが亡くなったのだから。ルシンダはドリスの親しい友人だった」

「恋人関係だったんだ。遠回しな言い方はやめなよ、シカゴの探偵さん」ルーが言った。

「若い女の遺体が車に運びこまれたあのシーンだが、ありゃいったい何なんだ？」

「パニックのせいよ。解剖で死因が特定されることだけは避けなきゃならなかった。車で彼女を川まで運び、錯乱状態に陥って自殺したように見せかけることに決めたのね。三日から四日ほど水に浸かっていれば、本当にそこで死んだのか、本当に溺死なのか、と疑う者は出てこないでしょうから」

「ところで、軍の連中がサイロの若者たちにまき散らしたのは何だったんだ？」エドが訊いた。「あれは農薬散布に使う飛行機だったぞ。農薬をまいたのか」

「ペスト菌よ」わたしは答えた。「空気感染で広まり、致死率九十九パーセント」

「犯罪じゃないか！」ルーが叫んだ。「犯罪よりひどい。罪もない人々に菌を散布？　しかも、ドクター・キールが？　そばに立って黙って見てた？」

「キールはたぶん、軍が彼の培養した細菌を実験に使うんだと思ってたんでしょう。下痢を起こす程度で、重篤な症状をひきおこすはずではなかった。だから、気の毒な大学院生に怒りをぶつけたのよ。ほら、背中を撃たれた学生」

エドとルーは話の筋道を理解しようとして、しばらく黙りこんだ。「いまはどうなんだ？　ミズ・エメラルドとオーガスト青年があの畑を掘ってたというが、肺ペストにやられる危険はないのか」

「それはないと思う」わたしはロティから聞いたペスト菌の寿命に関する話を二人に伝えた。ペスト菌が地中で何年も生存することはありえない。

途中で話を止めた。ロークとヒッチコックはペストに感染した。二人ともマッキノン農場の土を調べていた。だが、ドリスにはペストの症状がなかったようだ。どういうこと？

さまざまな場面がわたしの頭に浮かんだ。バゲット大佐と行方不明のシリンダー。ミサイルの敷地に置かれた容器の金属製の蓋の上で温まっていた蛇。〈愛国者ＣＡＲＥ－ＮＯＷ〉という団体。

椅子の上ですわりなおしたとき、ドキシサイクリンの小瓶が腿に当たり、次の錠剤をのまなくてはならないことを思いだした。マグに残っていた水で一錠のんでから立ちあがった。

「このフィルムは目下、ダグラス郡でいちばん危険な品だわ。どこか安全なところで保管しておく必要がある。でも、コピーもとらないと。あのサイロで何があったかを証言してくれるものが、このフィルム一つだけというのでは不安すぎる。フィルムを手に入れるためなら殺人も厭わない連中がいるとすれば、これがネットに出ることを早く連中に知らせておいたほうが、こっちの身は安全だと思うの。これをコピーして保管してくれる人が、あなたたちの知り合いのなかに誰かいない？」

エドとルーは顔を見合わせた。人生の大半を一緒に送ってきた二人が交わす無言の意思疎通。

ルーが言った。「おれたちが預かろう。トンガノクシーの知り合いに、これをビデオにしてくれるやつがいる。それまでうちの金庫にしまっておく。あんたはどうする？　あんたの次の行動は？」

「いまのわたしは、馬の背にしがみついて四方八方へ駆けまわるという、お伽話に出てくる男になった気分よ。使用済み燃料棒の件で大佐から話を聞きたいし、あの畑で〈シー・2・シー〉が何をしているかを知りたい。でも、まずキール博士から始めることにするわ。いまのところ、沈黙を守る必要がいちばんなさそうなのが博士だから」

「オーケイ、シカゴの探偵さん。くれぐれも用心してくれ」

「用心と言えば――わたしの犬をミズ・オルブリテンに預けてきたの――彼女の身を安全に守ってほしいってクレメンツ牧師に頼まれたんだけど、わたしには番犬を置いてくることぐらいしかできなかったから」

ベイヤード・クレメンツがこの二人に身辺警備の仕事を頼まなかったのはなぜだろうと疑問に思ったが、ルーがわたしの心を読んだかのように大声で笑いだした。「おれたちはずっと昔にあの教会から追放されてしまった。前の牧師の時代だったが、それから何年ものあいだに、地獄の業火や審判なしで自分たちが立派に生きていけることを知った。大部分の教会がいちばん好きな聖書の文句は、〝ほかの者の審判を受ける前に、あなたのほうから相手に審判を下しなさい〟のような気がする。だが、あとでミズ・ネルの家に顔を出して、彼女が犬の面倒を見てるかどうか、もしくは、犬が彼女の面倒を見てるかどうか、たしかめてくるとしよう」

二人はわたしの先に立って階段をのぼり、家の周囲をまわって誰もきていないことを確認してから、プリウスが置いてある納屋まで連れていってくれた。「大きな通りに戻るまでライトはつけないほうがいい」

エドが言った。「真っ暗だから、溝に突っこんじまうぞ。おれたちがトラックで丘のふもとまで行くから、あんたはテールランプを目印についてきてくれ」

二人は鉄道の駅まで先導してくれ、そこでわたしと別れてオルブリテン家のほうへ走り去った。世間をよく知る腕っぷしの強い男たちを思いがけず味方に得て、何日かぶりに心が和んだ。車で橋を渡って大学を通り過ぎ、キヴィーラ・ロードに出た。心に歌、唇に笑み、という心境ではなかったが、キールの家で憤怒と対決する覚悟はできていた。

キール家に着いたときは七時になっていた。食べるものが必要だったので、途中で食料品店に寄らなくてはならなかった。ドキシサイクリンは食後に服用するよう言われていて、その理由がわたしにも理解できた。すきっ腹に水だけでカプセル錠を呑みこむと、食堂と胃に焼けつくような痛みが広がる。

キール本人が玄関に出てきた。片手にナプキン、反対の手にナイフ。「夕食の最中なんだが。それとも、きみの出身地では真夜中に食事をするのかね？」

「食事がすむまで、玄関ホールで待たせていただきます」わたしは礼儀正しく言った。「何者かがお宅の娘さんを殺そうとしている理由がやっとわかったので、そのことで話がしたくて。最初はモスコミュールにルーフィーを混ぜ、つぎはICUで窒息死させようとした」

「あの子が死にかけたのは麻薬とアルコールの過剰摂取のせいだ。何十年も前から中毒してるからな。母親と同じように」

「そうね」わたしは言った。「兵士が大学院生の背中を撃つのを目撃して以来ずっとそうだった。マットはジェニー・ペレックの遺体が彼女の車に押しこめられる前に、そこまでたどり着こうとした。簡単に忘れられることじゃないわ。とくに、そのころまだ十四歳の子供で、世間の人に本当のことを言っているのに、それに耳を貸す者がいないようにするため、周囲が口をそろえて〝この子は頭がおかしいんだ〟と言ったりすればとくにね」

キールは沈黙したまま、虚ろな目をして立っていた。シャーリーが家の奥からわめき立て、誰が訪ねてきたのかと訊いていた。キールが答えようとしないので、かわりにわたしが言った。「V・I・ウォーショースキーです、ミズ・キール。娘さんのことで話があってお邪魔しました」

わたしはキールのほうに向きなおった。「ガートルード・ペレックにどんなふうに話したの？　長年のあいだ、どんな方法で彼女の忠誠心を確保してきたの？　ガートルードの娘は、あなたがデモ隊のキャンプ地に散布するのに手を貸したペスト菌に殺された。孫娘は死んだ。あなたは自分の娘をガートルードに押しつけて――」

「なんの話だ？」キールはわたしの言葉をさえぎった。右のこめかみに狼狽を示す青筋が立っていた。「ソニアを人に〝押しつけた〟覚えなどない。残念なことだが」

「ちょっと、とぼけないで。ケイディのことよ。あなたはガートルードを言葉巧みに丸めこんで、ケイディはジェニーの子供だと思いこませようとした。でも、ジェニーの子はペストで死んでしまったのよ。ケイディはマグダの子供。でも、子作りに協力したのはあなた。やり方をお忘れなら、手順を一つずつ説明してあげてもいいわよ」

「そうか、嘘ではなかったんだな」キールはつぶやいた。「ドリス・マッキノンが病院からガートルードに電話をして、テントに置き去りにされていたジェニーの赤ん坊をルシンダが見つけたと言ったんだ。わたしはてっきり……いや、いまさらなんの違いがある？　ルシンダは死んだ。わたしは一目見て、ペスト菌に感染していたことを知った。エンテロコリチカ菌ではなかった。そんなときに赤ん坊のことなど考えている余裕はなかった。いくらマグダに言われたところで……」

「人の家庭をこわすのが好きなあのクソ女がいまもうろついてるの？」夫の背後の廊下にシャーリー・キールが現われた。頭を上下にふり、アルコールと憤怒で目をぎらつかせている。

「そういう言い方はやめろ！」キールがわめいた。「醜悪だ。卑しい。おまえの人間性まで――」

「マグダは死んだわ」わたしは言った。

シャーリーはぞっとする笑い声を上げた。「マグダはよその国へ行っていた。そして、〝女は死せり〟」

「あなたが殺人を笑い飛ばせるほど性格の歪んだ人なら、それも冗談にしか思えないのかもしれないわね。生まれついての社会病質者なのか、それとも、夫と長年戦いつづけてきたせいで、自分が何を言い何を感じているかが判断できなくなってしまったのか、わたしにはわからない。でも、そういう判断ができないというのも、結局は社会病質者と同じことかしら」

シャーリーはわたしに平手打ちを食らったかのように、頬に片手を当てた。「そんなのでたらめよ。フェアじゃないわ」

「何がフェアなのか、わたしにはもうわからないわ。十四歳の娘がマット・チャスティンへの恋煩いに苦しんでいた時期に、あなたがわが子のことを真剣に気にかけていれば、フェアだと言えたかもしれない。チャスティン殺しやジェニー・ペレック殺しをあなたの力で阻止するのは無理だったと思うけど、わが子がその現場を目撃するのは防げたはずよ」

わたし自身のこめかみで、首筋で血管が脈打っているのを感じ、心を落ち着かせようとした。「いまになってマグダがカンザスに戻ってきたのはなぜなの、キール博士。ペストに関係してるのね、たぶん。だって、ドクター・ロークはペストで死亡したし、ヒッチコック教授は危篤状態ですもの」

キールはわたしを凝視したままだった。

「マグダから電話があったんでしょ」わたしは言った。「長い年月がたっても、向こうはまだ恨んでたの？　だって、あなたは自分の研究の成果を守るためにマグダを犠牲にしたわけだし」

「ああ、電話してきた」キールはしわがれた小声で言った。「何年もたったから、あの女から連絡がくることは二度となく、平和に生涯を送れるものと思っていた」

「向こうは何を望んでいたの？」

「わたしを苦しめることだ、もちろん。電話一本でいつでもわたしのキャリアを破滅させられることを、わたしにわからせようとした」

「つまり、ミサイル基地の周囲にペスト菌をばらまいた件について、あなたの役割を表沙汰にするということ？」

キールはわずかにうなずいた。

「好奇心から質問させて。いまとなってはどうでもいいことだけど、本当は何があったの？あなたはどうしてキャンプ地に散布なんかしたの？」

「拡散状況をテストするための方法だった」キールは言った。

自分のしたことを説明しはじめたとたん、キールの声に力が戻った。

彼は軍から助成金を得て、Y・エンテロコリチカ菌の研究を進めてきた。「あくまでもワクチンとその他の解毒薬を開発するためだった」キールは尖った声でつけくわえた。「ジェンナーが牛痘を接種して天然痘を予防したのと同じような形でエンテロコリチカ菌を使うことに、わたしは希望をかけていた」

国防総省は細菌を上空から散布する実験を、よその土地ですでに何度かおこなっていた。地方のダグラス郡がちょうどいい実験場になると考えた。それに――キールは認めた――最後まで残っていたデモ隊の連中をミサイル基地から追い払う手段でもあった。

「わたしは空軍のチームと共同で、散布当日の風の動きをチェックした。すべてを精密な地図にして、どの地区に影響が及ぶかを予測した。それがすむと、州の公衆衛生局を通じて病院の患者受け入れ状況のモニターにとりかかった。胃腸関係の患者が急増するものと思っていた。ところが、肺炎による死者が二名出た。家族から発症の状況と症状を聞きだして、何が起きたかを悟った。マグダに質問した。マットの責任だと言われて、わたしはそれを鵜呑みにした。あの男は研究室でしじゅうミスをしていたからな。あわてて空軍に連絡して、一緒にキャンプ地に駆けつけ、ジェニーを発見した。軍のやつらがマットを撃った。この件を口外したらわたしのキャリアは終わりだと軍に言われた」

「キャリアって厄介ね。手間暇かけて守らなきゃいけないんだもの」わたしの喉がこわばっていた。言葉を絞りだすのも辛かった。「ソニアがあの場にいたことを知ったのはいつだったの？」

「あの場にいたのを、なぜきみが知っている？」キールが詰問した。

「あなたの実験を空軍がフィルムに収めたから。見せてもらったわ。そこにソニアが映ってたの」

フィルムのことを聞かされても、キールは反応しなかった。あの日の出来事に心を奪われていたのだろう。「ソニア……あの子は何カ月も前からマットにのぼせあがっていて、わたしの頭痛の種だった。夏のあいだ、ジェニーのテントのあたりをうろついて、ジェニーとマットの様子を探っているという報告が、ガートルードからあった。キャンプ地を焼き払うために出かけたとき、あの子を見つけた。正視に耐えない姿だった」

キールは嫌悪のしぐさを見せ、顔を背けた。

「マットに覆いかぶさってたの？」わたしは訊いた。「マットは死んでて、ソニアはマットのTシャツを着てたの？」

「吐き気がしそうだった。火をつけるためにきていた兵士たちがソニアを助けだした。あの日以来、わたしはずっと思ってきた。いっそあそこで……」自分が何を言おうとしているかに気づいて、キールはあわてて黙りこんだ。

「気を楽にして。ソニアだって、自分があの日死んでしまえばよかったと思ってるから。ソニアがどうして麻薬に走ったのかわかる？　あなたに見せられたものをいっさい見なかったことにしたいと思ってるのよ」

「わたしがやったのではない」キールは腹立たしげに言った。「マットの責任だ。愚かなやつで、マグダが菌を入れ替えるのを許してしまった」

「どんな不都合なことが起きても、ネイトはぜったいに悪くないのよ」夫のうしろの暗がりに、シャーリーがさっきから無言で立っていた。彼女の愚弄の言葉にわたしはビクッとしたが、妻に侮辱を投げ返そうとするキールを黙らせた。

「マグダの赤ちゃんがテントのなかにいたのはなぜ？　どうしてペストに感染せずにすんだの？　あるいは、灰にならずにすんだの？」

キールは額をさすった。「マグダはわたしが子供はもういらないと思っていることを知った。妻と別れて彼女と再婚する気のないことも知った。鬼婆をべつの鬼婆と交換するのか？　いやだね。マグダは赤ん坊を死なせるつもりでジェニーのテントに置いたのかもしれない。

あるいは、誰かが助けだしてくれると思ったのかもしれない。あの日、ドリスが病院から電話をよこしたとき、わたしはジェニーの赤ん坊が奇跡的に助かったのだと思った」

キールがとった行動、マグダがとった行動の極悪非道さを知って、わたしの脚の力が抜けた。キールの足もとに崩れ落ちないよう、ドアの脇にしがみつかなくてはならなかった。十まで数えて、息を吐いて、しっかりするのよ。質問しなきゃいけないことがまだまだあるんだから。

「何年もたってからマグダがカンザスに戻ってきたのはなぜ？」

「わたしにとりついた悪鬼のせいだ。運命から逃れることはできない。古代ギリシャ人はそれを知っていたが、わたしは本気にしていなかった。軍の大佐がやってきてマグダのことを尋ねるまで」

「バゲットね」わたしは言った。「今日、マット・チャスティンの妹さんが会いにきてくれたわ。マットが生物学を学び、聖書の物語より進化論を受け入れるようになったために親から絶縁されたことを、あなたはご存じ？　べつの教授の研究室に入ることになっていたのに、その教授がワシントンへ去ったため、あなたの指導を受けるしかなくなったということをご存じ？　あなたはマットのことを役立たずだと思ってたけど、ほんとは小さなころから科学に恋をしていた少年に過ぎなかったのよ。

あなたが偉そうにふんぞりかえってるから、まわりの人たちは息もできない。あなたはマットを殴り倒し、自分の娘が意識を失うのを傍観し、マグダ・スピロヴァがあなたとのあいだにできた赤ちゃんを殺そうとするのを黙って見ていた。精神科医を味方につけて、すべてがソニアの妄想だと言わせ、娘を薬漬けにしてきた。そうしておけば、あなたはキャンプ地の身の毛もよだつ出来事を思いださずにすむから。

そんなあなたにも一つだけ、役に立てることがあるわ。お仲間のバゲットと、ロズウェルと、ピンセンと名乗っている男に電話なさい。そして、こう言うの――明日のいまごろ、全世界が空軍のあのフィルムを見るチャンスを与えられる。オーガスト・ヴェリダンとエメラルド・フェリングを追うのはやめるんだ。ソニアには手出しをしないでほしい」

55 メン・イン・ブラック

オーガストの車に戻ったとき、わたしは歩くのもやっとの状態だった。バゲットに会いたかった。燃料棒の話が嘘っぱちなのはわかっていると言いたかった。マグダが〈シー・2・シー〉の畑で何をしていたかを突き止めたかった。しかし、それだけの力がもう残っていなかった。

B&Bまでゆっくり車を走らせた。ピエールがすでに着いているはずだ。バーニーを彼の車に押しこんで、それからベッドに倒れこもう。

B&Bの裏にある駐車場に入ったとき、わたしの部屋は真っ暗だった。うなじがちくちくするのを感じた。待ち伏せ？　そっと部屋に入って明かりをつけた。誰もいなかったが、バーニーのバックパックが折りたたみベッドにのっていた。

恐怖のあまり感覚の鈍った指で、ファラデー・ケージからスマホをとりだした。

〝パパの飛行機がデンヴァーに緊急着陸。こっちに着くのは十時過ぎ〟バーニーからメールが入っていた。〝ケイディがミサイルサイロのそばの農家へ行きたいって言ってる。オーガストとエメラルドがたぶんそこにいると思うので、あたしも一緒に行くことにする〟

バーニーに電話をした。「いまケイディと一緒なの？　もうサイロに着いたの？　なかに入っちゃだめよ。危険だから」

「ヴィクはいつもそればっかり。死んだ女の人たちを見つけるのに忙しすぎて、オーガストが隠れてるのは論理的に考えてあそこしかないという場所を、のぞきに行こうともしないじゃない」

「バーニー――そこしかないとは言いきれないのよ。もっと可能性の高い場所がローレンスにはいくらでも――」

「ヴィクのことはよくわかってる。そうやってお説教するのは、自分のやり方を押し通したいからだわ。あたしにはケイディがついてるのよ。姉貴分のヴィクに守ってもらわなくても、二人で助けあってなんとかできるわ」

バーニーは電話を切ってしまった。かけ直したが、留守番電話になっていた。ケイディにかけたが、そちらも応答なしだった。

わたしの心に怒りと恐怖が広がった。へとへとに疲れていて、考えることはおろか、動くことすらできなかったが、両方をこなすしかなかった。

立ちあがって、ふらつく足でバスルームに入り、多少なりとも意識をはっきりさせるためにシャワーの下に頭を突っこんでから、乾いた清潔なセーターを着てブーツをはいた。双眼鏡型の暗視スコープは図書館の駐車場に止めたマスタングのなかだ。銃も同じく。そちらに置いたままにしておくしかない。

ペピーはどこかとあたりを見まわした。ネル・オルブリテンに預けてきたことを思いだすのに一分ほどかかった。ノース・ローレンスまで出かけたのも、エドとルーのところでフィルムを映写したのも、遠いジュラ紀の出来事のような気がする。怒れる恋人ジェイク、ロティ、ミスタ・コントレーラス、サル・バーテル――シカゴの友人たちすべてがそれよりさらに遠く感じられる。

車に乗りこむ前にケイディとバーニーにもう一度電話してみたが、留守電に切り替わっただけだった。ブラム・ロズウェルか保安官が現われる前に二人のところへたどり着こうとすれば、大急ぎで行動に移るしかない。電話をファラデー・ケージに戻して車をスタートさせた。尾行されていないことが確認できるまで裏道ばかり選んで走り、信号のあるところではスピードを落としたが、赤信号でも止まらずに走り抜けた。

市街地を出ると、時速七十マイルまでスピードを上げた。わだちのなかで車がバウンドし、砂利が車のボディにぶつかった。東十五丁目から広々とした田園地帯へ、南に向かってドリス・マッキノンの農家へ。納屋にプリウスを入れた。

サイロへの直線コースは畑のなかを突っ切ることだが、いくら満月の晩でも、夜間に試す気にはなれなかった。

ブーツが砂利をざくざく踏んだ。周囲では生きものたちが地面を這い、さえずり、落葉のなかでカサコソ音を立てている。ネズミ、アナグマ、フクロウ――それ以外の音は聞こえないと断言できればいいのに。茂みの葉や枯れたトウモロコシの茎がそよぐたびに、暗視スコープをこちらに向けている兵士ではないか、ペスト菌のスプレー缶を手にしたマグダの仲間ではないか、と思ってしまう。

こんなふうに恐怖に駆られたときは、いつもなら歌をうたうところだが、いまはこちらの存在を知られたくなかった。深呼吸して、ヴィクトリア。母の声が頭のなかに響いた。〝身体の力を抜いて、いい子ね、そして深呼吸。たしかに、喉を詰まらせたネズミみたいな声しか出てない（ナトゥラルメンテ・センブリ・ウン・トーポ・ストロッツァート）わね。身体のなかに酸素が入っていかないからだわ！〟

そのとおりよ、ガブリエラ。深呼吸、おなかに力を入れて。母がくれた多くの贈物の一つがこの深呼吸だった。

サイロへ通じる道路に出た。立ち止まって畑のほうへ目を凝らした。サイロの正面ゲートの上に一個だけついているスポットライトが、近くに止まった小型車を照らしていた。車のそばまで行き、危険を承知で懐中電灯をつけた。誰も乗っていなかったが、『ジャーナリストから見た米国史・教師用手引』が助手席に置いてあった。

フェンスのこちら側、つまりマッキノン農場の側にしゃがんで、畑のほうに何か動くものがないか、あるいは、暗い地面の上にさらに暗い人影がないかを見定めようとした。

「ケイディ！」低い声で呼んだ。「バーニー！　V・Iよ」

もう一度呼んだが、返事はなかった。サイロまで歩いて戻り、南京錠のついた正面ゲートの奥をふたたび懐中電灯で照らした。ミサイルサイロの頑丈なゲートの外には、車の姿は一台もなかった。先週のときと同じフェンスの破れ目から忍びこんだ。慎重な足どりでサイロの敷地を横切った。〈シー・2・シー〉の所有地と接している場所に出た。

「ケイディ！　バーニー！」もう一度呼んでみた。「V・I・ウォーショースキーよ。あなたたちの姿が見えない。畑にいるのなら、アラームに感知されずに入る方法を教えて」返事なし。不安な思いで向きを変え、耳をすませた……何を聴きとろうとしたのか、自分は。

でもわからない。二人はケイディの車を置いて、歩いて〈シー・２・シー〉の支社まで行ったのだろうか。もし二人がつかまったのなら……わたしも〈シー・２・シー〉へ行かなくては。

サイロの建物群の裏をまわり、敷地の西側に延びる田舎道へ向かおうとしたが、そこで急に足を止めた。発射管制をサポートするための古い建物の黒く塗られた窓から光が洩れている。管制を担当するクルーが作業をおこない、睡眠をとっていたセクションだ。

前にここにきたときは、ドアの南京錠をこじあけて建物に入ることまでは考えなかった。南京錠が新しいことに気づいて、麻薬密造者が保安官を遠ざけておくためか、もしくは、保安官と空軍が麻薬密造者を遠ざけておくためだろうと思っただけだった。心のなかで悪態をついた。もっとまじめに探偵仕事をすべきだった。

なるべくブーツの音を立てないよう気をつけて窓に近づき、黒い塗料の隙間からのぞいてみた。椅子の肘掛け、テーブルの角、何か真剣に主張しながら勢いよく上下している男性の手が見えるが、全体の様子はわからない。入口のほうへまわった。南京錠がはずれていた。ドアが音もなくすっと開いた。蝶番に充分に油が差され、ドアのフレームはなめらかに磨かれている。

なかに入ったとたん、廊下の奥から何人かの声が聞こえてきた。口論の最中だ。いましゃべっているのはバゲットだが、言葉までは聞きとれない。

廊下を進み、あけっぱなしのドアからミーティングの場に入った。

「キールの要求など無視すれば――」

途中まで言いかけて、ブラム・ロズウェルが黙りこんだ。バゲットと自称ピンセンもそこにいた。三人そろってこちらを見た。観覧車の上に落ちてきたタコを見るような目だった。

「どこにいるのかと思ってたんだ、ミズ・ウォーショースキー」大佐が言った。「神出鬼没で、居所を声高に告げるときもあれば、控えめなときもある人だね」

「会えなくて寂しいと思ってもらえるのって、けっこううれしい。あなたの盗聴器がどれぐらいの性能なのか、ずっと気になってたのよ。ピーナッツバターで盗聴用マイクにどんな影響が出たかしら」

「ピーナッツバターだと！」大佐は言った。「ノコギリで木を切るようなあの音？」

わたしはニッと笑った。凄味を効かせた笑み。「あれは犬がピーナッツバターをなめてた音よ。それで回路がショートしてればいいんだけど。ところで、ずいぶん不便な場所にお集まりなのね。近くにオレゴン・トレイル・ホテルがあるというのに。それとも、ミニットマン計画を再開するの？　だったら、いちばん便利な場所はもちろん、ミサイルサイロがすでに存在しているところよね」

「われわれが何をしようと、きみには関係ない」ロズウェルが言った。

「あら、もちろん、何をするかによるわ」わたしは反論した。「これが週に一度のポーカーゲームで、勝ったお金を伴侶か連邦政府（アンクルサム）から隠そうとしているのなら、おっしゃるとおりよ――わたしにはなんの関係もない。でも、そうじゃなくて、空中と土中にペスト菌をばらまくつもりでいるのなら、この郡の住民すべてに関係してくるわ。それどころか、全国民の問題よ」

「どうしてペスト菌のことを知っている?」ピンセンがきつい口調で訊いた。

「まあまあ、落ち着いて。秘密でもなんでもないんだから。ヒッチコック教授はクリーヴランド・クリニックに搬送され、危篤状態が続いている。ドクター・ロークの死因はペスト菌じゃなかったけど、感染してたのは事実よ。症状が重くなる前に、あなたたちのヒーローの一人がドクターを刺し殺してしまったの」

三人組は一瞬黙りこみ、やがて、ロズウェルがピンセンに言った。「きみの言うとおりだった。まったくお節介な女だ。ここに置き去りにしたほうがいい」

「ぼくは最初からずっとそうしたかった」ピンセンは言った。「ところが、この女を泳がせておけば女優と相棒のところにたどり着ける、とそちらが言うものだから」

「二人は見つかったのか」バゲット大佐がわたしに訊いた。

わたしは笑った。「軍の情報士官に思いつける最高の質問がそれ? あのおしゃれな軍の大学に入りなおして、尋問の初級講座を受ける必要があるわね。わたしがフェリングとヴェリダンを見つけたとしても、あなたに言うわけないじゃない。でも、一つだけ無料で教えてあげる。あなたや子分たちが郡内を駆けずりまわって捜してたものは、わたしが見つけたわ」

「なんのことだ?」バゲットが訊いた。

「わたしって、人々が隠そうとしているものになぜか偶然出会ってしまうのよね」わたしは壁にもたれ、ドアの近くに身を置くようにした。「例えば、赤ちゃんの遺骨とか、ドリス・マッキノンがドクター・ロークに土壌サンプルを送って分析を頼んだこととか。オーガスト

・ヴェリダンの自宅と、彼が働いてたジムのロッカールームの荒らされようを見たとき、わたしは犯人が何か小さなものを捜してたことを知った。ドリス・マッキノンが〈シー・2・シー〉の畑の土を掘った夜の写真と動画の入ってるUSBメモリが見つかったので、これがあなたたちの捜してるものかもしれないと思った。動画の一つにソニア・キールの姿もあったわ。それから、ソニアが先週バーの外で危うく死にそうになったのは、故意に命を狙われたからだったようね」

「なぜそこまで言いきれる?」ピンセンが言った。「三十年以上もアルコールとドラッグ浸りだった女だぞ。自分でクスリをやりすぎたのではないと信じる陪審員など一人もいないだろう」

「わたしは陪審員じゃないけど、合理的な疑いを超える証拠を持ってるわ。ソニアが倒れた夜、あなた、〈ライオンズ・プライド〉の外にいたでしょ。ところで、あなたの名前はほんとにピンセンなの? ほんとにフォート・レヴンワースのあの大学に通ってるの?」

「きみになんの関係がある?」ピンセンは不機嫌に答えた。

「わたしはあなたのボスよ。あなたはわたしのために働いてるのよ」

男たちは目を丸くしてこちらを凝視したが、やがてピンセンがまくしたてた。「きみは覆面捜査官なんかじゃない。きみの経歴を徹底的に調べてみた。あらゆるデモ行進、あらゆる駐車違反、これまでに手がけたあらゆる安っぽい事件。きみが連邦の職員だったことは一度もない」

「安っぽくない事件も調べてほしかったわね」わたしはぼやいた。「わたしは納税者よ。あなたと大佐はどちらも国民の僕であり、主人ではない。わたしたち国民があなたの給料を払っている。だから、あなたはわたしのために働いてるのよ。ケイディ・ペレックをつかまえてここに閉じこめてる？　ケイディならその点を説明してくれるわ。政府の働きを十二歳の生徒たちに理解させようとするのが彼女の仕事だもの」

ピンセンは侮蔑のしぐさを見せ、窓辺まで行ってまた戻ってきた。

バゲットが重苦しい声で言った。「そいつは本当にマーロン・ピンセンという名前なんだ。所属は保障省。国土安全保障省だ。中西部における大量破壊兵器の状況を監視している」

「まあ、そうだったの」わたしは皮肉たっぷりに言った。「例の使用済み燃料棒ね。核爆発の危険をちらつかせれば、住民はあなたたちの邪魔をしないようにする」

バゲットは赤くなったものの、こう言った。「何を根拠に、ピンセンがソニア・キールに薬を盛ったなどと言うのだ？　ソニアが命を落としかけた晩にこの男が〈ライオンズ・プライド〉で飲んでいたとしても、ローレンスの住民の半分もあそこにいたはずだ」

「翌日の夜、あなたたちがオレゴン・トレイル・ホテルのバーに集まってるのを見たとき、ピンセンをどこかで見たような気がしたの。あとになって、〈ライオンズ・プライド〉の表で警察を待つあいだに撮った写真を見てみたら、その一枚の背景にピンセンが写ってたわ。でも、あなたは講演を聞きにきた士官候補生だと言ってピンセンを紹介し、ピンセンもそのふりをした。あのお芝居の意味がいまだに理解できないわ」わたしはピンセンを見た。「あなた、何をしたの？　あの大学生たちにお金を渡してソニアのお酒に薬を入れさせたの？ソニアが狙われてることをわたしが確信したのは、もちろん、日曜日に彼女が窒息死させられそうになったからよ。誰を雇ってあんなことをやらせたの？」

ピンセンは顔をしかめたが、横からロズウェルが言った。

「病院のスタッフがソニアの鼻孔から布地の糸を見つけたわ。それを見て、身辺警護の必要を悟ったんですって」

「いったい何を見つけて、わたしがそれをほしがるだろうと思ったんだ？」バゲットが訊いた。

「じつはね、空軍が撮影したフィルムなの。ミサイルサイロのデモ隊にペスト菌をばらまくという、一九八三年に起きた犯罪行為を記録したものよ」

「きみが持っているのか。渡してくれ、ウォーショースキー。あれは軍のもので、極秘扱いだ。民間人は手を出さないでもらいたい。それから、きみがわたしのボスだとかいうたわごとはよしてくれ」

「フィルムを見たわよ」わたしは言った。「軍が極秘扱いにしたがる理由もわかるけど、もう手遅れね。目下コピー製造中で、明日のいまごろは世界じゅうのネットに流れてると思う」

バゲットはわたしの頭のそばの壁に両手を突いて、のしかかるように立った。「フォート・レヴンワースで残りの一生を送ることになるかもしれないぞ、ウォーショースキー。重大な罪を犯したのだから」

わたしの心臓の鼓動が不快なほど速くなった。バゲットのほうが六インチ高く、四十ポンドも重い。軍であらゆる格闘技の訓練を受けているのは言うまでもない。

「誰のところにあるんだ？」ピンセンが大佐の背後にきていた。「きみが利用しているディアフィールドのあの研究所か」

わたしはバゲットの左腕の下をくぐってピンセンをにらみつけた。「わたしの車と電話を盗聴し、メールまで調べてたの？ 広告を出すときのコピーに使わせてもらうわ。〝ウォーショースキー探偵事務所・業績優秀につき、国土安全保障省の監視まで受けています〟って。わたしが調べてる問題はどうやら、あなたたちの手に負えないほど大きなもののようね」

「きみは広告など出したこともない」ピンセンが言った。

「マーロン、その女にからかわれてるんだよ」バゲットが穏やかにたしなめた。壁から離れて仲間のほうを向いた。

「その女が今日どこへ行ったか、調べはついてるのか」ロズウェルが訊いた。「それをたどれば、フィルムを隠した場所がわかるだろう。どこかへ発送したのでないかぎり」

「調べがついてれば、とっくにこの女をつかまえてたさ」ピンセンが言った。「ただ、フィルムが郡の外へ出ていないことはたしかだ。車がまだ図書館に置いてあるから、ほかになんらかの足を確保しなくてはならなかったはずだ」

「ヒッチハイクよ」わたしは言った。「ローレンスの市内なら、どこもたいてい徒歩で行けるけど、ここまではＫ一〇をヒッチハイクしてきたの」

「とにかく徹底的に調べてみる」ピンセンは言った。「そのあいだ、女にはここにいてもらう」

「わたしは反対だ」バゲットが言った。「ペレックって女をここに置いておくのも反対だ。

拷問から信頼できる結果は得られない。それを証明する例には事欠かない。わたしがほしいのはフィルムだけだ。それさえ手に入れば――」

「これ以上のリークはごめんだ！」ロズウェルが言った。「キールのやつも、われわれがフレミングにハメられるところだったのを認めたんだぞ」

「フレミング？」わたしは訊いた。「マグダ・スピロヴァは〝フレミング〟って偽名を使ってたの？ あらあら、スパイ気どりだったのかしら。イアン・フレミングのつもり？」

「アレクサンダー・フレミングだ」大佐がこわばった口調で言った。「ペニシリンの発見のような歴史に残る偉業をなしとげるのが彼女の望みだった」

「兵器に使う疫病なんて、ペニシリンとは別世界の話だわ」

「彼女が生物兵器の研究を始めたのは治療法を見つけるためだった」バゲットは言った。

「当人の宣伝文句だ」ピンセンが噛みつくように言った。「あなたはそれにだまされた。以来、どうも仲間として信頼できなくなった」

「味方の兵士に投与できるワクチンもないまま、兵器を作ったりしたら、それこそ悪夢だ」バゲットは言った。「わたしは最初からそう言いつづけてきたのに、きみは自分の愛国者（パトリオット）ごっこ（ゲーム）に夢中で――」

「ゲームではない。この国を正しい道にひき戻すことを真剣に考えてるんだ」

「戦闘経験のある人間は、この部屋ではわたしだけだ」バゲットは言った。「わたしの言葉に耳を貸すことができないのなら――」

「こっちの仕事がこれ以上の危険にさらされるのは、もうごめんだ」ロズウェルが言った。

「最後通告だぞ」

「ロズウェル。やめろ」バゲットが言ったが、ロズウェルはホイッスルを短く吹き鳴らした。するると、突然、部屋に黒衣の男たちがあふれた。

わたしは向きを変えて廊下を走った。進もうとしたが、脚が痙攣して、あと一歩で出口というところで、全身が炎に包まれたように感じた。床の上でのたうちまわるしかなかった。

黒衣に包まれた腕が大草原の草の束を抱えるみたいに、軽々とわたしを抱きあげた。

抗議するバゲットの声が聞こえたように思ったが、耳鳴りがひどく、男たちが口々に叫んでいるため、誰が何を言っているのかまったくわからなかった。

黒衣の男がわたしを抱えて梯子を下りていった。十五段——わたしは数えた。次の瞬間、床に投げ落とされた。

56 蛇の目、ぞろ目、不運の目

わたしはコンクリートの上に倒れていた。冷たい床だが、燃えるような肌に心地よかった。手足の痙攣が続いていて、電流を通された蛙の気分だった。テーザー銃だ。ぼうっとした頭で思った。黒衣の男たちにテーザー銃で撃たれたのだ。針の刺さったところが脈打っているのを感じた。腕の筋肉はまだ言うことを聞かなかったが、指で探ると、針から垂れ下がったワイヤが見つかった。全部で五本。三人がいっせいに撃ったに違いない。

どこか馴染みのある臭いがした。つんとくるカビっぽい臭い。どこで嗅いだのか思いだせない。背後にぼうっとした光があり、わたしを下ろすのに使われた梯子がコンクリート製の控室のようなところにとりつけられているのが見えた。目の前に閉じたドアがある。無理をして首をうしろに向けた。光は十フィートほど先のわずかに開いたドアの向こうから射していた。

目を閉じたとたん、吐き気の波に襲われた。身体を起こさなくては。深呼吸をして、震える手足に力をこめようとしたが、深く息を吸ったせいで針の先端が皮膚を圧迫した。

息を吐くと、圧迫がゆるんだ。わたしはセーターの上にウィンドブレーカーをはおっていた。この二枚のおかげでテーザー銃の威力をもろに受けずにすんだわけだ。苦労してセーターから片腕を抜いた。凍えるようなコンクリートの上でむきだしになった腕と胸。氷の風呂。あわてて行動に移った。と言っても、必死に上半身を起こしただけだが。ウィンドブレーカーを脱いだ。セーターも脱いだ。

よくやった、ヴィク。オリンピック選手になれそうだ。懐中電灯と電話が奪われずに残っていた。懐中電灯でウィンドブレーカーを照らした。テーザー銃の針が五本。それをひきぬき、床に捨ててから、セーターに腕を通した。電話が使えるか見てみたが、コンクリートの壁で電波がブロックされていた。

梯子のいちばん下の段をつかんで、なんとか立ちあがった。ざらざらしたコンクリートの壁に寄りかかって身体を支え、光が射しているドアのほうへ、ふらつく足で向かった。つんとくるカビっぽい臭いが強くなった。ドアを大きく押しひらいたとき、その理由がわかった。ここは研究室だ。室内の様子も臭いもキール博士の研究室に似ている。初めてサイロにきたときもこの臭いを感じたが、キールの研究室に行ったときに思いだすべきだった。探偵能力を評価するとしたら、ここでも減点だ。

カウンターには容器が一ダース並んでいた――キールの研究室にあったような発酵装置だ――そこからホースがくねくね伸びて、換気扇のまわっているフードへ続いている。向かいあった壁ぎわに置かれた円筒形の機械がゆっくり回転し、外付けのロッドが上下運動をくりかえすのに合わせて、カタカタと音を立てている。

ドア近くのカウンターにパソコンが三台置いてあった。二台は発酵装置とカタカタ音を立てる機械がやっていることを記録しているようだ。三台目のパソコンは地上の世界の様子を映しだしていた。画面が四つに区切られ、その一つに、わたしがバゲットやロズウェルと話をしていた部屋が映っている。黒衣の男が一人だけそこに残り、スマホでゲームをしている。あとの三つには、サイロの敷地の入口と、発射管制サポート用の建物の外観と、〈シー・2・シー〉の畑の景色が映っていた。わたしがこの建物から無事に出られる見込みはなかったわけだ。

ここから地上の管制サポート用の部屋が見えるのなら、あの黒衣の男もわたしの姿を見ることができるはずだ。男がスマホから顔を上げさえすれば。首を伸ばすと、隅に設置された二台の監視カメラが見えた。室内全体を監視できるようになっている。

部屋の奥からチューチュー、キーキーいう音が聞こえてきた。懐中電灯を向けると、いくつもの目が赤く光った。ネズミでぎっしりのケージ。今度ばかりは吐き気の波に逆らいきれなかった。前に食べたヨーグルトを吐いてしまった。

容器が並んだカウンターの近くの床で丸くなっているケイディが目に入ったのは、わたしが身体を二つに折ってあえいでいたそのときだった。足をひきずってそちらへ急いだ。カタツムリぐらいのスピードで。膝を突いた。ケイディは生きていた。浅い呼吸をしていた。

懐中電灯で照らすと、身体に刺さったテーザー銃の針から垂れているワイヤが見えた。背中に一本、肩に一本、ヒップに二本。ひきぬいた瞬間、ケイディが哀れな声を上げた。まぶたが震えて開いた。恐怖の目でわたしを見て、あとずさろうとした。

「ケイディ、V・I・ウォーショースキーよ。ここはミサイルサイロの内部なの。出口を見つけなきゃ」

「V・I？　ヴィク？」ケイディはわたしの腕にいきなり力いっぱいしがみつき、ワッと泣きだした。「見つけてくれたのね。うれしい！」

「テーザー銃で撃たれてしまった。あなたと同じように。バーニーはどこ？」

「わからない」ケイディの歯がカチカチ鳴っていた。「二人で畑に忍びこもうとしたんだけど、わたしが甘かった。前にこっそり入るのに使ってた場所も──どこもかしこも、あなたが言ったようにアラームだらけだった。兵士たちが現われた。まるでわたしたちを待ってたみたいに。わたしが悲鳴を上げると、バーニーは溝に身を伏せた。いまどこにいるかはわからない」

バーニーが無事に逃げたことを願うしかなかった。小柄な子だから、黒衣の男たちがケイディをつかまえた隙にそっと逃げだしたかもしれない。そう願った。そう祈った。

ただ、バーニーが助けを呼びに行ったとしても、援軍の到着は当てにできない。バゲットが軍の出動を阻止するだろう。ギズボーン保安官が警察の介入を封じるだろう。ケイディとわたしは自力で脱出するしかない。

ブラム・ロズウェルと愛国者仲間はわたしたちがここで死ぬものと思っている。肺ペストの病原菌が培養されている研究室で。わたしたちがペストに感染するものと思っている。咳きこんで死に至るわたしたちの姿を想像しているだろう。あとは実験農場に埋めればいい。

「ここから脱出する方法を見つけなきゃ」ケイディを助け起こして、キャビネットの扉にもたれさせた。「こんなところにすわりこんで、自分を哀れみながら死を待つわけにはいかないわ」

「あなたの言うことを聞けばよかった」ケイディは小声で言った。「あいつら、わたしをここに連れてきたとき、妙な質問をくりかえしたの。大佐が見たがってるフィルムがどうとかって。わけがわからなかった。化学薬品が充満してるせいで、みんな、頭が変になってるのかしら。

あなたがどこにいるのか、あなたの犬がどこにいるのかを知りたがってた。知らないって答えたら、またテーザー銃で撃たれた。オーガスト・ヴェリダンはどこだ、エメラルド・フェリングはどこだって訊くのよ。知ってたら言うわよ。でも、あなたがB&Bのほうにいなければ、こっちにくるはずだって白状してしまった。わたしのこと、嫌いにならないで。痛くて耐えられなかったの」

ケイディは泣きはじめた。今日のもう少し早い時間に彼女の祖母が身を震わせて泣いたときと同じく、激しい嗚咽だった。わたしは乱暴に彼女の頬を叩いた。

「よく聞いて、ケイディ、これはヒーローが活躍するアクション映画じゃないのよ。現実の世界では、拷問に耐えられる人なんていない。わたしに嫌われるようなことをあなたは何もしていない。恥じなきゃいけないようなことも何もしていない。あなたは機知に富んだ、問題解決の得意な人でしょ。そして、わたしたちの前には、解決しなきゃいけない大きな問題がある。この地獄から抜けだすためには、わたしたちが持ってる能力を総動員する必要があるのよ」

ケイディは泣きやんだが、無表情にこちらを見るだけだった。わたしが檄を飛ばしたぐらいでは、死んでたまるかという気力は湧いてこないようだ。わたし自身もパニックに襲われるのを感じ、動揺を必死に抑えこんだが、せりあがってきた胆汁が喉に焼けるような苦さを残した。

二人分考えよう、二人分考えよう、気分はどう、気分はブルー、だって二人分考えなきゃいけないから。わたしも誰かに頬をひっぱたいてもらわなきゃ。

「わたし、いまから梯子をのぼるからね」大きな声で言った。「懐中電灯を持ってわたしの上のほうを照らしてちょうだい」

ケイディの反応はなかった。わたしの手足はいまも震えが止まらないが、とにかくこの手と足を動かすしかない。ケイディを抱えて立たせた。右手をわたしの首にかけさせ、わたしの手で彼女のウエストを支えて部屋の反対側まで歩かせた。ドアのそばにシンクがあった。水でシャキッとしようと思い、顔を洗って口をゆすいだ。ペーパータオルを濡らしてケイディの顔を拭いた。

ふたたび彼女に腕をまわすと、ケイディは前よりしっかり立てるようになっていた。最後にもう一度しゃくりあげたが、わたしと一緒に梯子まで歩いてくれた。梯子といっても、スチール製の段梯子を壁面にボルトで留めてあるだけだ。懐中電灯をケイディの手に押しつけて、梯子を照らすよう指示した。じっとり湿った震えるわたしの手をウィンドブレーカーの袖でくるんでから、頭上の桟をつかんで身体をひきあげ、いちばん下の桟に足をかけた。

ケイディの腕に力が入らないため、光が小刻みに揺れたが、懐中電灯を落とすことはなかったので、わたしは桟を確認しながらゆっくりのぼっていった。頭のすぐ上にハッチがあった。

「てっぺんのこのあたりを照らして。ここをよく見てみたいの」

ケイディは必死にやったが、うまくいかなかった。焦って泣きだしてしまったので、わたしは壁にもたれて電話をとりだし、ライトをつけてハッチの蓋を調べた。

核弾頭が近くに置かれていた時代のものなので、特別頑丈な鋼鉄製だった。分厚いゴムのパッキンのおかげでぴったりはまっている。ラッチをまわして押してみた。外からクランプで固定してある。

梯子を下りた。テーザー銃にやられたばかりなのに加えてこれほど怯えていなければ、楽に上り下りできただろう。しかし、トライアスロンを終えた選手のように息が上がっていた。しゃがみこんでぜいぜいあえぐと、錠剤の小瓶が腿に食いこんだ。

「ここに閉じこめられてしまったのね。ここで死ぬんだわ」

虚ろで無力なケイディの口調にわたし自身の気分がそのまま出ていたので、逆に怒りがこみあげてきた。

「ドリス・マッキノンやドクター・ロークみたいに、あんなやつらにこっちの運命を好きにさせてたまるもんですか。生き延びて見返してやる」わたしは断固たる口調で言った。

錠剤の小瓶をとりだし、じっと見た。ゆうべ二錠のんで、今日は三錠のんだ。あと二十五錠だから、ケイディに十五錠、わたしに十錠。三日間は発症を抑えられる。症状が出る前に薬が効いてくれれば、さらに持ちこたえられるだろう。でも、ここにじっとすわって三十分おきに呼吸と体温をチェックするなんてぜったいいやだ。

いまの状況をケイディに説明した。「ここですでに吸いこんだものの影響を消すために、いますぐ二錠のんでちょうだい。胃が空っぽだと吐き気に襲われると思うけど、薬をのまなかった場合のことを考えたら、そのほうがまだましよ」

「あそこに炭酸飲料があるわ」ケイディが向こうの壁を指さした。わたしがここに倒れていたときに目にした閉じたドアのそばに、あのときは気づかなかったが、自動販売機があった。

「あなたがお金を持ってればね。わたしの財布は車のトランクのなかなの」

わたしは研究室の引出しから金槌を見つけてきてケイディに渡し、自販機のロック部分に思いきり叩きつけるように言った。ケイディは試しに二、三回軽く叩いてから、腕をうしろへ大きくひいてガンガンやりはじめた。ロックがこわれ、フロント部分のガラスが粉々に砕け、缶が大量にころがりでてきたが、ケイディはわたしに腕をつかまれるまで叩くのをやめなかった。

「スカッとしたわ！」ケイディはスプライトの缶をとり、わたしにコークをよこしてから、自販機の前で勝利のダンスを踊りはじめた。わたしは彼女とハイタッチし、抗生物質を二錠渡して、のむように言った。

『博士の異常な愛情』のピーター・セラーズみたいだと思ったとたん、ヒステリックな笑いがこみあげてきた。あの映画では、電話をかける小銭がほしくて、彼がコークの自販機に銃弾を撃ちこむのだ。わたしたちもコカ・コーラ社に謝らなくては。

閉じたドアに色褪せた黒い文字で〝発射管制センター〟と記されていた。ドアをあけて明かりをつけたところ、ロズウェルがここを研究チームの休憩室として使っていることがわかった。カウチがいくつかと小さなテーブルが二つ置いてあり、スタッフが食事や雑談をしたり、自分に細菌を注射したりできるようになっていた。隅のドアをあけると、そこは除染用シャワーのついたバスルームだった。

部屋の奥に小さなキッチンがあり、冷蔵庫も置いてあったが、入っていたのはチーズのかたまりとマスタードの瓶だけだった。戸棚でクラッカーが見つかったので、ペスト菌をのみこむことになるのだろうかと心配しつつ、クラッカーにチーズをのせておずおずと食べた。冷蔵庫のそばに時計がかかっていた。午前一時半。時間の余裕はあとどれぐらい？

ロズウェルは発射管制用の古いコンソールを壁ぎわにそのまま残していた。〝ターゲット1、ターゲット2、ターゲット3〟というラベルのついたボタンの下に鍵がささっていて、それをまわせば発射体制に入るわけだ。上のほうに〝アメリカが人質に〟と題した額入りポスターがかかっていて、イスラム教徒、中国人、韓国人、メキシコ人の大群に包囲され、攻撃されているアメリカが描かれている。キノコ雲の上に真っ赤な文字で**〝真夜中まであと一分だ、アメリカよ。反撃しようにも遅すぎる。目前の敵どもを追い払うため、〈愛国者CAREーNOW〉のメンバーになろう〟**と書いてある。

カウチのうしろをのぞくと、そこの床にもハッチがあり、二本のアームで蓋が固定されていた。二人で試行錯誤をくりかえした末にようやく、ロックを解除するには二本を反対方向へ同時にまわさなくてはならないことに気づいた。ロックがはずれたので蓋を持ちあげ、腹這いになってのぞきこみ、何もない広大な縦穴を懐中電灯で照らした。身震いが走った。ここにミサイルが格納されていたのだ。すべすべした大蛇、眠ることはけっしてなく、いかなる時刻でも飛びだせるよう準備を整えている。

立ちあがった。「最後の手段として、ここを下りていくしかなさそう」ケイディに言った。「研究室に何か使えるものがないか、見てみましょう」

研究室に戻ったわたしたちがまず探しだしたのは防護用の装備だった。二人でフェースマスクを着け、外科医のようなキャップをかぶり、ラテックスの手袋をはめた。

発酵装置の上についている換気用フードのところまで行った。ペスト菌を培養しているとしても、残渣をそのまま空中に放出することはないはずだ。でないと、郡の住人が中世の黒死病の犠牲者みたいにバタバタ倒れてしまう。発酵装置から空中へ放出される蒸気や煙はたぶん滅菌されているだろう。少なくともそう願いたい。

わたしたちがいまいる場所は地下四十五フィートぐらい。三階か四階建てのビルに相当する深さだ。敷地の様子を思い描こうとしたが、頭に浮かんでくるのは六角形の屋根の上でとぐろを巻いている蛇の姿だけだった。地下の大蛇が子蛇を呼び寄せようとしている。いいえ、ウォーショースキー。蛇は温もりを求めるもの。あの蛇たちはすでに温かな場所を見つけている。換気フードの上で。

「さあ、脱出よ」わたしはケイディに言った。「この小さな科学実験をぶちこわしてやらなきゃ」

57 タン・スー

ケイディはパニックを通り越して麻痺状態にあり、わたしが気力をふりしぼって彼女の心臓に酸素を送りつづけることでようやく、片足ずつ前に出して進んでいけるという状態だった。まず、監視カメラのレンズを覆う必要があった。さっき金槌を見つけた引出しに中身がぎっしりの工具箱があり、そこにダクトテープも入っていた。

部屋の向こう側にあるカメラのレンズを覆うには、ネズミのケージの横に立たなくてはならない。そちらに近づくと、ネズミたちがわたしのいる側に殺到して、キーキー鳴きわめき、ケージの隅をひっかいた。おなかをすかせていて、わたしが餌に見えるのだろう。ネズミには蚤がたかっていて、ネズミが死んだとたん、わたしたちに飛び移ってくるのだろうか。それとも、ネズミが飛びかかってきて——やめなさい！　わたしの手が、皮膚が、恐怖に震えた。

ネズミが置かれているテーブルの下に空っぽのケージがいくつもあった。思いどおりに動かない指でケージを積み重ねた。即製の踏台にのぼるあいだに、キャップの内側の髪がじっとり湿った。

ケイディはわたしからできるだけ離れて立ち、わたしに渡すためのダクトテープを切りとっていた。ラテックスの手袋に包まれたわたしの手は緊張のあまり感覚をなくしていた。渡されたテープを二回も落としたあとでようやく、長めのテープでカメラのレンズを覆うことができた。それに比べれば、ドアのそばのカメラのほうは楽なものだった。

パソコンの画面を見つめた。黒衣の男は居眠りしていた。画面の時刻表示は2：20。カメラのレンズを覆うのに四十分ほどかかったわけだ。研究室の映像が送られてこないことに黒衣の男が気づくまでに、どれぐらい時間があるだろう？

発酵装置を停止させるスイッチが見つからなかったので、特大のバックアップバッテリーにつながっているコードを抜いた。カタカタと音を立てるロッドがついた機械のコードも抜いた。機械の音がやむと、ケージから響くガサガサ、キーキーという音が部屋いっぱいに広がった。

わたしは両手で耳をふさいでヒステリーの波を押し戻し、心の奥底へ追いやった。作業を続けて。行動を続けて。問題を解決するための次の手段だけを考えるのよ。

発酵装置を調べた。換気装置から切り離さなくてはならない。ノズルを抜いたらどうなるのか、室内にペスト菌をまきちらすことになるのか、わたしにはわからなかった。いま服用している程度のドキシサイクリンで疫病から身を守るのは、たぶん無理だろう。アルミホイルはないかと、ケイディと二人で引出しを調べたが、最後は休憩室の小さなキッチンへ行った。

カウンターによじのぼり、発酵装置の一つから慎重にホースをはずした。開口部から蒸気が噴きだした。あわててアルミホイルで覆ってテープをきつく巻きつけた。

呼吸が乱れ、フェースマスクの奥で目がかすんでいた。一台完了。あと十一台。作業は一つずつ順々に。ホースをはずす、アルミホイル、テープ。髪が汗に濡れ、キャップの下で地肌に張りついていた。ケイディをちらっと見ると、顔が真っ青で、そばかすがオレンジ色の星みたいに目立っていた。

最後の発酵装置の処理を終えてから、すべてを部屋の反対側へ運び、外付けロッドを備えた機械の横に積み重ねた。

工具箱からレンチとネジ回しを出した。パソコン画面に目をやった。午前四時。黒衣の男はいまも居眠り中だが、いずれ交代要員がやってくるだろう。交代時刻はたいてい七時だ。あと三時間。

「あなたもここにのぼって」ケイディに言った。「あのフード、重そうでしょ。だから。ネジをはずしたとき、あなたに支えるのを手伝ってもらわないと、わたしの頭がフードに直撃されてしまう」

何も入っていない動物用ケージをいくつかカウンターまで持ってきた。こうしておけば、フードが猛スピードで落ちてきても少しは衝撃を和らげてくれる。

ネジはまるでフードに溶接されているかのようだった。WD40という潤滑剤をスプレーし、金槌で叩き、レンチを使った。貴重な一時間を奪われたが、ついに重いフードをケージの上に置くことができた。

「タン・スー」ケイディが低くつぶやいた。

幻覚でも起こしたのかと心配になってケイディのほうを見ると、彼女は疲れた笑みを浮かべた。

「子供のころ、空手スクールに通ってて、型を一つ終えるたびにそう叫んだの。ちょっと休ませて」

二人で休憩室に戻った。さらに炭酸飲料を飲み、錠剤を口に放りこみ、シャワーで汚れを落としてから、十五分ずつ交代で眠ることにした。〝アメリカが人質に〟のポスターを壁からはずしてコンソールの奥の床に置いた。憎悪に満ちた恐怖のメッセージはわたしの張りつめた神経をさらに緊張させるだけだ。

横になったとたん、深い眠りに落ちた。電話のアラームに叩き起こされたときは、腕も脚も重くて動かせなかった。ケイディのほうを見た。もう一つのカウチでぐっすり眠っている。このまま眠らせておこう――自分に言い聞かせた。この先に待ち受けている重労働をこなせるだけのスタミナを、どちらか一人が蓄えておかなくてはならない。

無理して起きあがり、チーズをもう少し食べて、研究室にひきかえした。五時半。ネズミのケージと向かいあった監視カメラのテープをはがした。このカメラの監視範囲に換気扇のフードは入っていないので、多少時間稼ぎができるかもしれない。この部屋の映像が画面に出ていれば、まさかもう一台のカメラに何も映っていないなどとは、監視の男も思わないだろう。

ネズミたちがそばで騒ぎ立てるあいだに、空っぽのケージにもう一度よじのぼった。ネズミが気の毒になってきた。おたがい、食べるものもなく、もちろん愛されることもないまま、ここに閉じこめられている。ケージの背後のテーブルにラットフードの袋がのっていた。逃走準備が整ったら、ケイディを起こす前に餌をやりたいものだ。

「大丈夫よ、きみたち。なんとかなるから。一つずつ考えようね、順を追って」

ネズミに甘い声で話しかけるのは幻覚症状が始まったしるしかもしれない。疲れた身体でカウンターに乗った。換気用シャフトの真下にケージを積み重ねた。見上げると、ひっかき傷のついたガラスのカバーの向こうに星の光が見える。ケージの上に立った。このシャフトの幅だと頭を入れることはできるが、肩は入りそうもないとわかった。

電話のライトをつけてシャフトのなかへ腕を伸ばし、無理を承知で、なんとかもぐりこめないか試してみた。だめだ。このシャフトは人間と動物がサイロに入りこむのを防ぐための設計になっている。ネズミなら上り下りできるだろう。たぶん、アナグマも。しかし、わたしぐらいの体格になると、もう無理だ。

カウンターに横たわり、泣きながら眠ってしまいたかった。泣きながら死んでしまいたかった。でも、こんなふうに死の世界へ流されていきたいの？　ペストに感染したあなたの身体をロズウェルが満足げに眺めるあいだ、子猫みたいに鳴きつづけるつもり？　いとこのブーム＝ブームは試合のリンクへ出ていく前によく、ジュリアス・シーザーのセリフをつぶやいていたものだ。〝臆病者は死ぬまでに何度も死ぬ思いをする、勇者が死を味わうのは一回かぎりのことだ〟

カウンターからすべりおりた。第三ピリオド、あと一分。二点負けてる。最後の力をふりしぼって反撃よ。こうつぶやいて自分を励ましたが、だめだった。気力が萎えてしまい、頭が働かない。

パソコンのところで足を止めて時刻をたしかめた。六時十五分。そろそろシフトの交代時間だ——いや、すでに交代時間を過ぎていた。黒衣の男が姿勢を正して椅子にすわり、べつの黒衣の男が彼をどなりつけている。まるでサイレント映画だが、二人目がテーブルにのったパソコンの画面を指さした。研究室の様子を見て何か変だと気づいたのだ。ロズウェルがTシャツとスウェットパンツ姿で現われた。彼もまた興奮の身振りを示した。部屋がいっぱいになった。防弾チョッキを着けた男たち、特大の武器を持った男たち。

わたしの心臓が大きく飛び跳ね、あおりを食らって胸と腕に震えが走った。必死にあたりを見まわした。ネズミたち。

「わたしたち、仲間どうしよ。いいわね？　きみたちはおなかをすかせてて、もしかしたら病気かもしれない。さあ、餌をあげる」

ラットフードの袋をつかんで床に少しずつこぼしていき、わたしを運びおろすのに使われた梯子の下まで続けた。男たちがハッチカバーをはずす音が上から聞こえてきた。わたしは弱った脚を無理やり動かし、よろよろした小走りで研究室にひきかえすと、ネズミのケージの扉をあけ、よろよろと控室を通り抜けて休憩室に戻った。

ドアを閉め、頑丈な錠をかけてから、ケイディを揺り起こした。「やつらがくる。大人数で！　起きて。あっちの梯子を下りるしかない！」

恐怖のあまり金切り声になっていた。ケイディが怯えてあとずさった。ようやく彼女を行動に駆り立てたのはドアの外に響いた銃声だった。

ドアはかなりの分厚さだが、男たちのどなり声が聞こえ、ネズミたちのキーキーいう声が聞こえた。ケイディとわたしに劣らず恐怖に駆られているようだ。ネズミが黒衣の男たちを怯えさせてくれるよう祈った。

外の男たちが休憩室のドアの錠に弾丸を撃ちこむあいだに、わたしたちは奥の壁ぎわのハッチのなかにとりつけられた梯子を下りた。最初の梯子と同じく十五段。わたしの電話のバッテリーが切れかかっていたが、ほかに小型の懐中電灯もある。それであたりを照らした。いまいるのはトンネルのなかで、百ヤードほど前方のドアまで続いている。

背後から物音が聞こえてきた。男たちが休憩室のドアを破り、梯子を下りてくる。恐怖、アドレナリン——何かがわたしに火をつけた。最後の数ヤードを全力で走った。

ドアはアームロックで固定されていて、それを下へ四十五度まわさなくてはならなかった。古くなり、錆びついている。ケイディと力を合わせてロックを押し下げた。急いでドアをあけてすべりこんだ瞬間、いっせいに飛んできた弾丸がドアにめりこんだ。わたしたちはドアの内側のアームロックをかけ、向きを変えた。ミサイルの格納庫に入りこんだのだ。ドアに黒い太字で〝レベル3〟と書いてある。昔の警告表示がある。発射直前の注意事項の数々。しかし、常軌を逸したアメリカの愛国者集団に襲撃されたときの注意事項はどこにも書かれていない。

片側にエレベーターがあったが、動いていなかった。二人で顔を見合わせ、梯子を見た。

「タン・スー！」ケイディがわたしとグータッチをした。

「タン・スー」わたしもうなずいた。

てっぺんまでのぼっても外に出られなかったらどうするかという問いかけは、二人のどちらからも出なかった。〝任務中に死亡なんてなしよ〟。昨日の威勢のいい言葉がよみがえって、わたしを嘲った。わたしがこのミサイルサイロで死んだら、ロティに辛辣なことを言われそうだ。

レベル2。ミサイル格納庫に通じるドアに弾丸が撃ちこまれる音が聞こえた。でも、頑丈な鋼鉄製の分厚いドアを破るには時間がかかるだろう。プラットホームでしばらく足を止めて呼吸を整えた。ケイディがポケットからスプライトの缶をとりだし、わたしと半分ずつ飲んだ。

「わたしの父親が誰なのか教えて。もし……もしこれが最後の日になるのなら、知っておきたい」

わたしは目を閉じた。「最初に約束して。安全なところへ逃げるまで、反応するのは控えるって。芝居じみたことをするための時間もエネルギーもないのよ。わかった？」

ケイディは目を大きく開いてうなずいた。

「とにかくのぼりましょう」ケイディが二段のぼるのを待って、わたしもあとに続いた。「ジェニファー・ペレックと赤ちゃんは一九八三年の八月に死亡した。デモ隊のキャンプ地で起きた悲劇のせいで。マグダ・スピロヴァ――この名前を知ってる？――チェコ出身の生物兵器のエキスパートで、共産圏を脱出してキール博士のもとで研究を続けるためにやってきた女性。キール博士とのあいだに赤ちゃんができたの。キールとマグダは生物兵器の実験が招いた悲劇に対処した。マグダは赤ちゃんをジェニーのテントにこっそり寝かせた。赤ちゃんを見つけたルシンダ・フェリングはジェニーの子だと思いこんだ。ルシンダが亡くなったあと、ドリスがあなたをおばあさんに渡した」

「わたし――」わたしの上で梯子につかまったまま、ケイディの身体が揺らいだ。

「芝居じみたことは禁止！」わたしは彼女の足首を握った。「のぼりなさい！」

ケイディは身を震わせ、ぐらっと横に揺れたが、わたしがとっさに梯子をのぼって背後から支えた。「のぼるのよ」このうえなくきびしい声で言った。

ケイディは体勢を立て直して、ふたたびのぼりはじめた。わたしもすぐあとに続き、一段のぼるたびに彼女の脚を軽く叩いた。あなたは一人ぼっちじゃないわ。がんばってのぼろうね。

レベル1。プラットホームに這いあがった瞬間、レベル3のドアが勢いよくあいた。黒衣の男たちが梯子をのぼりはじめた。わたしたちはレベル1のハッチのロックをひっぱった。だが、びくともしない。

「プラットホームの端にすわって、のぼってくる連中の頭を蹴りつけてやろう」わたしは言った。「それとも、ほかに何かいい案は？」

黒衣の男たちがこちらに向かって発砲した。銃弾がコンクリートのプラットホームに飛んでくるため、よけるために立ちあがるしかなくなった。

「立ったままで蹴ってやる」ケイディの顔に固い決意が浮かんだ。

広大な格納庫に一斉射撃の音が響きわたった。その音がわたしたちの背後の物音をすべて消し去ったため、レベル1のハッチが開いた瞬間、ケイディもわたしも悲鳴を上げた。ペピーが勢いよく入ってきて、わたしに飛びつき、顔をなめはじめた。

58

ここよ（チ・ソノ）

　わたしはペピーの毛にしがみついた。でも、犬がここにいるはずがない。ネル・オルブリテンのところで番犬をしてるんだもの。わたしはもうじき死ぬのね。硝煙と銃声のなかで、犬の幻と対面したのね。ペピーがここにいるのなら、もうじき母もきてくれると信じて、わたしは両腕を差しだした。

「ガブリエラ！　ガブリエラ、ここよ（チ・ソノ）、ここよ（チ・ソノ）」

「ガブリエラじゃない」男の太い声がした。「ルーとおれだ。お嬢さん方、ここから出るんだ——いますぐ」

　たくましい腕がわたしを抱きあげた。黒人、こめかみにほくろ。わたしの知っている男だ。

「エドね？　ペピーは？」

「そう、エドだ。犬もここにいる。そっちの女の子を頼む、ルー。急ごう」

　わたしたちは軍服の男たちの横を通り過ぎた。ペピーが吠えはじめた。ペピーがエドにぴったりくっついているため、エドが犬につまずいてつんのめった。誰かがルーとエドに止まれと命じた。ケイディとわたしに質問に答えてもらう必要があるという。だが、二人は強引に進みつづけた。大急ぎで横を走っていく軍服の連中の顔や背中にわたしの足がぶつかった。

新鮮な空気に満ちた戸外に出た。思わず涙が頬を伝った。空気。日の光を見ることも、新鮮な空気を吸うことも、二度とないと思っていた。ルーとエドは速足で道路に出て、パトカーが集まっているほうへ急いだ。二人のトラックが見えた。パトカーに囲まれている。〝古い金属に新たな命を〟という宣伝文句つきのトラック。

「あなたたちなら、古い探偵にも新たな命を吹きこめるわね」自分の声に躁病的な響きを聞きとって、わたしは思わず笑いだした。

「まあまあ、落ち着け、ウォーショースキー」エドが言った。「犬がうろたえてて大変なんだから、こいつの前で取り乱すのはやめろ。わかったな?」

「バーニーは?」わたしは言った。「ベルナディンヌ・フシャールはどこ?」

「ミニサイズのスピットファイアかい? 無事だ。K一〇でディーク・エヴァラードが保護した。エヴァラードが自分は天使の側の人間だってことをわからせる前に、あの子、エヴァラードの鼻をへし折ろうとしたそうだ」

わたしは笑った。ただし、笑うと肋骨に響くため、弱々しい声で。エドはわたしを運転台の後部シートにすわらせ、ケイディを前にすわらせた。ケイディはルーがシートベルトを着けてやったとたん、意識を失った。

ペピーがわたしの横に飛び乗って、顔と手をなめつづけた。エドがトラックの荷台によじのぼり、そのあいだにルーがエンジンをかけた。誰かがエドとルーに止まれと命じた。警官か、FBIか。いや、軍の誰かかもしれない。突然、兵士たちがトラックをとりかこんだように見えた。

ルーが言った。「その前におれたち全員を撃ち殺すしかないぜ。このレディたちはこれから医者のとこへ直行だ。話をしたいなら、医者の許可をとってくれ。いや、そんなバッジを見せびらかすのはやめろ。ちっとも怖くない」

そして、トラックはバウンドしながらトウモロコシの茎のあいだを走り、パトカーの隊列から離れていった。幹線道路に出る前に、わたしは眠りこんでいた。

59 客をもてなす

睡眠、覚醒、睡眠、左耳のそばでピーッという音。目をあけるとモニター装置が見え、チャコールグレイの画面に緑の線が走っていた。午前七時。

「ううん、もう手遅れ。シフトの交代時間だわ」

わたしは言葉を絞りだし、身体を起こそうとした。脚がひどく重くて、ベッドの端に脚を下ろそうとするだけでぐったり疲れた。そのときにはもう、マスクを着けた女性たちに囲まれていて、ベッドに押し戻された。

パニックに陥ってあがき、みんなに殴りかかろうとした。

「ヴィクトリア！　ヴィクトリア、落ち着いて。もう大丈夫よ。横になって。わたしがここにいるから」

「ロティ？　ロティ！　あなたまで罠にかかったの？　いますぐ逃げなきゃ！」

「お嬢さん（リープヒェン）、わたしはあなたの主治医よ、わたしが守ってあげる。ここはローレンス病院。ペストに感染していないことが確認できるまで、隔離病棟に入ってなきゃいけないのよ。この看護師さんたちが行き届いた世話をしてくれるわ。さあ、横になって。あなた、点滴の針を抜いてしまったのね」

わたしの呼吸が落ち着いてきた。いま目にしているのはマスクを着けた看護師たち。ロズウェルの犯罪集団ではない。

「ケイディは？　無事なの？　具合が悪くなってない？　辛いことを聞かせてしまった。実の母親のことを。ジェニー・ペレックじゃないって」

ロティは息を呑んだ。「そうだったの。泣いてばかりいるのよ。おばあさんがいまも自分のおばあさんかどうかを知りたがってる。なんて名前だった？　ガートルード・ペレック？　わたしが捜して連れてくるわ」

点滴の針がふたたび腕に刺さる前に、わたしは眠りの繭のなかに戻っていたが、ロティの存在がわたしを元気づけてくれた。目をさましていられるようになり、身体を起こして液体を飲めるようになり、土曜日に血液検査の結果が出てペストに感染していないことがわかると、面会用の部屋へ行く許可が出た。ロティは警察をさらに一日遠ざけておいてくれたが、ネル・オルブリテンとは早く話をするよう、わたしを急かした。

オルブリテンはアームチェアにすわり、ベイヤード・クレメンツ牧師が横に付き添い、ルーとエドが近くに立っていた。

「お返しするのがフェアプレーだからね」わざわざきてくれた礼を言うと、オルブリテンはそう答えた。「この前はあんたのほうから会いにきてくれた。今度はわたしが会いにくる番だ」

「あんたの命が助かったのはミズ・ネルのおかげだ」ルーが言った。

オルブリテンはしわがれた声で笑った。「犬のおかげだよ。愛らしいペピーが部屋のなかをうろうろして、キュンキュン鳴きはじめたんだ。あんたの身が危ないのを察したんだね。けど、もちろん、わたしにわかるわけがない。家の外に誰かの気配を感じたんだろうと思った。そこでエドとルーに電話したら、あの家から記録的スピードで飛んできてくれた。それだけは信じてほしい」

オルブリテンは強調のためにうなずいてみせた。「誰かの身が危ないのが犬にどうしてわかるのか、わたしはいまだに理解できないけど、とにかく、ペピーにはわかったんだ」

「犬は目下、おれたちの家で預かってる」ルーが言った。「うちの工場のやつに世話してもらって満足そうだ。あんたのことはもう心配いらないってわかったみたいだぜ。あんたが元気になるまで、うちで責任もって預からせてもらう」

ロティに電話してくれたのはネル・オルブリテンだった——万一の場合に備えてロティの名前と電話番号を彼女に教えておいたのを、わたしはすっかり忘れていた。ルーとエドがわたしを病院へ運んだときには、ロティはすでにローレンスに到着していた。前に大富豪の妻の命を助けたことがあり、その男に頼みこんで、プライベートジェットを使わせてもらったのだ。

「わたしがサイロにいるって、どうしてわかったの？」わたしは尋ねた。

「そんな気がしたんだ」エドが言った。「ただ、確実な証拠をつかまないうちは、車を飛ばす気になれなかった。郡のまったくべつの場所にいるとまずいからな。もしかしたら、あの大佐があんたにクスリを打ってフォート・レヴンワースへひきずってったかもしれないが、それもこっちにはわからなかった」

「おれたちの主義を曲げることにして」エドが言った。「車で町まで行き、サツに駆けこみ、わりとまともなおまわりが一人いるから、そいつに話をした」

「エヴァラード部長刑事ね」

「そうだ」エドがうなずいた。

　わたしの前ではギズボーン保安官を擁護したエヴァラードだが、保安官の行動を内心ひそかに危惧していた。保安官がわたしの電話のGPS信号を使って行動を監視していることを知っていた。司法執行センターでは誰もがエヴァラードに好感を持っている。彼から郡の通信指令係に頼みこんで追跡ソフトの情報を流してもらうのは、むずかしいことではなかった。

　わたしがサイロのなかで電話のライトを使ったのは地下四十五フィートのところだったが、水曜の早朝、その信号が通信指令係に届いた。わたしが換気用シャフトに片腕をかざし、通り抜けたくても狭すぎるため絶望に陥って泣きそうになっていたとき、電話は信号を発していたのだ。

「署長が警部補に命じて、ローレンス警察の連中を総動員させ、警部補はギズボーンの命令を無視するよう保安官助手にきつく言って、郡の保安官事務所の連中を呼び寄せた。ＦＢＩへは誰が連絡したのか知らんが、そいつらも駆けつけてきた」

「米軍の兵士を見たような気がしたけど」わたしは言った。

「誰が呼んだのか、さっぱりわからん」ルーがぼやいた。「あの大佐を守ろうとしたのかもな。もしくは射殺するつもりだったか。誰にわかる？　町の噂だと、空軍はネットに出たビデオのことを危惧してるとか。大佐はもともと、それを見つけて廃棄するために送りこまれてきたそうだ」

「まあ、そうなの？　どんなビデオ？」

エドが電話をとりだし、YouTube の画面を見せてくれた。〝中西部の暗殺者たち〟は二日前にアップされて以来、視聴回数が一二一七八三六となっている。静止画面に映っているのは撃たれた瞬間のマット。シャツの背中に血が広がって倒れる寸前のものだ。

「みんなの話だと、誰がフィルムを持っているのか、誰が投稿したのかを突き止めようとして、ＦＢＩが必死らしいぞ」エドが言った。

「見当はついてるの？」わたしは訊いた。

「おれが聞いた噂では、カンザス・シティのほうのネットカフェで誰かがアップしたもので、誰がやったかを突き止めるのは無理ってことだった。そいつは偽名でフェイスブックのページを作成して、見てくれと全世界に呼びかけた。すでに世界じゅうの者が見たと思うよ。もしかしたら、国際問題になるかもな。ロシアはあの女性科学者のマグダが共産圏の昔の兵器計画に関わってたことに苛立ってる。新聞によると、苛立ってる連中はほかにもいっぱいいるようだ。もちろん、新聞記事を鵜呑みにするわけにはいかないが」

ＩＣＵの看護師長を務めるサンディ・ハインツが現われ、面会時間を超過していると告げた。「十五分と申しあげて、二十分までは大目に見ることにしましたが、もう三十分たちました。お帰りください」

車椅子のわたしを病室まで連れて帰ってくれたのはハインツだった。

「ソニア・キールは？」わたしは彼女に尋ねた。

「順調に回復してるわ。意識のはっきりしている時間がふえてきた。両親はまだ会いにこないけど、お兄さんの一人が――本物のお兄さんよ。だって、日曜以来、病院のほうで身分証明書を徹底的にチェックしてるんですもの――とにかく、その本物のお兄さんがメイン州から飛行機で飛んできてくれたわ。ソニアの体力が戻って旅行できるようになったら、そちらへ連れて帰るそうよ。ソニアの身にもう危険はないと思う？」

「たぶん大丈夫」わたしは真剣な声で言った。「ソニアの命を狙った連中が腹いせに襲いかからないかぎりは。さっきの二人が見せてくれたあのビデオには、ソニアの口から世間に暴露されては困る情報がすべて入ってたから」

ハインツはわたしを支えて車椅子からベッドに移しながら、かすかな笑みを浮かべた。「病院はソニアをグループホームに帰したがってるわ。経費節減。わかるでしょ――ソニアはメディケイドの患者さんで、入院できる日数を超えてしまったから。でも、あなたのために飛んできたドクター・ハーシェルが、ソニアの身が安全になるまで入院させておくことを認め、病室に警備員をつけておくよう、病院に圧力をかけてるの」

「病院のほうでエヴァラード部長刑事に相談してみて」わたしは焦って言った。「〝たぶん大丈夫〟と言ったのは、素人のいい加減な意見だから。悪党どもが何を企んでるのかわからない以上、ソニアの命にわたしが責任を持つことはできないわ」

一時間後、バーニーに起こされた。飛行機でシカゴに戻る前に、ピエールと一緒にやってきたのだ。

こんなに意気消沈したバーニーを見るのは初めてだった。わたしの制止に逆らってカンザスにやってきたことと、サイロへは行かないようにというわたしの警告に耳を貸さなかったことを、バーニーは何度も謝った。

「コーチとチームメイトにも謝るそうだ。今度また同じことをしたら、大学生活はもう終わりだってことを覚悟している。そうだね、ベルナディンヌ」

「はい、パパ」

この従順さがずっと続くとは思えないが、とりあえずは歓迎すべき変化だ。

翌日もまた、オルブリテンがきてくれた。図書館長のフィリス・バリアが一緒だった。

「フィリスはこの一カ月、重荷を背負ってきた」オルブリテンは言った。「農場で何が起きてたかを知ってオーガストとエメラルドが震えあがり、わたしのところにきたとき、ちょうどフィリスも居合わせたんだ。わたしはクレメンツ牧師に電話しようとしたけど、フィリスが二人を預かると言ってくれた。そのあと、二人の居所を知っているのはフィリスだけになった。わたしにも教えてくれず、こっちも推測は控えていたが、あんたがあんなふうに現われて、いろいろ質問して、写真がなくなってることに気づいたもんだから——あんたをどこまで信用していいかわからなくて、何日かひやひやしどおしだった」

バリアが苦笑を浮かべた。「国家安全保障書簡が司書のところに届いた場合、その司書は誰にも相談できないことになっている。顧問弁護士にさえ。だから、尋問に耐える力がいちばんあるのはわたしだと思ったの。あなたが教会の地下室を探りはじめたときは、教会を巻きこまなくてよかったとつくづく思ったわ。ミズ・フェリングのブラを渡してくれたあの日、あなたに何も言わなかったことは謝るわね。でも、エメラルドが直接感謝を伝えたいって、ずっと言ってたのよ」

バリアがうしろを向いてうなずいた。アトリウムに置かれた鉢植えの木の陰から、エメラルドが堂々たる姿で登場した。柔らかなグリーンのウールのカフタンをなびかせて。うしろにオーガスト・ヴェリダンがいたが、定番の黒一色の装いなので、ほとんど目立たなかった。エメラルドは〝真実を求めて命がけで戦った〟わたしに夥しい感謝の言葉を贈ってくれた。堅苦しいやりとりをしばらく続けたあとで、わたしの推理のなかで不明だった部分を喜んで埋めてくれた。

一九五一年に部屋を貸してくれたとき、ドリス・マッキノンは母とわたしのために、新しい世界への扉を開いてくれたのよ。母にとっては真実の愛を見つける旅になった。わたしがその愛を認めるまでにずいぶん長くかかったけど。わたしはドリスのおかげで教育を受け、芝居の道へ進むことができた。

母が亡くなったとき、ドリスが喪主を務めることにわたしはすごく抵抗があったし、母が通っていた教会も喪主の変更を求めてきたわ。でも、教会はようやくそれを認めることにした。わたしもそう。気持ちを切り替えて、愛には多くのすばらしい形があることを受け入れられるようになったの。

ドリスから電話があって、農場の様子が気にかかると言われたとき、わたしはこちらに戻ってドリスの力になり、過去と和解しようと思った。一九八三年、サイロのデモ隊を支援するためこちらにきて、その一カ月後に母のお葬式のためにまた戻ってきたけど、それ以来、この町には一度もきたことがなかったの。オーガスト青年にカンザスへ一緒に出かけて、わたしが子供時代を送った場所を撮影してほしいと頼んだら、ひきうけてくれたわ。

こちらに着くと、ご存じのようにドリスが農場のことで悩んでたけど、わたしたちの到着後、ドリスの悩みはさらに増していた。母の所持品を収めた箱を出してきたの。母が亡くなったあと、どうしても調べる気になれなかったんですって。だから箱ごと奥の戸棚にしまいこんだままになっていて、わたしの到着する日が近くなったころ、ようやく思いだしたそうなの。

わたしは心地よい暖炉の前で、ドリスと一緒に箱の中身を調べ、やがて、母がテントで寝泊まりしていたジェニー・ペレックに差し入れを届けるときに使っていたバスケットを見つけだした。すると、母が昔わたしのために編んでくれたベビー用の帽子の下から、あのフィルムが出てきたの。

わたしが卒業したユードラの高校に映写機があって、頼んだら貸してくれた。オーガストに上映できる状態にしてもらって、ドリスの家のリビングでそれを見たけど、心を病んだあの気の毒なソニア・キールがリビングの窓からのぞきこんでたことは気がつかなかった。

母から昔、キール博士の研究室の人たちの話を聞かされたことがあったわ。不運な大学院生のマット・チャスティン、キール博士の奥さんに異常な嫉妬心を抱いていたチェコスロバキア出身のマグダ。チャスティン青年に熱を上げていた哀れで愚かなソニア。

キール博士がいつも娘に辛く当たっていたこと。不幸な話だけど、わたしの人生も不幸でいっぱいだったから、ソニアに注意を向ける余裕はなかった。

　ソニアはマグダとマットとジェニー・ペレックと赤ちゃんたち全員を映画で見た、とローレンスの人々に言い触らしてたみたい。ほとんどの人は相手にせず、ドラッグ漬けの人間の妄想としか思わなかったけど、あなたもご存じのように、それがまずい連中の耳に入ってしまったの。

　オーガストとドリスとわたしが車で出かけ、戻ってきたら、台所の床でマグダが死んでいた。あなたにも想像がつくと思うけど、三人とも恐怖に襲われたわ。いちばん冷静なのがドリスだった。わたしたちにネルおばさん――ミズ・オルブリテンのところへ行くように言い、自分はあとに残って土壌サンプルを整理すると言った。畑の土のことが心配でならなかったのね。ドリスの姿を見たのはそれが最後だった。

　エメラルドの話が終わったとき、わたしたちはしばらく無言ですわったままだった。わたしがようやく、シカゴのトロイ・ヘンペルとの連絡は続いていたのかとエメラルドに尋ねた。

「ここしばらく、ヘンペルからわたしにはまったく連絡が入っていなかった。

「ええ、そう。オーガストとわたしが隠れ場所から出ていくにはあなたの調査に頼るしかないって、シカゴのほうへ言っておいたの。図書館の地下にいつまで隠れていられるか、わたしたちにはわからなかった。幸い、地下の照明の危険性をフィリスに教えてくれたのはあなただった。調査料をきちんと払うよう、わたしからトロイに指示しておいたわ。あなたはそれだけの働きをしてくれたんですもの」

エメラルドはドリス・マッキノンの相続人になっている。少なくともマッキノン農場の売却が無事にすむまでは、ローレンスを離れないつもりだという。オーガストも一緒に滞在して、エメラルドの人生をビデオに収める仕事を終わらせる予定でいた。

60　お伽話

ジェイクから届いたメールのせいで、わたしの回復のペースが落ちた。別れを切りだす遠距離メール。

ぼくはきみを愛している、V・I。だけど、きみは自分を愛する心が足りず、わが身をすぐ危険にさらそうとする。きみが生きているのか死んでいるのかわからないままつきあっていくことは、ぼくにはもうできない。ぼくはきみを説得してスイスへ一緒に行き、新たな人生を始めてもらおうとしたが、きみは安全ネットのないまま崖から飛び下りる人生を続けたがっているようだ。それを見守るスタミナがぼくにはなくなってしまった。

わたしが病院のベッドで一人こっそり泣いていたとき、バゲット大佐が病室に入ってきた。軍服にずらりと勲章を着け、下級士官をうしろに従えていた。

バゲットのあとからサンディ・ハインツが入ってきて、わたしを見るなりベッドの周囲のカーテンを閉め、頬に残った涙を拭いてくれた。わたしのもつれた髪をとかし、病院のガウンの上にはおるセーターを持ってきて、そのあとでようやくバゲットに面会の許可を出した。ジェイクのメールのせいで、わたしはひどく攻撃的になっていた。「安っぽい戦争映画にかならず出てくるウェスト・ポイントのモットーはどこへ行ったの――〝義務、名誉、祖国〟は。祖国を裏切ってどんな義務を果たしてたのよ？　それが名誉なことだと思ってるの？」

バゲットは椅子をひっぱってきた。

「すわっていいとは言ってないわよ」わたしは嚙みついた。「わたしの命を奪おうとし、ソニア・キールとケイディ・ペレックの命を奪う寸前まで行き、ドリス・マッキノンとマグダ・スピロヴァとドクター・ロークの死に関してはあなたが陰で糸をひいていた。わたしの前で勲章を見せびらかすかわりに、犯罪者として取り調べを受け、軍事法廷にかけられるべきだわ」

「どう思われているかはわかっている、ミズ・ウォーショースキー」バゲットは言った。「説明したいから五分だけ時間をもらいたい」

「昔々」わたしは渋い顔をしてみせた。「お伽話はみんなそれで始まるのよ」

「昔々」バゲットはわたしの言葉に従った。「マグダ・スピロヴァがチェコスロバキアのテコニーンにあったソ連の生物兵器研究所を抜けだして、カンザスにやってきた。当人の主張どおりの亡命者だったのか。合衆国が危惧したとおりのスパイだったのか。それとも、アメリカの科学者と恋に落ちた女だったのか。確たる答えは永遠に得られないだろうが、カンザスで一年か二年暮らしたあと、スピロヴァは自分が拒絶されたことを悟りはじめた。ブラチスラバで開催された大規模な学会のとき、ネイサン・キールは彼女と寝ていた。彼女がこちらにきてからも惰性でひそかに関係が続いていたが、スピロヴァがキールに結婚を迫れば迫るほど、妻と離婚する気のないことがはっきりしてきた。

その関係に気づいていた者がキールの研究室に三人いた。技師のルシンダ・フェリング、キールにひどく嫌われていた大学院生のマット・チャスティン、そして、忠実な秘書のガートルード・ペレック。

キールは軍の依頼で生物兵器の研究を進めていた。もちろん、一九八〇年代までに、われわれは――合衆国は――生物兵器禁止条約の署名を終えていた。しかし――兵器のこととなると、大きな〝しかし〟が付きもので――他国の生物兵器に対する治療法やワクチンの研究は依然として続いていた。そのためには、微生物を独自に培養する必要があった。なぜなら、炭疽菌なしにどうやって炭疽菌の実験ができるというのだ？」バゲットは苦い笑みを浮かべた。「キールは国防総省のために、ペスト菌と同類の菌を使ってグレードの低い生物兵器の研究をおこなっていた」

「ええ、知ってるわ。Y・エンテロコリチカ菌でしょ」

「なぜそれを？」バゲットはたちまち疑いの表情になった。

「難解な専門用語は理解できなくても、わたしだって、キール博士の論文リストに目を通すことぐらいできるのよ、大佐。空軍はキール博士に彼が培養した菌の噴霧実験をおこなうよう依頼した。それによって、キャンプ地から出ていこうとしない連中に腹痛を起こさせてデモ隊の残りを一掃できるうえに、噴霧された菌がどこまで広がるかを国防総省のほうで確認できるはずだった。ところが、何者かがY・エンテロコリチカ菌をペスト菌と入れ替えた。わたしはスピロヴァのしわざだとにらんでるわ」

〝エンテロコリチカ〟という言葉を二回続けてすらすら言えた。悪夢のようだった今回の事件にもそれなりの収穫はあったわけだ。

「当時、キールは大学院生のせいにしていたが、たぶん、きみの言うとおりだろう。いや、正直にならなくては。きみの言うとおりだ。わたしのほうで機密書類に目を通してみた」

「納税者の負担で作成された書類を閲覧できるなんて幸運な人ね。わたしたち一般人はそこまで恵まれてないのに」

バゲットは赤くなった。

「その点をめぐってきみと議論するつもりはない。とりあえず、いまのところはまだ。菌が入れ替わった陰にスピロヴァがいたことを、国防総省は確信した。不都合なこの件を全面的に隠し通そうとした。国防総省のために働くか、強制送還されるかの選択肢をスピロヴァに与えると、スピロヴァは帰国すれば英雄として迎えられるより収容所(グーラグ)に放りこまれる可能性のほうが高いと見た。前もきみに言ったように、フレミングと名前を変え、十年ほどフォート・デトリックで働いた。九〇年代、アメリカはロシアと友好的な関係になり、兵器開発計画の多くが廃止された。国防総省はスピロヴァを解放し、それきり彼女のことは考えもしなくなった。少なくとも、半年ほど前に、カンザス州東部に秘密の疫病研究所があるという噂を耳にするまでは。

最初は誰も信じようとしなかった。軍に陰謀説が流れることはよくあって、一般社会より多いぐらいかもしれない。命令と同時に戦闘地域へ派遣される場合もあるのを覚悟しているから、みんな、そういう噂には神経を尖らせるものだ。ときとして、幻影と戦っているのか、本物の敵と戦っているのか、わからなくなってしまう」

　わたしは額をさすった。いまもまだ衰弱がひどいため、バゲットの長たらしい話に耳を傾けているだけで疲労困憊だった。苦労してテーブルをひきよせ、グラスに水を注いで目を洗った。

　バゲットがすわろうとしたが、わたしは首を横にふった。すわる資格はまだない。

「やがて、ダグラス郡で農夫が一人亡くなった。肺炎によく似た症状で、死亡診断書にも死因は肺炎と記された。だが——公衆衛生の分野で精力的に活躍していたネイサン・キールは不安を覚えた。フォート・デトリックの旧友に連絡をとった。それと同じころ、きみが見たあの空軍のフィルムを撮影した男も死の床にあり、自分がすべてを撮影したが存在する唯一のリールを紛失してしまった、と告白した。そこに何が映っているかを知った空軍はただちに防空準備態勢（デフコン）2を宣言した。わたしはフォート・ライリーへ派遣され、状況を監視することになった」

　彼の声がかすれてきた。わたしの水のグラスに勝手に手を伸ばしたが、わたしは止めなかった。

「エメラルド・フェリングが映画制作の男と一緒にやってきたとき、わたしが二人に会った。映画制作の男と紛失したフィルムがわたしの頭のなかで結びついていたからだ。二人と午前中に会ってみて、空軍の紛失フィルムとは無関係であることがわかった。いや、わかったと思った。ところが、そこにきみが現われた。映画制作者を捜してカンザスにやってきた私立探偵。目を光らせておく必要ありということに軍も同意した」

「ついでに、耳もね」わたしは意地悪く言った。

「そう、耳もだ。きみの部屋に盗聴装置を仕掛けたことを謝るつもりはない。きみが知ったことをわたしも知る必要があった」

わたしはこわばった笑みを浮かべた。「信頼できる人だと思えば、わたしからちゃんと報告してあげたでしょうに」

ドアのところに立っていた下級士官が驚いて、思わず咳をした。バゲットがふりむいて不機嫌な顔をした。この士官の昇進は見送りだ。

「それはともかく、きみが偶然スピロヴァの死体を見つけたとき、きみがどこまで知っているにせよ、本当は何を捜しているにせよ、その捜索がわたしと同じ方向へ進んでいるのはたしかだと思った。きみを見張る必要に迫られた。だが、それ以上に〈シー・2・シー〉のブラム・ロズウェルから目が離せなかった。サイロに忍びこんだきみをギズボーン保安官とわたしが見つけたあの朝、わたしはギズボーンの前で〈愛国者CARE－NOW〉の連中に共鳴しているふりをした。すると、ギズボーンがロズウェルに紹介してくれた。われわれはキールも仲間にひきいれた。おかげでロズウェルの行動は監視できるようになったが、きみの行動を追うのは大変な苦労だった」

わたしは自分の爪を見た。換気扇のネジをはずしたときに爪が割れてギザギザになっている。爪の内側が黒ずんでいるのは乾いた血がこびりついているからだ。マニキュアをしても、きれいに見せるのは無理だろう。

「つまり、〈CARE−NOW〉に潜入してたって言いたいわけ？　じゃ、自称ピンセンは？　あの男は何をしてたの？」

「じつは連中の仲間だった」バゲットは唇をこわばらせた。「法廷にかけられることになっている。それで多少なりとも納得してもらえるだろうか」

時間的関係がどうも腑に落ちなかった。「しばらく黙ってて。じっくり考えたいの。あなたの声が聞こえると邪魔だから」

バゲットは無言で立ち、背中で手を組んだ。閲兵場でとる姿勢だ。彼の顔を見ずにすむよう、わたしは目を閉じた。

「あなたの話では、この事件に本格的に乗りだしたのはわたしがローレンスにきたあとだったそうね」ようやくバゲットに視線を戻して、わたしは言った。「でも、わたしがローレンスにきたのは、シカゴにあるオーガストの職場と自宅アパートメントが何者かに荒らされたからよ。犯人はあなたの貴重なフィルムを捜していたに違いない。それはオーガストとエメラルドがこちらに着いた一週間後のことだった」

バゲットは伸びてきた髭で黒ずんでいる自分の頬をなでた。「あれはロズウェルの私設軍隊だ。抑えの効かない連中で、一人がドクター・ロークを殺し、べつの一人がソニア・キールの兄になりすまして病室に入りこみ、彼女を窒息死させようとした。連中が自警団のように行動するのを見るのは腹立たしかったが、止めようとすればこちらの手の内を明かすことになるため、フィルムが見つかるまでは黙って見ているしかなかった」

「それほど腹立たしそうな口調じゃないわね」わたしは辛辣に言った。

「髪の毛をかきむしれとでも言うのか。説教と非難を始める前に、わたしの話を最後まで聞いてくれ」バゲットは不機嫌に顔をしかめた。

「きみも知ってのとおり、ソニアはフィルムに登場する全員に見覚えがあった。話を聞いてくれる者がいれば誰にでも、サイロのそばでスピロヴァの姿を見たと訴えはじめた――その場所のことを〝愛する男の墓地〟だと言いつづけていた――だが、みんなを辟易させたのは、ソニアがフィルムを見たとわめいたことだった。〝あの女を映画で見たの！〟と、スピロヴァのことを言いつづけた。〈聖ラファエル〉のスタッフにとっては無意味な言葉だったが、わたしには重大な意味があった。そして、噂を耳にしたピンセンがソニアを黙らせようとした。ソニアの話の内容から、農場でフィルムを見たことがわかったが、いくらそちらを捜しても見つからなかった」

わたしはうなずいた。「乱雑な捜索をしたのはロズウェルの私設軍隊で、秩序だった捜索をしたのはあなたの部下だったのね。オーガスト・ヴェリダンが働いていたジムの医薬品戸棚の中身をくすねていったのはなぜ？ ドラッグ密売のバイトでもやってるの？」

バゲットはいらだたしげなしぐさを見せた。「それが気になるのか。たぶん、ありふれた泥棒事件に見せたかったんだろう。何か特別な狙いがあるのではなく」

わたしの上唇が嫌悪に歪んだ。「あなたたちはシカゴを捜索し、ローレンスを捜索した。フィルムが見つからないため、ソニアを殺すしかなくなったの？」

「ピンセンがやったことだ。大学生に声をかけて、ソニアのウォッカにルーフィーを入れさせた。学生たちはいたずらだと思ったらしい」

「でしょうね。バーにくる男たちのクールなユーモア感覚のことは、いろんな記事で目にしてるわ」

すべての罪をマーロン・ピンセンになすりつけてしまえれば好都合だ。一九八三年にキールと軍がすべてをスピロヴァの責任にしたように。ピンセンは法廷で裁かれ、バゲットは昇進を続ける。誰が誰に何をしたのか、本当のことは永遠にわからないだろう。

「もちろん、スピロヴァはフィルムのことを知っていた。ある夜、〈シー・2・シー〉の実験農場で――」

「ええ、その件なら知ってるわ。ドリス・マッキノンは空軍が彼女に買戻しのチャンスも与えずロズウェルに畑を売却したことに激怒していた。畑の放射能汚染がひどいと軍に告げられ、汚染の有無を示す証拠を手に入れようとした」

「そうだ。じつは、スピロヴァはマッキノンをペストに感染させ、そののちに農家のなかを捜索してフィルムを見つけようと決めていた。スプレー式のサンプルを農家に持ちこみ、容器に入っていた土に噴射する気でいたが、ロズウェルは菌に汚染された土が郡内に広がっては大変だと考えた。大々的な調査が始まれば、彼がひそかに所有している〈愛国者CARE-NOW〉の研究所の存在が明るみに出てしまう。部下の一人にスピロヴァを追わせた。スピロヴァはあの農家の台所で射殺された。そう、きみが彼女を見つけた場所だ。部下はスプレー式のサンプルを持ち去ったが、スピロヴァが土の入った容器にすでに菌を噴射していたことは知らなかった。ヴェリダンとマッキノンとフェリングはスピロヴァの死体を見つけて、あわてて逃げだしたのだろう。わたしの推測に過ぎないが」

「おそらく、ドリス・マッキノンはオーガストとエメラルドと一緒に農家に帰ってきたんでしょうね。スピロヴァの死体を見て、三人ともパニックに駆られた。ドリスはあなたのお仲間に知られる前に土の入った容器を包装し、やっとのことでドクター・ロークに郵送した。そのあと、誰かがドリスのあとをつけて射殺した」わたしはそう言いながら、枕にもたれた。「ジェニー・ペレック殺しのときと同じ方法を使い、殺してから車に乗せて、ワカルサ川の同じ場所に沈めたのね。誰の思いつき？　ギズボーン？　ジェニーを川からひきあげたのが保安官助手時代のギズボーンだったんだけど」

「そこまで悪辣なことはしていない」

バゲットもわたしも驚いてうしろを向いた。こちらが気づかないうちにエヴァラード部長刑事がそっと入ってきて、バゲットの部下の横に立っていたのだ。

「やあ、ウォーショースキー」エヴァラードはベッドに近づき、わたしに目を凝らした。「その傷、フェイスブックに投稿してやろうか。依頼人のために東奔西走する探偵であることを世間に証明できるぞ」

「カウボーイや兵士が怖がって逃げだしたりしたら困るわ」わたしは言った。「ギズボーンがそこまで悪辣なことはしていないって、どういう意味？」

エヴァラードはベッドの端に腰かけた。「やつはジェニー・ペレックをワカルサ川からひきあげただけだ。沈めてはいない。空軍がやったことだ」バゲットのほうへうなずいてみせた。

「わたしは陸軍の人間だぞ」バゲットはこわばった声で抗議した。

「カンザス州東部で空軍のためにいろいろと工作してたんだろ」エヴァラードは言った。

「ジェニー・ペレックがペストで死亡したため、軍が遺体をワカルサ川に沈め、焦って逃げだした彼女が車ごと川に転落したように見せかけたことも、知ってたわけか」

バゲットは見舞客用の椅子にすわり、こちらに挑戦的な視線をよこしたが、わたしは黙ってすわらせておくことにした。

「わたしが初めて知ったのは、このウォーショースキーが裁判所でギズボーンと口論した日のことだった」大佐は言った。「ジェニー・ペレックのファイルが消えていたそうだが、それはギズボーンのしわざではないと思う。やつが動転したのは、保安官事務所の内部に裏切り者がいると思ったからだ」

「そのとおり」エヴァラードは言った。「保安官助手の一人がロズウェルの〈CARE－NOW〉の私設軍隊に入り、夜間警備のアルバイトをやっていた。ギズボーンにはそれがショックだったんだな。ここにいるウォーショースキーにわたしが何度も言ってきたように、けっして悪いやつではない。ただ、身動きがとれなくなってたんだ。ロズウェルと〈シー・2・シー〉のために特別の警護をしていた。それ自体、べつに悪いことではないが、ロズウェルの悪事にいったん関わってしまうと、抜けだすのは困難だった」

「昔のあの出来事を探りだしたのはピンセンだった」バゲットが言った。「国土安全保障省の人間だから、闇から闇へ葬られてきたあらゆる出来事に関して情報を得ることができる。まだ若かったジェニー・ペレックがペストで死亡したことを知った。ロズウェルにそれを話したところ、ロズウェルは私設軍隊に命じてドリス・マッキノンを射殺させ、川に沈めた。それでギズボーンの苛立ちがひどくなった」

「あの男は退職することになった」エヴァラードは言った。「それも悪くないけどな。もう六十八だ。この郡のためにずいぶん働いてきた」

「感心ですこと」わたしは皮肉を言った。「でも、大佐のことに話を戻しましょう。大佐は〈ＣＡＲＥ－ＮＯＷ〉に潜入して捜査を進めたと言ってるけど、ドクター・ロークが殺され、ヒッチコック教授が汚染された土のせいで危篤状態に陥っても、傍観してるだけだったし、ロズウェルの手下のテロリスト連中がケイディとわたしをサイロに閉じこめて殺そうとしたときも知らん顔だった。潜入捜査が表沙汰になってはまずいという気持ちもわかるけど、死体がどれだけ積み重なったら正体を明かすつもりだったの？」

「できるだけのことはした」こわばった口調でバゲットは言った。「第一歩兵連隊に連絡して、歩兵大隊を出してもらった。ミサイル格納庫のレベル１のハッチを叩き割りにきたのがその連中だった」

「そして、あなたはワシントンへ出かけて昇進し、すてきな新しい任務につく。わたしからわが州選出の上院議員に手紙を出して、あなたを中西部に戻さないよう頼んでおくわ」

「ピンセンとロズウェルはＦＢＩに拘束された」エヴァラードが言った。「それをせめてもの慰めにしてくれ。キール博士はミサイルサイロのあの恐怖の研究所を解体するのに協力し、〈シー・２・シー〉はサイロ周辺の十五エーカーの土地を自然保護区として寄付することにした。だが、わたしもきみと同じ意見だ。わが州の上院議員たちはわたしなどには洟もひっかけないだろうが、署名サイトのChange.orgにアクセスして、バゲットを海外のどこか辺境の地へ飛ばし、害を及ぼすことができないようにしてほしい、という請願を出そうと思っている。ネパールがいいかな。それとも、最後に〝スタン〟がつくロシア近辺のどこかの国にしようか」

大佐はこの提案を、エヴァラードとわたしほど愉快には思わなかったようだ。わたしに形ばかりの敬礼をよこすこともせずに、下級士官を従えて出ていった。

61　姉妹は成長する

わたしは順調に回復した。ロティは飛行機でシカゴに帰った。わたしはシャワーを浴び、クリーニングに出してあった服をとりに行き、B&Bのオーナーがガレージに押しこんでおいたわたしの荷物をもらってきた。マサチューセッツ通りにいくつもあるエステサロンの一つへ行き、ヘアカットと爪の手入れをしてもらった。おかげで、戦場の負傷者というより、普通の人間っぽく見えるようになった。

ローレンス滞在の最後の数日は、エドとルーが彼らの農場に招いてくれた。丘を渡って吹いてくる風が、この一カ月の悲しみを頭から追い払う力になってくれた。

ある晩、ガートルードのもとに戻ったケイディ・ペレックに会いに行った。

「ヴィク、わたしの世界は目下めちゃめちゃだけど、わたしを育ててくれて、寝る前にお話を読んでくれたのはおばあちゃんよ。偽の出生証明書で人生を送ってるような気分ではあるけど、マグダとキール博士の子供にはなりたくない。ジェニーの子供でいたい」

わたしはケイディに微笑した。「あなたにはジェニーがつけてくれた名前を名乗る権利があるわ、ケイディ。魔法の名前、大胆なことができる名前。それを捨てる気にならなくて、わたしもうれしい」

「ずいぶん助けてもらったわね」ケイディは言った。「サイロで命を救ってもらった。いつになったら恩返しできるかな。それに、わたしの出生に関する真実を探りだしてくれた。恩返ししなきゃいけないことばっかり」

わたしはケイディにうなずいてみせた。「〝次へ渡せ〟運動、つまり、恩返しの輪を広げていこうという運動がいまの時代の流行りみたいだけど、恩返しというのは、胸に感謝の念があふれたときに自然にできることなのよ。詩人や小さな生き物にとって苛酷な世界で精一杯がんばってるあなたの姿が見られれば、それだけでわたしは満足だわ」

ガートルードは、ケイディの出生に関する偽りを明るみに出したわたしを完全に許してくれたわけではなかったが、少なくとも、グラスに注いだワインと深皿に入ったナッツを出してくれた。少なくとも、寒いポーチではなくリビングで孫娘と話をさせてくれた。そして、ペピーを家に連れて入るのを許可してくれた。

翌日、わたしはソニアに会いに出かけた。ソニアはすでにグループホームに戻り、メイン州で暮らす兄ステュアートのところへ行くための体力をつけているところだった。酒をやめ、快楽用麻薬などという妙な名前をつけられた薬もやめて三週間たったおかげで、肌荒れが多少ましになっていた。〈ライオンズ・プライド〉の夜の記憶はまったくないようだが、マッキノン家のリビングの窓越しに空軍のフィルムを見たことはよく覚えていた。

「わたしはあの場にいたのよ、一九八三年に。すべてを見たわ。あいつらがマットを撃つのを見たし、みんなが口論してる隙にマグダが空軍のトラックからフィルムを盗みだすのも見た。マグダはそのフィルムを、ドリスとルシンダがジェニーのテントに置いていったバスケットのなかに隠した。たぶん、あとでとりに戻るつもりだったのね。ところが、ルシンダがバスケットを家に持ち帰ってしまった。

そのあと、わたしがペストから回復すると、あの騒動をわたしに知られたことがネイトには耐えきれない重圧になって、わたしの頭がおかしいってことで押し通そうとした。わたしはみんなが望むものに、つまり、頭のおかしな女になっていった。兄のステュアートに約束したわ。メイン州のバンゴアで兄とピエトレと一緒に暮らすようになったら、お酒もクスリもやめるって。でも、いま約束できるのはそれだけ。酔っぱらわないようにする。シャーリーとネイトに近づかないようにする。〈聖ラファエル〉のスローガンがしつこく言っているように、一日一分ずつの努力よ」

「あなたの日記を借りたんだけど」わたしは言った。「部屋に置いておいたら盗まれてしまった。ごめんなさい。いまは軍に保管されてるわ。ブラム・ロズウェルの手下の連中が忍びこんで盗んでいき、バゲット大佐がそれを押収したの。マーロン・ピンセンとブラム・ロズウェルが裁判にかけられるとき、連邦側の証拠物件にされるらしいの。もうとりもどせないかもしれない。あなたが描いたリマとオータムのあの愛らしいスケッチも消えてしまった。盗まれずにすんだのはこれ一枚だけ」

わたしは双極性障害の白熊のスケッチをソニアに渡した。

ソニアは長いあいだそれを見つめてから、わたしに返してよこした。「気に入ったのならあげる。もしかしたら、いつかすごい値段がつくかも」

「ありがとう。でも、あなたのプライバシーを侵害したことはお詫びするわ」

ソニアは唇を歪めて微笑した。「そういう人なら、ほかにいくらでもいるわ。わたし、今後、医者に診てもらわなきゃいけないときや……プライバシーを侵害する相手に会わなきゃいけないときは、青いリボンを買って、立入禁止のしるしがわりに身に着けることにするわ。プライバシーを確保しなきゃ。チーズナッツから離れなきゃ。もし日記が戻ってきたら、それもあなたにあげる」

62
おうちがいちばん

わたしは感謝祭の前日にローレンスを離れた。ネル・オルブリテンとエメラルド・フェリングから、聖シラス教会でおこなわれる大々的な祝賀行事まで滞在を延ばすようにと言われたが、どうしても家に帰りたかった。出発する前日の夜、エヴァラード部長刑事がお別れの夕食に誘ってくれた。そこからまあ、世間によくある展開になって……。

「こっちで探偵事務所を開いてもいいんじゃないか」水曜の早朝、服を着はじめたわたしにエヴァラードが言った。「ローレンスにだって、われわれの誰も気づいていない犯罪がどっさりあるはずだ」

「あなたはたぶん、わたしが探偵仕事を確保するために人々を殺してまわってる、と思いはじめるでしょうね。そして、郡内で死体が発見されるたびに、わたしを逮捕する」

エヴァラードは笑いだし、ペピーを車に乗せるのを手伝ってくれた。そして、わたしの荷物と、聖シラス教会の女性信者たちが持たせてくれた豪華版のピクニックバスケットを積みこむのも。

「そうなるかもな、ウォーショースキー。うん、たしかに。だが、カンザスに戻りたくなったときのために、『オズの魔法使い』のドロシーにあやかって赤いハイヒールを買っておくといい」

わたしはスーツケースを探ってブルーノ・マリのパンプスをとりだした。「もう買ってあるわ。でも、これはわたしをカンザスじゃなくてシカゴに連れ戻してくれる靴なの」

早く帰りたいのはやまやまだったが、カンザス州の中央部を逆戻りして北西のフォート・ライリーをめざし、そこからベルヴィルという小さな町まで行った。アニャ・マリクに頼みこんで、ドリス・マッキノンが土壌サンプルと一緒にドクター・ロークに送った小さな手の遺骨を譲り受けたのだ。遺骨が入っているミニサイズのケースを、マットの妹のチャーメイン・ロングが頬に押し当てた。

「マットの可愛い赤ちゃん」とささやいた。「わたしの可愛い姪。あなたにお礼を言わなきゃ。この子をわたしの家に連れてきてくれてありがとう」

二人で夕方まで話しこみ、わたしは自分でつなぎあわせた長く悲しい物語をもう一度詳しく語った。チャーメインからも、感謝祭まで泊まっていってほしいと言われた。金曜日にマットとジェニーと赤ちゃんのケイディのために内輪で葬儀をするとのことだった。

「あそこはわたしの居場所じゃないものね」ようやく別れを告げて、わたしはつぶやいた。「早く自分の居場所に戻らなきゃ」

ペピーとわたしは夜の闇のなかを車で走りつづけ、途中、アイオワ州デモインの郊外のモーテルに寄って二、三時間だけ仮眠をとった。木曜の夜が明けるころ、リトル・カリュメット川を渡った。スカイウェイを走る車の下のほうに、わたしが子供時代を過ごした界隈の混雑した道路が見えてきた。かつてシアーズと呼ばれていたタワーが北のミシガン湖のほとりにそのシルエットを見せていた。サウス・サイドの湖畔に着いたところで道路から離れ、ペピーを泳がせてやることにした。水は冷たく、コー川より冷たいほどだったが、わたしも服を脱いで犬と一緒に湖に飛びこんだ。ミシガン湖の澄んだ冷たい水にわたしを浄めてもらいたかった。

大きな岩の陰で身体を拭いてから、上質のパンツとローズピンクのカシミアのセーターに着替え、ブルーノ・マリのパンプスをはいた。

ラシーヌ通りのわが家の建物に着くと、ミスタ・コントレーラスが玄関の表で待っていた。カリブ海で何週間か過ごしたおかげでこんがり日に焼け、大きな微笑で耳が落ちてしまいそうだった。

「無事に帰ってきたんだな、嬢ちゃん。お帰り。ロティ先生がずっと様子を知らせてくれてたが、そうでなきゃ、わしが直接出かけていって、あんたを縫いあわせてやっただろう。さあ、入って、入って。みんなが料理を作って待っとるぞ。あんたに会いたくてうずうずしておる」

玄関ホールからロティが出てきた。その横にマックス・ラーヴェンタール。二人にのしかかるようにしてサル・バーテルが立ち、隣にオーガストのいとこのアンジェラがいる。トロイ・ヘンペルと彼の母親もいる。ミスタ・コントレーラスのうしろからバーニーが出てきた。わたしのほうにこようとしたが、そのとき、ミッチがすさまじい声で吠え、人の群れをかき分けて駆けてきた。わたしに飛びついて地面に押し倒した。わたしはそこに倒れたまま、笑いながら、ドロシーをまねてパンプスのかかとを打ちあわせた。

訳者あとがき

V・I・ウォーショースキー・シリーズの十八作目にあたる本書『フォールアウト』は、これまでと趣を異にする作品と言っていいだろう。〞シカゴの女探偵〞ウォーショースキーがこの街を離れ、大好きな友人たちからも離れてカンザス州ローレンス市へ出かけ、事件を追って孤軍奮闘する物語なのだ。

その原因は、前作『カウンター・ポイント』に初登場して、コントレーラス老人にすっかり気に入られたカナダの女の子バーニーと、その友人アンジェラにある。

前作で高校卒業後の進路について悩んでいたバーニーだが、結局、ホッケーの名門であるシカゴのノースウェスタン大学に入学、ホッケー界のスターとして活躍している。その彼女がある日、バスケットをやっているアスリート仲間のアンジェラを連れてV・Iのところにやってきた。アンジェラのいとこのオーガストという男性が誰にも行き先を告げずに姿を消し、勤務先のスポーツジムから盗みの疑いをかけられてしまったので、なんとか捜しだしてその疑いを晴らしてほしいというのだ。警察にまかせておけばいいのにと思うV・Iだが、遠慮を知らない若い二人に押し切られて、ジムやオーガストの住まいへしぶしぶ聞き込みに出かけることになる。

ようやくつかんだ唯一の手がかりらしきものは、黒人の映画女優エメラルド・フェリングとの関わりだった。オーガストはどうやら、エメラルドの依頼を受けて彼女のルーツをドキュメンタリー映画にするため、生まれ故郷であるカンザス州へ出かけたらしい。だが、それきり消息がわからない。エメラルドの周囲の人々も彼女の身を案じていて、二人の行方を追ってほしいとV・Iに頼みこむ。シカゴで急ぎの仕事があるわけではないし、コントレーラス老人はバカンスでカリブ海へ出かける予定だし、恋人のジェイクはスイスへ行ってしまったしということで、V・Iはこの依頼をひきうけることにした。車にどっさり荷物を積みこみ、愛犬ペピーをお供に、はるばるカンザスまで出かけていく。

じつを言うと、カンザスはパレツキーが四歳のときから二十歳過ぎまで暮らした土地である。細菌学者だった父親がカンザス大学で教鞭をとることになったため、一家でアイオワ州からカンザス州へ越し、その後、パレツキー自身もカンザス大学を卒業している。シカゴとの出会いはそのあとのことである。自伝的エッセイ集『沈黙の時代に書くということ』（早川書房）をお読みいただければわかると思うが、彼女にとってカンザス時代はけっして幸せな日々ではなかったようで、ローレンスを舞台にした本書にも、なつかしい気持ちと苦い思いが複雑にからみあったものが流れているように思われる。

パレツキーはカンザスを舞台にした長篇をもう一作書いている。『ブラッディ・カンザス』（早川書房）。これはV・I・シリーズではなく、カンザスの大地に生きる三つの家族を中心に展開する重厚な物語である。本書と比べながら読んでみるのもおもしろいだろう。興味のある方はぜひどうぞ。

ところで、カンザスと聞いて真っ先に浮かんでくるのはなんだろう？　やはり『オズの魔法使い』ではないだろうか。V・Iも『オズの魔法使い』のカンザスへ出かけるんだもの〟と思って、車に積みこむ荷物に赤いパンプスを加えている。最後の場面でこの靴が印象的に使われている。また、V・Iがドライブの途中でオズの魔法使い博物館への標識を通り過ぎる場面も登場する。ほかにもオズがらみの箇所がけっこう出てくるので、たくさん見つけていただきたい。

今回はV・Iがシカゴを離れてしまったため、お約束のカブスのネタが入っていなくて残念だった。ワールズシリーズ優勝の後始末をどうつけるのかを（！）、楽しみにしていたのだが。次作に期待をかけることにしよう。

二〇一七年十二月

訳者略歴　同志社大学文学部英文科卒，英米文学翻訳家　訳書『カウンター・ポイント』パレツキー，『オリエント急行の殺人』クリスティー，『街への鍵』レンデル，『妻の沈黙』ハリスン（以上早川書房刊）他多数

HM=Hayakawa Mystery
SF=Science Fiction
JA=Japanese Author
NV=Novel
NF=Nonfiction
FT=Fantasy

フォールアウト

〈HM(104)-27〉

二〇一七年十二月　二十日　印刷
二〇一七年十二月二十五日　発行
（定価はカバーに表示してあります）

著者　サラ・パレツキー
訳者　山本やよい
発行者　早川浩
発行所　株式会社　早川書房

郵便番号　一〇一 - 〇〇四六
東京都千代田区神田多町二ノ二
電話　〇三 - 三二五二 - 三一一一（大代表）
振替　〇〇一六〇 - 三 - 四七七九九
http://www.hayakawa-online.co.jp

乱丁・落丁本は小社制作部宛お送り下さい。
送料小社負担にてお取りかえいたします。

印刷・中央精版印刷株式会社　製本・株式会社明光社
Printed and bound in Japan
ISBN978-4-15-075377-1 C0197

本書は活字が大きく読みやすい〈トールサイズ〉です。